GOLDMANN

Buch

Der Vollmond scheint auf Trinity Wood. Vor ihrem Bau unter der großen Eiche sitzt die junge Rotfüchsin O-ha mit ihrem Gefährten A-ho und träumt von der Zukunft. Gemeinsam ziehen sie aus, um auf eigenen Pfoten zu stehen. Aber nach einer kurzen Zeit des Glücks verliert O-ha ihren Kameraden und ihre Jungen. Sie wäre ganz auf sich allein gestellt, wenn es Camio nicht gäbe, den amerikanischen Vorstadtfuchs, der aus dem Zoo ausgebrochen ist und um sie wirbt.

O-ha zögert lange – ihre Trauer ist groß und die Kluft tief zwischen der konservativen britischen Lady und dem unkonventionellen Amerikaner –, doch schließlich gibt sie nach, und die beiden gründen eine neue Familie. Dank Camios städtischer Erfahrung, seiner Kniffe und Tricks überleben sie. Denn mindestens ebenso gefährlich wie die natürlichen Feinde ist die Bedrohung durch die Zivilisation. Die Menschenwelt mit ihren Maschinen rückt näher, drängt die Tiere auf immer engerem Raum zusammen …

Autor

Garry Kilworth, 1941 geboren, verließ als Fünfzehnjähriger die Schule und trat in den Dienst der britischen Luftwaffe, der ihn in viele Länder der Welt führte. 1974 gewann er einen Preis für die beste Kurzgeschichte. Er schied aus dem Dienst aus, studierte englische Literatur in London und machte das Schreiben zu seinem Beruf. Seither hat er zehn Romane, drei Kinderbücher und zahlreiche Kurzgeschichten veröffentlicht. Er ist verheiratet und hat zwei Kinder. Mit seiner Familie lebt er in Hongkong.

Garry Kilworth

Füchse unter sich

Roman

Aus dem Englischen
von Susanne Goga

GOLDMANN VERLAG

Ungekürzte Ausgabe

Titel der Originalausgabe: Hunter's Moon
Originalverlag: Unwin Hyman, London

Umwelthinweis:
Alle bedruckten Materialien dieses Taschenbuches
sind chlorfrei und umweltschonend.
Das Papier enthält Recycling-Anteile.

Der Goldmann Verlag
ist ein Unternehmen der Verlagsgruppe Bertelsmann

Genehmigte Taschenbuchausgabe

Umschlaggestaltung: Design Team München
Farbige Umschlagzeichnung: Winslow Homer
Druck: Elsnerdruck, Berlin
Verlagsnummer: 42743
MV · Herstellung: Sebastian Strohmaier
Made in Germany
ISBN 3-442-42743-6

1 3 5 7 9 10 8 6 4 2

Inhalt

Danksagungen

Mein Dank gilt Peter A. Gerrards *Nature Through the Seasons* (Midas Books), Stephen Harris' *Urban Foxes* (Whittet Books), Brian Vesey-Fitzgeralds *Town Fox, Country Fox* (Andre Deutsch) und schließlich und ganz besonders David MacDonald für sein inspirierendes Werk *Running With the Fox* (Unwin Hyman). Jede Abweichung vom normalen Fuchsverhalten in diesem Roman ist das Resultat meiner künstlerischen Freiheit und nicht etwa ein Fehler der aufgeführten, nichtfiktionalen Werke.

Durch die Dschungel fliegt ein Schatten,
und ein Seufzen stöhnet sacht –
Das ist Furcht, o kleiner Jäger –
Furcht ist hier!

Aus: *Der Gesang des kleinen Jägers*
von Rudyard Kipling

Für Sandy und Andrea

Anmerkung des Verfassers

Die Fuchs*sprache* umfaßt Töne, Bewegungen, Gesten, Haltungen, Gerüche und wahrscheinlich noch weitere Aspekte, die nicht in dieser Aufzählung enthalten sind. Für die Zwecke dieses Romans ist die Fuchssprache Deutsch (außer einigen Begriffen, die nur für Füchse besondere Bedeutung besitzen). Im Anhang des Romans befindet sich ein Glossar mit allen wichtigen Fuchs- und anderssprachlichen Ausdrücken. Andere menschliche Sprachen werden für andere Tiergruppen verwendet, um zwischen den Arten zu unterscheiden. Die folgenden Namen der Hauptwinde könnten für den Leser jedoch von Anfang an nützlich sein:

Ransheen — der Winterwind
Scresheen — der Märzwind
Switter — die Frühlingsbrisen
Frashoon — der Sommerwind
Melloon — der Herbstwind

Garry Kilworth

ERSTER TEIL

Die Füchse von Firstdark

1. Kapitel

Trinity Wood lag auf einer Anhöhe über einem Gezeitenfluß, der sich durch die Küstenebene wand. Seine Fuchsgeister konnten berichten, daß es sich um eine uralte Hügelkuppe handelte, an deren felsigen Grund kein Bauer Hand gelegt hatte, seit Wölfe durch die Gegend gestreift waren. Der Ort war dicht bewachsen, und in seiner gelichteten Mitte kämpften dürre Eichen und Schwarzdorn miteinander um Licht und Raum. Von seinem Herzen aus zogen sich kleine Schneisen nach außen, wo Glockenblumen und Farne, Bodenefeu und Grasbüschel und vereinzelt auch gefleckter Aronstab wuchsen. Unter seinen Bewohnern fanden sich Waldtauben, graue Eichhörnchen, Dachse und Füchse. O-ha war nicht dort geboren, sondern kurz nach der Abwanderung, in der Junge ihre Eltern verlassen, hergekommen.

O-ha war in der Tonschicht dicht hinter der Baumlinie auf einen alten Bau gestoßen und hatte ihn ein wenig aufgefrischt, indem sie den Tunnel und die Kammer ausscharrte, aber wie die meisten Füchse kümmerte sie sich nicht sonderlich um den Zustand ihres Heims. Hauptsache, es blieb warm und trocken. Der Bau war einfach ein Ort der Sicherheit, an dem ein Fuchs auf einen ungestörten Schlaf hoffen konnte. Obwohl sie einfache, klare Linien liebte und den Bau vielleicht aus diesem Grund mochte, war sie ein unordentliches Wesen. Ihr Hausputz bestand lediglich darin, den Müll vor den Eingang zu werfen. Selbst bei dieser Aufgabe entfuhr ihr ein ungeduldiger Seufzer, als würde sie ihre Zeit vergeuden, während die Welt da draußen Großes von ihr erwartete. Diese Wesenszüge waren nicht ungewöhnlich. Obwohl die persönliche Sauberkeit für Füchse wichtig ist, verachten sie die Vorstellung, man könne Zeit für die Reinhaltung seines Zuhauses verschwenden. Der Eingang zum Bau war mandelförmig, und um seinen Dachbogen wand sich die starke, schützende Wurzel einer gütig aussehenden Eiche. Sie besaß einen kräftigen, gedrungenen Stamm, dessen untere Äste beinahe den Boden berührten. Beim leisesten Windhauch erzeugten diese Äste eine optische Täuschung, die half, den Eingang des Baus zu tarnen. Wollte ein unwissender Beobachter überhaupt ein Loch erkennen, so mußte er sich schon auf den Boden legen. Die Wurzelknoten, die rings um die Eiche die Oberfläche durchbrachen, dienten dazu, Feinde auf der Suche nach Fuchsbehausungen noch mehr zu verwirren.

Auf der anderen Seite des Eingangs, hinter dem Sternmoos, das eine gepolsterte, nach Osten gestreckte Fläche bildete, stand eine Erle, die im Herbst leuchtende Beeren abwarf. Der kühle, ehrfurchtgebietende Schatten der Eiche verhinderte, daß sich dieser kleinere Baum mit seinen arthritischen Gliedern weiter ausdehnte. An seinen Stamm befanden sich jedoch die Überreste eines Stacheldrahtzauns, die O-ha einen willkommenen Rückenkratzer bescherten, wenn ihre Flöhe bei warmem Wetter zu lästig wurden.

Da O-ha eine intelligent aussehende Füchsin mit einem glänzenden Fell war, dessen Farbe je nach Lichteinfall zwischen rostrot und grau wechselte, machten ihr mindestens drei Fuchsrüden den Hof. Sie wählte ein Männchen in ihrem Alter, einen Fuchs mit lustigen Augen und einer Art, den Kopf auf die Seite zu legen, die ihre Beine in Weidenruten verwandelte.

»Ich bewundere dich mehr als alle anderen Füchsinnen«, sagte A-ran zu ihr. »Du bist klug, lebhaft und ... noch tausend andere Dinge. Es würde zu lange dauern, dir alle Gründe aufzuzählen, warum mir jedesmal, wenn ich dich sehe, vor Aufregung ganz schwindlig wird.«

Als sie ihm ihre Entscheidung mitteilte, standen sie gerade bis zu den Knien in Herbstblättern, die er vor Freude auf sie herabregnen ließ. Der Himmel war an jenem Tag in Bewegung, Wolken eilten dahin, warfen Schatten über das Land und erzeugten ein ätherisches Licht voll wechselhafter Töne. Unter diesem seltsamen Himmel liefen sie hinaus auf die winddurchtosten Wiesen. Dort waren sie ganz allein. In seinen Augen tanzten ungewöhnliche Farben, die jene seltsame Strahlung um sie herum widerspiegelten.

Sie überlegte sich selbst ein Dutzend Gründe, warum er der beste Gefährte für sie war, und wies seine Behauptung, sie sei eine Romantikerin, zurück. Sie tollten durch das warme, feuchte Gras, zwickten einander, erregten sich durch Berührungen, obwohl es nicht die richtige Zeit für eine ernsthafte Paarung war. Sie entdeckten die Eigenheiten des anderen Körpers, die Kratznarben auf O-has Nase, das kleine, fehlende »v« in A-rans Ohr — beides ein Ergebnis des Jagdspielens mit Geschwistern. Sie fand den kleinen, weißen Fleck an seiner Flanke ausgesprochen attraktiv, und er schwärmte von der Geschmeidigkeit ihrer Barthaare. Sie entdeckten noch mehr Dinge, über die sich etwas — und beinahe immer etwas Schmeichelhaftes — sagen ließ.

A-ran änderte seinen Namen in A-ho, um ihren Familiennamen zu spiegeln, wie es unter Füchsen Tradition war. Für beide war es eine berauschende Zeit. Sie waren jung genug, um ganz gewöhnliche Erfahrungen als großartige neue Entdeckungen zu empfinden. Ihre Eltern, so erzählten sie einander, waren an sich ganz in Ordnung, aber irgendwie fehlten ihnen das klare Denken und die vernünftigen Ansichten, die sie selbst hegten.

»Ich nehme an, daß man zu ihrer Zeit eine ganz gute Meinung von ihnen hatte«, bemerkte A-ho großzügig, »aber das ist schon ewig her. Die Welt ist heute ganz anders als vor einem halben Dutzend Jahreszeiten. Die Jagd beispielsweise ...« Und O-ha lag dann neben ihm im Bau und steuerte ihre eigenen, durch Erfahrung gewonnenen Ansichten bei, als ob es die einzigen seien, die eines intelligenten Fuchses würdig waren. Manchmal leckte sie in der Finsternis seine Nase, oder er legte den Kopf an ihre schmale Schulter. Sie fühlten sich in der Gegenwart des anderen vollkommen wohl, und der Rest der Welt konnte draußen bleiben.

»Magst du den Geruch von Kiefernnadeln?« fragte sie dann vielleicht.

»Kiefernnadeln? Wunderbarer Duft. Für einen guten Zug Kiefernnadeln würde ich meilenweit laufen — und dann der Saft.«

»Oh ja, der Saft auch ...«

Und beide wunderten sich über ihre Ähnlichkeit, daß sie dieselben Dinge mochten, dieselben Dinge verabscheuten, über das Glück, jemand gefunden zu haben, der auch den Geruch von Kiefernnadeln mochte, »... *besonders* im Frühling.«

«Zweifellos die beste Zeit, um an Kiefern zu schnüffeln.«

Hatte es jemals zwei Füchse gegeben, die besser zueinander paßten? Hatte man jemals ein Paar gesehen, dessen Ansichten über das Leben sich so treffend ergänzten? Hatte es jemals eine intelligentere Füchsin oder einen weiseren Fuchs gegeben? Niemals, so erklärten sie einhellig.

»Natürlich«, bemerkte A-ho, »sind diese Beobachtungen nur für uns bestimmt.«

Der Herbst war eine magische Zeit für die neuen Gefährten. Die Luft hing voll goldener Düfte und erfolgreicher Jagdzüge. Sie waren beinahe ständig zusammen, obwohl sie manchmal allein hinausgehen mußten, als das kalte Wetter kam und Ransheen durch die Gräser schnitt.

Es war mitten im Winter, und die Luft war unbeweglich, klar und scharf.

A-ho war seit vielen Tagen ganz in ihrer Nähe geblieben, und seine wachsende Erregung zeigte sich in der Art, wie er seinen Schwanz trug: hochgereckt, wie einen buschigen Wimpel. O-ha spürte ihren Gefährten ganz deutlich und ärgerte sich zuweilen, da er sich ständig an ihr rieb und ihr kaum genug Platz im Bau ließ, um eine Pfote zu bewegen. Seine glänzenden Augen waren ständig auf sie gerichtet, und selbst wenn er der hübscheste Fuchs der Welt war, konnte sie trotzdem kaum atmen. Doch A-ho war da, um sie zu beobachten und ihr beizustehen. Auch sie bemerkte eine gewisse Erregung in ihrem Körper, aber ihre Geduld war nur begrenzt, und einmal hatte er versucht, sie zu besteigen, bevor sie auch nur im geringsten dazu bereit war. Da hatte sie nach seiner Flanke geschnappt, so daß er sich enttäuscht zurückzog.

Heute jedoch fühlte sich ihr Körper warm und süß an, und sie wußte, daß sie einen Duft ausströmte, der den Glanz in seinen Augen in ein helles Feuer verwandelt hatte. Sie wartete, während er jede ihrer Bewegungen verfolgte, und seine Körpersprache war weich und geschmeidig.

Plötzlich erhob sie sich und ging zum Ausgang des Baus, leckte ihre Nase, befolgte die Rituale, um den Wind auf mögliche Gefahren hin zu prüfen, und glitt dann hinaus. Wie immer wetteiferten tausend Gerüche um ihre Aufmerksamkeit, die ihr Gehirn so filterte, daß nur die wichtigsten zu ihr drangen. Tausend Gerüche, die meist zu fein oder schwach für menschliche Nasen waren.

Obwohl es kalt war, schien die Sonne winterhart durch die Bäume von Trinity Wood. O-ha fand einen Flecken Gras, blieb dort stehen und wärmte ihr Fell an den schwachen Strahlen. A-ho war direkt hinter ihr.

Kurz danach trat er neben sie und berührte sie mit der Vorderpfote. Sie fühlte, wie er zitterte, und ein Schauer durchlief ihren Körper. A-ho streichelte sie unter dem Kinn. Sie spürte seinen heißen Atem an ihrer Kehle, seine Zunge strich wie ein Tuch durch ihr weiches Fell. Ein tiefer Laut drang aus ihrer Schnauze. Jetzt rieb er sich an ihr, leckte und streichelte sie, strich mit den Pfoten über ihren Rücken.

Das gefiel ihr. Sie schloß die Augen und genoß die wellenförmigen Empfindungen, die ihr durch Glieder und Körper fuhren. Das war schön. Er war schön. Sie öffnete wieder die Augen und sah ihn an. Er war stark, stolz und wunderbar. Sein Fell war weich und sauber, seine dunklen Ohren standen aufrecht. Doch das Schönste an ihm war sein kräftiger Kiefer. Als Beweis ihrer Zuneigung zwickte sie ihn kräftig. Welch ein Glück, daß er sich für sie interessierte. Offensichtlich hätte in diesem Augenblick die ganze Welt zusammenstürzen können, ohne daß A-ho es bemerkt hätte. Er hatte nur Augen für sie und leuchtete wie ein großes, loderndes Feuer im Gras, wärmte sie mit den roten Flammen seines Fells, als würden sie sich tief in ihren Körper brennen.

Plötzlich war er hinter ihr, der Himmel färbte sich karminrot, und das Gras knisterte unter ihr. Sie jaulte kurz auf; er sang einmal und nach wenigen Sekunden war es vorüber, doch es fühlte sich gut und süß an, und ihr Mund schmeckte noch eine ganze Weile nach Fallobst mit Honig.

Nach einer Weile rückte sich die Welt zurecht, und sie konnte ihren Gefährten wieder ansehen. Sie betrachtete seine lange, spitze Schnauze, die Ohren mit ihren schwarzen Enden, den rotgrauen Pelz. Er wirkte glücklich. Er lag im feuchten Gras, seine schmalen, fuchsigen Augen auf ihren Körper geheftet, mit heraushängender Zunge.

»Steck deine Zunge rein«, sagte sie.

»Warum?«

»Weil...« Sie sah sich um und fragte sich, ob man sie beobachtet hatte. Nicht, daß es sie störte, wenn andere einen völlig natürlichen Vorgang mitansahen — es würde sie ohnehin nicht interessieren — aber jetzt, wo es vorbei war, kehrte ihre Neugier zurück.

A-ho stieß ein dreifaches Gebell und dann noch einen lauten Schrei aus, bevor er ihr den schiefen Blick zuwarf, den sie immer so liebenswert fand.

»Na gut, erzähl es der ganzen Welt«, sagte sie. »Wenn du es für nötig hältst. Ich persönlich sehe das anders. Sie können doch alle sehen, was für ein ungeheuer männlicher Kerl du bist.«

»Es ist Tradition«, bemerkte er beiläufig.

»Tatsächlich«, erwiderte sie trocken. »Ich frage mich bloß, wer diese Tradition begründet hat. Wahrscheinlich ein armer Fuchsrüde, der gerade gelernt hatte, wie man mit seiner neuen Gefährtin ›Wind in den Bäumen‹ spielt, was?« meinte sie spöttisch.

An den folgenden drei Tagen liebten sie sich mehrmals, und jedesmal war es so gut wie beim Mal davor: nicht besser, aber bestimmt genauso gut. Der Himmel wechselte noch oft die Farbe. In der Luft hingen *Versprechen* wie Obstlaternen in den Herbstbäumen, die die Welt mit berauschenden Düften erfüllten.

Doch Melloon war schon lange dahin, ließ feuchte Bäume zurück, die dunkel von Pilzen waren, und Büsche ohne Beeren, die ihre Zweige hätten beleben können. Durchweichte Blätter bedeckten den Boden von Trinity Wood, und die Fleischfresser — Eulen, Bussarde und Wiesel — kämpften ums Futter. O-has Ernährung bestand zu drei Vierteln aus Fleisch. Sie mußte wachsam sein. Im Winter gab es Vögel und, wenn der Boden weich war, auch Erdwürmer. Oder aber sie stahl Winterkohl aus dem *Havnot*, dem Ackerland, das Trinity Wood umgab. Kurz nach der Paarungszeit entdeckte sie einen Zaun voller *Gubbins*, dem Fuchswort für von Menschen getötete und zurückgelassene Tiere. Alte Krähen und Wiesel hingen daran. Einige davon versteckte sie in der Nähe, markierte den Ort und nahm dann ein Tier für A-ho mit nach Hause. Zum Dank leckte er ihr Ohr. Nach dem Ende der Paarungszeit war ihre Beziehung zwanglos geworden. Sie konnten einander berühren, ohne daß irgendwelche sirupdicken Gefühle ihre Zuneigung störten.

In O-ha machten sich erfreuliche Veränderungen bemerkbar. Sie sehnte sich nach wärmerem Wetter und Switter, dem Frühlingswind. Viele der Wiesen um Trinity Wood waren noch *alte Weideländer*, und das Rebhuhn beispielsweise fand dort Blattwespen- und Schnakenlarven, die sich nur von bestimmten Pflanzen ernähren, ohne die sie nicht überleben können. Es gab noch Baumhecken und Gräben, die Vögel, Säugetiere und Reptilien zum Leben brauchten. Die heckenlose Landschaft und die neuen, sterilen Weidegebiete rückten näher, hatten die Gegend um Trinity Wood aber noch nicht vereinnahmt.

Der Wald selbst war ein altertümlicher Mischwald aus Nadel- und Laubbäumen — Eiben, Zedern, Lärchen, Eichen, Buchen, Erlen — und keiner dieser von Menschen gemachten, stummen Wälder aus Sitkafichten, in denen die Nadeln jegliches Unterholz ersticken und die für das Wildleben nötigen Insekten abgeschreckt werden. Stumm, unbeirrbar stumm. In den neuen Kiefernwäldern ruhten schwere, bedrohliche Schatten, und die säuberlich angepflanzten Baumreihen standen so dicht beieinander, daß sich nicht einmal ein Kaninchen hindurchzwängen konnte. In Trinity Wood waren die Schatten leicht, und das Miteinander der verschiedenen Baumarten wirkte beruhigend unordentlich.

Natürlich nahmen O-ha und die anderen Bewohner von Trinity Wood dies als selbstverständlich hin, obwohl umherwandernde Tiere Warnungen vor einer äußeren Welt mitbrachten, die man nach den Bedürfnissen dieser häßlichen Zweibeiner formte, deren haar- und federlose Körper in locker sitzenden Stoff gehüllt waren und die ihre Zähne selbst dann zeigten, wenn sie nicht wütend waren.

Nicht zu unserer Zeit, sagten sie dann zu sich selbst und den anderen. *Die Waldgebiete und Felder werden sich während meines Lebens nicht verändern.*

Richtig, sagte die Pfeifente und pfiff in den Wind. Und das Schwarzkehlchen stimmte ihr mit einem Ton zu, als schlage man zwei Kieselsteine aneinander.

Die Spitzmaus, der Grashüpfer, der Borkenkäfer, der Fuchs, das Eichhörnchen, die geselligen Saatkrähen und einsiedlerischen Krähen, die Brandenten, die in alten Kaninchenlöchern entlang der Gräben nisten, die Natter, die glatte Schlange, die Elstern, die plötzlich im freien Feld geheimnisvolle Parlamente eröffnen, um zu konspirieren und Revolutionen zu planen, die winterlichen Ameisenkugeln in hohlen Baumstämmen, der Baumläufer, der Ziegenmelker, der Hase und das Kaninchen, die Dachse, das Rotkehlchen, das elf Monate im Jahr singt und im August verstummt, die Ansammlungen von Bläßhühnern auf dem Fluß ...

... sie alle sangen das gleiche Lied.

Nicht zu unserer Zeit.

O-ha und die anderen Lebewesen in Trinity Wood und Umgebung kümmerten sich daher nicht um diese Warnungen, die Außenseiter mitbrachten. Ihr Interesse beschränkte sich auf die Feinheiten und Launen der Winde. Sie trugen Gerüche und Geräusche heran, die für das tägliche Leben, den Wechsel der Jahreszeiten und die Vermeidung von Kontakt mit Menschen unersetzlich waren. Die Waldmaus hatte inmitten der Raubtiere schon genug Sorgen, ohne sich noch um zukünftige Katastrophen zu kümmern, die vielleicht nie eintreffen würden. Die Mauersegler und Schwalben waren zu sehr damit beschäftigt, über Tümpeln Insekten zu fangen. Die Moorhühner versteckten ihren Kopf unter Blättern, wenn ihnen solch schreckliche Gedanken in den Sinn kamen, und glaubten, daß niemand sie sehen könne, vergaßen dann aber schnell, warum sie das taten und gingen wieder zum Fressen hinaus an den Teich.

Das Leben war schon gefährlich genug, ohne daß man sich noch um etwas kümmerte, auf das man sowieso keinen Einfluß hatte. O-has Hauptsorge lag darin, genug Futter für sich und ihre ungeborenen Jungen zu beschaffen und der Jagd aus dem Weg zu gehen.

Eines Nachts stieg sie aus ihrem Bett, ließ A-ho in tiefem Schlaf zurück und taumelte nach draußen. Sie war schläfrig und versäumte die Rituale des Aus-dem-Bau-Tretens, die sie normalerweise *immer* beachtete.

Über dem Wald schien ein Jägermond, der sein Licht über die Landschaft warf und die Welt mit Schatten erfüllte. Die Schatten bewegten sich und tanzten, als seien sie lebendig.

O-ha machte sich mit einem seltsamen Gefühl auf den Weg quer über den *Hav.* Ihr war, als sei sie nicht sie selbst, sondern eine andere Füchsin, die sich durch die mondhelle Landschaft am Abhang von Trinity Wood bewegte. Um sie herum ertönten im Gras die Laute anderer Lebewesen, die ihren nächtlichen Geschäften nachgingen. Dann plötzlich war alles still. Ein Geruch von Gefahr lag in der Luft.

Der klagende Ton eines Jagdhorns schwebte über die Felder.

O-has Herz nahm den Klang noch vor ihrem Gehirn wahr, und bevor sie sich dessen bewußt war, eilte sie schon durch das Schwarzdorndickicht. Ihre Pfoten aber verstrickten sich ständig im Netz der Schatten und hinderten sie am Vorwärtskommen. Sie wünschte sich, der Mond wäre weg, der Jägermond, in dessen Licht die menschlichen Tiere sehen konnten. Aber sie hatten ja auch ihre Hunde und Pferde, die für sie sahen, die Beute witterten und zur Strecke brachten.

Das menschliche Gebell wurde lauter, und sie konnte das Hämmern der Pferdehufe auf der Grasnarbe hören. Die Hunde schrien und trieben einander an. Schatten wuchsen wie Brombeeren um sie herum, verfingen sich in ihrem Fell, hemmten ihren Lauf. Es war, als hätten sich die schwarzen Schatten der Dornbüsche mit dem Menschen verbündet und stellten ihr Fallen und Schlingen, um sie aufzuhalten, zu fangen, bis die Hunde sie einholten.

Sie rannte, bis ihr Herz fast zerbarst. Oben auf einem Hügel, im vollen Licht des Jägermondes, griffen die Hunde nach ihr und fielen über sie her. Sie schrie um Gnade, als Hundezähne ihre Beinknochen zermalmten und die Gelenke auseinanderbarsten. Unter unerträglichen Schmerzen rissen sie Fleischfetzen aus ihrem Körper, und ihr Blut spritzte in die Gesichter ihrer Mörder.

Die Augen der Hunde leuchteten vor Blutdurst und veränderten sich, als ihre Kiefer O-has Knochen brachen und ihr das Fell vom Fleisch zogen. Sie verwandelten sich in weiße, menschliche Gesichter, mit gekräuselten Lippen und jenem häßlichen Gebell, das nur Menschen von sich gaben, das unablässig aus ihren Kehlen drang ... »HA-HA-HA-HA-HA-HA-HA ...« Hunde mit Menschenköpfen und Röcken und Kappen, wahnsinnig in ihrer Freude, ein anderes Lebewesen zu zerreißen. Menschenköpfe mit Hundekörpern, häßlich in der Erregung des Todes und seines jüngeren Bruders, dem Schmerz. Während sie die ganze Zeit um Gnade schrie, Gnade für sich und ihre ungeborenen Jungen, hörte niemand hin. Alle Ohren waren taub, außer für die Geräusche des Tötens. Dann war sie seltsamerweise außerhalb ihres Körpers und schaute zu. Und sie sah, daß nicht sie inmitten dieser wahnsinnigen Menschenhunde lag, sondern A-ho, ihr Gefährte. Sie schrie ihnen zu, aufzuhören, ihn in Ruhe zu lassen. Sie sah, wie sich sein Körper im Todeskampf zusammenzog und seine Augen sie um Hilfe anflehten. Doch sie konnte nichts tun als zuzusehen, wie er zerrissen wurde.

Und als er tot war, hob ihn ein Reiter hoch, einer der Reiter mit einem menschlichen Körper und einem Hundekopf hob ihn hoch und biß ihm den Schwanz ab. Dann wischte er mit dem blutigen Ende über sein Gesicht. »HA-HA-HA-HA-HA!«

Als er dann von der Menschenhand herabhing, eine nutzlose, leere Hülle ohne Schwanz, deren Kopf hilflos hin- und herschwang, konnte sie sehen, daß es nicht A-ho war, nicht sie selbst, sondern bloß irgendein anderer Fuchs, nur irgendein unbekannter Fuchs. Es war ein anderer Fuchs, aber nicht bloß ein anderer Fuchs, es war *der* Fuchs, er war alle Füchse. Er war sie, er war A-ho, er war ihre erwachsenen Jungen. Es war ihre Mutter, ihr Vater, ihre Geschwister und Gattung.

Sie erwachte in ihrem Bau, und an ihrer Seite fragte A-ho gerade: »Was ist los? Hattest du den Alptraum?« Dann wurde ihr klar, daß sie im Schlaf winselte. Ihre Geräusche und ihr zuckender Körper hatten ihn geweckt.

Sie kuschelte sich an ihn.

»Ja, es war der Alptraum.«

Es war der böse Traum aller Füchse, die Jagd durch die Landschaften der Seele und das blutige Ende, das nie ein Ende war, weil es wieder und immer wieder kommen würde ...

2. Kapitel

Die Winde sind Götter. Ohne sie würde das Überleben zum Alptraum. Sie führen jene Düfte und Töne mit sich, die für das Fuchswissen am allerwichtigsten sind: Gefahr, Nahrung, Regen, Liebe, Bäume, Erde, Landschaft – einfach alles. Jeder einzelne Wind ist eine Gottheit mit einem geheimen Namen, den die Felsen und Bäume flüstern, der sich in die Oberfläche der Flüsse und Seen schreibt. Der Wind ist wichtiger als Sonne oder Mond, er ist der Atem des Lebens. Irgendwo in zeitlosen Jahreszeiten liegt ein sagenhaftes Land namens *Heff*, wo eine formlose Gestalt durch eine Reihe hohler Baumstämme voller unterschiedlich großer Löcher bläst. Dies ist der Palast der Winde.

Die Zeit war Ransheen, der weiße Wind, während dessen Herrschaft die Dunkelheit tief in die Enden des Tages wuchs. Weiche Dinge waren spröde geworden, und die Landschaft hatte scharfe Kanten bekommen. Ransheen führte einen Bauch voller Kiesel und brennende Lungen mit sich. Es war Nacht, und O-ha bereitete sich mit ruhiger Präzision auf das Ritual des Aus-dem-Bau-Tretens vor: eine ausgefeilte Prozedur, mit der sie äußere Gefahren und die Verborgenheit des Baus prüfte.

Sie leckte sich die Nase und streckte sie in den kalten Weg Ransheens hinaus, witterte seine Stärke und Richtung. Da draußen waren tausend Gerüche, die sie auf der Stelle erkannte. Gerüche von Menschen und Hunden bemerkte sie jedoch nicht, und nach einiger Zeit stellte O-ha mit Zufriedenheit fest, daß alles sicher war. Langsam trat sie aus dem Bau.

Die Welt war ein Steinblock mit einem gefrorenen Herzen. Nach der Paarung war der wahre Winter hereingebrochen, fast so, als habe ihr Zusammmenkommen ein Signal für das Herannahen des Eises gegeben. Rings um O-ha seufzten die Bäume von Trinity Wood im Mondlicht. Sie bewegte ihren Kopf langsam hin und her und prüfte die Gerüche, die Ransheen in seinen unsichtbaren Händen trug, die Töne, die er mit sich führte.

Dann kam der schnelle Schwung nach vorn, um Distanz zwischen sich und dem Bau zu schaffen, durch den Saum des Gebüschs und nach draußen in den *Hav*, das offene Heideland.

Dort warf ein Pirschmond sein fahles Licht über die Landschaft. Als sie ein Junges gewesen war, hatte O-has Mutter ihr erzählt, der Mond sei die verborgene Seele der Sonne. Im Anfang, nicht lange, nachdem die Welt erschaffen worden war, hatte es weder Tag noch Nacht gegeben: Welterschaffer wie der große Fuchs A-O und der Wolf Sen-Sen bewegten sich mit Hilfe von Geruch und Geräusch durch die *Firstdark* und brauchten kein Licht. Dies war die Zeit, bevor Menschen aus der Ursuppe kamen. Der Gigant *Groff*, der von den Menschen gesandt war, um die Welt für ihre Invasion vorzubereiten, war jedoch angewiesen worden, den Menschen Licht für die Jagd zu beschaffen. Er tauchte seine Hand tief in die Erde und holte einen feurigen Ball hervor. Er nannte diesen geschmolzenen Ball *die Sonne*, doch als er ihn in den Himmel warf, tat er dies so heftig, daß sich die Seele der Sonne von ihrem Körper löste. Diesen Geist der Sonne nannte man *den Mond*, und er folgte einem ähnlichen, aber getrennten Weg in seiner Weltumkreisung.

Der Wolf und der Fuchs wußten, daß *Groff* das Tageslicht brachte, damit die Menschen sie leichter finden und töten konnten, und sie versuchten, den Giganten zu zerstören. *Groff* jedoch war unverletzlich, da er nur aus *Glauben* bestand, und er konnte nur zerstört werden, wenn die Menschen an seiner Existenz zweifelten.

O-ha benutzte die ererbte Straße von Trinity Wood nach Packhorse Field. Andere Seitenpfade der Füchse und Dachse schnitten diese Hauptachse zickzackförmig, aber O-ha achtete nicht auf sie, da keiner von ihnen zum Wasser, ihrem augenblicklichen Ziel, führte.

Ihre Schritte waren ganz leicht, und sie blieb von Zeit zu Zeit stehen, um über die Schulter zu blicken — nicht zum Sehen, sondern zum Hören, da sie wie alle ihre Artgenossen nicht in der Lage war, einen unbewegten Gegenstand länger als einige Sekunden zu betrachten. Sie kam an einem kleinen Cottage vorbei und benutzte den Graben am Ende des großen Gartens als Tarnung. Sie konnte die eisernen Zaunpfähle und die Drähte zwischen ihnen riechen. Ihre Ohren fingen das Geräusch der Uhr auf, die im Schlafzimmer des Hauses tickte. Irgendwo auf der Straße, die am Haus vorbeiführte — kaum mehr als einen Kilometer entfernt — ging ein Mensch. Sein Geruch erreichte sie auf Ransheens Rücken.

Sie lag in dem feuchten Graben, beobachtete eine Weile das Haus, ihr Körper war auf die Nacht eingestimmt. Alles blieb still. Manchmal war es klug, einfach zu warten, selbst wenn nur ein schwacher, entfernter Ton ihre Geistesruhe gestört hatte. Oder vielleicht etwas, das nicht einmal zu sehen, riechen oder hören war? Vielleicht nur ein Gefühl? Um zu überleben, mußte man nicht alles wissen, sondern seinem Instinkt folgen. Wenn das Gefühl »stehenbleiben« befahl, blieb sie stehen. Ihr Durst konnte warten. Anders als die Menschen erfand O-ha keine Gründe, um in ihrer normalen Tätigkeit fortzufahren. Es gab keine Aufgaben, die nicht warten konnten. Sie war durchaus bereit, nichts zu tun und nichts zu sein, solange ihr Geist unruhig blieb.

Schließlich setzte sie ihren Weg zum Teich fort.

O-ha war eine sehr konventionelle Füchsin und führte selbst beim Gehen bestimmte Rituale aus. Darunter war eines, das in Gesellschaft und selbst unter Paaren nur selten angesprochen oder erwähnt wurde, obwohl man es bei jeder Gelegenheit gewissenhaft ausführte: das *Markieren.* Fast unbewußt markierte O-ha bestimmte Abschnitte der Straße mit ihrem Urin, so daß A-ho, falls er vorbeikäme, wissen würde, daß sie vor kurzem dort gewesen war.

Als sie die ererbte Straße entlanglief, spürte O-ha, wie die gefrorenen Gräser ihre Beine streichelten, und sie dachte wehmütig an Melloon, den Herbstwind, und an die Früchte und Pilze, die seither verschwunden waren.

Auf einem der Fuchsseitenpfade hörte sie einen vertrauten Schritt, der so leicht wie ihr eigener war, und witterte einen Duft, bei dem ihr stets ein freudiger Schauer über den Rücken lief. Sie verharrte in ihrer Stellung, und schon bald trat ein anderer Rotfuchs aus den hohen weißen Gräsern.

»A-ho«, sagte sie. »Ich habe nicht gehört, wie du den Bau verlassen hast. Warum hast du mich nicht geweckt?«

A-ho blieb stehen und kratzte seinen muskulösen Körper mit der Geschmeidigkeit einer Katze.

»Du hast so fest geschlafen. Hätte mir leid getan, dich zu wecken.« Er bewegte ruckartig den Kopf. »War unten im Obstgarten und habe nach Ratten gesucht, aber das Fallobst ist weg. Nichts, mit dem man sie aus ihren Löchern locken könnte. Und du?«

»Bin auf dem Weg zum Teich.«

»Nun, sei bloß vorsichtig — in deinem Zustand ...«

Sie war jetzt seit drei Wochen trächtig und verspürte im Bauch ein warmes Glühen.

»Es wird schon gutgehen.«

»Sei vorsichtig«, wiederholte A-ho, und dann war er weg. Sein dunkler Pelz bewegte sich über die ererbte Straße auf ihren Bau zu.

O-ha setzte ihre Reise durch das Mondlicht fort. In der Ferne schrie ein Waldkauz, und Ransheen trug den Klang zu ihr über die Felder.

Der Mensch, den sie zuvor draußen auf der Straße gerochen hatte, war jetzt quer durch die Felder gegangen und kam auf die Tierstraße zu. Sie konnte das Knirschen seiner Stiefel auf dem harten Boden hören. Die gefrorenen Erdklumpen hinderten ihn am Vorwärtskommen. Gelegentlich verlor er den Halt und bellte leise.

O-ha glitt zwischen die Gräser und wartete still darauf, daß der Mensch vorüberging. Seine Marschrichtung schnitt ihren Weg und unter all den anderen Gerüchen, die ihn wie eine Wolke umgaben, war auch der eines Gewehrs. Obwohl die Dunkelheit sie schützte und der Mensch auf eine Art krank zu sein schien, wie es viele Menschen waren, denen sie in den frühen Morgenstunden begegnete, wollte sie nicht, daß er die Waffe abfeuerte. Es gab mit Gewehren verbundene Geräusche und Gerüche, die an Stürme, Donner, Blitze und verkohlte, geborstene Baumstümpfe erinnerten. Unter solchen Umständen war es immer schwer, zu denken und einen kühlen Kopf zu bewahren. Man überlebte zwar, falls man nicht getroffen wurde, doch der Schreck allein reichte schon aus, um einen Fuchs zu verwirren und zu einer Dummheit zu verleiten.

Der Mensch kam bis auf wenige Schritte an sie heran. Er roch stark nach Rauch. Sein Gang war unsicher, er stolperte häufig und fiel einmal der Länge nach hin, worauf er eine Weile liegenblieb. Sein Gewehr klapperte gegen einen Stein, und O-ha hielt den Atem an in der Erwartung, daß es Flammen ausspucken und ein gezacktes Loch in die Stille der Nacht reißen würde. Nichts geschah, kein Feuer, kein Lärm.

Der Mann verschlang die gefrorene Luft und stieß seinen Atem schnaubend durch die Nase aus. Er grollte leise und hievte sich auf die Füße. Dann taumelte er vorwärts, als suche er den Boden ab. O-ha hörte, wie er das Gewehr aufhob, bevor er barsch den Mond anbellte. Sein Kopf begann zu schwanken, als er sich wieder aufrichtete. Er klopfte seine Kleider ab, kläffte erneut und setzte dann seinen verschlungenen Weg über die Felder fort.

O-ha begegnete recht häufig Menschen, obwohl diese das Zusammentreffen nur selten bemerkten. Menschen besaßen die scharfen Augen eines Raubtiers, das sich nicht auf das Wittern der Beute verlassen kann, aber sie hatten den Instinkt, der zu dieser Sehkraft gehörte, verloren. Oft hatte sie im Glauben, ein Mensch habe sie bemerkt, den Atem angehalten, doch dann war er vorübergegangen. Sie war zu dem Schluß gekommen, daß die meisten Menschen äußerst beschäftigte Wesen waren, deren sorgenvolle Gedanken sich außerhalb der Belange eines Fuchses bewegten. Warum sonst würden einzelne Menschen mit einem so seltsamen Gesichtsausdruck umherwandern, die Augen auf einen Punkt weit außerhalb ihres Gesichtsfeldes gerichtet und immer nach irgendeiner Angst riechen? Und kamen sie nicht allein, dann waren sie zumeist so sehr damit beschäftigt, einander anzubellen, daß die Welt hätte Kopf stehen können, ohne daß sie es bemerkt hätten. Was das Töten betraf, so töteten Menschen manchmal weder zur Verteidigung ihres Reviers noch zur Ernährung, sondern aus Gründen, die Füchse niemals verstanden hatten. Manchmal machten Menschen das Töten von Füchsen zum einem großen Spektakel, und dann wieder taten sie es hinterlistig, heimlich, während niemand zusah.

O-ha kannte den Tod, selbst das Abschlachten. Sie und A-ho waren einmal in einen Hühnerstall eingefallen und hatten alle Insassen abgeschlachtet. Einige Minuten lang hatte sie nur eine verschwommene rote Wolke vor Augen gehabt, und ihr Herz war in ihren Kopf gewandert und hatte dort weitergeschlagen. Ihr Fell kochte über, und sie schnappte nach allem, was sich bewegte. Das war keine Blutgier, es war Sparsamkeit. Danach hatten sie dann so viele Hühner wie möglich davongetragen, bevor der Bauer es bemerkte. O-ha verstand das Töten, selbst den Massenmord, so daß Menschen für sie nicht *unnatürlich*, sondern lediglich unerreichbar waren.

Als O-ha am Teich ankam, stellte sie fest, daß eine Eisschicht die Oberfläche bedeckte. Sie glänzte frostig zu ihr herüber. Sie prüfte die Stärke mit ihrer Pfote. Das Eis blieb fest, und O-ha wußte nun, daß sie am Rand lecken mußte. Zunächst murmelte sie die rituellen Gesänge. »Wasser, Bewahrer des Lebens, Körper von A-O, dem ersten Fuchs von *Firstdark*, reinige meinen Geist ...« Dann leckte sie beständig am Eis, bis sie zufrieden war, während sich ihre Sinne auf die Außenwelt richteten. Sie entspannte sich nicht eine Sekunde lang. Sie mußte ständig vor dem einen Ton auf der Hut sein, der Mißklang hieß, dem einen Geruch, der Gefahr bedeutete. Um zu überleben, mußte ein Fuchs unsichtbar sein, ein Baumwollfädchen im Wind, und alle Dinge sofort erfassen.

In der Mitte des Teiches, zwischen den steifen Schilfrohren, lag eine kleine Insel. Auf diesem Stück Land befand sich ein hausähnlicher Verschlag, in dem, wie O-ha wußte, Enten schliefen. Nun, lange würden sie nicht mehr schlafen! Sie richtete ihr Ohr auf das Bauernhaus, das irgendwo dort draußen in der Dunkelheit schwamm. Sie roch Menschen — hörte sie in ihrem Bau atmen. Sie hatte keine Angst. In der Luft lag keine Spannung.

Dann starrte sie wieder einige Sekunden auf die Hütte, bevor diese neblig vor ihren Augen tanzte. Die dunkle Seite ihrer Seele glitt nach vorn, und sie schritt auf den Teich hinaus, während das Eis unter ihren Füßen knirschte. Bauern glaubten, die Enten zu schützen, indem sie sie auf kleine Inseln setzten, aber Füchse sind gute Schwimmer. Und sie vergaßen natürlich, daß Eis für jedes Raubtier eine bequeme Brücke darstellt.

O-ha blieb in der Mitte des Teiches stehen und schaute nach unten. Da war etwas unter dem milchigen Eis, ein formloser Schatten, der zu ihr heraufstarrte. Sie erschauerte, konnte sich aber einen Augenblick lang nicht bewegen. Das Ding ließ sie nicht los. Es hielt ihren Blick gefangen, in dem seinen verschlossen. Es war ein Ding aus einer anderen Zeit. Eine ferne Form, die O-ha nicht erreichen konnte, weil sie ihr zu weit voraus oder zu weit hinter ihr zurück war, aber sie versprach eine Begegnung. Das Versprechen lag in ihrem Blick.

Dann ließ sie los, und O-ha eilte weiter.

Als sie erst einmal auf der Insel war, regten sich die Enten, die ihre Gegenwart spürten. Sie schlich leise um den Verschlag, suchte nach dem kleinsten Riß oder Spalt, der auf ein loses Brett hindeutete. Sie konnte die Tiere in ihrer eigenen Sprache reden hören, während sie das Dach sorgfältig überprüfte. Nicht ein Quadratzentimeter entging ihrer Aufmerksamkeit.

Sie ging methodisch vor, und der Hunger schärfte ihre Sinne. Eine dunkle rote Wolke war in ihrem Kopf, bedeckte ihre Augen, füllte ihre Nasenlöcher, und eine drängende Sehnsucht strahlte brennend aus der Tiefe ihres Bauches bis in ihre Zungenspitze.

Laß mich nur einen Riß in den Brettern finden, in den ich meine Nase stecken kann, dachte sie, und der Rest von mir wird nachfolgen.

Ihr Mund schwamm in Speichel. In ihrem Gehirn summten blutige Fliegen. Ihr Atem war so scharf wie die Klinge eines Grashalms.

Die Enten gerieten in Aufruhr und begannen, Lärm zu schlagen, aber O-ha machte sich noch immer keine Sorgen. Sie hatte ihr Ohr auf die Menschen gerichtet, die Nase in den Wind. Und der alte Hofhund Gip verbrachte seine letzten Monate auf dieser Welt. Er war sechzig Jahreszeiten alt, beinahe taub, und er roch höchstens noch Dosenfleisch.

Sie unternahm eine lange und sorgsame Untersuchung des Verschlages. Dann grübelte sie eine Weile über dem Türriegel, da dieses Ding wohl irgendwie mit dem Verschließen des Eingangs zum Verschlag zusammenhing, aber sie konnte nicht begreifen, wie er funktionierte.

Schließlich gab sie ihr Vorhaben auf.

»Heute nacht kommt ihr davon«, flüsterte sie, und die rote Wolke hob sich. »Aber ich werde wiederkommen. Irgendwann wird der Riegel vergessen oder ein verrottetes Brett nicht ersetzt — und dann werden wir sehen.«

Eine der Enten furzte, doch O-ha konnte nicht feststellen, ob es aus Angst geschah oder als beleidigende Erwiderung gedacht war. Domestizierte Geschöpfe waren seltsam und für wilde Tiere schwer zu durchschauen, da sie den Menschen ihre Seelen überlassen hatten.

Dann plötzlich ertönte ein Geräusch im Bauernhaus. Im oberen Teil krachte etwas gegen die Wand, und ein Mensch begann, in die Nacht zu bellen. O-ha preßte sich gegen den Verschlag und fragte sich, ob sie besser in die Felder rennen oder bleiben sollte, wo sie war, um auf Besserung zu hoffen. Sie würde das dünne Eis vorsichtig überqueren müssen — nicht in Panik geraten und blind draufloslaufen — sonst würde sie möglicherweise einbrechen und im eiskalten Wasser rasch ertrinken. Ein Lichtstrahl fiel aus dem Haus und traf auf den Verschlag. Er glitt über die Insel und verfehlte sie nur um Haaresbreite.

Sie wartete mit klopfendem Herzen auf das Geräusch, das sie ins vollkommene Hier schicken könnte, den Ort, der gute Füchse nach dem Tod erwartet, Füchse, die von ihren Freunden geschätzt, ihren Feinden respektiert und von niemanden gehaßt werden, der nicht selbst verhaßt ist.

Selbst als er nicht erklang, blieb sie wie festgefroren sitzen und wartete. Ihr Atem formte verschwommene Blüten in der Nachtluft, die über dem Frostfeuer davonschwebten. Irgendwo quiekte eine Maus, wahrscheinlich in den Klauen einer Eule. Eine Wolke schob sich vor den Mond.

3. Kapitel

Sie blieb im Schatten des Verschlages liegen, bis sich die Erregung dort drinnen gelegt hatte und es im Haus wieder still geworden war. Die Nacht war kalt, und der Bauer zögerte zweifellos, sein warmes Bett zu verlassen und einen Fuß vor die Tür zu setzen. Im Sommer hätte O-ha vielleicht vor dem Gewehr davonlaufen müssen.

Schließlich stand sie auf und lief über das Eis zurück. Im Mondlicht fühlte sie sich nackt und verletzlich, und die Enten hatten beim Geräusch ihrer Bewegungen wieder ihre Klagen angestimmt. Gip lief ruhelos durch seinen Zwinger. O-has Mutter, O-fille, hatte Gip vor Jahreszeiten gekannt und O-ha erzählt, wie der Schäferhund sie vom Bauernhof gejagt hatte. Doch selbst in seiner Blütezeit war Gip kein Killer gewesen.

»Einmal«, so hatte O-fille ihren versammelten Jungen erzählt, »geschah es, daß man Gip nicht angekettet hatte, und er verscheuchte mich von einigen Kaninchenställen, die genau vor der Küchentür standen. Ich hatte gerade erst an den Lederscharnieren gekaut, als er um die Ecke gesaust kam und mich entdeckte.«

»Natürlich rannte ich davon wie eine Katze mit angesengtem Schwanz ...« die Jungen hatten über diesen Vergleich gelacht »... und Gip folgte mir dicht auf den Fersen. Er war damals jung und schnell, mit breiten Schultern. Wie eine Närrin rannte ich in die Scheune, wo einige Menschen arbeiteten, und wurde von Gip im Kreis herum gehetzt, während uns die Landarbeiter anbellten.«

»Schließlich hatte Gip mich in die Enge getrieben und kam langsam auf mich zu. Die Arbeiter kreischten mittlerweile vor Begeisterung.

Gip sagte: ›Sie befehlen mir, dich zu töten.‹ Er war wütend, weil ich ihn in eine Lage gebracht hatte, in der man so viel von ihm erwartete. In diesem Moment wurde mir klar, daß er kein Killer war. Ich konnte es in seinem Gesicht, in seiner ganzen Haltung lesen. Aber unter den Augen seiner Herren mußte er mir etwas antun. Ich versuchte, ihm zu entwischen, aber er packte mich am fleischigen Teil meines Halses, warf mich in die Luft wie ein Bündel Heu und dann nach hinten über die Schulter.

Ich landete nah bei der offenen Tür, kam sofort auf die Füße und rannte weg in Richtung *Havnot*. Gip war nicht weit hinter mir und schrie: ›Laß dich so bald nicht wieder blicken, Füchsin. Du bist jetzt gewarnt. Nächstes Mal bin ich nicht so nachsichtig.‹

Natürlich ging ich wieder hin. Das müssen wir doch, oder nicht? Aber ich habe Gip nie zu sehr gereizt ...« Es gab tüchtige, starke, vernünftige Hofhunde, die erfolgreich ihrer Arbeit nachgingen, ohne unnötiges Blut zu vergießen. Und dann waren da die Jagdhunde, Fuchshunde inbegriffen, die alles dafür gaben, um Blut zu schmecken.

O-ha folgte dem gefrorenen Pfad über das Eis hinaus und konnte quer durch den *Havnot* schlüpfen, bevor sie den relativ sicheren, offenen *Hav* erreichte.

Ihr Beutezug hatte viel Zeit in Anspruch genommen, und die Dämmerung kroch langsam über die Felder. O-ha fand einen Seitenweg im Feld und lief ihn in Richtung Sonne entlang. Nach ungefähr zweihundert Metern blieb sie stehen und schnüffelte.

Fleisch! Sie konnte den berauschenden Duft von Fleisch ausmachen.

Ihre Sinne loderten auf, als der Geruch auf Ransheens Rücken in ihre Nasenlöcher schwamm. Sie verließ den Seitenpfad und betrat ein unwegsames Gelände, wo Brombeersträucher mit Zaunrüben rangen und hohe Schwarzdornbüsche aus dem gestutzten Gras sprossen. Ein Wiesel, das Name und Farbe für die Wintermonate geändert hatte und zum Hermelin geworden war, zischte und spuckte sie an, als sie an seinem Tunnellabyrinth vorüberkam. Sie war nicht hungrig genug, um das wilde kleine Tier anzurühren, und ohnehin lag da ein Versprechen im Wind. Sie hatte den Geruch inzwischen identifiziert: Kaninchen. O-ha kannte ein Gehege in der Nähe, aber bei dem Tier, das dieses Signal aussandte, handelte sich um ein verwundetes oder gerade erst verendetes Kaninchen. Sie mußte wachsam sein, da diese Tatsache viele Fragen offenließ.

Sie stieß auf einen Drahtzaun, der sich quer über den *Hav* erstreckte und hinter dem einige Kühe auf dem gefrorenen Gras weideten. Trotz ihrer Größe waren diese Geschöpfe sanft und stellten keine Bedrohung dar. Dennoch zögerte O-ha, bevor sie unter dem Draht in den *Havnot* schlüpfte, und schnupperte nach dem stärkeren Geruch von stählernen Schlingen. Sie war nicht so dumm, blindlings in ein Gebiet zu laufen, das sie kaum kannte.

Als sie sich sicher fühlte, glitt sie schnell unter den Draht, bewegte sich dabei rasch, aber äußerst vorsichtig. Sie fiel selten in Trab und rannte nur in Notlagen. Ihre Mutter hatte sie gelehrt, daß ein kühler Kopf hilfreicher war als heiße Füße.

Endlich traf sie auf ein Schwarzdorndickicht, das von Kaninchenröhren durchzogen war. An einem der Eingänge lag ein Kaninchen. Es rührte sich nicht. Um seinen Hals zog sich eine blutige Linie.

Eine weitere Menschenfalle hatte das Geschöpf gefangen: eine Drahtschlinge, die ihre Opfer erwürgte. Je mehr das Kaninchen gekämpft hatte, desto enger war die Schlinge geworden, und schließlich hatte es sich selbst erdrosselt. O-ha konnte sehen, daß am Fuß des Schwarzdorns Rinde fehlte, wo das Kaninchen mit den Hinterbeinen ausgeschlagen hatte.

O-ha leckte sich die Nase, machte sie so empfänglicher und prüfte Ransheen. Dann bewegte sie sich langsam vorwärts, die Schnauze dicht über dem Boden. Zuerst ließ sie ihren Schatten zur rituellen Reinigung des Aases zweimal über das Kaninchen gleiten. Dann packte sie das frischverendete Tier mit ihren Kiefern und versuchte, es vom Draht wegzuzerren, aber wie erwartet hing es fest. Selbst ein ruckweises Ziehen konnte das Fleisch nicht lösen.

Als ihr klar wurde, daß sie die Mahlzeit unmöglich aus ihrer Falle befreien konnte, gab sie sich damit zufrieden, an der Unterseite zu nagen und die darunterliegenden, weichen Organe zu fressen. Ihre Schnauze grub sich beim Fressen tief in das Kaninchen, und ihr Bauch hieß die warme Nahrung willkommen.

Nachdem sie eine Zeitlang gefressen hatte, drang ein Ton von der anderen Seite des Dickichts herüber. Da ihre Nase noch vom Blutgeruch betäubt war, konnte sie keinen Duft wahrnehmen. Sie erstarrte und preßte sich an den Boden. Eines war sicher: Das war nicht der Schritt eines Menschen. Dafür war er zu leicht und sacht: Es mußte sich um einen Vierbeiner handeln. Einen kleiner Hund, Dachs oder Fuchs.

Sie fürchtete sich nicht vor Dachsen, obwohl sie stärker waren als Füchse, aber ein Hund war schon etwas anderes. Ihr Atem ging schneller, als sie rasch die Fluchtmöglichkeiten prüfte.

Plötzlich lenkte sie ein Kreischen von oben ab: Eine Elster war auf dem Schwarzdorn gelandet. Sie stolzierte arrogant über einen Zweig, wobei sie angesichts ihrer Größe viel zuviel Lärm schlug, verschwamm dann zu einem schwarzweißen Klecks, als sie stehenblieb und O-ha sie nicht mehr klar erkennen konnte. Dann stieg ihr der Geruch von Fuchs, altem Fuchs, in die Nase. Ein ergrauter Fuchsrüde bog um den Schwarzdorn und leckte sich dabei die graue Schnauze. Der Rest seines Fells war dunkel — dunkler als O-has — und der Kopf schien zu groß für den Körper zu sein.

O-ha sagte: »A-magyr! Du hast mich vielleicht erschreckt.«

Der alte Fuchsrüde beäugte sie kriegerisch. A-magyr war einmal ein *Rangfar* gewesen, einer jener Wanderfüchse, die durchs Land ziehen und als die Zigeuner der Fuchswelt gelten. Obwohl er sich nun im Bezirk niedergelassen hatte, zeigte er angeblich nur Verachtung für *Ords,* jene Füchse also, die sich niemals weiter als einen Kilometer von ihrer Gemeinde entfernen.

»Erschreckt?« grollte er. »Füchse sollten sich nicht erschrecken. Sie sollten immer ihre Sinne beisammen haben und sowohl die kommende als auch die vergangene Zeit kennen.« Er schubste sie zur Seite. »Jetzt hau ab. Das Kaninchen da gefällt mir.«

Da A-magyr für seine Nachlässigkeit bekannt war, war seine Rüge ein wenig ungerecht. Man sagte ihm nach, daß er einmal in der Mitte der Dorfstraße entlanggeschlendert war, völlig unbeeindruckt von den Menschen, die stehengeblieben waren, um ihn anzuglotzen. Erst als ein Fahrzeug ihn anhupte, hatte er sich herabgelassen, die Gegenwart der Menschen wahrzunehmen und war in einer Gasse verschwunden. Er war ein sehr großer Fuchs, größer als die meisten, und es hätte schon einen mutigen Stadthund gebraucht, um ihn anzugreifen.

»Komm schon, verzieh dich«, schnappte er, als sie an ihm vorüberschwebte.

O-ha überdachte die Lage. Sie hatte den größten Teil des weichen Fleisches und der Brust gefressen. Nur Kopf und Beine waren unberührt. Aber es war ihr Kaninchen. Sie hatte vorgehabt, etwas davon zu verstecken und A-ho die Stelle zu zeigen. A-magyr beraubte sie ihres Fundes, und das wußte er auch.

Sie preßte sich flach vor ihm an den Boden, mit angelegten Ohren und federgleich angespannten Hinterbeinen. A-magyr sah hoch und warf ihr einen beinahe trägen Blick zu. Dann kniff er die Augen zusammen.

»Was?« fragte er. »Du willst mich wohl auf die Probe stellen, was? Hau ab, Füchsin, bevor du dir weh tust. Weißt du eigentlich, wieviele Füchse ich schon verprügelt habe?«

»Erzähl's mir hinterher«, schnappte sie, verärgert über seine Prahlerei. Wenn sie kämpften, bestand die Möglichkeit einer ernsthaften Verletzung, die sogar zum Tod führen konnte. Ihr Herz pochte ein wenig, als A-magyr vor ihr in Stellung ging. Dann, gerade noch rechtzeitig, fiel es ihr ein.

Sie zog sich langsam zurück. A-magyr hob den Kopf und nahm eine arrogante Haltung ein.

»Aha, doch noch mal überlegt, was? Gut für dich. Ich kämpfe nicht gern gegen Frauen — sie sind unberechenbar. Sie hassen es zu verlieren, und gegen mich verlieren sie *immer.*«

Diese kleine Ansprache frustrierte O-ha außerordentlich. Sie hätte nur zu gern gesehen, wie er sich demütig vor ihr zusammenrollte, dachte dann aber an ihre ungeborenen Jungen. Es war falsch, sie in Gefahr zu bringen. Wenn sie blieb, könnten sie sich verletzen, und A-magyr hatte wenig zu verlieren.

Sie entschloß sich, nachzugeben. »Ich denk nur an meine Jungen«, sagte sie gereizt.

Er hielt inne und betrachtete sie hochmütig.

»Schwanger, was? Ist mir ja so egal.«

»Hoffentlich erstickst du dran«, erwiderte sie. »Du hast natürlich keine Ahnung von Jungen, oder? Gab es jemals eine O-mogyr in deinem Leben? Man sagt, keine Füchsin könnte jemals mit einem solchen ...«

Sie verstummte, als er sich zu ihr umdrehte.

»Paß auf, was du sagst, *Ord*«, erwiderte er. »Glaube ja nicht, daß diese Jungen mich davon abhalten werden, dir eine Lektion zu erteilen. Erweise den Älteren Respekt.«

Die Elster glitt jetzt zu Boden und stolzierte davon.

»Erweise den Älteren Respekt«, wiederholte sie mit einer hohen, raspelnden Stimme. »*Yeah, I think so.*«

O-ha zeigte die Zähne.

»Und du kannst gefälligst den Mund halten«, sagte sie.

A-magyr schwenkte seinen Schatten über dem Fleisch hin und her, wie O-ha es zuvor getan hatte, und begann dann, an einem Hinterbein zu nagen. Sie sah ihm ein Weilchen zu, während er an dem Fleisch kaute, das zu Zeiten Ransheens so kostbar war, und schlenderte dann gemächlich davon.

Er rief ihr mit vollem Mund nach: »Heute ist Jagd. Habe heute morgen die Hunde gehört. Gib acht auf deinen Schwanz, Füchsin.«

Eine Jagd!

Ein kalter Schauer überlief sie. Eigentlich sollte sie A-magyr für die Warnung dankbar sein, fragte sich aber dennoch, ob er vielleicht log. Es könnte seine Art von Humor sein, sie zum Bau rennen zu sehen, während er in aller Seelenruhe das Kaninchen fraß. Statt dessen beschnupperte sie die Luft. Sie war nach der Mahlzeit leider schon wieder durstig und hatte nur wenig Flüssigkeit vom Eis ablecken können. Der Fluß war zu weit entfernt. Sie erwog andere Wasserstellen.

O-ha trug das überlieferte Wissen um alle Wasserlöcher, Sickergruben und Verstecke ihres Bezirkes in sich. Der Großteil dieser topographischen Kenntnisse wurde von Generation zu Generation weitergegeben — von der Mutter an die Jungen — aber etwas davon blieb im Gedächtnis der Rasse selbst erhalten, noch aus der Zeit der *Firstdark*, als die Welt geformt worden war. Füchse lebten schon länger auf der Erde als die meisten anderen Tiere und erst recht länger als dieser Emporkömmling Mensch, und sie hatten die Geburt des langen heißen Windes, *Cle-am*, miterlebt, durch den die Welt ihre eigentliche Form gewonnen hatte. Während der Firstdark hatten die Füchse große Schlachten gegen andere Wesen ausgetragen, die um vieles größer waren als sie selbst, und O-has Vorfahren hatten triumphiert. Diese ersten Helden und Heldinnen lebten weiter wie die Fuchsgeister des *Hav,* und manchmal erschienen sie bedrängten Füchsen, um ihnen Rat und Hilfe zu bringen. Man konnte sie nicht herbeirufen, aber sie kamen zu denen, die Kummer hatten, wenn sie spürten, daß ihre Anwesenheit erforderlich war. Besonders aktiv wurden sie in Fällen von Betrug oder Verrat, in die Hunde verwickelt waren, da sich diese Vettern der Füchse mit den Menschen in dem gemeinsamen Bemühen verbündet hatten, die Füchse ebenso auszurotten wie zuvor die Wölfe.

In jedem Bezirk hing das Überleben von dem Wissen ab, das seit der Firstdark in Liedern und Gesängen überliefert worden war.

Das Geheimnis und die Magie der *Firstdark* waren tief im Fuchsgedächtnis verwurzelt. O-ha kannte alle Wege, alle Fuchsstraßen und Seitenpfade, alle Sickergruben und Wasserlöcher des Bezirks. Durch die hohen Gräser, die im schmelzenden Frost glitzerten, folgte sie dem Weg zu einer Senke, die ungefähr zweihundert Meter von Trinity Wood entfernt lag und in der sich häufig Wasser in einer tassenartigen Vertiefung im Felsen sammelte. Der Fels lag nach Süden und wurde schon morgens früh von der Sonne beschienen, so daß möglicherweise Schmelzwasser in der Höhlung stand. Wenn sie erst einmal getrunken hatte, wollte sie zum Bau zurückkehren.

Sie bewegte sich entschlossen vorwärts. Als sie an einer Grube neben einem moosbewachsenen Erdwall vorüberkam, trug Ransheen ihr im Gegenwind eine Warnung zu. Sie erstarrte. Sekunden später hörte sie bereits den schrecklichen Klang des Jagdhorns und fernes Hundegebell.

»Auf! Auf! Scheucht die roten Teufel auf!« schrien die Jagdhunde in ihrem Hundedialekt.

Der Mob war unterwegs.

O-ha war beunruhigt, geriet aber nicht in Panik. Die Jagdgesellschaft war weit entfernt. Sie konnte noch nicht einmal die Pferde riechen, sondern hörte nur die Hufe, die auf die harte Grasnarbe hämmerten. Sie liefen im Kanter, waren noch nicht in Galopp gefallen – folglich hatten sie auch noch keine Witterung aufgenommen.

Gib acht auf deinen Schwanz, Füchsin, hatte A-magyr gesagt.

Das hatte sie auch fest vor, sowohl sich selbst als auch ihren Jungen zuliebe.

Sie lief vom Ufer zu einigen Bäumen hinüber, wobei sie sich stets im Schatten bewegte. Ein Fuchs besitzt weder die Ausdauer noch das Tempo, um Fuchshunden in einem Rennen durch offenes Gelände zu entkommen. Die Hunde waren schneller und stärker. Sie konnten noch laufen, nachdem ein Fuchsherz schon lange versagt hatte oder die Beine unter dem Gejagten eingeknickt waren. Angesichts der Vorteile dieser Verfolger war es erstaunlich, daß so viele Füchse der Meute entgingen, aber es kam häufig vor. Sie schafften es, weil sie sich mehr auf List und Tücke als auf Geschwindigkeit verließen. Fuchshunde waren schnell, aber nicht besonders schlau. Sie blieben stehen, um jede Nuance eines Geruchs wahrzunehmen und liefen dann manches Mal blindlings in die falsche Richtung. Sie hielten an Wegkreuzungen inne, außerordentlich verwirrt durch die Mischung alter und neuer Gerüche. Auch sind Füchse sehr viel beweglicher als Hunde und können auf Zäune springen, über den Rand einer Holzplanke balancieren, sich durch Löcher zwängen und den Geruch fremder Dinge wie zum Beispiel Autos zur Verschleierung ihrer Fährte nutzen. O-ha war zehnmal so findig wie jeder Jagdhund.

Als sie gerade in ein Dickicht schlüpfen wollte, ertönte Gebell im Gegenwind. Ein Mensch zu Fuß! Er hatte sie bemerkt und kläffte erregt, um die entfernten Reiter auf sich aufmerksam zu machen. Sie sah den Menschen, der jetzt auf sie zulief, seinen Stock schwenkte und auf sie deutete.

»Verdammt«, schnappte sie verärgert.

Dann entdeckte sie zwischen sich und der Sicherheit ihres Baus einen Hauch von seinem Geruch.

»Der *Hav*«, dachte sie und stürzte sich geradewegs ins offene Gelände, hinein in Stechginster und Adlerfarn. Sie versuchte, sich zu erinnern, wo sie zuletzt frisch gepflügtes

Ackerland gesehen hatte, in dem sich ihre Spur zwischen den Furchen verlieren konnte, und dann fiel ihr ein, daß Winter war: die meisten Felder hatte man längst umgegraben.

»Ich denke nicht klar«, sagte sie leise zu sich selbst.

Gleich den Lauten eines blutrünstigen Tieres, eines alptraumhaften vielbeinigen Monsters mit hundert Mäulern voller scharfer Zähne, erklang das Horn jetzt lauter und näher.

4. Kapitel

Das Geschrei der Hunde erfüllte die Luft, unterstrichen vom Klang des Jagdhorns und dem Gebell der menschlichen Jäger.

O-has Herz raste, als sie in der Hoffnung, ein Versteck vor den Hunden zu finden, im Zickzack über den *Hav* lief. Sie selbst hatte noch nie das Ende einer Jagd mitangesehen, kannte aber die Berichte von Augenzeugen. Sie wußte, daß die Hunde sie in Stücke reißen und man ihren Schwanz vom Fell abtrennen würde, um anschließend damit über das Gesicht eines menschlichen Neulings im blutigen Geschäft zu wischen und es rot zu verschmieren. Es war eines jener menschlichen Rituale, die auf die Zeit zurückgingen, in der die zweibeinigen Tiere aus der See-aus-Chaos gekommen waren: ein Ritual, das sie von der anderen Seite mitgebracht hatten. O-ha war nicht der erste Fuchs, der sich fragte, welch ein Geschöpf das übelriechende, dampfende Blut eines anderen Tieres als Freude und Schmuck verstehen konnte; welch eine Kreatur sich selbst mit der symbolischen Farbe des Schmerzes herausputzte.

Sie erreichte einen Straßengraben und benutzte ihn als Fluchtweg, wobei sie hoffte, daß der vereiste Boden ihren Geruch nicht lange bewahren würde. Im Graben lagen schwere Schatten, die ihren Duft vielleicht verdünnen und so abschwächen würden, daß er von den anderen Tiergerüchen kaum zu unterscheiden wäre, denn Gräben waren stark bevölkerte Orte. Kleinere Säugetiere stoben bei ihrem Näherkommen zur Seite, doch keines verspottete sie, nicht einmal jene, die ihr Leben vielleicht einmal in einem Fuchsmagen beenden würden. Die Gefahr war dort draußen und drang zu ihnen herüber, als O-ha vorbeirannte. Sie stieg in ihre Nasen und erstickte ihre Gehirne, so daß die anderen zu ihren Löchern und Nestern hetzten, um sich von dem schlechten Geruch zu befreien, der solche Panik erzeugte.

O-ha verließ den Graben, als die Hunde ihn gerade umkreisten und versuchten, ihren Geruch an der Stelle aufzunehmen, wo sie hineingesprungen war. Sie wartete einige Sekunden, um Luft zu holen. Inzwischen war sie schrecklich durstig und wußte, daß ihre Kraft rapide nachlassen würde, falls sie nicht bald etwas zu Trinken bekam. Wäre sie am Teich nur geduldiger gewesen! Dann hörte sie, wie die Hunde hinter der Hecke entlangpolterten und erkannte, daß ihre List nicht funktioniert hatte. Sie machte sich wieder auf die Pfoten.

Statt die Felder neben den Gräben zu überqueren, lief sie ein Stück die Straße entlang. Ihr Instinkt befahl ihr, das Unvorhersehbare zu tun. Die Jagdhunde hinter ihr riefen noch immer: »Hier lang! Hier lang! Gleich haben wir den Teufel!« Die Reiter donnerten neben der Straße entlang, da sie wußten, daß die harte Oberfläche die Beine ihrer Pferde verletzen würde. Dadurch wurden sie etwas langsamer.

Ein Auto bog um die Ecke, und der Fahrer kam schlitternd zum Stehen, als er O-ha entdeckte. Sie zögerte kurz. Autos waren ihr bislang selten begegnet. Sie wußte, daß sie gefährlich waren, weil Füchse, Igel, Kaninchen und sogar Vögel von diesen Maschinen angefahren und getötet worden waren. Sie strömten unerfreuliche Gerüche aus. Aus ihrer Erfahrung mit Traktoren wußte sie jedoch, daß diese Maschinen Tiergerüche verschleiern konnten.

Der Fahrer des Autos war ein weiblicher Mensch, und er starrte O-ha mit einem seltsamen Gesichtsausdruck an. Die Füchsin faßte einen raschen Entschluß und sprang auf die Motorhaube des Autos, dann hoch aufs Dach und am anderen Ende wieder auf die Straße hinunter. Während der Aktion erhaschte sie einen Blick auf ein erschrecktes Gesicht, roch aber nichts als Autoabgase. Die würden helfen, ihre eigenen Gerüche zu zerstreuen.

Sie lief mitten auf der Straße weiter und wurde wenig später für ihren Mut belohnt. Der Klang verwirrter Stimmen drang an ihr Ohr, als die Hunde den Wagen umkreisten. Das Fahrzeug selbst versuchte nun, vorwärts zu kommen und sich einen Weg durch die Hunde zu bahnen, von denen einige bessere Nasen als die anderen hatten und Anstalten machten, auf die Motorhaube zu klettern, wobei ihre Krallen vom Lack abrutschten. Aus der Gegenrichtung kam ein weiteres Auto und geriet zwischen die Jagdhunde. Dann holten die Reiter ihre Meute ein, und die Autofahrer begannen zu hupen. O-ha gewann wertvolle Minuten, als Hunde, Pferde, Menschen und Maschinen sich zu entwirren suchten. Menschen heulten und Hunde fluchten, brüllten den Autos und ihren Insassen Obszönitäten zu und verfluchten die Pferde, die sie niederzutrampeln drohten. Den Pferden selbst fiel es schwer, auf dem glitschigen Straßenbelag Tritt zu fassen, und sie schleuderten in ihrer an Verwünschungen reichen Sprache einige Flüche in die Menge. O-ha verstand *Equidae* nicht besonders gut, war aber oft genug Ziel von Pferdeflüchen geworden, um drastischere Formen des Wortes »Mist« aufzuschnappen.

Das Jagdhorn ertönte, die Hunde wurden mit Gebell und Peitschenknallen weitergetrieben. Bald hatten sie die Verfolgung wieder aufgenommen.

O-ha kam zu einem Cottage, das an der Straße lag, und schnellte auf den Zaun, balancierte dann mit bemerkenswerter Haltung darauf entlang bis zum Tor, wo sie in den Garten hinuntersprang. Mitten auf dem kleinen Rasen stand eine steinerne Vogeltränke, die an ein Taufbecken erinnerte. O-ha roch das Wasser und sprang in die Höhe. Dann balancierte sie vorsichtig auf dem Rand der Schale. Als sie hastig trank, wackelte die Vogeltränke unter ihrem Gewicht. Spatzen beschimpften sie von den Giebeln des Hauses herunter.

Ein Mensch hantierte in der Ecke des Gartens und hatte sie noch nicht einmal bemerkt, als jedoch ein kleiner Hund um die Hausecke bog, der sofort »Ha, Fuchs! Ha, Fuchs!« rief.

Die Vogeltränke krachte hinunter, und die Gestalt mit Hut und Handschuhen ließ vor Schreck ihren Spaten fallen. Sie drehte sich um und bellte mit großen Augen, während sie in Richtung Haustür zurückwich.

O-ha zeigte dem Köter die Zähne und hüpfte dann so geschickt auf den Zaun, daß der Hund nur noch verwirrt und wütend zu ihr hochstarren konnte.

»Dummes Vieh«, murmelte sie. Das Wasser hatte ihr neuen Mut und Kraft verliehen, aber die Jagdgesellschaft war jetzt ganz in der Nähe. Die Hunde würden sicher eine Weile im und um den Garten herum lärmen und der Mensch im Haus die Reiter mit Beschimpfungen aufhalten, aber O-ha konnte nur mit einer kurzen Verzögerung rechnen.

Als plötzlicher Lärm hinter ihr ertönte, begriff sie, daß sie von einem Jäger, der wohl die Meute überholt hatte, entdeckt worden war. Die Hunde schrien jetzt in wahnsinniger Erregung.

Zu nah, dachte sie keuchend, als ihr Herz in der Brust hämmerte. Sie kommen zu nah heran. Ich werde gefangen. Oh, A-ho! Oh, meine armen Jungen. Wie soll ich die Hunde jetzt bloß abschütteln?

Sie nahm einen Umweg, überquerte erneut die Straße und lief über die Felder. Sie rannte und rannte, bis ihr Herz fast zerbarst und das Gehirn schrillte. Im Hinterkopf saß der Gedanke, die Jagdhunde an die Stelle zu führen, wo sie A-magyr verlassen hatte. Er würde inzwischen weg sein, aber das Kaninchen war sicher noch dort. Es könnte sie solange ablenken, bis sie wieder in ihrem Bau war.

Sie erreichte die Weide mit den Kühen und rannte in der Hoffnung, deren Gegenwart könne ihren Geruch verwischen, zwischen den Tieren hindurch, doch der Leithund war nur ein paar Meter hinter ihr. Er rief kurzatmig: »Hier bin ich, hier bin ich. Dreh dich nicht um, Fuchs. Du wirst sterben. Ich bin Breaker, der Leithund der Jagd. Breaker wird dich bis zum Ende hetzen. Breaker wird deine Kehle zerreißen, dein Fuchsblut verspritzen. Breaker, Breaker, Breaker ...«

Die nachfolgenden Hunde nahmen seinen Schrei auf: »Breaker, Breaker, Breaker — bleibe ihm auf den Fersen — bleibe ihm auf den Fersen. Das Wild ist ganz nah.«

Verschwende nur deinen Atem, dachte sie, aber das Unglück und die Todesangst schwebten über ihr, und sie mußte den Schmerz in ihrem Körper bekämpfen, um sich voranzutreiben. Solange sie lief, gab es noch Hoffnung. Viele Füchse waren durch einen Glücksfall ganz knapp entkommen, in allerletzter Sekunde.

Die Kühe liefen jetzt hin und her und hielten zwar die Reiter auf, jedoch nicht die Hunde. Die waren ihr noch immer auf den Fersen. Sie fand einen Schwarzdornstrauch und stürzte sich hinein, ohne auf die spitzen Dornen zu achten, die ihr Fell zerrissen. Auf der anderen Seite wieder hinaus und weiter. Am Ende des Feldes lag eine Wohnwagensiedlung. Sie rannte mitten hindurch und verfehlte nur knapp einen am Feuer schlafenden Spürhund, der so schlank war wie sie selbst. Er sprang auf die Füße und wollte ihr hinterherlaufen, als ihn der stürmische Breaker überrannte, der sich weder für Zigeuner noch für ihre Tiere zu interessieren schien.

Das fahrende Volk selbst feuerte den Fuchs im ganzen Lager an und versuchte sogar, die Hunde von der Verfolgung abzuhalten, doch dann folgten die Jäger nach, bellten ihre Mitmenschen an und bedrohten sie mit den Reitpeitschen. Ein oder zwei Kämpfe brachen aus, aber Breaker war ihr noch immer auf den Fersen, und sie wußte, daß die meisten Hunde seiner entschlossenen Führung folgen würden.

Sie erreichte den Rand eines Wäldchens und lief hinein, als sie eine wohlbekannte Stimme hörte.

»Schnell, auf den Ast. Ich laufe weiter.«

Es war A-ho, ihr Gefährte.

Das ließ sie sich nicht zweimal sagen. Sie sprang vom Boden hoch in den Baum und lehnte sich gegen den Stamm.

A-ho zeigte sich für einen Moment Breaker, der gerade ins Unterholz einbrach, und schon war der mutige Fuchs verschwunden.

»Mach dir keine Sorgen«, rief er. »Ich bin taufrisch. Erst werde ich die hier los, und dann treffe ich dich im Bau!«

Oh, lauf nur, lauf nur, dachte sie keuchend, während sie sich kaum auf dem Ast halten konnte. Einige Hunde umkreisten den Baum, schauten zu ihr hoch, jagten aber weiter, als sie Breakers vollmundige, kehlige Schreie hörten. Die Reiter in Kappe und Rock brausten vorüber, trieben die langsamen Hunde vorwärts, ohne zu bemerken, daß die Beute gewechselt und eine Ablösung stattgefunden hatte. Bald waren die Jagdhunde in der Ferne verschwunden, und O-ha konnte wieder klarer denken.

Zu sagen, sie sei beunruhigt, wäre eine Untertreibung gewesen. Sie hatte immer noch Angst — nun aber nicht mehr um sich selbst, sondern um A-ho, ihren Gefährten. Obwohl seine Stimme gespielt tapfer gewesen war, als er ihr sagte, sie solle auf den Baum springen, hatte sie doch seinen Angstschweiß gerochen, und er würde nun dieselbe Unruhe und Furcht empfinden, der sie selbst soeben erst entronnen war. Sie litt unter unheilvollen Ahnungen, sagte sich aber, daß er kein Narr war. Wenn überhaupt jemand die Hunde überlisten konnte, dann war es A-ho. Er war ein schlauer Fuchs unter schlauen Füchsen. Er kannte die Tricks, kannte die Gegend. Ihm würde schon eine Idee kommen, wie er Breaker und die Jagdhunde loswerden konnte, und er würde sie in die Tat umsetzen, egal, wie verängstigt er war. Das alles sagte sie sich, während sie wartete, bis die körperliche Erschöpfung abebbte und sie sich auf den Weg zum Bau machen konnte.

Etwas später sprang sie auf den Boden und trottete zu einer Hügelkuppe hinter dem Wäldchen. Sie beschnüffelte

Ransheen nach dem Geruch der Jagd, aber da war nichts. Auch ihre Ohren nahmen keinen Laut wahr, und sie verspürte allmählich Erleichterung darüber, daß der Alptraum vorbei war. A-ho hatte gesagt, sie würden sich im Bau treffen, und so machte sie sich quer über den *Hav* auf den Weg nach Trinity Wood. Um sie herum hatte sich die Welt wieder normalisiert, als habe es nie eine Horde wilder Kreaturen hoch zu Roß gegeben, die barbarisch durch das Land gefegt waren, um ihren Blutdurst zu stillen.

Als sie sich dem Wald näherte, lagen Warnungen im Wind. Sie bewegte sich langsam und vorsichtig, bis sie deutliche Töne hören konnte: das Klimpern von Metall auf Stein. Sie lief nicht weiter. Da machten sich Menschen mit Grabwerkzeugen an ihrem Bau zu schaffen. Manchmal füllten sie vor einer Jagd Erde hinein, um Füchse an der Rückkehr in dessen relative Sicherheit zu hindern. Das war es wohl, was da geschah.

»Tut uns das Allerschlimmste an«, sagte sie. »A-ho und ich werden einen neuen Bau graben.« Dann fiel ihr ein, daß Winter und der Boden hartgefroren war. »Oder wir finden einen leeren«, fügte sie hinzu. Das Heim war nicht wichtig. Es war nur ein Loch im Boden und konnte ohne Bedauern aufgegeben werden. Der Winter war eine schwierige Zeit, um einen anderen Bau zu finden, aber sie waren ja zu zweit.

Sie kehrte zurück ins hohe Gras, wo sie sich hinlegen und die Leute beobachten konnte, ohne selbst gesehen zu werden. Zwar konnte sie die Vorgänge aufgrund ihres schlechten Sehvermögens nicht genau verfolgen, aber die anderen Sinne kamen ihr zu Hilfe.

Nach einer Weile begriff sie, daß sie zu lange gruben, um nur den Bau aufzufüllen. Außerdem hackten sie immer auf derselben Stelle herum, und sie konnte frischen Ton riechen. Mit einem Ruck kam sie zu der Feststellung, daß sie das Loch nicht auffüllten, sondern ausgruben. Und das würden sie nur tun, wenn ein Fuchs darin war.

Bei dem Gedanken an A-ho im Bau wurde ihr Mund trocken. Konnte er so schnell zurückgekehrt sein? Übelkeit überkam sie, als ihr klar wurde, daß es möglich war. Trotzdem hieß das noch nicht, daß er dort drinnen sein mußte. Die Männer konnten den Bau gefunden und *angenommen* haben, daß ein Fuchs darin saß. Sie waren nicht gerade die intelligentesten Wesen dieser Welt und würden sich aufgrund weniger Anhaltspunkte mit so etwas abgeben, weil sie einfach nichts anderes zu tun hatten.

Plötzlich verstummte das Klimpern von Metall auf Stein, dann war es kurze Zeit still, bevor ein Freudengeheul aus den Kehlen der Männer drang. O-ha richtete sich achtlos auf und sah, wie A-ho am Schwanz aus den Überresten seines Baus gezogen wurde. Er baumelte am Ende eines starken Armes und versuchte, sich umzudrehen und in das Handgelenk zu beißen. Sie konnte seine Angst riechen.

Oh, A-ho! Der Geruch seiner Panik machte sie beinahe wahnsinnig. Sie rannte im Gras hin und her und wußte dabei, daß sie ihm überhaupt nicht helfen konnte. Ihr kam der vage Gedanke, daß er eine Chance hätte, wenn sie auf den Mann losging, der ihn festhielt, aber es war gegen ihre Natur, die Natur eines wilden Lebewesens, einen Menschen direkt anzugreifen. Hätte man sie in die Enge getrieben, wäre sie vielleicht voller Verzweiflung nach vorn geschossen, aber der Fluchtinstinkt war stark genug. Sie konnte nur in Hörweite bleiben. Ihre Enttäuschung und das Unglück, das sie in der Nähe von A-hos Peinigern empfand, überwältigten sie. Schließlich konnte sie es nicht länger ertragen und rannte los. In ihrem Irrsinn raste sie orientierungslos davon, hielt aber bei einem Laut A-hos sofort wieder inne. Sie sah, wie ein Mann mit seinem Spaten ausholte und ihn herabsausen ließ. Gleich danach erklang ein weiterer, noch grauenhafterer Ton. Es hätte eine Metallklinge sein können, die auf den Boden traf, aber O-ha wußte es besser. Danach kam kein Laut mehr von ihrem Gefährten. Sie roch Blut und stahl sich davon, als Galle in ihre Kehle stieg.

Den Rest des Tages verbrachte sie in einem Dämmerzustand. Rationale Gedanken wurden von einem Summen in ihrem Gehirn verdrängt, so daß sie die Ereignisse nicht in ihrer Abfolge überdenken und zu einem Entschluß gelangen konnte. Die Vorstellung, daß A-ho tot war, erschien so furchtbar, daß sie unbewußt einen großen Widerstand gegen sie aufbaute. Sie hatte Dinge gesehen, Geräusche gehört, Gerüche gewittert, aber sie konnte sie augenblicklich nicht zusammenfügen und Schlüsse daraus ziehen. Den Rest des Tages lag sie im Gras, ruhte sich aus und gewann ihre gewöhnliche Kraft zurück. Sie kaute gefrorene Graswurzeln, um sich die Zeit zu vertreiben und den aufkommenden Hunger zu stillen. Das Kaninchen schien so weit zurückzuliegen, als sei eine Woche seitdem vergangen.

Als der Abend hereinbrach, kehrte sie nach Trinity Wood zurück. Dort gab es keine Gerüche oder Töne menschlicher Aktivität, und sie ging zu ihrem Bau.

Dort fand sie einen Ort der Verwüstung vor. Der Tunnel war aufgerissen worden, die Erde in alle Richtungen verstreut. Gefrorene Erdklumpen lagen auf den getrockneten Herbstblättern, und der Eingang war nur noch ein gähnendes Loch. An der vernarbten Wurzel der Eiche entdeckte sie einen braunen Fleck.

In O-has Kehle bildete sich ein Kloß. Wenigstens akzeptierte sie nun, was geschehen war. Trauer durchflutete sie.

»A-ho!« schrie sie vollkommen außer sich.

In den Bäumen stöhnte der Wind.

»A-ho — bitte antworte mir. Halte mich nicht zum Narren.«

Zwei Tauben stiegen geräuschvoll am Waldrand auf.

»A-ho, A-ho ...«

Sie rief und rief und wußte dabei, daß sie keine Antwort erhalten würde. Die Menschen hatten ihren Gefährten hingerichtet. Sie hatten nicht einmal seinen Körper zurückgelassen, sondern für ihre eigenen Zwecke irgendwohin geschafft.

Dann kam ihr der wilde Gedanke, daß er vielleicht entflohen war, sich aus ihrem Griff befreit hatte. Vielleicht verbarg er sich irgendwo und wartete auf ihre Rückkehr. Das Blut auf dem Boden bedeutete gar nichts. Es hätte von einem anderen Tier stammen können. Vielleicht suchte A-ho nach ihr und glaubte, sie sei selbst gefangen worden und deshalb nicht zurückgekommen?

»Alles in Ordnung», rief sie in die Dunkelheit. »Ich bin am Leben. Sie haben mich nicht erwischt.«

Sie legte sich hin und wartete. Es hatte keinen Zweck, durch die Gegend zu laufen. Einer von ihnen mußte am Ort bleiben, bis ihn der andere fand.

Sie wartete die ganze Nacht, fast ohne Hoffnung. Als es dämmerte, überließ sie sich der Verzweiflung und begriff, daß er fort war. Ein einzelner Falke flog über den Wald, stieß hinab, landete aber nie auf dem Boden. Er stürzte ein paarmal über dem Abhang nieder, wo O-ha lag, aber es schien, als würden Welt und Raubvogel auseinanderstreben, wann immer sie ein Zusammentreffen suchten. Dem Land wohnte eine Kraft inne, die den Falken zurückstieß.

Als sich der Himmel rot färbte, trat ein Fuchs aus dem Halblicht auf O-ha zu: Ein unwirklicher Fuchs, über dessen Kopf eine reine, weiße Flamme schwebte. Die Flamme flackerte nicht, sondern brannte stetig vor sich hin. Eine ewige Flamme.

Der Fuchsgeist blieb bei Trinity Wood stehen und setzte dann seinen Weg fort.

O-ha kam erschöpft und verdrießlich auf die Füße und folgte ihm über die Felder bis zu dem Herrenhaus jenseits des Bauernhofes.

Dort hing an einem Draht, den man um seinen Hals geschlungen hatte, der zerfetzte Körper ihres Gefährten A-ho. Er wiegte sich leicht in Ransheens unsichtbaren Händen. Sie hatten ihn an einem Weidezaun hängen lassen wie ein Stück *Gubbins,* um alle Füchse vor den Wildhütern des Herrenhauses zu warnen.

»Die Jagd – er ist der Jagd entkommen. Mein A-ho war ein schlauer Fuchs«, sagte O-ha zu dem Fuchsgeist.

Leere Augen richteten sich auf die Füchsin.

»Ja, er ist der Jagd entkommen. Ich denke, du weißt, was geschehen ist. Er wurde von Stallburschen entdeckt, als er zum Bau zurückkehrte, und sie haben ihn ausgegraben und mit ihren Spaten getötet. Sie haben ihn hergebracht und den Jagdhunden vorgeworfen.«

»Und sein Schwanz?«

»Den haben sie zuerst genommen. Sie haben ein Wort dafür. Eine *Lunte.* Es ist ihr Wort, nicht unseres.«

O-ha starrte ihren Gefährten an, das zerrissene Fell, das immer neben ihr gelegen hatte, voller Wärme und Lebenskraft. Jetzt war es bloß noch eine leere Hülle, voller Löcher und mit schwarzem, getrocknetem Blut verklebt. Glasige, ausdruckslose Kugeln, leerer noch als die des Fuchsgeistes, ersetzten nun die warmen, strahlenden Augen, an die sie gewöhnt war. Das war nicht A-ho. Trotzdem fragte sie den Fuchsgeist: »Muß er hierbleiben?«

»Kannst du ihn herunterholen?«

»Ich glaube nicht. Er ist zu fest angebunden.«

»Ich kann es auch nicht. Wir bestehen nur aus Nebel und Licht, aus Träumen und Visionen, aus Liedern und Erinnerungen – über körperliche Dinge besitze ich keine Macht. Verstehst du? Ich bin der Fuchsgeist, der die Lebenden zu den Toten führt. Ein anderer wird kommen, um deinen Gefährten ins vollkommene Hier zu geleiten.«

O-ha sah zu, wie sich die Nebelwolke vor ihren Augen auflöste und die Flamme, die leuchtend weiße Flamme, über den Gräsern davontrieb.

Dann begann O-ha mit dem Ritual, für das sie der Fuchsgeist zu A-hos Leiche geführt hatte. Sie sang geheiligte und geheimnisvolle Verse, während sie gleichzeitig um den aufgeknüpften Körper herum Symbole auf den Boden zeichnete. Für jeden anderen waren diese Zeichen nur Kratzspuren, für *Vulpinae* aber stellten sie die vier großen Winde dar:

Ransheen, den Winterwind; Melloon, den Herbstwind; Frashoon, den Sommerwind; und den launenhaftesten und unberechenbarsten von allen, den Wind-von-überall, den Außenseiter, den wilden Wirbelwind Scresheen, der während der Geburtsmonate kam und Aufruhr in den Bäumen verursachte. Danach wurde der Boden auf eine besondere Weise markiert, die Menschen nur als unangenehmen Geruch wahrnahmen. Dann schritt O-ha von den drei Seiten der Dreieinigkeit auf den Körper ihres Gefährten zu, von Scresheens Seite aus aber entfernte sie sich von dem Kadaver und ging stetig weiter, zog den unvorsehbaren Wind von der Leiche fort, damit die verbleibende Dreieinigkeit die Fuchsgeister zur Seele ihres Gefährten rufen konnte. Diese würden ihn dann ins vollkommene Hier geleiten, den Fuchshimmel, in dem es keine Menschengeister gibt und die vergessene Angst nicht existiert. Das vollkommene Hier ist der ureigene Bezirk des Fuchses, mit all seinen vertrauten Wäldern und Feldern, Dickichten und Flüssen, Grasländern und Hügeln, aber in der Anderswelt jenseits des Todes. Der sichere, mystische Schatten einer geliebten Landschaft, aber ohne die Schrecken der lebendigen Welt.

A-ho ruhte in Frieden, sie aber war allein.

Sie warf einen letzten Blick auf ihren ersten Gefährten und machte sich dann auf den Rückweg nach Trinity Wood, wobei sie nur stehenblieb, um etwas Winterkohl von einem benachbarten Feld zu rauben. Draußen vor dem Wald überdachte sie ihre Lage. Sie hatte keinen Bau und keinen Gefährten, der ihr bei der Suche helfen konnte. Sie war heimatlos. Sie besaß nur noch sich selbst und ihre Jungen.

»Das reicht nicht«, sagte sie wild, und der Mantel der Trauer um ihren Gefährten lag schwer auf ihrer Seele. Dann gewann die Angst um ihre Jungen die Oberhand. »Ich muß meine Jungen irgendwo aufziehen.«

Zuerst machte sie sich auf die Suche nach dem mystischen Fuchs A-konkon, der für seine Weisheit berühmt war. Sie hoffte, er könne ihr einen Rat geben, wie sie mitten im Winter einen neuen Bau finden sollte. Als sie ihn endlich fand — was nicht einfach war, da er im Wald kein ständiges Zuhause besaß — hielt er ihr statt dessen einen Vortrag über die spirituellen Freuden des Todes.

»A-ho ist befreit worden«, sagte A-konkon. »Er ist ganz glücklich da, wo er ist.«

»Ich weiß, daß er an einen schönen Ort gegangen ist«, bemerkte sie. »Besser als dieser hier — aber ich fühle mich schrecklich. Er mag ja glücklich sein, aber mir geht es schlecht. Ich weiß nicht, warum. Ich meine, wenn das Land jenseits des Todes ein glücklicher Ort ist, warum fühle ich mich dann so elend?«

A-konkon legte die Pfoten übereinander und sah ihr in die Augen.

»Trauer ist eine schwierige Angelegenheit«, sagte er. »Wir trauern nicht, weil jemand tot ist, sondern weil er nicht mehr lebt. Er hat uns verlassen.«

»Du meinst, es ist eigennützig.«

»Es hat gewiß eigennützige Elemente, aber bei schmerzlichen Verlusten kommen noch viele andere Gefühle ins Spiel. Vielleicht fühlen wir uns schuldig, weil wir sie irgendwann einmal schlecht behandelt haben oder wir uns für ihren Tod verantwortlich fühlen ...«

In seiner letzten Bemerkung lag viel Wahres.

»... Tatsache ist, daß wir sie nicht mehr erreichen können, um mit ihnen darüber zu sprechen, also ist es schwer, damit fertigzuwerden. Wichtig ist, A-ho nicht zu idealisieren. Er war kein vollkommener Fuchs — er hatte gute und schlechte Seiten wie wir alle. Er hat Fehler gemacht, hatte seine Schwächen.«

O-ha wollte dem widersprechen, aber sie hielt ihre Zunge wohlweislich im Zaum.

»Das ist es, was ich dir sagen will: Obwohl wir glauben, daß A-ho in eine bessere Welt gegangen ist, müssen wir mit diesem Sturm der Gefühle fertigwerden, ihn langsam erfassen und dann weiterleben.«

»Glauben?« fragte sie unwirsch. »Ich weiß, daß er an einen besseren Ort gegangen ist. Denk daran, ich habe den Fuchsgeist gesehen.«

»Nur du hast ihn gesehen, niemand sonst. Überleg doch mal. Wenn wir stark genug an etwas glauben — wie an das vollkommene Hier — könnte es dann nicht sein, daß unser Gehirn in der Hitze des Gefühls genau das hervorbringt, was wir sehen möchten?«

»Du meinst, ich hatte eine Halluzination?« Allmählich wurde sie ausgesprochen wütend auf A-konkon.

»Es ist möglich. Alles ist möglich. Das vollkommene Hier ist möglich. Aber es ist keine Gewißheit.«

»Danke«, sagte sie kalt, »danke für deine Hilfe.«

»Keine Ursache — ich erwarte noch keine Bezahlung, aber wenn sich das Wetter ändert und die Jagd besser wird ...?«

Bevor sie ging, fragte sie A-konkon noch einmal, ob er ihr einen Rat hinsichtlich eines neuen Baus geben könne, aber er zuckte nur ungeduldig mit den Achseln.

»Materielle Bedürfnisse sind nicht meine Sache. Ich kann deiner Seele helfen, deinem Geist, nicht aber deinem Körper. Das mußt du schon selbst besorgen. Für mich persönlich bedeutet ein Bau unnötigen Luxus.«

Obwohl ihre Unterhaltung mit A-konkon so unbefriedigend verlaufen war, fühlte sie sich ein wenig gestärkt. Er hatte sie mit seinen nutzlosen Worten erzürnt, und nichts vertreibt andere, unwillkommene Gefühle so gut wie Zorn. Er mochte vielleicht keinen Bau benötigen, aber in ihrem Zustand brauchte sie ganz gewiß einen. Später wurde ihr klar, daß A-konkon das alles vielleicht mit Absicht gesagt hatte, um ihren Zorn umzuleiten. Er hatte sie aus ihrer Apathie gerissen und veranlaßt, einen neuen Bau zu suchen. Er war wohl doch ein sehr weiser Fuchs.

Zu dieser Zeit begann sie auch ein für Füchse recht schwieriges Unterfangen. Sie versuchte, im Kopf ein Lied für ihren verlorenen Gefährten zu komponieren. Die ersten Verse hießen: *Du kamst und gingst, wie eine Jahreszeit ...*

Letzendlich aber beschloß sie, den Liedtext aufzugeben, weil er ihre Gedanken so in Anspruch nahm, daß sie selbst im Schlaf daran dachte, und sie mußte sich um naheliegendere Dinge kümmern. Sie ärgerte sich sehr, weil sie A-hos Denkmal nicht vollenden konnte. Wenn sie erst einmal alle Verse im Kopf hätte, könnte sie das Lied dem Wind vorsingen, und dann wäre es für immer in der Welt, so unvergänglich wie ein Berg. Der Wind würde es ihr wieder vortragen, im Schilf der Sümpfe, in den Zweigen eines Baumes, hinter Häuserecken.

Die Vollendung solch einer ungeheuren Aufgabe war jedoch schwierig, und O-ha erkannte, daß sie sich unmöglich dieser schöpferischen Arbeit widmen konnte, während sie sich um ein Heim bemühte, an ihre Jungen dachte und überhaupt mit dem Schmerz über den Verlust fertigzuwerden suchte. Seltsamerweise half ihr die Trauer überhaupt nicht bei der Komposition. Sie störte, stellte sich den alten Gefühlen in den Weg, den alten Gewohnheiten, dem Leben, das sie mit A-ho genossen hatte. Einer der Gründe dafür, das gestand sie sich ein, war ein winziges Eisstückchen des Grolls gegen A-ho, der sie verlassen, sich davongemacht und sie allein zurückgelassen hatte. Sie wußte, daß dieser kalte Stachel der Verbitterung unvernünftig war, konnte seine Gegenwart jedoch nicht verleugnen. A-ho war nicht mit Absicht gestorben, und sie fühlte sich schrecklich schuldig, weil sie in diesem Moment etwas so Groteskes empfand, aber es wollte nicht aufhören.

5. Kapitel

Ein Sturm zog auf, und der Regen prasselte herunter wie Bleischrot, hämmerte auf die Schößlinge und zwang sie in eine unterwürfige Haltung. Sie beugten sich tief, als würden ihre biegsamen Stämme die ganze Last der schweren, schwarzen Wolkenstiere tragen. Gigantische Ziegengötter mit zornblitzenden Augen kämpften dort oben in der Höhe, ihre enormen Schädel krachten aneinander und erschütterten die Himmel. O-ha stolperte durch den brausenden Regen, das Licht und den Lärm und suchte nach einer Behausung. Sie war noch immer zu gelähmt von dem Schock über ihren Verlust, um sich wegen des Wetters zu sorgen, doch es erschwerte ihre Suche.

O-ha durchforstete Trinity Wood einen ganzen Tag lang nach einem leeren Bau oder etwas anderem, das sie in eine Behausung für sich und ihre ungeborenen Jungen hätte verwandeln können. An der Nordseite fand sie einen Bau, der jedoch von einem *Stoad*, einem älteren Fuchs, dem Respekt und Achtung gebührten, bewohnt wurde. A-magyr hatte zuvor angedeutet, er sei ein *Stoad*, war aber viel zu aktiv, um in diese Gruppe zu fallen. In diesem Fall handelte es sich um eine verdrießliche Füchsin, die keine werdende Mutter in ihrem Bau wünschte. Sie kreischte O-ha zu, sich einen anderen Bau zu suchen.

»Hast du kein Herz?« fragte O-ha. »Sie haben gerade meinen Gefährten getötet und unseren Bau zugeschüttet. Ich muß irgendwo bleiben, nur für eine Weile.«

»Überhaupt kein Herz«, schnappte die *Stoad*. »Ich habe es

vor langer Zeit verloren und kann mich nicht mehr daran erinnern, daß ich einen Gefährten hatte, also kannst du mich auf diese Weise nicht drankriegen. Fuchsrüden, schmutzige, unordentliche Kreaturen — möchte keinen mehr haben«, murmelte sie.

O-ha war zu müde und zu niedergeschlagen, um mit der *Stoad* zu kämpfen und machte sich auf, um weiter durch die Wälder zu wandern. Als der Mond hoch am Himmel stand, hatte sie eine große Eiche gefunden und sich in einem Loch zwischen den halb herausragenden Wurzeln zusammengerollt. Es war jedoch kalt und feucht, und ihr war bewußt, daß sie bald einen Unterschlupf finden mußte, um ihre ungeborenen Jungen nicht zu gefährden. Die harte Schneide des Winters traf sie wie eine Klinge. Schnee hing in der Luft, und Ransheen hatte seit Einbruch der Dunkelheit an Stärke gewonnen.

Eines Tages, dachte sie bei sich, werden wir wieder über Menschen und Hunde siegen.

So hielt sie ihren Geist warm, wenn ihr Körper auch weiterhin fror. Die Worte waren durchaus müßig, da der Schaden nicht wieder gutzumachen war. Sie hatte ein Anrecht auf ihren Zorn, unterdrückte ihn aber wie die meisten wilden Tiere und verwandelte ihn nicht in zielgerichtete Anschläge auf den Feind. O-ha würde es wahrscheinlich nie vergessen, aber der Versuch, den Verbrecher zu bestrafen, würde A-ho nicht zurückbringen und wahrscheinlich ihr eigenes Leben kosten.

Am nächsten Morgen schüttelte sie etwas Schnee aus ihrem Fell und taumelte zum Waldrand. Dort grub sie, so gut sie konnte, und suchte nach Erdwürmern. Sie fand einen verrotteten Baumstamm voll schlafender Holzläuse, die sie zusammen mit einigen durchweichten Holzstücken hinunterschlang. Dann leckte sie soviel Schnee wie möglich vom Gras, bevor sie sich wieder auf die Suche nach einer Behausung machte.

Der Tag schien voller Winkel und Kanten zu sein. Der

Himmel trug ein hartes, kaum gedämpftes Blau. Selbst das Sonnenlicht wirkte kalt. Sie zitterte, als sie an den Hecken und Gräben entlang in den *Hav* jenseits des Waldes lief. Einmal begegnete sie einem Fuchspaar, O-lan und A-lon, die ihr jedoch mitteilten, daß in ihrem Bau kein Platz sei. Die Füchsin war genau wie O-ha trächtig und würde bald werfen. »Wir würden dir gern helfen«, sagte O-lan, »aber unser Bau ist klein. Er ist aus Ton, und du weißt, wie hart der Ton im Winter wird. Du kannst nicht einmal ein Loch für eine Eichel graben, geschweige denn für einen anderen Fuchs. Tut mir leid, aber so ist es.«

Als sie weiterstolperte, lief A-lon hinter ihr her, und sie drehte sich zu ihm um.

»Hör zu«, sagte er, »mir ist da gerade etwas eingefallen. An der Südseite von Trinity Wood gibt es einen Dachsbau — dort wohnt eine große Sippschaft. Warum fragst du nicht mal, ob sie dich aufnehmen? Weißt du, für Dachse ist es ganz üblich, ihre Behausung mit uns zu teilen. Sie werden wohl erwarten, daß du ab und zu ihre Speisekammer auffüllst, aber — du hast im Moment keine große Wahl, oder?«

»Glaubst du, sie sind einverstanden?«

»Du kannst ja mal fragen. Einer meiner Brüder lebt mit Dachsen zusammen. Sie kommen ganz gut miteinander aus ... und ich habe einen Freund ...«

»A-lon!« rief seine Gefährtin, wohl etwas verwirrt, weil er sich solange mit der heimatlosen Füchsin beschäftigte.

»Na ja, viel Glück jedenfalls«, sagte er.

»Danke — vielen Dank. Ich werde es versuchen, wenn sich nichts anderes findet.«

Den Rest des Tages verbrachte sie mit der Suche, nahm hier und da einen Happen zu sich, um bei Kräften zu bleiben. In einem Graben fand sie fließendes Wasser. Als erneut der Abend hereinbrach, war sie noch immer in der gleichen Lage. Da sie sich nahe der Südseite des Waldes aufhielt, suchte sie nach den Eingängen zum Dachsbau. Zu Füßen einer Ulme entdeckte sie eine Vertiefung im Schnee, legte sie frei und fand ein Loch. Sie kroch in die Dunkelheit und durch einen zwanzig Meter langen Tunnel. Der Dachsgeruch saß tief in ihrer Nase, und O-ha konnte hören, wie sie sich in den angrenzenden Kammern bewegten. Obwohl sie eigentlich keine Angst vor Dachsen hatte, fühlte sie sich in ihren Tunneln nicht sicher. Dachse waren äußerst starke Geschöpfe, die sie gewiß töten konnten, wenn sie es wollten. Sie war keineswegs sicher, daß man sie willkommen heißen würde.

O-ha gelangte zu einer Stelle, an der sich der Tunnel zu einer Kammer weitete, und eine Stimme rief in harschem Tonfall: »*Feond oder freond?*«

Obwohl der Bau völlig finster war, hatte O-ha eine genaue Vorstellung von ihrer Umgebung, die anderen Sinnen als dem Auge entsprang und ein Bewußtsein besaß, das sie weder mit Worten benennen noch erklären konnte, obwohl unterirdisch lebende Tiere es in zahllosen Jahrtausenden erworben haben. Sie wußte, daß ihr ein großer, älterer männlicher Dachs gegenüberstand.

»Fuchs«, sagte sie, da sie die gutturale Sprache des Dachses nicht verstand. »Ich ... ich habe meinen Bau verloren. Die Menschen haben ihn zerstört.«

»*Henschen* zerstören? Ah, ich spreche etwas Fuchs. Du verirrt, was?«

»Nein — ich habe mich gefragt, ich meine, ich habe gehofft, daß ihr etwas Platz habt. Ein freies Zimmer vielleicht? Ich habe kein Zuhause.«

Der Dachs grunzte.

»Ah, Kein-Heim-Fuchs, was? Wir haben viel Platz. Du willst bleiben, was? Ich frage andere. Du wartest hier. Keine Bewegung, klar?«

»Ich bleibe hier«, antwortete sie voller Erleichterung. Sie hörte ein Schlurfen von der anderen Seite des Raumes, dann war es still. Sie wartete eine Weile, bevor sie den zurückkehrenden Dachs hörte. Inzwischen hatte sie sich an die ungewöhnlichen Gerüche eines fremden Baus gewöhnt und empfand eine gewisse Zuversicht.

»Andere sagen du bleibst — meisten sagen das. Du störst uns nicht, was? Du kümmerst dich selbst und keine Störung. Ich zeige dir Bett, ganz oben.«

»Das ist sehr nett ...«, setzte sie an, aber der Dachs knurrte nur: »Folgen.«

Er führte sie auf die zweite Ebene in eine geräumige Kammer mit trockenem Lagerstreu. Zuerst markierte sie den Raum unter den mißbilligenden Blicken des Dachses, dann betrachtete sie das trockene Gras und die Blätter. Ihre asketische Fuchsnatur war nicht an Betten gewöhnt, aber diesmal ließ sie sich dankbar auf die warmen Blätter sinken und schloß die Augen, sobald ihr Kopf auf die Pfoten fiel. Sie hörte, wie der Dachs sagte: »Du gehst aus oberem Loch hinaus. Komme nicht mehr durch mein Loch, klar ...« Dann war sie eingeschlafen.

Als sie am nächsten Morgen aufwachte, streckte sie eine Pfote nach A-ho aus. Schläfrig fragte sie sich, warum sie ihn nicht hören oder riechen konnte. Dann folgte die Bestürzung, als sie in der dunklen Kammer, in der sie sich befand, nichts erkennen konnte.

»A-ho?« flüsterte sie etwas verängstigt. Wo war er? Vielleicht auf der Jagd, um sie mit einem Kaninchen oder anderem Futter zu überraschen? Wo waren seine Markierungen? Warum roch der Bau nicht nach seinem warmen, moschusduftenden Fell, seinen Schlafgerüchen?

Wo befand sie sich nur?

Sie suchte, noch immer verwirrt, den Boden nach ihrem Gefährten ab und fragte sich, ob sie vielleicht noch schlief und einen schrecklichen Traum hatte. Könnte sie doch nur mit ihrem Gefährten sprechen und sich dadurch orientieren.

Dann erst fielen ihr die Ereignisse der vergangenen Tage ein: Die Jagd und der Fuchsgeist, der sie zum zerrissenen Körper ihres Gefährten führte. Sie erinnerte sich, daß A-ho fortgegangen war: Er würde nie mehr zurückkehren. Das

Gefühl des Verlustes war noch überwältigender als am Tag und in der Nacht zuvor, da die volle Wahrheit seines Todes erst jetzt wie ein schwerer, erstickender Mantel auf sie herabsank. Trauer, der Schmerz der Seele, ist schlimmer als eine körperliche Verletzung, da sie keine Heilung außer der Zeit kennt und kein Leidender einen Punkt in der Zukunft entdecken kann, an dem der Schmerz aufhört, so daß er ewig erscheint. Solche Trauer geht mit einem inneren Zusammenbruch einher. Der Körper bewegt sich, während der Geist in einer dunklen, verzweifelten Qual erstarrt.

Am Tag zuvor war sie im Wald aufgewacht und hatte sich erinnert, daß A-ho fortgegangen war. Das Wissen hatte ihren Geist ergriffen und sie gezwungen, ihren Schmerz anzuerkennen, aber aufzuwachen und vergessen zu haben, daß er fort war, und sich dann daran zu erinnern, war weitaus schlimmer. Es würde noch oft geschehen, unzählige Jahreszeiten lang, und ihr immer seelische Qualen zufügen.

Schweren Herzens fand sie den Tunnel und wollte gerade hindurchlaufen, als ihr die letzten Worte des Dachses einfielen. Sie sollte diesen Weg nicht benutzen. Es gab einen zweiten, engeren Ausgang am anderen Ende der Kammer, und sie stellte fest, daß er nach ungefähr zehn Metern an die Oberfläche führte, ohne andere Kammern zu berühren. Sie trat hinaus und besuchte A-hos *Sowander.* Danach kehrte sie nie mehr an die Stelle zurück, da der Weg der Toten keinen Trost verhieß. Außerdem war der Ort gefährlich. Sie hatte Pflichten gegenüber ihren ungeborenen Jungen, und diese Verantwortung wog ohnehin schwerer als ihre eigenen Gefühle.

Während ihrer Tragezeit bemühte sich O-ha, die Dachse so selten wie möglich zu treffen, weil ihnen das einfach lieber war. Wenn sie einen von ihnen im Tunnel traf, nickte sie und sagte Hallo, aber sie machten nur wenig Worte. Eines Abends jedoch, als sie gerade den Bau verlassen und Nahrung suchen wollte, kam der Dachs, mit dem sie zu allererst gesprochen hatte, in ihre Kammer. Er hieß Gar.

»Ich komme zu fragen, wie es dir geht?« sagte er und setzte sich hin.

»Mir geht es gut», sagte sie. »Ein bißchen einsam, aber ...«

»Sicher, sicher. Schlimme Sache ist deinem Gefährten passiert. Ich verstehe das. *Henschen,* huh!« Er schlug die Zähne aufeinander, um zu zeigen, was er von Menschen hielt.

»Wir Dachse stören Leute nicht. Einmal schicken sie Hund hinunter — mittelkleinen Hund. Ich beiße ihn — ha!« Gar entblößte seine grimmig aussehenden Schneidezähne.

O-ha war beeindruckt.

»Du hast gegen einen Hund gekämpft?«

»Jaha. Gekämpft und verjagt. Wir Dachse sind sehr starke Tiere. Dachse haben lange, lange Geschichte. Wir stören Leute nicht, aber sie wollen Dachse immer töten — manche. Viele *Henschen* tun Dachs nicht weh, aber manche — die töten.«

»Auch wir besitzen eine lange Geschichte, und sie stören uns ständig. Warum, weiß ich nicht.«

»Weil Fuchs schnell rennt. *Henschen* gerne rennen — renn, renn, renn, für gar nichts. *Hensch* verrücktes Tier. Nicht alle. Manche geben uns Essen, in kleinem Feld an Haus. Sehen durch Fenster. Sehen, sehen, Dachs ißt unser Essen! Was glauben sie tun wir? In die Nase stecken?« Er grunzte verächtlich. »Gar aber keine Angst. Gar hier stark«, er wies auf seine Brust. »Leute können Körper von altem Gar nehmen, aber nicht seine Seele. Seele gehört nur Gar.«

Sie mochte Gar. Er schien etwas gefunden zu haben, von dem Füchse sprachen und das nach ihrem Glauben nur in der Geisterwelt jenseits des Todes existierte.

»Was du tun solltest«, sagte Gar verträumt, »ist auf lange Reise gehen. Dinge geschehen auf langen Reisen. Große Dinge. Sieh dir Welt an. Großer Hügel, tiefes Tal, schneller, schneller Fluß — sieh all diese Dinge. Welt ist großer Ort.«

»Ich möchte keine Reise machen. Ich mag meine Welt«, sagte sie. »Auch wenn es sich langweilig anhört, ich mag sie. Dieser Bezirk ist groß genug für mich.«

»Ich verstehe«, sagte Gar. »Hör zu, ich höre, Fuchs kann anderes Tier nachmachen – wie Schaf oder Vogel. Das ist wahr?«

»Ja, wir können andere Wesen nachahmen«, antwortete O-ha.

»Laß mich hören – du machst Vogelgeräusch.«

O-ha zwitscherte gehorsam.

»Ha. Das klingt wie Vogel. Jetzt Schaf.«

Sie blökte traurig wie ein Lamm, das nach seiner Mutter ruft.

»Ha, gut. Das hörte sich wahr an.«

»*Unlagu*«, ertönte es aus einer anderen Kammer.

»Was ist los?« fragte O-ha.

»Argh, nichts ist. Sie wollte Ruhe haben – Krach machen nicht erlaubt, außer Schnatter-Schnatter, ganze Zeit. Lauter Krach nicht erlaubt. Egal. Das ist gut, wir reden. Lernen über Fuchs. Du lernst über Dachs. Was denkst du, *Hensch* mag Fuchs nicht, weil er schnell rennt, was?«

»Ich glaube – nun ja, als ich ein Junges war, sagte man mir, daß die Menschen uns nie gemocht haben, weil wir Hühner töten.«

»Heißt nur, daß Fuchs Hühner tötet bevor *Hensch* Hühner tötet. Alle wollen Hühner essen. *Forpan* Leute mögen Fuchs nicht.«

Sie mußte gestehen, daß sie seiner Meinung war, aber die Situation ließ sich nicht ändern.

»Jedenfalls«, sagte Gar, »nicht alle hassen Fuchs. Nein, nein. Ich kenne Fuchs, lebt an *Henschenort*. Sie töten ihn nicht. Ist nur *Hensch* auf Pferd – *Hensch* mit Gewehr – die hassen Fuchs.«

»Ich habe nur solche getroffen«, erwiderte O-ha grimmig.

»Welt voller anderer. Du gehst auf lange Reise – du siehst andere.«

»Ich möchte lieber hierbleiben«, wiederholte sie.

»*Eall ic waes mid sorgum gedrefed*«, war Gars unverständliche Antwort, die offensichtlich ein geflügeltes Wort in seiner eigenen Sprache darstellte. »Sorgen, Sorgen ...« Er seufzte. »Ich gehe jetzt zurück. Nett zu reden. Machen wir anderes Mal noch, was?« Sie hörte, wie er sich erhob und aus der Kammer hinaus und dann durch den Tunnel zu seinem eigenen Bett schlurfte.

Danach schlief sie ein und träumte von Menschen, der zweiten Angst der Füchse. Vom ersten Schrecken, der *vergessenen Angst,* dem Schatten-mit-tausend-Namen, die alle vergessen waren, von der Weißen Maske mit ihren furchtbaren weißen Augen und weißen Kiefern, träumte man nie. Diese Angst lauerte irgendwo noch jenseits des Unterbewußtseins, tiefer, als Träume gehen konnten, denn ihre verzerrten Züge entstellten ein Gesicht, dessen Anblick selbst die Mutigsten der Mutigen nicht ertragen konnten, ohne die Grenze zum Wahnsinn zu überschreiten. Vor langer Zeit war es tief ins Gedächtnis verdrängt worden, aus dem es nicht hervorgeholt werden konnte — solange es nicht sein häßliches Antlitz erneut zeigte, und das war glücklicherweise schon lange nicht mehr geschehen.

Als sie Gar das nächste Mal traf, war er jedoch so brummig wie bei ihrer ersten Begegnung, und sie vermutete, daß er zu jenen Tieren gehörte, die in der richtigen Stimmung für eine Unterhaltung sein mußten, und diese Stimmungen waren äußerst selten.

Als sie eines Abends auf der Jagd war, stieß sie in einem Wäldchen auf einen alten, unbenutzten Schuppen, der sich in der Nähe einer menschlichen Behausung befand. Er erregte ihre Aufmerksamkeit, und sie umkreiste die verrotteten Bretter auf der Suche nach Fußabdrücken oder frischen Spuren menschlicher Anwesenheit. Sie fand nichts, das ihre Angst hätte wecken können.

Im Schuppen selbst hingen einige vor sich hinrostende Metallwerkzeuge an den Wänden, die den spitzenzarten Fallen der Spinnen Gesellschaft leisteten. Grasbüschel wuchsen durch die Bodenbretter, und ein Regal hing schief unter dem glaslosen Fenster. Hoch oben in einer Ecke saß ein

Amselnest — ein guter Beweis dafür, daß keine Menschen herkamen.

O-ha hatte sich lange gefragt, ob die Geburt im Dachsbau ihre Jungen gefährden könne. Möglicherweise würden ihnen die Dachse nichts tun, aber Füchse wünschen sich für ihre Jungen vollkommene Sicherheit, und darin unterschied sich O-ha nicht von anderen Füchsinnen. Der Schuppen wäre vielleicht ein guter Platz für die Geburt. Das Gras zwischen dem Haus und dem ungefähr dreihundert Meter entfernten Schuppen war hoch und nicht zertrampelt. Vielleicht lebten alte Menschen in dem Haus, die zu gebrechlich waren, um ihren Schuppen noch zu benutzen? Jedenfalls sah es ganz so aus, als sei die Hütte seit langem nicht mehr betreten worden. Ein weiterer Vorteil war die verschlossene Tür. Man konnte nur durchs Fenster hineingelangen. Für einen Hund wäre es sehr schwierig, ihr durch die hochgelegene Öffnung zu folgen. Nur Eichhörnchen, Vögel und Fledermäuse konnten hinein, und solche Wesen interessierten sie nicht weiter.

Also hängte sie ihr Herz an den kleinen Schuppen.

Bis ihre Zeit kam, würde sie weiter im Dachsbau wohnen. Es war angenehm, an einem Ort zu leben, wo andere ohne es zu wissen ihre Nahrungsvorräte bewachten. Wie alle ihre Artgenossen hortete O-ha für ihr Leben gerne, was sie zu einer unordentlichen Hausgenossin machte. Da ihr die Dachse aber einen eigenen Bereich überließen, gab es keine Beschwerden. O-ha markierte häufig ihre Kammer. Sie verstreute Vogelfedern, die ungenießbaren Teile von Gemüse und die Knochen ihrer Beutetiere sowohl im ganzen Raum als auch draußen vor ihrem persönlichen Eingang. Ihr kam ein gewisses Poltern einiger Dachse zu Ohren, und sie nahm sich vor, ordentlicher zu werden, setzte solche Vorsätze jedoch nie in die Tat um. Ein Fuchs muß über wichtigere Dinge als den Hausputz nachdenken.

Die Tage formten sich zu Wochen. Das schwache Sonnenlicht durchbrach nur selten den eisengrauen Himmel. Es gab keine starken Schneefälle, dafür aber häufige Regen- und Graupelschauer, die das Leben ein wenig leichter machten. Die kleineren Tiere wurden aus ihren Behausungen gespült, so daß die Jagd nicht ganz so mühsam war. Die Menschen blieben in ihren Häusern, wenn die Regengüsse über das Land fegten, und der Boden war ohnehin zu naß, um Gerüche zu halten.

Eines Tages, als Scresheen über den Feldern kreischte, Abfall in alle Richtungen trieb und die Zweige von den Bäumen riß; als sich die Hasen in den Feldern albern aufführten und Wiesel vor verängstigten Kaninchen herumtanzten; als Falken aus heiterem Himmel auf nichtsahnende Mäuse herabstießen — an solch einem Tag spürte O-ha, daß sich seltsame Dinge in ihrem Körper abspielten. Sie verabschiedete sich ganz kurz von Gar und sagte ihm, daß sie fortgehe.

»Wohin gehst du?« fragte er überrascht.

»Die Welt sehen«, antwortete sie.

»Ha. Versetz ihr einen Tritt von mir«, sagte er.

»Das werde ich tun«, erwiderte sie. »Und danke für deine Freundlichkeit. Du hast mich aufgenommen, als ich nicht mehr weiterwußte.«

»Ach was. Du kümmerst dich um Junge, Füchsin. Ich sehe dich eines Tages. Gar sieht dich, wenn er in der weiten, alten Welt herumschnüffelt und du kommst zurück voller großer Dinge. Ha.«

Sie verließ den Bau mit bösen Ahnungen, die sich aber zerstreuten, als sie den kleinen Schuppen erreichte. Es gab keinerlei Anzeichen dafür, daß irgend jemand, Hund oder Mensch, nach ihr dort gewesen war. Sie sprang durchs Fenster und ließ sich auf einigen alten Säcken in der Ecke nieder, um ihre Jungen zur Welt zu bringen.

Es war eine schmerzhafte Angelegenheit.

6. Kapitel

Es gab einmal eine Zeit, in der die windwandernden Füchse keinen *Hav* oder *Havnot* kannten. Da war kein *Face*, wie das heutzutage von Beton, Ziegelstein und Asphalt bedeckte Land genannt wird, und auch kein *Gerflan*, also Gebiete, die für gewöhnlich nicht von Menschen betreten werden, wie zum Beispiel Militärgelände. Lange nachdem *Cle-am*, der lange heiße Wind, die Welt geformt hatte, war Land einfach nur Land und bestand aus Erde und Himmel und nach A-O auch aus Flüssen und Teichen. Die unmittelbaren Nachkommen der ersten Helden und Heldinnen brauchten den verschiedenen Gebieten keine bestimmten Namen zu geben, da alle gleich waren. In jenen Tagen, als die Welt noch warm unter den Füßen und die Berge lebende Wesen waren, die sich gigantischen Schnekken gleich donnernd durchs Land schoben, gab es keine Menschen. Da waren Wölfe, Hirsche, Baummarder, Wildkatzen, aber keine Menschen. Damals existierten Wälder, die sich bis in die Unendlichkeit erstreckten, und das Universum war von einem Ende zum anderen und von oben bis unten grün. Vögel trugen Samen in ihren Schnäbeln — Kerbel, Primel, Kuckucksnelke, Hauhechel, Wicke, Huflattich, Löwenzahn, Großes Johanniskraut — und verstreuten sie auf der frischen Erde. Dann kam der erste Regen, und die Erde roch gut, die Pflanzen rochen grün.

Am Anfang, bevor die Tiere die Wirkungen der verschiedenen Pilze und Kräuter kannten, mußten sie von allen kosten. Einigen wurde schlecht, andere entwickelten eine

Sucht nach berauschenden Pflanzen und wanderten betäubt umher, einige starben. Allmählich lernten sie, gut und schlecht voneinander zu unterscheiden. Fingerhut und tödlichem Nachtschatten sollte man möglichst aus dem Weg gehen.

Schnittlauch, wilder Meerrettich, Rainfarn, Holunder und Zichorie waren gut. Beifuß und Wermut mit ihrem bitter stechenden Geruch waren zu meiden. Was die Pilze betraf, so waren Parasolpilz, Pfifferling, Steinpilz, Rötlicher Lacktrichterling, echter Ritterling und Grauer Scheidenstreifling gut. Satanspilz, Karbol-Egerling, Fliegenpilz, Grüner und weißer Knollenblätterpilz waren schlecht. Als die Experimente abgeschlossen und Nutzen und Gefahr der Pflanzen erkannt worden waren, floß dieses Wissen in Gesänge und Lieder ein, die von Generation zu Generation weitergegeben wurden. Dies geschah, nachdem die Geschöpfe der Erde ihre Stimmen gefunden hatten.

Der erste Ton kam von einem Grashüpfer, der nach einer guten Mahlzeit vor Freude die Beine aneinanderrieb. Das Geräusch verblüffte die anderen Tiere, da die Welt bis dahin gänzlich stumm gewesen war. Eine Amsel fand ihre Stimme und befahl dem Grashüpfer, leise zu sein. Eine Dohle schrie der Amsel zu, sie solle den Lärm abstellen. Ein Wolf empfahl der Dohle, sich um ihre eigenen Angelegenheiten zu kümmern. Schon bald riefen alle Tiere durcheinander, und viele sind seitdem nicht mehr verstummt.

Als die Tiere ihre Stimmen fanden und sich darin übten, weigerten sich nur die Felsen und Steine, in den kakophonen Chor miteinzustimmen. Diese soliden Mitglieder der Gemeinschaft waren auf mehr als nur eine Art verschlossen.

In jenen frühen Zeiten waren selbst die Berge so sanft wie Motten.

Als die ersten Menschen kamen, verschreckten sie die schüchternen Felsen und Steine so sehr, daß sie auf ihrem Weg einfroren und sich niemals wieder bewegten. Die neuen zweibeinigen Tiere fingen an, die Wälder abzuholzen und das Land zu roden, bis es nackt und kalt unter dem wachhabenden Mond lag. Alles fiel ihnen zum Opfer. Die Fuchsgeister durchstreiften das Land und schufen *Sowander*, heilige Orte, an denen der Boden vom Blut der Märtyrer getränkt war, die man nicht aus Nahrungsgründen getötet hatte, sondern weil sie rote Felle trugen, auf vier Beinen liefen und sich weigerten, wie die Hunde und Katzen zu kapitulieren. Nacheinander gerieten die Tiere unter die Herrschaft des Menschen. Einige leisteten Widerstand, anderen waren zu scheu, um zu kämpfen. Viele Schweine hielten lange in den verbleibenden Wäldern durch, aber auch sie wurden irgendwann überwältigt. Die Wölfe, Vettern der Füchse, weigerten sich nachzugeben und wurden ausgelöscht. Die Füchse selbst veränderten sich, um den neuen Umständen zu begegnen: sie gingen unter die Erde und lebten von nun an nachts. Sie überlebten mit List und Tücke, heimlich und entschlossen. Sie wurden zu Geistern, flüchtigen Gespenstern, die Menschen nur aus dem Augenwinkel wahrnahmen.

Einer der Gründe für das Überleben der Füchse lag darin, daß sie keine Anführer wählten, die sie blind in hoffnungslose Schlachten führten. Es gibt und gab keine Königs- oder Häuptlingsfüchse, keine Schamanen oder Stammesältesten. Sie bildeten keine Rudel wie die Wölfe oder Herden wie die Hirsche. Sie akzeptierten weder die Oligarchie noch Anführer jedweder Art. Jeder Fuchsrüde war sein eigener Führer, der sich nur auf sich selbst verließ. Keine Füchsin folgte irgendwelchen Anweisungen oder Befehlen eines anderen Fuchses. Sie hatten weder Totems noch heilige Steine, die sie an bestimmte Orte hätten fesseln können. Sie besaßen keine Organisation, um sie an festgelegte Handlungen zu binden. Sie blieben Einzelgänger, die sich bei Veränderungen den äußeren Umständen anpassen konnten. Sie heulten den Mond nicht an und betrachteten die Sonne nicht als Gottheit. Selbst die *Sowander* waren lediglich Orte, die ein Fuchs kreuzen, an denen er aber nicht verweilen konnte — mit anderen Worten, eher verbotene Orte als Versammlungsstätten, ungleich jenen, an denen die Wölfe sich um einen geheiligten Baum oder Überhang scharten. Es gab keine Stelle, auf die ein Mensch zeigen und sagen konnte: »Dort versammeln sich die Füchse — da können wir ihnen auflauern.« Die Füchse nahmen ihre Ahnen, die Fuchsgeister von *Firstdark,* wahr, ohne sie jedoch zu verehren.

Seit diesen Zeiten ist es den Füchsen gelungen, ihre einsamen Gewohnheiten zu bewahren, in kleinen Gruppen zu leben und anderen nur gelegentlich und ohne Absicht zu begegnen. Sie gebrauchen viele Stimmen, vom kalten Bellen bis zum Schrei der Todesfee, um Lauscher in die Irre zu führen. Sie kleiden sich in Dunkelheit. Sie sind niemals in Eile, da sie wissen, daß fieberhafte Geschäftigkeit für Tiere wie die Spitzmaus und den Hasen gut und schön sein mag, ein kühler, klarer Kopf und durchdachte Bewegungen sie selbst jedoch eher am Leben erhalten.

O-ha war bereit, ihren Jungen all das zu erzählen, sobald sie alt genug waren, um es zu verstehen. Sie hatte sechs Junge geworfen und leckte alle voller Selbstzufriedenheit sauber. Sie gehörten ihr, und sie würde sie unter Einsatz ihres eigenen Lebens verteidigen. Am ersten Tag gelang es ihr, eine Ratte zu fangen, die in die Hütte lief, doch allmählich wurde ihr klar, daß sie vor einem ernsthaften Problem stand. Es gab keinen Fuchsrüden, der für die Familie auf die Jagd gehen konnte, während sie daheimblieb und die Jungen wärmte. Am Ende des Gartens, der zum Haus gehörte, fand sie einen Sack mit verfaulten Kartoffeln, den man auf den Komposthaufen geworfen hatte, aber als die aufgebraucht waren, wurde die Lage wirklich ernst.

O-ha war allerdings von einem der Hausbewohner durchs Fenster beobachtet worden und fand zu ihrer Überraschung Futter auf halbem Weg zwischen Haus und Schuppen. Gar hatte dieses seltsame Verhalten mancher Menschen erwähnt — sie legten wildlebenden Tieren Futter hin und schauten ihnen dann vom Fenster aus beim Fressen zu — und sie konnte ihr Glück gar nicht fassen, auf solche Leute gestoßen zu sein. Das gleiche taten sie auch für die Igel, die durch die Anwesenheit eines Fuchses beunruhigt waren und sich stets zu stacheligen Kugeln zusammenrollten, sobald O-ha in Sicht kam. Hätte sie vor dem Verhungern gestanden, wäre ein Versuch vielleicht verlockend erschienen, aber das Futter reichte aus, und sie wußte aus ihren Tagen als Junges, daß Igel beinahe unangreifbar waren. Jedenfalls hatte sie noch nie einen Fuchs getroffen, der aus den stechenden Viechern eine Mahlzeit gemacht hätte.

Als die Jungen acht Tage alt waren, versiegte plötzlich die Futterquelle. Das Haus wirkte leer. Die Bewohner hatten es verlassen, ohne daran zu denken, wie sehr O-ha auf ihre Großzügigkeit angewiesen war. Vielleicht hatten sie geglaubt, daß sie ihre Ernährung lediglich bereicherten, statt sie am Leben zu erhalten. Nun hatte sie keine Unterstützung mehr und mußte weiter hinausgehen, um sich selbst zu ernähren und ihren Milchfluß zu bewahren.

Die nächste menschliche Behausung jenseits des Cottages war ein großer Herrensitz, in dem der Veranstalter der Fuchsjagden lebte. Das Cottage diente ursprünglich als Torhaus am Eingang der langen Auffahrt, die zum Anwesen selbst führte. Es hatte viele Fenster: eine große, viereckige, kalt wirkende Behausung aus grauen Steinblöcken. Der Rasen, der sie umgab, war kurz und gepflegt, und in angemessenen Abständen wuchsen Büsche und Immergrünpflanzen neben symmetrischen Beeten, die rechteckige Seerosenteiche aus Beton umschlossen. Kein Ort, der Füchse anlockte.

O-ha hielt sich auf ihren kurzen Raubzügen so weit wie möglich vom Herrenhaus fern, aber eines Nachts zog sie ein Gartenpavillon am Ende des Rasens unwiderstehlich an. Ein Mensch war während des Tages dort gewesen und hatte auf dem weißen Gebälk des sechseckigen Gebäudes einige Specksandwiches zurückgelassen. Sie konnte den Speck in ihrem sicheren Versteck im ungepflegten Gras riechen und kletterte schließlich am Efeu empor, das an der roten Ziegelmauer, die das Anwesen umgab, hochrankte. Es war nur ein kurzer Weg. Sie bewegte sich schnell, aber ohne Eile, lief dann die Stufen hinauf und landete auf der Brüstung, direkt neben den Sandwiches. Sie prüfte mit einem raschen Blick, ob man sie nicht beobachtet hatte, schnappte sich das Päckchen samt Einwickelpapier und begann, darauf herumzukauen.

In diesem Augenblick schoß eine Gestalt aus der Dunkelheit: ein riesiger Hund mit wildem Gesicht. O-has Instinkte eilten ihrem Herzen voraus, und obwohl es danach in ihrer Brust hämmerte, war sie im Nu auf dem Dach des Pavillons und damit auch außer Reichweite der schnappenden Hundekiefer.

Seltsamerweise schrie sie diese gigantische Bestie aus dem Unort, der allergrößte Hund, den sie jemals gesehen hatte, nicht an. Zweifellos wollte er nicht die Aufmerksamkeit der Menschen auf sich ziehen, da sie ihm sonst den Spaß verderben würden. Er versuchte, O-ha im Sprung zu erreichen und stieß sich mit den mächtigen Hinterbeinen vom Boden ab. Als er jedoch feststellte, daß sie außer Reichweite war, ließ er sich im Gras nieder und beobachtete sie aus schmalen Augen. Der große, knochige Kopf ruhte auf wuchtigen Pfoten, die nur auf ihre Chance warteten.

Sie sagte nichts und prüfte rasch ihre Fluchtmöglichkeiten. Sie waren gleich Null.

»Du kannst dich so oft umsehen, wie du willst«, sagte der Jagdhund. »Du hast keine Chance. Ich werde dir den Hals brechen, Fuchs.«

Sie zitterte beim Klang seiner tiefen Stimme, die voller Selbstvertrauen war.

»Warum willst du das tun?« fragte sie, um Zeit zu gewinnen. »Ich meine, wir gehören zur selben Familie — sind Vettern — wir sprechen dieselbe Sprache. Der einzige Unterschied zwischen uns ist ...«

»Daß wir mit Menschen zusammenleben. Das ist mehr als nur ein kleiner Unterschied, Fuchs. Ich weiß, was du von

Hunden hältst. Wir sind die Verräter, die Schwächlinge, die verhätschelten Lieblinge, die Sklaven — ihr habt viele Namen für uns, nicht wahr? Ich will dir was sagen. Ich würde dich töten, wenn du ein anderer Hund wärst — ein anderer Ridgeback — ein Artgenosse. Ich wurde in den heißen Ländern jenseits des Meeres zur Löwenjagd ausgebildet. Weißt du, was ein Löwe ist, Fuchs?«

Ridgeback? Von Ridgebacks hatte sie noch nie gehört. Dann bemerkte sie einen dunkelbraunen Haarkamm, der gegenläufig zum normalen, nach hinten wachsenden, gelbbraunen Fell verlief. Diesem derben Haarstreifen, der in die falsche Richtung wuchs, verdankte die Rasse offensichtlich ihren Namen.

»Nein, ich kenne keine Löwen.«

»Natürlich nicht, du unwissende Hündin ...«

»Füchsin«, warf sie ein.

»Ist mir egal, wie du dich nennst, du bist totes Fleisch. Ich töte gern. Es ist der Sinn meines Lebens. Dazu bin ich hier um zu töten. Ich bin keiner deiner verweichlichten Fuchsrüden. Mit diesen Kiefern kann ich einen Zaunpfahl durchbeißen. Ich gehöre zu einer der größten Hunderassen der Welt. Mitleid ist für mich ein Fremdwort. In meinem Körper gibt es nicht den leisesten Funken von Feigheit — nur Blutdurst. Ich habe früher einen Menschen getötet, in dem Land, von dem ich dir erzählt habe ... oh, sieh dich nur um, während ich spreche. Glaube ja nicht, ich würde nicht aufpassen, nur weil meine Schnauze dampft. Ich bringe dich nach wenigen Schritten zu Fall und reiße dein Herz heraus ...«

O-ha fing an, sich um ihre Jungen zu sorgen. Sie war schon zu lange fortgeblieben. Sie würden frieren und nach dem warmen Bauchpelz der Mutter winseln. Dennoch gestattete sie sich vor dem Ridgeback keine Anzeichen von Panik. Statt dessen setzte sie sich auf ihr Hinterteil und fing an, sich mit dem Bein am Ohr zu kratzen, als sei er gar nicht vorhanden.

»Ich kann die ganze Nacht hier oben bleiben«, sagte sie.

»Und ich kann ebenso lange hier unten bleiben. Natürlich könnte ich nach Verstärkung rufen und die Menschen herholen, aber das werde ich nicht tun. Sie würden dich bloß erschießen. Doch das geht zu schnell und würde meinen inneren Drang nicht befriedigen, oder? Du kannst die ganze Nacht hierbleiben. Ich bleibe auch die ganze Nacht hier. Mal sehen, wer zuerst schwach wird. Ich habe einen Löwen tagelang verfolgt, ohne zu schlafen. Es ist der Reiz des Tötens, verstehst du? Der Reiz des Tötens für Sabre, den Ridgeback.«

»Ich bin keiner dieser Löwen«, sagte sie. »Du magst ausgebildet sein, um sie zu fangen, aber Füchse sind etwas ganz anderes. Wir haben unsere eigenen Methoden, um uns aus der Klemme zu ziehen.«

»Ich habe Schakale und Hyänen gesehen und auch verwilderte Hunde. Ich kenne euch. Ihr seid alle gleich, ihr mageren, wilden Aasfresser. Ihr glaubt, ihr seid schlau, gewitzt, verschlagen, aber ich kenne alle Tricks. Du kannst reden, soviel du willst. Du wirst sterben, unter Schmerzen sterben, und damit hat es sich dann.«

»Nein«, erwiderte sie schlicht.

Der unheilvolle Blick traf sie.

»Was meinst du mit — nein?«

Aber sie weigerte sich, zu antworten, lag mit Herzklopfen auf dem Dach des Pavillons und lauerte auf die geringste Chance. Tot nützte sie ihren Jungen nicht mehr, soviel stand fest. Sie wollte nur eine Chance.

Lange Zeit starrten sie einander nur an, und die Nacht verdichtete sich. Eine Eule kam vorüber, warf einen stillen Blick auf die Szene und flog rasch davon. Als die Bewohner schlafen gingen, verlöschten in den Zimmern des Hauses allmählich die Lichter. Schließlich war alles dunkel, außer einem kleinen Raum im Erdgeschoß. Dieses eine Licht brannte bis in die frühen Morgenstunden. O-ha machte eine entsprechende Bemerkung und hoffte so, den Hund abzulenken, doch Sabre weigerte sich, auch nur den Kopf zu bewegen.

»Mein Herr in seinem Arbeitszimmer«, sagte er. »Er sitzt am Schreibtisch — bis morgens früh. Mach dir darum nur keine Sorgen, Füchsin.« Danach herrschte einige Minuten Stillschweigen.

Schließlich hatte O-ha eine Idee. Sie stellte sich auf das Dach des Pavillons und begann, den Mond anzuschreien. Ihre klare, kalte und häßliche Stimme ertönte — ihr Feenschrei.

»Sei still«, grollte der Jagdhund. »Das wird dir nicht gut bekommen.«

Sie schrie weiter. Als der Hund gerade wieder zu ihr sprechen wollte, drang ein menschliches Gebell aus dem Haus. Instinktiv wandte sich der Hund zu seinem Herrn, und in diesem Moment sprang O-ha vom Pavillon und rannte um ihr Leben, im Zickzack über den Rasenstreifen, der sie vom Unterholz trennte. Schnell folgte ihr der Ridgeback und hatte sie zweimal schon fast zwischen den Kiefern, doch sie entwischte dem ungeheuren Tier durch seitliche Haken. Sie streifte die hohen Gräser und das Dornengestrüpp, sprang über aufragende Hindernisse, denen er ausweichen mußte, bis sie an eine Mauer kamen. Mit äußerster Kraft und Beweglichkeit gelang es ihr, hinauf- und auf der anderen Seite wieder hinunterzuspringen. Der Hund konnte ihr nicht folgen. Sie hörte ihn mit zornkalter Stimme rufen: »Du hast mich nicht zum letzten Mal gesehen. Ich werde dich hetzen, du magere Hündin. Diese Kiefer werden deinen Schädel zerbrechen ...«

Die Töne verloren sich in der Ferne, als sie durch den Garten des Torhauses jagte, um zu ihren kostbaren Jungen zu gelangen. Ein letzter Sprung durch das kleine Fenster, und sie war im Schuppen.

Zwei Junge waren tot. Als sie an ihnen schnüffelte, waren sie kalt. Die anderen lebten kaum noch. Sie versuchte, die lebenden Jungen zu wärmen, ohne sich um die toten zu kümmern. Jede Sekunde zählte.

Sie hatte sich eben erst auf ihre Nachkommenschaft gelegt, als eindeutige Gerüche und Geräusche zu ihr hereindrangen. Der Hund führte seinen Herrn zu ihrem Versteck, indem er O-has Geruch vom Anwesen zum Haus hin folgte. Sie packte ein Junges mit der Schnauze und sprang genau in dem Moment durchs Fenster, als die Tür in ihren rostigen Angeln gewaltsam aufschwang.

O-ha rannte in den Wald. Sie blieb kurz stehen, schaute zurück und hörte das Gebrüll des Hundes.

»Wir haben sie, Füchsin, wo immer du auch bist! Kannst du mich hören? Mein Herr hat sie mit den Stiefeln zertreten. Er haßt Füchse genauso sehr wie ich. Kannst du mich hören, Füchsin? Kannst du mich ... ?«

Die Verzweiflung schlug über ihr zusammen.

Der Ridgeback hatte trotz allem gesiegt. Das letzte Junge war in ihrer Schnauze kaltgeworden. Sie konnte keinen Puls fühlen, spürte keinen Herzschlag an ihren Lippen. Hatte sie aus lauter Eile ein totes Junges mitgenommen? Oder war es gestorben, nachdem sie die Hütte verlassen hatte? Dem Hund hätte keine grausamere Strafe für ihr Eindringen in sein Gebiet und die Flucht vor seinem Zorn einfallen können, selbst wenn er ganze Jahreszeiten darüber gebrütet hätte.

Sabre war zweifellos angeleint und konnte ihr anscheinend nicht folgen, denn sonst hätte er es getan.

Sie legte das Junge nieder und kreischte:

»Du hast meine Jungen getötet, aber mich hast du nicht gefangen. Selbst für einen minderwertigen Hund bist du erstaunlich dumm. Eines Tages überrasche ich dich im Schlaf und reiße dir die Kehle auf!«

Sie wußte natürlich, daß ein solcher Traum unmöglich war, doch er verfehlte seine Wirkung nicht. Aus dem Schuppen drangen Zorneslaute. O-ha hob ihr totes Junges auf und rannte los.

Zwei Tage später kehrte sie in die Dachskolonie zurück und war bereit, den Rest ihres Lebens dort zu verbringen. Sie interessierte sich nicht mehr für Fuchsrüden oder Würfe und hatte ihr Herz gegen das Leben und seine Fallstricke verhärtet.

Als sie Gar wiedertraf, sagte er: »Ha! Der kleine Fuchs. Wie war die Welt?«

»Ein schrecklicher, grausamer Ort«, antwortete sie.

Er nickte weise mit seinem Dachskopf.

»Ist es so? Ist es so? Manche Tiere sagen das, aber denke ich, es ist so? Das hier kann grausamer Ort sein, wenn du grausam suchst.«

»Tut mir leid, wenn ich dich enttäusche«, erwiderte sie.

»Nicht mich», sagte er. »Du enttäuscht dich. Wenn du wieder ausgehst, mußt du anderes, nicht gleiches, suchen.« Er wies auf ihre Brust. »Darin sind Augen, die Welt zu sehen, nicht in Kopf. Nächstes Mal du gehst, du siehst von innen.«

»Es wird kein nächstes Mal geben«, erwiderte sie in bitterem Ton. »Die Welt hat mir alles genommen.«

Eine Zeitlang hatte sie mit dem Gedanken gespielt, *Ranzsan* zu begehen – ihren Magen mit den Zähnen aufzureißen – aber irgend etwas hatte sie zurückgehalten, vielleicht der Gedanke, daß man eine solche Tat in *Heff* mißbilligen würde. So rettete sie sich nicht in diese letzte Fuchstat, die zwar Füchsen in bösartigen Metallschlingen oder Fallen offenstand, nicht aber jenen, die einfach nur lebensmüde waren. Sie war nicht für die Lebensüberdrüssigen gedacht, sondern für die furchtbar Gequälten, die sich im Draht verfangen hatten oder in einer Falle saßen.

Also lebte O-ha weiter, was ihr äußerst schwerfiel. Sie war nicht der erste Fuchs, der über dieses seltsame Gefühl namens Traurigkeit nachgrübelte: darüber, ob die Traurigkeit von außen in die Seele drang oder eine Empfindung war, die dem Fuchs von Geburt an innewohnte und lediglich durch äußere Ereignisse erwachte.

Im Herrenhaus schwor ein anderes Wesen Rache. Sabre, der Ridgeback, zürnte dem kleinen Fuchs, weil der seine Mordpläne vereitelt hatte. Ich werde mich an den Geruch erinnern, dachte er. Ich finde diese Füchsin und wenn ich bis ans Ende meines Lebens nach ihr suchen muß, und dann reiße ich sie der Länge nach auf. Niemand macht sich über mich lustig und kommt ungeschoren davon. Des Hundes Tag wird auch noch kommen. So wurde der Eid geschworen, das Versprechen gegeben, das für einen der Gegner mit dem Tode enden würde. Leider war O-ha für den Ridgeback mehr als nur eine zufällige Begegnung. Sie hatte an die eine Schwachstelle seines Wesens gerührt, für die er sich selbst haßte — den tiefverwurzelten Instinkt, seinem Herrn zu gehorchen — und das konnte er einfach nicht durchgehen lassen. Selbsthaß wird fast immer auf andere Lebewesen übertragen, und in Sabres Fall war das O-ha. Sabre würde für den Rest seines Lebens nach O-ha und ihren Nachkommen suchen. Unter der heftigen Sonne der heißen Länder hatte er Löwen verfolgt, mit seinesgleichen Leoparden gejagt und getötet, hatte (auf Betreiben seines Herrn) einen entflohenen Schwarzen, der in seine Heimat zurückkehren wollte, angegriffen und ihm die Kehle zerrissen. Von einem kleinen Tier mit rotem Fell, das kaum größer war als eine Katze, überlistet zu werden, war ein schrecklicher Makel auf der Liste seiner Jagderfolge. Eine solche Beleidigung konnte er nicht vergessen.

ZWEITER TEIL

Flucht aus dem Tollhaus

7. Kapitel

Auf dem Schild an Camios Käfig stand: »Amerikanischer Rotfuchs.« Die für ihn interessantere Rückseite war an einer Ecke angekaut, da er dort seine Zähne durch das Drahtgeflecht hindurch gereinigt hatte. Camio besaß ein dichtes, dunkelrotes — beinahe schokoladenfarbenes — Fell und Augen, die wohl früher einmal klug und strahlend gewesen waren. Er war ein Stadtgeschöpf und stammte aus einem Ort mit breiten Straßen und freistehenden Häusern. Viele von ihnen hatten eine Veranda, unter der ein Fuchs verschwinden, den Tag im Schatten verdösen und einen Bau anlegen konnte, sofern dort keine Kinder lebten. (Kinder liebten die muffige, spinnenreiche Atmosphäre der Zwielichtwelt unter den Bodenbrettern ebenso sehr wie Füchse.)

An jenem fernen Ort, an dem er geboren und aufgewachsen war, hatte sich Camio von den Kleintieren ernährt, die sich unter den Häusern fanden, und den Essensresten, die die Menschen wegwarfen. Er war ein Aasfresser und betrachtete dies keineswegs als Nachteil. Zwar bezeichneten manche die Jagd als einen edleren Weg der Nahrungsbeschaffung, doch die meisten Tiere hielten das für Unsinn. Überleben war das oberste Gebot, und falls man dies verwirklichen konnte, indem man die Verschwendungssucht der Menschen nutzte, um so besser.

Wie viele stadterfahrene Tiere war auch Camio ein verwegener, unverschämter Fuchs mit einem kecken Gang. Ihm war klar, daß er nicht alles wußte, doch gab es keinen

Grund, warum es die ganze Welt erfahren sollte. Wenn er schon den Eindruck erweckte, daß er alles regeln, alles verstehen konnte, daß ihm an Verschlagenheit und Schläue niemand gleichkam, warum sollte er dann dieses Bild zerstören? Seine Füchsin Roxina teilte diese Meinung über ihren Gefährten nicht, gestand aber ein, daß er innerlich und äußerlich einen gewissen Charme und auch Stärke ausstrahlte. Sie wäre stolz auf sein Verhalten im Zoo gewesen, dachte er, auf seine Würde und Zurückhaltung.

Er lag auf dem Boden seines Gefängnisses, während ihn die Zoobesucher anstarrten oder ihre Kameras auf ihn richteten, die blitzendhelle Lichter in seine Augen schossen. Er beachtete keinen von ihnen. Sollten sich die Affen doch produzieren und die Aufmerksamkeit auf sich ziehen, er jedenfalls würde sich nicht erniedrigen und Kapriolen schlagen, nur um menschliches Gebell zu hören. Gefüttert wurde er sowieso, ob er nun auf dem Boden herumfaulenzte oder nach den Gesichtern hinter dem Maschendraht schnappte. Er war froh darüber, daß er nicht zu den exotischen Tieren gehörte. Wäre er ein Schnabeltier gewesen, dann hätten sich die Besucher vielleicht um seinen Käfig gedrängt und ihn mit schlechter Luft drangsaliert. Da er jedoch ein Fuchs und somit nicht besonders ungewöhnlich war, kamen nur wenige Besucher an seinen Käfig und blieben meistens auch nicht lange.

Ein Wärter kam mit zwei Schäferhunden an der Leine vorüber, die zu den Wachhunden des Zoos gehörten. Camio nutzte die Gelegenheit zu einem kleinen Spaß.

»Morgen, ihr Süßen«, sagte er schleppend, »wie gehts der großen Bruderschaft der Sklaven denn so?«

Einer der Schäferhunde zerrte an seiner Leine und schnappte: »Halt die Klappe.«

»Ja«, sagte er andere. »Wir sind wenigstens hier draußen an der frischen Luft.«

»Frische Luft? Und das bei all den stinkenden Menschen? Das nennt ihr tatsächlich frische Luft? Geschenkt, Vetter.«

»Nenn mich nicht Vetter«, erwiderte der erste Hund, »oder ich ...« Der Rest des Satzes wurde abgewürgt, als der Wärter an der Leine zog und den Hund anbellte.

»Gefangener«, schnappte der zweite Hund.

»Schau mal, wer da spricht«, antwortete Camio. »Der an der Kette liegt. Ich würde mich nicht dabei erwischen lassen, wie man mich mit so einem Ding um den Hals hier entlangschleift. Aber ihr armen Trottel habt ja keine andere Wahl, oder? Dafür haben eure Vorfahren gesorgt, als sie demütig nachgegeben und sich den Menschen unterworfen haben.«

Die Hunde explodierten vor Wut und wurden von ihrem verdutzten Wärter fortgezogen, der sie schrill anbellte und an ihren Würgehalsbändern zerrte, bis sie den Widerstand schließlich aufgaben.

Camio kratzte sich verächtlich am Ohr.

»Deutsche Schäferhunde? Killer. Die sollten hinter Gittern sitzen, nicht ich. Ich habe noch nie einem Menschen etwas getan ...« So murmelte er die nächste Stunde vor sich hin, bis er seine Mahlzeit erhielt. In Wirklichkeit wurde Camio langsam wahnsinnig. Der Zoo hier war wie eine Nervenheilanstalt für verhaltensgestörte Tiere. Selbst wenn sie bei der Ankunft noch nicht verrückt waren, dauerte es nicht lange, bis sie diesen Zustand erreicht hatten.

In freier Wildbahn trafen Fleisch- und Pflanzenfresser nur dann aufeinander, wenn die einen hungrig waren und die anderen töten wollten. Dann traten ihre Jagdinstinkte in Aktion und mit ihnen die kleinen chemischen Veränderungen und Mechanismen des Körpers, die Geschwindigkeit, Beweglichkeit und die Konzentration auf einen einzigen Zweck ermöglichen – der Verstand ist hellwach, die Muskeln sind angespannt, die Sinne geschärft.

Auf der anderen Seite wurden die Verteidigungsmechanismen der weidenden Tiere in Gang gesetzt, sobald sie Jäger witterten. Ihre Herzen pumpten Adrenalin, durch ihre Gehirne schossen mögliche Fluchtwege, ihre Sinne erforschten die Nuancen des Windes.

Im Zoo waren sie nur wenige Meter voneinander entfernt, rochen, sahen und hörten sich gegenseitig. Ihre Hormone liefen Amok, sandten Panikwellen durch die Körper der Weidetiere und Wahnsinn in die Köpfe der Jäger. Der Leopard konnte die Antilope riechen, der Löwe das Weißschwanzgnu. Die übergroße Nähe verhinderte jede Entspannung. Die Hirsche konnten ihrerseits den Geparden wittern, und das Kaninchen schaute in den Käfig des Adlers. Er war Wahnsinn, reiner Wahnsinn.

Die Beute roch den Räuber, der Jäger das Wild.

Die Kaninchen lebten in ständiger Panik, hörten den Schrei des Wolfes, das Gebell des Fuchses, den schrillen Laut des Falken. Die Hirsche witterten den Geruch ihrer Todfeinde — Feinde mit Klauen, die Bäuche aufrissen, und furchterregenden Zähnen — und verfielen unter dem kalten Blick eines gefangenen Luchses oder einer Python gelegentlich in Raserei. Tausend Tiere waren auf wenig mehr als einem Quadratkilometer zusammengedrängt; tausend Tiere, von denen die eine Hälfte danach gierte, über die andere herzufallen, die wiederum vor Angst fast wahnsinnig wurde. Und niemand konnte irgendwo hinlaufen, weil es Gitterstäbe und Gräben gab. Also liefen sie im Kreis, verkrampften sich in seelischen Knoten und verfielen schließlich dem Stumpfsinn.

Neben der ständigen Reizung des Instinkte gab es noch andere Wege, wahnsinnig zu werden. Man konnte im wahrsten Sinne des Wortes an Langeweile und Apathie sterben. Auch konnte man in einer stets gleichbleibenden Umgebung — vier Wände und eine Reihe von Stäben — ziemlich leicht den Verstand verlieren, weil tagaus, tagein überhaupt nichts geschah. An einem Ort, der in drei Schritten zum Ende der Welt und zurück führte, konnte man in sich selbst versinken.

Mit Camio war es noch nicht ganz so weit gekommen, doch war er nicht mehr weit davon entfernt. Hoffnungslosigkeit machte sich in ihm breit, Verzweiflung hatte sich wie eine gigantische, schwarze Grube unter ihm geöffnet, und er lief Gefahr, hineinzufallen. Nur ein Funke seines früheren Selbst war noch vorhanden, ein Funke, den er am Leben hielt, indem er die Schäferhunde plagte oder nach Besuchern schnappte.

Nachdem die Besucher an diesem Abend den Zoo verlassen hatten, war er allein mit tausend anderen Wesen, lief im Käfig umher, murmelte vor sich hin. Bei einer Kehrtwendung schlug er gegen die Käfigtür, die daraufhin ein klapperndes Geräusch von sich gab. Zunächst fiel ihm nichts auf, aber dann, nach zwei weiteren Runden durch den Käfig, dachte er: Da stimmt doch irgend etwas nicht. Wenn die Tür richtig verschlossen war, klapperte sie nicht.

Er ging zurück und warf sich dagegen. Sie klapperte wieder und öffnete sich ein wenig, gerade weit genug, um die Nase hindurchzustecken.

Camio war noch immer nicht ganz klar, was das bedeutete. Er war so lange eingeschlossen gewesen, daß er sich in sein Schicksal gefügt hatte.

Dann verhakte er eine Pfote hinter der Metallkante der Tür, und sie schwang nach innen. Der Weg in die Freiheit stand offen, die Schranken waren gefallen, und er konnte in die Nacht entwischen. Der Wärter hatte vergessen, die Käfigtür abzuschließen, und der Weg war frei. Mehr Überredung brauchte es nicht. Im nächsten Augenblick trottete er leise zwischen den Käfigen der anderen Tiere entlang, aufmerksam und mit geschärften Sinnen. Ihm fiel alles wieder ein, der starke Überlebenstrieb war zurückgekehrt.

Ein Wolf rief ihm im Vorübergehen zu: »He, Vetter. Laß mich raus.«

Camio hielt inne, sagte dann aber: »Tut mir leid. Ich weiß nicht wie. Ich würde es tun, wenn ich könnte, aber ich habe keine Ahnung, wie diese Schlösser funktionieren. Dazu braucht man Finger. Tut mir leid.«

Der Wolf schien enttäuscht zu sein, zuckte dann aber die Achseln.

»Schon in Ordnung, Vetter.« Die Augen des Verwandten wurden trüb, und er sank zurück in die alte Hoffnungslosigkeit. Camio bewegte sich auf die innere Zoomauer zu. Obwohl er den Käfig verlassen hatte, war er noch lange nicht frei. Eine hohe Mauer umgab den Zoo, hinter der ein unbebauter, von Hunden bewachter Streifen Land lag, und danach kam noch ein Maschendrahtzaun.

Eigentlich sollten die Schäferhunde eher Menschen davon abhalten, in den Zoo einzudringen und seltene Lebewesen zu stehlen, als Tiere an der Flucht hindern. Jedenfalls würde ein deutscher Schäferhund wohl kaum einen fliehenden Löwen aufhalten. Allerdings wußte Camio, wie sehr die Schäferhunde Füchse und Wölfe haßten, und sie würden nicht zögern, ihn anzugreifen, wenn sie ihn zu fassen bekamen.

Camio blieb an einem Löwenkäfig stehen und schaute hinein. Zwei traurige Augen blickten ihn an. In dunklen Schatten des Käfigs saß ein großes, lohfarbenes Tier. Einige seltsame Wörter dröhnten aus der Kehle dieses muskulösen Wesens, und Camio lief trotz seiner Neugier davon. Aus der Ferne waren ihm Löwen immer sehr ehrfurchtgebietend erschienen, aber aus der Nähe betrachtet wirkten sie eher abschreckend. Im Vergleich zu dem mächtigen Körper der Raubkatze sahen die Käfigstäbe sehr schwächlich aus, und Camio wollte weder die Stärke des einen noch die der anderen auf die Probe stellen und bleiben, wo er nicht erwünscht war. Der schale Geruch des Löwen saß ihm in der Nase, selbst er schien untätige Kraft zu verströmen.

Schließlich fand Camio einen Weg, auf die Mauer zu gelangen. Er erklomm das Hindernis, indem er zunächst über den Steinwall lief, der sich um das Bärengehege zog, und dann nach oben auf die Ziegenfelsen. Dort droben befand sich ein Zaun, den er im dritten Versuch überwand. Beim letzten Mal gelangte er zwar hinüber, verletzte sich aber an dem scharfen Draht. Die Wunde war allerdings nicht tief und gewiß nicht schlimm genug, um ihn aufzuhalten.

Selbst am anderen Ende der Mauer war er dem Zoo noch

nicht entkommen. Er mußte den Maschendrahtzaun überwinden, jenen Zaun, der den Zoo von der Außenwelt abschirmte und in dessen Grenzen die Schäferhunde umherstreiften. Camio drang wachsam in diesen Bereich vor, die Nase im Wind, und versuchte, den Standort der Hunde ausfindig zu machen. Als er die Betonfläche zwischen Mauer und Zaun zur Hälfte hinter sich gebracht hatte, sandte ihm die Nachtluft eine Warnung zu. Er hielt inne und fragte sich, ob er nun zum Zaum laufen oder sich in die Schatten zurückziehen und hoffen sollte, daß die Nasen der Haustiere nicht mehr so gut waren wie seine eigene.

Während er noch zögerte, kamen die beiden Hunde, die er zuvor geärgert hatte, um die Ecke geschossen. Sie schienen sehr erregt zu sein. Dann sah Camio, daß sieben oder acht Menschen am Zaun saßen und süßduftende, gebratene Fleischspieße aßen. Es waren laute, lärmende Kreaturen, die noch jung aussahen. Camio schlüpfte in die Schatten des Ziegenfelsens und schaute mit klopfendem Herzen hinüber.

Die Schäferhunde warfen sich wie besessen gegen den Zaun, brüllten die jungen Menschen an, die zunächst überrascht zurückwichen. Als die Jugendlichen dann feststellten, daß die Hunde sie nicht erreichen konnten, verfielen sie in ein heiseres Gebell. Es waren glitzernde, auffällige Wesen in Ketten und Leder, und sie traten gegen den Zaun, um die springenden, kreischenden Hunde aufzupeitschen. Ein weiblicher Mensch mit regenbogenfarbenem Haar neckte die Schäferhunde mit einem Stück Fleisch und hielt es ihnen hin, obwohl sie wußte, daß sie es nicht erreichen konnten.

Schließlich verloren die Jugendlichen die Lust daran, die Hunde zu ärgern, und gingen weg. Die deutschen Schäferhunde brüllten den häßlichen Menschen mit schäumendem Mund nach. Dann entfernten sie sich vom Zaun und näherten sich brummend Camios Versteck.

Der Fuchs hielt den Atem an. Der würzige Fleischgeruch hing noch in der Luft, doch wenn die Hunde noch näher kamen, würden sie *ihn* unweigerlich wittern.

Einer der Schäferhunde blieb stehen und kratzte sich hinter dem Ohr.

»Komm schon, na los«, grollte der andere und schlenderte durch den Gang zwischen Mauer und Zaun. Er wollte anscheinend unbedingt eine weitere Runde um den Zoo drehen, doch sein Gefährte gähnte.

»Warte doch mal ...« Der Schäferhund saß immer noch auf den Hinterbeinen, hielt kurz inne und schnüffelte.

»Riechst du was?« fragte er. »Ich könnte schwören ...«

»Ob ich was rieche?« erwiderte der andere, und seine Stimme troff von Sarkasmus. »Nur gebratenes Steak, sonst nichts.«

»Nein, etwas ... etwas ...« der Kopf des ersten Schäferhundes schnellte in die Höhe. »Fuchs! Ich rieche Fuchs!«

»Was?« Der andere drehte sich um und trottete zurück. Langsam wurde es Zeit für Camio.

Er schoß nach vorn aus dem Schatten heraus, sprang über den Schäferhund, der sich gekratzt hatte, und rannte auf den Zaun zu. Der zweite Hund näherte sich seiner Flanke, aber Camio entwischte ihm, indem er stehenblieb und seitwärts ausbrach.

Der kleine Fuchs prallte auf halber Höhe gegen den Maschendrahtzaun und versuchte verzweifelt, mit den Krallen einen Halt zu finden. Er rutschte ab, fiel auf einen der unter ihm stehenden Hunde und rollte sich ab. Hundezähne gruben sich in sein Hinterbein und wollten sich verbeißen.

Es gelang ihm, sein Bein loszureißen, ohne den Knochen zu verletzen. Ein zweites Paar Kiefer schnappte nach seinem Bauch, doch Camio rollte sich ständig zur Seite. Sie klapperten wie Metallzähne aufeinander und erwischten nur einige Bauchhaare.

Camio rannte keuchend auf den Zaun zu. Diesmal kamen die Hunde aus verschiedenen Richtungen. Er wand und drehte sich, so daß sie zusammenprallten. Der Fuchs erkannte seine Chance und lief einmal im Kreis herum, wobei er ihre Rücken nutzte. Er stieß sich von ihren verschlungenen Körpern ab und schoß in die Höhe. Die Hunde tobten, als ihnen klar wurde, daß der Fuchs sie als Sprungbrett für seine Flucht benutzt hatte.

Der Sprung war erstklassig, eines Springbocks würdig, und Camios Vorderpfoten krallten sich oben in den Zaun. Für einen Moment blieb er dort hängen. Er fühlte sich schwach und ausgelaugt und wäre beinahe hinuntergefallen. Die Hunde sprangen hoch, fauchten und schnappten nach seinen Hinterbeinen. Er spürte ihren heißen Atem auf seinem Fell.

Da er es so weit geschafft hatte, wollte er entweder entfliehen oder bei dem Versuch umkommen. Ganz bestimmt aber würde er nicht in diesen Käfig zurückkehren, wo er dahinwelken, wo sein Hirn zusammenschrumpfen und jedes Zeitgefühl und jegliche Kraft in der bösartigen Atmosphäre des Irrenhauses verlöschen würden.

Er sammelte seine letzten Reserven und konnte mit ungeheurer Mühe auf den Rand des Zaunes klettern, wobei er sich beinahe so geschickt wie ein Affe anstellte. Er fiel auf der anderen Seite zu Boden, verletzte sich an der rechten Vorderpfote, und die Schäferhunde warfen sich mit roten, aufgerissenen Schnauzen und haßglühenden Augen wie rasend gegen den Maschendrahtzaun. Camio triumphierte.

»Ihr hirnlosen Monster habt mich entwischen lassen. Vielleicht stecken sie euch jetzt an meiner Stelle in den Käfig«, rief er, aber dann überkam ihn eine Müdigkeit, die weitere Worte unmöglich machte. Er stellte fest, daß er sich jetzt an einer Straße befand, auf der der Verkehr vorüberrauschte und Menschen über den Gehweg hasteten. Er machte sich auf die Pfoten und hinkte in der Hoffnung, einen einsameren Ort zu finden, die Straße entlang.

Er hätte sich keine Sorgen machen müssen. Stadtmenschen, und besonders jene, die zu dieser Zeit die Straßen bevölkern, sind bekanntermaßen blind. Sie haben feste Ziele und laufen mit starrem Blick und entschlossenen Schrittes von einem Ort zum anderen. Sie lassen sich dabei nicht gern stören, und selbst ein Mord unter ihresgleichen lenkt sie nur dann ab, wenn es sich gar nicht vermeiden läßt. Die meisten von ihnen hielten Camio, sofern sie ihn überhaupt wahrnahmen, für einen streunenden Hund und beachteten ihn kaum. Wenn sie etwas Ungewöhnliches an ihm bemerkten oder ihn sogar als Fuchs erkannten, blieben sie nur kurz stehen und gingen dann weiter, da sie sich bloß für ihr eigenes Ziel interessierten. Ein Zeitungsverkäufer zeigte auf ihn und bellte etwas, aber er klang nicht erschreckt, sondern nur neugierig. Er hatte wohl schon viele Füchse in der Stadt und ihrer Umgebung gesehen, da es im Umkreis eine ganze Kolonie von Tieren mit rotem Fell gab.

Weil Camio früher am Abend gefressen hatte, interessierte er sich nicht für den Geruch, der aus den Restaurants und Cafés drang. Er lief zufrieden zum Fluß, der sich mitten durch die Stadt wand. Dort fand er unter einer Brücke einen Platz, an dem er sein verletztes Bein ausruhen und die Bauchwunden lecken konnte. Er war sehr mit sich zufrieden. Jetzt, nach seiner Flucht, konnte er nicht mehr zurück. Er war draußen und würde draußen bleiben. Wäre er ein Löwe oder ein Gepard gewesen, so hätten sie Truppen hinausgeschickt, die ihn erschießen oder in einem Netz fangen sollten und nicht ruhen würden, bis sie ihn erwischt hatten. Wäre er ein Adler gewesen, so würde sein Bild in den Nachrichten über alle Bildschirme gehen. Da er jedoch ein Fuchs war und sich nicht von Tausenden anderer Füchse in der Stadt unterschied, würden sie ihn stillschweigend auf das Verlustkonto buchen und ein anderes bedauernswertes Tier beschaffen, das seinen Platz im Käfig einnehmen würde. Er hatte Glück, da er weder selten noch wertvoll noch für Menschen gefährlich war. Er war nur irgendein Fuchs.

Camio kannte das Leben in der Stadt. In seiner früheren Heimat hatte er am Rande einer Stadt gelebt und die Vororte gemocht. Dort war der Verkehr nicht so stark gewesen wie hier, aber ihm war klar, daß er sich möglichst von der Straße fernhalten mußte und daß man von Hamburgern und Würstchen, die Betrunkene wegwarfen, deren Augen größer als ihr Magen waren, ganz gut leben konnte. Er wußte, daß die Menschen in der überfüllten Stadt trotz allem ungefährlicher waren als die auf dem Land, weil sie Waffen trugen, um sich gegenseitig zu erschießen und nicht die Füchse, die Mülltonnen ausraubten. In der Stadt verfolgten sie einen nicht hoch zu Roß und schickten Füchsen auch keine Hundemeuten hinterher, die einem die Eingeweide herausrissen. Es gab Hunde, aber die meisten waren angeleint, und den anderen konnte man aus dem Weg gehen. Das Gefährlichste an der Stadt waren die Straßen. Der Verkehr kostete viele der kurzsichtigen Füchse das Leben. Man ließ es mit den Autos und Lastwagen einfach darauf ankommen, und die waren zumindest nicht bösartig. Sie waren nicht hinter dir her. Wenn sie dich töteten, war es ein Unfall, und sie folgten einem niemals auf den Gehweg oder kletterten an einer Wand oder einem Zaun hoch. Sie blieben auf dem harten, schwarzen Asphalt.

Camio verbrachte die ganze Nacht unter der Brücke und beobachtete die Boote mit ihren leuchtenden Lichtbeeren, die in der Dunkelheit vorüberglitten. Die Luft stank nach Auspuffgasen, doch wenigstens lief kein Jaguar wenige Schritte von einem entfernt hin und her und schwor leise, jedes Lebewesen zu töten, wenn er erst einmal frei wäre. Zumindest gab es hier kein bedauernswertes Geschöpf, das alle fünf Minuten zusammenbrach und ihn mit traurigen Schreien nach Freiheit vom Schlafen abhielt. Die Luft stank, aber es war ein erträglicher Gestank. Camio fügte unter der Brücke seine eigenen Duftmarkierungen hinzu. Vielleicht würde er nur für kurze Zeit dort bleiben, doch gab es keinen Grund, warum er Passanten nicht auf sein Revier hinweisen sollte.

Einmal kam in der Nacht eine schlanke, verwilderte Katze, die seine Markierungen offensichtlich ignorierte, auf der Suche nach Mäusen unter die Brücke, und Camio knurrte sie an. Sie beäugten einander, versuchten, ihren Gegner durch reine Willenskraft zu verbannen, und dann tat die Katze auf einmal so, als habe sie jenseits der Brücke etwas entdeckt. So waren Katzen nun einmal. Sie würden niemals eine Niederlage eingestehen, und Camio mußte erst noch eine Katze treffen, die Angst vor ihm hatte. Sie besaßen trotz ihrer geringen Größe eine Reihe von Waffen, die sie bedenkenlos einsetzten, und sie waren schnell: er mußte ihre Geschwindigkeit bewundern. Falls man eine traf, mußte man durchhalten, bis sie verschwand. Wenn man allerdings zufällig neben einem Wurf kleiner Kätzchen entdeckt wurde, war ohnehin jedes Versteck wertlos.

Zweifellos würde er als nächstes auf einen Waschbären oder Kojoten stoßen: auch sie hielten sich in solchen Zeiten in der Stadt auf. Bevor sie ihn wegbrachten, hatte er beobachtet, wie immer mehr von ihnen in die Vororte zogen.

Am nächsten Tag hatte sich Camios Bein gebessert. Er lief am Flußufer auf und ab. Das Hinken war noch zu bemerken, aber der Schmerz war fast vergangen. Noch ein Tag, und er war ganz vergessen.

Inzwischen donnerte der Tagesverkehr über die Brücke, und Menschen klapperten ihres Weges, nach überall und nirgends. Camio blieb bis zum Mittag in seinem Versteck, bevor er sich wieder hinaustraute. Die Flut war vorüber, und der Fluß war ein wenig abgeebbt, so daß Camio im Schlamm zum Spaß eine Möwe jagen konnte. Dort fanden sich Nahrungsbrocken, die leicht zu erlangen waren und ihn bis zum Abend bei Laune hielten. Menschen auf Kähnen und Booten konnten ihn sehen und zeigten gelegentlich auf ihn, aber für die oben auf den Straßen war er unsichtbar. Er genoß diesen Tag, an dem er frei herumlaufen und sein verletztes Bein im weichen Schlamm kräftigen konnte. Als es dunkel wurde, war er wieder bereit für die Straße.

Schnee lag in der Luft, und obwohl die Stadt wärmer war als das Land, konnte ein leerer Magen immer noch sehr bitter sein. Er folgte seiner Nase zu einem Restaurant und lief in die Gasse an der Hinterseite, wo die Mülleimer standen.

Jeder Eimer war mit einem Deckel fest verschlossen, so daß er im Schatten warten mußte, bis jemand herauskam. Währenddessen huschten Katzen und Ratten, die ebenfalls auf der Suche nach Abfällen waren, durch die Schatten. Sie beachteten ihn kaum. Er hätte eine Ratte fangen können, wenn sie nah genug herankam, aber mit etwas Geduld würde es eine leichtere Mahlzeit geben. Irgendwann kam jemand aus der Hintertür des Restaurants, öffnete einen Eimer und warf etwas hinein. Dann schloß der Mensch achtlos den Deckel, da er es eilig hatte, in die Küche zurückzukommen. Sobald die Luft rein war, trat Camio vor und schob den Deckel mit der Nase beiseite. Er fiel scheppernd zu Boden.

Camio sprang in den Eimer und schlang das Futter hinunter. Dann hörte er Gebell, und bevor er sich rühren konnte, wurde der Deckel wieder auf den Eimer geworfen und fest verschlossen. Er stieß mit dem Kopf dagegen, aber nichts bewegte sich. Er fand sich damit ab, noch eine Weile zu fressen, dann aber wurde ihm allmählich klar, daß er sich gedulden mußte, bis der Jemand wiederkam und neuen Abfall in den Eimer warf. Dann erst konnte er verschwinden.

Heraus kamen sie schon, er konnte sie hören, doch sie gingen zu anderen Eimern, nicht zu seinem. Einmal versuchte jemand, ihn zu öffnen, doch sein Vorgänger hatte anscheinend ganze Arbeit geleistet, da sich der Deckel überhaupt nicht rührte. Er war gefangen.

Das Warten dauerte endlos und war ermüdend. Camio träumte von besseren Orten, seiner verlorenen Gefährtin, neuer Freiheit und einer aufregenden Zukunft.

8. Kapitel

Camio erwachte vom Geschepper der Eimer und einem mechanisch klingenden Mahlgeräusch. Aus dem Inneren des Mülleimers wirkte das alles furchterregend, und er unternahm kurzzeitig den Versuch, sich den Weg aus diesem metallenen Gefängnis freizubeißen. Dann bewegte sich der Eimer, und der Deckel wurde angehoben. Camio schnellte aus seiner sitzenden Haltung in den Tag hinaus und verfehlte dabei nur knapp ein menschliches Gesicht. Ein überraschtes Gebell, und der Eimer fiel zu Boden. Er wartete die Folgen seines plötzlichen Erscheinens nicht ab, sondern jagte durch die Gasse und sprang über einen Zaun. Er hörte Keuchen und Gebell hinter sich, als er um die nächste Straßenecke bog.

Ohne nachzudenken und noch immer voller Panik lief er auf die Straße. Er spürte einen heftigen Stoß an der Schulter, drehte sich wie ein Kreisel und fiel Hals über Kopf in den Rinnstein. In seinem Kopf tanzten Wirbel, und als er sich gerade aufrichten wollte, fiel er erneut hin. Um ihn herum erklang gedämpftes, menschliches Gebell, bis ihn schließlich jemand hochhob. Obwohl die Hände weich und sanft waren und einen süßen Duft verströmten, versuchte er, hineinzubeißen. Als nächstes wurde er auf einem weichen Boden niedergelassen, kurz danach setzte sich etwas in Bewegung.

Langsam kehrten seine Sinne zurück, und er konnte den Kopf heben. Er befand sich mit einem menschlichen Wesen in einem kleinen Raum. Der Mensch sah nach vorn durch eines der Fenster, die den Raum umgaben. Vor dem Fenster, das sich links von Camio befand, raste die Welt in einem verschwommenen Nebel vorüber. Das löste wieder den Schwindel aus, und er legte sich von Übelkeit geplagt hin, den Kopf auf den Pfoten. Der Mensch dort vorne warf ein oder zwei Blicke nach hinten, und Camio konnte die schwarzumrandeten Augen und roten Lippen erkennen. Aus den Beobachtungen seiner Zootage wußte er, daß dies ein weiblicher Vertreter der Rasse war, da sich die Menschenjungen immer näher bei ihnen als bei den bleichgesichtigen Leuten aufhielten. Er wußte, daß sich die Frauen, solange sie keine Wärter waren, meist weich anfühlten. Die Frauen, und sehr selten auch die Männer, versuchten manchmal, sich mit den Fellen anderer Lebewesen, wie beispielsweise Nerzen, zu verkleiden. Sie waren unberechenbar, und Camio war froh, daß diese weibliche menschliche Gefährtin keine derartigen Vorlieben zeigte.

Schließlich endete die Bewegung, und die Frau drehte sich in ihrem Sitz herum, um ihn zu betrachten. Er knurrte das bemalte Gesicht an, das daraufhin vor Angst erbleichte. Der Mensch öffnete eine Tür und sprang hinaus, verschloß sie aber, bevor Camio folgen konnte. Die nächsten Sekunden tobte er kratzend durch sein neues Gefängnis, suchte nach einem Fluchtweg und prallte gegen Vorsprünge im Boden. Als er damit keinen Erfolg hatte, näherte er sich einem Fenster und entdeckte einen Menschen — aber nicht die Frau — der ihn betrachtete, als säße er wieder in seinem Käfig. Er erkannte die aus dem Zoo wohlvertraute Menschenart am weißen Kittel. Es war einer von denen, die dich festhalten, als wüßten sie, was sie tun, und dann Nadeln in dich stecken oder dich mit etwas Übelriechendem besprühen oder harte Kugeln in deinen Rachen zwängen: ein weißer Folterknecht!

Ich muß hier raus, dachte Camio, bevor der mich einschläfert! Das taten sie, wenn sie dich mitnehmen wollten — und er wußte, wohin man ihn bringen würde: zurück in den Zoo.

Der weiße Folterknecht sah die Frau, die auf Camio zeigte, kopfschüttelnd an, und dann wurde die Tür wunderbarerweise geöffnet. Der Fluchtweg war frei. Er lief nicht sofort davon, da er irgendeine Falle vermutete. Dann dachte er: jetzt oder nie und hüpfte auf den Gehweg, bevor er würdevoll davonschritt. Niemand verfolgte ihn, und als er zurückschaute, winkte ihm die Frau hinterher.

»Seltsame, seltsame Wesen«, sagte er zu sich selbst. »Zuerst fangen sie dich und nehmen dich mit ...«, jetzt erkannte er, daß sein ›Gefängnis‹ ein Auto gewesen war, »... und dann lassen sie dich laufen.« Dieses Verhalten schien unergründlich, und er versuchte gar nicht erst, es zu durchschauen. Er hatte seit langem die Vorstellung aufgegeben, menschliches Benehmen zu verstehen. Sie waren alle unberechenbar, ob mit oder ohne Fellmantel.

Er wanderte die ganze Straße entlang und fand ein Gelände, das von einem hohen Lattenzaun umgeben war. Zwischen den Brettern klaffte ein kleiner Spalt. Er zwängte seinen geschmeidigen Körper hindurch und kam am Rand eines großen, viereckigen Loches aus. In und um das Loch herum standen große, mechanische Apparate, die sich nicht bewegten. Ein Seufzer der Erleichterung entfuhr ihm. Zeit genug, seine Kräfte zu sammeln und die Situation zu überdenken. Er lief über eine Erdrampe in das Loch hinunter, dessen Boden von den umstehenden Häusern nicht einzusehen war.

Dort unten standen Pfützen, aus denen er trank und so seinen immer quälenderen Durst stillte. Dann streckte er seine Nase in den Wind und witterte einen anderen Fuchs: ein Weibchen.

Er folgte dem Geruch und entdeckte die Füchsin, die auf einem Lumpenberg schlief. Sie wachte auf, als er sie mit der Nase anstieß.

»Hallo«, sagte er.

Sie öffnete ein Auge und antwortete: »Selber hallo. Was willst du?«

Das brachte ihn für einen Moment aus der Fassung, weil er eine freundlichere Antwort erwartet hatte, doch schließlich war er hier fremd. Er mußte schon den ersten Schritt zur Freundschaft tun. Natürlich würden die Einheimischen ungebetenen Füchsen gegenüber mißtrauisch sein. »Nichts Besonderes — ich habe nur schon lange mit keinem Fuchs mehr gesprochen.«

»Du verschwendest deine Zeit«, erwiderte sie gelangweilt. »Ich bin nicht interessiert, trotz deines komischen Akzentes. Falsche Zeit, falscher Ort.«

Zuerst wußte er nicht, wovon sie sprach, dann aber wurde ihm klar, daß sie es wohl als Paarungsangebot verstanden hatte.

»He, warte mal — ich wollte mich doch nur mit dir unterhalten.«

»Wirklich?« Sie gähnte. Camio bemerkte, wie zerlumpt sie aussah, und sie roch auch ein wenig nach ungelecktem Fell. Offensichtlich pflegte sie sich nicht so sorgfältig, wie Füchse es eigentlich tun sollten. »Und dafür hast du mich geweckt?«

»Ich hab's dir doch gesagt — man hatte mich aus dem Verkehr gezogen. Menschen haben mich vor langer Zeit gefangen, auf eine lange Reise geschickt, mich in einen Käfig gesteckt, und sie und ihre Jungen haben mich dann angeglotzt. Ich habe seit ... ich weiß nicht, seit wann, keinen anderen Fuchs mehr getroffen. Wie ist es hier? Wo sind all die Kojoten und Waschbären? Ich habe bis jetzt nur Katzen und Hunde gesehen.«

Sie war jetzt wach und sah ihn seltsam an. Ihre trüben Augen nahmen jede Einzelheit seines Körpers wahr.

»Ko-was? Waschbären? Ich weiß nicht, wovon du da schwätzt. Ich wollte mich hier ein bißchen ausruhen, nicht verhören lassen. Such dir deine Waschbären woanders.«

»Ich suche nicht nach ihnen — ich dachte nur ... schau mal, was für ein Ort ist das eigentlich? Warum sind hier keine Menschen?« Er wies mit der Nase auf ihre Umgebung.

Manchmal arbeiteten hier eindeutig Menschen und bauten etwas über der großen, viereckigen Grube. Und wo waren sie dann?

»Teilzeit-*Gerflan*«, erwiderte sie. »Hier sind nicht immer Menschen. Aus irgendeinem Grund gehen sie nachts weg und auch an jedem siebten Tag. Frag mich nicht, warum, denn an den anderen Tagen wimmelt es hier nur so von ihnen, aber es ist eine Tatsache. Jeden siebten Tag — leer. So siehts aus. Kann ich jetzt meine Ruhe haben?«

»*Gerflan?* Das ist mir neu. Ich bin wohl sehr weit weg von zuhause. Gibt es noch mehr Orte wie diesen hier? Noch mehr Teilzeit-*Gerflans*?«

»Jede Menge in diesem Teil der Stadt. Orte, wo sie an fünf Tagen ihre Autos abstellen und die an den Tagen sechs und sieben fast leer sind ...« Sie schien inzwischen Spaß an der Unterhaltung zu finden, jetzt, wo sie einen grünschnäbeligen Fuchs über die Geheimnisse des Stadtlebens aufklären konnte.

»Kommst du vom Land?« fragte sie. »Du sprichst so komisch. Ich habe noch nie jemanden so reden gehört. Und dein Fell — es ist dunkler als ... du bist nicht von hier, oder?«

»Nicht direkt. Wie gesagt, ich bin neu hier.«

»Nicht direkt«, ahmte sie seinen Dialekt nach. »Wie kann man indirekt von hier sein?«

»Weiß ich nicht. Ich bin nicht von hier, aber ich weiß nicht genau, woher ich bin — von hier aus gesehen.«

»Na ja, laß dich jedenfalls nicht von diesen Löchern täuschen, die die Menschen graben. Sie sind nicht immer das, was sie zu sein scheinen. Es gibt auch welche, die fünf Tage lang *Gerflans* sind, und am sechsten und siebten Tag sind Menschen drin. Klingt verwirrend, was? Du mußt schon Bescheid wissen, mein Freund. Weißt du, in Löchern wie diesen benutzen sie große Schaufeln und solche Maschinen, aber in den Fünf-Tage-*Gerflans* benutzen sie kleine Schaufeln, die nicht größer als ihre Hände sind, und in diesen Gruben arbeiten sie ganz langsam, graben alles stückweise aus und nehmen Pinsel, um den Dreck von den Sachen abzustauben, die sie in den Löchern finden. An solchen Orten hier«, sie machte eine weitausholende Geste, »graben sie einfach so viel sie können und machen sich keine Gedanken über das, was sie in den Löchern finden. Der Kram ist überhaupt nicht wertvoll, und sie werfen ihn mit dem restlichen Ton einfach weg. Ganz schön verwirrend, was?«

»Ja, aber es ist interessant. Wie kannst du die Löcher voneinander unterscheiden?«

»Nun, meistens ist der Ein-Tag-*Gerflan* groß — so wie dieser hier. Aber der Fünf-Tage-*Gerflan* kann viel kleiner sein und aus mehreren, unterschiedlich großen Gruben bestehen. Um die zweite Sorte gibt es meistens viele Stricke und Klebeband, obwohl sie das zum Teil auch hier haben. Man muß einfach die richtige Nase haben. Du wirst es schon lernen — oder eine Schaufel über den Rücken kriegen — entweder oder.«

Sie erhob sich träge, ging zu einer der Pfützen, um zu trinken, und kehrte später zu ihm zurück. »Hast du eine Gefährtin?« Er bemerkte, daß ihre Schnauze und Zähne gelbe Flecken aufwiesen — nicht gelblich, sondern leuchtendgelb — und er fragte sich, ob sie vielleicht gelbfärbende Pilze gefressen hatte, die seines Wissens nach manchmal giftig sein konnten. Nicht immer, aber sie waren gefährlich. Aus Höflichkeit sagte er nichts dazu. Er würde sie fragen, wenn er sie besser kannte.

»Im Moment nicht«, sagte Camio. Er betrachtete die Füchsin aufmerksam. Sie war fleischig, in mittlerem Alter und hatte starken Haarausfall. Das wollte nicht viel heißen. Er war kein Junges mehr, und auch sein eigenes Fell begann sich zu lichten. Im Sommer würden sie beide ganz erbärmlich aussehen — wie alle Mitglieder der Fuchsgemeinschaft.

»Ich hab auch keinen. Der Letzte ist abgehauen mit einer ...« fluchte sie. »Er war sowieso ein Nichtsnutz. Ein bißchen wie die im *Face*. Ich komme genau wie du vom Land ...« Er wollte gerade protestieren, beschloß dann aber, daß es die Dinge nur erschweren würde. »... und da fanden wir immer einen Gefährten und blieben mit ihm zusammen. Kommt natürlich auch im *Face* vor, aber weil hier mehr Füchse leben, gibt es auch mehr Gelegenheit zum Partnerwechsel, so daß die Beziehungen nicht mehr so fest sind. Du gefällst mir ...«

»Danke«, sagte Camio und fühlte sich irgendwie unbehaglich. Die Gesichtszüge dieser Füchsin waren ihm ein wenig zu scharf und zynisch. Vielleicht war er altmodisch, aber er bevorzugte weniger verlebte Füchsinnen. Seine eigene Gefährtin zuhause war dem Netz entwischt, in dem man ihn gefangen hatte, aber sie war nicht so erfahren wie diese hier gewesen, sondern nur klug und aufmerksam.

»Bleibst du eine Weile im Lande?«

»Zumindest für heute. Ich möchte mehr darüber erfahren, wo ich bin und welche Regeln hier gelten.«

»Ich weiß, was du meinst.« Sie kam an seine Seite und ließ sich so nieder, daß sie einander berührten. Er war nicht beleidigt, selbst ihr Eindringen in seinen Freiraum war angenehm, und er rührte sich nicht von der Stelle. Zwei Stunden lagen sie so da und wärmten einander.

»Weißt du«, sagte er verträumt, »ich habe einmal von einem Land gehört, wo die Bäume alle groß sind und breite Kronen haben — aber nicht buschig, sondern flach, und sie spenden viel Schatten. Und der Himmel ist dort ganz weit — wirklich weit — und immer blau. Natürlich regnet es schon mal, aber das ganze Wasser kommt auf einmal herunter und füllt die Flüsse, bis sie wie Sturmfluten durch das Land rauschen. Braune Flüsse, voller Krokodile und Nilpferde ...«

»Voller was?«

»Ach ... Tiere aus diesem Land. Hier gibt es sie nicht, nur im Zoo. Dort habe ich von diesem Land gehört, von den Schakalen. Es ist das Land der Löwen, und die Luft ist voller Berge und Staub, und es gibt fast keine Menschen. Es ist ein träges Land, von Träumen berührt, aber hinter jedem Busch gibt es eine Menge Aufregung. Die Schakale sagten, man könne die Aufregung in der Luft riechen ... und keine Menschen. Na ja, nur ganz wenige. Und die interessieren sich nur für die Elefanten und Rhinozerosse ...«

»Die was?«

»Die ... ist egal. Du würdest es ohnehin nicht verstehen, außer du wärst da gewesen, wo ich war. Und sie werden alle verrückt. Würde ich auch, wenn man mich von einem so wunderbaren Ort weggeholt hätte — einem Ort, wo du laufen und laufen kannst und nie in eine Stadt kommst. Ich glaube, das würde mir gefallen, obwohl man sich in den Gegenden, wo die Menschen wie die Ameisen Futter sammeln, natürlich leichter ernähren kann ...«

»Das *Face*«, sagte sie und unterbrach seine Träumerei. »Da wir gerade von Futter sprechen, laß uns etwas zu essen holen.«

»In Ordnung«, antwortete Camio, als er merkte, daß er wieder hungrig war.

Sie bewegte sich träge auf das Loch im Zaun zu und sagte: »Ich heiße übrigens O-tasso — und du?«

»Camio«, erwiderte er.

»A-camio?«

»Nein — nur Camio.«

Sie drehte sich um und sah ihn prüfend an.

»Komischer Name. Wo, sagtest du, kommst du gleich her?«

»Vom Land«, antwortete er, weil er nicht wieder eine dieser verwirrenden Unterhaltungen beginnen wollte. »Und, wo essen wir? Letzte Nacht habe ich eine schlechte Erfahrung gemacht — wurde in einem Mülleimer gefangen. Ich möchte nicht, daß mir das noch einmal passiert.«

Sie entblößte die Zähne.

»Nein, aus Mülleimern stehlen ist zu einfach. Wir werden ein wenig Spaß haben, wir beide. Es gibt nicht weit von hier einen Ort, wo die Menschen heißes Essen holen und mit nach Hause nehmen. Da gehen wir hin ...«

Sie schlüpfte auf die Straße hinaus, und Camio folgte ihr, während sein Magen bei dem Gedanken an warmes Essen auf und ab tanzte. Er mochte es lieber als kaltes, aber es zu bekommen war eine ganz andere Sache. In den Eimern kühlte es sehr schnell ab. Aber sie hatte gesagt, daß sie nicht aus Eimern stehlen würden ...

Er folgte ihr durch die fast verlassenen Straßen zu einer Gasse mit Kopfsteinpflaster, die an beiden Enden mit Pfosten abgesperrt war. In der Mitte dieser kleinen Straße lag ein Restaurant, in dem die Menschen nicht zum Essen blieben, sondern ihre Mahlzeit mit nach Hause nahmen. Camio kannte solche Orte, und es gab dort oft köstliche, saucengetränkte Hamburger.

Dieser Platz roch jedoch ganz anders als jene, die er kannte. Die Gerüche waren scharf und würzig, und die Mahlzeiten trug man in glänzenden Behältern aus Metallfolie nach Hause. O-tasso bedeutete ihm, sich in den Schatten eines Torweges zu kauern und dort zu warten. Sie nahm ihm gegenüber genau die gleiche Position ein und richtete ihre hellen, scharfen Augen auf die Tür des Restaurants.

»Heiß, heiß, heiß ...«, murmelte sie die ganze Zeit. »Wunderbar heiß.«

»Gehen wir zur Hintertür?« flüsterte er nach einer Weile, aber sie starrte ihn nur an und befahl ihm, still zu sein.

Hinter der Glasfront des Restaurants sah Camio braunhäutige Menschen bei der Arbeit, und um sie herum wogten Dämpfe wie heiße Nebelschwaden. Der Raum war mit dunkelrotem Stoff verkleidet, und an den Wänden hingen Bilder von Wasserfällen. Natürlich konnte Camio diese Dinge nicht lange betrachten, vor allem nicht die unbeweglichen Objekte, und konzentrierte sich daher auf die Gerüche, die exotischer und stechender waren als alles, was er bisher gewittert hatte. Er konnte sich nicht vorstellen, was sich in diesen Schachteln aus Metallfolie wohl verbergen mochte.

O-tasso wartete noch immer, während Menschen in

Zweier- und Dreiergruppen das Restaurant betraten und vollbeladen wieder herauskamen. Dann endlich kam ein einzelner Mensch. O-tasso versteifte sich und schien sich auf etwas vorzubereiten.

»Okay«, sagte sie, »das wärs. Ich schnappe es mir, und du lenkst ihn ab. Wenn ich *jetzt* sage, kommst du hinter mir her, aber nimm einen anderen ...« Sie hielt inne, da der Mensch gerade das Restaurant verließ. »Jetzt!«

Sie schoß überraschend schnell nach vorn, und Camio folgte ihr instinktiv, obwohl er nicht die geringste Ahnung hatte, was gerade geschah.

O-tasso rannte wie mondsüchtig auf den Menschen zu, sprang in die Luft und riß ihm das Paket mit den Zähnen aus der Hand. Dann jagte sie davon, die Straße entlang, und Camio konnte ihr nur noch hinterherlaufen.

Der Mensch stieß ein scharfes Gebell aus und trat nach Camio, streifte dessen Flanke, aber es gelang ihm nicht, ihn umzuwerfen. Dann gab es eine kurze Verfolgungsjagd, als zwei weitere Menschen aus dem Restaurant kamen und sich dem Mann anschlossen, der hinter Camio herrannte. O-tasso war nirgendwo zu sehen.

Camio sauste mit klopfendem Herzen um eine Ecke und entkam schließlich seinen Verfolgern. Dann fand er seinen früheren Weg wieder und lief zurück zu dem Ort mit dem Bretterzaun, hinter dem das Loch lag. In der Luft hing ein würziges Aroma, und Camio war sich absolut sicher, daß jeder Mensch im Umkreis von mehreren Kilometern genau wissen würde, wo er die Beute des Raubzugs zu suchen hatte. Unten in der Grube verschlang O-tasso gerade den Inhalt der Schachtel.

»Komm schon«, sagte sie, als er auf sie zukam. »Ich habe dir die Hälfte verwahrt.«

Das stimmte nicht ganz. Als er in die Schachtel schaute, waren nur drei Happen übriggeblieben, aber die würde er bekommen, und wenn er sein Leben dafür aufs Spiel setzen mußte. Die Füchsin war offensichtlich so wahnsinnig wie ein Wiesel mit einem Wurm im Hirn. Es war nichts dabei, Futter zu stehlen, aber es direkt aus den Händen der Menschen zu rauben, war *geisteskrank*. Dafür gab es einfach keine andere Bezeichnung.

Er nahm einen Happen von den gelbtriefenden, öligen Brocken, die auf dem Boden der glänzenden Schachtel lagen — und in der nächsten Sekunde schoß ihm das Gehirn aus Augen und Nase. SCHARF!

SCHARF! SCHARF! SCHARF!

Er verbrannte sich nicht nur die empfindliche Schnauze, den Hals und die Speiseröhre, sondern betäubte auch seine Geschmacksknospen mit einem gewürzten Feuer, daß ihm die Augen aus dem Kopf quollen und Wasser aus den Höhlen rann.

»HAAA!« schrie er.

O-tasso nickte. »Toll, was?«

Camio rannte zur nächsten Pfütze und trank einen Bauch voll Wasser, bevor er kehrtmachte und feststellen mußte, daß sie den Rest aus der Schachtel ebenfalls gefressen hatte.

»Tut mir leid«, sagte sie, als habe sie eben erst bemerkt, was sie getan hatte.

»Ich hol noch eins. Diesmal kannst du danach schnappen, und ich lenke ihn ab. Ich glaube, wir sind ein gutes Team.«

»Was ist das bloß?« fragte er heiser.

»Ach — du weißt schon, Futter. Du mußt es frisch aus ihren Händen kriegen, sonst schmeckt es nicht. Der Abfall, den sie hinten rauswerfen, wird sehr schnell kalt. Das hier ist das einzig Wahre. Scharf, was? Ich liebe es. Kann nicht genug davon bekommen. Ich fresse nichts anderes mehr. Denk daran«, bemerkte sie nachdenklich, »es ist teuflisch in deinen Eingeweiden, aber daran gewöhnst du dich schon. Man muß nur auf den Geschmack kommen und seinen Körper dazu bringen, es zu mögen — aber wenn du es einmal geschafft hast, gibt es einfach nichts Besseres. Ich liebe es. Es sind die scharfen Gewürze, weißt du.«

Camio begriff langsam, warum ihr Gefährte mit einer anderen Füchsin davongelaufen war. Sie lebte sehr gefährlich und liebte Futter, das sich durch einen Felsen brennen würde. Er hielt sich nicht für einen Feigling, aber wenn er schon eine mutige Tat vollbrachte, so wollte er wenigstens dafür belohnt und nicht bestraft werden.

»Ich glaube, ich habe genug«, sagte er. »Hab letzte Nacht gegessen. Wir ziehen morgen wieder los, in Ordnung?«

Sie sah enttäuscht aus, ließ sich dann aber wieder auf den Lumpen nieder.

»In Ordnung. Weck mich auf, wenn die Menschen kommen. Wenn sie erst ihre Maschinen anwerfen, haben die Frevler kein Heil! Du wirst dich bald an das Leben im *Face* gewöhnen, Camio, und ich bringe dir alles bei, was ich weiß. Wenn wir dann unseren ersten Wurf haben, mußt du hinausgehen und das Futter allein suchen.«

»Nun — reicht nicht auch normales Futter?«

Sie sah beleidigt aus.

»Oh nein! Es muß schon das einzig Wahre sein. Genau das richtige, damit die Jungen stark werden. Das einzig Wahre — oder gar nichts.«

»In Ordnung«, sagte er. »Das einzig Wahre.«

Als sie eingeschlafen war, stahl er sich leise mit dem Gedanken davon, daß es sich in der Stadt wohl doch nicht so angenehm leben ließ wie in den Vororten.

Er mußte irgendwie weiter hinauskommen, an den Stadtrand, wo das Futter nicht so heiß und wohlschmeckender war.

Er trottete durch die abendlichen Straßen und traf gelegentlich Füchse oder Katzen, aber fast keine Menschen. Scheinbar war die Stadt an diesem siebten Tag ganz anders als die Vororte.

Dort hielten sich die Menschen auf dem Rasen auf, wuschen ihre Autos oder jäteten Unkraut. In den Vororten gab es überall Hunde, und die Menschen trugen weiße Kleider und Hüte, bevölkerten die Gehsteige auf dem Weg zur Kirche (die boten an den meisten übrigen Tagen sichere Verstecke) oder besuchten andere Häuser. Scheinbar tauchte am siebten Tag jeder Stadtbewohner unter die Erde, was Camio allerdings nicht weiter störte.

Er mußte, so überlegte er, noch einen dieser *Gerflans* finden. Ihm gefiel die Vorstellung von Orten, die nur gelegentlich von Menschen betreten wurden und auch dann nur in kleinen Gruppen.

Zuhause hatte es natürlich auch solche Orte gegeben, beispielsweise die Eisenbahngleise, aber die Füchse dort besaßen keine speziellen Begriffe dafür. Es gab nur sicher und unsicher.

»Ist es sicher?« war die einzige Frage, die ein Fuchs an einen Waschbären oder Kojoten richten würde. Und es war die eine Frage, die alle wilden Tiere in der Stadt beantworten mußten, ungeachtet jeglicher Fehden oder traditioneller Kriege zwischen den Arten. Man konnte sich mit dem Tier, das einem die Frage stellte, bis aufs Blut bekämpfen, aber erst, nachdem man ihm geantwortet hatte, daß man sicher vor menschlicher Einmischung war.

»Komische Welt«, sagte er zu sich selbst.

Auch der Kampf ums Futter war hier anscheinend weniger heftig. Zuhause wäre er alle paar Meter über ein anderes Tier gestolpert, aber in der alten Heimat hatte es wohl auch mehr Futter gegeben. Sicher, er hatte in der Stadt viele streunende Katzen gesehen, die geisterhaft an ihm vorüberhuschten, und viele von ihnen wirkten ganz schön schäbig. Manche sahen aus, als hätte man sie zu einem Ball gepreßt und dann versucht, sie wieder in Form zu bringen. Ohren und Augen fehlten, Fellstücke und ein oder zwei Schwanzenden. Ja, es gab hier ein paar wirkliche rauhe Burschen.

Er trottete weiter durch die winddurchtosten Straßen und suchte nach einem neuen Heim, aber ihm kam der Verdacht, daß die Stadt vielleicht nicht der richtige Ort für ihn war. Streunende Katzen verscheuchten ihn mit Blicken ihrer kalten, elektrisierenden Augen aus klamm riechenden Straßen. In Parks starrten ihm andere Füchse entgegen, und vertrieben ihn mit harter Miene, erfüllt vom Vorrecht des Einheimischen. Räudige Hunde drohten ihm mit ihren Krankheiten, wenn schon nicht mit den Zähnen. Die Stadt entsprach ganz und gar nicht seinen Erwartungen.

9. Kapitel

Camio war sich keineswegs sicher, ob er den Rest seines Lebens in der Stadt verbringen wollte. Das Überleben in den geschäftigen Straßen war wohl komplizierter, als er zunächst angenommen hatte.

In den drei Tagen nach seiner Begegnung mit O-tasso hungerte er. Seine Streifzüge führten ihn in Stadtteile, wo Futter entweder sehr hoch im Kurs stand oder überhaupt nicht vorhanden war. Am ersten Tag fand er sich auf einem verlassenen Dockgelände wieder, wo man zwar der menschlichen Rasse sehr gut aus dem Weg gehen konnte, von dem aber auch alle anderen Lebewesen geflüchtet waren. Nicht einmal Ratten gab es noch auf dem harten, sauberen Beton. Die Kais zerrten noch an den Leinen zahmer, verrostender Schiffe, aber es wurden schon lange keine Waren mehr gelöscht und verladen.

Am zweiten Tag betrat er wieder das Gebiet der hohen, verglasten Gebäude, das ebenfalls sehr sauber war und in dem Männer und Frauen mit starrem Blick von Tür zu Tür schossen. Sie schienen den ganzen Tag lang nichts zu essen. Am dritten Tag wünschte sich Camio allmählich, er wäre bei O-tasso geblieben, ungeachtet ihrer Neigung für pfefferscharfes Futter. Er war durch eine Gegend gelaufen, wo die Menschen kaum genug Futter für sich selbst hatten, geschweige denn für umherwandernde Füchse. Er fand kleine Brocken im Abfall, aber nichts Erwähnenswertes. Sein Magen fühlte sich an, als hätte man ihn umgestülpt und über den Boden geschleift.

An diesem Abend lief er durch eine Straße, vorbei an hingestreckten Bündeln, in denen Menschen lagen, und fand das verschimmelte Endstück eines Brotlaibes. Er hatte es gerade halb zerkaut, als er am Ende der Gasse eine Fuchsleiche entdeckte. Camio lief hin und schnüffelte daran. Ein glasiges Auge starrte ihm entgegen. Den lebenden Fuchs beschlich ein seltsames Gefühl, während er den toten umkreiste. Er konnte nur schwer mit dem steifen Fleisch klarkommen, das trotz allem kein Futter war. Wäre es ein anderes totes Tier gewesen, hätte er es fressen können. Aber es war ein Fuchs, und obwohl er kurz vor dem Verhungern stand, konnte er sich nicht überwinden und den Leichnam berühren. Das tote Auge strahlte eine gewisse Strenge aus, die tote Schnauze wirkte unnachgiebig, das tote Gesicht hart. Camio erkannte, daß er sich selbst betrachtete. Nur ein Windhauch trennte ihn von diesem armen Tier auf dem Pflaster der Gasse. Seine Lungen waren voller Luft, die des anderen Fuchses waren leer — das war alles — nur ein Windhauch. Die Begegnung mit seiner eigenen Sterblichkeit beunruhigte ihn. Camio verließ die Straße.

Wenige Augenblicke später erbrach er die Brotkruste. Er erkannte jetzt den Geruch von Rattengift, das sich mit seinen Magensäften vermischt und zum Erbrechen geführt hatte.

Später in dieser Nacht taumelte er durch ein Eisenbahndepot und traf dort auf einen freundlichen Fuchs namens A-lobo, der bemerkte, daß Camio dem Verhungern nahe war. Daher bot er ihm Futter aus seinem Vorrat an. Camio war so dankbar wie jedes hungrige Tier, dem in einem fremden Land solche Großzügigkeit entgegengebracht wird. Er bedankte sich überschwenglich, während er das Futter hinunterschlang.

A-lobo war ein nervöser, neurotischer Fuchs, der die Straßen für die relative Sicherheit des *Gerflan*, der sich in langen Streifen durchs Land zog, aufgegeben hatte. Natürlich mußte man dort noch immer Fahrzeugen aus dem Weg gehen, aber man konnte sie schon von weitem auf den Schienen hören: das Metall vibrierte und summte, bevor eine mächtige Maschine herandonnerte. A-lobo erzählte Camio, daß er die Stoßzeiten kennenlernen würde, zu denen die Schienen ständig benutzt wurden, und dann auch die ruhigen Perioden. Es gab Mäuse und Ratten, falls sich keine Sandwichpakete oder angebissenen Pasteten neben den Schienen fanden, und obwohl die Landschaft etwas eintönig war, entschädigte einen der Geruch von Öl und Schmiere dafür.

»Du magst diesen *Gestank*?« fragte Camio. Sie lagen am Bahndamm unter schwarzen Kabeln, die sich, so weit das Auge reichte, von Mast zu Mast zogen.

»Ich bin ganz verrückt danach — a-a-absolut verrückt danach«, stammelte A-lobo. Zum Beweis sog er die Luft tief durch die Nase ein. »Ist k-kein Gestank — ein wunderbarer D-D-uft. Und wenn sie es v-verbrennen — oh, süßes vollkommenes Hier ...«

A-lobo bot keinen schönen Anblick. Er war einmal von einem Zug angefahren worden, daher die stark vernarbte linke Gesichtshälfte, und hatte bei dem Unfall außerdem noch ein Auge und ein Ohr eingebüßt. Er war jedoch sehr freundlich und hatte wie O-tasso Spaß daran, Camio alles über die Eisenbahn (für die er allerdings ein anderes, landesübliches Wort hatte) und das Leben in der Nähe des Depots beizubringen.

»Switter ist da — also ist der Frühling nicht mehr weit. G-gut, wenn das kalte Wetter endlich vorbei ist.«

»Switter?«

»Du weißt schon. L-leichte Brisen.«

»Aha.«

Camio fragte sich allmählich, ob es in dieser Stadt, in der er seine Zelte aufgeschlagen hatte, irgendwelche normalen Füchse gab.

Da war einmal O-tasso, die nur an Futter dachte, das einem den Dampf aus den Ohren trieb, und jetzt A-lobo, der keine saubere Luft einatmen konnte, ohne sich nach dem

Gestank verbrennenden Öls zu sehnen, der irgendein Verlangen stillte.

Ein Zug donnerte vorüber und unterbrach ihre Unterhaltung. Das Sonnenlicht glitzerte in den vielen Fenstern und übte eine verwirrende, hypnotische Wirkung auf die Füchse aus. Es stimmte, daß sich ein Feind in solchen Augenblicken einfach heranpirschen und sie am Genick packen konnte, ohne daß sie es bemerkten. Der Lärm war überwältigend, der Dieselgeruch vertilgte alle anderen Düfte, und ihre Augen waren auf jene blendenden Glasscheiben fixiert.

Als er vorübergefahren war, fragte A-lobo Camio, ob er jemals »das Spiel« gespielt habe.

»Spiel? Ich habe nicht mehr gespielt, seit ich ein Junges war. Füchse haben keine Zeit zum Spielen, oder?«

»D-Dieses Spiel ist etwas anders. Willst du es versuchen? Macht das Leben ein bißchen spannender. Sonst ist es immer d-die gleiche langweilige alte T-Tour — fressen und schlafen. Das Leben muß doch mehr sein als nur fressen und schlafen, oder?«

»Na ja, wahrscheinlich schon — weiß nicht genau. Als ich im Zoo war, dachte ich, es müsse noch mehr geben. Das ist ein Ort, an dem du nichts anderes tust als fressen und schlafen. Hier draußen ist es aufregend, Futter und einen ruhigen Schlafplatz zu suchen. Allein am Leben zu bleiben ist schon ganz schön aufregend, oder?«

»N-Nein«, erwiderte A-lobo barsch. »Ist es nicht.« Er zuckte nervös mit dem Kopf, als eine Gruppe von Menschen auf dem Pfad vorüberkam, der sich an der Bahnlinie entlangzog. Camio war schon öfter an Bahngleisen gewesen und wußte, daß Menschen nie über den Zaun klettern, um auf die Schienen zu gelangen. Manchmal gingen sie an ihnen entlang, trugen leuchtende Jacken und machten sich mit Werkzeugen an den Schienen zu schaffen, aber solche Besuche waren recht selten, und man konnte sie immer rechtzeitig kommen sehen und sich im hohen Gras verstecken.

»Worin besteht dieses Spiel?«

A-lobo kam auf die Füße und schüttelte sich.

»Komm mit — ich z-zeigs dir.«

Er schlenderte an den Schienen entlang, und Camio, der inzwischen sehr neugierig geworden war, folgte ihm. A-lobo wählte einen Punkt zwischen den Schienen eines Gleisstranges und streckte sich, den Kopf auf einer hölzernen Schwelle, auf dem groben Schotter aus.

»Genau so.«

Camio legte sich neben seinen neuen Freund und fragte sich, was sie nun erschnüffeln oder erhorchen würden. Vielleicht kannte A-lobo ein Lebewesen, möglicherweise eine Ratte, die sich unter den Schienen fortbewegte, und lag jetzt im Hinterhalt?

»Worauf warten wir?« flüsterte er, nachdem sie einige Zeit dort gelegen hatten.

»Psssst.«

Also hielt Camio wieder den Mund. Es war auch ganz angenehm, zwischen den Schienen zu liegen, die warme Sonne auf dem Rücken und leichte Brisen, die über einen hinwegstrichen.

Er hätte einschlafen können, wäre da nicht die Gefahr eines ankommenden Zuges gewesen. Er schloß die Augen und träumte von einem Land, in dem es weder Züge noch Autos gab und die Berge weiße Spitzen hatten. Die Sonne strich mit warmen Fingern durch sein rötliches Fell, bis selbst die Flöhe einnickten. Er erinnerte sich an einen solchen Tag im alten Land, als er mit seiner Gefährtin an einem Fluß gewesen war, der sich durch die Vororte wand. Die Menschen gingen kaum noch dort hin, da das Ufer zumeist betoniert und eingezäunt worden war und der Großteil des Wassers durch unterirdische Tunnel floß. Also fand man dort im Schatten der Brücken und überhängenden Gebäude Fische: Sorglose Fische, die man leicht schnappen konnte, wenn sie zum Fressen an die Oberfläche kamen. Er und seine Gefährtin hatten sich sattgefressen und auf dem Beton gesonnt, während vorbeiholpernde Lastwagen angenehme Vibrationen erzeugten ...

Camio schreckte auf. Die Schienen ratterten und sprangen hoch, als seien sie lebendig! Lärm dröhnte in der Nähe und wurde ständig lauter. Selbst der Schotter begann zu zittern, als sei er heiß und aufgeregt.

Ein Zug!

Camio schnellte auf die Füße.

»Da kommt ein Zug!« brüllte er.

Als er wegsprang, spürte er, wie der Nachstrom des Monsters ihn zur Seite warf, und der Schrei der vorbeibrausenden Luft traf ihn mit unglaublicher Lautstärke. Sein Gehirn hallte von dem brüllenden Wind und rauschenden Klang wider, als er seitlich auf der harten Erde zwischen den Schienen und der Grasböschung aufschlug. Dicht neben ihm jagte der Zug noch immer über die Stahlleisten, seine Räder sangen ein lautes, metallisches Lied, das Camios Ohren wehtat und Schrecken in sein Herz trieb. Er dachte, es würde niemals aufhören: Es würde immer weitergehen, bis er völlig durchgedreht war. Noch nie zuvor war er einem Zug so nahe gewesen, und wäre er eine Sekunde später gesprungen, hätte der Zug nicht einmal genug Fleisch für eine Aaskrähe übriggelassen. Der größte Teil von ihm hätte am Metall geklebt, eine Masse aus Haaren und Blut. Die Maschine war wirklich ein mächtiges Ungetüm, das auf seinem Weg große Luftmengen verdrängte, unbesiegbar, unsterblich, unwiderstehlich, und lauter als tausend Füchse, die wie aus einer Kehle ihre Todesfeenschreie ertönen ließen.

Dann war der Zug weg.

Camio krabbelte noch immer benommen auf die Füße und schaute sich um. Der arme A-lobo hatte es bestimmt nicht mehr rechtzeitig geschafft. Ja, da lag er totenstill zwischen den Gleisen, durch sein zerlumptes, modriges Fell strich Switter, oder wie immer sie die Frühlingsbrisen in diesem seltsamen Land auch nennen mochten. Armer A-lobo. Wie bemitleidenswert er aussah, als er dort auf dem scharfen Schotter lag, seine nervöse Seele zuckte in der Schnauze und suchte sich ihren langsamen, mühseligen Weg aus dem jetzt nutzlosen Körper.

Plötzlich erhob sich die Leiche! A-lobos Augen leuchteten dumpf und erinnerten Camio an einen Fuchs, der einmal einen ungewöhnlich aussehenden, grünlichen Pilz mit einem bläulichen Hauch auf dem Schirm gefressen hatte.

»Du — du lebst«, sagte Camio erstaunt. »Aber der Zug — er ist direkt über dich gefahren.«

»Ahhh — das ist — das ist das Spiel«, erwiderte A-lobo mit einer Stimme, die wie Honig klang, der aus einem zerbrochenen Bienenstock sickerte. »Die Aufregung — war doch toll, oder? Ich sage mir jedesmal, das ist er, das ist der Tag, an dem du sterben wirst, A-lobo. Der Zug donnert immer über dich weg, seine Metallhaken verfehlen dich um Haaresbreite, dann das Gefühl der Panik, der beinahe unwiderstehliche Drang zu laufen. Aber du mußt ihm widerstehen — weglaufen ist tödlich. Weglaufen ist das Ende. Also liegst du da, um dich herum dröhnendes Metall, rotierender Stahl auf beiden Seiten und ein rauschender Stahlfluß direkt über dir, und wenn du einen Muskel rührst, wirst du den Kopf verlieren — ganz verlieren — du stellst dir schon deinen verstümmelten Kopf vor, der über den Schotter hüpft — deinen schlaffen, zerquetschten Körper, der wie ein roter Lumpen mitgeschleift wird. Du liegst da wie ein Stein, erträgst den furchtbaren Lärm, bis das Licht wiederkommt und die Geräusche verklingen, und du weißt, du hast es wieder einmal geschafft. Du hast die Angst besiegt. Du hast ihr von Angesicht zu Angesicht gegenübergestanden und hast gewonnen — gewonnen, gewonnen, gewonnen. Dieser Stolz! Ich liebe es.« Sein Gesicht trug einen fernen Ausdruck: Genau die Art von Ausdruck, die Camio im Gesicht des Schakals gesehen hatte, der ihm vom Land der Löwen erzählte.

Während seiner Rede hatte A-lobo nicht einmal gestottert, und Camio bemerkte in dem Tier ein Selbstvertrauen, das vorher nicht dort gewesen war, das die meiste Zeit fehlte.

Offensichtlich gab »das Spiel« A-lobo etwas, das ihm half, aber was auch immer es war, Camio jedenfalls brauchte es nicht. Er konnte ganz gut darauf verzichten.

»Du hast mich fast getötet«, sagte er mit unterdrücktem Zorn.

A-lobo wirkte überrascht.

»Tatsächlich?«

»Du hättest es mir sagen — mir eine Chance geben sollen«, antwortete Camio. »Ich hätte gern die Wahl gehabt.«

»Aber du hättest *nein* gesagt.«

»Natürlich — es ist verrückt ...«

»Und du hättest es nie versucht. Es hätte dir vielleicht gefallen, aber das kannst du nur herausfinden, wenn du es versuchst, oder nicht?«

»Ich muß nicht ins Feuer springen, um zu wissen, daß ich verbrenne.«

A-lobo schüttelte den Kopf. »Das Argument habe ich schon öfter gehört. Es ist nicht dasselbe.« Er hielt inne und fragte dann zaghaft: »H-Hat es dir Spaß gemacht?«

»Spaß ist kein Wort, das ich persönlich mit dieser Art von Spiel verbinden würde. Ich bin gesprungen — der Zug hat mich beinahe erwischt. Nein, dieser Unsinn ist nichts für mich.«

A-lobo zuckte die Schultern und nickte mit seinem einäugigen, einohrigen Kopf.

»Na ja, tut mir leid. Meine Gefährtin hat das auch getan, als sie es zum ersten Mal versuchte. Sie hat mir lange Zeit nur zugesehen, und dann probierte sie es eines Tages selbst. Doch sie geriet in Panik und sprang los, bevor uns der Zug erreichte, genau wie du.«

»Dann hat sie dir doch wohl das gleiche gesagt wie ich.«

»Sie hat mir überhaupt nichts gesagt. Der Zug hat sie erwischt. Sie ist tot.«

Camio war einen Moment lang zu schockiert, um etwas zu erwidern.

Die beiden verbrachten den Rest des Tages neben den

Schienen mit der Suche nach Butterbroten und fanden, was A-lobo *Gubbins* nannte. Das vertrieb ihnen die Zeit bis zum Abend. Einige Menschen kamen während der Dunkelheit an der Bahnlinie entlang, beleuchteten die Gleise mit Lampen und trugen ein Feuer in einer durchbohrten Öltrommel, das die Nacht mit Dämpfen erfüllte, die A-lobo gierig in seine Lungen sog. Er wollte sich nicht rühren, weil die Menschen in der Nähe waren, und Camio blieb bei ihm, bewahrte aber äußerste Aufmerksamkeit.

Gegen Morgen sagte er zu A-lobo: »Ich möchte weg von hier — weg aus der Stadt.«

»D-Das *Face* verlassen? Warum um Himmels willen?« Das Stottern war zurückgekehrt.

»Ich bin nicht daran gewöhnt. Ich glaube, ich möchte ein bißchen nach draußen kommen, an den Rand deines *Face.* Wie weit ist es wohl? Könnte ich es in einer Nacht schaffen?«

A-lobo schüttelte seinen ramponierten Kopf.

»Ich weiß nicht, aber ich glaube, es ist ein weiter W-Weg — viel weiter, als du denkst. Ich bin die g-ganzen Schienen entlanggelaufen und bin niemals bis ans Ende der Häuser gekommen. Vielleicht solltest d-du hierbleiben?«

»Nein — ich habe mich entschieden. Ich gehe sobald wie möglich.«

»D-Dann kann ich dir nur empfehlen, auf einen Zug zu springen.«

»Wie bitte?«

»Es gibt Z-Züge mit großen, offenen Frachtwaggons, und da sind keine Leute drin. Wenn du hingehst, wo sie nachts anhalten, kannst du hineinklettern und warten, bis sie wieder stehenbleiben, d-draußen vor der Stadt. Ich kannte mal einen Fuchs, der das dauernd gemacht hat — er fuhr mit den Zügen überall hin. Das kannst du auch, falls du keine Angst hast ...«

»Ich bin zwar nicht ganz überzeugt von der Idee, aber es könnte klappen.«

»Das geht schon in Ordnung. D-Diese Menschen haben keine Gewehre oder so. Sie j-jagen dich vielleicht ein bißchen, aber hat dich jemals ein Mensch zu Fuß gefangen?«

»Nein, das nicht.«

»Na also.«

In dieser Nacht nahm ihn A-lobo mit zum Depot, wo die Züge stillstanden und auf den Morgen warteten, der sie an unbekannte Orte bringen würde. Camio nährte die schwache Hoffnung, daß er seine Heimat wiederfinden könne oder vielleicht das Land der Löwen, wenn der Zug schnell war und weit genug fuhr. Doch die Hoffnung war sehr klein, denn wenn er im Zoo eines gelernt hatte, dann das: Die Welt war riesengroß und die Chancen, zufällig einen bestimmten Quadratkilometer zu finden, waren äußerst gering.

Sie fanden einen passenden Frachtwaggon mit Stroh, unter dem er sich verbergen konnte, und dann verabschiedeten sie sich voneinander.

»G-Glaubst du, wir sehen uns wieder?« fragte A-lobo.

»Ist unwahrscheinlich, oder? Du wirst ohnehin bald tot sein — von einem Zug überfahren.«

A-lobo schüttelte entschlossen den Kopf.

»Nein. Das nicht. Wahrscheinlich erledigt mich die Räude oder irgend jemand, der sich unbemerkt an meiner tauben Seite heranschleicht. W-Wenigstens verschwinde ich dann mit dem Geruch der Eisenbahn in der Nase.«

»Wenn es das ist, was du willst ...«

»Ja — ich bin ein Eisenbahnfuchs. Du — du bist eines der seltsamsten Wesen, das ich je getroffen habe — und eines der besten. Du redest komisch und sagst merkwürdige Dinge, aber du bist ein guter Fuchs, Camio.«

»Danke. Halt bitte deinen Kopf unten, A-lobo, tu es für mich ...«

Und mit diesen Abschiedsworten sprang er in den Waggon und verkroch sich unter dem süßduftenden Stroh, bereit für die Reise ins Unbekannte. Sich seine Angst nicht einzugestehen, wäre Selbstbetrug gewesen, aber ein Hauch der Erregung, die A-lobo bei seinem Spiel fand, floß auch durch seine Adern. Es hatte etwas mit dem Griff nach dem Unbekannten zu tun. Als er mit seiner Gefährtin zusammengewesen war, im alten Land, war er ein ausgesprochener *Bleiber* — jetzt aber war er ein wenig gereist, und warum sollte er kein *Langwanderer* werden? Das Problem dabei war nur, daß man nie wußte, ob man nicht in einem schlechten Teil der Welt landen würde, wo Füchse von Jägern in Autos ohne Dach überfahren wurden, die teure Waffen trugen, mit denen man kaum danebentreffen konnte, selbst wenn triefäugige Trinker durchs Zielfernrohr blickten. Oder man könnte sogar auf eine Fuchsfarm kommen, wo sie einen in Zookäfigen hielten und gut fütterten, wo die Insassen aber gelegentlich auf geheimnisvolle Weise »verschwanden«, obwohl sie gesund und in bester Form waren.

Vielleicht, dacht Camio, werde ich jetzt, wo ich die Welt besser kenne, ein *Langwanderer* wie mein Vater?

Er dachte darüber nach, als die Seitentüren geschlossen wurden und ihn in der Dunkelheit zurückließen. Nach einer Weile setzte sich der Zug in Bewegung, und Camio, dem das Gefühl der Bewegung nicht gefiel, preßte seinen Kopf auf den Holzboden und hoffte, daß nicht ausgerechnet dieser Zug A-lobos Seele von seinem Körper trennen würde, selbst wenn dieser Körper ein wenig verschlissen und jämmerlich aussah.

Nicht dieser Zug, dachte er. Ich will nicht, daß er A-lobo als *Gubbins* bis in die Vororte mitschleift. Es wäre ein schlechter Start in ein neues Leben. Ein anderer Zug kann das übernehmen, wenn er erst alt und grau ist und seine Eingeweide ihn plagen. Dies hier ist mein Zug.

Dritter Teil

Die Ankunft des Fremden

10. Kapitel

Der Frühling war auf dem Rücken Switters, dem Der-die-Brisen-trägt, eingetroffen, und rings um den Dachsbau gab es Geburten: in den Büschen, auf dem Boden, unter der Erde. In den Bäumen von Trinity Wood zerbrachen Eier, und blinde Köpfe mit offenen Schnäbeln lugten aus den Schalen hervor. Das drängende Zirpen neugeborener Vögel vermischte sich mit dem Wimmern kleiner Säugetiere.

Wäre O-ha eine schwächere Füchsin gewesen, hätte sie die Ankunft des Frühlings vielleicht mißbilligt, aber sie war wirklich froh über den Duft der Apfel- und Kirschblüten und störte sich nicht an den Lauten der Jungtiere, die die Luft erfüllten. Ihr Herz war noch immer schwer wegen ihres Gefährten und ihrer Jungen, doch sie gab sich damit zufrieden, die Erinnerung an sie heraufzubeschwören, indem sie einmal am Tag die traditionelle Haltung der Trauernden einnahm, die Vorderbeine überkreuzte, den Schwanz aufrichtete und sich flach auf den Boden preßte. Gar begriff, daß seine Freundin noch immer trauerte und besuchte sie, wenn es seine Launen gestatteten.

Eines Abends saßen sie in ihrer Kammer. Gar sprach von der Frische der Welt da draußen: wie klar die Flüsse im Frühling waren und wie gut die Erde roch. Weder Füchse noch Dachse interessieren sich sonderlich für den Schmuck der Welt, für hübsche Blüten, wilde Blumen und Laub. Nicht das Aussehen ist ihnen wichtig, sondern die Reinheit und die Düfte solcher Verkleidungen.

»Weißt du wie das *Gaers* — ihr nennt es ›Gras‹ — wie süß es jetzt auf der Zunge schmeckt? Was? Kein *Hagolian* mehr, dieser Hagel, bum, bum, bum ...«

«Ja, es ist eine gute Jahreszeit. Ich mag sie sehr«, erwiderte O-ha.

»So«, sagte Gar, »du hast mir von dieser *Halga Gast* erzählt, dieser Geisterzeit der Füchse — wie nennst du sie?«

»*Firstdark.*«

»Ja — genau das. Wir Dachse haben auch das, als *Fruma-ac-Geolca* — das sind die ersten zwei Dachse, die in der Welt leben — sie finden und lieben sich — dann kommen zehntausend Dachse aus dieser Paarung, alle gleichzeitig, halb, halb. Manche Dachse wachsen nicht und werden Wiesel, Otter oder Hermelin, die Vettern von Gar sind, die Gar aber nicht mag ... so, dieses *Firstdark* ist sehr wie bei Dachsen, oder nicht?«

»Klingt ganz ähnlich. Unser Großer Vorfahre ist A-O, der Mann und Frau in einem war und A-wan und O-won gebar, bevor er sich in einen großen See verwandelte. Weil es unter dem Wasser nicht atmen konnte, erhob sich das Land aus dem Wasser, um Luft zu holen, und A-O wurde in viele Teile gespalten, die jetzt unsere Teiche und Ströme, unsere Seen und Flüsse sind. Wir trinken A-O, um unsere Seelen zu reinigen, und A-O wäscht unsere Felle, um unsere Körper zu reinigen.

»A-wan und O-won waren Riesen, die ihr Mutter-Vater zurückließ, auf daß sie um einen Platz in der neuen Welt kämpften. Sie fochten mit den Felsen und Steinen, die den Boden bedecken und die Bäume vom Wachsen und Schattenspenden abhalten wollten, damit sie sich selbst in alle Ewigkeit sonnen konnten. A-wan sammelte alle Steine, die er finden konnte, in seinem Mund und spuckte sie auf einen großen Haufen. O-won tat dasselbe mit den Felsen. Sie beide kehrten den Haufen den Rücken zu und ließen mit ihren Pfoten Erde auf sie regnen. Bald kamen die Bäume in das Land und bedeckten die neuen Hügel — auf einem von ihnen leben wir jetzt, der andere liegt am fernen Ufer des Flusses, hinter den Sümpfen ...«

»Kenne ich – kenne ich«, sagte Gar. Die Erzählungen schienen ihn zu faszinieren, und O-ha fühlte sich ermutigt, fortzufahren.

»Danach kämpften die Riesenjungen gegen die Wölfe und ...« sie wollte gerade »Dachse« sagen, überlegte es sich dann aber anders, »Hunde und andere Tiere um ihr Recht, in der Welt zu leben. Zu jener Zeit gab es viele andere schreckliche Tiere, die der Gigant *Groff* auf die Erde gebracht hatte, der geheime Agent der Menschen, die nur auf eine Gelegenheit warteten, um sich in die Welt zu schleichen, wenn die anderen Tiere gerade nicht hinsahen. *Groff* nahm die Wolken und formte sie zu falschen Kreaturen, die man Greife, Basilisken, Drachen, Chimären nannte – viele merkwürdige Gestalten – um die Füchse und die anderen echten Tiere zu verwirren und sie zu bekämpfen. O-won fand durch einen Königshund, den sie in ihrer Schnauze fing, heraus, daß diese Fabeltiere nicht wirklich waren, und sie verschlang Steine, die in ihrem Bauch schmolzen, und schied sie dann als Lava über *Groffs* falschen Kreaturen aus. Der Stein kühlte ab und wurde augenblicklich fest, so daß die Greife und Drachen in einer harten Schale gefangen waren. Als sich die Menschen schließlich mit Hilfe der Hunde und Katzen, die von der See-aus-Chaos her Wege für sie angelegt hatten, in die Welt stahlen, nahmen sie *Groffs* Schöpfungen und brachten sie als Totems auf ihren Torpfosten und Gebäuden an, um die rechtmäßigen Besitzer vom geraubten Land zu vertreiben.«

»Ha! Ich habe diese Geschöpfe gesehen, am Tor vom Herrenhaus. Und auf Kirchplatz. Ja, ich frage mich, wie solche häßlichen Wesen kommen. Jetzt verstehe ich. Natürlich«, er wölbte die Brust, »zu gleicher Zeit machte Dachs Gänge durch die Erde, baute Orte für Kaninchen, Maulwurf und Dachs selbst. Komische Sache«, er hielt inne, »wir Dachse essen manchmal Kaninchen, leben aber manchmal im selben Bau und stören nicht ...« Er wechselte das Thema. »Aber dann, denke ich, Fuchs lebte nicht unter der Erde, was?«

»Nein. In jenen Tagen lebten wir draußen in den Wald- und Grasländern und kamen erst hierher nach unten zu den Dachsen und Kaninchen, als die Menschen begannen, uns mit Hunden zu jagen. Wir haben schon so lange unter der Erde gelebt, daß wir uns daran gewöhnt haben.«

Die beiden erzählten sich bis spät in die Nacht weitere Geschichten über die Anfänge der Welt, und danach ging O-ha nach draußen, um Futter zu suchen. Sie lief in den *Havnot*, jagte und fing ein Kaninchen, das ihren Hunger stillte.

Als sie in den Bau zurückkehrte und gerade die ersten Strahlen der Morgendämmerung die obersten Wipfel einer Bruchweide berührten und sie gelblich-rot färbten, ließ ein entferntes Poltern O-ha auf ihrem Weg innehalten. Sie benutzte die Hauptstraße vom Bauernhof nach Trinity Wood. Das Geräusch schien vom Dorf her zu kommen. Es war jedenfalls nicht so weit entfernt wie die Häuser, und es befand sich wahrscheinlich irgendwo an der Straße zwischen Dorf und Herrenhaus.

Sie leckte ihre Nase und prüfte Switter, aber die Brise war zu schwach, um weiter entfernte Gerüche zu tragen. Das Geräusch klang nach schweren Maschinen, größer und lauter als Traktoren oder anderes Gerät vom Bauernhof, obwohl es sich vielleicht um ein paar Mähdrescher handeln konnte. Aber wieso ein paar? Und zu dieser Jahreszeit? Sie konnte es nicht verstehen. Irgend etwas Ungewöhnliches geschah in ihrem Bezirk.

Wäre es später im Jahr gewesen, während Melloon und kurz vor der Abwanderung der Jungen, hätte sie den Lärm als die Geräusche von Autos deuten können, die auf der Straße zum Herrenhaus entlangfuhren. Herbst war die Zeit, in der die Menschen herauskamen, um mit Peitschen zu knallen und Rufe auszustoßen, die unter den Füchsen Panik verursachten. Die Jugendlichen, die ohne ihre Eltern erwischt wurden, waren die leichtesten Opfer. Reife Füchse, die solche Invasionen zur Genüge kannten, entgingen meist den Jägern, indem sie trotz des Lärms entwischten. Füchse, die in diesem Jahr geboren waren, kannten diese Art von Krawall nicht, und die Unerfahreneren, die keinen kühlen Kopf bewahrten, rannten törichterweise häufig auf die Menschenkette zu und wurden nach wenigen Metern erschossen.

Doch es war nicht Melloon, und der Krach war lauter als der Lärm von Autos oder selbst Geländewagen. Sie entschloß sich, nachzusehen.

Sie nahm einen der Seitenpfade über den *Hav*, der zu einem Netz von Mauern aus mörtellos zusammengefügten Steinen führte, die den *Havnot* in dieser Gegend umschlossen. Sie lief über die Mauerkronen und erreichte die Reste einer Windmühle, von der nur der steinerne Turm übriggeblieben war. Flink wie eine Katze kletterte sie über herabgefallene Steine und fand Halt in den zerbröckelnden Spalten des Mauerwerks, wo der Mörtel zu Staub zerfallen war. Oben angekommen hielt sie Ausschau.

Ihre schlechten Augen versagten ihr den Dienst, da sie direkt in die Morgensonne blickte und nur einen Hauch glitzernden Lichts auf einigen weit entfernten Gegenständen wahrnehmen konnte. Als sie gerade wieder hinuntersteigen wollte, landete weit entfernt von ihr ein Eichelhäher auf der anderen Seite des Turms. Er beäugte sie mißtrauisch. Sie sprach den Eichelhäher an. »Weißt du, was da hinten los ist?«

»*Please*«, sagte der Eichelhäher. »*I don't understand.*«

»Der Lärm - dort drüben — die Maschinen ...«

Der Eichelhäher weigerte sich, nach hinten zu schauen, sagte dann aber: »*Machine — oh, yes — machine.*«

»Was? Wofür sind sie da? Was?«

»*Beg your pardon? Oh, to dig out.*«

Dann flog der Vogel davon und behielt dabei diesen

Fuchs, der so viele Fragen stellte, noch immer wachsam im Auge.

O-ha sah den blauen Blitz auf seinem Flügel, als er hinunterstieß und nahe der Stelle verschwand, an der die glänzenden Fahrzeuge dahinrumpelten. Die *Corvidae* — die Krähen, Eichelhäher, Elstern, Raben, Dohlen, Saatkrähen — schienen ein finsterer, intriganter Haufen zu sein, aber sie wußten immer, was geschah, und waren insgesamt recht harmlos. Vor den Möwen hingegen mußte man sich in acht nehmen — *das* war eine einzige Bande von Schurken und Dieben! In der Vogelwelt gab es ein Sprichwort: *Ich würde eher einer Hauskatze als einer Möwe trauen.* Möwen stahlen einem das Futter aus dem Schnabel und die Jungen aus dem Nest.

To dig out? Was mochte das heißen? Nun, das ließ sich nur auf eine Art in Erfahrung bringen. Sie kletterte vom Turm hinab und lief geradewegs zurück zum Dachsbau, um Gar zu suchen. Sie stöberte ihn in seiner Kammer auf. Er war nicht gerade erfreut, sie zu sehen, aber dieses Mal würde sie sich so lange nicht von seiner brummigen Art abschrecken lassen, bis er geruhte, sie zu empfangen. Sie fragte: »Kennst du die Sprache der *Corvidae*?«

»Was — he — oh, ein wenig. Krähen, was? Was für Krähen?«

»Es ist wichtig, Gar, sonst würde ich dich nicht stören. Da kommen Maschinen die Straße entlang — große, dem Geräusch nach zu urteilen — und ein Eichelhäher hat mir erzählt, sie seien zum tudigaut, oder so ähnlich. Was heißt das?«

»Tudigaut, tudigaut«, sagte er und kratzte sich verärgert am Kopf. »Ach, du meinst *to dig out* — was wir Dachse und Füchse tun. Es bedeutet ausgraben — die Erde ausgraben. Jetzt laß mich in Ruhe mißmutig sein, Fuchs! Manchmal ist Gar gern unglücklich, wie heute.« Er wollte eigentlich nicht sagen, daß er gern unglücklich war, sondern daß er keine Gesellschaft wünschte. Er wollte allein sein. Vielleicht kam es durch das Zusammenleben mit anderen, einem Klan, in dem Abgeschiedenheit äußerst kostbar war.

»*Ausgraben*? Die Erde ausgraben? Aber sie hörten sich nicht an wie die Geräte vom Bauernhof.«

»Nein? Dann bauen sie vielleicht eine Straße, was? Graben Straße aus oder machen Haus?«

»Häuser?« Ein kalter Schauer überlief sie. »Du meinst, sie werden hier ein *Face* anlegen? Da waren viele Maschinen — die brauchen sie nicht für ein einzelnes Haus. Das gefällt mir nicht, Gar. Überhaupt nicht.«

»Nein? Aber was machst du, was?« Er klang gereizt. »Du kannst nichts tun — nichts ist, was du tun kannst. Die Menschen bauen Haus, sie bauen Haus. Wer kann sie aufhalten? Vielleicht bauen sie nur eins? Vielleicht nur neue Straße, nicht Haus? Aber sie kommen nicht in den Wald. Zuviel Arbeit, Bäume hacken, hacken. Vielleicht bauen sie neuen Bauernhof — alter fällt zusammen. Du siehst — keine Sorgen. Und jetzt wird Gar unglücklich sein ...«

Doch es war mehr als ein Bauernhof, wie die nachfolgenden Ereignisse zeigten. In den nächsten Wochen bedeckten Maschinen die Landschaft. Sie waren laut genug, um Käfer aufzuschrecken, die sich tief in der Baumrinde verkrochen hatten, und ihre Lichter waren hell genug, um die Nacht zum Tag zu machen. Sie knatterten und summten, klapperten und scharrten. Feuersteine erblickten zum ersten Mal das Licht des Tages, und Kreideklumpen tauchten gleich den Rücken gigantischer, weißer Fische auf, die durch den Lehm schwammen. Bald formte sich ein Straßenmuster aus Pfosten und Seilen um Trinity Wood, und an metallenen Ösen hingen bunte Schilder.

O-ha preßte sich im kühlen Schatten am Rande ihres Verstecks flach an den Boden, spürte das Zittern, das sich durch den Lehm zog, und fragte sich, warum die Erde nicht ihre Qual hinausschrie, als ihre grüne Haut abgerissen und das rohe, braune Fleisch darunter entblößt wurde. Sie beobachtete, wie große Stahlkiefer in den Boden bissen und riesige

Lehmbrocken hervorholten, die sie anschließend auf einen häßlichen, stetig anwachsenden Hügel spuckten. Überall klafften tiefe, modrige Wunden; offene Verletzungen bedeckten die Hänge. Die Maschinen glichen spröden, gigantischen Raubtieren, die ein lebendes Wesen zerrissen. Schwere, schaufelnasige, sprunghafte Untiere walzten die Büsche und Sträucher nieder, griffen die Gehölze an und pferchten die Bäume zusammen, bis sie wie alte Knochen barsten und zersplitterten, auf einem Haufen skelettartiger Überbleibsel landeten und schließlich verbrannt wurden. Nachts lag sie dort und sah zu den knisternden, flammenden Feuern hinüber, die das Ödland erleuchteten, das einmal voller Halme, Wildblumen und Sträucher gewesen war, in dem Myriaden von Leuchtkäfern gelebt hatten, das von Tausenden geschäftiger Wühl-, Spitz- und Feldmäuse bewacht worden war, in dem Hunderte von Vögeln verschiedenster Art ihre Runden gedreht hatten.

Die Schnelligkeit, mit der die Landschaft zerstört wurde, verblüffte die Füchsin, die an ihrem eigenen Flecken von Gras, Adlerfarn und Bäumen hing und befürchtete, daß man ihn an einem einzigen Tag vernichten würde, daß sie eines Morgens aufwachen und ihre Heimat als nackten, zerwühlten Lehm ohne einen einzigen Grashalm wiederfinden würde.

Und über allem der Geruch von Menschen und Maschinen, die Geräusche der Zerstörung.

Überall waren Menschen, die gestikulierten, gruben, grunzten. Es war beinahe unmöglich, nicht gesehen zu werden, besonders, da die Lichter niemals verlöschten, doch O-ha stellte zu ihrer Verwunderung fest, daß sich die Menschen freuten, sie zu sehen. Wann immer sie erwischt wurde, wie sie an ihren kleinen Lagern vorüberschlich, deuteten sie, ohne sich zu erheben oder ihre dampfenden Getränke abzusetzen, auf O-ha und riefen etwas, und ihr Gebell enthielt keine Spur der üblichen Blutgier, an die sie gewöhnt war. Trotzdem war es für sie und die Dachse eine unruhige

Zeit. Jeden Tag erwarteten sie eine Invasion der Waldländer, die jedoch nie kam. O-lan und A-lon mußten ihren Bau in der Grube jenseits von Trinity Wood verlassen, aber sie fanden einen neuen, indem sie O-has alten Bau wieder bewohnbar machten. Eigentlich hatte sie das jetzt, wo der Boden weich war, selbst vorgehabt. Die anderen Tiere, die im ehemaligen *Hav* lebten, bereiteten sich entweder darauf vor, die Gegend zu verlassen und zu neuen Ufern aufzubrechen (wie die Kaninchen und einige andere), oder sie zogen nach Trinity Wood. Auf den zehn Morgen Waldland entstand eine Tierdichte, die zeitweise jeden über den Schwanz des anderen stolpern ließ. Es kam zu Kämpfen um territoriale Rechte, die zur Einschränkung der Jagdzone des einen oder der Vertreibung des Neuankömmlings führten. Gelegentlich besiegte der Einwanderer einen langjährigen Bewohner, aber das kam selten vor, da die alteingesessenen Mitglieder des Waldes das Recht auf ihrer Seite glaubten und mit einer solchen Wildheit um ihren Grund und Boden kämpften, daß die Neuankömmlinge dem oft nichts entgegensetzen konnten. Für sie war es einfacher, weiterzuziehen.

Im Mittsommer, während Frashoon, waren die meisten Schlachten geschlagen worden. Sorge bereiteten noch immer die Vorgänge rings um den Wald.

»Dinge werden sich ändern«, sagte Gar. »Ja, Dinge werden sich hier herum ändern.«

»Werden du und die anderen Dachse weiterziehen?« fragte O-ha.

»Wir warten – wir warten zu sehen, was passiert. Ich denke, wir bleiben Weile. Was ist mit dir?«

»Ich kann nirgendwo hingehen. Es muß schön sein, in solchen Zeiten jemand zu haben, mit dem man über alles reden kann. Ich muß das Beste daraus machen.«

Sie war selbst überrascht, wie schnell sie sich an die veränderte Landschaft gewöhnte. Obwohl sich viele Orientierungspunkte geändert hatten und neue Markierungen erlernt werden mußten, dauerte es nicht lange, bevor sie das alles im Kopf hatte. Eins war sicher, es gab jede Menge Erdwürmer.

Die neue Landschaft hatte die ererbten Straßen und Seitenpfade zerstört. Nur weil die Menschen sich neue Wege bauten, hieß das noch lange nicht, daß die Tiere darauf vorbereitet waren, ihre ererbten Straßen zu ändern. Bei einem ihrer Spaziergänge stellte O-ha fest, daß eine neue Straße gebaut worden war, die eine Tierstraße in der Mitte durchschnitt. Sie zögerte nicht, sie zu überqueren, obwohl jetzt Fahrzeuge darauf entlangfuhren. Die Tierstraße war seit Tausenden von Jahreszeiten dort gewesen. Warum sollte sie die Richtung ändern, nur weil Menschen beschlossen hatten, das Land mit Teer zu bedecken?

Ein anderes Mal stieß sie auf eine Mauer, die über Nacht gewachsen war. An ihrem Fuß saß ein Dachs und starrte hinauf. Wieder einmal war eine Mauer direkt über eine Tierstraße gebaut worden. Der Dachs hätte um sie herumgehen können, da sie sich kaum einen Meter weit über seine Straße erstreckte, doch er weigerte sich hartnäckig, das zu tun. Statt dessen saß er dort und stieß grollende Flüche aus, rief alle möglichen furchtbaren Ereignisse auf die Häupter der Menschen herab, die die Kühnheit besessen hatten, seinen Weg zu blockieren.

Als sie eines Abends mit Gar darüber sprach, nickte der ältere Dachs gedankenvoll und sagte: »Wenn wir jedesmal um Dinge herumgehen, die *Hensch* gebaut hat, müßten wir Straßen jeden Tag ändern. Am besten ignorieren. Einige Jahreszeiten vergehen, dann ändern sich wieder alle Dinge. Einmal bekommen wir unsere Straßen zurück.«

Eines Nachts, als die meisten Arbeiter nach Hause gegangen und nur ein oder zwei Wachleute zurückgeblieben waren, lief O-ha den Hang hinab, um die Grabungsarbeiten zu inspizieren. Überall waren tiefe Gräben, in denen der rote Lehm abgeschabt worden war und die darunterliegenden, glatten Wände enthüllte. Sie prüfte Ziegelsteine, Sand und

Zementsäcke mit der Nase. Sie lief unbeeindruckt weiter. Dann aber fand sie in einem halbfertigen Haus, in dem die Zimmerleute gearbeitet hatten, einen Haufen Hobelspäne. O-ha steckte die Nase hinein und sog tief die Luft ein. Der berauschende Duft des Sägemehls ließ ihr Gehirn herrlich kreisen, aber die Giftpilze früher waren doch noch besser gewesen. Sie rollte sich in den Spänen herum, die sich in ihrem Fell verfingen. Dann schwebten sie wie Schneeflocken von ihr hinunter. Später patrouillierte sie hoch oben auf den Gerüsten und schaute auf die Welt hinunter. Es war leicht. Schließlich markierte sie einige leere Räume im Haus, riß einen schwarzen Beutel mit den Zähnen auf, verstreute den Inhalt auf dem Boden und rollte dann noch eine Flasche mit der Nase herum. Dann ging sie mit dem Eindruck nach Hause, über alles Bescheid zu wissen, was dort unten vorging. Das *Face* war weder der schrecklichste noch der wunderbarste Ort auf dieser Welt.

Trotz der Invasion der Menschen und des Verschwindens von Millionen Insekten, Hunderten von Vögeln und Tausenden von Säugetieren unterschied sich das Herannahen des Sommers in Trinity Wood kaum von denen der Vergangenheit. Die Schaumzirpen hinterließen ihren Kuckucksspeichel auf den verbleibenden Hecken; Geißblatt und Heckenlilie betäubten die Motten mit ihrem berauschenden Duft; zwischen den vielen Gräserarten des *Havnot* — Timotheusgras, italienisches Raigras, Zittergras, Knäuelgras, Schwingelgras - wuchsen die gewöhnlichen Kräuter, Schafgarbe, Spitzwegerich, Wegbreit, Löwenzahn und Zichorie, deren Samen von den Feldern herübergeweht worden waren, die die Menschen bestellten. Spitzmausmütter führten ihre Kinderscharen durch Grastunnel, wobei jedes den Schwanz des Vorgängers hielt und das Kleinste immer am Ende hinterherstolperte und mitgeschleift wurde, während die Mutter von einem Ort zum nächsten eilte. Falkenlibellen überwachten die Teiche, Bussarde kreisten über den Feldern und Wäldern, und die beiden fliegenden Raubtiere besaßen furchtbare Waffen. Otter bereisten die Flüsse und schmalen Buchten der Naßländer, und Nutrias waren damit beschäftigt, die von den Menschen gepflanzten Rüben und Zwiebeln auszugraben, während die Ratten mit südamerikanischen Vorfahren den Menschen überhaupt keine Beachtung schenkten. Eisvögel blitzten blau über die Flußufer, und Kammolche verliehen den Wurzeln der Wasserlilien Farbe.

Leben und Tod kamen wie früher, als der Boden noch unberührt von den Grabemaschinen gewesen war, aber allmählich zwang die Abschälung des Landes immer mehr Tiere, in neue Gegenden aufzubrechen, die sie oftmals nicht lebend erreichten. Bald war die Bevölkerung von Trinity Wood und Umgebung nur noch ein Bruchteil von der des vergangenen Sommers. Viele Arten würde man in diesem Teil der Welt nie wieder sehen.

Drei Nächte nach ihrem Besuch auf der Baustelle hatte O-ha einen Traum. Es war ein Traum, in dem ihre Kehle angstvoll rasselte und ihre Beine schwach vor Entsetzen waren.

Sie träumte, sie sei an einem hellen Ort und versuche, zu gehen. Dann plötzlich schwarze Gitterstäbe ...

11. Kapitel

Eine heiße Sommersonne lag schwer auf den Feldern. Fliegen summten über ausgetrockneten Gräben. Tiere, die draußen etwas zu erledigen hatten, bliesen ständig heiße Luft durch ihre Nasenlöcher, um sich von den imaginären Spinnweben darin zu befreien. Die Erde war ausgedörrt und mürbe wie altes Schilf.

Über den staubigen Streifen *Hav* zwischen der Baustelle und dem Herrenhaus kam ein Rotfuchs, der ein wenig anders aussah als die übrigen Artgenossen im Umkreis: ein dunkler Fuchs mit flottem Gang und hocherhobenem Kopf. Er durchquerte das Land unterhalb von Trinity Wood, als kenne er die Welt wie seine Westentasche und als gäbe es für ihn keinen unbekannten Ort auf dieser Erde, keinen Platz, an dem er nicht zu Hause war. Die Tiere, die sich für die Ankunft dieses Fuchses interessierten, hielten ihn wohl für einen *Rangfar*, einen Wanderfuchs, doch diese Vermutung war verzeihlich. Hätten sie sich allerdings die Mühe gemacht und ihn näher betrachtet, dann hätten sie bemerkt, daß er sich aufmerksam umschaute, Eindrücke sammelte, als suche er nach etwas. Tatsächlich suchte er einen Ort, an dem er bleiben konnte. Camio war nicht aus freien Stücken ein *Rangfar* oder *Langwanderer* geworden (das war sein Wort dafür), sondern nur umständehalber. Tief in seinem Herzen war er ein Fuchs, der seinen Flecken Land markieren und einfach sagen wollte: »Das ist mein Bezirk. Hier werde ich leben und sterben.«

Camio lief an dem großen Herrenhaus vorüber, das nahe

bei einem Gebiet lag, das momentan von hemdsärmeligen Menschen mit harten Hüten verwüstet wurde. Die Auffahrt zum Landsitz begann jenseits eines Eisentores mit zwei Flügeln, hinter dem ein Hund, so groß wie ein Tiger, gemessen entlangschritt. Camio blieb stehen und betrachtete dieses Ungeheuer. So etwas hatte er noch nicht einmal im Zoo gesehen und war schrecklich beeindruckt. Das war ein Gigant. Beim Anblick Camios tropfte Geifer von seinen Lefzen, und ein grollender Ton drang aus den Tiefen seines harten, muskeldurchzogenen Bauches. Der amerikanische Rotfuchs entschied, daß er genug gesehen hatte und glitt in die Hecke, bevor sich das Monster gegen das Tor werfen und es durchbrechen würde. Gewiß konnte ihn ein solcher Hund in einem Anlauf verschlingen.

Ein Jagdhund von der dunklen Seite des Mondes, dachte er. Es hatte keinen Sinn, einem so enormen Geschöpf gegenüberzutreten. Camio war kein Feigling, aber ein Fuchs ist kaum größer als eine Hauskatze und nur zwei Pfund schwerer. Ein Schäferhund war im Vergleich dazu doppelt so groß, während ein Bernhardiner seinerseits das Vierzehnfache wog. Der Hund hinter dem Tor war wie eine Kombination aus beidem. Hätte Camio ein solches Monster angegriffen, so wäre dies dem Zusammentreffen zwischen einer Katze und einem Löwen gleichgekommen. Schließlich überragt ein Fuchs nur um Haaresbreite eine Narzisse. Er glitt zwischen den Arbeitern hindurch, die sich mit dem Erdboden rings um den Wald abmühten, und schlüpfte in ein kühles Dickicht an der Nordseite. Als er gerade in die Schatten des Waldlandes getaucht war, begegnete er einem anderen, älteren Fuchsrüden, der ihm den Weg versperrte. Camio seufzte. Es wußte aus Erfahrung, daß er widerrechtlich Land betrat, da er von seinem Standort aus Fuchsmarkierungen riechen konnte, und er würde kehrtmachen oder kämpfen müssen. Normalerweise hätte er das Gebiet eines anderen Fuchses respektiert, aber er wollte nur das Recht des freien Durchgangs — denn schließlich hatte er einen langen, heißen Weg hinter sich. Er war müde, gereizt und daher auch dickköpfig.

Sie betrachteten einander eine Zeitlang, bevor Camio dann das Schweigen brach.

»Gibt es ein Problem?« fragte er.

»Kann schon sein«, sagte der andere. »Kommt drauf an, wo du hinwillst.«

Camio erwiderte: »Ich nehme an, du hast einen Namen. Meiner ist Camio.«

»Man nennt mich A-magyr. Ich bin der stärkste Fuchs im Bezirk und auch einer der ältesten — aber denke ja nicht, meine Kraft würde nachlassen — ich bin so stark wie jeder andere auch.«

Obwohl ergraut, sah er tatsächlich wie ein mutiger, gemeiner Kerl aus, und Camio vermutete, daß er einen unangenehmen Gegner abgeben würde. Aber so ein Fuchs war trotz allem eine ganz andere Sache als der Hund, vor dem er sich verkrümelt hatte. Außerdem ließ er sich nicht gern von Artgenossen sagen, wohin er zu gehen oder was er zu tun hatte. Gewiß würde er sich nicht auf den Rücken legen und die Pfoten unterwürfig in die Luft strecken, nur weil dieser einheimische Fuchs einen weiteren Sieg verbuchen wollte.

»So«, sagte Camio, »willst du nun den ganzen Tag hier stehenbleiben oder mich vorbeilassen? Ich bin ganz schön geduldig, aber ich habe eine lange Reise hinter mir und brauche einen Platz zum Ausruhen.«

»Gefällt es dir nicht da, wo du jetzt stehst?« fragte A-magyr.

»Es gefällt mir nicht, weil ich es mir nicht ausgesucht habe. Das hast du getan, und obwohl ich ein friedfertiger Fuchs bin, wähle ich mir gern mein eigenes Bett.«

A-magyrs Augen wurden schmal.

»So hat schon lange keiner mehr mit mir gesprochen. Ich habe Bulldoggen ungestraft die Schwänze abgerissen. Ich könnte dich durchkauen und ausspucken.«

Camio zuckte die Achseln und kauerte sich dann sprungbereit nieder.

»Zeigs mir doch mal, A-Großmaul — ich bin bereit. Ich bin in diesen Wald gekommen, um Freundschaft zu schließen. Von den Stadtfüchsen habe ich sie freiwillig bekommen — aber wenn ich hier darum kämpfen muß, werde ich auch das tun.«

A-magyr stürzte sich auf ihn, doch Camio sprang geschickt zur Seite und drehte sich so in der Luft, daß er seinem Gegner wieder gegenüberstand.

»Das ist ein schlauer Trick«, schnappte A-magyr, »aber er klappt kein zweites Mal.« Er startete einen erneuten Angriff. Diesmal hüpfte Camio zur Seite, richtete seinen Kopf aber noch auf seinen Gegner und konnte A-magyr in die Hüfte beißen. Schmerz und Ungläubigkeit spiegelten sich in dessen Gesicht.

»Ich habe Füchse getötet, die ...« wollte A-magyr gerade sagen, wurde aber von Camio unterbrochen.

»Schluck's runter«, sagte er, »die Zeit des Redens ist vorbei. Für dich sowieso.«

A-magyr sträubte den Pelz, sank tief in die Knie, so daß sich sein Körper nach innen bog, und verstärkte seine bedrohliche Miene. Er sah tatsächlich wie ein ernstzunehmender Gegner aus, mit dem gesenkten, schiefen Blick, den entblößten Zähnen, flachangelegten Ohren und brennenden Augen, die wild auf Camio gerichtet waren. Camio starrte zurück und schritt diesmal auf und ab, meist mit den Hinterbeinen, so daß er ständig in Bewegung war, während er sich eigentlich nicht von der Stelle rührte. Dabei schnappte er dauernd genau vor A-magyrs Gesicht in die Luft, um den alten Fuchsrüden zum nächsten Zug herauszufordern.

»Ich zerreiße dich ...« setzte A-magyr an, doch diesmal brauchte Camio ihm nicht den Mund zu verbieten — er wußte, daß er allein dadurch einen kleinen Vorteil eingebüßt hatte. Camio hatte gar nichts sagen müssen. Er hatte seinen Gegner zweimal gezwungen, auf Worte zurückzugreifen und so den ersten Sieg errungen. A-magyr hatte sich in die Defensive drängen lassen. Während sie einander gegenüberstanden, berechneten sie ständig, welche Züge der Gegner machen würde und in welchen Gegenzügen sie die Oberhand gewinnen konnten. Wenn ich das mache, wird er jenes machen, oder jenes, und dann werde ich das und das machen, und er könnte damit zurückschlagen, und dann werde ich ... Die Positionen, die Aktionen, die Reaktionen, die Sprünge, die Windungen, die Stöße, die peitschenschnellen Schläge, die Läufe, die Seitenschritte, die kratzenden Krallen, die schnappenden Kiefer. Diese gewundenen Überlegungen, von denen nur wenige bewußt geschahen, kreisten unaufhörlich in den Köpfen, bis einer unsicher wurde und fehlende Zuversicht zeigte. Dann holte der andere sofort zum letzten Schlag aus.

Im Bruchteil einer Sekunde saß Camio rittlings auf seinem Gegner, der auf dem Rücken lag, die Pfoten in die Luft streckte und in das wilde Gesicht starrte, das auf ihn hinunterblickte. Camios Zähne und Gaumen schwebten sichtbar über dem Hals seines Gegners. A-magyr drehte langsam den Kopf zur Seite und bot ihm die Kehle dar. Nun waren Schlagader und Bauch entblößt und konnten zerrissen werden, falls Camio den Vorteil seiner Überlegenheit nutzen wollte.

Er berührte A-magyrs Hals jedoch nicht. Füchse kämpfen manchmal bis zum Tod, häufiger aber ziehen sie sich zurück, nachdem sie die Oberhand gewonnen haben. A-magyr war überwältigt worden, und das war vielleicht schlimmer als der Tod. Sein Geist war gebrochen. Er war in Scham versunken, und es genügte, daß beide dies wußten. Die Schlacht war geschlagen. Der Verlierer stahl sich mit eingeklemmtem Schwanz davon. Es bedeutete nicht, daß es zwischen ihnen keine Kämpfe mehr geben würde, aber A-magyr würde von nun an einen sehr triftigen Grund benötigen, um es ein zweites Mal zu versuchen.

Der Neuankömmling stieß einen tiefen Seufzer der Erleichterung aus und dachte: Wenn auf dem Land alle Füchse so sind wie A-magyr, dann wird es schwer werden, sich hier ein neues Leben aufzubauen. Natürlich würde Camio die Gegend nicht ohne einen ernsthaften Versuch verlassen. Er war der Stadt und ihrer sogenannten Vororte, die ebenso dicht und endlos erschienen, völlig überdrüssig. Auch stand ihm der Sinn nicht mehr nach Zügen und Reisen. Es war an der Zeit, seinen Pfotenabdruck in ein Stück Lehm zu prägen und zu sagen: »Von hier werde ich nicht mehr fortgehen!«

Camio drang tiefer in den Wald ein und fand einen Ruheplatz zwischen den halb herausragenden Wurzeln einer alten Eiche. Er sank müde zu Boden und rastete dort bis zum Abend. Camio erwachte, als die Sonne mit geronnenem Blut dunkle Gassen durch die Waldländer schnitt. Blaue Mückenwolken hingen über dem Waldboden. Er rappelte sich auf und trank von dem trüben Wasser, das in der Höhlung eines vermoderten Baumes stand. Er riß die Rinde mit den Zähnen auf und fand darunter einige Käfer, die er schnell verschlang. Über ihm gingen die Tauben zur Ruhe, und die Spatzen bevölkerten mit großem Lärm ihre Lieblingsplatanen. Er klopfte den Staub aus seinem Fell und entschloß sich dann, den Rest des Waldlandes zu erkunden.

An einer Stelle fand er einen Fuchsbau, doch die Bewohner waren nicht zuhause, und er wollte nicht uneingeladen in deren Heim eindringen. Als er den Ort gerade verlassen wollte, trat eine Füchsin zwischen den Bäumen hervor und warf einen kurzen Blick auf den Nachthimmel, bevor sie Camio entdeckte. Er studierte seine Artgenossin. Sie war, so stellte er fest, ein reifes aber attraktives Geschöpf — sehr attraktiv sogar. Camio mußte unweigerlich zu ihr hinübergehen, wobei er sich fragte, wie er sie bloß ansprechen sollte. Ausgerechnet jetzt fehlten ihm die Worte, und obwohl ihm ganz danach war, zu bellen oder den Mond anzuheulen, schien seine Stimme irgendwo tief hinten im Rachen zu stecken.

Die Füchsin warf ihm einen Blick zu und schickte sich dann zum Gehen an.

»Warte«, sagte Camio rasch. »Könnten wir uns — unterhalten?«

Sie hielt zwar inne, blieb aber auf allen Vieren stehen, als könne sie noch immer jeden Moment davonlaufen.

»Unterhalten?« fragte sie. »Worüber?«

»Nun, ich bin hier fremd ...«

»Das weiß ich.«

»... und ich habe mich gefragt, ob du mich ein wenig aufklären könntest, über die Lage der Gegend hier, so in der Art. Ich bin vor kurzem aus einem Zoo geflohen und habe mich ... ein wenig verlaufen.«

»Einem Zoo? Ich weiß nicht, was ein Zoo ist.«

»Das ist ein Ort, wo Tiere in Käfige gesperrt werden — wie Hühner, weißt du? — damit die Menschen kommen und sie anschauen können, ohne gebissen zu werden. Kein sehr schöner Ort, wenn man nicht gerade als Besucher da ist. Aber ich bin jedenfalls entkommen, und da bin ich nun.«

»Und was hat das alles mit mir zu tun?« Sie wirkte ausgesprochen hochmütig und überlegen, und zum ersten Mal im Leben sorgte sich Camio um seinen Stammbaum. Er hatte nie zuvor an die mögliche Minderwertigkeit seiner Abstammung von Vorortfüchsen gedacht, die ihre kulturellen Wurzeln verworfen hatten, da sie ihnen weniger wichtig erschienen als zu lernen, an welchem Tag die Mülleimer hinter den Restaurants entleert wurden.

»Nun ja, wohl nichts ...« dann kam ihm eine Erleuchtung »... außer du achtest die Gastfreundschaft. Ich bin ein fremder Fuchs in einem fremden Land und brauche Hilfe. Reicht dir das?«

Danach sah sie ein wenig reumütig aus, doch die Ungeduld war noch nicht aus ihrem Gesicht gewichen.

»Wenn du etwas genauer werden könntest, werde ich versuchen, dir den Weg zu erklären. Ich kann dir wohl kaum helfen, wenn du mir nicht sagst, wo dein Problem liegt.«

Bevor er an sich halten konnte, ließ er Vorsicht Vorsicht sein und stürzte sich kopfüber in die Sache hinein. Es brach unvermittelt aus ihm hervor, die Worte überschlugen sich wie weiße Wasserwirbel, und noch bevor er geendet hatte, zeigte ihm die Kälte in ihren Augen, daß er einen schrecklichen Fehler begangen hatte. Er war zu schnell und ungestüm gewesen.

»Ich brauche ein Zuhause und eine Füchsin, mit der ich dieses Zuhause teilen kann, ich bin zu lange allein gewesen, vielleicht ist mit mir nicht leicht auszukommen, aber ich bin des Wanderns müde, ich möchte mich niederlassen, eine Familie gründen, wieder ein Vater-Fuchs mit einer Gefährtin sein ... Ich weiß, wie sich das anhört, wir kennen uns ja gar nicht, aber ich bin kein Fuchs, der mit seinen Gefühlen hinterm Berg hält. Ich habe dich gesehen, im sterbenden Sonnenlicht, und du warst so — so schön. Solch feuriges Rot und — schön.« Er versank in Verzweiflung, als ihr Blick die Luft zwischen ihnen in kleine Eistropfen verwandelte. »Du hast so zarte Gesichtszüge. Dein Duft ist wie ein Rauschmittel — mein Kopf dreht sich schon davon. Und deine Stimme! Tausend Nachtigallen ...«

»Du willst wieder ein Vater-Fuchs werden?« Der hochmütige Blick verstärkte sich. »Das Problem mit euch *Rangfars* ...«

»Uns *was*?«

»... euch Wanderern, oder wie immer ihr euch nennen mögt — ihr denkt, ihr könnt in einen Bezirk wandern, in ein fremdes Dickicht schlendern und jede Füchsin anmachen, die euch gefällt. Zweifellos hast du Dutzende sogenannter Gefährtinnen im ganzen Land verteilt, die alle nach dem Hols-der-Teufel-Fuchs lechzen, der vorbeikommt, wenn ihm danach ist, *wenn* er dann mal in die Gegend kommt. Laß mich dir sagen, daß ich stolz bin, ein *Ord* zu sein, eine von denen, die du insgeheim äußerst langweilig findest und mit denen du dich kurz herumrollen möchtest, bevor du wieder deiner Wege ziehst. Nein, ich finde dich nicht attraktiv. Sowieso — ich nehme an, du hast irgendeinen Namen — ich möchte weder mein Zuhause noch mein Leben mit jemand teilen, der aus heiterem Himmel hier auftaucht und zweifellos wieder verschwinden wird, sobald die Sache erledigt ist. Du brauchst dich nicht zu verabschieden.«

Sie drehte sich abrupt um und wollte sich gerade entfernen, als er ihr »Camio« nachrief.

Sie wandte sich erneut um, als hätte er ihr eine Beleidigung hinterhergeschleudert.

»Was?«

»Mein Name — ist Camio — und ich glaube, das war eine der besten Reden, die ich je gehört habe. Nur schade, daß sie gegen mich gerichtet war. Hör zu, ich bin kein *Rangfar*, oder wie immer du es nennst — bei uns zuhause sagen wir *Langwanderer* — ich bin nur ein gewöhnlicher Fuchs in einer außergewöhnlichen Lage. Ich wollte nicht auf die Straße — ich war dazu gezwungen. Ich wurde gefangen, betäubt und in einen Käfig gesteckt. Ich weiß nicht, wo ich zuhause bin, aber glaube mir, ich würde sofort hingehen, wenn ich könnte. Niemand fängt gern wieder von vorne an. Tatsache ist, ich weiß nicht, wo mein Zuhause ist, und habe wohl auch nicht den Hauch einer Chance, es wiederzufinden. Die Welt ist zu groß. Ich habe es mit dem Stadtleben versucht. Paßt aber nicht zu mir. Also kam ich mit dem Zug her, und hier werde ich bleiben. Ich bin schon mit einem einheimischen Fuchs zusammengestoßen, heißt wohl A-magyr, und mußte ihn verprügeln, um in den Wald zu gelangen. Jetzt verpaßt mir eine Füchsin eine Abreibung — eine sehr hochnäsige Füchsin, sollte ich hinzufügen, die sich für etwas Besseres hält, aber weder die Welt gesehen noch halb soviel erlebt hat wie ich. Eines möchte ich Ihnen sagen, Madam — selbst ein Käfig voller Affen hat mir einen netteren Empfang bereitet als Sie. Und ich finde mich auch ohne Ihre Hilfe zurecht.«

»Affen?« fragte sie kleinlaut.

»Menschenähnliche Wesen, die ein wenig schlauer sind als die Unbehaarten — aber auch nur ein wenig«, fügte er hinzu, als er sich an ihr leeres Geplapper und die Bereitschaft, menschliches Verhalten nachzuahmen, erinnerte.

»Wo hast du einen Namen wie ›Camio‹ bekommen?«

»Ich sagte doch bereits, ich bin nicht von hier.«

»Aber so weit ich weiß, wählen alle Füchse im Land einen Buchstaben von A-O, je nach Geschlecht.«

»Dann komme ich nicht aus diesem Land. Frag mich bitte nicht, wie ich hierhergekommen bin, denn das weiß ich selbst nicht. Manche sagen, wir seien durch die Luft geflogen, in einem von Menschen erbauten Vogel namens Flugzeug, aber ich bin mir da nicht so sicher, also erzähle es bitte nicht weiter.«

»Und du hast gegen A-magyr gekämpft?«

»Gekämpft und gesiegt — das heißt, sein eigener Mund hat ihn besiegt. Ich denke, er macht lieber große Worte als zu kämpfen, aber wo ich herkomme, führt das eine gewöhnlich zum anderen.«

Sie betrachtete ihn noch eine Weile, während sie sich dort im Zwielicht gegenüberstanden. Sie wirkte nicht mehr so herablassend wie zuvor, behielt aber eine gewisse Haltung bei, eine Art affektierter Pose, als sei sie von unsichtbaren Mauern umgeben, so daß er sie nicht erreichen konnte, ohne sich wie ein Kirchenschänder vorzukommen. Er verstand nicht, warum das so war, aber es war so, und er spürte jetzt, wie sehr er sie begehrte. Er wollte diese hochmütige, stolze Füchsin sein eigen nennen, deren makelloser Stammbaum sich offensichtlich bis zu Menxito, dem edelsten aller Füchse, zurückverfolgen ließ. Er wollte sie neben sich haben, wenn er schlief; er wollte sie bei sich haben, wenn er jagte; er wollte ... sie.

Er konnte den Sturm der Leidenschaft in seinem Kopf nur schwer unter Kontrolle halten. Er wußte, daß sie sich nicht paaren konnten: Es war nicht ihre Zeit. Aber die

Vorstellung, er könne derjenige sein, wenn ihre Zeit kam, machte ihn schwindlig.

»Was willst du wissen?« fragte sie mit weicherer Stimme.

»Ich habe gefragt — hast du einen Gefährten?«

»Nein, und ich möchte auch keinen. Mein Gefährte wurde vor einiger Zeit von den Jagdhunden getötet. Du magst dir einen Neuanfang wünschen — Camio — aber ich möchte das nicht. Ich möchte als weiblicher *Stoad* alt werden.«

Sein Name in ihrem Mund erregte ihn, aber er antwortete mit fester Stimme: »Tut mir leid — das mit deinem Gefährten. Es war doch wohl nicht dieses riesige Ungetüm von dem großen Haus dort unten? Ich habe ihn auf dem Weg hierher gesehen.«

Innerlich freute er sich, weil sie keinen Gefährten hatte, und konnte sein Glück kaum fassen. Er war nicht in der Lage, den Tod eines Fuchses zu bedauern, den er nie gekannt hatte. Allerdings fühlte er sich ein wenig schuldig, weil er solch selbstsüchtige Gedanken hatte.

Ihr Rücken sträubte sich, doch sie sagte: »Nein, nicht Sabre. Er trägt eine andere Schuld. Jetzt muß ich aber ...«

Sie drehte sich wieder um und ging in den Wald. Camio sah ihr nach und führte dann im mondbeschienenen Gras einen kleinen Tanz auf. Kein Gefährte. Sie hat keinen Gefährten. Das sagte er sich immer und immer wieder. Er schaute vom Abhang am Wald über das umliegende Land. Und was haben wir da? Sieht aus wie eine Stadt, die gerade gebaut wird. Eine neue Stadt. Schön, schön. Eine hübsche Vorortgegend, mit neuen Häusern und neuen Restaurants. Eine hübsche Füchsin ohne Gefährten. Ein einheimischer Schläger, den er verprügelt und sich damit gebührend eingeführt hatte. Die Welt gehörte ihm. Was konnte jetzt noch passieren? Und wenn ihn diese hochnäsige Füchsin nicht mochte, weil sie auf dem Lande gelebt hatte, in der Natur, in einer grünen Umgebung voller Äpfel und Birnen und dem Geruch von Rüben — wenn diese Dame der Waldländer, mit ihrer hocherhobenen Nase und ihrem zierlichen

Gang und Batterien von kulturgetränkten Vorfahren — wenn sie ihn jetzt noch nicht beachtete, so würde sie es doch in Kürze tun. Er war ein Fuchs, der in den Straßen überleben konnte, zwischen Ziegelsteinen und Mörtel, den schnellen Fahrzeugen, den Kinderwagen und Rollschuhen, den vielen Stiefeln und Pumps, den Eisengittern, den Abwasserkanälen, den freien Friedhofsparzellen, den Gassen, den Dachfirsten — ja, den Dachfirsten, auf denen Füchse von einem Haus zum nächsten glitten, ohne von der Straße aus gesehen zu werden. Er kannte diesen von Menschenhand geschaffenen Dschungel, sein Warum, Wieso, Weshalb. Der Fuchs und der Turmfalke kannten das *Face* und wußten, wie man in seinen Mauern überleben konnte. Die Füchsin wußte vielleicht, wo man einen Baumpilz finden konnte, aber sie würde nicht wissen, daß Champignons und Giftpilze in den Rissen schattiger Hausmauern oder am Fuß von Grabsteinen wuchsen oder auch unter den Autowracks beim Schrotthändler. Sie mochte wohl auf einen Baum klettern, aber konnte sie auch auf eine Garage steigen und in zehn Metern Höhe eine Regenrinne entlanglaufen?

Ich habe eine Chance, sagte er zu sich selbst. Ich habe eine Chance, hier ein Zuhause zu finden.

12. Kapitel

Gar und O-ha saßen inmitten der Wildblumen vor dem Bau, der am Rande von Trinity Wood lag, und faulenzten in der heißen Mittagssonne. Gar beobachtete die verrückten Flugmuster einer Biene, die von Blüte zu Blüte flog, dabei aber stets den umständlichsten Weg wählte.

Es war einer jener Tage, an denen sich Füchse alle Sorgen aus dem Kopf schlagen und Frashoon mit warmen Fingern durch ihr Fell streichen lassen; Tage, an denen sie von ihrem eigenen *Sowander* träumen, wo ihre Geister auf ewig im Gras des vollkommenen Hier ruhen. Es war einer jener Tage, an denen die Gedanken der Dachse voller Philosophie und Erfindungsgabe sind.

O-ha hatte gelernt, daß Dachse dazu geschaffen waren, Sprichwörter und Wahrheiten zu ersinnen, die anderen in ihrem Leben weiterhalfen, die sie selbst aber beim nächsten Stimmungsumschwung vergaßen. Dachse entwarfen ausgeklügelte Pläne, die sie allerdings nie in die Tat umsetzten. Entweder waren ihre Pfoten zu ungeschickt für die Aufgabe oder sie verloren — was wahrscheinlicher war — das Interesse, sobald sie etwas entwickelt hatten, denn der Spaß lag im Erfinden, nicht im Tun.

O-h brachte für diesen Wesenszug der Dachse wenig Geduld auf. Sie schienen die allerunpraktischsten Geschöpfe zu sein: Träumer und Geschichtenerzähler, deren große Geister wenig Nutzen brachten, da sie weder die nötigen Werkzeuge — die Hände der Menschen — besaßen, noch die

Zielstrebigkeit, um ihre Pläne in etwas halbwegs Greifbares zu verwandeln. Das sagte sie Gar.

»Ha«, erwiderte er, »du Fuchs bist *wintrum geong* — jung an Wintern.«

Er betrachtete die verrückte Biene mit zusammengekniffenen Augen. »Wichtigkeit der Träume ist nicht Nutzen — Wichtigkeit ist Haben. Du denkst, Träume müssen Wirkliches bedeuten, Phantasie ist schlecht für Seele. Ganz falsch, ganz falsch. Phantasie ist genauso wichtig wie Wirklichkeit. Wirklichkeit ist Körper füttern — Futter suchen, um zu leben. Phantasie füttert Geist. Seele braucht auch Futter wie Körper, und Träume, Philosophie, Geschichten, Schöpfungen, alles Futter für Geist, ja?« Im Staub sah man einige Kratzspuren, wo er zuvor versucht hatte, ihr eine Erfindung zu erklären, mit deren Hilfe man ungestört Honig aus Bienenstöcken holen konnte. Für O-ha waren es nur unverständliche Zeichen am Boden, die ihr vielleicht genutzt hätten, wenn sie den praktischen Sinn hinter der Idee hätte erfassen können, aber so waren sie einfach wertlos. Er deutete auf die Kratzspuren.

»Hier haben wir diese wunderbare Idee, lauter Stöcke, die sich gegeneinander bewegen, Weinranken, die ziehen, gegabelte Stöcke, die schieben, Steine, die schwingen — aber es ist wunderbar, weil es *Swefna Cyst* ist — wie sagt man? Bester aller Träume. Ich sehe es hier oben alles«, er nickte mit dem Kopf, »wie es funktioniert, schieben, ziehen, schwingen, Honig in Pfote, Bienen ganz glücklich. Füllt mich mit Wonne, dieses Bild in meinem Kopf zu sehen — mein Geist ist ganz golden von Traum. Wenn ich versuche zu machen«, schnaubte er, »wird es etwas anderes. Nicht länger Traum, sondern etwas aus Welt. Innen ist am besten. Kommt es einmal nach draußen, dann verloren für Geist. Bringt etwas für Körper, aber Geist verliert.«

»Aber es würde so nützlich sein.«

»Nützlich, ja, aber Dachs kümmert sich nur um nützlich, wenn für Weiterleben absolut notwendig ist. Dachs will

Traum nicht verlieren — *syllicre* Traum — nur weil nützlich ist. Du verstehst?«

Sie seufzte. »Nein, leider nicht, aber es macht nichts. Du bist, was du bist — ich bin anders. Ich glaube, wir können einander nicht verändern. Ich wünschte, ich könnte Dinge erfinden. Ich würde etwas bauen, um diese Hunde — Breaker und Sabre — zu fangen, und dann ...«

»Dann würde es dir leid tun. *Faehae* — nicht gut, diese Rache.«

»Du hast gut reden, Gar, aber auch ich habe einen Traum. Mein Traum ist voller Blut und Befriedigung.«

Der Dachs schüttelte seinen mächtigen Kopf.

»Ich denke, das ist Alptraum, nicht Traum. Blut und Befriedigung passen nicht gut zusammen, gar nicht gut.«

Er wandte sich wieder der Biene zu, die durch die Blüten sauste und manche Farben anderen vorzuziehen schien. Blau war eine ihrer Lieblingsfarben. Gar tauchte in seine philosophische Stimmung.

Zwischen den Bäumen weiter hinten im Wald trat ein Fuchs hervor. Es war O-lan, die eine Hälfte des »perfekten Paares«. O-ha nannte sie so, weil sie scheinbar niemals diskutierten oder um banale Dinge stritten, einander nie ins Wort fielen und vorgaben, in Seligkeit zu leben. Dieses langweilige, perfekte Paar, dachte sie boshaft bei sich.

Gar murmelte noch immer selbstzufrieden vor sich hin, während O-lan zierlichen Schrittes durch das Gras am Waldrand auf sie zukam. Gars Augen hafteten noch immer auf der Biene, als O-lan sie geistesabwesend aus der Luft schnappte und hinunterschluckte.

Gars Kopf schoß in die Höhe.

»Was? Ahhhhhhh! Was tust du? Du frißt meine Inspiration! Ah! Fuchs! Unkultivierter Fuchs. Du frißt meine Traumträgerin!« Er kam mit einem Ausdruck absoluten Abscheus auf die Füße und ging zum Eingang des Baus hinüber. O-ha rief ihm etwas nach, aber er schüttelte den Kopf. »Deine Freundin zerstört meine Philosophie. Ich gehe heim. Ich gehe hin, wo Tier nicht die ganze Zeit frißt und an Bauch denkt. Ich gehe ...«

Er verschwand im Loch. O-lan sah bekümmert aus und fragte hilflos: »Was habe ich bloß getan?«

O-ha schüttelte den Kopf.

»Er hat es dir gesagt — du hast seine Traummacherin gefressen. Er benutzte die Biene, um etwas in seinem Kopf zu bewirken — ich weiß nicht, was, aber für ihn war es wichtig. Mach dir nichts draus, du konntest das ja nicht wissen.«

O-lan ließ sich neben ihr niederplumpsen.

»Tut mir leid, daß ich ihn verärgert habe. Sag ihm das bitte, ja? Ich mache niemand gerne Ärger.«

»Ich weiß — ich weiß.«

Dann folgte ein langes Schweigen, doch O-ha wußte, daß die andere Füchsin nicht nur zum Zeitvertreib hergekommen war. Sie vermutete, daß man sie um einen Gefallen bitten wollte: O-lans Gesicht wirkte gleichgültig, und eben das kam O-ha stets verdächtig vor.

»Und?« fragte sie schließlich, als sie ihre Ungeduld nicht mehr bezähmen konnte. »Worüber wolltest du reden?«

O-lan sah ihre Bekannte unschuldig an.

»Wie meinst du das?« fragte sie mit großen Augen. »Ich wollte einfach nur auf einen Plausch vorbeikommen. Du weißt, wie gerne ich mit dir plaudere, O-ha. Wie kommst du zurecht? Wird es nicht langsam Zeit, den Dachsbau zu verlassen und wieder einen eigenen Bau zu beziehen? Es kann doch nicht gut für dich sein, mit diesen mürrischen Wesen zusammenzuleben — sie haben immer schlechte Laune — na ja, nicht direkt schlechte Laune, aber sie sind verdrießlich, oder etwa nicht?«

»Eigentlich sind es sehr freundliche Tiere — sanft und genügsam. Sie sehen nur so mürrisch aus.«

»Tatsächlich?« O-lan schlackerte mit einem Ohr. »Na ja, du kennst sie besser als jeder andere, schätze ich. Schau dir nur diesen *Hav* an«, sagte sie und lenkte O-has Aufmerksamkeit auf das verwüstete Land, das den Wald umgab. »All unsere schönen Felder, die Heide, alles weg.«

Dort unten standen jetzt halbfertige Häuser, und Straßen vernetzten sich im aufgewühlten Lehm und Schlamm.

Anscheinend waren die Bauleute entschlossen, noch vor dem Winter die ersten Bewohner in die neue Stadt zu holen. Dafür arbeiteten sie Tag und Nacht. Trinity Wood war bis jetzt noch nicht angerührt worden, aber es kursierten Gerüchte, daß der Wald beizeiten drastisch beschnitten würde. Camio, der neue Fuchs, erzählte herum, daß der Wald wohl zu einem Park werden sollte — einem Ort, an dem Menschen ihre Hunde ausführen und Spielgeräte für ihre Jungen aufstellen — und, so sagte er, man würde ihn gärtnerisch gestalten. Bäume würde man fällen und ganze Gebiete roden, aber nach seiner Erfahrung könnte ein großer Teil des alten Waldes bestehen bleiben. Menschen lebten gern in dem Glauben, sie hätten einen unberührten Wald mitten in ihrer Stadt: Einen Ort, an dem sie ein wenig natürliches Leben finden konnten.

»Es wäre schön, wenn sie ein Naturschutzgebiet daraus machen würden, wo nur die Menschen hingehen dürfen, die Tiere durch Gläser beobachten, aber daran glaube ich nicht. Der Wald liegt zu zentral, und außerdem würden die Hooligans ohnehin alle Schilder ignorieren, die ihnen verbieten, den Wald zu betreten.«

Dieser Camio kam O-ha wie ein kleiner Besserwisser vor, und sie neigte dazu, den Berichten zu mißtrauen und sie nicht für bare Münze zu nehmen (sie selbst war dem Fuchs seit jener Nacht, in der er sie am Waldrand angesprochen hatte, nicht mehr begegnet). Er glaubte wahrscheinlich zu wissen, wovon er sprach, das gestand sie ihm großmütig zu, doch es gab gute Gründe, seine Äußerungen als falsch zu betrachten. Niemand hatte sich Trinity Wood genähert, und sie hatte noch nie von einem Garten gehört — denn das schien ein Park ja zu sein — den alle betreten durften. Gärten gehörten zu bestimmten Häusern. Nein, dieser aufdringliche, neue Fuchs lag völlig falsch und traute sich nicht, es einzugestehen. Sie haßte Angeber, und es sah ganz so aus, als wäre Camio von sich selbst äußerst hingerissen.

»Ja, es ist sehr traurig«, erwiderte O-ha. »Wir verlieren unsere ererbten Straßen, unsere Verstecke und viele unserer Tränken und Wasserlöcher. Man kann schließlich nicht durch Ziegelmauern gehen. Natürlich gibt es neue Dinge, aber es ist einfach nicht dasselbe, oder?«

O-lan nickte.

»Trotzdem ist es sehr aufregend. Der ganze Rummel da unten — und Camio sagt, wenn sie fertig sind, wird man leichter Futter finden als auf dem Land. Die Stadtmenschen sind Verschwender, ganz anders als Leute auf dem Land, die ihre Abfälle an die Hühner und Schweine verfüttern oder zu arm sind, um überhaupt etwas wegzuwerfen. Diese Menschen hier sind ganz anders. Sie sind alle so reich wie die im Herrenhaus, aber nicht so gemein.«

»Camio, Camio, gibt es eigentlich kein anderes Gesprächsthema mehr?« schnappte O-ha. »Ich kann den Namen einfach nicht mehr hören — und er weiß nicht alles. Er glaubt es bloß.«

O-lans Augen wurden groß vor Erstaunen.

»Nein, er weiß nicht alles, aber er tut auch nicht so, O-ha. Er läßt uns nur an seiner Erfahrung teilhaben. Schließlich hat er in der Stadt gelebt.«

»Sagt er jedenfalls«, bemerkte O-ha naserümpfend.

»Und es gibt keinen Grund, ihm nicht zu glauben, oder? Meine Güte, O-ha, du hast ihn aber wirklich gefressen, was? Und er sagt nur Gutes über dich.«

»Tatsächlich?« fragte sie rasch, um ein aufflackerndes Gefühl in ihrer Brust zu unterdrücken.

»Ja, allerdings — und ich glaube, du solltest das zur Kenntnis nehmen. Du bist zu lange allein gewesen.«

Nun verfiel O-ha in Ironie.

»Langsam verstehe ich. Wir spielen die Kupplerin, was, O-lan? Wir suchen der armen O-ha, der bedauernswerten, einsamen Füchsin einen neuen Gefährten. Ich kann sehr gut allein leben. Ich lebe gern allein. Es ist einfacher und bringt keine Verantwortung mit sich. Klar?«

»Ja, natürlich. Wir wissen, daß wir zur Erfüllung unseres Lebens keine Rüden brauchen — das wollte ich damit auch nicht sagen. Eine Füchsin kann sehr gut allein zurechtkommen. Aber was ist mit den Jungen, O-ha? Sieh dir meine Jungen an. Möchtest du keine Familie haben? Es ist so schön ...«

»Sicher ist es das«, schnappte O-ha, »aber ich habe keine Zeit dafür. Ich interessiere mich nicht für Fuchsrüden, Junge oder irgend etwas in der Richtung.«

O-lan erhob sich mit traurigem Gesicht.

»Na ja, das mußt du selbst am besten wissen. Ich gehe jetzt zurück zu meinem Wurf. Ich bringe ihnen das Jagen bei. Sie machen gute Fortschritte, werden aber langsam faul. Dieses *Face* hat jedermanns Leben verändert. Meine Jungen sagen, sie müßten nicht mehr jagen, wenn es erst die Stadt gibt. Sie sammeln dann einfach Futter in den Straßen. Ich muß zugeben, mir gefällt der Gedanke nicht, daß Jagen und Suchen nicht mehr gelehrt werden muß — ich denke, wir sollten die alten Gebräuche so lange wie möglich erhalten, oder nicht?«

»Da bin ich ganz deiner Meinung«, meinte O-ha. »Diese neuen Füchse begreifen nicht, welchen Schaden sie anrichten. Sie verstehen nicht, daß wir eine Geschichte, eine Kultur besitzen, die Tausende von Jahreszeiten alt sind. Sie üben auf uns einen schlechten Einfluß aus. Jagdgeschick wird immer nötig sein. Die Suche nach Pilzen, wilden Wurzeln und Gemüse — auch sie wird immer notwendig sein. Ich jedenfalls werde solche Dinge nicht aufgeben.«

O-lan zwinkerte.

»Das hat Camio auch nicht gesagt, O-ha. Er ist ein ebenso guter Jäger wie jeder von uns, und er rät uns ganz bestimmt nicht, all unsere alten Gebräuche und Fähigkeiten zu vergessen. Es sind die Jungen — sie werden widerspenstig, das ist alles. Wenn sie ein bestimmtes Alter erreichen, denken sie, wir könnten ihnen nichts mehr beibringen. Sie wissen schon alles.«

»Ich glaube trotzdem, daß es hier schädliche Einflüsse gibt, denen man begegnen muß.«

»Wenn du meinst.«

Mit diesen Worten ließ O-lan sie allein.

Am folgenden Tag gab es eine Jagd. Beim Klang des Horns, den Rufen der Treiber und dem Hundegeschrei erstarrte sie in ihrer Kammer. Gar ging zum Eingang des Baus, streckte die Nase hinaus und kehrte dann mit der Nachricht zurück, daß draußen große Schlachten stattgefunden hatten. Andere Menschen hatten versucht, die Jagd zu stören, und den Boden mit etwas besprüht, das die Hunde verwirren sollte. Einige Jäger hatten die Eindringlinge mit ihren Reitpeitschen geschlagen, und die Straßenarbeiter waren den Neuankömmlingen zur Hilfe gekommen, um die Reiter zurückzudrängen. Scheinbar waren sie wütend auf die Berittenen, weil diese die Baustellen betraten und ihre behelfsmäßigen Zäune umstießen.

»Oh, was für ein *Onmedlan*«, rief er aufgeregter, als sie ihn je zuvor gesehen hatte. »Solche Ereignisse! Solcher Zorn! Ich habe nie so herrliche Dinge gesehen! Und die Hunde — sie laufen hier entlang, da entlang, schnüffelten, schrien vor Enttäuschung. Ich sah sie — sie schütteln so ihren Kopf«, und er lieferte eine wilde Demonstration eines Jagdhundes, der etwas Unangenehmes wittert, »und rennen so herum«, er raste durch die Kammer. »Es war wunderbar, das zu sehen, O-ha.«

Sie hob den Kopf von den Pfoten.

»Ich — ich hatte Angst. Armer A-ho — es war, als würde alles noch einmal passieren. Ich hatte Angst.«

Gar wurde sanft, als er begriff, daß sie die alte Qual noch einmal im Geist durchlebt hatte, als das Jagdhorn erklang und die Rufe über das Land gehallt waren.

»Oh ja, ich verstehe. Nun, macht nichts. Ich muß dir berichten, was ich sehe, und es ist wahr. Ich denke, wir haben hier keine Jagden mehr. Vielleicht verbrennen die Arbeiter Herrenhaus — das wäre schönes Freudenfeuer, was?«

»Feuer ist niemals gut, das weißt du doch, Gar.«

Er nickte mit seinem großen Kopf.

»Ja, ja, ist wahr. Einer meiner dummen Träume.«

Dann ließ er sie allein. Später ging sie nach draußen und schaute sich um. Die Arbeiter unten am Wald machten sich gerade auf den Heimweg, schlossen die Bauschuppen ab und ließen die großen Maschinen stumm zurück. O-ha fragte sich, warum sie nicht mit diesen Maschinen gegen die Reiter gekämpft hatten. Aber auch Menschen besaßen ihre Regeln für den Umgang miteinander. Ein Rest von Kultur war auch ihnen geblieben.

Der Mond ging auf, ein nebliges Licht am Himmel, und O-ha machte sich auf den Weg zum Bauernhof, wobei sie vorsichtig zwischen den Grabemaschinen hindurchglitt, die einen starken Stahlgeruch verströmten. Gip war zu Beginn dieses Sommers gestorben, und ein neuer Hund hatte seinen Platz eingenommen. Sie war ihm noch nicht begegnet und riß sich auch nicht gerade um ein Zusammentreffen. Als sie sich jedoch dem Bauernhof näherte, entdeckte sie den angeketteten Hund vor seiner Hütte. Er sah verloren aus, unglücklich und mutlos, und trotz ihres Hundehasses regte sich Mitleid in ihr. Sie konnte sich nichts Schlimmeres vorstellen, als auf wenigen Quadratmetern Raum als Gefangener an einer Kette zu liegen. Dann fiel ihr ein, daß Camio in einer ähnlichen Lage gewesen war. Wie hatte er das ertragen? Sie selbst hätte sich eher getötet — rituellen Selbstmord, *Ranz-san*, begangen — als sich einer so schrecklichen Behandlung zu unterwerfen. Er mußte einen starken Überlebenstrieb besitzen. Es gab ein Sprichwort, daß »Füchse kein Morgen kennen«. Es zählte immer nur die Gegenwart.

Sie kauerte sich bei einer der Scheunen zusammen und beobachtete den Hund, der seinen großen, schwermütigen Kopf dem Mond zuwandte. Er kam ihr irgendwie bekannt vor. Plötzlich witterte sie der Hund und hob den Kopf. O-ha machte sich zur Flucht bereit, als ihr jedoch einfiel, daß der Bauer beim Gebell mit einer Flinte herausstürmen würde. Doch der Hund schrie nicht. Statt dessen rief er sanft: »Ist da draußen ein Fuchs?«

Ohne zu überlegen antwortete sie mit ja.

»Aha». Dann ließ er den Kopf mit einem Seufzen wieder auf die Pfoten sinken.

O-ha verspürte eine brennende Neugier.

»Warum rufst du nicht deinen Herrn?« fragte sie. »Weißt du, ich führe nichts Gutes im Schilde. Ich will Hühner stehlen.«

»Mach nur. Falls mir danach ist, belle ich einmal, wenn du über die Hühner herfällst. Im Moment bin ich noch unentschlossen.«

Diese Worte versetzten sie in Erstaunen.

»Aber du bist ein Hofhund. Du sollst den Hof beschützen.«

Er schnaubte durch seine höhlengleichen Nasenlöcher.

»Hofhund? Ich bin kein Hofhund. Ich bin ein Jagdhund. Ich habe mehr Füchse gehetzt, als du Hühner gestohlen hast. Ich habe sie zerquetscht — ihre Hälse gebrochen ...«

»Breaker!« keuchte sie.

Sein Kopf kam wieder hoch.

»Ja — so heiße ich. Woher kennst du meinen Namen, Fuchs? Ist berühmt, was? Berühmt unter Füchsen, nicht wahr?«

»Du hast meinen Gefährten getötet«, schnappte sie, »gegen Ende des Winters. Es gab eine Jagd. Ihr habt mich eine Straße entlanggehetzt, in den Wald, und dann ist mein Gefährte für mich weitergelaufen, und ihr habt ihn getötet.«

»Nicht ich. Ich habe schon lange keinen Fuchs mehr getötet. Deshalb bin ich ja hier«, er sah sich angeekelt um. »Es ist meine Strafe, hier angekettet zu sein. Mein Nutzen als Jagdhund wurde bezweifelt. Man saß über mich zu Gericht, und da bin ich nun — liege an einer Kette und unterhalte mich mit Füchsen. Das muß dir doch gefallen, mich so zu sehen, wo ich doch einmal der Held der Meute war, ein allseits respektierter Jagdhund. Das muß dir doch wirklich gefallen.«

Dann fiel ihr ein, daß A-ho nicht von der Meute gefangen worden war, sondern von Stalljungen ausgegraben und erst den Hunden vorgeworfen wurde, als er bereits tot war.

»Nein, es gefällt mir nicht. Ich hasse dich noch immer, aber ich sehe kein Tier gerne in Ketten. Du könntest ihnen sagen, daß ich hier bin ...«

Er schnitt eine Grimasse.

»Das sollen sie selbst herausfinden. Aber rühre bloß nicht die Hühner oder Enten an, sonst muß ich Alarm schlagen. Ich schätze, einen Funken Ehre habe ich doch noch im Leib. Nicht viel, aber er ist da. Und komm mir nicht zu nahe. Das würde dich den Hals kosten.«

»Ich weiß«, sagte sie.

Sie streifte um den Hof und fand an der Hinterseite ein wenig *Gubbins*, das vom Weidezaun hing. Die Kühe beobachteten sie mit runden Augen, als sie zweimal ihren Schatten darüber kreuzte und es dann vom Draht abriß. Sie sagten nichts, während sich ihre Mäuler die ganze Zeit bewegten, kauten, kauten. O-ha hielt sie für äußerst dumme Geschöpfe, aber es war witzlos, es auszusprechen.

Als sie die rituellen Gesänge absolviert und aus dem Teich getrunken hatte, kehrte sie zum Bau zurück. Die Dachse hielten bei ihrem Kommen gerade eine Versammlung ab, und sie lauschte ihrer seltsamen Sprache, ihrer uralten Ausdrucksweise, bevor sie einschlief.

Als sie erwachte, kam wieder der schreckliche, vertraute Gedanke, A-ho sei noch am Leben, aber ihr Kopf klärte sich schneller als früher. Wahrscheinlich lag es an der Begegnung mit Breaker, daß solche alten Gewohnheiten überhaupt zurückkehrten.

Sie verließ den Dachsbau und besuchte zum zweiten Mal nach A-hos Tod den *Sowander* ihres Gefährten. Sie überquerte mehrmals die Stelle, sog den Geist des Ortes ein, der ihr Herz erzittern ließ. Sie sagte sich, daß sie hergekommen war, um A-ho ihre Aufwartung zu machen, aber offensichtlich hatte sie den unbewußten Wunsch, für irgend etwas seine Zustimmung einzuholen — für irgend jemand. Sie zeigte der Welt ihr starkes, unbesiegbares Gesicht, doch innerlich fühlte sie sich sehr einsam. Die Dachse waren freundlich, und Gar mochte sie besonders gern, aber sie waren kein Ersatz für einen anderen Fuchs.

So sandte ihr Herz Botschaften an ihren früheren Gefährten aus und hoffte auf irgendeinen Rat von seiner Seite: Ein Zeichen, das ihr mitteilen könnte, ob er ihre Wünsche für die nahe Zukunft billigte oder nicht.

Nichts geschah. Die Lebenden müssen über ihr eigenes Leben entscheiden. Sie ging enttäuscht nach Hause, wollte es sich aber nicht eingestehen.

A-ho weiß, was ich fühle, sagte sie zu sich, nur das zählt.

Der Traum kehrte wieder. Angst und die Hetzjagd. Sie träumte, sie sei an einem hellen Ort und versuche mühsam, zu gehen. Plötzlich fielen schwarze Stäbe auf den Boden. Sie waren wie ...

13. Kapitel

Der Sommer ging zu Ende, und Melloon fegte wie ein großer, zottiger Fuchs durchs Land. Das Zwielicht malte scharlachrote Töne auf den Fluß; reifes Obst und Nüsse fielen zu Boden. Rings um Trinity Wood nahm die Stadt allmählich Gestalt an, und die ersten Bewohner bezogen die fertigen Behausungen, obwohl noch viele Straßen unbefestigt und Dutzende von Häusern nur leere Hüllen ohne Dächer waren. Die Waldflucht der Tiere hatte während der warmen Monate angedauert. Einige aber waren fest entschlossen, das menschliche Eindringen solange wie möglich nicht zu beachten. Zu ihnen gehörte auch A-konkon, der visionäre Mystiker unter den Füchsen.

Er war als »A-kon« jenseits des Flusses geboren worden, in der Krypta einer Kirche, deren Turm sich — vom Wald aus sichtbar — auf der anderen Talseite in den Himmel bohrte. Meist war er das einzig sichtbare Zeichen auf dem fernen Höhenkamm, wenn sich über dem Fluß die Nebel kräuselten. Die Wiederholungssilbe wurde seinem Namen hinzugefügt, als er drei Monate alt war und seine Mutter erkannte, daß er besondere Kräfte besaß. Man erzählte sich, daß A-konkon ebensoviele Farben wahrnehmen konnte wie ein Mensch, weil er als Junges unter dem großen Buntglasfenster, das sich über den Kirchenaltar wölbte, gelegen und die farbigen Flecken in sich aufgenommen hatte, die das Sonnenlicht auf den Boden zeichnete. Auch war er während seiner Kindheit mit vielem in Berührung gekommen, das den Menschen heilig war, und hatte in der Krypta unter dem Altar ihren Messen gelauscht, die über seinem Kopf vollzogen wurden. Unter dem Einfluß des Gemurmels und der von oben zu ihm dringenden Orgelklänge war er in Trance gefallen.

Als seine Eltern nach der Aufzucht den Bau in der Kirche verlassen hatten, kehrte A-konkon immer wieder zurück, um über das Symbol des Kreuzes nachzusinnen, dem Chor zu lauschen, der die Kirche mit seinem Geheul und Gebell erfüllte, und zwischen den Grabsteinen umherzuwandern. Die Menschen, denen die Kirche gehörte, tolerierten seine Gegenwart, wie sie auch von dem Bau seiner Mutter gewußt und sie trotzdem nicht gestört hatten. Die alten Steine des Gebäudes wisperten dem Fuchs Geheimnisse zu, und die Strebepfeiler, das Gebälk und die Orgelpfeifen bekräftigten die verstohlenen Mitteilungen. Diese Geheimnisse waren einem Tier, das die Gebräuche der Menschen nicht kannte, kaum verständlich, doch in das Bewußtsein des mystischen Fuchses drangen Bruchstücke des Verstehens. Da war ein seltsames, helles Licht — ein durchdringender Strahl — der eine Botschaft von oben mit sich trug und sich in bunten Farben in den Kirchenboden prägte.

»Es gibt etwas, das uns verschlossen ist«, erzählte er anderen Füchsen, »weil der Mensch nicht glaubt, daß wir einen Geist, eine Seele, besitzen. Ich kann euch nicht sagen, was es ist — es gibt auf der ganzen Welt kein Tier, das die Menschen oder ihre Sprache versteht — aber ich weiß, daß es wichtig ist und wir davon ausgeschlossen sind. A-O war nicht der erste, soviel kann ich euch sagen.«

Die gewöhnlichen Füchse lehnten solche Häresie ab. Man hielt A-konkon für wahnsinnig, und er war viele Jahreszeiten lang ein Außenseiter, der gemieden wurde. Dieses Verhalten rief keineswegs Reue in ihm hervor, und er fuhr fort, über ein höheres Wesen zu predigen, unter dessen Gericht einst alle fallen würden.

A-konkon glaubte an die Reinheit der Erde und all dessen, was aus ihr hervorging — außer den Werken der Menschen.

Diese, so sagte er, waren Gotteslästerung und in den Augen der Natur falsch.

»Ein Fuchsleben sollte sich auf Askese gründen«, sagte er denen, die es hören wollten. »Ein Fuchs sollte Mäßigkeit und Nüchternheit üben, ohne die körperlichen Annehmlichkeiten von Wärme, Nahrung und Obdach auskommen. Ein Fuchs sollte sich das Materielle versagen ...«

Diesen einen Aspekt seines Predigens verstanden viele Füchse und stimmten ihm zu, jedoch nicht in dem von A-konkon gewünschten Ausmaß. Er sagte ihnen, sie sollten selbst bei unfreundlichstem Wetter im Freien schlafen und niemals ihre Körper mit menschlichem Futter besudeln.

»Die Verunreinigungen dieses verdorbenen Unrats werden eure Seelen beflecken, und die Fuchsgeister aus den ewigen Landschaften können solche entstellten Kreaturen nicht in ihre Reihen aufnehmen. Man wird euch den Zutritt verwehren zu den Grasländern und Dickichten der Welt jenseits des Todes, des vollkommenen Hier, und ihr werdet in den schlammigen Öden des Unorts umherirren müssen, taub, blind und ohne Geruchssinn. Füchse der Erde, geht hinaus und sammelt die Samen des Windes in eurem Fell. Laßt die rauhen Arme der Büsche euren Pelz verflechten. Sammelt Zweige im wunderschönen Rost eurer Stirn, im Weiß eures Latzes, und wißt, ihr seid die Kinder der Natur. Ihr seid das Salz in den Wunden des Menschen, weil ihr euch nicht vor ihm gebeugt habt. Ihr seid der Lehm, den er nicht formen konnte. Euer Gesicht in der Landschaft symbolisiert das Versagen des Menschen, sich alles zu unterwerfen. Euer wehender Schwanz über dem Gras sagt dem Menschen, daß er nie die völlige Kontrolle erlangt hat. Ihr seid die gesegneten Geschöpfe der Natur, vollkommen und glücklich. Ihr seid die Verkörperung des Herbstes, ihr seid der offenbare Geist des Feuers. Geht hinaus und rollt euch im feuchten Lehm, den Wattländern eurer Heimat. Laßt den Schlamm der Alten an euren Fellen haften, an euren Wangen trocknen und wißt, daß ihr Füchse seid.«

Zumindest schenkte A-konkon seinen Schülern und Anhängern ein Bild von sich selbst, das sie nicht mehr gehabt hatten, seit die kleinen Füchse Trauben stahlen. Er verkündete ihnen, daß sie nicht etwa verschlagene, kriechende Kreaturen waren, die schuldbewußt durch die Welt zu schleichen hatten, sondern stolze, wachsame Jäger, die selbst das schlaueste aller Tiere überlisten konnten: Den-der-Beschimpfungen-ausstößt, den Menschen.

Der Fuchs-Mystiker war außerdem ein Kräuterkenner, der Mittel gegen Fuchskrankheiten verschrieb und den Genuß von Kräutern als Reiniger, Abführmittel und Kraftspender empfahl. Auch dies verstanden die anderen Füchse, aber sie konnten ihm nicht ganz folgen. Die Tiefe seines Wissens erregte Ehrfurcht, war sogar beunruhigend, wenn man sich einmal fragte, wie er es erworben hatte. So verschrieb er beispielsweise Johanniskraut, um schlechte Laune zu vertreiben, Hanf, um Zukunftsvisionen zu unterstützen, Verbene, um verlorene Seelen zu finden. Manche Füchse erinnerte diese Verwendung der Kräuter an schwarze Magie.

Andererseits drangen viele vernünftige Ratschläge aus A-konkons Mund. Er wies seine Schüler und andere Lernwillige an, »in Harmonie mit deinem Körper zu leben, in Übereinstimmung mit deiner Umwelt, Stress und pessimistische Haltungen zu vermeiden. Betrachte dich selbst und die Welt mit positiven Gedanken. Haß zerstört deinen Geist. Schuld untergräbt deine Bemühungen, ein besserer Fuchs zu werden.«

Allerdings schlief A-konkon, wenn er nicht gerade einen reisenden Schüler zu Besuch hatte, allein in Eis und Schnee und wurde für seine Ablehnung des leicht gewonnenen Futters in der Nähe der menschlichen Behausungen verachtet.

Forderten ihn andere durch die sehr realen Einwände gegen seine Lehre heraus — schwächere Füchse könnten sterben, wenn sie sich tagelang Ransheens wildem Atem aussetzten — so antwortete er, daß der Tod kein Zustand war, den man um des Lebens willen fernhalten solle, sondern als

Belohnung zu akzeptieren war. Der Tod bedeute nicht das Versagen von Körper und Seele, sondern einen Sieg über das Leben.

Trotz dieser Ansichten kam A-konkon leidenden Füchsen stets zu Hilfe und erwies sich als fähiger Arzt, obgleich sich seine Patienten häufig vor ihm fürchteten. Kranke Füchse suchten ihn nur zögernd auf, wenn alle anderen Mittel versagten, und hörten Ratschläge wie: »Geh hinaus und esse die Dornen der Zahnwurzpflanze« oder »Esse ein wenig Thymian, Süßdolde und Rainfarn, zu gleichen Teilen«. Hatte ein Fuchs schlechte Träume, würde A-konkon vielleicht vorschlagen, Schafgarbe in der Erde zu vergraben, um die dort lauernden bösen Geister zu vertreiben, aber es war auch möglich, daß er dem Fuchs befehlen würde, einen ganzen Monat lang im Freien zu schlafen. »Würde nicht auch ein wenig Rauke ausreichen?« fragte eine Füchsin hoffnungsvoll, als er ihr verbot, über die sommerliche Lethargie eines Jungen zu jammern. Sie scheute davor zurück, ihr Lieblingsjunges allein auf die Jagd zu schicken.

»Füchsin», antwortete er, »du kannst deinem Jungen Mutterkraut, Fingerhut, Ysop oder was immer du willst geben, Rauke eingeschlossen, aber komm nicht wieder her, falls es nicht hilft. Ich habe dir mein Rezept gegeben.«

»Aber«, erwiderte sie ihrer Ansicht nach sehr vernünftig, »du hast O-lan gesagt ...«

A-konkon warf ihr einen seiner ersterbenden Blicke zu. »Jeder Fuchs ist anders,« sagte er, »also sind auch die Heilmittel für die gleichen Probleme verschieden. Dein Junges hat dunklere Ohren als O-lans, und daher verordne ich eine Periode ohne Milch und keine Rauke. Verstehst du mich jetzt?« Die Füchsin bejahte hastig seine Frage, ja, das würde sie natürlich verstehen. »Nun«, sagte A-konkon, »was deine eigenen Probleme betrifft, Würmer im Bauch und Blähungen, so kaue Benediktenkraut, Ampfer und Meerfenchel ...«

Eines Morgens, als der Regen aufhörte und die Gerüche der Erde sich um die Baumstämme wanden, sprach Camio mit A-lon über A-konkon.

»Ich bewundere ihn«, sagte Camio, »aber in der Sache mit dem ›menschlichen Schmutz‹ kann ich ihm nicht zustimmen. Es gibt Menschen und Menschen, gute und schlechte. Das gleiche gilt für ihre Einflüsse, und auch sie sind Tiere — sie haben ein Recht, in der Welt zu leben.«

»Leben schon«, antwortete A-lon, »aber sie dürfen die Welt nicht für sich allein beanspruchen — und dazu noch die Orte, die sie gar nicht benutzen. Außerdem mußt du zugeben, daß manches Futter, das sie wegwerfen, die Eingeweide verwüstet.«

»Nur, wenn man nicht daran gewöhnt ist.«

In diesem Augenblick kam eine Füchsin, die auf dem Nachhauseweg war, zwischen den Bäumen hervor. Camios Beine wurden weich, aber es störte ihn nicht weiter, da er auf dem Boden saß.

»Hallo«, rief er. »Wie geht es dir?«

O-ha schaute hoch, obwohl sie die beiden anderen Füchse offensichtlich von weitem gerochen und gehört hatte. Sie folgte ihrer Nase und kam zu ihnen herüber.

»Mir geht es sehr gut — danke der Nachfrage.«

»Wir — wir haben uns gerade über A-konkon unterhalten, nicht wahr, A-lon? Über seine Ideen ...«

»Oh«, sagte sie, »du bist natürlich nicht seiner Meinung, da du aus einem anderen Land kommst.«

Camio verstand zwar nicht, was das mit seinem Glauben zu tun hatte, aber er wollte keine Feindschaft wecken und sagte: »Nun, es gibt gewisse Einzelheiten, die meiner Ansicht nach nicht viel mit unserer Lage zu tun haben.«

»Was ist mit Hunden?« fragte sie. »A-konkon behauptet, daß Hunde keine richtigen Tiere mehr sind, daß sie jede Spur von Reinheit verloren haben und daß sie etwas anderes als wirkliche Lebewesen geworden sind, etwas Unnatürliches — unnatürliche Geschöpfe.«

»Bißchen stark, würde ich sagen«, bemerkte A-lon mutig.

O-ha erwiderte: »Ach ja? Nun, ich kenne da einen Jagdhund, der nicht natürlich ist ...«

»Sabre«, sagte Camio, »der Ridgeback vom Herrenhaus.«

O-ha richtete sich auf.

»Ja, Sabre, und wenn mein Gefährte noch leben würde, hätten wir einen Weg gefunden, es diesem außergewöhnlichen Monster für den Tod unserer Jungen heimzuzahlen — er hätte ...«

A-lon unterbrach sie. »Ach, komm schon, O-ha, A-ho hätte so etwas nie getan, und das weißt du ganz genau. Was kann ein Fuchs gegen so eine Kreatur schon ausrichten?«

Camio fragte ruhig: »Er hat deine Jungen getötet?«

»Nicht direkt, aber er war für ihren Tod verantwortlich, und ich bedauere, daß es hier keinen Fuchs gibt, der mutig genug ist, ihm den Garaus zu machen. Wir alle wissen, daß unsere Stärke begrenzt ist, aber es hat Füchse gegeben, die listig genug waren, diesen Mangel auszugleichen. Schlaue Füchse ...«

»Wie dein A-ho?« fragte Camio.

»So ähnlich.«

An diesem Punkt schien Camio in eine Träumerei zu versinken. Er starrte hinaus auf die Felder zu einem fernen, unsichtbaren Ort. O-ha fragte sich, ob der neue Fuchs wohl an sein altes Land dachte und Heimweh hatte. Plötzlich fühlte sie sich schuldig, weil sie ihn herausgefordert hatte, aber sie kam nicht dagegen an. Sie konnte sich einfach nicht erklären, warum sie sich über diesen Fuchsrüden, der in ihr Leben gewandert war, ärgern sollte. Sie versuchte, ihm nach Möglichkeit auszuweichen und drehte sich um, wenn sie ihn kommen sah, da sie tief in ihrem Innern stets eine gewisse Unbeholfenheit verspürte, wenn sie mit ihm sprach.

Er wandte sich jetzt zu ihr um. »Wenn jemand dieses Ungeheuer für dich töten würde, wärst du ihm zweifellos ewig dankbar, oder?«

»Natürlich«, sagte O-ha steif.

»Verstehe«, erwiderte Camio. Er sah recht grimmig aus. Sie fragte sich, ob sie diesmal zu weit gegangen war und wollte gerade einen Rückzieher machen, als er erneut sprach.

»Nun, ihr beiden, ich mache mich auf den Weg. Bis bald.«

Mit diesen Worten ging er den Hang hinunter zum Fluß, der in der Morgensonne funkelte.

A-lon und O-ha schwiegen eine Weile. Man hörte nur die Grillen im nassen Gras und die Vögel, die sich in den Baumwipfeln etwas zuriefen. Plötzlich sagte A-lon: »Ich finde, das war das Allerschlimmste, das du je getan hast, O-ha. Ich habe dich gemocht — dich bewundert, weil du dich nach dem Tod deines Gefährten so tapfer gehalten hast — aber das war wirklich gemein.«

O-ha schaute ihn überrascht an. Noch nie hatte A-lon so heftig zu ihr gesprochen. Sie war einen Moment lang völlig sprachlos und hatte keine Ahnung, wovon er redete. Schließlich sagte sie: »Tut mir leid, ich verstehe dich nicht.«

A-lon warf ihr einen vernichtenden Blick zu.

»Du verstehst mich nicht? Dann werde ich dich aufklären. Du hast soeben einen anständigen Fuchsrüden in den Tod geschickt. Ich sage dir, er ist schon auf dem Weg zum Herrenhaus, wo er das Unmögliche versuchen wird — Sabre zu töten. Und nur, um deine Blutgier zu befriedigen, die du wie einen Wurf Junge nährst und wie schalen Atem in deinem Mund wärmst. Ich will nichts mehr mit dir zu tun haben.«

O-ha wurde langsam unsicher. »Das — das würde er doch nicht tun?«

»Warum nicht? Es ist die einzige Hoffnung, die du ihm je gemacht hast. Füchsinnen haben sich ihm vor die Füße geworfen, und er hat sie ignoriert, hat diesen inneren Funken am Leben erhalten, ein kleines hoffnungsvolles Glühen, daß du eines Tages deine Meinung ändern und ihn als das akzeptieren könntest, was er ist. Doch deine Verbitterung wird seinen Tod bedeuten.«

Inmitten der Verwirrung, die durch ihren Kopf wirbelte, spürte sie eine schreckliche Angst. Sie verstand nicht, wovon A-lon sprach. Warum sollte sich Camio wünschen, daß sie ihn »akzeptierte«? Das war doch sicher nur Unsinn. Doch der Fuchs wirkte todernst.

»Ich weiß noch immer nicht, was du meinst«, sagte sie. »Ich sehe, daß du wütend auf mich bist ... ich denke, ich bin ein wenig zu weit gegangen, aber er ... er ärgert mich so sehr. Er wird nicht zu Sabre gehen. Warum sollte er?«

A-lon schüttelte ungeduldig den Kopf.

»Du hast es immer noch nicht kapiert, was? Du willst mir doch nicht erzählen, Camio hätte dich nicht gefragt, ob du seine Gefährtin werden willst?«

O-ha scharrte unbehaglich.

»Nun ja, aber er hat wohl irgendwann jede Füchsin im Umkreis gefragt. Er ist so ein Fuchs. Ich sehe ihm sofort an, daß er Frauen bei jeder Gelegenheit schöne Augen macht. Man kann solche Schmeichler doch nicht ernstnehmen.«

»Manchmal treibst du mich wirklich zum Wahnsinn, O-ha. Ich bin froh, daß du nicht meine Gefährtin bist. Ich werde dir jetzt etwas über diesen Camio erzählen. Ich weiß absolut sicher, daß er keiner anderen Füchsin in der Gegend ›schöne Augen‹ gemacht hat. Er spricht immer nur von dir. Das wird schon langweilig. Und wenn irgend jemand etwas gegen dich sagt — ihm erzählt, du seist nicht der Mühe wert — sieht er ihn kalt an und antwortet: ›Ich muß mich geirrt haben. Entschuldigung.‹ und geht weg. Dann kommt es dir vor, als halte er sich nur mühsam, um Haaresbreite, von einem Angriff zurück.«

»Du hast ihm gesagt, ich sei nicht der Mühe wert?« fragte sie ungehalten.

»Nein, aber jetzt bin ich mit dem Fuchs, der es gesagt hat, einer Meinung. Camio will deinetwegen gegen Sabre kämpfen, und so gut er auch ist, er kann nicht gewinnen. Das wissen wir doch.«

O-ha überlief ein kalter Schauer. Sicher bewunderte

Camio sie so wie alle anderen Füchsinnen auch. War es denn möglich, daß er sie so attraktiv fand, daß er ... für sie sterben würde? So etwas taten Füchse nicht.

Dann erinnerte sie sich an A-ho und wußte, daß sie ihr Leben für ihre Jungen geopfert hätte, um sie zu retten. Es war ernst. Sie hatte etwas sehr Dummes getan. Wenn Camio berauscht war, dann bestimmt nicht so sehr von ihr als von der Vorstellung, eine Gefährtin zu haben. Er hatte törichterweise geglaubt, sie könne die ideale Gefährtin abgeben, so daß er zu großen Dummheiten fähig war.

»Wir müssen ihn aufhalten, A-lon. Wir müssen ihn aufhalten.«

»Zu spät. Er ist fort. Ich könnte ihn nicht erwischen und du auch nicht. Ich hoffe, du bist jetzt zufrieden.«

Damit ging der Fuchsrüde zu seinem eigenen Bau und ließ eine unglückliche O-ha zurück. Natürlich, so sagte sie sich, hatte sie gewußt, was sie tat — sie wollte Camio erniedrigen — und war dabei zu weit gegangen. Sie hatte nicht erwartet, daß er ihre Worte ernstnehmen würde. A-lon hatte recht, es war furchtbar gewesen. Ihr Verstand war durch Haß vernebelt gewesen, und nun würde er vielleicht den Tod eines Fuchses verschulden, den sie ... nicht besonders schätzte ... oh doch, das tat sie, allmählich mußte sie es sich eingestehen. Sie bewunderte ihn sehr. Er hatte schreckliches Unglück erfahren und überlebt — nicht nur überlebt, sondern als ausgeglichenes, besonnenes, freundliches Geschöpf überlebt. Vielleicht ein wenig ungebildet und ungeschliffen, bei seiner Werbung zu aufdringlich, aber trotzdem ... »Oh, nein!« rief sie, »was habe ich bloß getan?«

Es gab nur eine Möglichkeit. Sie mußte zum Herrenhaus laufen und Camio entweder davon abhalten, eine Dummheit zu begehen, oder aber ihm helfen, wenn er schon zu weit gegangen und nicht mehr aufzuhalten war. Schnell schlug sie die Richtung ein, in der Camio verschwunden war.

Camio war in der Zwischenzeit nicht etwa zum Herrenhaus gegangen, sondern hatte sich auf die Suche nach A-konkon gemacht. Er wollte mit dem Propheten unter den Füchsen sprechen, um diese Füchsin zu verstehen, die er so sehr begehrte. Sollte er keinen Einblick in ihre komplizierte Haltung ihm gegenüber gewinnen, so würde er alle Versuche aufgeben und durchs Land irren, um nach etwas zu suchen, das leichter zu verstehen war — wie der Sinn des Lebens.

Warum versuchte sie, ihn herauszufordern? Er konnte sich nicht vorstellen, daß sie ernsthaft von irgendeinem Fuchs erwartete, gegen einen Hund wie Sabre zu kämpfen. Es war, als würde man einem Igel befehlen, einen Wolf anzugreifen. Ein offener Kampf war aussichtslos. Dennoch hatte sie ihm diese Herausforderung vor die Füße geworfen. Er wollte verstehen, warum sie so etwas tat.

»Du willst von mir Erklärungen, die ich dir nicht geben kann«, sagte A-konkon zu Camio. »Ein Tier kann ein anderes niemals ganz verstehen, außer, es besitzt dieselbe Persönlichkeit und macht dieselben Erfahrungen im selben Moment derselben Jahreszeit, im selben Alter ... Ich könnte noch fortfahren, aber du siehst wohl ein, daß es unmöglich ist. Wir sind alle verschieden — wir reagieren auf unterschiedliche Umstände völlig anders. Wir scheinen grundsätzlich gleich zu sein, aber auch wenn die Unterschiede nur sehr fein sind, werden diese Feinheiten so unüberwindlich wie die Sonne selbst. Wir können es versuchen, aber ohne Hoffnung auf Erfolg.«

»Das ist ein düsteres Bild«, antwortete Camio mutlos.

»Stimmt, aber es ist ehrlich. Ich gebe dir den Rat, im Zölibat zu leben — ein Zustand, indem ich mich seit meiner Geburt befinde. Vereinigungen besudeln die Erde ...«

»Aber dann gäbe es keine neuen Füchse, keine Jungen, wenn jeder so denken würde.«

»Du redest, als sei der Erhalt der Rasse eine Notwendigkeit. Die Welt wird noch immer bestehen, wenn wir verschwunden sind. Nicht ein einziger Fuchs muß auf Erden leben, damit die Sonne morgens aufgeht, oder Wasser in den Flüssen fließt, oder Regen vom Himmel fällt.«

Damit war Camio zwar nicht einverstanden, aber irgend etwas an A-konkon ließ jegliche Diskussion ersterben.

A-konkon füllte das Schweigen.

»Mir erscheint die Schlange als edelstes Wesen dieser Welt. Die Natter ist der Erde näher als jedes andere Tier.«

»Außer dem Wurm«, fiel Camio unwillkürlich ein.

A-konkon warf ihm einen milden Blick zu.

»Außer dem Wurm, der kein richtiges Tier ist.«

»Oder dem Maulwurf«, sagte Camio.

»Der Maulwurf«, spuckte A-konkon beinahe aus, »er besteht zur Schande seiner Art darauf, sich durch Gärten zu graben, die von Menschen entweiht wurden — genau wie der Wurm«, fügte er noch hinzu, als sei ihm diese Tatsache eben erst bewußt geworden. »Nur die Schlange hält sich abseits und wird deshalb von den Menschen gefürchtet.«

»Und weil ihr Biß giftig ist», sagte Camio.

»Das auch», erwiderte A-konkon nach einem weiteren, langen Blick, »aber dadurch verteidigt sie sich gegen das giftige Wesen des Menschen. *Nagas,* die Schlange, hat ihre geistige Heimat unter der Erde oder dem Wasser der Flüsse und Meere. Diese werden von den Schlangen geheiligt, indem sie den Menschen oder ihren Häschern, den Hunden beispielsweise, den Zutritt verbieten. Solche Orte sind reich an reinen Gedanken, und die Schlangen-Geister widmen sich dort der Sühne des Bösen, das hier, an der Oberfläche der Welt, begangen wird. Seitdem der Mensch die Zunge der Schlange gespalten hat, indem er dort, wo die Schlangen den Tau ablecken, schneidende Gräser pflanzte, hat sich *Nagas* von ihm ferngehalten und sich so die Reinheit des Geistes bewahrt. Unter allen Tieren ist nur die Körperform der Schlange ewig. *Nagas* allein soll die Erde erben, weil sie die angemessene Distanz zwischen sich und dem giftigen Dunst der Menschheit bewahrt hat, dem Gestank der Leute, deren Häuser und Maschinen verdorbene Gase in die Luft senden, deren Abfall die Wasser A-Os verunreinigt und deren Gebell die Ohren all jener verletzt, die es je vernommen haben.«

»Ich kannte mal eine Wärterin, die ich ganz gerne mochte«, sagte Camio nachdenklich. »Sie versuchte nie, mich zu streicheln, und wenn ich mich an ihrem Bein rieb, ließ sie es zu. Ihr Gebell gehörte zu den sanftesten, die ich je gehört habe — angenehm fürs Ohr — und obwohl ich gelegentlich nach ihr schnappte, war sie immer freundlich zu mir.«

»Hat sie deinen Käfig geöffnet und dir den Weg in die Freiheit gewiesen?«

»Nein, aber ich habe von welchen gehört, die es tun.«

A-konkon seufzte tief und sah Camio in die Augen, bis dem amerikanischen Rotfuchs ganz schwindlig wurde.

»Ich fürchte, du bist für mich verloren, Camio«, sagte A-konkon. »Du bist von deinen Erlebnissen in der Menschenwelt befleckt worden. Ich kann dich nicht retten ...« ein glasiger Ausdruck trat in A-konkons Gesicht, »so wie du die Füchsin O-ha nicht retten kannst.«

Camio schoß in die Höhe.

»Was meinst du damit?«

»Was?« A-konkons Stimme kam von weither, als befinde er sich in der Tiefe seines Verstandes und könne nicht nach vorn treten, um mit dem anderen Fuchs zu sprechen.

»Was meinst du damit?« brüllte Camio. »Wo ist sie?«

»Sie schreitet in die Kiefer des Todes«, schrie A-konkon. »Die geifernden Kiefer des Todes.« Seine Augen schienen sich wieder auf einen bestimmten Punkt zu richten. »Ich habe sie gesehen, gerade bevor du kamst. Sie lief in Richtung des Herrenhauses und verströmte einen Geruch von Angst und Besorgnis. Ich denke, sie ist fort ... fort ...«

Camio sprang auf die Füße.

»Verflucht sei dein rotes Haar, warum hast du mir das nicht früher gesagt?«

Er ließ den Mystiker allein mit seinem Gemurmel und rannte so schnell er konnte dorthin, wo er O-ha vermutete.

14. Kapitel

Ums Herrenhaus schwebte ein starker Menschengeruch, und O-ha vermied den Rasen, indem sie das Gebüsch vor dem Haus als Deckung benutzte. Sie kam in einen Teil des Gartens, der mit niedrigen, eckig geschnittenen Hecken bepflanzt war, die in Rechtecken angeordnet und kaum höher als sie selbst waren. Hier und dort standen Menschenfiguren aus Stein: die Wächter des Besitzes. Sie waren von Rosenbüschen und anderen Zierpflanzen umgeben. Ein Stück vom Haus entfernt gab es einen Seerosenteich mit Trittsteinen. Einige Büsche hatte man zu Tieren geformt: einem jungen Hahn, einem Pfau und einem Delphin. Keine der Hecken sah aus wie ein Fuchs.

Auf dem Rasen zwischen dem Garten und zwei großen, geöffneten Glastüren standen weiße Möbel. Aus dem Haus drang menschliches Knurren. Sabre war nirgendwo zu sehen. Das gleiche galt auch für Camio, und O-ha fragte sich allmählich, ob A-lon mit seiner Vermutung, der Fuchsrüde wolle ihre Rechnung mit dem Ridgeback begleichen, recht gehabt hatte. Sie wollte sich gerade davonschleichen, als an den Türen Bewegung aufkam und Menschen sich auf den Rasen ergossen. In der Luft hing ein starker Brandgeruch, und von einigen Gesichtern wehte Rauch herüber. O-ha rümpfte die Nase, als der mit Feuerdunst vermischte Gestank menschlichen Schweißes in ihre sensiblen Nasenlöcher drang. Sie preßte sich flach an den Boden.

Die Menschen saßen auf den Möbeln und bellten einander an, wobei das Klirren von Glas zur weiteren Verwirrung beitrug. Sie alle schienen gleichzeitig zu reden, niemand hörte dem anderen zu, und jenes seltsame Geräusch, das sie als Zeichen des Glücks von sich gaben, wenn ihre Körper schaukelten und sprangen, schwebte über die Büsche zu O-ha herüber. Sie warf einen kurzen Blick hinüber, aber niemand bewegte sich, und ihre schlechten Augen lieferten nur Farbeindrücke, vor allem Weiß. Dann drang ein anderer Geruch herüber und ließ ihr Herz schneller schlagen.

Irgendwo dort unter ihnen war Sabre. Sie würde seinen Geruch nie vergessen und wußte, daß er ganz in ihrer Nähe sein mußte. Ein Kopf schnellte vom Rasen hoch, mit gespitzten Ohren und aufgereckter Nase, als schnüffele er im Wind. Ja, da war er, der Länge nach im kurzen Gras, nah bei einem Menschen. Seine Körperdünste und Bewegungen verrieten sein Wissen, daß etwas in seiner Welt nicht stimmte. Er war jetzt ein Haustier, aber dann fiel ihr ein, daß er früher einmal ein Jäger gewesen war und einen verhältnismäßig guten Geruchssinn besaß. Sie hatte es keineswegs mit einem Schoßhündchen zu tun, sondern einem Killer mit einer Nase für Blut. Er hatte einen Hauch von Fuchs wahrgenommen, und selbst wenn er noch nicht den Grund erkannte, würde er doch in kürzester Zeit versuchen, seinen Verdacht zu bestätigen.

Die erste Panik ebbte ab und machte den Weg frei für den kühlen Verstand. Sie bewertete rasch die Situation und ihre Fluchtmöglichkeiten. Sie konnte rennen, jetzt, bevor er wirklich begriff, was in seinem Hinterhof geschah, oder sie konnte bleiben, ganz, ganz langsam rückwärts kriechen und hoffen, daß der Wind dem mißtrauischen Geschöpf ihren Geruch nicht zutragen würde. Wenn sie rannte, würde es einen Aufruhr geben, da die Menschen sie gewiß bemerken und möglicherweise ebenfalls jagen würden. Hatte einer von ihnen vielleicht ein Gewehr? Unwahrscheinlich. Ihre Kleider hatten eine andere Farbe, wenn sie zur Jagd gingen, und obwohl Bauernknechte manchmal Gewehre trugen, selbst wenn sie eigentlich nicht auf der Jagd waren — beim

Traktorfahren bespielsweise — trugen die Menschen, die ins Herrenhaus kamen oder dort lebten, immer besondere Kleidung, wenn sie zur Jagd kamen. Dann klangen auch ihre Stimmen anders: nicht so locker, und das Gebell hämmerte in einem straffen Stakkatorhythmus.

Also keine Gewehre. Dann konnte man die Menschen vergessen. Gab es weitere Hunde? Riechen konnte sie keinen, und Sabre achtete bestimmt nur auf sich selbst. Gut, also nur Sabre als Gegner.

Nur Sabre? Einmal war sie dem Ridgeback entwischt, aber konnte sie auf eine zweite Chance hoffen? Der Weg zur Mauer am Ende des Gartens war weit. Er würde sie überholen, bevor sie auch nur ein Viertel der Strecke zurückgelegt hatte. Selbst wenn sie ihn überraschte, würde sie wohl kaum die Hälfte schaffen, ohne daß er ihr den Hals brach.

Also mußte sie bleiben, wo sie war und hoffen, daß der Wind ständig in ihre Richtung wehte und sie sich im Fallwind zu ihrem Gegner befand. Um sich selbst ruhig zu halten und jeden Angstgeruch zu vermeiden, rief sie sich alle Gräsernamen, die sie kannte, ins Gedächtnis — Knäuelgras, Schwingelgras, Timotheusgras, Englisches Raigras, Hafergras, Binse, Straußgras, Fiederzwenke, Zittergras, Rasenschmiele, Waldzwenke, Flattergras, Strandhafer, Spartgras ... Es gab noch mehr. Als sie damit durch war, kamen die Wildblumen an die Reihe, dann die Bäume, und die ganze Zeit hielt sie Nase und Ohren gespitzt, um ein Näherkommen Sabres zu bemerken.

Eine Zeitlang ertönten die menschlichen Laute unvermindert weiter: insbesondere das Klappern von Steinzeug und Klirren von Metall, das Glas berührte. Dann begannen die Menschen mit Aktivitäten weiter draußen auf dem Rasen. Stöcke wurden in den Boden gerammt, und die Menschen fingen an, einen Lederball zu werfen und mit einem flachen Stück Weidenholz dagegenzuschlagen. O-ha hatte so etwas schon einmal gesehen und wußte, wie sehr sich Menschen darin vertiefen konnten. Auch Sabre würde das Spiel verfolgen. Hunde hatten so lange mit Menschen zusammengelebt, daß sie sich an denselben Spielen erfreuten und gerne Stöcken oder Bällen hinterherliefen, die man in die Luft warf. Füchse spielten selbstverständlich auch, aber nur, um ihr Jagdgeschick zu verbessern.

Natürlich versuchte Sabre mitzuspielen und rannte dem Ball hinterher, doch einer der Menschen bellte ihm einen Befehl zu, und er mußte auf seinen Platz zurückkehren. Währenddessen war es O-ha gelungen, sich zurückzuziehen und weitere Büsche zwischen sich und den Jagdhund zu bringen. Einmal mehr staunte sie über die Größe und Schnelligkeit des Ridgebacks. Er war ein Gigant unter den Hunden.

Das Geräusch, mit dem der Schläger den Ball traf, und das aufgeregte Gebell der Menschen dauerten an. Dann geschah etwas Erschreckendes. Eine Katze schlich um die Hausecke und hatte dabei den Blick auf eine Drossel gerichtet, die zum Zeitvertreib von der Fensterbank aus die Wolken anschrie. Zuerst war sie auf die Drossel aus, doch diese erspähte sie und flog davon, so daß die Katze nur unbeteiligt ihre Pfote leckte, als habe sie nie auch nur einen Gedanken an Vögel verschwendet. Dann entdeckte sie O-ha, die hinter einem Busch kauerte. Ihr Fell richtete sich auf, und sie präsentierte der Füchsin das übliche zischende, spuckende Gesicht.

»Verzieh dich«, sagte O-ha so leise wie möglich. »An dir bin ich nicht interessiert.«

»*Cambrioleur!*« schrie die Katze. »*Allez vite!*«

Sie saßen sich gegenüber und betrachteten einander mit gegenseitiger Feindseligkeit, bevor sich die Katze schließlich aufrappelte und in Richtung Sabre davonmarschierte. Einen Moment lang schlug O-has Herz bis zum Hals, doch als die Katze den Hund erreicht hatte, tänzelte sie an ihm vorbei, wobei sie ihm allerdings noch ins Gesicht spuckte und die Krallen zeigte. Sabre schenkte ihr keine Beachtung. Sie lebten anscheinend im selben Haushalt und nahmen die

Gegenwart des anderen hin, ohne jedoch große Liebe füreinander aufzubringen. O-ha hatte kleinere Katzen als diese gesehen, die großen Hunden die Nase zerkratzten und ungeschoren davonkamen, und sie empfand aufrichtigen Respekt für die Familie der Katzentiere, ob sie nun gezähmt waren oder nicht. Sie hatten sich ohnehin niemals gänzlich unterworfen und benutzten eher die Menschen als umgekehrt.

Der Wind änderte zaghaft die Richtung. Wieder erwischte der Hund einen Hauch des Fuchses und versank in Grübeln. Zuerst kam sein Kopf hoch, dann schnellte er ruckartig hin und her. O-ha fragte sich, was nun geschehen würde. Sabre war auf den Füßen, sein Kopf zuckte vor und zurück, als wäre er nicht sicher, in welcher Richtung er seine Beute suchen sollte. Sein Herr bellte ihn an, doch der Hund verweigerte den Gehorsam. Er trottete mit zusammengekniffenen Augen auf das Gebüsch zu, hielt dann inne und näherte sich einem Blumenbeet.

Dann begriff O-ha, was sich da abspielte. Nun hatte sie selbst einen Hauch von Fuchs wahrgenommen und wußte, daß Camio im Blumenbeet am anderen Ende des Rasens saß. Sabre war verwirrt. Zeit zu fliehen.

Sie rannte aus dem Gebüsch hinaus und geradewegs auf das Spiel zu. Camio hatte ihren Aufbruch bemerkt und lief gleichzeitig und parallel neben ihr her.

»Lauf, Füchsin, lauf!« brüllte er. »Auf die Menschen zu. Du mußt den Hund verwirren.«

»Genau das wollte ich gerade tun.« Sie rannte mitten zwischen den Spielern hindurch, die sie anbellten und heulten, wie angewurzelt dastanden oder auch nach Wurfgeschossen suchten. Einer der Menschen in Weiß schwang einen Schläger und verpaßte haarscharf ihren Kopf, während sie zwischen ihm und den drei Stöcken hindurchraste. Sie spürte den Luftzug.

Dann traf sie ein Stiefel an der Seite, aber nicht hart genug, um sie vom Weg abzubringen. Ein schneller Blick verriet ihr, daß der Hund sie fast erreicht hatte. Seine Zähne waren völlig entblößt, die Augen dämonisch. Seine Entschlossenheit zeigte sich in seinem Schweigen — er wollte nur die Beute hetzen.

Camio stürzte von der Seite auf den Ridgeback zu, lenkte ihn ab, und dieser drehte kurz den Kopf weg. Unentschlossen schwankte er zwischen den Füchsen und versuchte, sich für einen zu entscheiden.

In diesem Moment verdunkelte sich der Himmel wie bei einer Sonnenfinsternis, nur war die Luft voller Geräusche. Der Lärm war fürchterlich, und selbst die Füchse schauten trotz ihrer Angst, erwischt zu werden, einen Augenblick nach oben.

Eine geräuschvolle, dunkle Masse bewegte sich am Himmel. Der Hund, der dieses seltsame Phänomen nicht kannte, sah zu lange hin und stolperte. Die beiden Füchse nutzten ihre vorteilhafte Lage, beschleunigten das Tempo und erreichten fast gleichzeitig die Mauer. Der Hund kam wieder auf die Beine, wußte aber immer noch nicht, wen er angreifen sollte. Schließlich entschied er sich für Camio, der näher bei ihm war. Der amerikanische Rotfuchs befand sich jedoch am Fuß einer Eiche, war binnen Sekunden hoch oben zwischen den Ästen und sprang auf die Mauer. Er rannte in Gegenrichtung zu O-ha über die Mauerkrone, gefolgt von dem Hund. Nun brüllte ihnen der Jagdhund Drohungen zu, obwohl er wußte, daß er besiegt war. O-ha nahm zwei Anläufe an der Mauer, bevor sie sich hochziehen und auf der anderen Seite hinunterspringen konnte. Sie rannte immer weiter bis zu den Baustellen. Dort wartete sie auf Camio.

Als er kam, setzte er zu einer Predigt an. »Warum um Himmels willen bist du zum Herrenhaus gelaufen?« fragte er. »Man hätte dich beinahe erwischt.«

»Das gleiche könnte ich dich fragen.«

»Ich wollte dich retten.«

»Nun, das war nicht nötig. Ich kann ganz gut auf mich

selbst aufpassen, vielen Dank.« Sie schwankte. »Man sagte mir, du wärst zuerst zum Herrenhaus gegangen.«

»Jetzt weißt du, daß es nicht stimmt. Ich war gerade bei A-konkon, als er mir sagte, daß er dich auf dem Weg dorthin gesehen hatte. Ich nahm an, du wolltest die Rechnung mit Sabre begleichen. Das war wirklich dumm. Du mußt diesen Hund einfach vergessen. Es gibt keinen Fuchs auf Erden, der solch eine Kreatur umbringen könnte. Er ist zu groß und wild und nicht der Mühe wert.«

Sie rümpfte die Nase.

»Wie konnte ich auch erwarten, daß du meine Kämpfe für mich austragen würdest. Nur gut, daß die Gänse zur rechten Zeit aufgetaucht sind.«

»Ich? Dieses Monster angreifen? Du mußt verrückt sein. Wenn du das nächste Mal auf eine so wahnsinnige Idee kommst, solltest du zum Teich am Bauernhof gehen und deinen Kopf ins Wasser stecken — und solche Gedanken rauswaschen. Ich habe noch nie eine so idiotische Besessenheit erlebt ...« Er fuhr in diesem Ton fort, bis sie es nicht mehr ertragen konnte und zum Wald lief.

Hoch über ihnen schrien ungefähr zweitausend Gänse einander in ihrer eigenen Sprache etwas zu, schlugen mit den Flügeln und erfüllten die Luft mit ihren Geräuschen. Sie kamen jeden Winter aus dem Norden herunter, um die kalten Monate in den schlammigen Ebenen der Meeresbucht zu verbringen. Diesmal waren sie zum Glück ungewöhnlich früh eingetroffen. Sonst kamen sie häufig nicht vor Ende des Spätherbstes. Wenn sie begriffen, daß die Reise in die südlichen Länder vorüber war und die Formation aufgelöst wurde, verdunkelten sie mit ihrer großen Zahl den Himmel.

O-ha stieg auf den Hügelkamm und betrachtete die großen Vögel, die auf den Feldern am Fluß landeten. Alle sprachen miteinander, wimmelten als große Masse umher, und dann und wann erhob sich ein Kopf über die Menge, der einen seit Flugbeginn vermißten Freund oder Verwandten suchte. »Hat Soundso es geschafft?« pflegten sie zu fragen. »Ich habe sie starten sehen, sie dann aber aus den Augen verloren, als ich die Führung übernahm. Ach, da ist sie ja, mit Wieheißtergleich!«

Erschöpfte Flügel, schmerzende Muskeln, erleichterte Herzen: das alles traf sich dort unten im Schlamm. Einige hatten es natürlich nicht geschafft – die Lahmen und Kranken, die Älteren, die Mutlosen, die ins Meer gefallen waren. Dann trafen die Nachzügler in Zweier- und Dreiergruppen ein. In den nächsten Stunden oder Tagen würden sie in großen Formationen oder kleinen Gruppen fliegen und sich gegenseitig aufmuntern: »Komm schon, nur noch ein paar Flügelschläge. Gib jetzt nicht auf – wir sind fast da.«

»Das – hast du – seit – ichweißnichtwann – gesagt ...«

»Und ich sage es noch. Wir sind fast da. Ganz ehrlich. Ich kann schon die Küste sehen. Schau doch nur. Nicht da unten – da ist nur Wasser ...«

»Endloses – Wasser – Wellen – weißer – Schaum – Tod ... Ich bin so müde – so müde. Ich kann – keinen Flügelschlag mehr ... so – schrecklich müde.«

»Denk nicht dran. Sieh mal, der dunkle Fleck dort am Horizont. Das ist Land, bestimmt.«

»Wolken ...«

»Nein, Land. Schau, wie geschwungen es ist. Und da ist ein Landvogel – sieh doch nur. Komm. Wir sind da. Wir sind da.«

»Land? Bist du sicher?«

»Schau doch nur, wie es aus dem Nebel aufsteigt! Vergiß diese verdammten Wellen. Vergiß alles außer diesem schwarzen Streifen Schlamm, den du erreichen mußt. Alle werden dort sein. Denk dran. Alle. Wir haben es geschafft«, schreit der Optimist. »Ich habe es dir doch gesagt.«

»Schaffen es wahrscheinlich – ja – und nur, um von einem Fuchs gefressen zu werden«, sagt sein pessimistischer Freund.

O-ha beobachtete lange die Vögel und fragte sich, wie es

wohl sein mochte, eine so mühsame Reise anzutreten: welche Kraft man für solch ein Unternehmen brauchte! Doch es kam ihr so lächerlich vor. Warum blieben sie nicht zuhause? Oder unten im Süden, wenn die Winter dort oben schon so hart waren und sie die Reise einmal geschafft hatten. Aber Gänse hatten da wohl ihre eigenen Vorstellungen. Ihre eigenen Beweggründe. Den Drang, ihre Flügel in einem verzweifelten Abenteuer einzusetzen, das sie anscheinend brauchten. Gänse. Wer konnte sie ergründen?

Dann dachte sie an Camio. Er hatte ihr das Leben gerettet, und sie konnte ihm einfach nicht dafür danken. Das war ein Problem für sie. Er war ein Problem für sie.

Fuchsrüden, wer konnte sie ergründen?

Sie kehrte in den Dachsbau zurück, aber nicht, ohne die Rituale des In-den-Bau-Tretens befolgt zu haben. In dieser Nacht stahl sie dem Bauern im Mondlicht ein Huhn. Breaker schlief tief und fest während der gesamten Operation, und sie konnte die Hoffnung einfach nicht unterdrücken, daß er nach dem unbemerkten Diebstahl Schwierigkeiten bekommen würde. Sie rupfte den Kadaver in ihrer Kammer und verstreute die Federn im ganzen Raum. Außerdem lagen bereits kleine Knochen und andere Überbleibsel auf dem Boden, und als Gar zu Besuch kam, sagte er: »So eine Unordnung! Wie lebst du in solchem Chaos?«

Sie schaute sich um und bemerkte den Abfall zum ersten Mal.

»Füchse sind nun mal keine sehr ordentlichen Geschöpfe, tut mir leid.«

Gar grollte. »Das sagst du mir? Was ist das? Eine neue Gans, heute angekommen?«

»Nein«, erwiderte sie schärfer als beabsichtigt. »Nein, es ist keine Gans, Gar. Ich würde die Gänse niemals anfassen.« Er zuckte die Schultern und verlangte keine Erklärungen, aber sie konnte sehen, daß ihre Antwort ihn verwirrt hatte. Zweifellos sagte er zu sich selbst: »Füchsinnen — wer kann sie ergründen?«

Demütigung! Hätte Sabre Tränen der Enttäuschung weinen können, wie Menschen es häufig taten, so hätte er es in diesem Augenblick getan. Einmal von einer Füchsin überlistet zu werden, war schlimm genug, aber ein zweites Mal ... undenkbar. Und doch hatte sie es getan. Beinahe so, als wolle sie sich absichtlich über ihn lustig machen. Warum war sie zum Herrenhaus gekommen? Warum nur? Natürlich um ihn lächerlich zu machen. Die Mauern um ihn herum waren Grenzen, die er überwinden mußte. Eines Tages würde er hinausgelangen — bald schon — und nach dieser Füchsin und ihrem Gefährten suchen. Sie waren schuld daran, daß man ihn geprügelt hatte, nachdem er mit leerer Schnauze zurückgekehrt war.

Die männlichen Gäste im Herrenhaus hatten seinen Herrn verspottet (er kannte den winselnden Ton solchen Gebells), und Sabre hatte eine Tracht Prügel erhalten, da er nicht als Mörder zurückgekommen war. Er wußte, daß er den Stock verdiente, den sein Herr hatte tanzen lassen. Er teilte das Schamgefühl des Familienoberhauptes hinsichtlich seines Versagens.

Er würde das ganze Land durchkämmen und auch die Straßen der Stadt, bis er sie gefunden hatte. Seine Spione waren unterwegs gewesen — Hunde, die zu Besuch ins Haus kamen und die Freiheit der Stadt genossen — und hatten ihm ihren Namen genannt. O-ha hieß die Füchsin; man hatte einem sterbenden Wiesel ihren Namen entrissen.

Sabre schritt an den Mauern des Anwesens entlang und suchte nach einem Durchschlupf. Er fand eine Stelle, wo der Mörtel zerbröckelte und kratzte daran herum. Er zerfiel zu Staub.

Dann schallte Gebell vom Haus herüber. Sein Herr. Er mußte gehen. Aber er würde zurückkommen, zu dieser Stelle an der Mauer, und würde dann die Ziegel bearbeiten, bis das Loch groß genug für ihn war. Dann würde er diese O-ha suchen, diesen Schandfleck auf seiner Ehre, und ihren Schädel mit seinen Kiefern zerbrechen. Es würde eine Jahreszeit dauern, vielleicht auch länger, am Ende aber würde er ihr Blut schmecken. Domestizierte Hunde waren seit langem zur Zielscheibe für Hohn und Spott der anderen Tiere geworden, nur weil sie eine Beziehung zum Menschen unterhielten. Die meisten Haushunde konnten keine wilden Tiere aufbringen und töten, aber Sabre war anders. Er spürte die tiefen Wunden, die Fuchsworte geschlagen hatten, wie er auch die der Schakale, Hyänen und anderen Tiere in der alten Heimat gespürt hatte. Für die Hunde war es an der Zeit, sich selbst zu behaupten und ihren Vettern zu beweisen, daß man sie nicht unwiederbringlich gezähmt hatte, daß es Hunde gab, deren Ehre ohne Makel war.

Sabre empfand einen für seine Zeit ungewöhnlichen Stolz auf seine Vorfahren. Es war der Stolz eines alten Aristokraten auf Familie, Verwandtschaft und Rasse. Er konnte es nicht ertragen, daß man ihn auslachte. Es gab andere Wesen, auch andere Hunde, die ihn als Relikt der Vergangenheit bezeichneten, als alten Kolonialherren, der eine längst vergangene Kultur in Ehren hielt. Sabre sah nicht ein, warum er seine Wertvorstellungen aufgeben sollte, nur weil die Schwachen sie ablehnten.

Er erinnerte sich daran, wie man ihn die »Mittelgeschichte« der Hunde gelehrt hatte: Das war eine Zeit gewesen, in der sich die Menschen und ihre Hunde sehr viel näher standen, sowohl körperlich als auch geistig. In jenen Tagen lagen die Hunde während des Essens unter dem Tisch und erhielten ausgesuchte Knochen aus den Händen ihrer Herren. Mensch und Hund jagten in den Wäldern gemeinsam Wildschweine und Wölfe. Sabre wünschte sich die Rückkehr dieser Zeiten, in denen man Hunde nicht aus sentimentalen Gründen geschätzt hatte, sondern wegen ihres Spür- und Jagdgeschicks. Das Land seiner Geburt, wo Löwe und Elefant ums Überleben kämpften, zeugte von dieser Epoche. Dort gab es Meuten von Hirschhunden, die durch Stadt und Busch tobten: Jagdhunde, die vor Jahreszeiten von ihren Herren aufgegeben worden waren und sich allein durchs Leben schlagen mußten. Es gereichte ihnen zur Ehre, daß sie sich selbst ernähren und fortpflanzen konnten. Es waren edle Hunde aus edlen Familien, und doch hatten sie nicht die erwartete Bettelhaltung angenommen.

Daher konnte Sabre es sich nicht leisten, von einer unbedeutenden Kreatur wie einem Fuchs oder einer Füchsin lächerlich gemacht zu werden. Ein Hund mit einer so hehren Mission wie Sabre konnte nicht unter seinem Niveau leben, da er allen anderen Hunden ein Beispiel sein wollte. Er mußte die Verkörperung des Hundetums sein: edel, stark, keusch, geschickt, verehrt, bewundert, makellos, leidenschaftlich im Kampf, unerbittlich, über Spott erhaben und noch vieles mehr. Er mußte die Füchsin töten.

VIERTER TEIL
Die vergessene Angst

15. Kapitel

Die Zeit gehörte Ransheen. Er fegte auf der Suche nach unberührten Wegen durch die Straßen der neuen Stadt und wurde von Gassen, Höfen und Plätzen abgelenkt. Obwohl die oftmals erst halbfertigen Gebäude neu waren, hatte man sie in einem alten Stil entworfen. Die kostspieligeren Häuser besaßen Fachwerkbalken, und die Gegend um den großen Platz in der Stadtmitte hatte Kopfsteinpflaster. Es gab sogar eine nachgebaute Wasserpumpe und eine Vogeltränke in Gestalt eines Pferdetrogs, die selbstverständlich auch von den Füchsen benutzt wurde. Die Bewohner waren großzügig zu den Tieren. Igel (die Katzenfutter jederzeit bevorzugt hätten) fanden Untertassen mit Brot und Milch, und die Vögel wurden dick und faul. Nur wenige dachten daran, die Füchse zu füttern, aber die Geister im roten Fell waren auch seltene Gäste. Sie gruben an verschiedenen Stellen Behausungen, manche ganz in der Nähe der Menschenhäuser. Ein Fuchs bewohnte sogar einen Bau im Hobbyraum eines Hauses, das auch einen Hund und eine Katze beherbergte, und entwischte dem alten, wichtigtuerischen Spaniel bei jeder Gelegenheit. Der Fuchs benutzte die Katzentür als Ein- und Ausgang. Die Hausbewohner wußten natürlich, daß er da war, tolerierten jedoch seine Gegenwart.

Eine andere Füchsin lebte im Boilerraum einer Schule und nagte sich erfolgreich durch eine Wasserleitung, als sie sich die Zähne reinigen wollte. Sie saß in sicherer Entfernung hinter dem großen Heizöltank und war dreist genug, dem Klempner, der den Schaden reparierte, geruhsam bei der Arbeit zuzusehen. Statt sie davonzujagen, ließ die Schulleitung lieber die Leitungen flicken. Manche der menschlichen Bewohner betrachteten einen Fuchs, der auf ihrem Grundstück lebte, wohl als eine Art Statussymbol.

Tatsächlich wurden Teile von Trinity Wood gärtnerisch gestaltet, und an seinem Südende wurden Kinderspielplätze und Wege angelegt. Exotische Bäume und Blumen wurden in den althergebrachten Wald gepflanzt und die dort lebenden wilden Tiere auf einem kleinen Gebiet noch dichter zusammengedrängt. Man hob einen Teich aus und brachte Schwäne in die Nachbarschaft.

Glücklicherweise war der Dachsbau nicht davon betroffen, da die Landschaftsbehörden das verbleibende Wildleben im Wald erhalten wollten. Die Nahrungsbeschaffung war jedoch ein Problem. Viele der Jagdgründe waren mit den Straßen und Pfanden verschwunden, und alles war *Face* geworden. O-ha mußte in die Straßen hinuntergehen (in denen Camio jetzt lebte), um Futter zu finden. Es gab Mülleimer zum Ausplündern und an manchen Tagen auch schwarze Plastiksäcke voller Abfall. Unter Camios Führung lernte sie schnell, wohin sie zum welcher Zeit gehen mußte. Anderen Tieren erging es weniger gut, da sie sich nicht ans Stadtleben gewöhnen konnten. Manche von ihnen hungerten.

Camio hatte gesagt, es würde einfach sein, ohne aber an die große Zahl der Tiere zu denken, die nun von der Stadt abhängig waren; ohne an die Tatsache zu denken, daß die meisten von ihnen nicht die Fähigkeiten besaßen, die für ein Überleben in der Stadt notwendig waren; ohne an die Tatsache zu denken, daß die Stadt bislang nur halb fertig war und erst nach einiger Zeit wirklich lebendig werden würde. Die nächste Tiergeneration würde es leicht haben, wenn sich ihre Zahl erst einmal dem Nahrungsangebot angeglichen hatte. Bis dahin würde es für die im Straßenleben Unerfahrenen sehr hart werden.

O-ha hielt dem Fuchsrüden gegenüber noch immer auf

Distanz, wobei sie jedoch innerlich langsam dahinschmolz. Gemeinsam wanderten sie durch die Lichtteiche der funkelnden Straßenlaternen und sprachen über ihre unterschiedliche kulturelle Herkunft.

»Du kennst A-O also nicht«, bemerkte sie, als sie eines Abends auf dem Weg zu einem Mülleimer, der vor einem geschlossenen Imbißrestaurant stand, um den großen Platz spazierten.

»Es ist nicht so, daß ich ihn nicht kenne — nur erkenne ich Sie/Ihn nicht als Begründer des Fuchsgeschlechtes an. Man hat mich gelehrt, daß Menxito das erste Fuchswesen und auch zweigeschlechtlich war. Es gibt also doch eine Verbindung zwischen ihnen.«

»Aber das ist falsch — A-O ...«

»Es gibt da kein richtig oder falsch. Der Fuchs trägt nur einen anderen Namen. Jetzt werde bitte nicht wieder apodiktisch.«

»Ich bin überhaupt nicht dick«, erwiderte sie, obwohl sie genau wußte, wovon er sprach, doch sie wollte wenigstens ihr Gesicht wahren.

Plötzlich drehte er sich um und sah sie eindringlich an.

»Sollten wir nicht langsam in einen gemeinsamen Bau ziehen?« platzte er heraus.

»Ich weiß nicht, was du meinst.«

»Du weißt sehr genau, was ich meine. Ich möchte mit dir zusammenleben, Junge haben. Deine Zeit ist nicht mehr fern. Auf wen wartest du eigentlich? Auf A-magyr?«

Sie rümpfte die Nase.

»Du brauchst mich jetzt nicht zu beleidigen. Nein, natürlich warte ich nicht auf ihn. Ich kann den Kerl nicht ausstehen, was jedoch nicht heißt, daß ich dir deswegen verfallen muß.«

»Mir verfallen? Darauf warte ich doch nur. Ich wundere mich bloß, daß du überhaupt mit mir redest. Magst du mich nicht?«

Sie schaute angestrengt zu Boden.

»Natürlich mag ich dich. Aber wir sind so verschieden. Wir haben eine unterschiedliche Herkunft. Ich — ich bin mir bei dir immer noch nicht ganz sicher.«

»Worüber solltest du dir sicher sein? Ich bin ein Fuchs, du bist ein Fuchs. Die Paarungszeit steht vor der Tür. Ich habe schon einmal eine Gefährtin gehabt — ich habe es dir erzählt. Ich werde sie nie wiedersehen, und wenn sie noch lebt, hat sie einen anderen gefunden. Es gibt hier keine andere Füchsin für mich. Dich will ich.«

»Nur, weil du mich willst, muß ich dir noch lange nicht zustimmen.«

»Das weiß ich — deshalb frage ich dich ja. Es gibt andere Füchsinnen, die mich gerne nehmen würden ...«

Sie erstarrte.

»Na ja, dann solltest du besser zu einer von ihnen gehen, oder ...«

»... aber keine ist so wie du. Ich weiß, wir würden gut miteinander auskommen. Ich bin keiner von diesen Fremdgängern. Ich werde dich nicht im Stich lassen, wenn die Jungen geboren sind. Wie kann ich dich nur davon überzeugen?«

»Wenn — wenn ich zu dir käme, müßte es für immer sein. Ich habe einen Wurf verloren, weil es keinen Fuchsrüden gab, der mir Futter hätte holen können, während ich die Jungen warmhielt. Noch einmal könnte ich das nicht ertragen.«

Seine Augen glänzten auf einmal sehr hell und zogen sie unwiderstehlich an.

»Schau mal«, sagte er, »ich respektiere deine Erinnerungen an A-ho, aber er ist tot, und nichts kann ihn zurückbringen. Er war bestimmt ein guter Gefährte, unvergleichlich, denn sonst hättest du ihn nicht genommen.«

Sie schnaubte.

»Das klingt ein wenig unbescheiden, da ich nun offensichtlich dich genommen habe.«

Er schaute sie prüfend an, tanzte dann kurz um einen Laternenpfahl und fragte: »Wirklich? Du wirst zu mir kommen?«

»Ja — aber laß mich nicht im Stich.«

»Wunderbar! Dich im Stich lassen? Nicht in einer Million Jahreszeiten. Da müßten schon die Winde nicht mehr wehen, bevor ich etwas so Schreckliches tun würde. Jetzt müssen wir uns einen angemessenen Bau suchen. Die Dachskolonie mußt du natürlich verlassen. Meine augenblickliche Behausung ist allerdings nicht gut genug. Ich lebe auf dem Dachboden einer Werkstatt, aber die Auspuffgase — na ja, es würde dir nicht gefallen. Und den Jungen auch nicht. Sie brauchen gute, saubere Luft und etwas Grün. Ich habe ein Haus am Rande vom — wie nennt ihr es doch gleich — vom *Face* gesehen. Keins von den neuen. Dahinter liegt ein verwilderter Obstgarten. Der weibliche Mensch, der dort wohnt, ist sehr alt, und niemand betritt den Garten. Wir könnten ganz hinten unter dem Schuppen wohnen. Was hältst du davon?«

»Klingt ganz gut.«

»Werd' jetzt bloß nicht übermütig.«

»Ich muß es zuerst sehen.«

»Wir gehen heute nacht hin.«

Sie stöberten in einem Mülleimer, fanden darin einige Essensreste und fraßen sich satt, bevor er sie an den Ort führte, den er entdeckt hatte. Als sie dort ankamen, drehte sich ihr Herz um. Es handelte sich um das Torhaus des Herrensitzes, in dem sie ihren Wurf verloren hatte. Camio gegenüber erwähnte sie es jedoch nicht und zeigte sich erfreut über seine Wahl. Seit sie dort gelebt hatte, waren Haus, Garten und Schuppen von der neuen Stadt umzingelt und ein Teil von ihr geworden. Die Nähe des Herrenhauses störte O-ha, aber Camio führte sie über die Mauerkrone, um ihr zu zeigen, daß Sabres Königreich völlig eingeschlossen und der Barbar ein Gefangener war. Nach und nach ließ sie sich von ihm beruhigen.

Das Leben war wieder schön. Unter dem Schuppen gab es

ausreichend Platz für einen Bau. Die Bäume im Obstgarten waren nicht mehr jung, aber sie würden im nächsten Sommer sicher Früchte tragen. Es gab Äpfel, Birnen und Reineclauden. Am nächsten Tag besuchte sie zum letzten Mal vor ihrem Auszug den Dachsbau. Sie traf Gar in einer seiner brummigen Stimmungen an, doch als er hörte, daß sie fortgehen würde, unterhielt er sich mit ihr.

»Ha, du gehst. Geschieht manchmal, nehme ich an. Ich vermisse dich, Fuchs *Hearda* — sehr stark vermisse ich dich. Wir haben gut gesprochen, was? Nun, du gehst — machst nette kleine Füchse — kommst, siehst Dachs manchmal mit kleinen, flauschigen Füchsen. Wir sind gute Freunde, was? Gut, gut.«

Und mit diesen Worten schlenderte er gemächlich in seine eigene Kammer, die sie seit der Nacht ihrer Ankunft im Bau, als sie auf der Suche nach einem neuen Heim gewesen war, nicht mehr betreten hatte. In vieler Hinsicht war er ein sehr verschlossener Dachs, und obwohl sie einige Zeit mit ihm verbracht hatte, kam es ihr vor, als kenne sie ihn kaum. Wenn man einmal von Gar absah, fiel ihr der Abschied vom Dachsbau nicht schwer. Dachse waren laute Geschöpfe, die mit ihren gummiartigen Nasen in den Ecken des Baus herumschnüffelten. Aber das war jetzt vorbei. Sie war bereit für ein neues Leben.

Nach ihrer Rückkehr zum Bau im Obstgarten verbrachte sie einige Zeit damit, das neue Heim mit verschiedenen Ritualen zu segnen, die innerhalb und außerhalb des Baus vollzogen wurden. Camio sah ihr verwundert zu, während sie hin und her eilte, Gesänge vortrug und Spiralen in den Staub kratzte. Er wollte sich gerade beschweren, doch sie warf ihm einen Blick zu, der ihn augenblicklich verstummen ließ. Als es vorüber war, fragte er: »War's das? Sind wir jetzt sicher vor wahnsinnigen Dämonen und Baumgeistern?«

»Paß auf, wenn du von Baumgeistern sprichst«, erwiderte sie, während sie die Zaunpfähle mit ihrem Duft markierte.

Er sah erstaunt aus — wahrscheinlich, weil er einfach geraten hatte und sich nun wunderte, daß er den Nagel auf den Kopf getroffen hatte. Eigentlich hätte er gar nicht weiter von der Wahrheit entfernt sein können, doch sie gab ihm das Gefühl zu wissen, wovon er sprach.

Als sie sich Seite an Seite zur ersten Nachtruhe begaben, sagte sie schläfrig: »Du mußt jetzt deinen Namen in A-ho ändern.«

»Was?« Sein Kopf schoß in die Höhe. »Das mache ich nicht. A-ho war dein früherer Gefährte. Ich heiße Camio.«

»Aber es ist Tradition. Der Fuchsrüde nimmt den Namen der Füchsin an, und da ich O-ha heiße, mußt du ...«

»Das ist eine blöde Tradition. Ich habe noch nie davon gehört. Ich gebe zu, ich habe mich schon gewundert, warum alle Paare hier in der Gegend spiegelnde Namen haben, aber ich hätte nie gedacht ... nein, nein. Das werde ich nicht tun.«

»Du erwartest doch nicht, daß ich meinen Namen ändere, um deinen zu spiegeln?«

»Keineswegs. Du behältst deinen Namen und ich behalte meinen. Ich wüßte nicht, wieso wir einen von ihnen ändern sollten.«

»Aber die anderen Füchsinnen — sie werden nicht wissen, daß du mein Fuchs bist.«

»Auch gut. Dieses Besitzdenken — mein Fuchs, dein Fuchs. Weißt du, ich interessiere mich nicht die Bohne für andere Füchsinnen oder Fuchsrüden oder irgend jemand. Wir wissen, daß wir zusammengehören. Wir brauchen keine Zeichen, um der Welt unsere Herzen zu zeigen. Tut mir leid, wenn ich dich enttäusche — ich weiß, daß du an Traditionen hängst, aber sie engen mich irgendwie ein — sie sind zu streng. Ich sehe alles etwas lockerer als du. Damit mußt du dich leider abfinden.«

Sie ging zum Eingang des Baus.

»Na bitte — ich wußte, daß es ein Fehler war. Wir sind sehr verschieden.«

»Aber das ist doch nur eine Kleinigkeit.«

»Wenn es so eine Kleinigkeit ist, warum tust du mir dann nicht den Gefallen? Schließlich ist das hier mein Land, nicht deins. Du solltest dich an unsere Sitten halten, statt deine einzuführen.«

Er sah tief verletzt aus und kreuzte die Vorderpfoten.

»A-ho, A-ho«, wiederholte er für sich. »Daran werde ich mich nie gewöhnen. Das bin ich einfach nicht. Ich fühle mich nicht wie A-ho — ich fühle mich wie Camio. A-ho — ich werde mir selbst fremd sein. Ich werde nicht hören, wenn man mich ruft, oder wissen, wer diese Person überhaupt ist, von der die Füchse sprechen. Ich trage den Geist eines anderen Fuchses in mir.« Er sah ihr in die Augen, die in der Dunkelheit leuchteten. »Ich bin nicht er, das weißt du. Du kannst mich nicht in ihn verwandeln. Wenn du es versuchst, wird es uns beide unglücklich machen. Ich bin ich, Camio, der Fuchs aus einem anderen Land. A-ho ist tot und wandert durch die Wälder des vollkommenen Hier.«

Plötzlich erkannte sie die Logik seiner Argumente. Wenn sie ihn rief, würde sie in unbedachten Augenblicken überrascht sein, daß seine Stimme anders klang als die A-hos. Sie träumte noch immer von ihrem früheren Gefährten, und diese Träume würden sich mit der Wirklichkeit der Gegenwart vermischen, wenn sie keine klare Linie zwischen Früher und Heute zog.

»Du hast recht. A-ho ist A-ho, du bist nicht er. Ich werde dich A-camio nennen.«

»Nein, nicht einmal das. Ich werde einfach nur Camio sein. Du kannst O-comia werden, wenn es dir gefällt.«

»Ganz bestimmt nicht, danke vielmals. Scheinbar müssen wir einen Bau teilen, ohne in den Augen der Welt zusammenzugehören. So sei es, wenn es denn so sein muß. Für unsere Gefühle wird es wohl keinen Unterschied machen. Ich weiß es nicht genau. Bisher hat es noch niemand versucht. Ich nehme an, daß meine strenge Erziehung an diesen Gewissensbissen schuld ist, die dir lächerlich vorkommen müssen. A-konkon fällt in Ohnmacht, wenn er das herausfindet.

Wenn du mich schon für eine Traditionalistin hältst, dann warte erst mal ab, bis du ihn auf der Straße triffst. Dann wirst du schon sehen, was er von solchen Regelverstößen hält. Na ja, wir wollen uns nicht den ganzen Tag darüber streiten. Laß uns schlafen.«

Camio schien damit zufrieden zu sein. Sie markierten einander und schliefen dann in enger Berührung ein.

Als ihre Zeit kam, war O-ha überrascht, wie gut es mit einem anderen Fuchs sein konnte. Camio war äußerst aufmerksam und nahm Rücksicht auf ihre Bedürfnisse, zwickte ihre Flanken sanft mit den Zähnen und liebkoste sie, steigerte ihre innere Erregung vor dem eigentlichen Akt, der nur wenige Sekunden dauerte. Beim dritten Mal waren sie so erregt, daß sie sich »verschlossen«, wie es bei Füchsen und Hunden manchmal geschieht, und stundenlang warten mußten, bis er freikam. Von diesem Zwischenfall abgesehen, der nicht weiter tragisch war, da sie sich an einem abgelegenen Ort aufhielten, ging alles gut. O-has Fell bekam dieses gewisse elektrische Summen und lud sich statisch auf, wann immer sie sich aneinanderrieben. Ihr wurde heiß vor Leidenschaft, wenn er der Länge nach an ihr entlangstrich, und sie mußte ihn ein- oder zweimal beißen, weil die Gefühle sie derart überwältigten, daß nur eine körperliche Aktion die unterdrückte Spannung freisetzen konnte. Er schrie und flüsterte ihr zu, daß er sie noch mehr begehrte, wenn sie so etwas tat.

Als er vorbei war, stieß Camio ein dreifaches Gebell und einen Schrei aus, und sie dachte: Manche Dinge ändern sich nie. Dann lagen sie befriedigt nebeneinander und berührten sich gerade genug, um zu wissen, daß der andere da war. Über die Außenwelt brach der Winter herein. Der Frost ließ das Gras unter den Füßen knirschen, und sie mußten das Eis zwischen ihren Krallen entfernen, wann immer sie draußen gewesen waren. Überall knisterte die gefrorene Nässe, und an den Fenstern des Schuppens erschienen Farnmuster. Die Erde wurde fest und hart, so daß man nicht mehr nach Würmern graben konnte. Die Insekten verschwanden. Wasser war schwer zu finden.

Sie lehrte ihn die Rituale des Bau-Verlassens und In-den-Bau-Tretens, die sie ihrer Ansicht nach jedenfalls vor Entdeckung schützen würden. Wenn man die nötige Zeit und Geduld für die richtige Vorgehensweise aufbrachte, erhöhte das die Sicherheit. Er wollte ihr eine Freude machen und die zukünftigen Jungen mit einem Heim versorgen, das vor Angriffen sicher war, solange sie noch nicht schnell genug laufen konnten. Daher lernte er ihre Gebräuche.

Dann kam die Mitte des Winters mit schweren Schneefällen. Gelegentlich mußte man sich blind durch die kalten, weißen Kristalle graben und in Tunneln fortbewegen. Es war eine gefährliche Zeit, da ihre Spuren überall um den Bau herum sichtbar waren, aber daran konnte man nun einmal nichts ändern. Außerdem waren sie Füchse und ließen überall auf dem Schnee ihre Abfälle zurück.

Eines Nachts trat Camio aus dem Bau, kehrte dann aber wenig später ohne Futter zurück. Sein Augen war voller Furcht, und O-ha wußte, daß etwas Schreckliches geschehen war.

»Was ist los?« fragte sie. »Sag mir, was los ist.«

»Sei still«, antwortete er. »Wir müssen weg — weg von hier — so schnell wie möglich. Da draußen sind Menschen — Menschen mit Gewehren. Sie sind in der ganzen Stadt und auch auf dem Land. Sie erschießen alles, was sich bewegt, besonders Füchse.«

O-has Herz lag wie Blei in ihrer Brust.

»Füchse — warum Füchse? Warum wir?«

»Wegen A-konkon — verdammt sei seine Seele«, erwiderte Camio heftig.

»A-konkon? Aber was kann er getan haben, daß die Menschen uns so heimsuchen?«

»Wir müssen hier weg — an einen sicheren Ort, wo die Jungen ...«

»Was hat er getan?«

»Er hat *Ranz-san* begangen, auf dem Platz mitten in der Stadt — hat sich selbst den Magen herausgerissen und ist vor einem Dutzend Leuten gestorben. Sie haben es nicht verstanden — es sind Menschen — wie könnten sie es verstehen? Er tat es aus Protest gegen das Lotterleben, das wir hier führen, so hat er es jedenfalls genannt. Meinte, es sei an der Zeit, die alten Werte wiederzubeleben. Aus Protest!«

»Aber was haben sie geglaubt? Warum gehen sie bewaffnet auf uns los?«

»Sie haben Angst. Ich habe es gleich, nachdem A-lon mir davon erzählte, schon geahnt. Die Menschen sind wahnsinnig vor Angst — sie sind in Panik — und wenn Menschen so werden, zerstören sie alles und jeden. Sie haben Angst um ihre Jungen — und du weißt, was wir alles tun, um unsere Jungen zu beschützen.«

»Du hast es mir immer noch nicht gesagt — ich verstehe es nicht.«

»Der Schatten-mit-den-tausend-Namen. Die weiße Maske des Schreckens. Versteht du mich jetzt? Sie denken, A-konkon wäre am schäumenden Mund gestorben.« Draußen hörte man Schüsse und menschliches Gebell in der Nacht. Füße polterten schwer durch die Straßen. Hinter diesen Geräuschen steckte Angst — aber keine gewöhnliche Angst — sondern der wahnsinnige Schrecken einer Krankheit, die durch den Biß eines Hundes, eines Fuchses, eines Menschen übertragen wurde. »Sie töten die Hunde da draußen genauso wie die Füchse. Hunde, Katzen, einfach alles.«

»Aber ...« Sie zögerte, suchte tief in ihrem Gedächtnis nach der *vergessenen Angst,* tief unten in den schwarzen Brunnen, in den sie vor langer Zeit von ihren Vorfahren versenkt worden war, und fand dort etwas Häßliches und unsagbar Grausames. »Aber — wir haben so etwas seit — seit zeitlosen Jahreszeiten nicht mehr hier gehabt.«

»Nun, ich habe es gesehen — in der alten Heimat. Es ist nicht hier. Sie glauben es nur, aber das reicht schon. Sie töten und töten, bis es nichts mehr zu erschießen gibt. Oder bis ihre Vernunft wiederkehrt. Aber wir können nicht abwarten. Wir müssen gehen. Zumindest jagen sie uns nicht mit Hunden — das wagen sie nicht. Die Hunde könnten gebissen werden, und dann müßten sie ihre eigenen Haustiere erschießen. Komm — wir müssen gehen.«

Sie folgte ihm zum Eingang des Baus. Sie beschwerte sich nicht, als er die Rituale versäumte.

16. Kapitel

Die allwissenden Fuchsgeister der Firstdark verkündeten, daß sich seit den Zeiten des Herodes und seines Massenmordes an den Kindern nie mehr so viele Menschen mit Todesgedanken getragen hatten. Schatten bewegten sich durchs Land, die Nacht war erfüllt von Feuer und Donner. Es gab verzweifelte Fluchten durch verschneites Ödland, angsterfüllte Schreie, wunderbares Entkommen und laute Worte, gefolgt von eindringlichem Schweigen. Alle Tiere an der weit geschwungenen Küste witterten den Geruch des Schreckens, erstarrten oder rannten davon. Blut tropfte wie warmer, roter Regen auf den Schnee, und das Land erstickte an seiner eigenen Angst.

Die Fuchsgeister wußten, daß der Verfolger ebensolche Furcht verspürte wie der Verfolgte und die Jäger sich selbst als Gejagte empfanden und die Welt sich in Kreisen und Spiralen des Wahnsinns drehte. Die Bäume ohne Laub boten nur unzureichende Verstecke für jene, die gar nichts von den Ursprüngen dieser plötzlichen Angst wußten. An den Ufern der Flüsse und Meeresarme erzitterten kleine Säugetiere in ihren Löchern und fragten sich, ob das Ende der Welt die Lebenden heimgesucht hatte, und die Schwachen starben aus purer Angst, ohne ihre Behausung überhaupt verlassen zu haben.

Für Camio und O-ha begann die Flucht aus dem *Face* mit einer gefährlichen Reise durch die Straßen. In der Stadt übernahm Camio die Führung. Jede Häuserecke war eine potentielle Todesfalle. Überall waren Menschen unterwegs, zu Fuß und in Autos. Die rostfarbenen Füchse bewegten sich in der Tarnung roter Ziegelmauern, schlüpften in dunkle Gassen, über Gartenzäune und Flachdächer. Die Jäger dachten nicht daran, ihre eigenen Hinterhöfe zu sichern und hielten sie nach einmaliger Überprüfung für leer. Ob Camio dies nun wußte oder nicht, sein Instinkt führte ihn jedenfalls an kreosotgestrichenen Flechtzäunen entlang, vor denen ein rotgraues Fell, das sich zu alledem noch schnell bewegte, in der Dunkelheit nur schwer auszumachen war. Der Schnee bewahrte allerdings ihre Spuren, und sie mußten die Stadt bis zum Morgen unbedingt hinter sich lassen.

Wann immer sie starken Menschengeruch oder das Knirschen der Stiefel auf dem Schnee bemerkten, versteckten sie sich: manchmal in Mülleimern oder Schuppen, dann wieder hinter einem Stapel roter Tonblumentöpfe oder unter einem Auto. Camio wußte, daß Menschen häufig seltsame Vorstellungen von der Größe eines Fuchses haben und ihn mit einem mittelgroßen Hund vergleichen. Dabei ist er kaum größer als eine Katze und kann sich in Winkel zwängen, die selbst für eine menschliche Faust zu klein erscheinen. Einmal strich ein Paar Beine direkt an ihren Nasen vorbei. In jenem Teil der Stadt, der noch nicht fertiggestellt war, fanden sie ein Einstiegsloch über einem Kanaldeckel und liefen durch die darunterliegenden Rohre. Selbst unter der Erde konnten sie noch die Gewehrschüsse und das Donnern der Stiefel auf dem schneebedeckten Beton über sich hören. In den Abflußrohren gab es noch andere Tiere, zumeist kleinere Säuger, die wie festgefroren vor sich hinzitterten. Camio schenkte ihnen keine Beachtung.

Irgendwann fragte O-ha: »Warum bleiben wir nicht hier?«

»Weil wir irgendwann Futter suchen müssen«, antwortete er, »und dann warten sie oben auf uns. Du wirst schon sehen. Sie hören nicht morgen oder übermorgen damit auf. Die Sache wird noch mindestens ein, zwei Wochen dauern. Selbst dann, wenn sie herausfinden, daß A-konkon rituellen Selbstmord begangen hat — denn manchmal können Menschen zu erstaunlichen Erkenntnissen gelangen — selbst wenn das geschieht, werden andere immer noch daran zweifeln. Es dauert lange, bis so etwas aus dem Gedächtnis der Menschen verschwunden ist. Wir müssen diese Zeit irgendwo anders verbringen.«

Als sie die Stelle erreicht hatten, an der sie die Kanäle verlassen mußten, legten sie einen verrückten Spurt quer über eine Baustelle hin. Ein Gewehr wurde auf sie abgefeuert, doch der Schütze war unerfahren und berechnete nicht den Rückstoß. Die Schrotkugeln flogen in die Höhe und zerschlugen einige Keramikrohre, die einbaufertig in den neuen Häusern gestapelt waren. Tonscherben regneten auf die beiden Füchse nieder, was sie nur noch mehr anspornte. Der Mensch, der auf sie geschossen hatte, rief seinen Begleitern etwas zu und rannte dann den Füchsen hinterher. Gleichzeitig versuchte er, seine Waffe nachzuladen. Als er zu nah herankam, drehte sich O-ha zu dem Menschen um und konnte selbst bei dem schlechten Licht sehen, wie er bleich wurde und schlitternd stehenblieb. Dann fummelte er weiter am Verschluß des Gewehrs herum, und die Patronen glitten durch seine zitternden Finger in den Schnee. Als er sich bückte, um sie aufzuheben, setzten die beiden Füchse ihre Flucht in die Dunkelheit fort.

Am Stadtrand waren die Straßen voller Autos, doch nur wenige kamen von der Stelle. Rings um das *Face* brannten Signalfeuer, um die sich bewaffnete Silhouetten bewegten. Manche patrouillierten auf den Straßen. Camio begriff schnell, daß diese Gestalten Füchse wohl eher fernhalten als ihre Flucht aus der Stadt verhindern sollten, doch sie würden in jedem Fall schießen, wenn etwas durch ihre Linien schlüpfte.

Es hatte noch eine andere Zeit gegeben, in der Füchse mehr aus Angst denn zum Vergnügen getötet worden waren. Die Fuchsgeister der *Firstdark* erinnerten sich an diese Ära, an die Jahreszeiten, in denen Matthew Hopkins, der Oberste Hexenriecher, durchs Land gefegt war, um Hinrichtungen durch Erhängen und Ertränken zu befehlen. In jenen bösen Zeiten waren Füchse zusammen mit Katzen und Hunden gestorben, weil sie die Gefährten der als Hexen angeklagten Menschen waren. Die Fuchsgeister beschworen jene finsteren Jahreszeiten und verglichen sie mit dieser Nacht.

Nun war es an O-ha, einen Weg durch den Menschenwald zu finden. Sie gebrauchte ihre Nase, während sie sich parallel zur Linie bewegte, und stieß endlich auf einige Menschen, deren Aufmerksamkeit eher der Flasche als der Nacht galt. Die Leute drängten sich um ein Feuer, das in einer Öldose brannte, und bellten laut, während sie sich die Hände wärmten. Sie und Camio krochen langsam und geduckt an der Seite rückwärts, wo die Menschen Schulter an Schulter das Licht des Feuers abschirmten, und die Bauchhaare der Füchse berührten dabei den Schnee. O-ha war fest davon überzeugt, daß man den leichten Hauch von Fell auf Schnee hören konnte, da er in ihren Ohren so laut klang wie trockene Binsen auf Baumrinde.

Als die beiden Füchse dem Lichtkreis des Feuers beinahe entkommen waren, drehte sich ein Mensch um und starrte in ihre Richtung. Er knurrte seinen Gefährten etwas zu. Einer von ihnen richtete eine starke Lampe auf den Schnee, deren Strahl direkt vor den beiden Flüchtlingen auf den Boden fiel. Der Mensch mit dem Licht stand auf und kam zu ihnen herüber, doch ein anderer hustete ihm etwas zu. Er blieb stehen. Nach kurzer Zeit ging er zurück ans Feuer und nahm einen Schluck aus der Flasche, die herumgereicht wurde. O-ha und Camio warteten einen Moment, bevor sie ihre gefährliche Reise fortsetzten.

Hinter den Linien kamen nur noch umgepflügte Felder, deren hartgefrorene Furchen unter dem Schnee verborgen lagen und ein schwieriges Hindernis boten, wenn man quer zu ihnen lief. Als sie auf einen Graben trafen, legten sie sich eine Weile hinein, um neue Kräfte zu sammeln.

»Ich bin mir nicht sicher, ob das der richtige Weg ist«, sagte sie zu Camio. »Ich bin noch nie so weit von zu Hause weg gewesen.«

»Das ist im Augenblick egal«, erwiderte er. »Wenigstens sind wir aus der Stadt raus. Denk doch nur an die Tiere in Trinity Wood — da sind die Menschen zuallererst hingegangen — und er ist von der Stadt umgeben.«

»Oh, Gar«, sagte sie.

»Gar, ›das vollkommene Paar‹ und noch andere ...«

Als der Morgen anbrach, stellten sie fest, daß man sie aufgespürt hatte und rannten quer über die Felder davon. Sie versuchten es mit allen Tricks — kletterten auf Bäume, liefen einen Ast entlang, sprangen am anderen Ende wieder hinunter und das alles in der Hoffnung, die Spur zu verwischen; sie liefen durch eisgefüllte Gräben und balancierten auf Zäunen entlang. Trotzdem gelang es ihnen nicht, ihre Verfolger abzuschütteln. Die Menschen waren entschlossen, sie zu erwischen, und anscheinend konnte sie nichts davon abhalten. Um ein Bauernhaus schlugen sie einen weiten Bogen. Schließlich kamen sie an eine Bahnlinie. »Schnell, sie sind direkt hinter uns«, sagte Camio. »Auf die Gleise.«

O-ha folgte ihm und fragte sich, was er wohl vorhaben mochte. Sie machte alles nach, obwohl sie noch nie im Leben eine Bahnlinie gesehen hatte. Er rannte ein Stück die Schienen entlang, bevor er sich dazwischenfallen ließ und seinen Körper flach an den Schotter preßte. O-ha tat es ihm nach und legte sich dicht neben ihn.

Kurz darauf ertönte menschliches Gebell, und sie erkannte darin eine gewisse Verwirrung. Sie hatten die Spur an jenem Punkt verloren, an dem die beiden Füchse die Böschung hochgeklettert waren, und suchten nun nach der Stelle, an der sich die Spur fortsetzte.

Es gab einen lauten Knall, bei dem O-ha um ein Haar in die Höhe geschossen wäre, und dann roch es stark nach Kordit. Einer der Menschen hatte sein Gewehr in der Hoffnung abgefeuert, die Füchse damit aus der Deckung zu locken, was ihm auch beinahe gelungen wäre. Dann vibrierten und summten die Schienen. O-ha geriet fast außer sich vor Angst.

»Bleib hier«, flüsterte Camio. »Sei ganz still. Es wird nichts passieren, das verspreche ich dir. Ich weiß, wovon ich rede. Der Zug kommt — er wird über uns hinwegfahren. Uns wird nichts geschehen. Ruhig, ruhig ...« Seine Stimme war leise und sanft und verriet nur einen Hauch von Besorgnis. Die Vibrationen wuchsen zu einem Rattern an. Eine Maschine sauste mit ungeheurer Geschwindigkeit über sie hinweg, und O-ha war fest überzeugt, sie würden sterben. Sie konnte nicht verstehen, warum Camio nicht im letzten Moment in die Höhe schoß, vertraute aber auf sein Urteil und wartete, wartete, daß er sich zuerst bewegte.

Der Lärm war unerträglich. Ihre Ohren schmerzten. Sie waren in lebendigem Stahl begraben, dessen Gebrüll sie umschloß. Der Boden unter ihrem Körper hüpfte auf und ab, die Steine klapperten und stießen aneinander. Sie dachte, es würde ewig dauern — das Gefühl, zerquetscht zu werden, ohne daß ein Gewicht auf ihrem Körper lastete. Dann war es ebenso plötzlich vorüber, wie es begonnen hatte, und zurück blieben nur ein Ohrensausen und ein Herz, das mit dem Zug weitergefahren war und nun mit unvorstellbarem Tempo durchs Land reiste.

Lange Zeit lagen sie nebeneinander, dann flüsterte sie schließlich: »Camio?«

Zunächst kam keine Antwort, und sie fragte sich schon, ob sie vielleicht doch tot waren, doch dann erwiderte er: »Noch einen Moment.«

Ransheen strich über ihre Körper, zerzauste ihr Fell, und als O-ha noch immer keinen Menschengeruch und kein Menschengeräusch wahrnahm, hob sie endlich den Kopf.

»Ich glaube, wir gehen besser weiter. Sie sind weg. Irgendwann müssen wir weiterlaufen.«

»Ich denke, du hast recht«, sagte Camio. »Na, das war ein Erlebnis, was? Ich meine den Zug.«

Sie schaute ihn überrascht an.

»Du hörst dich an, als hättest du das noch nie gemacht.«

Er zuckte mit dem Kopf.

»Habe ich auch nicht — nicht ganz. Einmal habe ich es fast getan, doch im letzten Moment hat mich der Mut verlassen. Bin fast getötet worden. Ein Stadtfuchs lehrte mich, daß es kein Problem ist, vorausgesetzt, du hältst den Kopf unten und bewegst dich nicht. Ich habe mir Sorgen um dich gemacht und gebetet, daß du nicht in Panik gerätst — du warst sehr tapfer — ausgesprochen tapfer. Für *dich* war es das erste Mal, oder?«

»Ich habe noch nie im Leben eine Eisenbahnlinie von nahem gesehen. Also«, sagte sie nicht ohne eine gewisse Herablassung, »du bist also beim ersten Mal gesprungen?«

»Leider ja. Es ist eine schreckliche Erfahrung.«

»Oh«, erwiderte sie, »mir hat es eigentlich ganz gut gefallen.« Dann fügte sie großzügig hinzu: »Ich nehme an, es lag daran, daß du bei mir warst. Ich befand mich ja in erfahrener Gesellschaft.«

»Auch ich hatte beim ersten Mal erfahrene Gesellschaft und bin trotzdem in Panik geraten und weggerannt. Ich bin wohl nicht so mutig wie du.«

Sein Lob klang so edelmütig, daß sie sich für ihre Lüge schämte.

»Ich hatte Angst«, bekannte sie.

»Hätte ich auch vermutet — es wäre dumm, keine zu haben — aber was zählt ist, daß du nicht den Kopf verloren hast. Komm, laß uns gehen. Die Jäger könnten wiederkommen. Welches ist der beste Weg?«

»Wenn wir der Sonne und den Gleisen folgen, müßten wir eigentlich zu den Mooren am Meeresarm kommen. Vielleicht können wir uns dort verstecken, bis alles vorüber ist.«

So machten sich die beiden auf den Weg, die Nasen im Wind, und spitzten die Ohren, um mögliche Menschengeräusche zu bemerken. Gegen Mittag hatten sie einen Punkt erreicht, an dem sich der Hügelkamm sanft zu den kleinen

Buchten und Salzebenen des Meeresarmes hinabneigte. Sie verließen die Bahngleise. Mehrere Züge hatten sie unterwegs überholt, und O-ha konnte nicht begreifen, daß sie einen von ihnen jemals über ihren ausgestreckten Körper hatte fahren lassen.

Als sie die Ebenen der Naßländer erreichten, war gerade Ebbe, so daß nur dünne, silberne Rinnsale zwischen den Ufern des Flusses und seinen Buchten entlangsickerten. Hier wechselten sich auf mehreren Quadratkilometern Strandsode, Meerfenchel und Blasentang mit malvenfarbenen Streifen von Strandnelken ab, deren Blüten im Herbst verwelken, während ihre Farbe noch lange über diese Jahreszeit hinaus weiterlebt. Direkt unter der Wasseroberfläche wuchs Seegras, die einzige blühende Unterwasserpflanze, zwischen dem Meeräschen umherkreuzten. Dort im Verborgenen lebten Pfuhlschnepfen, Strandläufer und Austernfischer, die niemals Austern fressen. Die scharfen Töne der Sumpfvögel vermischten sich mit dem tiefen Rasseln der Ringelgänse. Es gab Unmengen von Schlamm, der mit Schalentieren durchsetzt und von Watt- und Köderwürmern durchlöchert war. Hier lebten mehrere Möwenarten, die sowohl Beute raubten als auch Aas fraßen oder sich ihr eigenes Futter suchten, und anmutige, dolchgesichtige Reiher, die in der Dämmerung einsam Wache standen und in flachen Tümpeln nach silbernen Mahlzeiten Ausschau hielten. Dies waren die Ödländer, die Naßländer, das Watt, die Moore, in denen sich verrottende Schiffsrümpfe wie graugrüne Leichen, die am Tag der Erlösung aus ihren Gräbern steigen, aus dem Schlick erhoben.

Die beiden Füchse liefen im Schutz der Deiche, die das Land um die Meeresbuchten abschirmten. Dort draußen gab es Dutzende neuer Gerüche, würzig und scharf, die erst einmal bestimmt, im olfaktorischen Gedächtnis eingeordnet werden mußten, um in der Zukunft von Nutzen zu sein. Sie entdeckten eine Stelle, an der sie zu einem alten Wrack hinüberlaufen konnten, das auf einer Insel aus

Strand-Salzschwaden lag. Der Hulk war kalt und klamm, doch gab es einen Raum, der wohl früher einmal als Kabine gedient hatte und von der Flut anscheinend verschont blieb. Sie beschlossen, während der harten, schwierigen Wintermonate hier ihre Zelte aufzuschlagen. Es war besser, als der *vergessenen Angst* zu begegnen, die nun tief ins Gedächtnis der Menschheit eingegraben war.

Als O-ha zum ersten Mal auf die Jagd ging, traf sie auf eine Gruppe Seemöwen, die überhaupt nicht an Flucht dachten, als sie eine von ihnen fing. Sie verspürte diesen wollüstigen Trieb zu töten, der sie und A-ho vor so langer Zeit in jenem Haus überkommen hatte. Für einen Augenblick senkte sich der rote Nebel über ihren Verstand, und die unnatürliche Situation, Beute zu schlagen, deren Artgenossen in großer Zahl dabei zusahen, machte sie beinahe verrückt. Doch die Erfahrungen der letzten Tage schlichen sich irgendwie in jene Lust zum Töten um des Tötens willen ein. Ein gewisses Mitgefühl für die Vögel überkam sie — eine seltsame Regung, da ihr Denken und Tun aufs Überleben ausgerichtet waren, und Überleben hieß, Futter zu erbeuten, wo und wann immer es möglich war. Sie unterdrückte den Drang, Amok zu laufen, und nahm nur die Beute mit, die sie bereits geschlagen hatte. Mit Camio sprach sie nicht darüber, weil sie es sich nicht einmal selbst erklären konnte. Sie wußte nur, daß ihr dort draußen in den Flußnebeln, in der reihergrauen Dämmerung, etwas Ungewöhnliches zugestoßen war. Sie war etwas weitaus Wichtigerem als einem greifbaren Feind begegnet.

Als die Flut einsetzte, war beinahe das ganze Boot von Wasser bedeckt, so daß in der Kabine nur ein kleiner Fleck für die beiden Füchse übrigblieb, auf dem sie sich zusammendrängen und auf den Rückzug des Wassers warten konnten. Sie litten sehr. Die Schalentiere — Miesmuscheln und Herzmuscheln, die sie mit ihren starken Kiefern aufbrachen, um an das weiche Fleisch zu gelangen — verursachten innere Verletzungen. Die Kälte war viel schneidender als im Wald. Ransheen wurde in den Ebenen nicht gebremst und schnitt wie eine scharfgeschliffene Sichel durch die Moore, als wolle er alles niedermähen, das höher als ein Grashalm war. Das Schwemmland in der Bucht war immer naß, klebte an ihren Pfoten und gefror zwischen den Ballen, so daß sie viel Zeit damit verbrachten, es mit den Zähnen wieder herauszukratzen. Oben im Gras der Deiche verbargen sich ganze Nester von Nattern, die in Löchern überwinterten und bei einer Störung tödliche Bisse ausgeteilt hätten. An kalten, sonnigen Tagen dösten zuweilen vereinzelte Schlangen im Schnee, die zu faul waren, sich zu bewegen, und die Füchse wichen ihnen vorsichtig aus.

Sie nahmen jeden Tag, wie er war, und Menschenbesuche gab es nur selten. Wenn Menschen in der Gegend waren, stimmten die Gänse einen solchen Lärm an, daß man im Umkreis von Kilometern Bescheid wußte und die Füchse gewarnt wurden. O-ha saß oft stundenlang auf dem Deck des Wracks und beobachtete die Gänse, die im Schlamm nach Nahrung suchten: Große Vögel, die sich um jeden Bissen prügelten und Möwen und Austernfischer verscheuchten, wenn diese sich unter die Masse der Einwanderer mischen wollten, die gleich räubernden Wikingern aus dem Norden eingefallen waren, um die Heimat der anderen zu plündern. Diese rauhen, groben Vögel, die hoch über den Wellen durch die Luft gezogen waren, erschienen selbst den Füchsen als wunderbare Geschöpfe, und keiner von ihnen dachte auch nur im Traum daran, sie als mögliche Mahlzeit zu betrachten. Jedes ihrer Worte klang in O-has Ohren wie eine barsche Obszönität, und obwohl sie einen großen Bogen um die Füchsin machten, fluchten und glotzten sie zu ihr hinüber, wann immer sie durch den Schlamm lief. Es war, als betrete sie den Grund und Boden der Gänse, auf dem sie nichts zu schaffen hatte. Sie platschten auf großen Füßen umher, reckten dann zuweilen die Hälse und schauten sich um, als hegten sie insgeheim den Plan, den langweiligen Tagesablauf zu vergessen und das Abenteuer zu suchen. Dann plötzlich erhob sich eine in die Luft, andere folgten nach, bis der Himmel voll von ihnen war. Wie durch Zauberei wurden sie zu organisierten Wesen, von denen jedes seinen Platz in der Schwadron kannte, hielten in niedrigen V-Formationen eine Luftparade ab oder glitten so geschmeidig über Baumstümpfe oder andere Hindernisse wie eine Schlange über ein Stück Holz. Dies stand in starkem Gegensatz zu den Knäueln, die Wolken bildeten, Schwinge an Schwinge dahinflogen und wie auf unhörbare Befehle alle paar Sekunden die Flugrichtung wechselten.

O-ha und Camio lernten, die schlängelnden, schlickgefüllten Buchten zu meiden, die Füchse in einen schrecklichen Tod hinabziehen konnten. Sie jagten auf dem Netzwerk kleiner Erhebungen, die sich bei Flut zuweilen in Inseln verwandelten. Wenn erst der Frühling kam, würde es dort reichlich Eier und junge Aale, Laich und Spannerraupen geben. Doch bis dahin mußte sich das Paar mit dem begnügen, was unter dem Schlamm oder in der Luft darüber zu finden war.

17. Kapitel

Obwohl O-ha und Camio nicht so gut genährt, warm oder trocken waren, wie sie es außerhalb der Moore gewesen wären, verlieh ihnen das Leben inmitten von Schlamm und Wasser vor allem im Winter ein Gefühl der Sicherheit. Während der Sommermonate zogen vermutlich bewaffnete Jäger oder bei Flut auch Fischer durch die Buchten, aber während der Winterzeit erfüllte irgend etwas in diesen kahlen, winddurchtosten Wattebenen die Herzen der Menschen mit Schrecken. Die durchfurchte Landschaft war von einer flachen, grauen Leere, die scheinbar von ewiger Ödnis sprach, ein Ort, der als Abbild der Hölle gelten konnte. Nebel glitten wie kalte Geister über den Schlick, und die Rufe der Vögel waren die klagenden Schreie verlorener Seelen, verdammt zu ewigen Wanderungen durchs wüste Nichts. Doch zumindest schreckten die offenen Buchten mit ihren erbarmungslosen Winden und der unfehlbaren Eintönigkeit die Menschen ab.

Die beiden Füchse lebten nur für den nächsten Tag — Überleben war ihr einziger Ehrgeiz. Der mit schleimigem Schlick und Algen überzogene Rumpf versank langsam, aber sicher im Morast und bot ihnen nur den allernötigsten Schutz. Die umliegenden Buchten lieferten genug Nahrung, die die Füchse nicht kannten, bald aber schätzen lernten. Zuweilen erbeuteten sie einen unglücklichen Vogel, ernährten sich jedoch die meiste Zeit von Schalentieren, Krebsen, Krabben, Würmern und Wurzeln. Am meisten vermißte O-ha ihre geliebten, saftigen Pfifferlinge und Ritterlinge und die Nester der Bauminsekten, die sie in den verrotteten Baumstämmen von Trinity Wood gefunden hatte.

Einmal begegnete sie draußen im Schlamm einem Geschöpf, wie sie es noch nie gesehen hatte, das ihren Stolz verletzte und ihr eine wunde Nase einbrachte. Sie bahnte sich gerade vorsichtig einen Weg durch die Strand-Salzschwaden und schnüffelte an Löchern, in denen sie von der Flut zurückgebliebene Aale vermutete, als etwas ihre empfindliche Schnauze packte. Sie stemmte sich nach hinten und mußte feststellen, daß ein Wesen, das einem verlängerten Krebs sehr ähnlich sah, von ihrer Nase baumelte. Nach einigen schmerzhaften Augenblicken des Kampfes gelang es ihr, den Griff des Schalentieres zu lockern und es in den Schlamm zu werfen.

Das Ding war grau und platt, mit einem langen Schwanz und zwei riesigen Scheren am Kopf. Danach mied sie diese Kreaturen und überprüfte zuerst sorgsam, ob die Schlammlöcher nichts dergleichen beherbergten, bevor sie dann weitere Untersuchungen wagte.

Eines Abends kehrte sie von der Jagd heim und nahm einen Hundegeruch im Wind wahr. Er wehte vom Deich herüber, und sie kauerte sich eine Weile in den Blasentang, um weitere Gerüche und Geräusche abzuwarten.

Da sich der Geruch hielt und keine weiteren Anzeichen von Bewegung zwischen den hohen Gräsern an der Flußmauer zu sehen waren, beschloß O-ha, aufs Boot zurückzukehren. Sie sprang zuerst auf das schiefe Deck und dann durch das Loch in den naßkalten Innenraum des Rumpfes. Dort schlief Camio, und sie weckte ihn, um zu fragen, ob auch er den Feind riechen konnte. Er leckte seine Nase, schnüffelte kurz in der Luft, wobei er die zahlreichen Gerüche einordnete, und bestätigte dann ihren Verdacht.

»Hund — ganz eindeutig. Aber was macht ein herrenloser Hund bloß hier auf den Mooren? Ob er sich verlaufen hat?«

»Würde ich auch sagen«, antwortete sie. »Ich wittere keinen Menschengeruch, also muß es so sein. Vielleicht ist er verletzt — liegt verletzt dort drüben herum? Glaubst du, wir sind in Gefahr?«

Camio schüttelte den Kopf, schlug aber vor, den Rest der Nacht auf dem Wrack zu verbringen, um ganz sicherzugehen.

O-ha legte ihren Kopf quer über seine Schultern und versuchte zu schlafen, obwohl es ihr schwerfiel. Mitten in der Nacht wurden die beiden durch ein Heulen aufgeweckt, das vom Deich herüberdrang: ein mitleiderregender Ton, der sie mit Verzweiflung erfüllte. Keiner von ihnen drängte sich darum, die Ursache des Unglücks zu erforschen, denn schließlich konnte es ebensogut eine Falle sein. Und es war ohnehin töricht, sich mit jemand einzulassen, der nach ihrem schlimmsten Feind roch.

Als der Morgen anbrach, bemerkte O-ha eine Bewegung auf dem Deich. Es war tatsächlich ein Hund, und sie erkannte ihn auf der Stelle: Breaker, der ehemalige Jagdhund, der zum Hofhund geworden war. Er befand sich augenscheinlich in einem beklagenswerten Zustand. Er sah halbverhungert aus, und das Unglück hatte seine Gesichtskonturen aufgelöst. In seinem Geheul schwang ein klagender Ton mit, bei dem Menschen voll des Mitgefühls auf ihn losgestürzt wären, aber die Füchse waren für solche Empfindungen weit weniger anfällig. Camio ließ sogar eine gewisse Verachtung anklingen.

»Warum schreit er denn so? Wenn er schon unglücklich ist, warum *unternimmt* er dann nichts dagegen?«

»In seinen Augen tut er das«, erwiderte O-ha. »Er ruft um Hilfe. Für Hunde ist das schon etwas.«

Plötzlich hatte Breaker das Boot bemerkt, das hinter Schilf verborgen und bereits halb im Schlamm versunken war. Er machte sich auf den Weg dorthin, wobei er bis zum Bauch im Schlick versank. Kurz vor dem Fluß in der Mitte der Bucht wäre er beinahe verschwunden, aber es gelang ihm unter großen Anstrengungen, auf ein versunkenes

Stück Treibholz zu klettern — den Ast einer Eiche — und er benutzte ihn als Steg über das Flußbett. Als er sich dem Boot näherte, wurde O-ha allmählich unruhig.

»Er kommt hierher«, flüsterte sie. »Was sollen wir jetzt machen?«

Das wußte Camio wohl auch nicht, beschloß aber, es herauszufinden, bevor der Hund sie tatsächlich erreicht und festen Boden unter den Pfoten hatte.

»Hey«, rief er. »Du da, Hund. Was willst du?«

Breaker hielt inne, als er gerade an einer überhängenden Uferböschung hochklettern wollte, und schaute zum Boot hinüber. Er erkannte am Dialekt, daß ein Fuchs mit ihm sprach, doch sein Geruch signalisierte jetzt nur noch Erleichterung — als habe er gefunden, was er suchte.

»Fuchs? Ich habe euch gestern schon gerochen. Ihr seid zu zweit — eine Füchsin und ein Fuchsrüde. Ich habe noch immer eine gute Nase — noch immer eine gute Nase, obwohl sie mich wie ein Stück Abfall weggeworfen haben. Wißt ihr, ich bin fast hinüber. Ich bin müde und hungrig. Brauche einen Platz zum Ausruhen. Ich komme aufs Boot.«

»Du tust was?« fragte O-ha, deren Instinkt sie hochfahren ließ.

»Ich komme aufs Boot, aber ich verspreche, daß ich euch nicht angreifen werde. Versteht ihr?« Seine Schnauze mit den hängende Lefzen blubberte mehr, als daß sie sprach, doch das war nun einmal die Art der Jagdhunde, die Wörter lieber hervorgurgelten und herauspolterten, anstatt sie klar und deutlich auszusprechen. Sie benutzten es als soziales Merkmal — der Dialekt des sportlichen Hundes.

Camio schnaubte verächtlich. »Du versprichst uns, nicht anzugreifen? Ich glaube, du siehst das ein wenig falsch, Sportsfreund. Du bist da draußen sehr angreifbar, im weichen Schlamm, wo wir federleichten Füchse Ringelreihen um dich herum tanzen könnten. Außerdem sind wir zu zweit, wie du sehr richtig bemerkt hast, durchtrainiert und stark. Du hingegen bist allein ...«

Breaker unternahm einen zweiten Anlauf auf die Uferböschung, rutschte erneut ab und sagte im selben Moment: »Du glaubst, ihr könntet einen *Jagdhund* überwältigen? Keine Chance. Ich habe mehr Füchsen das Rückgrat gebrochen als ihr Haare in der Lunte habt.«

»*Schwanz!*« brüllte O-ha.

»Was? Na ja, schon gut, dann eben Schwanz. Habt ihr kapiert?« schnappte er. »Ich bin ein Killer, ein Rückgratbrecher mit dem Teufel im Leib. Meine Kiefer sind tödliche Waffen. Meine Zähne zermahlen Knochen zu Pulver. Ich bin wild, grausam und erbarmungslos. Mitleid ist ein Fremdwort für mich. Ich war zwei Jahreszeiten alt, bevor ich wußte, daß Töte-den-Fuchs aus drei Wörtern besteht und nicht aus einem. Ich bin der Zerstörer ... der ...« Er glitt zum dritten Mal am Ufer ab, keuchend und kraftlos. In diesem Augenblick hätte einer der Füchse hingehen und seine Kehle aufreißen können, ohne daß er sich gewehrt hätte. Er saß völlig hilfos im Schlamm fest und war offenbar beinahe verhungert.

»Ich — verspreche — ich — werde — euch — nichts — tun ...« japste er. »Ehrenwort. Ich verspreche es. Euch ... nichts tun ...«

Sie beobachten ihn, während er sich ausruhte. Camio fragte O-ha, ob sie weiterziehen wollte, während sich die Bestie erholte, doch sie antwortete, daß kein Wrack so gut wie dieses sei und Breaker in diesem Zustand wohl kaum einen Krebs mit weicher Schale erlegen konnte, geschweige denn einen Fuchs. Also blieben sie da, obwohl ihre Nerven ein wenig flatterten und O-ha den Hund ständig im Auge behielt. Ihre ganze Natur sträubte sich gegen die Nähe zu einem solchen Tier, insbesondere einem Jagdhund. Auch Camio, der aus seinen Zootagen an andere Tiere gewöhnt war, schien sich nicht ganz wohl zu fühlen.

Schließlich kam Breaker mühsam auf die Füße und schaffte es dieses Mal, die Uferböschung zu erklettern und ins Innere des Bootes zu kriechen. Dort fand er einige Nahrungsreste, die die Füchse versteckt hatten, kaute auf den salzigen Stücken herum und verschluckte sie mit offenkundigem Widerwillen.

»Dreck«, murmelte er vor sich hin. »Kein einziges anständiges Stück Fleisch.«

»Hör ihn dir an«, bemerkte Camio. »Er verachtet das Futter der Ausgestoßenen, fragt aber nicht erst, bevor er es runterschlingt, was? Vielleicht kannst du beim nächsten Mal selbst auf die Jagd gehen.«

Breaker grollte.

»Paß auf, was zu sagst, oder ich zieh dir die Haut ab, Reineke.«

»Wir mögen diesen Namen nicht,« fauchte O-ha.

»Tatsächlich, du wilde Rothaut? Dann muß ich ja ungeheuer aufpassen, es nicht mehr zu sagen, was? — *Reineke.*«

Camio beantwortete diese Bemerkung mit einem scharfen Biß in die Hundenase.

»Hey!» sagte der Jagdhund mit tränenden Augen, »das war jetzt aber nicht nötig. Wenn du nicht aufpaßt, muß ich dir das Rückgrat brechen. Dieses eine Mal werde ich noch darüber hinwegsehen.«

Der erschöpfte Hund leckte kaum die Stelle, an der ihn der Biß getroffen hatte, und die beiden anderen erkannten, daß sein Ende beinahe bevorstand. Seine Augen verrieten ihnen, daß er den Tag vielleicht nicht überleben würde und trotz all seiner Frechheit und Prahlerei so schwach wie ein Kätzchen ohne Muttermilch war. Obwohl er sich dafür hätte schämen sollen — denn er nutzte einen, wenn auch unbewußten, Vorteil aus — waren Füchse doch so lange von Hunden gejagt, in Orgien der Blutlust und des künstlich erzeugten Hasses in Stücke gerissen worden, daß es Camio schwerfiel, Breaker ungeachtet seines Zustandes nicht als Killer zu betrachten.

O-ha sagte: »Laß ihn in Ruhe, Camio. Er kann uns nichts tun. Wir können genauso gut auf die Jagd gehen, solange noch Ebbe ist. Komm mit.«

Während sie jagten, fiel heftiger Regen, und beide wußten, daß sie diesmal Wasser trinken konnten, das nicht auf dem Boot vor sich hinfaulte. Zufällig fanden sie an diesem Tag drei Gänse, die von Jägern erschossen und im Schlamm zurückgelassen worden waren. Man hatte sie wahrscheinlich für Füchse, Hunde oder Dachse gehalten — also war die *vergessene Angst* noch immer gegenwärtig. Sie zerrten eine der Gänse in die Strand-Salzschwaden, versteckten sie im Schilf und nahmen die anderen mit aufs Wrack. Sie hängten sich die Tiere übrigens nicht zwanglos über die Schulter und trugen sie ohne Schwierigkeiten nach Hause, wie manche Menschen glauben, sondern zerrten sie am Hals durch den Schlamm.

Als sie auf das Boot zurückkehrten, lebte Breaker noch. Er trank Regenwasser, doch der Glanz in seinen Augen war erloschen. Er sah verhungert aus, und seine Rippen malten sich unter der Haut wie eine Reihe eiserner Ringe ab. Er warf einen hungrigen Blick auf die Gänse, während die Füchse sie wegzerrten, um sich sattzufressen. Als O-ha und Camio ihren Teil verschlungen und die Überreste auf dem Boden zurückgelassen hatten, kroch der Hund heran und begann zu kauen. O-ha wollte schon protestieren, doch da sie satt war und sich nicht mehr sonderlich für das Fleisch interessierte, sagte sie nichts, streckte sich statt dessen aus und legte den Kopf auf Camios Hinterteil. Auch der Fuchsrüde erhob keine Einwände, so daß der Hund seinen Teil fressen konnte. Danach trat wieder etwas Glanz in seine Augen. Er entdeckte einen Balken, auf den er sich legen konnte, während die Flut durch den Schiffsrumpf spülte und die Gänsefedern in einem kleinen Strudel herumwirbelte. Die Überreste der Gänsekörper trieben im fauligen Wasser umher.

O-ha war verwirrt, da sie nun ihre Mahlzeit mit einem Fuchshund geteilt hatte. Wann immer sie erwachte und ihn roch, stieg eine kaum zu bekämpfende Panik in ihr auf. Sie fand den Geruch unerfreulich und anstößig, besonders dann, wenn er sich mit dem Duft ihres Camio vermischte. Wenn sich der Hund bewegte und Rülpser oder Furze ausstieß, mußte sie sich schon beherrschen, um nicht außer sich vor Wut über ihn herzufallen. Allein seine Gegenwart wirkte obszön.

Doch wenn sie diese Gedanken beiseite schob, wenn Ransheen durch die Löcher des Rumpfes blies und den Hundegeruch vertrieb, konnte sie ihn von einer unbeteiligteren Warte aus betrachten. Sie sah einen Jagdhund, dessen Geist man gebrochen und dessen Körper ihn verraten hatte, obwohl er zu dickköpfig war um einzugestehen, daß er als Jäger erledigt war. Wenn er von seinen früheren Triumphen brabbelte, die unvermeidlich um das Töten von Füchsen kreisten, erweckte er eher Mitleid als Zorn. Die ganze Geschichte des Hundes drehte sich um jemand, der ihn schließlich verraten und geopfert hatte. Breaker hatte seinen ganzen Glauben auf einen treulosen Herrn gesetzt, hatte die Befehle dieses Herrn ausgeführt, und als sein Körper dann allmählich schwächer wurde, hatte man ihn wie ein nutzloses Werkzeug fortgeworfen. Dadurch wurde sein ganzes Leben zu einer Lüge: einer Lüge, die er versuchsweise noch einmal durchlebte und vor seinen Zuhörern beschönigen wollte.

»Mein Herr respektierte mich, bewunderte mich mehr als alle Jagdhunde, die er jemals gekannt hatte. Man gab mir die erlesensten Fleischstücke, die beste Unterkunft. Natürlich habe ich es verdient — ich *war* der Beste. An dem Tag, als ich die Meute verließ und auf den Bauernhof kam, weinte mein Herr. Doch er wußte, daß ich ein Arbeitshund war und mich im Schlepptau der Meute nicht wohlgefühlt hätte. Und obwohl mir das Bewachen des Bauernhofes nicht halb so aufregend erschien wie die Fuchsjagd, war es doch eine sehr *wichtige* Aufgabe. Ihr wißt schon, wegen der Sicherheit. Menschen müssen sich sicher fühlen ... auf dem Hof wurde ich ungeheuer geschätzt ...«

Wäre Breaker die ganze Zeit bei dieser Geschichte geblieben, hätte man ihm vielleicht Glauben geschenkt, doch das tat er nicht. Manchmal stieß er furchtbare Verwünschungen gegen seinen früheren Herrn aus. Gelegentlich erwähnte er seine Verachtung für den Bauernhof und dessen Bewohner. Einmal verfluchte er sogar sich selbst und äußerte Verachtung für seinen Zustand und seine augenblickliche Position in der Hundegesellschaft.

O-ha hätte Breaker verachten sollen, statt dessen aber machte er sie zuweilen traurig. Dann wiederum wurde sie wütend auf sich selbst. Somit wirbelten ihre paradoxen Gefühle ständig im Kreis herum.

Als eines Abends die Dunkelheit hereinbrach, fragte Camio den Hund: »Warum bist du hergekommen? Hast du dich verlaufen?« und sie erfuhren etwas, das der Wahrheit sehr nahe kam.

»Jagdhunde wie ich verlaufen sich nicht, Reineke«, antwortete Breaker, diesmal jedoch ohne Bosheit. »Ich kenne dieses Land in- und auswendig. Ich könnte selbst dann noch den Heimweg finden, wenn die ganze Welt mit Bauerneintopf überflutet wäre. Nein, ich bin geflohen.«

»Geflohen? Wovor?» erkundigte sich O-ha.

»Ach, ich war diese Kette leid. Du erinnerst dich doch an die Kette, Füchsin? Du bist der Fuchs, der eines Nachts auf den Bauernhof gekommen ist — ich vergesse keinen Geruch. Diese verdammte Kette. Ich bin ein Jagdhund, keine Promenadenmischung. Ich bin daran gewöhnt, frei herumzulaufen, den Wind im Fell und den Geruch der Erde in der Nase ... ihr Füchse werdet das verstehen. Ich bin auf diesem Bauernhof fast verrückt geworden, angekettet, mit sieben Schritten Auslauf.«

»Kenne ich», bemerkte Camio schläfrig. »Ich bin dort gewesen — diese sieben Schritte — die kenne ich zur Genüge. Wir haben denselben kleinen Teil der Welt durchschritten, Hund. Wir haben denselben langen, öden Alptraum erduldet ...«

Camio wurde zu gelehrsam, und O-ha, die diesen Wesenszug gut kannte, brachte ihn zum Schweigen.

»Was also ist passiert?« wollte O-ha wissen.

»Eines Nachts habe ich das Halsband abgestreift — und war frei. Ich rannte durch die Felder und Wälder, jagte alles, was mir in die Quere kam, auch Füchse. Hätte sie umgebracht, wenn ich sie gefangen hätte. So bin ich, Breaker, der Leithund der Meute. Dann, am Morgen, ging ich heim. Ich hatte niemals vor, wegzubleiben. Ich bin ein Hund — ein treuer Hund. Wegzubleiben wäre ein Verrat an all dem gewesen, das ich symbolisiere. Meine Herren sind meine Herren. Kein Zweifel. Ich wollte nur ein bißchen Freiheit.«

»Und?«

»Und sie warteten mit Gewehren auf mich. Sie wollten mich erschießen. *Mich erschießen*, Breaker, den Fuchshund — mich wie irgendein wildes Tier abknallen.«

»Verstehe«, erwiderte Camio. »Sie dachten, du wärst mit der *weißen Maske* in Berührung gekommen. Stimmt doch, oder?«

»*Weiße Maske*? — ich nehme kein Blatt vor den Mund — *Tollwut*. Sie hatten Angst, ich hätte mich mit der Tollwut angesteckt, und wollten kein Risiko eingehen. Nach allem, was ich für sie getan hatte. Ihr Eigentum beschützt, mit ihren Kindern gespielt, Füchse für sie gejagt.«

»Sie haben dir nicht mehr vertraut«, bemerkte Camio. »Der treue alte Breaker mußte sterben. Vielleicht saß ja ein Teufel in ihm, der hervorbrechen könnte, während er mit ihren Kindern spielte, und das war einfach undenkbar.«

»Jedenfalls konnte ich ihre Angst riechen. Ihre Münder bellten leise — ›Komm, Breaker. Guter Junge. Hierher, Hund, hierher. Komm und hol dir den schönen, saftigen Knochen, den wir für dich haben.‹« Doch die Muskeln in ihren Gesichtern waren angespannt, und ihre Augen zeigten wildes Entsetzen. Ich kannte den Anblick von Gewehren, und sie trugen sie ganz lässig unter dem Arm, doch die Anspannung war da, die Bereitschaft, nach der Waffe zu greifen und mich in Stücke zu reißen, sobald ich in Reichweite kam. Ich tat, als würde ich freudig auf sie zulaufen — ihr wißt schon, mit hängender Zunge und lässig rollendem Gang. Doch je näher ich kam, desto aufgeregter wurden sie, bis schließlich eines der Gewehre hochschnellte. Da bin ich weggelaufen, bis ich außer Reichweite war. Ich konnte spüren, wie die Kugeln hinter mir die Erde aufwirbelten, und dann klang mir der Schuß in den Ohren. Vielleicht schossen sie mehr als einmal, ich weiß es nicht. Da war ich schon fort — über die Felder, auf und davon. Seitdem bin ich umhergewandert und ihnen möglichst aus dem Weg gegangen.«

O-ha wurde unruhig.

»Sie werden dir doch nicht hierher gefolgt sein, oder?«

»Wohl kaum. Sie könnten keinem ... keinem ...«

»Elefanten?« fragte Camio hilfsbereit.

»Einem was? Egal, ohne einen Hund können Menschen keine Spur verfolgen — das weißt du doch, Reineke. Ich? Ich hätte mich ohne weiteres finden können, aber diese Bauernburschen sind blind. Sie riechen eine tote Ratte erst dann, wenn sie schon zehn Tage alt ist. Was ist ein Elefant?«

»Ein großes Tier. So riesig wie ein Haus, und es hinterläßt Spuren so groß wie Mülleimerdeckel.«

»Von einem solchen Tier habe ich noch nie gehört«, sagte Breaker.

»Sie stammen aus dem Land der Löwen«, erwiderte Camio.

»Was ist ein Löwe?«

»Vergiß es«, erklärte der Fuchs. »Ich bin müde. Wir alle sollten etwas schlafen. Wenn du vorhaben solltest, heute nacht über uns herzufallen, dann vergiß es. Du plumpst ins eiskalte Wasser und wirst in deinem Zustand sehr schnell ertrinken.«

»Ihr könntet mir gar nicht gleichgültiger sein«, sagte Breaker. »Meine Kumpel können mich hier nicht sehen und meine Herren auch nicht. Es ist nicht der Mord, sondern der Sport. Das Schauspiel. Die Show. Ich mache mir doch nicht die Mühe, zwei schäbigen Reinekes wie euch das

Rückgrat zu brechen, wenn mir keiner dabei zusieht. Ihr könnt ruhig schlafen.«

»Danke vielmals«, antwortete Camio, und dann kuschelte er sich enger an O-ha, um sie vor dem Nachtfrost zu schützen.

18. Kapitel

Im Anfang nach der *Firstdark,* jener Zeit, die in der Mythologie aller Caniden auftaucht, herrschten die Wölfe in den Wäldern. Sie formierten sich rasch zu Rudeln, deren Anführer Diestarksind genannt wurden und teilten das Land in Territorien für die einzelnen Rudel auf. Während sich die Füchse dort halten konnten, indem sie den Rudeln geistergleich auswichen, wurden die Hunde in die ungeschützten Steppen getrieben, wo die Pferde grasten. Auch die Hunde schlossen sich zur Sicherheit in Meuten zusammen, doch da sie schwächer als die Grauen waren, konnten sie ihnen in der Schlacht kaum die Stirn bieten. So entwickelten die Hunde eine Abneigung gegen die Wölfe, die die besten Jagdgründe besaßen und die Hunde ständig vertrieben. Die Hundemeuten wurden gezwungenermaßen zu Nomaden, die in der Angst vor dem Ruf des heulenden Meisters lebten. Diesen Titel verlieh jedes Rudel dem Wolf mit der lautesten und schallendsten Stimme, und seine Aufgabe war es, die Artgenossen vor Eindringlingen zu warnen. Der heulende Meister bezog auf einem hohen Felsen Stellung, dort, wo der Wind am stärksten wehte, und richtete seine Nase auf mögliche Störenfriede. Witterte er einen Hund, so erklang der hohe, singende Ton über den Wäldern und weiten Ebenen, und die Wölfe sammelten sich, um auf jede glücklose Hundemeute loszustürmen, die in den baumlosen Öden ein mageres Leben fristen wollte.

Obwohl es in der Welt weitaus mehr Hunde als Wölfe gab, war es letzteren gelungen, die Oberhand zu gewinnen, weil sie Organisationen bilden konnten. Deren Kernstück war die vortreffliche Kommunikation zwischen den einzelnen Wolfsrudeln und die Tatsache, daß sie die Bedeutung gegenseitigen Einverständnisses zu schätzen wußten.

Einige Zeit nach der *Firstdark* entschlossen sich die Hunde, die kurz vor dem Verhungern standen, alle persönlichen Differenzen außer acht zu lassen und sammelten sich auf den großen Ebenen der Mitte, um dort eine einzige, mächtige Meute zu bilden, die die Wölfe aus den Wäldern vertreiben und ins Meer hinausjagen sollte. In der Hundemythologie nannte man diese Epoche *Die Jahreszeit des Hundes,* und sie galt als ihre Blütezeit, bevor sie den Pakt mit den Menschen schlossen. Alle Streitereien und Auseinandersetzungen zwischen den einzelnen Meuten wurden beigelegt. Skellion Breitkiefer, der Anführer, den man zum Königshund der kommenden Schlacht gewählt hatte, prägte das Sprichwort, das zum Schlüsselbegriff während des Kampfes um die Vorherrschaft über die Wolfsrudel werden sollte: *Ich stehe gegen meinen Bruder Hund, doch mein Bruder Hund und ich stehen gemeinsam gegen unseren Vetter Wolf.* Auf diese Weise konnten sie ihre kleinen Rivalitäten unterdrücken, ohne sie jedoch gänzlich beizulegen. Die Gründe für den Erfolg der Wölfe bei der Vertreibung der Hunde lagen in dem Respekt, den sie dem Territorium jedes einzelnen zollten, der Würde, mit der sie ihre Diskussionen führten und dem Bedürfnis, einander als ebenbürtig zu betrachten. Die Hundemeuten hingegen zankten sich ständig, schmähten einander mit unverzeihlichen Beleidigungen und führten verachtenswerte Raubzüge gegen benachbarte Meuten aus, die keine noch so mühevollen diplomatischen Verhandlungen vergessen machen konnten. Skellion Breitkiefer wußte, daß man die persönlichen Fehden zwischen seinen Meuten nicht gänzlich beilegen konnte und hoffte bestenfalls auf einen vorübergehenden Waffenstillstand und eine anschließende Bereinigung der Differenzen. Es war ein kluger Schachzug von ihm, diese Tatsachen anzuerkennen und inseinen Schlachtruf einzuflechten, denn er wußte, daß ihre einzige Überlebenschance in einem gemeinsamen Plan lag.

Während dieser Zeit schauten die Füchse nur zu und hofften, daß sich ihre Hauptrivalen bei der Jagd gegenseitig vernichten würden.

Zunächst waren die Hunde ausgesprochen erfolgreich. Sie fegten durchs Land und trieben kleinere Wolfsrudel auf die Ebenen hinaus, wo die Pferde grasten. Die Pferde waren keine Freunde der Wölfe, die ihre Herden dezimierten, indem sie bei jeder Gelegenheit versprengte Tiere, Fohlen und kranke Stuten angriffen. Sie begrüßten die Chance, die grauen Schatten aus den Wäldern niederzutrampeln, während diese versuchten, den um sich dreschenden Hufen zu entgehen. Die Hunde freuten sich über die Intervention der Pferde, und Skellion Breitkiefer wurde als einer der größten Anführer aller Zeiten gefeiert.

Die Wölfe gerieten in Panik. Trotz eines guten Kommunikationsnetzes gelang es ihnen nicht, sich zur rechten Zeit am rechten Ort zu sammeln. Sie erlitten eine furchtbare Niederlage am Ort der Sümpfe, als sie am östlichen Rand der Naßländer ein mächtiges Rudel bildeten. Die Hundespäher in diesem Gebiet hatten voller Entsetzen die Wölfe beobachtet, denn Skellion Breitkiefer und der Hauptteil der Truppen waren zwei Tagesläufe entfernt, und die Wölfe stellten eine zehnfache Übermacht dar. Sie sandten einen Läufer zu Skellion Breitkiefer und schickten sich an, die Wölfe bis zum Eintreffen der eigentlichen Streitmacht aufzuhalten. Die Wölfe erkannten, daß nur einige kleine Hundemeuten sie vom Höhenkamm über den Sümpfen aus beobachtet hatten und wählten Anführer, Strategie und Taktik, ohne die Gegenwart der Hunde zu beachten.

Am Mittag des zweiten Tages bemerkten die Hunde jedoch eine Verwirrung unterhalb ihrer Stellung. Weitere Wolfsrudel waren eingetroffen und hatten die Anzahl so vergrößert, daß sie sich auf der kleinen, festen Fläche gegenseitig anrempelten. Die Wolfsführer hatten angenommen, daß sie sich, da sie auf drei Seiten von Sumpfland umgeben waren, nur um ihre Front kümmern mußten, während Rücken und Flanken gedeckt waren. Als die Sonne den höchsten Punkt erreichte, trat ein Hund namens Zerfuss auf einen Dorn und stieß einen schrillen Schmerzensschrei aus. Die meisten Hunde auf dem Höhenkamm waren so aufgeregt, daß sie sein Gebrüll als Befehl zum Angriff auffassten und im Sturmschritt nach unten auf die Wölfe loseilten. Die Gegebenheiten der Landschaft zwangen die Hunde in einen schmalen Spalt zwischen zwei Gebirgsvorsprüngen, und da sie sich auf dem steilen Abhang nicht bremsen konnten, trafen sie die Wölfe wie ein harter Keil aus Körpern und trieben die Grauen rückwärts und zu beiden Seiten auseinander. Tausende von Wölfen zappelten im Schlamm und sanken in den Tod hinab. Die übrigen kämpften tapfer, doch die Hunde besaßen einen psychologischen Vorteil, und sie überwältigten einzelne Gegner und brachten sie zu Fall, während die Wölfe einen Rückzug über jedes Stückchen festen Bodens antraten, das ihnen die Sümpfe boten.

Die Hunde trugen einen großen Sieg davon, und als Skellion Breitkiefer eintraf, waren schon die Feiern im Gange, denen er dann gezwungenermaßen beiwohnte. Doch war er nicht allzu glücklich über die Tatsache, daß nicht er selbst, sondern Zerfuss, ein relativ unbedeutender Anführer, den Sieg herbeigeführt hatte. Nach außen hin überschüttete er den anderen Hund mit Lob, insgeheim aber schwor er sich, daß die Abrechnung noch kommen würde, wenn der Krieg erst einmal vorbei war.

Die große Entscheidungsschlacht sollte auf einem Vorgebirge stattfinden, das nördlich eines breiten Flusses lag. Skellion Breitkiefers Truppen waren den Wölfen diesmal fast zwanzig zu eins überlegen. Am Abend vor der Schlacht kam ein Bote aus dem Wolfslager, um einem von den Hunden gewählten Krieger einen Zweikampf anzubieten. Er erklärte ihnen, daß selbst wenn die Wölfe unterlegen waren und sie die Entscheidungsschlacht möglicherweise verlieren würden, die Hunde trotzdem große Verluste erleiden könnten. Die Wölfe hatten beschlossen, daß nicht einer von ihnen das Schlachtfeld lebend verlassen würde. Jeder Wolf würde bis in den Tod kämpfen und mehrere Hunde mit sich reißen. Shesta, die große Krieger-Priesterin der Wölfe, hatte daher angeboten, gegen jeden beliebigen Hund im Zweikampf anzutreten, und dem Gewinner würde der Tag gehören. Auf diese Weise könne man viel Blutvergießen vermeiden.

Inzwischen waren Skellion Breitkiefer die Lobeshymnen seiner Truppen zu Kopf gestiegen — sie nannten ihn den Unbesiegbaren, den Hundstag-Krieger mit den zehn Leben, den Hund der Wunder — und die Eitelkeit hatte ihn derart überwältigt, daß er sich allen anderen Tieren dieser Erde überlegen fühlte.

Er teilte dem Botschafter folgendes mit: »Sage der Hündin, daß ich sie morgen bei Tagesanbruch am Ein-Baum-Hügel treffen werde.«

Und so fand Skellion Breitkiefer am Ort des einzelnen Baumes in den wilden Fängen von Shesta, der Krieger-Priesterin, den Tod. Sie riß ihn von der Kehle bis zu den Lenden auf und fraß vor den Augen von Tausenden entsetzter Hunde und singender Wölfe sein Herz. Die Hunde klagten sich gegenseitig des Versagens an und wurden von den Wölfen vertrieben, die in der Unordnung ihren Vorteil erkannten und nutzten. Hätte Skellion Breitkiefer die Kriegslist der Wölfe durchschaut und wäre er bei seinem ursprünglichen Plan geblieben, hätten die Hunde zweifellos den Sieg davongetragen, doch er verzichtete auf seinen Vorteil zugunsten der Möglichkeit, eine unsterbliche Legende zu werden. Hätten sich die Hunde wieder sammeln und die Niederlage ihres Anführers als das betrachten können, was sie war, nämlich nur irgendein Tod, der die Schlacht überhaupt nicht beeinflussen konnte, dann hätten sie trotz allem die grauen Horden besiegt. So trug letztendlich ihr eigener Charakter die Schuld an der Niederlage.

Skellion Breitkiefers Körper wurde von den Wölfen in den Wald gezerrt und unter den Wurzeln eines namenlosen Baumes begraben. Bis zum heutigen Tag pißt ein Hund in der Hoffnung, Skellions Denkmal zu entweihen, an jeden irgendwie erreichbaren Baumstamm. Er ging als Hund-dessen-Eingeweide-nach-Stolz-stinken in die Hundelegenden ein, was ein bißchen hart ist für ein Tier, das nur einen einzigen Fehler begangen hat, obgleich dies der allerentscheidendste Fehler im Krieg gegen die Wölfe war.

Diese Schlachten hatten die Wolfbevölkerung drastisch reduziert, und sie verbündeten sich wider besseres Wissen mit den Wildschweinen der Wälder, deren Zähne so manchen Hund das Leben kosteten. Dies war die Zeit, als der Gigant *Groff*, der Agent der Menschen, von den weißgekrönten Gipfeln herunterkam, um Verbündete zu sammeln und den Menschen den Weg aus der Ursuppe zu ebnen. Zunächst konnte er überhaupt keine Mitstreiter gewinnen und formte aus den Wolken seine Fabelwesen. Er versuchte, bekannte Tiergestalten nachzuahmen, doch die Naturgesetze verbieten eine perfekte Imitation, und so entstanden andersartige Geschöpfe unter seinen Händen. Als er ein Pferd schaffen wollte, entstand daraus das Einhorn. Als er versuchte, den Adler nachzubilden, erhielt dieser den Oberkörper eines Säugetiers und wurde zum Greif. Schließlich gab er die Nachahmungen einfach auf und erschuf eine der schrecklichsten Kreaturen, den feuerspeienden Drachen. Die Hundemythologie, die ein wenig von der des Wolfes und des Fuchses abweicht, behauptete, daß sie es waren, die *Groffs* falsche Kreaturen in einen See aus Lava trieben. Davon gab es damals einige, und als die falschen Kreaturen aus dem geschmolzenen Fels auftauchten, kühlte dieser ab, erstarrte und ließ sie als steinerne Bilder zurück.

Groffs Versagen hielt den Giganten jedoch nicht davon ab, die Menschen ins Land zu holen. Die ersten Tiere, die er als Verbündete gewann, waren die Katzen, die sich von der Herrschaft der Menschen mit ihren werkzeugähnlichen

Händen ein schönes Leben versprachen. Sie teilten dem Agenten der Menschen mit, daß sie ihm helfen würden, solange man ihnen eine gewisse Autonomie zugestand, wenn die Menschen erst einmal im Lande waren.

»Wir werden mit dem Menschen zusammenarbeiten, aber nicht unter ihm«, sagte die Katze Callissimmini. »Wir werden mit ihm unter einem Dach leben, aber ein Verhältnis wie das zwischen Herrn und Sklaven ist völlig undenkbar. Wir haben unser eigenes Wesen. Unsere Seelen gehören niemandem als Ssassissellissi-der-Sie. Wir empfinden für alle übrigen Kreaturen nur Verachtung, dich und deine Kunden eingeschlossen. Ich hoffe, wir verstehen uns?«

Groff nahm diesen Vorschlag an, doch als er zu den Hunden ging, erzählte er ihnen, daß die Katzen bedingungslos kapituliert hätten, und lockte die Hunde auf diese Weise in die völlige Unterwerfung. Bis zum heutigen Tag betonen die Hunde, daß die Katzen sie getäuscht hätten.

So entstieg der Mensch mit Speeren und Bogen bewaffnet unter Führung der Katzen und Hunde dem Ozean der Dunkelheit. Er begann, systematisch zu jagen und die Wölfe und Wildschweine zu erlegen. Die Hunde genossen den Sieg, den sie letztendlich errungen hatten, indem sie den Menschen als Spürhunde und Fährtensucher dienten und diese zu ihren Todfeinden führten. Die Hunde waren sogar bereit, die Maschinen der Menschen durch den Schnee zu ziehen, wenn keine Pferde zur Hand waren. Die Pferde selbst gaben nicht kampflos auf. Sie kämpften gegen die Menschen, unterlagen aber schließlich und wurden vor den Pflug und den Karren gespannt, mußten die würdelose Last des Menschen auf ihrem Rücken erdulden und wurden letzten Endes ein ebenso selbstverständlicher Teil des menschlichen Fortschritts wie die Hunde.

O-ha und Camio lauschten gespannt der Erzählung des Hundes, mit dem sie ihre Unterkunft teilten. Allerdings deuteten sie Breaker gegenüber an, daß sich ihre eigenen Geschichten aus der Vergangenheit, selbst wenn sie gewisse

Ähnlichkeiten aufwiesen, doch sehr von der Hundemythologie unterschieden. Tatsächlich wich schon O-has Version deutlich von der Camios ab, und die beiden diskutierten bis spät in die Nacht hinein über die Namen verschiedener Fuchshelden und -heldinnen, und wer für was verantwortlich war, und woher die Winde kamen.

Schließlich sagte Camio: »Eigentlich ist es egal, ob dieses das oder das dieses war — es zählen doch nur die Ähnlichkeiten, nicht die Unterschiede. Ich weiß, daß ich sehr weit von hier geboren wurde — wie weit, kann sich wohl keiner von uns vorstellen — und doch erzählt man sich dort dieselben Geschichten vom Anfang der Welt. Sicher, es gibt unterschiedliche Meinungen hinsichtlich der Namen und Orte, aber denk doch nur, wie ähnlich wir uns alle sind!«

Bevor er einschlief, fragte Camio O-ha mit schläfriger Stimme: »Was ist aus deinem *Groff* geworden?«

Sie erwiderte: »Als Lohn für seine Dienste bauten ihm die Menschen einen Eispalast mit vielen Kammern und Tunneln, hoch oben auf ihrem höchsten Berg. Tausende von Eiszapfen schmückten die Spitzen und Kuppeln, die Türme und Pfeiler, die Brücken zwischen hochgelegenen Wandelgängen, die im Licht glitzerten. Auf dem Boden lagen weiche Teppiche aus Schnee, und durch die große Kammer in der Mitte des Palastes floß ein schneller, kalter Strom. Der Bogengang über dem hohen Tor war mit Eisdiamanten aus dem Herzen eines Winterlandes verziert, und darunter zogen sich Geheimgänge in alle Ecken des Berggipfels. Zuletzt wurde das große Bauwerk mit Wolken verhüllt, damit kein anderes Geschöpf das Heim des Giganten sehen und für sich begehren konnte.

Eine Zeitlang glaubte man, daß *Groff* dort in seliger Einsamkeit lebe, doch die nächsten Menschengenerationen vergaßen ihn. Da er aus nichts als dem Glauben der Menschen bestand und sie aufhörten, an ihn zu glauben, verschwand er allmählich. Vielleicht hätte er sich zeigen und so die Menschen an seine Gegenwart erinnern können, doch er entschied sich dagegen und folgte dem Weg der Nebel und Dämpfe in den Sumpfländern — er wurde sanft in die Vergessenheit geweht. Sein Eispalast liegt irgendwo unter der Last vieler Winter begraben, doch manchmal wandert sein Geist umher, wenn die Menschen unsicher werden, und dann kann man seine Fußabdrücke im tiefen Schnee erkennen.«

Camio nickte zufrieden. »Ungefähr das gleiche ist auch mit unserem *Agarth* geschehen.«

Mit diesen Worten schlief er ein, und O-ha folgte wenig später seinem Beispiel.

Sie träumte. Sie träumte, sie sei an einem hellen Ort und versuche zu gehen. Plötzlich fielen schwarze Gitterstäbe auf den Boden. Sie sahen aus wie die eisernen Sprossen eines Zookäfigs, die Camio ihr einmal beschrieben hatte. Dann war sie ...

19. Kapitel

O-ha kam sich vor wie eine reife Herbstpflaume, die jeden Moment in zwei Hälften platzen konnte. Ihr Geist war von Wärme und Sanftheit erfüllt. Sie hatte Camio nicht gesagt, daß sie schwanger war, doch inzwischen konnte weder er noch der Jagdhund ihren Zustand übersehen. Der Fuchsrüde hatte geschwiegen und auf ein Wort von ihr gewartet. Leider fühlte sie sich wieder einmal unsicher und wollte bei der Geburt möglichst allein sein. Hätte sie sich wegschleichen und die Jungen allein gebären können, so hätte sie es getan. Seit dem Tod ihres ersten Wurfes traute sie niemand mehr, nicht einmal dem Vater der Jungen. Das gefiel ihr zwar selbst nicht, und sie haßte sich, weil sie gegenüber ihrem jetzigen Gefährten solche treulosen Befürchtungen hegte, doch sie war machtlos dagegen.

Sie beobachtete die Ringelgänse, die Reisevorbereitungen für die Rückkehr in das Land hoch oben im Norden trafen, in dem sie ihre Sommer verbrachten. Ihr Exodus würde in einigen Tagen beginnen. Sie watschelten umher, unterhielten sich und bereiteten sich seelisch auf den langen Flug vor, der einige Leben fordern würde. Wieder einmal fragte sich O-ha, warum sie sich die ganze Mühe machten, doch ihr fiel keine befriedigendere Erklärung als innere Rastlosigkeit ein. Sie bestritt nicht, daß auch sie eine gewisse Lust verspürte, in den Sonnenuntergang zu fliegen, doch es fehlten ihr sowohl der Mut als auch die dafür notwendigen körperlichen Voraussetzungen. Aber sie hätte *laufen* können. Nichts hielt sie davon ab, ein *Rangfar* zu werden. Nichts außer ... außer, daß sie sich ins Unbekannte stürzen und ihre Heimat hätte verlassen müssen. Es war ein schöner Traum, doch die Vögel besaßen wohl noch etwas, das darüber hinausging, irgendeinen psychologischen Vorteil.

Trotzdem begriff sie, daß es an der Zeit war, die Sümpfe zu verlassen und in die Stadt zurückzukehren. Die Jäger und Fischer würden in Kürze durch die Gegend schwärmen. Sie sagte zu Camio: »Wir müssen bald gehen.«

»Verstehe«, erwiderte er. Offensichtlich wartete er auf weitere Äußerungen von ihr, doch sie wandte sich ab. Sie dachte an A-ho — an seine sanfte Leidenschaft für sie, an sein Opfer — und in diesem Augenblick erschien es ihr nicht richtig, daß Camio der Vater ihrer Jungen war. Es war *unfair* — ein Wort, das praktisch veranlagte Füchse wie sie nur selten benutzten — daß ihr früherer Gefährte durch den Tod seiner Jungen das Recht auf Unsterblichkeit verlieren sollte. Er war gestorben, ohne seine Jungen zu sehen oder zu kennen, und sie hatten nicht überlebt, um seine Linie fortzuführen.

Als A-ho gestorben war, hatte sie versucht, ein Lied für ihn zu komponieren, das sie dem Wind vorsingen wollte. Damals war es ihr aus verschiedenen Gründen nicht gelungen. Jetzt aber fühlte sie sich dazu in der Lage. Es beanspruchte sehr viel Energie, und sie fühlte sich jede Nacht schwach und erschöpft, doch schließlich war ihr Werk vollendet. Eines Abends, als Camio auf der Jagd war und der Hund tief und fest schlief (er hatte sich hartnäckig ans Leben geklammert und kam nun durch die Essensreste der Füchse wieder zu Kräften — nicht, daß er ihnen dankbar gewesen wäre, aber sie erwarteten auch keine Dankbarkeit), an diesem Abend also sang sie ihr Lied für A-ho.

Du kamst und gingst
wie eine Jahreszeit
die niemals wiederkehrt,
nahmst Duft und Klänge mit.

Wen läßt du hier,
läßt du zurück?
Nur seltne Trauerblumen,
die mir im Herzen blühn?

Wer sind die Sänger
jener geisterhaften Lieder,
die ich an Orten höre
wo wir einmal weilten?

Sind dies Gedächtnisträume,
doch mit Schatten, stärker
als das Sonnenlicht?
Ihr Echo lauter als der Klang?

Sanft sang sie dem Mond ihr Lied vor und hoffte, daß der Geist ihres früheren Gefährten irgendwo im vollkommenen Hier die Worte empfangen würde. Dann wüßte er, daß man ihn nicht vergessen hatte. Schließlich wehten dort dieselben Winde wie in dieser Welt, und sie würden das Lied zu ihm tragen.

Breaker regte sich, und sie erkannte, daß er nicht geschlafen hatte. Sie war wütend auf sich selbst, weil sie nicht allein hinausgegangen war, an irgendeinen einsamen Ort, um dort ihr Lied zu singen. Sie begriff, daß sie es in Hörweite eines Wesens gesungen hatte, das mitschuldig am Tod ihres verlorenen Gefährten war. Doch Breaker erwähnte mit keinem Wort, was er gehört hatte und murmelte statt dessen: »Ihr werdet bald fortgehen.«

»Ja«, erwiderte sie, »bald.«

»Wir können jetzt alle zurückkehren. Sie haben wohl inzwischen festgestellt, daß es nicht die Tollwut war. Sie werden jetzt wissen, daß dieser Fuchs — A-konkon — von dem ihr mir erzählt habt, nicht an der *weißen Maske* gestorben ist.«

»Schon möglich.«

»Ich bin jetzt viel kräftiger«, sagte Breaker. »Ich glaube, ich schaffe es bis zum Bauernhof.«

»Gut. Dann kannst du ja wieder Füchse töten, wenn sie die Hühner stehlen wollen.«

»Dazu bin ich da — um den Hof zu schützen. Hühner wollen auch leben.«

Sie akzeptierte den Verweis.

»Kann schon sein.«

Breaker sagte: »Laß dich nicht mehr auf dem Bauernhof blicken. Wenn du herkommst oder Camio, kann ich nicht mehr meine Arbeit tun.«

Diese Bemerkung kam einem Dank dafür, daß sie ihn am Leben erhalten hatte, am nächsten. Er wollte ihr damit sagen, daß sie in Sicherheit sein würde, wann immer sie ihn traf, daß er weder sie noch Camio angreifen würde, falls sie ihm über den Weg liefen. Insgeheim wunderte sie sich über sein Bekenntnis. Ein Hund, ein Jagdhund, hatte mit zwei Füchsen einen Pakt geschlossen.

Camio kehrte kurze Zeit später zurück, und sie sprachen über ihre Rückkehr in die Stadt. Zumindest wollten sie eine trockene Unterkunft suchen, wo die Jungen zur Welt kommen konnten. Kurz vor der Dämmerung wollten sie aufbrechen.

Also schwammen sie in den frühen Morgenstunden durch den Fluß. Jetzt, bei Flut, blockierte sich die Strömung selbst, so daß die Aktion recht ungefährlich war. Sie liefen querbeet zum Bahndamm und folgten den Gleisen bis zu dem Punkt, wo sie nur der *Havnot* vom *Face* trennte. Auf dem Ackerland fand sich keine geeignete Stelle für einen Bau, und sie liefen schließlich in die Stadt, um dort ihre Suche fortzusetzen. Am Stadtrand entdeckten sie einen neuen Schrottplatz, auf dem bereits einige Autowracks sowie andere Gegenstände herumlagen, die von den neuen Bewohnern der Stadt ausrangiert worden waren. Sie waren in ihre modernen Behausungen gezogen und machten sich vermutlich nun daran, auch ihre alten Sachen zu ersetzen. Die Stadt und ihr Schrottplatz existierten noch nicht lange genug, um schon Schrottpressen zu besitzen, und die rostigen Fahrzeuge hatte man derart ausgeweidet, daß nur noch die nackten Hüllen übriggeblieben waren. Der Platz schien im Augenblick recht sicher zu sein. Camio und O-ha wählten ein angemessenes Autowrack, um darin ihr neues Zuhause einzurichten. Gemeinsam markierten sie das Gebiet und zogen für die Verhältnisse des *Face* durchaus vernünftige Grenzen.

»Wenn zu viele Menschen herkommen«, meinte Camio, »schaue ich mich nach etwas anderem um.«

»In Ordnung«, erwiderte sie. Und dann: »Camio, ich — ich fühle mich zur Zeit sehr seltsam. Dauernd mischen sich alte Erinnerungen in das, was jetzt ist ... Tut mir leid, wenn ich — ich kann es nicht erklären.«

Er wandte sich ab.

»Na ja, laß uns abwarten. Wann sollen die Jungen kommen?«

Dies war das erste Mal, daß ihre Schwangerschaft überhaupt angesprochen wurde, und sie fühlte sich schuldig, weil es nun Camio gewesen war, der die bevorstehende Geburt zuerst erwähnte.

»Bald.«

»Du weißt, daß ich dich nicht im Stich lasse. Wenn du glaubst, daß ich eines Tages weggehe und nicht wiederkomme, dann hast du Unrecht. Ich möchte gern Verantwortung übernehmen.«

Sie erstickte beinahe an ihren Schuldgefühlen, als sie seine Worte hörte. Er war ein so rücksichtsvoller Gefährte. Warum konnte sie für ihn dann nicht so empfinden wie für A-ho? Es war so dumm, davon zu träumen, was hätte sein können, wo sie doch ein schönes Leben vor sich hatte. Sie wollte Camio gegenüber fair sein und ihm alles geben, was sie zu geben hatte, doch da war noch immer etwas — etwas Unerklärliches — das sie zurückhielt und daran hinderte, sich ganz zu öffnen.

»Das ist es nicht — nicht ganz.«

»Nein? Na ja, was immer es auch sein mag, du kannst dich auf mich verlassen. Ich weiß, daß du mich für eine Art Abenteurer hältst, der in die Stadt gebraust ist und vielleicht wieder davonbrausen wird, aber das stimmt nicht. Ich bin zuverlässig und werde dir das schon noch beweisen. Nur der Tod kann mich jetzt noch von dir und den Jungen trennen ...«

»Sag bitte nicht so etwas.« Plötzlich erschien vor ihrem inneren Auge sein zerquetschter Körper, der auf irgendeiner Straße lag oder zerrissen und blutig von einem Zaun hing. Der Gedanke, daß er sterben könnte, bevor die Jungen geboren waren, versetzte sie in Panik. Es konnte passieren. Natürlich konnte es passieren. Doch sie wollte nicht an solche Dinge denken oder daran erinnert werden, daß so etwas geschehen könnte. Und plötzlich begriff sie, daß es ihr nicht nur um die Jungen ging — es ging ihr auch um ihn. Sie wollte ihn nicht verlieren. Er war jetzt ein Teil von ihr. Sie waren durch ihre Jungen verbunden, durch diese kleinen Bündel, die sich in ihrem Körper bewegten und ihr ein warmes, mütterliches Gefühl gaben. Sie leckte sein Ohr, und er zappelte hin und her.

»Sprich nicht vom Tod, während ich voller Leben bin. Es wird schon gutgehen, versprochen. Füchsinnen haben seltsame Träume, wenn sie Junge erwarten. In ihrem Inneren spielen sich Veränderungen ab, ihre Gefühle wirbeln durcheinander — ganz eigenartige Empfindungen — ich bin im Augenblick gar nicht ich selbst. Ich will unseren Wurf wohl zu sehr beschützen und habe Angst, weil ich alles und jeden als eine mögliche Bedrohung empfinde.«

»Selbst mich?« Er sah überrascht und zutiefst verletzt aus.

»Vielleicht ja. Ich weiß es nicht. Ich habe dir gesagt, daß ich nicht ich selbst bin. Die inneren Veränderungen beherrschen meinen Verstand und erzeugen dunkle, grundlose Verdächtigungen, die mein Mißtrauen wecken. Ich — ich möchte dir entgegenkommen — dich da treffen, wo du stehst und mich empfangen willst — aber ich kann es nicht, weil ich mir nicht selbst gehöre. Die Tatsache, daß ich dich auf halbem Weg treffen möchte, muß für den Augenblick genügen. Wirst du Geduld mit mir haben?«

»Natürlich werde ich Geduld haben.« Er klang noch immer verärgert und roch eigenartig. Sie konnte den Schmerz in seiner Seele riechen. »Ich wußte, daß etwas nicht stimmt. Ich dachte, es wäre diese *Rangfar*-Geschichte. Ich weiß, daß du mich für eine Art wandernden Landstreicher gehalten hast, als du mich kennenlerntest. Aber ...«

Sie seufzte. »Du verstehst mich nicht. Kein Wunder. Ich kann mich selbst nicht verstehen. Wir müssen einfach damit klarkommen, bis mein Körper wieder der alte ist. Schau mich nicht so verletzt an — wenn du so aussiehst, möchte ich dein ganzes Gesicht ablecken.« Sie begriff, wie selbstsüchtig sie handelte, indem sie versuchte, alte Gefühle zu pflegen und sich abzuschotten, als wäre Camio bloß ein Eindringling und nicht der Vater ihrer Jungen. Er hatte ein Recht, die Vorfreude mit ihr zu teilen. »Camio?«

Er kniff die Augen zusammen.

»Klingt gut, aber ich muß hinausgehen und Futter besorgen. Lauf nicht weg. Ich bin vor Mittag wieder zurück.«

Mit diesen Worten verließ er sie. Sie fühlte sich noch einige Zeit, nachdem er gegangen war, ganz schrecklich, doch dann kam der Mann, dem der Schrottplatz gehörte und klapperte an einer Ecke des Haufens herum. Das Auto, das sich die Füchse als Behausung ausgesucht hatten, lag mitten unter dem Haufen begraben, so daß sie sich ganz sicher fühlte. Durch das gezackte Metall zogen sich lediglich schmale Tunnel, die kein Mensch entlangkriechen konnte, selbst wenn Menschen so etwas getan hätten.

Später kehrte Camio mit einigen alten Fleischfetzen, die in Papier gewickelt waren, und einem halbvollen Joghurtbecher zurück. Sie sah, daß es ihm schwerfiel, die Sachen zu tragen, und sagte ihm, wie sehr sich freute.

»Dieses geronnene Milchzeug ist für dich«, bemerkte er, »und für die Jungen.«

Scresheen traf ein, kreischte durch das zerfetzte Metall und blies auf den Öffnungen alter Rohrleitungen wahnsinnige Melodien. Als Camio eines Nachts in den Bau zurückkehrte, teilte sie ihm mit, daß er nicht hineinkommen könne. Er müsse draußenbleiben, bis sie ihn rief. Danach lief er vor den Tunneln auf und ab und wartete auf den Moment, in dem er den Bau wieder betreten durfte. Es war eine Vollmondnacht, und er vertrieb sich die Zeit, indem er imaginäre Gestalten im Mond betrachtete. Dann lauschte er den Mäusen, die — für ihn unerreichbar — zwischen den rostigen Drahtknäueln umhersausten. Als nächstes schnüffelte er in der Luft nach Fledermäusen. Einmal versuchte er, selbst eine kleine Melodie zu trällern, doch er wollte O-ha nicht stören und verfiel wieder in seine anderen Beschäftigungen.

Die Jungen wurden in den frühen Morgenstunden dieses Tages geboren: vier kleine, wimmernde, blinde und taube Bällchen. Alle außer einem hatten ein kurzes, schwarzes Fell. Sie wurden gesäubert und dann in O-has warmem Bauchpelz verstaut. Als Camio den Bau wieder betreten durfte, saß er neben ihr und betrachtete das alles mit einem verwunderten Gesichtsausdruck. Er sagte nichts, sondern ließ sie einfach tun, was zu tun war. Vielleicht wollte er ihr sogar helfen, doch zu diesem Zeitpunkt duldetet sie keine Einmischung. Also saß er einfach da und sprach kein Wort, denn das hätte sie zugegebenermaßen gestört. Als die Jungen später gesäugt wurden und dabei komische Empfindungen in O-has Körper erzeugten, kam er herüber und betrachtete sie alle aus der Nähe, wobei er das kleinste Junge mit der Nase anstieß. O-ha fauchte ihn an und zeigte ihm die Zähne. Er verstand den Hinweis.

Camio zog sich zurück und sagte traurig: »Sieht wie ein Zwerg aus«, und tatsächlich starb das Junge noch bevor der Tag zu Ende ging. Er trug es hinaus und legte es irgendwo in angemessener Entfernung des Baus nieder. Er führte die letzten Riten aus, kratzte auf dem Boden, markierte die

Erde, wie O-ha es ihm aufgetragen hatte und ließ die sterblichen Überreste dann für die Fuchsgeister zurück.

Die drei übrigen Jungen sahen jedoch recht stark aus und überstanden unbeschadet ihre erste Nacht. Camio verbrachte die meiste Zeit außerhalb des Baus, schaffte Futter herbei und kündigte stets sein Kommen an, bevor er vorsichtig den Bau betrat. O-ha war in ihrem augenblicklichen Zustand unberechenbar. Er legte das Futter so hin, daß sie es erreichen konnte und trat dann schnell den Rückzug an. Sie behandelte ihn barsch, aber das war normal und tat ihrer Beziehung keinen Abbruch. Er hoffte offensichtlich auf die Zeit nach dieser Periode, wenn sich ihre mütterlichen Instinkte beruhigt und ihre Aggressionen ihm gegenüber gelegt hatten. Fuchsrüden wissen, daß Füchsinnen nach der Geburt eine Zeitlang sehr unter Druck stehen und ihre Nerven wie Drahtseile angespannt sind, so daß sie die Vorsorge der Rüden kaum zu schätzen scheinen.

Manchmal dachte sie, daß er wohl ein bißchen eifersüchtig auf die Jungen war, weil diese soviel Aufmerksamkeit erhielten. Daran konnte sie wenig ändern. Sie war noch immer sehr vorsichtig, wenn Camio in der Nähe war, obwohl es dafür eigentlich keinen Grund gab. Er sagte nichts zu ihrem Benehmen. Die Dinge sollten einfach ihren Lauf nehmen.

Die Jungen wurden jeden Tag kräftiger. Nach vierzehn Tagen konnten sie einigermaßen sehen und hören. Ihre Augen saßen wie leuchtende, blaue Funken in den Gesichtern, und bei lauten Geräuschen schreckten sie zusammen. Dann fingen sie an, ganz zittrig im Bau umherzukrabbeln. Gelegentlich stand O-ha auf und holte eins zurück, bevor es aus dem Auto fallen konnte, doch mit der Zeit wurde dieser Kampf hoffnungslos. Sie beachteten ihre Rufe nicht und kamen nur noch, wenn sie hungrig waren.

Während dieser Zeit sprach sie mit ihnen über ihre Geschichte, ihre Religion, die Topographie der Landschaft und die Wasserlöcher und Tränken (obwohl viele der alten Wasserstellen des Bezirkes verschwunden waren und Camio ihr erst erklären mußte, wo die neuen lagen). Sie hatte die Jungen O-mitz, A-cam und A-sac genannt. A-cam hatte eine dunklere Zeichnung als O-mitz, deren ganzer Stolz ein dünner weißer Streifen war, der die rechte Seite ihrer Stirn zierte. A-sac jedoch war ein Albino, ganz weiß mit rosa Augen. O-ha und Camio konnten sich die Färbung A-sacs nicht erklären. Obwohl sie von solchen Dingen gehört hatten, waren sie doch davon überrascht worden. Die Sache war ärgerlich, denn A-sac hatte nicht nur ein Leben voller Spott vor sich, sondern würde es auch schwer haben, sich zu tarnen.

»Im Schnee wird er keine Probleme haben«, sagte Camio immer zu O-ha, als ob dieser noch unbewiesene Vorteil alle anderen Nachteile eines weißen Fells aufgewogen hätte.

Zuerst wimmerten und quietschten die Jungen nur, doch allmählich schnappten sie bei beiden Elternteilen Wörter auf. O-mitz schien am intelligentesten zu sein, doch A-sac war ein tiefgründiges Geschöpf, und es war schwer zu entscheiden, ob er überaus dumm oder unglaublich schlau war. Er war stets der letzte, wenn es darum ging, einen Wurm aufzustöbern, der durch die Erdoberfläche gestoßen war, doch als er einmal draußen saß und eine Sturmwolke betrachtete, die über den Himmel zog, sagte er: »Hund, Hund.«

Camio schaute hoch, sah die verschwommene Schwärze und erwiderte: »Nein, A-sac. *Wolke.* Sag mal Wolke.«

»Hund«, wiederholte A-sac nachdrücklich und schüttelte den weißen Kopf.

Und Camio warf wieder einen Blick zum schwarzen Himmel, um etwas in der Wolke zu erhaschen, das in Form oder Bewegung oder auch nur durch seine drohende Anwesenheit an einen Hund erinnerte, und plötzlich überlief ihn ein Schauer der Erkenntnis.

Nachher sagte er zu O-ha: »Einen Moment lang habe ich tatsächlich einen Jagdhund am Himmel gesehen — eine dunkle Gestalt, die nur aus Kiefer und Zähnen bestand, mit blutroten Augen. Wie erklärst du dir das?«

»Vielleicht war es ein Hundegeist?«

Camio schüttelte den Kopf.

»Nein, bestimmt nicht. Es sah eher wie ein Phantasiegebilde aus — wie etwas, das aus A-sacs Geist dorthin gelangt war.«

»Das ist doch Unsinn«, antwortete O-ha und weigerte sich, noch weiter darüber zu sprechen. Die Vorstellung machte ihr angst, und sie wollte, daß ihre Jungen normale Geschöpfe waren, die sie verstehen konnte.

Ein anderes Mal, nachdem es mehrere Wochen nicht geregnet hatte, sagte A-sac vor dem Einschlafen: »Regen kommt, O-ha!«

Sie ging nach draußen und schaute durch das verschlungene Metall zum Himmel hoch. Der Tag war hell und klar. Sie beschnupperte die Luft, doch in ihre Nase drang nur der Geruch von Trockenheit und Staub. Es roch überhaupt nicht nach Regen. Sie lauschte, und der Wind blieb still und ruhig.

»Lächerlich«, sagte sie zu sich selbst. »Es kommt kein Regen.«

Am Abend jedoch floß das Wasser in braunen Bächen unter dem Schrott dahin. Der Himmel sandte wahre Sturmfluten, prasselte auf das Metall und füllte leere Dosen innerhalb weniger Minuten. Wie hatte ihr Junges das wissen können? Besaß es nur eine besondere Auffassungsgabe und konnte Anzeichen wahrnehmen, die anderen, weniger empfindsamen Füchsen, ihr und Camio beispielsweise, entgingen? Vielleicht waren seine Sinne einfach schärfer. Oder vielleicht — vielleicht war da noch etwas Dunkleres — eine göttliche oder teuflische Macht? Sie erschauerte, weil sie nicht zu tief in diese Frage eindringen wollte und zwar aus Angst, dort etwas Böses vorzufinden.

Langsam wuchsen Kraft und Wortschatz der Jungen.

Währenddessen sprachen O-ha und Camio mehr als je zuvor miteinander, und zwischen ihnen entstand ein warmes Gefühl, das über den reinen Wunsch nach einem Gefährten und einem gemeinsam Leben hinausging.

»Wir haben da etwas Gutes zustandegebracht, Camio«, sagte sie eines Abends, während die Jungen draußen vor dem Bau umhertollten. Die Gesichter der Kleinen hatten sich verlängert und ihre rundliche Form verloren. Die kurzen, abgerundeten Ohren waren spitzer und ihre Schwänze buschig geworden.

»Ja, aber sie bleiben nicht lange hier, oder?« fragte er.

O-ha zuckte die Achseln. »Wir können sie nicht zurückhalten. Ich würde es zwar gern, aber es geht nicht.«

Draußen wurden die Jungen allmählich ungestüm.

»Ihr rennt weg!« rief O-mitz. »Dann jage ich euch und springe euch an — wartet nur, bis ich mich hinter dem Ding da versteckt habe ...«

Einen Moment später ertönte ihr schriller Schrei.

»Nein, das ist nicht fair. Ihr habt euch von hinten angeschlichen.«

A-sacs hochmütige Stimme drang zu ihnen herüber.

»Darum geht es doch, O-mitz, oder etwa nicht? Anschleichen — losschlagen. Deine Beute plant doch nicht, sich von dir fangen zu lassen, sondern höchstens, wie sie dir entgehen kann. Du mußt die Gedanken der Beute nachvollziehen und dann das Gegenteil von dem tun, was du zuerst vorhattest.«

»Das ist doch blöd, A-sac. Stimmts, A-cam?«

»Ich weiß nicht«, antwortete A-cam. »Ich habe nicht hingesehen. Schau mal, ich habe eine Fliege gefangen.«

Dann wieder O-mitz. »Wo?«

»Na ja, ich hab sie aus meinem Mund gelassen, als ich mit dir geredet habe.«

A-sac: »Und da nennst du mich blöd? Ihr beide könntet nicht mal eine Schnecke jagen, geschweige denn ein Kaninchen. Aufgepaßt, jetzt folgen die Grundlagen des Anpirschens ...«

Sie trugen Scheingefechte aus, stritten sich ununterbrochen, knufften sich und kugelten stundenlang übereinander. Einmal fiel A-cam in einen Schacht, der eigentlich eine aufrechtstehende Röhre war. Camio und O-ha brauchten Stunden, um zu begreifen, wie man die Röhre umstoßen und das Junge befreien konnte. Diese nahe Begegnung mit dem Tod — denn A-cam wäre verhungert, wenn man ihn nicht gefunden und gerettet hätte — schweißte die beiden Erwachsenen noch enger zusammen. So wie sie täglich Beute jagten und töteten, lag auch der Tod auf der Lauer und pirschte sich an sie heran.

Einmal verloren sie A-sac einen ganzen Tag lang. Sie fanden ihn schließlich draußen vor dem Schrottplatz in Gesellschaft eines *Rangfar.*

A-sac war spät am Morgen aufgewacht, als seine Eltern und Geschwister noch schliefen. Er verließ den Bau auf der Suche nach etwas Trinkbarem.

Nachdem er seinen Durst gestillt hatte, wurde er neugierig, lief durch einen Tunnel aus dickem, kaubarem Stoff und fand sich schließlich hinter dem Schrotthaufen wieder. Er saß dort und betrachtete blinzelnd die Außenwelt, bis ein großer Fuchsrüde vorüberkam.

Der Neuankömmling war eher sehnig als fleischig und sah wie ein rauher Bursche aus. Sein Fell war trocken und spröde und roch nach Rauch, als wäre er so lange in der Sonne geblieben, daß er sich angesengt hatte. Der Fremde hatte tiefliegende Augen. A-sac gewann den Eindruck, daß ihm nichts entging, weder das Nasenzucken einer Mücke noch der Flügelschlag einer Biene. Langsam schlenderte er über den Beton des Gehwegs, wobei seine Krallen auf den Steinplatten klickten. Auf seinem Rücken fand sich die eine oder andere kahle Stelle, als wäre er unter so manch einem Stacheldrahtzaun hindurchgekrochen. Auf seiner Nase saß ein tiefer Kratzer, der wohl als eine Art Abzeichen diente.

Er blieb vor A-sac stehen.

»Wo schaust du hin, Kleiner?« fragte er mit rollender Stimme. »Warum starrst du A-gork so an?«

A-sac hatte Angst vor dieser bedrohlichen Erscheinung.

»T-tut mir leid.«

»Und?«

»Deine Narbe. Ich — ich habe mir nur deine Narbe angesehen.« Die gemeinen Augen verengten sich.

»Die Narbe habe ich ehrenvoll erworben.«

»Ganz bestimmt«, erwiderte A-sac und dachte bei sich, daß man eigentlich nicht vor *diesem* Fuchs Angst haben mußte, sondern vor dem, der ihm die Narbe verpaßt hatte.

«Bist du ein *Rangfar?*« fragte er, als er sich an seine Lektionen erinnerte.

»Kann sein. Kann gut sein. Hast du etwas gegen uns Wanderer? Woher willst du das wissen? Sehe ich ungepflegt aus, *dreckig?* Na?«

»Nein — nein — nichts dergleichen. Du hast abgerundete Krallen, die abgenutzter sind als die meiner Eltern. Daraus habe ich geschlossen, daß du weit herumkommst. Die einzigen Füchse, die so weit laufen, sind *Reisende.*«

Der *Rangfar* spähte nach unten auf seine Pfoten.

»Schlauer kleiner Kerl, was? Wo sind denn deine Eltern? Die Abwanderung ist noch fern. Haben sie dich ausgesetzt, weil du eine Weißer bist? Was machst du so allein hier draußen ...« Der Fuchsrüde sah sich um, als wolle er prüfen, ob sie beobachtet wurden. »Hast du dich verlaufen?«

»Nein«, erwiderte A-sac rasch. »Ich lebe auf diesem Platz. Meine Eltern sind ganz in der Nähe. Sie dösen nur. Mein Vater ist ein großer Fuchs«, A-sac blies sich auf und reckte die Schultern. »Er hat mich wirklich sehr gern«, plapperte er weiter, »und einmal hat er gegen A-magyr, den Tyrannen, gekämpft.«

Der *Rangfar* nickte.

»Willst mich wohl warnen, was? Nun, mach dir darüber keine Sorgen, kleiner Fuchs, ich habe keineswegs vor, dich zu entführen.« Er ließ sich neben A-sac auf dem Gehweg nieder und streckte alle viere von sich. »Ich bin einfach nur neugierig, das ist alles. Du bist ein ungewöhnlich aussehendes Geschöpf. Dein Verstand und dein Mundwerk sagen mir, daß du es noch weit bringen wirst. Ich will dir von einer Füchsin erzählen, die ich kenne. Sie lebt in den Sümpfen.«

»Warum?« fragte A-sac vorsichtig.

»Warum?« antwortete der geschmeidige Fuchsrüde. »Vielleicht möchtest du mehr über sie erfahren, darum. Unterbrich mich nicht, während ich rede — höre den Älteren und Weiseren zu. Ich habe die Welt gesehen, Kleiner, und ich weiß Dinge, die dich schwindlig machen könnten. Ich könnte Geschichten erzählen, daß dir die Augen aus den Höhlen springen. Geschichten, die deine Ohren von innen nach außen drehen. Ich könnte dir Geschichten erzählen, daß dein Riecher vor den stechenden Gerüchen aus des Todes eigenem Bau zurückzuckt. Höre mir zu ...«

Und der *Rangfar* erzählte von einer Füchsin, einer Hexenfüchsin namens O-toltol, die fernab der Augen und Ohren aller Lebewesen hauste und nur ihre Schüler um sich versammelte. Sie lebte in einem alten Hügel, tief im Herzen der Sümpfe, und besaß große Kräfte. Sie war eine Priesterin mit feurigen Augen und einem unvergleichlichen Verstand.

A-gork erklärte, daß sich die Füchsin selbst isolierte, um die Reinheit ihrer Berufung zu wahren und diese nicht durch den Kontakt mit gewöhnlichen Füchsen zu besudeln.

»*Du* würdest ihr bestimmt gefallen«, sagte A-gork, »weil du in meinen Augen ganz offensichtlich etwas Besonderes bist, ganz und gar ungewöhnlich. Tatsächlich würde ich sogar so weit gehen und behaupten, daß sie dich als Schüler aufnehmen würde — ja, bestimmt würde sie das tun — natürlich nur, wenn du daran interessiert bist. Es wäre schade, deine Begabungen zu verschwenden.«

Die tiefliegenden, kleinen Augen waren hypnotisch, die Stimme einschläfernd.

Nachdem der *Rangfar* A-sac von O-toltol berichtet hatte, gab er Parabeln und Fabeln zum besten, alle möglichen Erzählungen, denen A-sac dann auch aufmerksam lauschte und sich fragte, warum ihm seine Eltern nicht von den

Wundern der Welt und ihrem seltsamen Zauber erzählt hatten. Camio hatte das Land der Löwen erwähnt und auch die Elefanten, aber das alles war so weit weg. Dieser Fuchs sprach über das Hier und Jetzt.

Als sich der Tag dem Ende zuneigte, war A-sac beinahe zum Sklaven geworden. »Nun«, sagte der *Rangfar*, indem er aufstand und sich reckte, »kommst du mit?«

»Mitkommen? Wohin?«

»Zur Hexe.«

In diesem Augenblick tauchte O-ha aus dem Schrott auf. Sie warf einen Blick auf den Fremden und entblößte die Zähne. Camio folgte ihr auf dem Fuß. Der *Rangfar* schien sich in dem Staub vor A-sacs Füßen aufzulösen. A-sac witterte seine Eltern, schaute nach hinten, und als er sich wieder umdrehte, war der Fuchs im zerlumpten Fell, das nach getrocknetem Gras und sonnengedörrten Samenhülsen roch, der Fuchs namens A-gork, verschwunden.

»Wer waren deine Eltern?« fragte O-mitz eines Tages ihre Mutter. Die kleine, schokoladenfarbene Füchsin gewann allmählich an Gestalt, und in ihrem Gesicht erschienen orangene Fellfleckchen.

»Meine Eltern?« fragte O-ha. »Sie waren ein Paar, das im Norden von Trinity Wood lebte — dort, wo jetzt der Menschenpark ist. Damals war überall um uns herum *Hav*, und das Land war frei und offen.«

»Ich mag die Stadt«, bemerkte O-mitz. »Camio erzählt mir alles über die Straßen, die Häuser und so.«

Camio hörte achselzuckend zu.

»Wir müssen schließlich hier leben, zumindest fürs erste. Hat nicht viel Sinn, ihnen von der Vergangenheit zu erzählen — sie müssen wissen, was jetzt ist.«

»Ich weiß«, antwortete sie, aber O-mitz rief: »Weiter, O-ha — deine Eltern.«

»Meine Mutter wurde von einem Traktor getötet, der sie im Schlaf überfuhr. Es war ein Unfall. Kurz danach ist mein Vater fortgegangen. Viel mehr gibt es da nicht zu erzählen.«

»Meine Eltern», sagte Camio, »waren Riesen ...«
»Erzähl ihnen keine Lügen», erwiderte O-ha knapp.
Er sah zerknirscht aus.
»Meine Eltern waren *keine* Riesen«, fuhr er dann fort. »Sie waren nicht so groß wie Eichbäume, und das Haar meiner Mutter war nicht so rot wie der Sonnenuntergang, den wir gestern Abend gesehen haben. Mein Vater kämpfte nicht gegen Bären und sprang nicht über breite Schluchten, in deren Tiefen Ströme flossen ...« Dann erhielt er ein erneutes Warnsignal von O-ha, als ihr klar wurde, was er vorhatte »... jedenfalls hatten sie silberne Haare am Hinterteil, genau wie ich, und du wirst sie wahrscheinlich auch bekommen.«
A-cam fragte: »Warum hat O-ha keine silbernen Haare?«
»Hat sie auch, nur kann man sie nicht so gut sehen, weil mein Fell dunkler ist als ihres. Mein Vater war ein schwarzer Fuchs, und die silbernen Haare glänzten in seinem Fell ...«
»Camio!« rief O-ha. »Ein *schwarzer* Fuchs?«
»Es ist wahr«, erwiderte er beleidigt. »Bestimmt. Meine Mutter war ein Rotfuchs und mein Vater ein Schwarzfuchs — deshalb ist mein Fell so dunkel. Das Problem mit euch provinziellen Füchsinnen ist, daß ihr glaubt, Anfang und Ende dieser Welt lägen in eurem Revier. Es gibt da draußen alle möglichen Arten von Füchsen; Füchse mit Fledermausohren, deren Lauscher so groß sind wie mein Latz; Polarfüchse, die so weiß sind wie Schnee — genau wie A-sac, obwohl er natürlich kein Polarfuchs ist; Wüstenfüchse, Fenneks — aber wir sind natürlich die besten.«
»Wirklich?« fragte O-ha mit ihrer hochmütigen Stimme, war aber insgeheim doch beeindruckt.
»Ja, wirklich«, antwortete er, wobei er ihren Tonfall entweder nicht wahrnahm oder einfach nicht beachtete. »In manchen Teilen der Welt gibt es auch noch Wölfe. Wo ich herkomme, lebt noch der Timberwolf. Der Mensch hat sie nicht gänzlich ausgerottet.«
»Hast du einen dieser Wölfe getroffen?« fragte O-ha.
»Nein — nicht direkt, aber man spricht über sie — und

ich habe sie im Zoo gesehen«, schloß er triumphierend, als sie seiner Behauptung gerade zornig widersprechen wollte.

»Was ist ein Zoo?« fragte A-cam und versuchte gleichzeitig, O-mitz in den Schwanz zu beißen.

»Ein Ort, an dem sie Tiere einsperren und sterben lassen«, entgegnete er brutal.

Als die Jungen in dieser Nacht schliefen, kuschelte sich O-ha eng an Camio und flüsterte: »Jetzt ist alles in Ordnung.«

»Was ist in Ordnung?«

»Wir.«

Irgendwie war es ihr gelungen, sich darüber zu freuen, daß Camio, der Vater ihrer Jungen, neben ihr lag, ohne Schuldgefühle gegenüber A-ho zu empfinden. Wenn sie jemals schlecht von ihm gedacht hatte, dann war sie im Irrtum gewesen. Er war ein guter Gefährte und verantwortungsvoller Vater. Das sagte sie ihm auch.

Als er nicht antwortete, wechselte sie das Thema.

»Ich mache mir Sorgen um A-sac«, sagte sie. »Glaubst du nicht, sie werden ihn verfolgen, weil er anders ist?«

Camio rutschte unbehaglich hin und her.

»Na ja, wir dürfen uns nichts vormachen. Er wird es schwer haben. Sein weißes Fell ist wohl kaum eine gute Tarnung, und die anderen Füchse werden ihn bestimmt damit aufziehen. Wir müssen abwarten und zusehen, wie wir ihm helfen können. Aber er hat anscheinend eine starke Persönlichkeit — er ist kein schüchterner, zurückhaltender Typ, und manchmal können aus Unterschieden auch Vorteile erwachsen.«

»Und wie?«

»Im Augenblick weiß ich das nicht so genau, aber er wird überleben. Er hat Mumm ... und eine gewisse — ich weiß nicht genau.«

Etwas in Camios Stimme ließ sie sagen: »Du weißt es *sehr wohl.* Was meinst du?«

»Na ja, ich möchte dich nicht beunruhigen, aber er erinnert mich ein wenig an A-konkon. Er hat dieselbe ungewöhnliche Empfindungsgabe.«

»Um Gottes willen, nein!« rief sie. »Das will ich nicht.«

»Wahrscheinlich kannst du es nicht verhindern. Seien wir doch mal ehrlich — A-konkon hatte viele gute Seiten. Er war zwar entschieden sonderbar und hatte seltsame Ideen, aber — egal, wir können nur abwarten und zusehen.«

Anschließend lag sie da und dachte über ihre Jungen nach, die sie für immer vor allen Schrecknissen des Lebens beschützen wollte, die so bleiben sollten, wie sie waren — unschuldig und glücklich — und die sie niemals in die grausame Wirklichkeit entlassen wollte.

Der unmögliche Traum aller Mütter.

Als Frashoon Switter verdrängte, verbesserten sich die Fähigkeiten der Jungen. Sie fingen an, kleine Beutetiere, Käfer und Holzläuse, mit nach Hause zu bringen, die sie selbst gefangen hatten und eifersüchtig verteidigten. Sie lernten, einen großen Teil dieser zusätzlichen Nahrung überall auf dem Schrottplatz zu verstecken, damit sie sich etwas holen konnten, wenn sie hungrig waren.

O-ha und Camio kamen immer besser miteinander aus. O-ha fiel es schwer, sich an eine Zeit zu erinnern, in der es noch keinen Camio mit seinem trockenen Witz, seiner weichen, gedehnten Sprechweise und dem warmen Körper gegeben hatte. Sie dachte in tausend verschiedenen Gedanken an ihn, und alle waren positiv. Am meisten schätzte sie jene Eigenschaft an ihm, von der sie zuerst geglaubt hatte, er besäße sie überhaupt nicht — Zuverlässigkeit. Sie wußte nun, daß Camio unerschütterlich wie eine Eiche war, wenn es um sie und seine Familie ging. Er war ihr absolut treu, paarte sich nicht (im Gegensatz zu manch anderem Fuchsrüden) mit den Füchsinnen der Nachbarschaft und hätte sie oder die Jungen auch gegen mächtige Maschinen verteidigt. Sollte sie jemals verschwinden, würde er den Rest seines Lebens nach ihr suchen. Sollten sie jemals getrennt werden, würde er Berge und Ozeane überqueren, um sie wiederzufinden. Sollte sie jemals krank werden, würde er bis zum Schluß an ihrer Seite bleiben. Sie begriff, wie glücklich sie doch war, daß sie in ihrem Leben zwei treue Gefährten gefunden hatte.

Um A-cam machten sich die beiden Erwachsenen gar keine Sorgen. Er wirkte manchmal zwar etwas beschränkt, doch das war für einen Fuchs noch nie von Nachteil gewesen. Es gibt erfinderische Füchse, die neue Jagdmethoden und Fluchttaktiken entwickeln, doch die meisten Fähigkeiten werden erlernt. Die Eltern brachten A-cam und seinen Geschwistern alles bei, was sie wußten.

A-cam war also gelegentlich ein wenig dumm und unbekümmert, doch A-sacs sonderbares Wesen war ihm fremd, und von O-mitz' Dickköpfigkeit trug er nur einen Hauch in sich. Er war ein verspielter, vielseitiger Fuchs ohne verschrobene Ticks. Wenn er nicht gerade spielte oder Käfer jagte, lag er sorglos auf einem warmen Stück Metall und sonnte sich. Er war unkompliziert, der Liebling seiner Mutter, doch sein Vater fand ihn ein wenig zu gesetzt. Er wollte seinen Vater beeindrucken und erzählte den beiden anderen Jungen, daß er eines Tages auf Abenteuersuche gehen und eine Fuchsberühmtheit werden würde. *Dann* müßte ihm Camio Beachtung schenken. O-ha hörte diese Bemerkung und sorgte sich eine Weile um ihr Junges. Dann überlegte sie sich, daß es nur *Kindergerede, also nichts Ernstes,* war. Dennoch beschloß sie, Camio einmal zu fragen, ob er A-cam nicht auch ohne törichte Expeditionen oder Abenteuer die Sicherheit geben konnte, daß ihn sein Vater respektierte.

Eines Tages schlenderte ein Kater auf den Schrottplatz. Es war ein großer, schwarz-weißer Raufbold, dessen Gesicht an eine flachgedrückte Blechdose erinnerte. A-cam witterte seine Chance. Der Kater wirkte fett, alt und langsam, und A-cam nahm an, er könne diese Kreatur mit seinen neuerworbenen Fluchttaktiken einfach in die Tasche stecken.

»Ich werde Camio zeigen, was ich alles gelernt habe«, sagte er zu den beiden anderen. »Seht zu, wie ich diesen Kater auslachen werde!«

A-sac schüttelte feierlich den weißen Kopf. »Du bringst dich in Schwierigkeiten, A-cam.«

O-mitz schrie: »Tu das nicht, A-cam. A-sac, halte ihn davon ab.«

»Ich kann ihn nicht davon abhalten«, entgegnete A-sac. »Ich bin nicht Hüter meines Bruders. Wenn er sich umbringen will, dann soll er es tun.«

»Umbringen?« fragte A-cam. »Mich?«

Bis zu diesem Augenblick hatte er es mit dem Kater nicht so ganz ernst gemeint, doch nun war er entschlossen, es durchzustehen. Er schritt auf die Bestie zu, die sich auf einem Fleckchen Erde sonnte. Sie sah ihn kommen, denn ihre Nase und die Schnurrhaare zuckten. Als er näherkam, erkannte A-cam, wie groß dieser Kater war und erzitterte insgeheim. Doch er spürte, wie O-mitz' Augen auf ihm ruhten und fühlte A-sacs verächtlichen Blick. A-cam blieb außerhalb der Reichweite des Katers stehen.

»Kater«, sagte er, »du bist zwar ein fettes, faules Stück räudiges Fell, das keinen zweiten Blick verdient, aber ich fordere dich zum Duell auf Leben und Tod.«

Der Kater öffnete ein Auge. Dieses Organ sah aus, als habe es schon unzählige Schlachten und ein ganzes Weltalter der Dekadenz erblickt. Zynismus füllte seine Adern.

»*Pissenlit!*« sagte das Monster.

A-cam warf dem Kater einen ersterbenden Blick zu.

»Und was soll *das* bitte heißen?«

Zu seinem Schock und Entsetzen, denn er war fest überzeugt, daß Katzen niemals eine Sprache außer ihrer eigenen lernen, erhielt er eine Antwort.

»Das heißt«, erwiderte der Kater sanft, »daß du ein flauschiges Bündel Samen bist und ich dich mit einem Hauch wegpusten kann. Ein Löwenzahn ohne Bedeutung. Verschwinde, bevor ich meine Lungen mit Luft fülle.«

»Du — du sprichst ...« A-cam versuchte, sich ins Gedächtnis zu rufen, als was er den Kater soeben bezeichnet hatte, damit er sich irgendeine Erklärung einfallen lassen konnte.

»Ich beherrsche die Zungen der Hunde und Füchse. Hast du etwa geglaubt, daß Katzen und Hunde unter demselben Dach leben und sich nie miteinander unterhalten? Hau ab, du Flauschkugel, bevor dich deine Eltern erwischen. Ich würde mich nur sehr ungern aus der Sonne bewegen, um gegen einen von ihnen zu kämpfen.«

Plötzlich sah sich A-cam mit den Augen des Katers. Ein sanftes, kleines Tier mit flauschigem Fell, das kein Kämpfer war und noch seinen Babyspeck trug.

»Ich — ich gehe dann wohl besser. Du würdest mir wohl nicht den Gefallen tun, dich umzudrehen und wegzulaufen, was? Mein Bruder und meine Schwester sitzen hinter dem Schrotthaufen da drüben und beobachten uns.«

»Was soll das alles eigentlich?« gähnte der Kater und entblößte einige gefährlich aussehende Zähne und ein höhlengleiches Maul. »Nein, das tu ich nicht.«

»Na ja ...» erwiderte A-cam ein wenig verzweifelt. Er wollte sich gerade von dem Kater abwenden, als die Bestie plötzlich ein katzentypisches Kreischen ausstieß: »Oh, nein, Fuchs! Ich kann nicht gegen ein so wildes Tier wie dich kämpfen. Tu mir bitte nichts.«

Beim Klang der Stimme dieses Geschöpfes standen A-cam die Haare zu Berge.

Dann sagte der Kater in einem viel weicheren Ton: »Na, wie war das, *Pissenlit?* Reicht das, um dich zum Helden zu machen? Und jetzt geh.«

A-cam gehorchte und marschierte zurück zu A-sac und O-mitz.

»Was hast du zu ihm gesagt?« flüsterte O-mitz.

»Ich habe bloß gesagt, er soll sich in acht nehmen, wenn er auf unseren Platz kommt«, antwortete A-cam, dem das Herz noch immer bis zum Hals schlug.

20. Kapitel

Eines Tages verließ Camio den Bau, nachdem er das Ritual des Aus-dem-Bau-Tretens sorgfältig ausgeführt hatte, denn O-ha war seit der Geburt der Jungen in diesen Dingen noch strenger geworden. Er wollte nicht dabeisein, wenn sie die Jungen über »die richtige Art« des Markierens, Wassertrinkens, der Nahrungsaufnahme, des In- und Aus-dem-Bau-Tretens belehrte und sie in die Riten für die Toten einweihte. Er gab zwar vor, sich an diese Anweisungen zu halten, allmählich aber langweilte ihn die Wiederholung der Gesänge, Gedichte und Lieder, obwohl es ihn insgeheim beeindruckte, um nicht zu sagen erstaunte, wieviele Euphemismen O-ha für den Akt des Markierens zu finden vermochte.

»Eine ganz natürliche Sache«, murmelte er vor sich hin, während er die neugebildete Fuchsstraße durch das *Face* nahm, die sich durch siebzehn Hinterhöfe, ein Fabrikgelände, über eine Brücke, durch drei Gassen und über zwei Garagendächer zog und schließlich am Eingang zum Trinity Park endete. »Du markierst deinen Besitz — du markierst, was dir gehört. Das ist alles. Nichts, über das man sich aufregen müßte. Kann nicht verstehen, wozu das ganze Theater gut sein soll ...«

Er hielt am Tor inne. Drinnen spielten unter lautem Kreischen menschliche Kinder auf den Geräten. Er schlüpfte in das Gebüsch, das sich um den Spielplatz zog, und benutzte es als Tarnung, um in den bewaldeten Teil des Parks zu gelangen. Er genoß die Weichheit und das Aroma der Torfschicht unter seinen Füßen, die von den Parkwächtern unter den Rosen- und Rhododendronbüschen verteilt wurde. Ihm waren gewisse Gerüchte zu Ohren gekommen, und er hatte nun die Absicht, sie zu überprüfen. Er wollte herausfinden, ob Gar der Dachs tatsächlich noch am Leben war. O-ha hatte während der Zeit in den Sümpfen oft von ihm gesprochen, und er wollte sie mit der guten Nachricht überraschen. Wenn der alte, schwarz-weiße Griesgram tot war, würde Camio es natürlich eine Weile für sich behalten, bis die Jungen den Bau verlassen hatten.

O-lan und A-lon waren beide tot, soviel wußte er. Man hatte sie in den frühen Morgenstunden des Tages erschossen, an dem die *vergessene Angst* umging. Viele andere Tiere waren in jener Nacht gestorben, manche von ihnen hatte man für Krankheitsträger gehalten, obwohl sie gegen die Seuche immun waren. A-magyr wurde vermißt und als tot betrachtet, obwohl er sich auch auf einem seiner berühmten Streifzüge hätte befinden können. Camio bezweifelte allerdings, daß der alte Fuchs entwischt war. Es gab nun einige neue Burschen in der Gegend, die Camio nach und nach kennenlernte.

Er lief durch das Waldland, wobei er die menschlichen Wege mied und nach Markierungen und Fährten schnüffelte, bis er auf einen Fuchsbau traf. Der Eingang war von Abfällen umgeben, und er stellte sich mitten hinein und rief: »Jemand da?«

Kurz darauf spähte eine Nase hinaus.

Sie gehörte einem anderen Fuchsrüden.

»Was?« fragte er brüsk. Camio vermutete, daß er drinnen eine Gefährtin hatte und den Besuch eines vorüberkommenden Fuchsrüden als verdächtig empfand.

»Bist du neu hier?« erkundigte sich Camio. »Ich meine, seit wievielen Jahreszeiten lebst du in diesem Bezirk?«

»Was geht dich das an?«

»Du brauchst nicht unfreundlich zu werden. Ich habe bereits eine Gefährtin, falls es das ist, was dich stört. Ich suche nach einem Dachs — einem großen, alten, grimmigen Dachs namens Gar. Du weißt nicht zufällig, ob er sich noch hier herumtreibt, oder?«

Der Fuchsrüde tauchte aus dem Eingang auf und wirkte jetzt weniger aggressiv.

»Kenne keinen der Dachse mit Namen — du hast recht, wir sind neu im Bezirk — aber ich glaube, daß einige von ihnen zwischen den Wurzeln eines alten Schwarzdorns leben, bißchen südlich von hier. Sprichst du *Mustelidae*?«

»Musta ...? Nein, leider nicht. Hatte gar nicht daran gedacht. Der Dachs, den ich suche, spricht ein wenig *Canidae*, also glaube ich nicht ...«

»Soll ich mitkommen? Ich habe mit Dachsen zusammengelebt. Ich mache das schon.«

Der Fuchs, der Camio zuerst mit unverhüllter Aggression begegnet war, verwandelte sich nun in einen Busenfreund. Camio sagte dem anderen, daß er jede Hilfe gerne annehmen würde, solange es keine Umstände bereitete. Kein Problem, antwortete der Fuchsrüde, und stellte sich als A-rythe vor.

»Camio.«

»Komischer Name. Du sprichst auch seltsam. Kommst du aus dem Norden? Ich kannte mal einen *Rangfar* aus dem Land der hohen Berge — redete ständig von Heidekraut und Kiefern. Nannte einen See ein *Loch* — so in der Art.«

»Ich weiß nicht, woher ich komme — ich meine, ich weiß es schon, aber ich kann nicht erklären, wo es von hier aus liegt. Ich weiß nur eins — Heidekraut hatten wir nicht.«

»Dann kann es nicht derselbe Ort sein«, bemerkte A-rythe.

»So wie dieser *Rangfar* geredet hat, müssen sie da oben bis zum Hals im Heidekraut stecken. Bist du auch neu in der Gegend? Während Ransheen sind hier schlimme Dinge geschehen. Haben fast die ganze Bevölkerung ausradiert. Richtiger Völkermord. Haben jedes Lebewesen einfach massakriert, von ein paar Spatzen mal abgesehen, und *Heff* weiß, die ein wenig zu dezimieren hätte bestimmt nicht geschadet — geben nicht mal eine anständige Mahlzeit ab — kleben im Hals wie ein Knäuel Federn und dann das *Geplapper*, es nimmt einfach kein Ende. Du solltest sie mal morgens hören. Gesangsverein bei Tagesanbruch — schlimmer als Stare — eindeutig schlimmer als Stare. Bevor du kamst, sagte ich gerade zu O-rythe, ich sagte also ...«

Und sie liefen weiter, während der Fuchsrüde Camios Sinne mit seinen Belanglosigkeiten bombardierte. Camio wünschte sich mittlerweile, daß ihm ein anderes Tier bei seiner Suche geholfen hätte. Sie stießen auf den Dachsbau, als Camio gerade erneut von der Last des Unsinns erdrückt wurde, die der andere Fuchs über ihn ausgoß. A-rythe verschwand in der Erde, kündigte sich in dem harschen, gutturalen Tonfall der Dachse an und blieb dann für eine Ewigkeit dort unten. Als er schließlich wieder auftauchte, teilte er Camio mit, daß es einen alten Dachs gab, auf den seine Beschreibung zutraf. Er lebte allein.

A-rythe wollte Camio zeigen, wo dieser wohnte.

»Könntest du mir vielleicht die grobe Richtung sagen?« fragte Camio mit schwacher Stimme. »Ich kann es bestimmt auch so finden und möchte dir keine Mühe machen ...«

»Macht überhaupt keine Mühe«, sagte der Fuchsrüde eilig.

»Wie ich bereits zu diesen Dachsen dort unten sagte — weißt du, trotz der Tatsache, daß ich die Sprache nur gebrochen beherrsche, komme ich ganz gut zurecht. Hier ein paar Zeichen, da ein paar Worte, und wir können uns alle verstehen, oder nicht? Kommunikation. Nur darum geht es doch. Ich habe *keine* Probleme mit der Kommunikation. Überhaupt keine. Ich hätte mich noch die ganze Nacht mit ihnen unterhalten können, bloß ... du weißt schon, sie sind nicht wie wir, auch wenn wir Füchse und Dachse ganz gut miteinander auskommen, aber sie sind wirklich nicht wie wir. Sie haben diese Angewohnheit, einen zum Ausgang zu drängen, und du mußt so tun, als merktest du es nicht. Komischer Verein ... sie reden natürlich zuviel, das war schon immer so, aber diese Freiheit mußt du ihnen schon zugestehen. Wie ich sagte, ich war ...«

Camio sympathisierte mit den Dachsen und fragte sich, wie sie bloß die Beherrschung aufgebracht hatten, diesen geschwätzigen Hundevetter nicht in Stücke zu reißen und an die Eichhörnchen zu verfüttern.

Als sie Gars Bau erreichten, hatte Camio größte Mühe, den anderen Fuchs davon zu überzeugen, daß er ihn mit dem Dachs allein lassen mußte. A-rythe wirkte ein wenig beleidigt, doch schließlich verabschiedete er sich von Camio, was beinahe so lange dauerte wie der ganze Marsch, und schlüpfte dann ins Waldland. Camio seufzte tief, schüttelte sich und rief dann in den Bau hinein: »Ist dies das Heim von Gar?«

Keine Antwort.

Er versuchte es noch einmal. »Wer lebt hier? Ich suche Gar. Ist dies der Name des Bewohners?«

Hinter ihm raschelte es, und eine mürrische Stimme brummte: »Ha, Fuchs. *Hider* — komm her.«

Camio drehte sich um und erblickte einen alten, ergrauten Dachs, der unter einer Esche stand. Er wirkte verärgert. Der Fuchs gehorchte.

»Bist du Gar? Ich glaube schon, denn ich habe dich einmal gesehen, als O-ha noch bei dir lebte.«

Die Wolken auf der Stirn das Dachses lichteten sich.

»O-ha? Die kleine Füchsin. Du kennst sie? Was machst du bei meinem Bau? Was? Sag schon, Fuchs.«

»Ich bin O-has Gefährte, Camio.«

Ein Leuchten trat in die Augen des Dachses.

»Sie lebt?«

Camio nickte. »Wir haben Junge — drei Stück — unten im *Face.*«

»Gut, gut«, gurgelte der alte Dachs. »Gut, gut — auch Junge, was? Ha! Ist gut. Komm, komm ...« Er watschelte auf seinen Bau zu. »Wir reden zusammen, Fuchs.«

Camio folgte ihm hinunter in eine Kammer, deren Boden mit Binsen bestreut war. Als sie sich niedergelassen hatten, bedeutete ihm Gar, mit seiner Geschichte fortzufahren. Camio berichtete dem Dachs, was alles geschehen war, seit O-ha und er den Wald verlassen hatten. Gelegentlich nickte der Dachs zustimmend und gluckste leise, wenn Camio zu den gefährlichen Stellen kam. Als er seine Erzählung beendet hatte, nickte der große, schwarz-weiße Kopf nachdenklich.

»Also, es geht ihr gut — alles ist gut geworden. Und dieser Breaker?« Er schüttelte den Kopf. »Schwer vorzustellen, daß dieser Jagdhund mit Füchsen lebt. Welt ist seltsamer Ort, Fuchs. *Wod* Ort. Also, ihr seid in dieser Nacht entkommen — auch ich, aber allein. Meine Bau-Wohner alle getötet.«

»Tut mir leid«, sagte Camio. »Dieser blöde Fuchs ...«

»Ja, ich höre das und bin dann sehr zornig, aber jetzt ...« Er zuckte die Achseln. »Ich bin *alter* Dachs. Dinge werden trüb in meinem Kopf. Licht in meinen Augen wird ein wenig grau.«

»Du hast noch viele Jahreszeiten vor dir«, bemerkte Camio höflich, »aber wie war es bei dir? Wie bist du in jener Nacht entkommen?«

»Ha, das ist gute Geschichte. Ich denke, wenn ich jünger wäre, würde es zu Kopf steigen und dieser Dachs glauben, er ist der Auserwählte. Jene Nacht ...« Er hielt wirkungsvoll inne und rückte seine Beine zurecht, die, wie Camio feststellte, von Arthritis geschwollen waren. »In jener Nacht war Gar auf Jagd — draußen im kalten Schnee. Ich höre Gewehre ›bum, bum, bum‹ und denke mir selbst, ›Gar, da unten geschieht etwas.‹ Dann rieche ich Männer, die kommen, den Hügel hoch von der Stadt her. Ich rieche die Gewehre. Ich höre *Henschen* bellen. Ich rieche die *Angst*.

Ich fühle den Schrecken in diesem Herzen, und ich friere, still, wie Fels. Ich denke wie dummes Kätzchen — denke, ›Wenn Gar stillsteht, gehen Männer vorbei.‹ Aber dann sehe ich Lichter im Schnee — und Gewehrfeuer im Wald.

Dann weiß ich, ich muß sterben. Diese Männer machen nicht Sport. Zuviele Männer. Zuviele Gewehre. Zuviel Angst.

Ich renne an Waldrand und da ... da sehe ich hellen Stern — geht über Himmel. Er macht Geräusche wie das«, er ließ tief im Hals ein weiches Grollen erklingen, »und Blitz an, Blitz aus. An, aus, an, aus ...« Seine Stimme erstarb, doch er riß sich zusammen. »Gar, sage ich zu mir, das ist Zeichen. Du folgst diesem grollenden Stern, der leuchtendes An-aus macht. Es ist heiliges Zeichen, gesandt von *haelend, Fruma-ac-Geolca.*« Also gehe ich in selbe Richtung, obwohl er mich hinunterführt, an anderes Ende der Stadt. Dort finde ich Loch im Boden — auf Straße — wo Eisendeckel fehlt. Häuser alle finster. Noch keine Leute. Ich gehe runter, in Dunkelheit, und folge Tunneln. Bleibe dort lange, lange Zeit. Dieser *syllicre* Stern rettet Gars Leben. Zeigt ihm sicheres Loch. *Hensch* findet Gar nicht.«

Gar erklärte weiterhin, daß er in Abflußkanälen gelebt hatte, die man erst benutzte, als die Häuser fertiggestellt wurden. Dann dachte er, es sei an der Zeit hinauszugehen, bevor die Rohre in Betrieb genommen und man ihn entweder ertränken oder »erstinken« würde. Einen ganzen Morgen spähte sein Kopf aus dem Loch, und er hatte ein zweites, mystisches Erlebnis. Da war eine Reihe von Bäumen, beinahe noch Schößlingen, mit der man den Straßenrand bepflanzt hatte. Die Wintersonne hatte sie entdeckt und ließ sie wie Silber erglänzen.

»Du siehst nie solche Bäume«, flüsterte Gar. »Sie haben Rinde, die Augen beim Sehen weh tut. Ich denke zuerst, sie sind aus schimmerndem Metall gemacht. Ich denke bei mir, Gar, das ist zweites *halig* Zeichen. Du gehst jetzt von diesem Ort wie *Fruma-ac-Geolca* dir sagen.«

Gar schloß seine Erzählung mit einem träumerischen Blick ins Leere, und Camio mußte ein Geräusch machen, damit der Dachs begriff, daß er noch da war.

»So«, sagte Gar, »dir geht es gut, was?«

»Mir? Ja, mir geht es ausgezeichnet.«

»Ich denke, du bist nicht von diesem Ort? Du hast seltsame Zunge im Kopf. Ach — ich erinnere mich an etwas. Du kommst aus fernem Land. Stimmt das?«

»Ja, das stimmt. Ich wurde gefangen und hierhergebracht. Ich weiß nicht, wie ich herkam — man hatte mich damals betäubt. Ich lebte früher in einem Land mit breiten Straßen und niedrigen Häusern. Als ich ein Junges war, dachte ich, die Welt wäre nicht größer als ein Tagesmarsch.«

Gar legte den großen Kopf auf die Vorderpfoten. Dann seufzte er tief, und sein birnenförmiger Körper hob und senkte sich.

»Ach, als wir jung waren ... aber seitdem hat sich die Welt verändert, Camio. Die Welt hat sich verändert. Wir haben diese Wechsel durchlebt. Du denkst, du lebst in einem sonderbaren Land, aber auch für Gar ist dieses Land sonderbar, und er wurde hier geboren. Alle alten Wege sind verschwunden.«

Danach glitt Camio mit einem leisen Abschiedswort hinaus, und der Dachs schlief ein, bevor der Fuchs den Bau verlassen hatte. Camio vermutete, daß der alte Dachs nicht mehr lange zu leben hatte. Seine Knochen sahen aus, als könnten sie ihn nicht mehr lange tragen, und seine Augen waren feucht und abwesend. Doch er hatte ein langes Leben gehabt — viele Jahreszeiten lang — und würde den Abschied wahrscheinlich nicht bedauern.

Als Camio auf den Schrottplatz zurückkehrte, mußte er den beiden Männern ausweichen. die dort arbeiteten und herumliefen, während sie ihren Müll verstauten. Sie hatten ihn schon einmal gesehen und sich ein wenig aufgeregt, doch er vermutete, daß sie an wildlebenden Tieren nicht weiter interessiert waren. Sie mußten von Zeit zu Zeit auch das schrille Quieken der Jungen gehört haben, doch entweder waren sie nicht allzu neugierig oder nicht so beunruhigt, daß sie die Suche zwischen den rostigen Fahrzeugen auf sich genommen hätten. In seinem kurzen Leben hatte

Camio herausgefunden, daß die meisten Menschen von Füchsen eher fasziniert als gestört waren. Wenn die Menschen wirklich wußten, daß sich auf ihrem Grund und Boden ein Fuchsbau voller Jungtiere befand, wären sie wohl eher stolz als besorgt darüber. Camio hatte gelernt, daß die Stadtbewohner die Füchse am liebsten in Ruhe ließen, solange sie die Menschen nicht störten, ihre Kinder nicht bedrohten und sich überhaupt im Hintergrund hielten. Manche Menschen führten sie sogar ihren Freunden vor und sagten: »Seht euch nur meine seltsamen Nachbarn an — sie haben sich ausgerechnet meinen Garten als Wohnort für ihre Familie ausgesucht.« Die Leute auf dem Land betrachteten Füchse eher als Ungeziefer, doch diese Meinung wurde ihnen eingeimpft, und außerdem hatten sie Angst um ihr Vieh.

Er gelangte unbemerkt zu seinem kleinen Tunnel und vollzog die Rituale des In-den-Bau-Tretens mit äußerster Sorgfalt. O-ha sah bei seinem Eintreten müde aus. Zweifellos hatten ihr die Jungen einen weiteren, stürmischen Tag verschafft. Ihr Schwanz gab ein klägliches Bild ab, da sie beim Spielen ganze Fellstücke herausgerissen hatten.

»Du verwöhnst die Jungen zu sehr«, sagte er mit einem liebevollen Blick auf die schlafenden Bündel.

»Vielleicht«, erwiderte sie. »Ich habe Hunger. Gibt es in der Nähe ein Vorratsversteck?«

»Ja. In einem Boiler. Ich hole dir was.«

Er schlüpfte wieder hinaus und kehrte mit einigen kalten Pommes Frites zurück, die er ein paar Tage zuvor in einer Seitenstraße gefunden hatte. Gierig schlang sie das Futter hinunter.

»Wo bist du den ganzen Tag gewesen?« fragte sie.

»Ach. Das muß ich dir jetzt aber erzählen. Ich hatte gehört, daß ein alter Freund von dir noch in Trinity Wood leben soll. Habe ihn besucht.«

»Ein alter Freund?«

»Gar, der Dachs«, antwortete er.

Ihre Augen strahlten.

»Gar? Lebt noch? Er ist in dieser furchtbaren Zeit entkommen?«

»Hatte ein mystisches Erlebnis«, entgegnete Camio. »Scheinbar hat ihm sein Retter ein Zeichen gesandt, einen Stern, der ihn geleitet hat — und dann noch eine Reihe leuchtender Bäume, die ihm verkündeten, wann er wieder sicher war. Er ist ein netter, alter Kerl, nicht wahr? Ich dachte, du hättest mal gesagt, er wäre mürrisch.«

»Kann er auch sein. Ich nehme an, du hast ihn an einem seiner seltenen guten Tage erwischt.«

»Jedenfalls hat er sich gefreut, von dir zu hören. Wenn du mich nicht so leidenschaftlich liebtest, hätte ich glatt eifersüchtig werden können. So wie er von dir sprach, hätte man meinen können, du würdest die Sonne auf- und untergehen lassen. Er hält dich für etwas ganz Besonderes, nicht wahr?« Sie schien sich darüber zu freuen.

»Wir sind ganz gut miteinander ausgekommen. Es gibt wohl Lebewesen, die gerne für andere da sind — und er war da, als ich jemand brauchte, mit dem ich reden konnte, jemand, der stark war.«

»Oh, er ist schon ein starker, alter Kerl. Besitzt viel Autorität. Hat mir aufgetragen, mich um dich zu kümmern, sonst könnte ich was erleben. Meine Stimme wurde ganz respektvoll, als ich mit ihm sprach. Das passiert mir nur bei wenigen Tieren, das kannst du mir glauben.«

Sie lag eine Weile da, den Kopf auf den Pfoten, und dachte offensichtlich über die Neuigkeiten nach. Dann fragte sie: »Mystische Erfahrungen? Hast du ihm geglaubt? Oder hat er dir was vorgemacht?«

Camio kam diese Bemerkung seiner Gefährtin sonderbar vor, denn sie glaubte nicht nur an Fuchsgeister, sondern behauptete auch, einen gesehen zu haben, der sie zum Körper ihres ehemaligen Gefährten geführt hatte. Vielleicht, so dachte Camio bei sich, sind diese Dinge in ihren Augen Tatsachen und keine mystischen Erfahrungen?

»Er sah nicht aus und klang auch nicht, als ob er mir etwas vorgemacht hätte«, antwortete Camio. »Nein, ich denke, er hat geglaubt, was er sagte. Allerdings ...«

»Was?«

»Na ja, ich kann mir diesen ziehenden Stern nicht erklären, aber die Bäume, die er erwähnt hat, waren mit ziemlicher Sicherheit einfache Weißbirken.«

Ihr Kopf schoß in die Höhe.

»Das hast du ihm doch wohl nicht gesagt?«

»Nein, habe ich nicht. Wollte ihm die Illusion nicht zerstören. Er hat wohl noch nie eine Weißbirke gesehen?«

»Wahrscheinlich nicht. Bevor die Stadt entstand, gab es hier keine. Ich hatte selbst noch keine gesehen, bis wir herkamen. Trinity Wood ist ein alter Wald — Eichen, Ulmen, Schwarzdorn, Erlen, Buchen — keine Weißbirken. Und wenn die Sonne darauffällt ...«

»Es waren, so drückte er sich aus, *halig* Bäume.«

»Der alte Gar ist schon komisch«, erwiderte O-ha. »Ich muß ihn in nächster Zeit unbedingt besuchen, wenn die Jungen erst mal aus dem Bau sind ...«

Sie hatte den Traum. Sie träumte, sie sei an einem hellen Ort und versuche, zu gehen. Plötzlich fielen schwarze Stäbe auf den Boden. Sie sahen aus wie die eisernen Sprossen des Zookäfigs, die Camio ihr einmal beschrieben hatte. Dann wurde sie gejagt und versank bis zu den Schultern im Schnee, der sie an der Flucht hinderte. Schließlich dann der Schatten von ...

Fünfter Teil
Schrecken in den Straßen

21. Kapitel

Frashoon, und die halberwachsenen Jungen spielten draußen auf dem Schrottplatz, wenn die Menschen nicht da waren, und tollten und kämpften im Staub. Sie spürten Spinnen auf und fielen dann über sie her. Sie sprangen nach Schmetterlingen. Sie pirschten sich an und übten ihre Jagdfähigkeiten. Wenn sie sich ausruhten, kehrten sie nicht in die metallene Hülle des Autos zurück, sondern suchten sich ein Loch unter dem Abfall und schliefen dann getrennt von den Erwachsenen. Sie hatten angefangen, die Müllsäcke der Häuser, die nah beim Schrottplatz lagen, selbst nach Futter zu durchstöbern. Manchmal entkamen sie nur knapp irgendwelchen Hunden und Menschen, doch das alles gehörte zum Lernprozeß. O-ha konnte ihre Jungen nicht länger beschützen, selbst wenn sie es gewollt hätte, denn sie besaßen jetzt ihren eigenen Willen und folgten ihren Instinkten. Sie hielten sich nah beim elterlichen Bau auf, gehörten aber nicht länger dazu.

Natürlich sprachen O-ha und Camio noch mit ihren Jungen, gaben ihnen Ratschläge, unterrichteten sie und sorgten sich um ihr Wohlergehen.

O-mitz verkündete, daß sie das O vor ihrem Namen weglassen würde.

»Das ist so altmodisch«, erklärte sie ihrer betrübten Mutter. »Mitz klingt viel besser — ich *fühle* mich wie eine Mitz. All diese blöden Unterschiede zwischen den Geschlechtern. Da kannst du jeden Fuchs in meinem Alter fragen — er wird dir sagen, daß wir diese ganzen Etiketten nicht mehr wollen.«

O-ha fragte Mitz' Brüder nach ihrer Meinung.

A-cam sagte, er habe noch nicht darüber nachgedacht und sei eigentlich ganz glücklich mit seinem Namen.

»Wüßte nicht, warum ich ihn ändern sollte«, meinte er. »Das ist doch nur wieder eine von O-mitz' blödsinnigen Macken.«

A-sac, der Albino, antwortete, er erwäge, seinem Namen die Wiederholungssilbe hinzuzufügen, doch das war Tradition und somit annehmbar.

»Wenn ich ein Mystiker sein soll, muß ich A-sacsac werden — doch das wird nicht geschehen, bis ich die Entscheidung getroffen habe. Ich warte auf das Zeichen. Vielleicht kommt es niemals.« Zu der Entscheidung seiner Schwester sagte er: »Sie ist eine törichte Füchsin. Das macht mich traurig. Sie hat nur Unsinn im Kopf. Warte ab, bis sie einen Gefährten findet. Ob sie dann noch einfach Mitz bleibt ...«

Mitz' Antwort hinsichtlich ihrer Brüder war unverblümt und derb. »A-cam ist einfach nur zu faul, um sich *irgendwie* um Individualität zu bemühen, und A-sac ist so von seiner eigenen Wichtigkeit überzeugt, daß er nicht weiter als bis zu seiner weißen Nase sehen kann.«

So entwickelten sich die Persönlichkeiten — vielleicht nicht in der Weise, die sich O-ha gewünscht hätte, doch die meisten Mütter sind ein wenig verblüfft, wenn ihre Jungen nicht die Wege beschreiten, die man sich bei ihrer Geburt vorgestellt hatte. Sie wollte keineswegs Kopien ihrer selbst, sondern eher glänzende Ausführungen ihrer Idealvorstellung von einem Fuchs. Camio schien mit den Jungen ganz glücklich zu sein und akzeptierte ihre Abweichungen vom üblichen, doch er war ja auch (so sagte sie sich) ein Fremder und hatte seltsame Vorstellungen von der Rolle der Füchse in der Welt. Was sie bei ihrem Gefährten tolerierte, mußte sie nicht notwendig auch bei ihren Jungen hinnehmen. Für das verschrobene Benehmen ihres ein wenig liederlichen Gefährten trug sie keinerlei Verantwortung, und sie liebte an ihm Dinge, die sie bei dem Gefährten jeder anderen

Füchsin entschieden mißbilligt hätte. Wäre sie selbst eine weniger konventionelle Füchsin gewesen und hätte sie ihm nicht als eine Art fester Anker gedient, dann hätte er wohl auf alle möglichen sonderbaren, anti-sozialen Aktivitäten verfallen können. Nein, ihre Jungen sollten wie sie selbst sein, nicht wie ihr Gefährte. Sie sollten konventionell werden.

O-has strengste Warnung galt dem Herrenhaus am Rande der Stadt, das strikt zu meiden war. Sie wiederholte das so oft und mit solchem Nachdruck, daß das Unvermeidliche geschah. Die Jungen waren fasziniert, und zwei von ihnen machten sich auf den Weg, um die unaussprechlichen Schrecken zu entdecken, die hinter der Gartenmauer warteten.

Spätsommer, und in den trockenen, raschelnden Gräsern summen, schnalzen und knistern zahllose Insekten, vollführen erstaunliche Sprünge zwischen Halmen und Stengeln, die insektenmeilenweit entfernt sind. Auf halber Strecke kauern geduldige Kröten, um sie mit ihren peitschengleichen Zungen im Vorüberhüpfen aus der Luft zu schnappen. Ringelnattern sonnen sich auf gebranntem Ton, bevor sie sich auf die Suche nach den Heunestern begeben, in denen japsende Feldmäuse hocken. Laufkäfer, auf deren Flügeln ein Kupferschimmer liegt, warten ab, stürzen sich dann auf unbedachte Raupen und zerreißen sie mit ihren kraftvollen Kiefern. Die kleine Welt unterhalb der Grashalme ist ein heißer, wilder Ort, an dem sich die Schicksale seiner Millionen zählenden Einwohner erfüllen. Das Leben dort kann ebenso flüchtig sein wie weiter oben, wo sich der Grünspecht in die Rinde eines Baumes bohrt, während sein Kopf durch die Vibration verschwimmt. Die plumpe Raupe tief im Baumstamm glaubt sich in Sicherheit, bis die klebrige, gezackte Zunge des Spechtes in den Tunnel kriecht und sich elastisch ausdehnt, bis sie viermal so lang ist wie sein Schnabel.

Mitz und A-cam erreichten die Mauer des Herrenhauses. Ein ungepflegter Rasen mit einigen Bäumen trennte das Ziegelbauwerk von der Straße. Die beiden Füchse konnten durch das Gras schlüpfen und dabei vor den Autos, die auf der Straße entlangsausten, verborgen bleiben. An der gesamten Mauer rankte sich ein Efeumantel hoch. Die Füchse benutzten ihn, um nach oben zu gelangen. Dann liefen sie auf der Mauerkrone entlang, schnüffelten, lauschten und spähten gelegentlich mit klopfendem Herzen nach unten in den Garten, um nach dem gigantischen Hund Ausschau zu halten, mit dem man ihnen Angst eingejagt hatte, als sie noch klein waren. In letzter Zeit hatte man sie noch des öfteren vor ihm gewarnt.

»Ich glaube nicht, daß es so einen Hund gibt«, sagte A-cam. »Ich denke, O-ha hat ihn erfunden, damit wir ihr aus lauter Angst gehorchen.«

Die kleine Füchsin schüttelte den Kopf. »Nein, ich habe gehört, daß auch Camio von ihm gesprochen hat, und außerdem erzählt O-ha keine Lügen — du weißt doch, wie sie ist.«

»Und, wo ist er dann? Sollen wir mal kurz runterspringen und uns umschauen? In dem Teich da drüben könnten ein paar saftige Frösche sitzen.«

Sie prüften die Luft auf Hundegeruch und lauschten angestrengt, doch sie konnten nichts Ungewöhnliches entdecken. Allerdings umwehte Frashoon die Mauer in seltsamen Drehungen, und Mitz war sich nicht sicher, wo Aufwind und Fallwind lagen. Füchse vertrauten nicht auf ihre Sehkraft, und so verließ sie sich statt dessen auf ihr Gehör. In der Luft hingen viele Geräusche, doch keines verriet die Anwesenheit eines Hundes.

»Nein«, sagte Mitz. »Das ist überhaupt keine gute Idee. Du bleibst hier oben.«

In eben diesem Moment betrat A-cam den Ast eines Baumes, der auf der Gartenseite der Mauer wuchs, und lief darauf bis zum Stamm entlang. Dann sprang er auf einen tiefergelegenen Ast. Schließlich rief er Mitz zu: »Schau mal, ich habe dir doch gesagt, es ist nichts dabei ...«

In diesem Moment nahm Mitz aus dem Augenwinkel einen braunen Klecks wahr, der durchs Gebüsch sauste, und gleichzeitig prallte der Hundegeruch auf ihre Nase.

»A-cam!« schrie sie.

A-cam mußte den Hundegeruch schon wahrgenommen haben, denn er wollte gerade zurück auf den höheren Ast springen, als sich der Jagdhund mit geifernden Lefzen vom Boden abstieß. Mit einem grauenhaften Ton schlugen die Kiefer des Ridgebacks aufeinander. A-cam heulte auf, Schmerz stand in seinem Gesicht. Einen Moment lang wußte Mitz nicht, was sich da abspielte.

Die Vorderpfoten des Hundes klammerten sich an den oberen Ast, er schwang kurz hin und her und krachte dann hinunter in den Adlerfarn am Fuße des Baumes. Von A-cams Hinterteil rann Blut, und Mitz mußte zu ihrem Entsetzen feststellen, daß sein Schwanz verschwunden war — abgebissen bis zur Wurzel. Die Wunde war blutüberströmt.

»Halt dich fest!« schrie sie und versuchte, den Schrecken in ihrer Stimme zu unterdrücken. »Hoch mit dir, A-cam, hoch mit dir!«

A-cams Gesicht war von der Anstrengung, seinen sicheren Hochsitz zu erreichen, und dem Schmerz seiner Verletzung ganz verzerrt. Seine Hinterbeine strampelten in der Luft und versuchten, irgendeinen Halt zu finden, mit dessen Hilfe er sich hochziehen konnte. Einen Augenblick lang baumelte er dort, die Vorderbeine um den Ast geklammert, während sein Körper herunterhing.

Unter ihm war Sabre wieder auf die Füße gekommen und hielt noch immer den blutigen Schwanz in der Schnauze. Er schüttelte seine Trophäe so wild, als handele es sich dabei um eine tote Ratte, und spuckte sie dann aus. »Das ist schon mein zweiter Fuchs in dieser Saison«, sagte er. »Ich kaue sie durch und werfe sie danach den Krähen vor. Jetzt wirst du mir nicht mehr entkommen.«

Er ging ein paar Schritte zurück, um Anlauf zu nehmen und erneut vom Boden hochzuschnellen. Endlich konnte A-cam ein Hinterbein über den Ast schieben, und Mitz rannte zu ihm hin und packte ihn am Nacken.

Donnernd näherte sich der Jagdhund, sprang in die Höhe und verfehlte den zweiten Ast. Die beiden Füchse waren inzwischen oben auf der Mauer, obwohl die Wunde des gepeinigten A-cam noch immer blutete. Er sprang nicht, sondern fiel eher von der Mauerkrone auf den Rasen. Er lag auf der Seite, als Mitz zu ihm kam. Er keuchte, die Zunge hing ihm aus der Schnauze, und das Gras hinter ihm färbte sich scharlachrot.

»A-cam«, sagte Mitz, »kannst du aufstehen? Was soll ich machen? Soll ich O-ha und Camio holen?«

»Ich ...« er zwang sich mit großer Mühe in eine aufrechte Position. Von der anderen Seite der Mauer drangen Hohn und Spott herüber. Sabre wußte, daß sie da waren und in der Patsche saßen.

»Ich habe deine Lunte, Fuchs«, brüllte er. »Ich geb sie den Hühnern zum Sauberpicken.«

»Steh doch bitte auf«, flehte Mitz.

A-cam gehorchte und zog sich auf die Füße, taumelte einige Schritte bis zum Ende des Rasens und marschierte dann benommen auf die Straße hinaus.

Mitz schrie: »Komm zurück, du wirst noch angefahren ...«

Auf der Straße fuhren einige Autos. Eins scherte zur Seite, um ihm auszuweichen, und verfehlte den Fuchs nur um Haaresbreite. Das Fahrzeug dahinter kam mit kreischenden Bremsen zum Stehen.

Mitz duckte sich im Gras und hoffte, daß man sie nicht gesehen hatte, als sich eine Tür öffnete und ein Mensch ausstieg, der jemand im Auto etwas zubellte. Es war ein Mann, und er ging zu A-cam hinüber, der japsend auf dem Asphalt lag. Hände beugten sich hinunter und A-cam fauchte: »Nein, faß mich nicht an, du ...«

Doch das halberwachsene Junge war zu schwach, um sich zu rühren, und der Mensch kehrte zum Auto zurück, zog dicke Handschuhe an, hob A-cam dann rasch vom Boden hoch und verstaute ihn im Kofferraum des Autos. Der Mann stieg wieder ein und fuhr davon. Dann war das Auto weg.

»A-cam«, flüsterte Mitz.

Sie war wie benommen, weil alles so schnell gegangen war. Gerade hatten sie noch Verstecken gespielt, und im nächsten Moment war A-cam tödlich verletzt und von einem Menschen entführt worden. Mitz wußte, daß ihr Bruder sterben würde.

Sie hatte gesehen, wie groß das Stück war, das Sabre aus dem Hinterteil des Jungen gerissen hatte, und wieviel Blut geflossen war. Jetzt mußte sie zu ihrer Mutter gehen und ihr erklären, daß eines ihrer Jungen wahrscheinlich für immer verloren war.

O-has Trauer über den Verlust ihres Jungen war beinahe mehr, als sie ertragen konnte. Vielleicht lag es an den mütterlichen Instinkten, die sie noch nicht gänzlich verloren hatte und die ein Tier nach der Geburt so stark beherrschen, daß sie das Junge beinahe mehr vermißte als damals ihren Gefährten A-ho. Die nächsten Tage verbrachte sie vor dem Bau und wartete auf den Fuchsgeist, der sie zum Körper ihres kleinen Sohnes führen würde. Ein Teil von ihr hoffte, er möge niemals auftauchen, doch da beinahe feststand, daß er tot war, wünschte sie sich verzweifelt, seinen Körper zu finden und die letzten Riten auszuführen. Wieder einmal richteten sich die Wellen ihres Hasses auf den Jagdhund im Herrenhaus.

Auch Camio war niedergeschmettert. A-cam war sein heimlicher Liebling gewesen, da er viel mit seinem Vater gemeinsam hatte. Mitz gehörte zu ihrer Mutter und A-sac eher zu einem höheren Wesen als zu seinen Eltern. A-cam war faul, aber liebenswert gewesen, und obwohl ihm eine gewisse Rastlosigkeit innewohnte und er seine Eltern wohl über kurz oder lang für ein Leben auf der Straße verlassen hätte, spürte Camio, daß ein Teil von ihm stets bei seinem Jungen sein würde, wo immer es sich auch befand.

Mitz weinte zunächst ständig, da sie glaubte, daß ihr Bruder durch ihre Schuld verschwunden sei.

»Ich habe ihn überredet, zum Herrenhaus zu gehen«, flüsterte sie Camio zu. »Er wäre nicht hingegangen, wenn ich nicht den Vorschlag gemacht hätte. Warum bin ich nur so dumm?«

»Du bist nicht dumm, Mitz. Du bist noch ein Junges. Es ist nicht dein Fehler, sondern meiner«, antwortete er. »Ich hätte ein wachsameres Auge auf euch haben — euch mehr erklären sollen. Weißt du, der Hund im Herrenhaus hat deiner Mutter schon viel Leid gebracht. Er hat uns beide einmal um ein Haar erwischt, als es zwischen uns ein Mißverständnis gab und der eine hinging, um den anderen zu retten ...«

»Du und O-ha?« fragte Mitz mit großen Augen.

»Oh ja. Auch wir können Dummheiten begehen. Nur weil wir erwachsen sind, heißt das noch lange nicht, daß wir alles wissen oder immer tun, was ratsam wäre. Du mußt dein eigenes Leben führen. Ich möchte, daß du alles so schnell wie möglich vergißt, denn das Überleben ist schon schwer genug, ohne daß man die Last vergangener Fehler auf seinen Schultern trägt. Schau in die Zukunft, Kleine.«

»Ich werde es versuchen«, erwiderte sie.

Der Sommer schritt voran, und die übrigen Jungen wurden stärker. Als Melloon durchs Land blies, begann in allen Fuchsbauen die wirkliche Abwanderung. Für A-sac war es an der Zeit, eine Gefährtin zu suchen, falls er eine wollte, doch das war nicht der Fall.

»Ich habe von einem großen Fuchs gehört, der in einem Hügel lebt, der nicht aus natürlichen Erdbewegungen entstanden ist. Er gleicht einem Maulwurfshügel, ist aber viel weicher und runder und mit Torf umhüllt. Ein gigantischer Maulwurfshügel. Drinnen, so hat man mir erzählt, gibt es Kammern und Gänge und ganz in der Mitte die uralten Überreste eines Menschen, der einmal sehr bedeutend gewesen sein muß. O-toltol, der Fuchs, der in diesem Hügel lebt, sagt, daß es sich um die Leiche eines der Menschen handeln muß, die mit den Katzen und Hunden aus der Ursuppe gekommen sind.«

»O-toltol?« fragte Camio nachdenklich. »Eine Füchsin?«

»Eine Füchsin schon, aber sie pflanzt sich nicht fort«, bemerkte A-sac, »falls du das meinst — und das meinst du. Sie verachtet ebenso wie ich die körperlichen Bedürfnisse. Sie hat seit siebzehn Jahreszeiten in dem Hügel gelebt und nie das Tageslicht erblickt. Sie beabsichtigt, auch dort zu sterben, ohne jemals wieder in die Welt hinauszugehen oder ein zweibeiniges Wesen anzuschauen ...«

»Einen Menschen?«

»Ja. Sie haben unsere Welt besudelt, und sie möchte nie wieder einen lebenden Menschen hören oder riechen. Der Hügel ist seit zeitlosen Jahreszeiten versiegelt, und kein Mensch wird ihn jemals wieder betreten.«

Camio nickte.

»Und du? Hast du auch vor, dich für den Rest deines Lebens in der Dunkelheit einzuschließen?«

»Nein«, antwortete der weiße Fuchs zornig. »Ich werde lediglich hingehen, um O-toltols Rat einzuholen und von ihr zu lernen. Die Dunkelheit und Stille haben ihren Geist geformt, ihre Gedanken konzentriert, und sie hat viele Dinge überdacht, an die normale Füchse nicht einmal im Traum denken würden. Sie hat Visionen, und die Tiefe ihres Wissens geht weit über unseren Horizont.«

»Wenn das so ist, hoffen wir, dich wiederzusehen.«

»Ich glaube«, sagte A-sac, »daß Junge den Bau ihrer Eltern verlassen und nie wieder zurückkehren sollten. Wenn wir uns wiedertreffen, sollte es zufällig und ohne Absicht geschehen. Ich muß meinen eigenen Weg zu geistiger Größe finden und daher meine Wurzeln hinter mir lassen.«

»Schämst du dich für uns?«

»Nein, das nicht, aber ich bin in eine andere Lichtsphäre gerückt — ihr wart nur die Werkzeuge meines In-die-Welt-Tretens. Jetzt, wo ich einmal da bin, verbindet mich nur noch wenig mit euch.«

»Und wenn ich und deine Mutter Priester der Dunkelheit wären, dann sähe die Sache anders aus, was?«

A-sac schüttelte den weißen Kopf und bohrte seine rosafarbenen Augen in die Camios.

»Jetzt bist du verletzt«, sagte er, »weil du denkst, ich würde euch verleugnen, wenn ich erst einmal den Bau verlassen habe. Das stimmt nicht — ihr seid meine demütigen Eltern, die mit mir erhöht werden, wenn ich meinen Weg zur Wahrheit gefunden habe und mein Name gepriesen wird. Ich denke, ihr hättet es vorgezogen, wenn ich anstelle von A-cam gegangen wäre. Das werde ich auch tun. Meine spirituelle Erhöhung hätte sich wohl rascher vollzogen, wenn ich meinen Schwanz an einen Jagdhund aus dem Unort verloren hätte und von Menschen in einem ihrer Fahrzeuge davongetragen worden wäre.«

Camio schüttelte den Kopf.

»Nun, A-sac, ich hoffe du findest, was du dort draußen suchst. Was immer auch geschieht, deine ›demütigen‹ Eltern werden sich jedenfalls freuen, dir ein Dach über dem Kopf zu geben, falls du uns die Gnade deines Besuches erweisen solltest, wenn sich erst einmal der Ruhm auf dein glanzvolles Haupt gesenkt hat.«

»Ja, natürlich. Ich empfinde wirklich etwas für dich, Camio. Ich muß diese Gefühle nur unterdrücken, sobald ich den Umkreis eures Baus verlassen habe.«

Nach dieser Unterredung freute sich Camio, mit seiner kleinen Füchsin zu plaudern, die weniger glücklich über den Abschied war.

»Ich möchte nicht nach draußen gehen«, sagte sie.

»Aber du hast schon seit Monaten draußen geschlafen«, erwiderte Camio.

»Das ist etwas anderes. Wenn ich gehe, bin ich erwachsen. Ihr werdet mir keine Leckerbissen mehr bringen. Ich muß dann mein *ganzes* Futter selber jagen, oder nicht?«

»Das stimmt, aber du bist eine gute Jägerin und Aassammlerin — du ernährst dich bereits jetzt allein. Ich glaube nicht, daß du Schwierigkeiten haben wirst. Aber sieh zu, daß dein Vorratslager sicher ist, damit es für die kargen Zeiten reicht, und sammle immer viel Gemüse. Es wird schon gutgehen — da mache ich mir gar keine Sorgen. Du mußt die Dinge nehmen, wie sie kommen.«

»Ich will noch keinen Gefährten«, sagte sie entschlossen.

»Das liegt ganz bei dir. Verjage die Fuchsrüden, wenn du allein bleiben willst. Weißt du, wir haben Angst vor euch Füchsinnen. Du mußt einfach nur die Zähne zeigen und nein sagen.«

»Das werde ich — zumindest im Augenblick.«

»Du bist hier immer willkommen, das weißt du ja.«

»Wann müssen wir gehen?« fragte die kleine Füchsin.

»Es wäre angebracht, uns recht bald zu verlassen. Ich würde vorschlagen, du schaust dich in den nächsten Tagen nach einem angemessenen Bau um und kommst dann zurück, um dich von uns zu verabschieden. Ich glaube, A-sac tut das gleiche, obwohl er uns gewarnt hat, daß er vielleicht gar nicht wiederkommt. Wenn du uns wirklich nicht verlassen willst, mußt du natürlich hierbleiben, aber du solltest dir die Welt da draußen lieber einmal ansehen, bevor du dich entscheidest. Viele Junge bleiben bei ihren Eltern, aber du kannst nicht wissen, was für dich das Beste ist, bevor du dich nicht umgesehen und einen Versuch gewagt hast.«

Also hatte die Abwanderung der Jungen ihren Anfang genommen, und sie waren dabei, ihren eigenen Weg einzuschlagen. O-ha und Camio waren traurig darüber. Oft verlassen Junge ihr Zuhause und kehren nie wieder zurück. Doch sie hatten Glück gehabt. Die Hälfte ihres Wurfes hatte die Abwanderungszeit erreicht. Es gab Paare, die nur ein Junges behielten, und viele hatten gar keins mehr. Die Sterblichkeitsrate unter den Jungen war hoch.

»Es wird sehr still werden, nicht wahr?« fragte O-ha.

»Es wird ganz bestimmt anders sein, als wir es gewöhnt sind«, entgegnete Camio.

»Ich werde es hassen, du nicht auch?«

»Ja«, antwortete er schlicht.

22. Kapitel

Als die Abwanderung näherrückte, sprachen Camio und O-ha davon, in einen anderen Bau fernab von den Menschen zu ziehen. Camio befürchtete, daß der Schrottplatz zu groß werden und die Menschen sich in Kürze einen Dobermann oder Schäferhund anschaffen könnten, um ihn zu bewachen. Bereits jetzt gab es einen Nachtwächter. Außerdem war es üblich, den Aufzuchtbau nach der Abwanderung der Jungen zu verlassen. Besonders O-ha sorgte sich bei der Vorstellung, die Menschen könnten einen Wachhund herbringen.

»Du kennst das *Face* besser als ich. Wo sollen wir mit der Suche anfangen?«

»Ich habe gehört, daß die Eisenbahn in die Stadt kommt. Wir könnten am Bahndamm, im *Gerflan*, einen Bau graben.«

Sie sah ihn zweifelnd an.

»Und das nach der Geschichte mit dem Fuchs, den du getroffen hast, bevor du herkamst? Hältst du das für klug?«

Camio schüttelte den Kopf.

»Das war etwas anderes. Bei uns wird es viel besser. Wir werden einen sauberen, neuen Bau haben, und es gibt dort Wildblumen, Büsche und hohe Gräser – all das, was dir gefällt. Wir werden nicht gestört, weil es *Gerflan* ist. Wir müssen uns einzig und allein an den Lärm der Züge gewöhnen, aber die kommen bestimmt nicht *so* oft vorbei. Du schaffst das schon.«

»Ich schaffe was?«

»Dich an die Züge gewöhnen. Nach einer Weile bemerkst du sie gar nicht mehr. Du kannst dasitzen und die Wagen voller Menschen in der Gewißheit betrachten, daß sie dich nicht berühren können, selbst wenn sie es wollten. Ganze Glaskästen voller Menschen. Das kann ganz lustig werden. Und du hast mir gesagt, du magst die Bahngleise. Du sagtest, sie hätten schöne, klare Linien, wie die Umrisse von Häusern. Du kannst dasitzen und die Stahlstreifen betrachten. Oder faulenzen und den ganzen Tag Schmetterlinge fangen. Oder all die Rituale betreiben, die du so gern hast.«

Sie warf ihm einen beleidigten Blick zu.

»Man *betreibt* keine Rituale — jedenfalls nicht so, wie du meinst. Rituale sind da, um beachtet zu werden. Wovon werden wir uns ernähren?«

»Wir können noch immer in der Stadt Futter suchen. Am Bahndamm, wo nur wir sie erreichen können, legen wir dann Vorratslager an. Es gibt auch Ratten und Mäuse und natürlich Würmer.«

»Bei dir klingt das alles so idyllisch.«

»Wenn es so klingt, dann ist es auch so. Ich gehe jetzt hinaus und schaue mal, wo gerade gearbeitet wird. Was möchtest du tun?«

»Ich glaube, ich warte hier, falls O-mitz oder A-sac zurückkommen ... oder A-cam ...« antwortete sie.

Dann ging er weg, hinaus in die nächtlichen Straßen. Sein Herz war schwer geworden, als sie das vermißte Junge erwähnt hatte, und er wußte, daß sie noch immer dessen Verlust betrauerte, doch Camio konnte nichts für sie tun. Er konnte suchen — er *hatte* gesucht — doch die Welt ist groß. Wenn A-cam noch lebte, konnte er viele Tagesläufe vom Schrottplatz entfernt sein. Vielleicht sogar Monatsläufe! Menschen bewältigten große Entfernungen sehr schnell, und sie konnten ein wildes Tier aufgreifen und an einen Ort bringen, der so weit von seiner Heimat entfernt war, daß es unauffindbar blieb. Genau das hatte Camio erlebt.

Er trottete im verlassenen Stadtzentrum eine Straße entlang, die mit Kopfsteinpflaster gedeckt war und von zwei Reihen Geschäften flankiert wurde. Manchmal blieb er stehen, um den Kram hinter den Glasscheiben zu betrachten: die vielfältigen Dinge, mit denen sich die Menschen umgaben. Aber nicht heute nacht.

Mit kaum merklichem Kopfnicken ging er an einem anderen Fuchsrüden vorbei. In der Stadt konnte man die Reviere nur schwer abstecken, und es gab Orte, die Imbißbuden und Restaurants, die als neutrale Territorien galten und außerhalb der Gebiete lagen, die Füchse als ihr »Eigentum« verteidigten. Also waren Zufallsbegegnungen nicht ungewöhnlich, und solange es keine eindeutige Invasion in ein fremdes Revier gab, die darauf zielte, eine Gefährtin zu stehlen oder sich einer befestigten Stellung zu bemächtigen, neigten die Füchse im *Face* dazu, ihre strengen Reviergesetze ein wenig zu lockern. Jedenfalls eher hier als im *Hav.*

Camio lief durch den Lichtteich einer Laterne und glitt in eine Gasse. Auf dem Boden lag ein schlafender Mensch auf einem Pappkarton und verströmte jene Gerüche, die bei Füchsen Brechreiz verursachen. Diese Geschöpfe aus dem Grenzbereich der menschlichen Gesellschaft schlugen oft Lärm und brüllten Füchse an, wenn sie ihnen zu nahe kamen, aber sie waren im allgemeinen harmlos und scheinbar unfähig zur Jagd, so daß Camio unbeirrt weiterlief. Dieser Mensch jedenfalls schnarchte dröhnend und trug außerdem jede Menge von dem Zeug in sich, das ihren Atem so faulig machte.

Er sprang über einen Zaun am Ende der Gasse und gelangte in die Gärten, die hinter den Geschäftshäusern lagen. Er wäre beinahe auf einen Igel getreten, der sich auf der Stelle zu einem Ball rollte und die schützenden Stacheln ausfuhr. In der Nähe stand eine Untertasse mit Milch und Brot, die die Hausbewohner für den Igel bereitgestellt hatten. Camio nahm einige Schluck Milch, lief dann an der Seitenmauer des Hauses entlang und hinaus auf die nächste Straße. Ein oder zwei Autos, deren blendende Scheinwerfer vor ihnen durch die Dunkelheit fegten, summten noch über den Asphalt. Camio überquerte rasch die Straße und hielt den Kopf gesenkt. Er wußte nur zu gut, daß diese hellen Strahlen ein Tier hypnotisieren und erstarren lassen konnten, wenn es hineinsah, und er verspürte keine Lust, auf dem Asphalt zu *Gubbins* zerquetscht zu werden.

Es wehte ein Wind, der aus dem Gebiet hinter den Sümpfen vor der Stadt kam — vom Meer her — und der stechende Geruch erinnerte Camio an die Monate, die er und O-ha auf dem alten Wrack verbracht hatten. Sie waren dem Jagdhund Breaker seitdem nie wieder begegnet, und Camio fragte sich, ob er wohl inzwischen tot war.

Plötzlich, als ihm gerade der Gedanke an »Hund« in den Sinn kam, verharrte er und schnüffelte. Noch etwas lag in Melloon, mehr als der Duft von Salz und den reifen Früchten der Gartenbäume — etwas Finsteres. Es erregte die Nerven seines inneren Warnsystems. War dies nicht schon einmal geschehen? Was war denn noch gleichzeitig vertraut und seltsam und beunruhigend? Er ging im Geist alle Gerüche und Geräusche durch, die Gefahr verhießen und entdeckte — nichts. Nichts? Nun ja, nichts Bestimmtes.

Er zuckte die Achseln. Vielleicht war er übervorsichtig? Er sollte zwar seine Sinne beisammenhalten, aber es war ebenso vernünftig, sich nicht in etwas hineinzusteigern, das wahrscheinlich bedeutungslos war. Gewiß war da ein Hundegeruch, aber im *Face* konnte man dem nur schwer entgehen. Es gab viele Haushunde, die ihre Markierungen an Pfosten, Straßenecken und natürlich im Rinnstein hinterließen. Nur hundert Tage Regen hätten solche Gerüche abwaschen können.

Er schaute hoch, konnte den Nachthimmel jedoch nicht erkennen, da er von den Häuserecken und den Lichtern der Stadt verdeckt wurde. Wenn er auf ein Zeichen von dort oben hoffte, konnte er wohl die ganze Nacht warten. Er sah nur einen milchigen Lichtschleier über sich.

Wahrscheinlich waren seine Instinkte zu sehr geschärft. Das kam manchmal vor.

Doch dann erscholl ein Schrei von weiter her, gefolgt von einem Zirpen. Zwei Füchse riefen sich etwas zu. Lag darin etwas Finsteres? Stille. Er wartete eine Zeitlang auf weitere Äußerungen. Dann kam das Wort, voller Fuchsangst, bei dem sich sein Fell aufrichtete.

»Hund!«

Hund — aber warum solch ein Schrei? In der Stadt gab es mehrere streunende Hunde — mehr als einer wurde nachts ausgesperrt. Stadthunde waren selten gefährlich. Sie besaßen weder den Grips, noch den Willen, um einen Fuchs zu fangen. Warum dann also ...

Dann erscholl wieder der Schrei und wurde von anderen aufgenommen.

»Der Hund ist unterwegs.«

»*Der* Hund?«

Ein langer, markerschütternder Schrei drang über die Hausdächer und durch die Straßen. Es war der Ruf eines Hundes — eines Jagdhundes im Rausch der Verfolgung. Aber da waren wohl keine Reiter — nicht im *Face* — also würde der Hund allein jagen. Welcher Hund würde so etwas tun? Dann erklangen wieder der Ruf und das Geschrei eines Fuchses.

»Paßt auf! Sabre ist los ...«

Sabre! Der Ridgeback war in den Straßen! Er mußte einen Weg aus dem Garten hinter der Mauer gefunden haben und hetzte jetzt sein Lieblingswild in den Straßen der Stadt.

O-ha! dachte Camio. Ich muß zu ihr. Die Bestie war unterwegs. Camio begriff, daß er und seine Familie sich in größter Gefahr befanden. Sabre kannte seine und O-has Gerüche. Der Hund mußte nur einen Hauch aufnehmen, und schon war er ihnen auf der Spur. Sabre betrachtete jeden Fuchs als Beute, aber diejenigen, die die Bestie überlistet hatten, standen ganz oben auf der Todesliste. Und das eindeutigste Erkennungsmerkmal unter den Caniden war der Geruch. Der Geruch eines Tieres prägte sich ins Gehirn. Camio würde vielleicht das körperliche Erscheinungsbild des ersten Hundes, den er je gewittert hatte, vergessen, doch seinen Geruch würde er in Sekundenschnelle wiedererkennen. *Einmal gewittert, niemals vergessen.* Sabre würde alle Wege und Pfade nach einem Hauch der beiden Füchse absuchen, die ihn vor den Augen seines Herren zum Narren gehalten hatten. Er würde seine Beutetiere befragen und foltern, bis sie ihn über den Aufenthaltsort der Füchse informierten. Fraglos war vor allem O-ha in allergrößter Gefahr.

Camio machte sich auf den Rückweg, während um ihn herum die angstvollen Schreie anschwollen und die Nachtluft erfüllten. Die Hunde in den Häusern griffen den Ruf ebenfalls auf und manche bellten: »Gibs ihnen, Sabre«, aber andere, die vielleicht von dem allgemeinen Lärm verwirrt waren oder der Partei weniger gehorchten, brüllten: »Halt die Klappe!« oder »Geh nach Hause, wo du hingehörst!«

In den Häusern und Wohnungen über den Geschäften gingen die Lichter an, und die Menschen bellten zunächst ihre Hunde und dann einander an. Plötzlich erscholl in der Nähe ein furchtbarer Schrei, und die ganze Stadt verstummte und lauschte. Danach hörte man das Zerbrechen von Knochen und eine triumphierende Stimme mit dem tiefen Klang des Ridgebacks, die die folgenden Worte sang: »Ein Fuchs ist tot!«

Inferno in den Häusern.

Camio eilte weiter. Bald lag das Zentrum des Lärms hinter ihm, und er konnte sich auf den kürzesten Weg zum Schrottplatz konzentrieren. Er dachte nicht daran, die Hauptstraße zu benutzen. Er folgte seinen eigenen Instinkten und nahm den Weg über einige Garagendächer, Schuppen und Gärten, wobei er den anderen Hunden keine Beachtung schenkte. Er bewegte sich zu schnell, um erwischt zu werden.

Als er auf dem Schrottplatz ankam, lief er geradewegs durch die Tunnel in den Metallhaufen bis zum Bau, wo er zu seiner Erleichterung die wartende O-ha vorfand.

»Was ist passiert?« fragte sie. »Was ist los? Ist es die *vergessene Angst?*«

Camio schnappte nach Luft.

»Weniger erfreulich«, antwortete er, als er wieder sprechen konnte. »Sabre ist draußen. Er läuft frei durch die Straßen.«

O-ha sank in die Knie.

»Meine armen Jungen!« flüsterte sie.

Camio lief ein Schauer über den Rücken. Natürlich, A-sac und Mitz suchten dort draußen nach einem Bau! Camio erinnerte sich an den schrecklichen Schrei — den Todesschrei eines Fuchses, dem man den Hals bricht — und versuchte sich einzureden, daß es nicht die Stimme eines seiner Jungen gewesen war. *Ich kenne meine Kinder. Das war die Stimme eines Erwachsenen. Ich würde meine Jungen erkennen.* Doch ein Zweifel blieb zurück. Stimmen verändern sich, wenn man Angst hat. O-ha gegenüber erwähnte er den Zwischenfall allerdings nicht. Sie war zu weit entfernt gewesen, um den Schrei zu hören und hatte nur den allgemeinen Lärm bemerkt, ohne Einzelheiten wahrzunehmen.

»Ich muß zurückgehen«, sagte er zu ihr, »und nach ihnen suchen.«

»NEIN.«

Die Gewalt in ihrer Stimme verblüffte ihn.

»Nein«, sagte sie. »Ich will dich nicht auch noch verlieren. Wir können wieder Junge haben ...«

»Ich weiß, daß du das nicht ernst meinst«, erwiderte er sanft. »Ich verstehe, daß du Angst um mich hast, aber das brauchst du nicht. Ich bin schon schlimmeren Gefahren begegnet als Sabre — ich habe bei der Flucht aus dem Zoo zwei Schäferhunde überlistet.«

»Sabre *frißt* Schäferhunde.«

»Es ist nicht die Größe — nur Erfahrung und Intelligenz zählen. Er wird mich nicht erwischen, ganz bestimmt nicht. Ich muß hinausgehen, O-ha — es sind auch meine Jungen. Mit etwas Glück wird A-sac schon auf dem Weg zu seinem Hügel im *Hav* hinter den Sümpfen sein. Er ist außer Gefahr. Um Mitz mache ich mir Sorgen.«

»Ich komme mit.«

Er schwieg einen Moment, während er den Gedanken, sie davon abzubringen, unterdrückte. Er hielt sich nicht für fähiger als O-ha, aber Sabre mußte nur einen Hauch ihres Geruchs wahrnehmen und sie wäre in schrecklicher Gefahr. Doch er wußte, daß sie das gleiche Recht hatte, ihre Jungen zu suchen wie er, und trotz zweier Versuche hatte sie der große Hund nicht geschnappt. Wäre die Situation umgekehrt und er, Camio, in tödlicher Gefahr gewesen, dann hätte er O-ha bestimmt nicht gestattet, ihm die Suche nach Mitz auszureden.

»Hast wohl recht. Wir bleiben zusammen, solange wir ihm nicht begegnen, dann aber müssen wir uns augenblicklich trennen, genau wie im Garten des Herrenhauses. Das verwirrt ihn. Alles klar?«

»Das mußt du mir nicht erst sagen.«

»Nein, du hast recht. Ich wollte nur, daß zwischen uns alles klar ist.«

Wenn Sabre einen von ihnen erwischte, würde Camio darauf achten, daß er es war. Doch er versuchte, positiv zu denken. Es gab keinen Grund, warum der Ridgeback überhaupt einen von ihnen fassen sollte. Sie beide waren schlaue, fähige Füchse und kannten Tricks, bei denen sich die meisten Hunde hilflos im Kreis gedreht hätten.

»Dann laß uns gehen«, sagte Camio.

»Wir versuchen es zuerst in der Mitte des *Face.* Halte die Nase im Wind und die Ohren gespitzt, Füchsin ...«

Mit diesen Worten verließen sie den Bau. Dieses eine Mal vergaß O-ha die Rituale.

Schnell, aber vorsichtig erreichten sie das Zentrum der Stadt. Der Aufruhr hatte sich noch nicht gelegt, aber die bellenden Menschen siegten allmählich in der Schlacht um die Nachtruhe. Sie kamen in eine Straße, die nach Sabres Ausscheidungen stank. Unter einer Straßenlaterne lag der

Körper eines Fuchses. Er war unnatürlich verkrümmt, und beim Näherkommen konnten sie den Tod riechen. Es war ein junger Fuchs, doch sie wußten schon von weitem, daß es sich nicht um A-sac handelte, da er ein normales, rotes Fell besaß. Als sie näherkamen, rochen sie erleichtert, daß es auch nicht Mitz war. Sie schauten sich nervös um und fragten sich, ob der Jagdhund vom Unort im Schatten lauerte, um auf sie loszustürzen.

Doch dann dachte Camio, daß dies nicht seine Art war. Er würde eher durch die Straßen laufen und nach Beute suchen, als wie ein Fuchs umherzuschleichen.

»Es ist ein Junger«, sagte O-ha traurig, während sie noch die Leiche beschnüffelte.

»Laß uns weiterlaufen», erwiderte Camio.

Sie durchsuchten die Stadt systematisch — was nach Fuchsmaßstäben soviel wie eine verflochtene, geschlängelte Route durch Straßen und Gärten, Gassen und Hinterhöfe bedeutete — doch sie fanden keine Spur von ihren Jungen. Überall witterten sie die Gegenwart des großen Jagdhundes.

An einer Stelle erstarrte O-ha plötzlich im Lauf.

»Was ist los?« flüsterte Camio, doch bevor er das letzte Wort gesprochen hatte, nahm auch er den Geruch auf.

»Schnell, aufs Dach!«

O-ha brauchte offensichtlich keine zweite Warnung. Sie sprang auf das Dach eines Autos, das vor einer Garage stand, und dann auf das Garagendach selbst. Camio folgte ihr auf dem Fuß. Die beiden legten sich im Schatten des Winkels zwischen Hauswand und Garagendach nieder. Camio spürte O-has Herzklopfen, als sie sich aneinanderpreßten.

Am anderen Ende der Straße, im Licht einer Laterne, stand Sabre. Sie konnten sehen, wie er die Nase in den Luftzug streckte, doch sie befanden sich im Gegenwind. Sein Geruch drang recht stark zu ihnen herüber, doch ihrer würde ihn hoffentlich nicht erreichen.

Der riesige Jagdhund stand zeitlose Jahreszeiten lang dort und starrte die Straße hinunter. Dann lief er los, schnüffelte an den Zaunpfählen und Gartenmauern. Camio hielt den Atem an. Wenn Sabre an die Stelle kam, wo sie die Straße verlassen hatten, würde er sie sicherlich aufspüren. Dann wäre es nur noch eine Frage der Zeit. Der kleine Fuchs fragte sich, ob ihnen der Hund nicht folgen konnte, wenn er das Auto als Sprungbrett benutzte.

Camio dachte: Wenn er das schafft, lasse ich es auf einen Versuch ankommen. Der Vorteil ist auf meiner Seite. Der Hund kann sich nicht auf dem Dach halten. Vielleicht packe ich seine Kehle, bevor er meine zu fassen kriegt.

Der amerikanische Fuchs war jetzt ruhig. Er wußte, daß es keinen anderen Ausweg gab. Er mußte aufstehen und kämpfen. Als die Entscheidung einmal gefallen war, ließ der Schrecken nach und wich dem gesteigerten Empfinden kontrollierter Angst, das jedes kampfbereite Tier benötigte. Es war notwendig, um die Sinne zu schärfen, die Handlungen zu beschleunigen und den Verstand zu klären.

Der Ridgeback kam näher. Im Licht der Straßenlaternen konnte Camio die harten Rückenmuskeln des großen Jagdhundes erkennen. Die Haut kräuselte sich wie das Wasser über Flußsteinen. Näher. Näher. Bis die Füchse sicher waren, daß er ihren Geruch gewittert haben *mußte*.

Der Hund blieb stehen. Er schaute hoch, drehte den Kopf.

Sie krochen im schwarzen Schatten noch näher an die Wand. Der Wind war in dieser Nacht ein Freund der Füchse und behielt die Richtung bei.

Plötzlich schoß etwas blitzartig am anderen Ende der Straße vorüber und rannte um sein Leben. Camio fing einen starken Katzengeruch auf. Sie mußte sich hinter dem aromatischen Schutzschild eines Kräutergartens verborgen haben, denn an ihr haftete ein Duft von Thymian und Basilikum.

Sabre war weg, nahm die Verfolgung auf, wobei ein dünnes Grollen aus der Tiefe seines ungeheuren Rachens drang.

Sobald er um die Ecke verschwunden war, sprangen die

Füchse aus ihrem Versteck und rannten in entgegengesetzter Richtung davon. Sie setzten ihre Suche fort, hatten aber schreckliche Angst.

Schließlich war ihnen, als hätten sie alle möglichen Gebiete durchkämmt, und da noch immer aus einer Ecke des *Face* Hundelärm erscholl, machten sie sich auf den Weg zu ihrem Bau und hofften, daß die Jungen dort auf sie warten würden.

Das war jedoch nicht der Fall.

Als die reihergraue Dämmerung in den Hof schwamm, saß O-ha am Eingang zum Bau und wartete. Sie war im Warten geübt. Sie war die geduldige Füchsin, die Nase im Wind und die Ohren auf die Welt gerichtet. Um sie herum erfüllte das geistlose Geplapper der Spatzen die Hohlräume zwischen dem Eisenschrott, den Autokarosserien, den alten Metallboilern, den Kochtöpfen und Öfen. Spatzen drangen ebenso wie Flöhe in jeden Winkel. Allerdings ließen sie sich nicht durch Kratzen vertreiben, und O-ha erduldete stumm ihre ärgerlichen Banalitäten. Im Bau schlief der erschöpfte Camio, und seine kostbaren Atemzüge drangen zu ihr herüber.

Wie lange würde dieser Hund frei herumlaufen? Wenn solch ein Hund davonlief, dauerte es oftmals zwei bis drei Tage, bis sie ihn eingefangen hatten, vorausgesetzt, ihm war nicht danach, von selbst heimzukehren. Er könnte hungrig werden und zum Herrenhaus laufen, doch sie zweifelte daran. Ein Hund wie dieser würde sich schon Nahrung beschaffen. Allerdings gehörte er zu einer außergewöhnlich großen Rasse, und wenn Menschen ihn sahen, würden sie sich fragen, warum er allein herumlief. Aber würden sie es auch wagen, sich ihm zu nähern?

Sie wartete geduldig auf Geräusche, die ihr die Rückkehr ihrer Jungen ankündigten.

Später kamen die Männer auf den Schrottplatz und knurrten einander in altbekannter Weise an. Ein Fahrzeug brachte Schrott, der unter großem Lärm sortiert wurde. Das Zwielicht trieb davon. Die Schatten verhärteten sich.

Mittags stand Camio auf und gesellte sich zu O-ha unter das metallene Dach ihres Baus.

»Noch keine Anzeichen?« fragte er ohne Hoffnung.

»Nein — nichts.«

»Wir dürfen die Hoffnung nicht aufgeben. Denk daran, ich habe ihnen geraten, zwei oder drei Tage nach einem neuen Heim zu suchen, und A-sac wird vielleicht gar nicht zurückkehren.«

»Ich habe die Hoffnung nicht verloren.«

»Gut.«

Eine Krähe landete außerhalb ihrer Reichweite auf dem Schrott und schrie: *»Fox! What's the matter with you?«* aber sie ignorierten den Vogel. Krähen schienen immer Bescheid zu wissen, wenn etwas nicht stimmte, selbst wenn noch nichts Genaues bekannt war. Jede Antwort wurde gewöhnlich mit spöttischen Äußerungen bedacht. Krähen erfreuten sich anscheinend am Unglück ihrer Mitgeschöpfe. Als man sie nicht verscheuchte, wurde sie ein wenig dreister und hüpfte in Selbstgespräche vertieft von einem Metallstück zum nächsten, bis sie beinahe in Reichweite der Füchse saß. Dann endlich gab sie einen Ton des Abscheus von sich und flog davon.

In dieser Nacht hatte O-ha *den Traum*, den wiederkehrenden Alptraum. Sie träumte, sie sei an einem hellen Ort und versuche zu gehen. Plötzlich fielen schwarze Stäbe auf den Boden. Sie sahen aus wie die eisernen Sprossen des Zookäfigs, die Camio ihr einmal beschrieben hatte. Dann wurde sie gejagt und versank bis zu den Schultern im Schnee, der sie an der Flucht hinderte. Schließlich fiel dann der Schatten ihres Verfolgers über den Weg, und sie schaute hoch und sah ...

Am Morgen, nachdem er in einer Seitenstraße den jungen Fuchs getötet hatte, fand Sabre einen Platz zum Ausruhen. Es war eines der neuerbauten Häuser, dessen Bewohner noch nicht eingezogen waren. Sabre war enttäuscht. Er hatte den Fuchs gefangen und gehofft, er gehöre zu den Jungen dieser Füchsin, doch er konnte nirgendwo an dem Tier ihren Geruch wahrnehmen. Das war eine Schande. Aus zweierlei Gründen hätte es für ihn einen großen Sieg bedeutet, einem ihrer Jungen das Rückgrat zu brechen. Einmal hätte er, Sabre, den Mord als teilweise Wiedergutmachung für seine Demütigung betrachtet, und außerdem wäre *sie* vielleicht auf der Suche nach ihren Jungen selbst hergekommen.

Folglich war er, nachdem sich ihre Markierungen nicht auf dem toten Geschöpf fanden, tiefer in die Stadt eingedrungen, um dort ihren Geruch aufzuspüren. In der Tat hatte er sie ein- oder zweimal gerochen, aber der Duft war zu schwach gewesen, um ihn in eine bestimmte Richtung zu lenken. Es war nur eine Frage der Zeit.

Nachdem er durch das Loch, an dem er so lange gegraben hatte, entkommen war, hatte er sich geschworen, hier draußen zu bleiben, bis er die Füchsin gefaßt hatte. Jetzt würde sie ihm nicht mehr entwischen. Er wußte, daß man ihn prügeln würde, sobald sie ihn einfingen, doch das störte ihn überhaupt nicht. Sabre war schon in schlimmeren Lagen gewesen. Als Welpe hatten ihn die Kinder seines Besitzers häufig getreten und drangsaliert, wenn ihr Vater nicht in der Nähe war.

Morgen würde er die Suche wieder aufnehmen, und dann hieß es *Füchsin paß auf.*

23. Kapitel

Im Gegensatz zu ihrem Vater hatte Mitz größte Schwierigkeiten damit, den Revieren anderer Füchse fernzubleiben. Da sie das *Face* nicht so gut kannte wie Camio, verletzte sie auf ihrer Suche nach einem Bau ständig irgendwelche territorialen Rechte. Man hatte sie im Laufe der Nacht angefaucht, angespien und angebrüllt, und sie begriff rasch, daß sie »markierte« Gebiete achten und ihre Nase als Wegweiser benutzen sollte. Leider hingen die Straßen voll abgestandener Gerüche, besonders von Hunden, und die übereinandergelagerten Duftschichten waren sehr verwirrend. Es war, um es vorsichtig auszudrücken, zumindest beunruhigend, wenn man seine Nase durch ein Loch im Zaun steckte und auf einen Kopf mit angelegten Ohren und gefletschten Zähnen traf, der einem nahelegte, sich gefälligst zu verdrücken. Sie konnte sich glücklich schätzen, daß man sie, wann immer sie ahnungslos in einen vielversprechenden, aber bewohnten Unterschlupf gewandert war, noch nicht gebissen hatte. Obwohl die Stadt vielerorts noch nicht fertiggestellt war, gab es fast überall Füchse, und obwohl sich Katzen nicht sonderlich an ihr zu stören schienen, gefiel ihnen ihre Anwesenheit wohl doch nicht so ganz. Da sie noch jung war, nahm sie sich vor den großen Katern in acht, deren Bäuche über den Boden schleiften und deren Gesichter wie zertretene Blechbüchsen aussahen. Sie flohen nur selten vor ihr, wenn sie erkannten, daß sie noch nicht erwachsen war, und dann funkelten ihre Augen, die Gesichter verzerrten sich zu Teufelsfratzen, und ihr Fell richtete sich auf, so daß sie auf ihre doppelte Größe anschwollen.

»*Peau-Rouge!*« zischten sie dann. »*Sauvage!*«

Obwohl sie die Worte nicht verstand, war ihr bewußt, daß sie nicht nett gemeint waren. Gelegentlich traf sie auf eine Katze, die so regungslos dasaß, daß Mitz sie erst am Geruch erkannte. Einmal war sie hungrig gewesen und hatte an einem Mülleimer geschnüffelt, bis sie dann die große, graue Katze oben auf dem Deckel sitzen sah. Die schien von ihrer Gegenwart nicht weiter beeindruckt zu sein und betrachtete die Aktivitäten der Füchsin mit milder Neugier.

»Entschuldigung«, sagte Mitz. »Ich habe dich nicht gesehen.»

Die Katze zuckte die Achseln.

Mitz fragte: »Du — du könntest wohl nicht mal zur Seite rücken, damit ich einen Blick in den Eimer werfen kann?«

Die Katze wirkte ruhig und entschlossen und rührte keine Pfote. Sie betrachtete Mitz mit einem verachtungsvollen Blick, als wäre sie selbst ein Stück Abfall. Und doch sah das kleine, graue Wesen so weich und verletzlich aus. Mitz entschied, daß es an der Zeit war, sich zu behaupten und durchzusetzen. Sie konnte es sich nicht leisten, ewig herumgeschubst zu werden. Irgendwann kam der Zeitpunkt, an dem man nicht mehr davonlaufen konnte.

Mitz entblößte die Zähne und fauchte.

Plötzlich verwandelte sich die Katze in ein Monster: in einen buckligen, grauen Satan, der nur aus Klauen und Zähnen bestand und unverständliche Obszönitäten hervorspie.

Mitz verließ eilig den Ort des Geschehens. Mitten in der Nacht geriet die Stadt in Aufruhr, aber Mitz war zu sehr darauf bedacht, ein neues Heim zu finden, und kümmerte sich nicht weiter darum. Sie glaubte, ein- oder zweimal den Geruch ihres Vater im Wind gewittert zu haben und fragte sich, ob er auf Futtersuche war. Es wäre schön gewesen, ihm zu begegnen, jetzt, wo sie so erwachsen und zielbewußt wirkte, doch irgendwie kreuzten sich ihre Wege nicht.

Sie fand ein halbvolles Päckchen mit Fisch und Pommes Frites im Rinnstein und konnte es beinahe verschlingen, bevor ein Mensch die Straße entlangkam. Dann mußte sie verschwinden. Einmal wurde sie fast von einem Auto angefahren, das um eine Ecke schlitterte, als sie sich mitten auf der Straße befand. Sie erinnerte sich mit einem Schauer an A-cams Entführung.

Am Stadtrand standen halbfertige Häuser, die neu rochen, und Mitz kam einige Male in Versuchung, in einem von ihnen einen Bau anzulegen, doch ein Instinkt sagte ihr, daß solche Orte tagsüber voller Menschen sein würden. Also widerstand sie der Versuchung. Eine Maus geriet in Panik und stürmte vor ihrer Nase unter einem Stapel von Ziegelsteinen hervor. Als sie dort im aufgewühlten Schlamm nur noch eine Körperlänge von Mitz entfernt war, stieß eine Eule unvermittelt aus der Stille der Nacht hinab und riß das Tier mit ihren Klauen vom Boden hoch. Es geschah in einem Augenblick, und der Vogel verabschiedete sich mit einem Schrei, als wolle er sagen: »Du bist nicht schnell genug, Füchsin! Dies hier ist die große, weite Welt, und wir alle liegen miteinander im Wettstreit!«

Hätte die Maus ohnehin nicht gewollt, dachte Mitz bei sich. Sie wünschte, sie hätte Zeit gehabt, die Eule anzubrüllen, doch der Nachtvogel mit dem flachen, weißen Gesicht war schon lange verschwunden.

Schließlich kam sie in eine Straße, in der die Häuser schon bewohnt, die Gärten aber noch verwildert waren. Als sie in diese lange, dunkle Straße trat, trug ihr der Wind etwas zu: einen schwachen Hundegeruch. Sie blieb stehen und schnüffelte. Diesen Geruch kannte sie doch! Woher? Der Geruch des Hundes enthielt Substanzen, die ihre Sinne beunruhigten. Da war ein verborgener Hauch von Hetzjagd und Tod, der dem Hauptgeruch anhing, und obwohl sie noch nie das Opfer einer Jagd gewesen war, sandte ihr rasseeigenes Gedächtnis nadelscharfe Warnungen in ihr Gehirn. In der Gegend befand sich ein Hund mit ganz bestimmten Absichten. Er suchte nach Tieren, um sie zu töten, und Mitz hatte von ihren Eltern genug Geschichten gehört, um zu wissen, daß Füchse ganz oben auf der Jagdliste eines jeden Hundes standen.

Ein großer Schatten überquerte das andere Ende der Straße und glitt in die Dunkelheit am Fuß einer Mauer. Glücklicherweise stand Mitz im Gegenwind, und ihr Geruch trieb von ihr weg, doch sie empfing mit voller Kraft den Geruch des anderen Tieres und erkannte ihn. Sie kannte den Besitzer dieser riesigen Schattengestalt.

Es war Sabre, der Ridgeback.

Sie ließ alle Vernunft fahren, und die Angst, die Wellen durch ihren kleinen Körper sandte, gewann die Oberhand. In diesem Moment öffnete sich eine Tür in der Straße, und Mitz schoß vorwärts in den Lichtschein, der ihr den einzigen Fluchtweg vor der schrecklichen Bestie zu weisen schien, die durch die Straßen pirschte. Der Mensch kreischte, als sie zwischen seinen Beinen hindurchraste, doch das war wenig angesichts der Alternative, vom Schwanz bis zur Kehle aufgerissen zu werden.

Vom Licht geblendet rannte sie im Kreis, bevor sie auf einen festen Gegenstand traf, unter dem sie sich verbergen konnte. Dort kauerte sie sich mit klopfendem Herzen zusammen und wartete auf den Tod.

Nichts geschah, wenn man einmal von dem gedämpften, aufgeregten Gebell der Hausbesitzer absah, in deren Eigentum sie eingedrungen war. Die Gerüche waren überwältigend, und wäre sie nicht zur Unbeweglichkeit erstarrt gewesen, dann hätte Mitz verrückt gespielt, aber ihr Körper wollte momentan keinem noch so vernünftigen Befehl gehorchen.

Jemand kam durch die offene Zimmertür und beugte sich nieder, um unter die Gegenstände zu schauen. Dann schlossen sie leise die Tür und gingen weg. Danach wieder aufgeregte Geräusche und grollende Töne der Menschen. Es gab eine lange Wartezeit, während der Mitz wieder zu Atem kam und ihre Lage überdenken konnte.

Zuerst meinte sie: Sobald die Tür aufgeht, bin ich weg.

Doch dann fiel ihr ein, daß Sabre sehr wohl noch auf der Straße sein könnte. Dann war das wohl keine so gute Idee. Also zum Fenster! Hoffentlich hatten sie eins aufgelassen. Sie schaute sich prüfend um. Wenn es Fluchtwege gab, dann waren sie hinter Stoff verborgen. Diese Möglichkeit schied ebenfalls aus.

Also nur abwarten und zusehen, was passierte.

Nach einer Weile hörte sie, wie ein Auto vor dem Haus anhielt und eine Tür zugeschlagen wurde. Dann wurde die Haustür geöffnet. Aus der Diele drangen Gebell und Knurren. Schließlich ging die Zimmertür leise auf. Ein großer, männlicher Mensch mit schwarzem Fell im Gesicht kam ins Zimmer und schloß die Tür hinter sich.

Er blieb einen Moment lang reglos stehen, damit sein Geruch den Raum durchdringen konnte. Als er sich wieder bewegte, bemerkte Mitz, daß er etwas in der Hand trug: eine kurze Stange mit einer Schlaufe am Ende. Der Anblick dieser Stange gefiel ihr überhaupt nicht, und sie fauchte ihn an.

Während er im Zimmer war, knurrte er sie die ganze Zeit leise an. Überraschenderweise waren es keine bedrohlichen Geräusche. Sie ahnte, daß er mit ihr kommunizieren wollte. Das war äußerst verdächtig. Warum sollte er mit ihr reden wollen, außer um sie in falscher Sicherheit zu wiegen? Menschen waren immer hinter einem her, das stand fest. Ihr ganzes erlerntes Wissen deutete auf die Annahme, daß das Ende bevorstand, sobald ein Mensch einen in seinen Klauen hielt. Nun ja, wenn dieser hier auch nur einen Zeh in Bißweite setzte, würde er ihn wenig später vermissen.

Dies geschah nicht. Noch immer vorsichtig ließ sich der Mann auf Augenhöhe mit Mitz nieder und streckte die Stange mit der Schlinge aus, bis sie vor ihrer Nase baumelte. Sie schnappte danach und biß auf die Drahtschlinge, die hastig zurückgezogen wurde.

Dann bellte der Mann, und die Tür ging auf. Mitz wurde einen Augenblick abgelenkt, und in dieser Sekunde glitt die Schlinge um ihren Hals. Sie versuchte, rasch auszubrechen, doch die Schlinge zog sich zusammen und verwandelte sich in ein Halsband.

O-ha hatte Mitz von Schlingen erzählt, die auf den Fuchsstraßen ausgelegt wurden und Tiere erwürgten. Manchmal war das Ersticken so entsetzlich langsam, daß man besser *Ranz-san* beging und so die Schlinge um ihre häßliche Arbeit betrog. Jetzt hing Mitz in einer Schlinge und schlug am Ende der Stange um sich, da sie erwartete, jeden Moment erwürgt zu werden.

Aber nein, etwas an der Befestigung der Schlinge verhinderte, daß sie sich weiter zusammenzog, als es der Umfang ihres Halses erlaubte. Dann griffen starke Hände nach ihr und hoben sie hoch. Sie versuchte, nach ihnen zu schnappen, doch sie trugen Handschuhe und waren außer Reichweite. Die zitternden Hände des Hausbesitzers entfernten die Schlinge und holten einen Käfig hervor. Mitz wurde sanft in das Innere des Metallgeflechtes geschoben und dann eingeschlossen. Nun wußte sie, was mit ihr geschehen würde. Ihr Vater hatte ihr genug über Käfige erzählt ...

Sie kam in den Zoo.

Als der Mann mit dem Fell im Gesicht sie aus dem Haus trug, fühlte sie sich völlig niedergeschlagen. Oh ja, sie war Sabre, dem Killer, entkommen, aber von nun an würde sie den Rest ihres Lebens eingeschlossen in einem kleinen Raum verbringen, während kleine Menschen mit klebrigen Gesichtern sie anstarrten und anstießen und auslachten. In dem für sie bestimmten Raum würde es vielleicht einige Äste geben, auf denen sie spielen sollte, und man würde ihr regelmäßig Futter und Wasser bringen, doch es wäre wirklich besser gewesen, sich selbst in die Kiefer des Ridgebacks zu stürzen. Ein solches Ende war weniger qualvoll und sicherlich schneller.

Im Fond des Wagens wurde sie durchgerüttelt und geschüttelt. Sie spreizte die Beine und preßte sich gegen den Käfigboden. Dies sandte ein seltsames Gefühl der Unsicherheit durch ihren Körper, und sie wollte urinieren, um so die

Spannung zu lösen. Das tat sie auch, und als der Mann es roch, drehte er sich flüchtig um und zeigte seine ebenmäßigen, weißen Zähne. Er schien ihre Qual zu erahnen und sandte unablässig grollende Laute in seiner tiefen, sonoren Stimme zu ihr hinüber. Doch auch dies milderte nicht das eigenartige Gefühl, durch die Luft zu fliegen, und sie starrte weiterhin wild auf die Einrichtung des Wagens und den Hinterkopf des Menschen. Die ganze Reise war anstrengend, doch obwohl sie ein paarmal winselte, entehrte sie sich nicht so weit, daß sie nach Freiheit geschrien hätte. Das einzig Richtige, hatte Camio ihr erklärt, lag darin, zu beobachten und abzuwarten und jede Fluchtmöglichkeit zu ergreifen, ohne dabei viel Aufsehen zu erregen. »Je ruhiger du bleibst«, hatte er seinen Jungen gesagt, »desto mehr Vertrauen schenken sie dir. Schon bald nehmen sie dich kaum noch wahr, und dann begehen sie Fehler.«

Somit war es Mitz zugute kommen, daß ihr Vater einen Teil seines Leben im Zoo verbracht hatte. Zumindest war das alles nicht ganz unverständlich für sie. Sie wußte, was geschah, und warum. Sie mußte nur Geduld aufbringen. Sie hätte dem Haargesicht gern gesagt, was sie von ihm hielt — hätte auch gern ihre Zähne in die widerlichen Hände gegraben, aber Diskretion war klüger als Rache.

Schließlich blieb der Wagen stehen, und die Heckklappe wurde geöffnet. Süße Düfte schwammen in Mitz' Nase, Düfte von Äpfeln, Birnen und Pflaumen. Sie konnte keine Gebäude sehen, und der Wind seufzte nur in den Zweigen der Bäume. Sie waren irgendwo auf dem Land. Der Käfig wurde hochgehoben und einen Weg entlang zu einem mit getrocknetem Schilf gedeckten Haus getragen. Der Mann bellte, als sie sich der Tür näherten, und sie wurde von einem weiblichen Menschen geöffnet und ... ihr Herz setzte aus — da war *ein gigantischer Hund!* Trotz ihrer Entscheidung, ruhig zu bleiben, zog sich Mitz in eine Käfigecke zurück und fauchte den Hund an. Er warf ihr einen traurigen Blick zu.

»Warum regst du dich so auf?« fragte er nicht unfreundlich.

Noch *nie* hatte ein Hund so mit ihr gesprochen — fast wie mit seinesgleichen — und das brachte sie aus der Fassung. Alle Geschichten, die ihre Mutter ihr über die Sklaven der Menschen erzählt hatte, bewiesen, daß Hunde üble Kreaturen waren, die Füchse grundlos angriffen und gewiß keine Höflichkeiten austauschten.

Ihr Käfig wurde auf ein Stück Papier gestellt, dann verließ der Mann den Raum. Der Hund betrachtete sie weiterhin mit traurigem Gesichtsausdruck.

»Ich heiße Betsy», sagte der Hund. »Du hast wohl auch einen Namen?«

»Warum redest du mit mir?« fragte Mitz. »Ich verstehe nicht, was hier geschieht. Ist das der Zoo?«

»Zoo? Wie kommst du denn auf diese Idee? Dies ist ein Cottage. Hast du noch nie ein Cottage gesehen?«

»Ich bin noch jung. Ich habe noch nicht einmal den Bau meiner Eltern verlassen — jedenfalls nicht richtig. Was für ein Hund bist du? Du bist kein Ridgeback, oder?«

»Jetzt hast du mich erwischt. Ich habe noch nie von einem Ridgeback gehört. Das muß eine ausgefallene Rasse sein. Ich bin ein Bernhardiner«, erklärte sie. »Ich habe den Ruf, in Not geratene Menschen zu retten. Habe es selbst natürlich noch nie getan. Hier scheint sich niemand zu verirren. Trotzdem könnte ich eines Tages ...«

»Plauderst du immer so mit Füchsen? Die einzigen Hunde, die ich kenne, vertreiben sich die Zeit damit, uns zu jagen.«

»Das liegt daran, daß dies hier ein ungewöhnliches Haus ist. Hier werden viele Füchse hingebracht. Er, mein Herr, bringt sie her.«

Mitz hatte beinahe Angst, nach dem Grund zu fragen. Vor ihrem inneren Auge sah sie, wie man sie tötete, briet und verspeiste. Soweit sie wußte, fingen Menschen Tiere wie sie selbst, um sie zu töten, weil man sie für eine Plage hielt

— das hätten sie schon früher erledigen können — oder aber als Nahrung. Dann tauchte ein noch furchteinflößenderer Gedanke auf.

Manchmal, besonders, wenn es sich um flauschige Tiere wie Füchse handelte, wurden sie gehäutet und ihre Felle zu menschlicher Kleidung verarbeitet. Sie stellte sich vor, wie sich das Messer anfühlen würde, wenn es ihren Bauch und jedes Bein aufschlitzte. Dann würde man die Haut von ihrem Körper lösen und das rohe, blutige Fleisch entblößen. Töteten sie einen vorher? Hoffentlich.

»Abscheuliche Methode«, schnappte sie.

»Was?« fragte Betsy sanft, als sie sich gerade mit dem Hinterbein am Ohr kratzte und dann innehielt, da sie zweifellos glaubte, sie habe in den Augen dieses kleinen Fuchses einen Fauxpas begangen.

»Füchse häuten«, erwiderte Mitz.

Betsy erschauerte und nahm das Kratzen wieder auf, da sie nun erkannt hatte, daß nicht ihr Benehmen kritisiert wurde.

»Würde ich auch sagen«, bemerkte sie.

»Bringt uns dein Herr nicht aus diesem Grunde her?«

»Normalerweise nicht«, entgegnete Betsy. »Ich kann mich in der Tat an keinen einzigen Fuchs erinnern, der hier gehäutet worden wäre.«

»Warum bin ich dann hier?«

»Zum Anschauen.«

»Zum Anschauen? Dann ist das hier ein Zoo.«

»Nein, ist es nicht, es ist ein Cottage. Schau mal«, erklärte Betsy geduldig, »aus irgendeinem Grund — weiß der Himmel, aus welchem — fängt dieser Mann gerne Füchse und schaut sie an. Ich vermute, das kommt von einem Hirnschaden, den er als Welpe erlitten hat, denn ich kenne keine anderen Menschen, die das tun, und sogar seine eigenen Freunde denken, er spinnt. Aber du kannst sicher sein, kleiner Fuchs, daß dir nichts passieren wird, während du hier bist. Er behandelt euch, als wärt ihr sehr zerbrechlich. Vielleicht zerrt er ein bißchen an dir herum, aber nicht zu grob.

Er will dich nur anschauen. Verbringt ganze Stunden damit. Beinahe jeden Tag gehen wir nach draußen und schauen uns Füchse an und folgen ihnen, wo immer sie uns hinführen. Ich weiß, es ist verrückt, aber so sieht's aus. Man kann sich zwar seine Freunde aussuchen, nicht aber seinen Herrn oder seine Herrin. Die beiden sind gleich schlimm. *Sie* streichelt euch andauernd, als wärt ihr Hunde. Sind beide verrückt, aber ich würde sie nicht eintauschen wollen. Bloß nicht. Sie sind auf ihre Art ganz nett ...«

»Also werden sie mir nichts tun?«

»Aber nein. Du bist hier so sicher wie in deinem eigenen Bau.«

»Und du? Du wirst mir nicht wehtun?«

Betsy sah beleidigt aus.

»Natürlich nicht. Wofür hältst du mich? Ich werde dich nicht *anschauen* wollen, so wie er es die ganze Zeit tut, aber es gibt keinen Grund, grob zu werden. Ich habe noch nie jemandem wehgetan. Erst gestern hatten wir hier einen Eindringling, und ich hockte als erste unter dem Bett.«

Der Mann betrat wieder das Zimmer, während die Frau in der Tür stehenblieb und die Arme vor der Brust verschränkt hielt. Ein Parfumgeruch drang von ihr herüber, und Mitz fragte sich, ob sie sich wohl über und über mit Wildblumen eingerieben hatte, um so zu riechen.

»Sieh da«, sagte Betsy, »er hat dir eine Schüssel mit Wasser gebracht. Will Freundschaft schließen. Nimm meinen Rat an und tu zuerst so, als wärst du schwer zu überreden — es macht ihnen mehr Freude, wenn sie sich anstrengen müssen, damit du ihnen vertraust. Klingt blöd, ist aber wahr.«

Der Mann bellte Betsy an, und sie stand auf und schleppte sich in die andere Ecke des Zimmers.

»Denkt wohl, ich ärgere dich«, sagte sie mit einem Blick über die Schulter.

Die Vorderseite des Käfigs wurde behutsam geöffnet und die Schüssel mit dem Wasser hineingeschoben.

Mitz betrachtete sie einen Moment und sang dann das

Ritual. »*Wasser, Bewahrer des Lebens, Körper von A-O, dem ersten Fuchs der Firstdark, reinige meinen Geist wie auch meine Glieder, meinen Rumpf, meinen Kopf. Wasser, kläre meine Seele, meine Empfindungen, meine Sinne. Alles.*«

Der Mann wurde bei ihrer Reaktion sehr aufgeregt und bellte die Frau an, die nickte und ihre Zähne auf die Art zeigte, wie auch er es schon im Auto während der Fahrt zum Cottage getan hatte.

»Gut so«, sagte Betsy, bevor der Mann ihr den Mund verbieten konnte, »halt dich zurück. Fasele noch ein bißchen weiter. Das macht sie an — ganz ehrlich.«

Doch das Ritual war vorüber und Mitz hatte Durst. Dankbar trank sie das Wasser.

24. Kapitel

Später trug man Mitz zur Hintertür hinaus und setzte sie in einen viel größeren Käfig, der wohl, so dachte sie, den von Camio beschriebenen Zookäfigen sehr ähnlich sah. Dort unterzog man sie einer reichlich entwürdigenden Prozedur. Der Mann, der sie gefangen hatte, untersuchte sie eingehend und entdeckte dabei den kleinen Schnitt an ihrer Pfote, der vom Schrottplatz stammte. Er rief der Frau etwas zu, und sie brachte ihm einen Topf mit Creme, mit der er dann den Schnitt einschmierte. Danach ließ man sie in Gesellschaft eines Tellers mit Fleisch, unter das Gemüse gemischt war, für den Rest der Nacht allein. Als erstes leckte sie so viel Creme wie möglich von ihrer Wunde, obwohl sie ganz fürchterlich schmeckte. Dann fraß sie das bereitgestellte Futter.

Der Boden des Käfigs war mit Heu bedeckt, auf dem sie sich unglücklich ausstreckte. Der Hund hatte ihr gesagt, daß man sie nicht in einen Zoo schicken würde, doch inwieweit konnte sie dem Bernhardiner vertrauen? Betsy war trotz allem ein Liebling des ältesten Feindes aller Füchse. Vielleicht hatte man den Hund dazu ausgebildet, Füchse zu beschwichtigen, damit sie keine Schwierigkeiten machten? Menschen waren verschlagene Geschöpfe, die viel Zeit damit verbrachten, sich das Leben zu erleichtern. Nein, sie konnte weder dem Hund noch dem Mann vertrauen.

Sie ließ sich mit dem Kopf auf den Pfoten nieder, um sich dann für den Rest der Nacht verdrießlich den schlimmsten Visionen hinzugeben. Sie konnte einen Bach hören, der irgendwo am Ende des Menschengartens vor sich hingurgelte, und als sie angestrengt lauschte, gewahrte sie die Geräusche irgendwelcher Aktivitäten aus dieser Richtung. Dort war ein Lebewesen bei der Arbeit. Sie fragte sich, ob sie es rufen und vielleicht einige brauchbare Informationen erlangen konnte, falls es *Canidae* sprach. Sie fing an, für jeden, der es hören wollte, laut ihr Schicksal zu beklagen.

Die Geräusche, die Mitz hörte, stammten in Wirklichkeit von einem Otterbau am Ufer des Baches. Ein Otterweibchen und ein Otterrüde fütterten ihre Jungen auf einem Felsen, der als *Altar* bekannt war und der sich im Laufe vieler Generationen abgenutzt hatte. Um den *Altar* herum war der Mist, oder auch die *Losung*, verstreut, die dazu diente, das Territorium zu markieren und Eindringlinge zu vertreiben. Der Otterrüde hieß Stigand und war mit dem Paar im Haus gut bekannt. Im Laufe eines Jahres war es zu einer Übereinkunft zwischen den Ottern und Menschen gekommen. Stigand und seine Gefährtin Sona nahmen häufig Fisch von den Menschen an, da es ihnen Freude zu machen schien. Stigand war stets für gute Beziehungen zu allen Lebewesen zu haben, die in der Nachbarschaft seines Baus wohnten, und er hatte, im Gegensatz zu Füchsen, keinen Grund, die zweibeinigen Tiere zu hassen, die sich nur wenig um territoriale Markierungen scherten. Otter gehören genau wie die Dachse zur Familie der *Mustelidae.* Daher unterhielt er sich oft mit seinen schwarz-weißen Vettern, von denen einige einen Dachsbau bewohnten, der in einem an den Bach grenzenden Feld lag. Im selben Bau lebte ein Fuchspaar, und obwohl sich Stigand und Sona von diesen rotgekleideten Mitbewohnern ihrer Vettern fernhielten, ließen die Dachse in ihre Unterhaltungen häufig Worte aus der *Canidae* einfließen, um Besucher zu beeindrucken. Folglich hatte auch Stigand bestimmte Wörter aus der Fuchssprache aufgeschnappt, die ursprünglich ohnehin aus seiner eigenen, alten Sprache entstanden war. Er hatte diese Vokabelsammlung erweitert und, so glaubte er jedenfalls, in Diskussionen mit dem Hund Betsy, die auf dem Rasen des Cottages stattfanden, vervollkommnet.

Als er die klagenden Rufe des Fuchsjungen hörte, sagte er zu Sona: »Hört sich an, als hätten sie wieder einen Fuchs gefangen — einen jungen. Wir tun kein Auge zu, wenn er so weitermacht.«

»Das arme Geschöpf hat wohl Angst. Würdest du gern in einem Käfig sitzen?«

»Natürlich nicht«, antwortete Stigand, »aber Betsy muß ihm doch gesagt haben, daß er sich keine Sorgen machen soll. Das tut sie doch immer.«

»Vielleicht war Betsy nicht in der Nähe, als das Junge ankam? Manchmal schließen sie sie ein, weil sie glauben, daß sich jeder Fuchs bei ihrem Anblick erschreckt.«

»Stimmt. Stimmt.« Stigand fing an, mit einem seiner eigenen Jungen zu spielen und schubste es vom *Altar* ins Wasser. Das Junge quietschte vor Freude. Die Fuchsklagen aus dem Käfig wurden lauter. Stigand seufzte.

Sona sagte: »Nun ja, wenn du ihn schon beruhigen willst, kannst du es auch gleich tun, bevor die Sonne aufgeht. Du weißt, wie reizbar du wirst, wenn dein Fell trocknet.«

»Natürlich werde ich ungenießbar — es ist so ungemütlich. Dir geht es doch genauso. In Ordnung, ich werde hingehen und mit ihm reden, wenn du meinst, daß es etwas nützt.«

Er glitt vom *Altar* ins kühle Wassser und schwamm ans Ufer. Als er festen Boden unter den Füßen hatte, watschelte er durch den ganzen Garten bis zum Käfig und spähte durch das Drahtgeflecht zu dem kleinen Fuchs hinein, der in der Ecke vor sich hin winselte. Er verbannte die *Mustelidae,* in der er sich mit Sona unterhalten hatte, aus seinem Gedächtnis und sammelte seine Kenntnisse der *Canidae*. Er rühmte sich, recht sprachbegabt zu sein und weigerte sich, seine Äußerungen mit Begriffen aus seiner eigenen Sprache zu versehen. So waren die Resultate etwas geschwollen und übergenau, aber durchaus korrekt. Dessen war er sicher, da seine Dachsvettern oft bemerkten, wie fließend doch seine *Canidae* war, und beschworen, daß man zwischen seinem Sprachgebrauch und dem eines Fuchses keinen Unterschied entdecken konnte.

»Hallo, kleiner Fuchs«, sagte er. »Du schlägst einen recht tönenden Lärm für ein Geschöpf deiner Ausmaße.«

Mitz hatte noch nie zuvor einen Otter gesehen, doch sie war gut ausgebildet, und ihre Mutter hatte ihr jedes Tier beschrieben, auf das sie in ihrer Heimat treffen konnte. (Camio hatte viele Informationen über fremdländische Tiere beigesteuert, obwohl O-ha ihn gewarnt hatte, die Jungen nicht mit Einzelheiten zu überschwemmen. Neben den Bildern von Ottern, Hirschen, Hermelinen, Wieseln und ähnlichem Getier tauchten exotische Geschöpfe namens Elefant, Tiger, Boa constrictor auf ...) Sie hielt in ihren Klagen inne, betrachtete das schokoladenbraune Wesen einen Moment lang und dachte dabei, wie glatt und geschmeidig es doch im Mondlicht wirkte.

»Besser«, sagte der Otter. »Allerdings besser, daß du in dieser wunderbar stillen Nacht in Schweigen verfällst, wo die Sterne wie Tupfen auf einer silberflankierten Forelle glänzen ...«

Der Otter schien eine Art Dichter zu sein, was Mitz gefiel, da sie Gesänge und Lieder schätzte, doch der Satzbau ihres Gegenübers uferte ein wenig aus.

»Wer bist du?« fragte sie.

»Ausgezeichnete Frage. Durchaus logisch, wenn ich mich so ausdrücken darf. Mein Name ist Stigand. Stig-and«, er sprach es sehr präzise aus, damit kein Mißverständnis aufkam. »Mein Bau liegt nicht weit von dieser Region, und der Wind hat deine Klagen in meine empfindsamen Ohren getragen. Es ist eine friedvolle Nacht, eine ruhige Stunde — beinahe heilig in ihrem Schweigen — und es ist solch eine Schande, diese schöne Nacht mit Weinen zu verderben, solange es keine Weinlieder sind, falls du erkennst, worauf ich abziele. Dürfte ich mit deinem Titel bekannt werden?«

Mitz kämpfte mit dem Sinn seiner Worte, der sich mit jedem Satz wilder zu verschlingen schien. Nicht, daß ihr die Wörter unbekannt gewesen wären, doch sie glitten derart ineinander, daß der Gesamteindruck ziemlich verwirrend war.

»Titel? Oh, mein Name. Mitz.«

»Und du bist recht jung, nehme ich an?«

»Recht jung, ja. Ich stehe kurz davor, den Bau zu verlassen. Zumindest«, seufzte sie, »bevor mich dieser Mensch entführt hat.«

»Aha, dies ist eines der Motive, aus denen heraus mich meine Bündnispartnerin Sona anwies, mit dir zu sprechen. Ich habe die Reise von den kristallenen Wassern des Baches auf mich genommen, um dir mitzuteilen, daß keinerlei Notwendigkeit besteht, unglücklich zu sein. Dieser Mensch ist nicht gefährlich. Hat der Hund möglicherweise etwas gesagt?«

»Ja, das schon, aber man kann Hunden nicht trauen. Ich jedenfalls nicht ...«

»Nicht im typischen Verlauf der Geschichte, das ist wahr«, erwiderte Stigand, »doch hier ist der Hund wie das Paar, mit dem er zusammenlebt — weich wie der Sommerschlamm bis ins Zentrum seiner Seele. Man kann nur verschwommen ahnen, wie solche sentimentalen Geschöpfe im breiten Strom menschlicher Aktivitäten überleben können, doch nach der üppigen Nahrungszufuhr zu urteilen muß es ihnen recht gut gelingen.«

»Also meinst du, ich kann ihnen vertrauen?«

»Mit dem Ausschluß jeglicher Ungewißheit. Dem Hund kann man trauen. Den Menschen kann man trauen. Ist das Fortdauern der Stille nun gesichert?«

»Ich denke schon«, sagte Mitz.

»Gut«, entgegnete der Otter und wandte sich zum Gehen, doch dann kam ihm wohl noch ein Gedanke und er fragte:

»Meine Fuchskonversation. Scheint sie dir reich an Vortrefflichkeit?«

»Du sprichst sehr gut«, antwortete Mitz, »bloß ...«

»Bloß?« Er schien zu erstarrren.

»Bloß — wenn bloß alle Tiere so fähig wären.«

Der Otter nickte.

»So denke auch ich über die Dinge, doch Otter besitzen diese besondere Gabe. Auf Wiedersehen, kleiner Fuchs.«

»Auf Wiedersehen, Stigand.«

So verbrachte Mitz den Rest der Nacht in stiller Betrachtung der Welt hinter dem Käfig. Sie hörte eine Eule schreien und lauschte dem Rascheln der kleinen Bewohner des Graslandes. Am frühen Morgen stieg Nebel auf, der sich um die Obstbäume im Garten wand und an den Zweigen der Büsche hängenblieb. Der Tag trieb herbei, die Spinnweben zitterten bei seiner Ankunft, und der regenbogenfarbene Tau funkelte, als die Sonne durch die Tropfen schien. Melloons Kraft wuchs, und Löwenzahnsamen lösten sich von ihrem Wirt, um dann über den mit Fallobst bedeckten Boden zu schweben. Als die Sonne einige der reiferen Springkräuter — wie Gartenbalsamine und Rührmichnichtan — streifte, gab es kleine Explosionen, bei denen Samen in die Luft geschleudert wurden wie die Kugeln aus einer Schrotflinte. Finken frühstückten diese Samen und andere, kleine Kerne.

Mitz schlief ein, als das Haus erwachte, und träumte von ihrem Heim, ihrer Mutter und ihrem Vater, und der Traum war von Sorge erfüllt.

Sie wachte auf, als der Mann kam, um ihr Wasser und Futter zu bringen. Dann saß er lange bei ihr, nachdem er sich allmählich selbst in den Käfig gezwängt hatte. Er gab die ganze Zeit süßliche Geräusche von sich, streckte langsam die Hand aus und berührte sie ein paarmal. Sie beobachtete aufmerksam die Hand, schnappte oder biß jedoch nicht. Schließlich nahm er sie in seine Arme und streichelte sie, obwohl sie steif und unnachgiebig blieb. Seine Berührung war wirklich sicher und fest, und wenn man sie schon anfaßte, dann war ihr solch ein Griff am liebsten. Der Mann wußte, was er tat.

Kurze Zeit später kam Betsy in den Garten. Als der Mann sah, daß sich die beiden Tiere nicht angreifen würden, gestattete er dem Hund, zum Käfig zu kommen.

»Wie hast du die Nacht verbracht?« fragte Betsy.

»Wie wohl? Würdest du gern an einem fremden Ort eingesperrt werden?«

»Nein, das nicht, aber du könntest in keinen besseren Händen sein. Er wird dich wahrscheinlich heute oder morgen laufen lassen.«

Eine bessere Nachricht hätte es für Mitz nicht geben können. Sie richtete sich kerzengerade auf und fragte: »Bist du dir sicher? Ich meine, woher weißt du das?«

»Ach, er behält Füchse niemals sehr lange.«

Mitz war erleichtert.

»Ich denke, ich glaube dir«, sagte sie. »Letzte Nacht war ein Otter hier ...«

»Sona? Oder Stigand?«

»Stigand. Ziemlich überkandidelt, aber freundlich. Er sagte, ich solle dir vertrauen. Da er damit nichts zu verlieren hatte, außer einer friedlichen Nacht, entschied ich, daß er recht hatte. Meine Eltern werden mir das nie glauben — ich freunde mich mit einem *Hund* an. Sie haben da ein paar Vorurteile. Das geht wohl den meisten aus der älteren Generation so ...«

Betsy erwiderte: »Das kannst du ihnen nicht verübeln. Wir sind einander seit Jahrhunderten an die Kehle gegangen — seit die Menschen begonnen haben, uns zur Fuchsjagd abzurichten. Glücklicherweise ändert sich das alles. Manche Menschen finden die Vorstellung einer Fuchsjagd abscheulich und versuchen sie bei jeder Gelegenheit zu stören. Es wird immer welche geben, die euch nicht akzeptieren — aber das ist der Lauf der Welt.«

»Ich glaube, bei uns haben die Jagden nur aufgehört, weil

die Stadt gebaut wurde. Sie können schließlich nicht auf den Pferden durch die Straßen stürmen.«

»Das mag schon sein, aber ich weiß, daß *sie* Freunde haben, die das alles beenden wollen. Ich habe mich mit den Hunden dieser Leute unterhalten. Sie gehen manchmal hin und besprühen den Boden, um die Gerüche zu verwischen.« An dieser Stelle wurde Betsy weggezogen, da sie sich einige Minuten unterhalten hatten und der Mann nie ganz sicher schien, ob ihre Konversation auch wirklich freundschaftlich war.

Die Menschen bemühten sich weiterhin um Mitz' Freundschaft, und schließlich erkannte sie den Grund. Während man sie streichelte und liebkoste, streiften sie ihr ein Halsband über. Sie wurde wütend. Was wollten sie ihr antun? Hunde trugen Halsbänder — und gelegentlich auch Katzen — aber das waren Haustiere, und für Füchse war das Halsband das Symbol der Sklaverei. Sie versuchte, es mit den Hinterbeinen abzustreifen, aber es saß zu fest. Es war anders als die Lederhalsbänder, die sie bei Hunden gesehen hatte, stellenweise sehr dick, und an der Seite schaute ein schmaler Metallstreifen hervor. Betsy kam herüber, um sie anzusehen.

»Sehr schick«, sagte die Hündin. »Und so eine hübsche Form.«

»Was wollen sie mit mir machen?« knurrte Mitz. »Mich in einen Hund verwandeln? Wenn sie versuchen sollten, hier eine Leine anzubringen ...«

»Das werden sie nicht«, sagte Betsy. »So ein Halsband ist das nicht. Er hat einen Apparat — du weißt, wie sehr die Menschen ihre Apparate lieben — und der ist irgendwie mit dem Halsband, das du trägst, verbunden. Wenn er dich freiläßt, möchte er dich wieder aufspüren können — feststellen, wo du tagsüber so hingehst. Und nachts.«

»Spione!« schnappte Mitz. »Du meinst, sie wollen, daß ich sie zu meiner Familie führe, damit sie uns alle auf einmal vernichten können. Uns vergasen, wie sie es manchmal mit den Dachsen tun. Völkermord. Nun, das wird ihnen nicht gelingen. Ich werde in die entgegengesetzte Richtung laufen. Sie zur nächsten Hundefalle führen ...«

Betsy schüttelte den Kopf. »Nein, nein. Du verstehst mich nicht. Er möchte dich einfach nur *anschauen*. Das hat er schon immer gemacht. Er beobachtet, kritzelt irgendwelche Zeichen auf ein Blatt Papier oder knurrt in einen anderen Apparat und beobachtet nur — sonst nichts. Ich kann es dir nicht erklären, aber er wird deiner Familie bestimmt nichts tun. Er möchte alles über Füchse herausfinden. Ich vermute mal, daß er, sobald er alles über euch weiß, seine Meutenführer informieren wird — in dieser Hinsicht sind sie genau wie wir Hunde — und dann werden sich Menschen und Füchse besser verstehen. Das könnte doch nicht schaden, oder?«

Wieder einmal regte sich in Mitz der Verdacht, daß Betsy eine Agentin des Menschen war. Aber was war dann mit dem Otter? Warum hatte er sich so bemüht, ihre Bedenken zu zerstreuen? Der Mann fütterte die Otter natürlich, aber sie bezweifelte, daß sie darauf angewiesen waren. Sie waren durchaus imstande, ihre Fische selbst zu fangen. O-ha hatte ihr sogar erzählt, daß sie fähiger als die Menschen waren. Wenn es darauf ankam, konnten die Otter wahrscheinlich die Menschen füttern.

Was also sollte sie davon halten? Das Halsband war unbequem, aber nicht unerträglich. Es störte einfach nur. Und man behandelte sie nicht wie einen Hund. Wenn es nach dem großen, plumpen Tier mit den traurigen, braunen Augen ging, dann wollte der Mann einfach nur herausfinden, was Füchse taten, wenn sie außer Sichtweite der Menschen waren. Ein *wenig* Sinn ergab das schon. Wenn sie nur sicher sein könnte, daß es kein Trick war, um die Verstecke der Füchse aufzuspüren. Der Mensch hatte die Wölfe ausgelöscht, weil er wußte, wo sie zu finden waren. Menschen kannten Füchse gut genug um zu begreifen, daß ein einziger sie nicht zu einer ganzen Kolonie führen würde, denn sonst hätten sie schon längst einen Weg gefunden. Sie wußten nur zu gut, daß Füchse in Kernfamilien lebten und man allerhöchstens acht oder neun auf einmal erwischen konnte. Vom Fuchsstandpunkt aus gesehen reichte das schon, aber es bedeutete natürlich nicht die Vernichtung der gesamten Fuchsrasse.

»Wie bekommt er sein Halsband zurück, wenn er mich laufen läßt?« fragte sie Betsy.

»Schätze mal, er will es nicht zurückhaben. Wenn ja, dann wird er dich einfach finden und es sich ohne größere Umstände nehmen. Du machst dir zu große Sorgen. Du solltest es akzeptieren, es vergessen, und wenn du erst mal frei bist und ihn dann aus dem Augenwinkel herumschleichen siehst oder seinen Geruch aufnimmst, beachtest du ihn einfach nicht. Wenn er dich einmal freigelassen hat, wird er dich nicht weiter belästigen.«

»Es gibt nicht viel Privatsphäre auf dieser Welt, was?« grollte Mitz.

»Gott, nein», entgegnete Betsy, »nicht, wenn es um Menschen geht. Sie behaupten, Katzen seien neugierig, aber in dieser Hinsicht übertreffen die Menschen sie bei weitem. Manche Menschen wollen alles und jedes wissen. Aber das sind die besten. Die, deren Zeitvertreib nicht darin besteht, etwas zu zerstören. Na ja, Zeit fürs Essen. Du solltest dir wirklich *keine Sorgen* machen. Du kannst dein ganzes Leben damit verbringen, und das ist es einfach nicht wert.«

Mit diesen Worten polterte der große Hund auf das Haus zu. Mitz blieb zurück mit einem herbstlichen Nachmittag voller Wespen, die Futter aus den reifen Früchten holten, und dem Lärm der Krähen aus dem *Havnot* hinter dem Bach. Sie lauschte ihrem *»oh, yeah, oh, yeah«*, bis sie es nicht mehr hören konnte. Die Gefangenschaft ging ihr auf die Nerven, und sie wünschte sich zurück zu ihren Artgenossen.

25. Kapitel

Mitz störte sich lange an dem Halsband, kratzte mit den Hinterbeinen daran herum und versuchte, es über den Kopf zu streifen. Die Übung war zwecklos. Das Halsband saß fest. Schließlich gab sie es auf und beschloß, es vorübergehend zu akzeptieren. Wenn sie sich jetzt davon befreite, würde der Mann es ihr ohnehin wieder umlegen. Am frühen Abend kam der Mann aus dem Cottage und trug einen Kasten, aus dessen Oberseite ein Metallstab ragte. Nach der Art zu urteilen, in der er damit spielte und in ihre Richtung starrte, schloß sie, daß es sich dabei um den Apparat handelte, von dem Betsy gesprochen hatte und mit dem er sie aufspüren konnte, nachdem er sie freigelassen hatte.

Nachdem der Mann seine Experimente beendet hatte, kam auch die Frau aus dem Haus, und sie gingen gemeinsam zum Bach hinunter. Mitz konnte Stigand mit seiner Familie im Wasser planschen hören, und sie vermutete, daß die Menschen hingegangen waren, um sie »anzuschauen«. Diese Leute waren anscheinend äußerst erpicht darauf, das Privatleben anderer Tiere zu beobachten. Später sammelte das Paar dann Fallobst auf, und der stechende Geruch gärender Früchte erfüllte die Luft. Melloon war eine üppige Zeit mit reich geschmückten Abendhimmeln und vollreifen Düften, die tief über dem Boden schwebten. Selbst ein Fuchs auf der Suche nach seinem ersten Bau konnte die Zeit für den Genuß der übergroßen Fülle aufbringen, mit der sich die Natur in dieser Zeit bedachte. Gelbe, geschwollene Birnen hingen saftig in der Abendluft, und die Bäume waren voller roter Apfeltupfen. Mitz' Gedanken wandten sich ihrem Magen zu.

Man brachte ihr wieder eine Mahlzeit, bei der Betsys Anwesenheit gestattet war. Der Hund plauderte mit ihr, während sie fraß.

»Er läßt dich bald laufen.«

Mitz erwiderte: »Aber ich weiß nicht, wo ich bin. Ich glaube, ich bin sehr weit weg von zuhause und weiß nicht, ob ich überhaupt den Weg zurück finde.«

Betsy kratzt sich am Ohr und schüttelte ihren traurigen Kopf.

»Oh, das wird er dir nicht antun. Er weiß schon, wo's langgeht. Er wird dich dort hinbringen, wo er dich gefunden hat, und dann läßt er dich frei.«

»Nicht zurück in das Menschenhaus?«

»Wohl kaum. Ich nehme an, daß sie ihn gerufen haben, weil sie nicht wußten, was sie mit dir anfangen sollten. Er wird dich irgendwo im Freien laufenlassen, in der Nähe des Hauses. Ich kenne das alles schon.«

Als es dunkel war, sollte Mitz wieder in den kleinen Käfig gehen. Sie leistete Widerstand – nicht aus mangelndem Vertrauen zu dem Menschen, sondern weil sie es haßte, auf engem Raum gefangen zu sein. Davon bekam sie immer Herzklopfen, und wenn sie dann drinnen saß, war ihr nach Schreien zumute. Schließlich versuchte sie es aber doch und bemühte sich, ruhig zu bleiben, als man sie zum Auto trug. Die Frau war auch da, sie roch noch immer nach Wildblumen und Honig und streichelte Mitz' Rücken durch den Käfig hindurch. Die Frau ging nicht mit auf die Reise, aber Betsy kletterte auf den Sitz direkt neben dem Mann, setzte sich aufrecht wie ein Mensch hin und starrte durch die Windschutzscheibe.

»Hast du keine Angst davor?« fragte Mitz, als das Auto aufheulte und sie wieder das komische Gefühl im Magen empfand.

»Nein«, antwortete Betsy, »es gefällt mir. Ich nehme an, wenn man herumgefahren worden ist, seit man ein Welpe war, findet man seinen Spaß daran. Ich finde es sehr anregend.«

»Oh, ich finde es auch anregend«, erwiderte Mitz. »Ich habe nur das Gefühl, mein Magen kann nicht mit dem Rest des Körpers Schritt halten. Er bleibt ein wenig zurück. Sind wir auch wirklich sicher?«

»Nein, er ist ein furchtbarer Fahrer, aber da würde ich mir keine Sorgen machen. Wenn er jemals einen Unfall hat, werden wir es nicht mitbekommen. Dafür fährt er zu schnell. Wenn wir irgendwo gegen fahren, sind wir — wie nennt ihr Füchse es doch gleich? — *Gubbins?* — dann sind wir *Gubbins* auf der Straße. Wir merken nicht die Spur davon. Entspann dich einfach und genieße die Fahrt. So etwas wirst du nicht oft erleben, ganz bestimmt nicht.«

»Das ist die beste Nachricht des Tages«, sagte Mitz mit fester Stimme.

Draußen flogen Lichter vorbei, und Mitz kauerte sich am Boden des Käfigs zusammen, bis diese schwere Prüfung überstanden war und der Schwindel nachließ. Man nahm sie aus dem Auto, und sie erkannte die Straße, in der Sabres Schatten auf sie gefallen war. Sie erschauerte bei dem Gedanken, er könne noch in der Nähe sein.

Sie rief Betsy zu: »Hier läuft ein riesiger Hund herum — ein Hund namens Sabre. Er tötet mich, wenn er mich fängt.«

»Mach dir keine Sorgen«, brüllte Betsy. »Wir folgen dir auf dem Fuß. Ich lasse ihn nicht an dich heran.«

»Du würdest mich beschützen? Vor einem deiner Artgenossen?«

»Jetzt hör mal gut zu: Stecke mich bloß nicht in eine Schublade mit dieser Kreatur. Ich kenne ihn, den Hund vom Herrenhaus. Jeder, der ihn kennt, verachtet ihn. Arroganter Kerl. Er hält sich für den König der Nachbarschaft, aber ich könnte ihm eine Tracht Prügel versetzen.«

Mitz bezweifelte dies, aber sie war erleichtert, daß sie nicht allein war. Dann bellte der Mann Betsy etwas zu, und die Hündin erklärte, daß man ihr befohlen hatte zu schweigen.

»Ich würde vorschlagen, wir halten uns daran«, fügte sie hinzu.

Dann wurde Mitz freigelassen und lief sofort die Straße entlang. Sie warf einen Blick zurück und sah, daß ihr der Mann mit der Hund in einiger Entfernung folgte. Sie blieb an jeder Ecke stehen und betrachtete die dunklen Schatten der Straßenlaternen. Aus jedem von ihnen konnte die gigantische Bestie hervorschießen und mit ihren schrecklichen Kiefern über sie herfallen.

Sie nahm den kürzesten Weg zum Schrottplatz. Ihr Herz pochte unablässig, und sie erreichte ihn schließlich, ohne daß man sie angegriffen hätte. Sie schlüpfte durch das Loch im Zaun, warf einen letzten Blick zurück und sah in einiger Entfernung den Mann und seinen Hund. Sie waren stehengeblieben – zwei dunkle Gestalten in der Nacht. Sie rief Betsy einen Abschiedsgruß zu und sauste dann durch die Tunnel im zerrissenen Metall bis zu ihrem Bau.

Nach den Ritualen trat sie ein und stieß auf O-ha und Camio.

Sie hatten sie offensichtlich bereits gerochen, und Mitz war überrascht über die Freude und Erleichterung im Gesicht ihrer Mutter. O-ha machte einen Satz und leckte das Gesicht ihrer Tochter mit solcher Begeisterung, daß Mitz sich wohl während der nächsten Jahreszeit nicht mehr waschen mußte.

»Dann habt ihr mich also vermißt?« fragte sie.

»Dich vermißt?« schrie Camio. »Natürlich haben wir dich vermißt. Was um alles in der Welt dachtest du denn?«

Mitz zuckte die Achseln.

»Ach, ich weiß nicht. Ich dachte ... na ja, ihr wart nett zu mir, als ich ein Junges war, aber ...«

»Kein aber«, sagte O-ha. »Du bist unsere Tochter. Wo bist du gewesen? Erzähl doch mal.«

Sie erzählte ihre Geschichte, und die beiden hörten fasziniert zu.

»Sie haben dich laufenlassen?« fragte Camio. »Das ist ja erstaunlich. Davon habe ich noch nie gehört.«

»Ja«, erwiderte sie schlicht.

O-ha meinte: »Und du mußt diesen Sklavenring um den Hals tragen? Sollen wir versuchen, ihn abzubeißen?«

»Heute morgen wäre ich bei der Aussicht, es loszusein, vor Freude in die Luft gesprungen«, sagte Mitz, »aber ich glaube, ich bin es Betsy schuldig, das Halsband noch eine Weile zu tragen. Uns wird deswegen bestimmt nichts geschehen. Betsy ist vielleicht eine Marke. Sie hat gesagt, sie würde mich im Notfall gegen Sabre verteidigen.«

»Na ja, das ist ein bißchen weithergeholt«, bemerkte Camio.

»Ich frage mich, ob das wohl stimmt.«

»Ich denke schon. Ganz sicher.«

Ihre Eltern sahen einander an, und Mitz erkannte ihre Skepsis, doch sie wußte es, und das allein zählte. Nun, nachdem die Willkommenszeremonie vorüber war, untersuchte Mitz die Umgebung des Baus und kam zu dem Schluß, daß noch immer Gefahr in der Luft lag.

Sie fragte: »Ist Sabre noch frei?«

Camio nickte. »Wir glauben schon. Wir sollten am besten eine Weile hierbleiben. Im Hof gibt es einige Vorratslager, also brauchen wir uns darum keine Sorgen zu machen. Wasser könnte ein Problem werden, aber ich rieche Regen. Wir sorgen uns eher um deinen Bruder A-sac. Er wurde seit der Nacht, in der du verschwunden bist, nicht mehr gesehen. Es wäre wohl unvernünftig zu hoffen, daß auch er von netten Menschen aufgenommen worden ist. Wenn er nicht bald zurückkehrt, müssen wir wohl mit dem Schlimmsten rechnen.«

Also bereiteten sich die Füchse auf eine weitere Nacht des Wartens vor. In den frühen Morgenstunden erklangen die Geräusche von Regentropfen, die auf das Metall über ihren

Köpfen fielen und sich in donnernde Trommelschläge verwandelten, als sich die Himmel öffneten und ihre schwere Last abluden. Das Wasser stieg unter dem Bau an, der ein wenig erhöht auf dem Metallschrott lag. Camio ging in den Platzregen hinaus und kam mit etwas Futter zurück, das alle drei schweigend fraßen.

In der Dämmerung hörte der Regen auf, und der feuchtkalte Boden verströmte einen muffigen Geruch. Camio und O-ha besprachen verschiedene Dinge. Sie dachten erneut daran, den Bau zu verlassen. Füchse kennen ihre Reviere sehr genau und spielen nur sehr selten mit dem Gedanken, sie zu verlassen (außer, sie sind *Rangfars*), aber das Zuhause war eine andere Sache. Das konnte man bei der geringsten Veranlassung aufgeben, vorausgesetzt, es war nicht schwierig, einen Ersatz zu finden. Der Bau war unwichtig, weil er leer war. Füchse sammeln nichts als Abfall rings um ihre Baue und statten sie nicht einmal mit Bettpolstern aus, so daß ihr Heim wirklich nur als Versteck vor der Welt dient.

Sie zogen verschiedene Orte in Betracht, an denen sie sich nach einem neuen Bau umsehen konnten und machten Mitz einige Vorschläge für ihr eigenes Heim. Camio plädierte noch immer für den neuen Bahndamm.

»Wir könnten unter den ersten sein«, sagte er. »Wir können jeden Pfosten in der Gegend markieren, um andere abzuschrecken.« Diese Gespräche gab es auch in zahlreichen anderen Fuchsheimen, wo sich die Eltern darauf vorbereiteten, den Aufzuchtbau zu verlassen.

»So», sagte Camio zu Mitz, »endlich wirst du nun dein eigenes Heim beziehen. Ich kann mich noch daran erinnern, als du ein kleines, flauschiges, braunes Etwas warst, mit einem kurzen, spitzen Schwanz ...«

»Oh, Camio«, erwiderte sie, »nicht schon wieder ›Ich kann mich noch erinnern‹.«

Camio beachtete sie überhaupt nicht.

»... du hast immer mit einem alten Knochen gespielt, draußen vor dem Schrott — du und A-cam. A-sac hat nie gern gespielt. Ich habe immer dagesessen und euch allen zugeschaut und mich gefragt, ob ich auch einmal so war.«

»Natürlich«, sagte O-ha. »Das waren wir alle.«

Camio fuhr fort: »Ich habe beobachtet, wie ihr Käfer gejagt habt oder sogar Papierfetzen, die im Wind flatterten. Ihr konntet euch anschleichen — sogar an mich — und jede kleine Bodenwelle als Tarnung benutzen. Ihr wart schlaue, kleine Junge. Ich war so stolz auf euch. Das bin ich natürlich noch immer, aber ihr seid keine Jungen mehr.«

»Wirklich?« fragte Mitz. «Warst du wirklich stolz auf uns? Das kam mir gar nicht so vor. Du hast immer mit uns geschimpft.«

»Ich weiß, daß ich ein bißchen hart mit euch gewesen bin, wenn es um Disziplin ging, aber eure Mutter hätte euch sogar einen Mord verziehen. Ich weiß noch, wie ihre Zitzen wund und blutig waren, weil ihr sie nicht in Ruhe gelassen habt, und sie hat euch immer wieder nachgegeben. Ihr wart ständig hungrig. Ich kann mich an keinen Augenblick erinnern, in dem ihr nicht hungrig wart. Aber diese Tage sind vorüber — das Anpirschen und Angreifen ist jetzt Wirklichkeit. Gott sei Dank, nun müßt ihr euch selbst ernähren.«

O-ha sagte: »Du klingst richtig alt. Ich bin froh, daß ich nicht so alt bin, wie du dir vorkommst.«

»Ich halte mich nicht für alt — ich bin nur ein Familienfuchs, der in Erinnerungen schwelgt. Was hat man denn von diesen ganzen Erinnerungen, wenn man nicht ab und zu darüber reden darf?«

»Das sind keine Erinnerungen, Camio«, erwiderte Mitz. »Es sind Bilder, die in deinem Kopf entstehen. Ich weiß, daß ein Körnchen Wahrheit darin liegt, aber du schmückst alles aus. Als du uns von deinem Kampf gegen A-magyr erzählt hast, ging es angeblich um O-ha — daß es eine Schlacht auf Leben und Tod war, der Sieger bekommt alles, der Preis war die Gunst unserer Mutter. Bei Mutter klang das alles ganz anders.«

Camio wechselte unbehaglich die Stellung und schien sich unter O-has eindringlichem Blick sehr unwohl zu fühlen.

»Stimmt auch. Wozu ist ein Gedächtnis denn gut, wenn man keine anständige Geschichte daraus machen kann? Jeder kann sich an etwas erinnern. Man braucht schon ein besonderes Talent, um diese Erinnerungen auch für andere interessant zu machen. Nun, da fällt mir ein, wie deine Mutter und ich ...«

So verbrachten sie die Nacht, und jeder von ihnen wartete und hoffte, daß die dunklen Stunden nicht durch ein schreckliches Ereignis unterbrochen wurden. Sie alle kannten die Gefahr, in der sie sich durch den freilaufenden Ridgeback befanden. Der Hund hatte es besonders auf O-ha und ihre Familie abgesehen. Bei jedem kleinen Geräusch schreckten sie angstvoll hoch. Sabre mußte nur in die Nähe des Schrottplatzes kommen, um O-ha zu wittern.

Als die Sonne aufgegangen war, lief O-ha hinaus, um einen Blick über den Schrottplatz zu werfen, hielt sich aber nah beim Loch im Zaun. Sie prüfte die Luft auf Sabres Geruch, konnte sich aber nicht entscheiden, ob sie nun rein war oder nicht. In ihrer Nase hing der starke Geruch von Eisen und Stahl, da sie so lange hier gelebt hatte, und es war schwer, ihn in so kurzer Zeit loszuwerden. Ihr Albinojunges konnte sie auch nicht riechen.

Sie kehrte traurig in den Bau zurück.

»Wir warten noch einen Tag«, sagte sie zu Camio. »Dann müssen sie Sabre gefangen haben. Er kann nicht auf immer und ewig durch die Straßen rennen. Dann müssen wir nach A-sac suchen. Er könnte kilometerweit entfernt sein, aber das ist nicht gesagt. Erst wenn ich weiß, daß er in Sicherheit ist, werde ich mir keine Sorgen mehr machen.«

»In Ordnung«, sagte ihr Gefährte. »Das klingt vernünftig.«

Es stellte sich heraus, daß die Entscheidung gerade rechtzeitig gefallen war. Die Männer vom Schrottplatz hatten eine Maschine beschafft und preßten die Metallstücke nun zu kleinen Würfeln. Sie arbeiteten sich jedoch langsam vor und würden erst in zwei bis drei Tagen am Fuchsbau angekommen sein.

Der Lärm der Maschine war anfangs ein wenig erschreckend, doch die Füchse gewöhnten sich — wie immer — nach einer Weile daran. Sie begriffen, daß sie sich nicht rasend schnell zu ihnen durchfressen würde. Also blieb ihnen noch etwas Zeit.

Die Sonne kam hervor und trocknete die Feuchtigkeit, wobei kleine Dampfwolken aus den Löchern im Eisen und den Tunneln aufstiegen. Die Füchse verbrachten ihre Zeit damit, einander zu säubern, wie immer eifrig auf die persönliche Hygiene und nicht auf die ihres Zuhauses bedacht. Für sie verging die Zeit nur langsam.

26. Kapitel

A-sac hatte das *Face* verlassen, lange bevor Sabre seinen Schrecken in den Straßen verbreitete, und war auf dem Weg nach Norden zum anderen Ufer des Flusses. Tief in den Sümpfen gab es eine Insel. Auf diesem trockenen Areal lag ein Hügel, in dem die Fuchs-Mystikerin O-toltol lebte. Man erzählte A-sac, daß sie diesen Ort seit vielen Jahreszeiten nicht mehr verlassen hatte. Sie blieb in der Grabkammer eines langverstorbenen Menschen, doch ihre Weisheit verbreitete sich überall. Man sagte ihm, daß *Rangfars* diese ältere *Stoad* aufsuchten und ihre Worte zu den *Ords* trugen, die sich fürchteten, ihre Reviere zu verlassen. Bis vor kurzem hatte die Füchsin einen Gehilfen gehabt, der die Kranken und Lahmen besuchte, um ihnen Heilmittel zu bringen. Wie A-konkon hielt man auch O-toltol für eine Kräuterkennerin, die viele Wunden und Krankheiten durch verschiedene Pflanzenrezepturen heilen konnte. Allerdings war der Gehilfe den Worten des *Rangfars* zufolge, bei dem A-sac sich erkundigt hatte, erst kürzlich einem Unfall in den Naßländern erlegen. A-sac hatte nun die Absicht, O-toltol seine Dienste anzubieten und ihr neuer Gehilfe zu werden.

A-sac folgte dem Weg zum Fluß und lief dann nach Westen, am Deich entlang, bis er die erste, vom Meeresarm aus stromaufwärts gelegene Brücke erreicht hatte. Unterwegs erspähte er ein Rebhuhn im hohen Gras, jagte und tötete es mit seinen scherenscharfen Kiefern. Er fraß den größten Teil des unglücklichen Vogels sofort und verbarg den

Rest unter einem großen Baumstamm, bevor er seine Reise fortsetzte.

Auf der Brücke herrschte geschäftiger Verkehr, und er wartete bis zum Einbruch der Nacht, um sie zu überqueren. Er versteckte sich im hohen Gras des Deiches im Schatten einer riesigen, verlassenen Wassermühle mit schwarzgestrichener Klinkerfassade und reglosem Mühlrad. Unterhalb der Mühle lag ein hochseetüchtiges Boot mit rostfarbenen Segeln und einem Netzwerk von Takelage, Masten und Stagen vertäut. Es wurde ebenfalls nicht mehr benutzt und lag tief im Schlamm eingegraben, obwohl es aussah, als könne es sich jeden Moment erheben und den Schlick von seinem Kiel schütteln, um wieder Segel zu setzen.

Der Geruch von gärendem Hopfen vermischte sich mit dem alten Getreides, das unzählige Schuhsohlen in den Lehmboden getreten hatten. Den Abend über kamen und gingen Männer, und manche von ihnen verließen die Mühle auf knochenlosen Beinen. A-sac wartete hoffnungsvoll darauf, daß einer von ihnen in den Schlick am Flußufer fallen und den endlosen Schlaf des Bootes teilen würde.

Als schließlich alles still und ruhig war, überquerte A-sac die Brücke auf der steinernen Brüstung anstelle der eigentlichen Straße. Zu dieser Zeit hatte sich die Flut zurückgezogen, und der Fluß war nur noch ein Rinnsal inmitten des Schlamms.

Nun wandte sich der junge Fuchs nach Osten und hielt sich beim gegenüberliegenden Deich, wobei er an einer Müllhalde vorüberkam, auf der zwei Fuchsfamilien und Hunderte von Seemöwen lebten. Als er mit dem Gestank der Halde in der Nase an den Seemöwen vorbeilief, stiegen sie auf und erfüllten die Luft mit ihrem Lärm. Die meisten Vögel waren jung, mit noch undeutlichen Federzeichnungen, doch bereits kraftvolle Flieger.

»Ich bin nicht an euch interessiert«, rief er ihnen zu. »Geht weg.«

Doch sie weigerten sich, ihn in Ruhe zu lassen. Er versuchte ihnen zu erklären, daß er niemals Geschöpfe angriff, die weiß waren wie er selbst, weil er sonst den Eindruck hatte, sein eigenes Fleisch zu fressen. Sie verstanden ihn nicht oder zogen es vor, nicht zuzuhören, segelten tief über ihm dahin und kreischten in ihrer Sprache irgendwelche Obszönitäten. Erst als er sich ein ganzes Stück von der Müllkippe entfernt hatte, ließen ihn die letzten endlich in Ruhe, so daß er seine Reise unbehelligt fortsetzen konnte. Er lief bis zum Morgen am Deich entlang und wandte sich dann ins Sumpfland, wo er sich erst langsam an die Ausdünstungen gewöhnen mußte.

Draußen im Schlamm gab es viele Stelzvögel, zumeist Alpenstrandläufer, aber auch ein oder zwei Säbelschnäbler. A-sac blieb stehen, um sie eine Zeitlang zu betrachten, doch sie starrten herüber und machten ihm klar, daß er lieber verschwinden solle. O-ha hatte ihm sehr viel über seine Mitgeschöpfe in dieser Welt erzählt. Offensichtlich war das Ziel aller Mütter, die ihre Jungen über die Gewohnheiten anderer Tiere unterrichteten, das Jagdgeschick ihrer Kinder zu verbessern.

»Kenne deine Beute« war ein Sprichwort unter Füchsen. Doch A-sac fand das eigentliche Wissen anregend, vom Standpunkt eines Denkers aus betrachtet. Er interessierte sich für die Lebewesen selbst und fand die Tatsachen äußerst aufregend. Jedes einzelne Tier besaß eine Lebensweise, die sich von anderen ausreichend unterschied, um eine besondere Betrachtung zu rechtfertigen. Der Zaunkönig beispielsweise, einer der kleinsten Vögel, fraß meistens Spinnen und verhungerte zuweilen im Winter, wenn nur wenige zu haben waren. A-sac war davon fasziniert. Die Existenz von Tieren, die sich auf eine so spezielle Weise ernährten, erschien ihm bemerkenswert. Er wußte auch, daß das Zaunkönigmännchen mehrere Nester baute und sie seinem potentiellen Weibchen zeigte, damit es sich das schönste aussuchen und selbst auspolstern konnte. In Gegenden, in denen es mehr Weibchen als Männchen gab, hatte der Zaunkönig mehrere

Weibchen, die alle ihre eigenen Nester besaßen und denen er bei der Fütterung der Jungen half.

Diese Art Wissen fesselte A-sac, und es fiel ihm schwer, seinen Jagdtrieb mit dem Interesse an der Beute zu vereinbaren. Die Lebensweise des Rebhuhns, das er getötet hatte, faszinierte ihn, doch hatte dies seine Instinkte nicht davon abgehalten, in den Jagdtrieb zu verfallen, als er das Tier gehört und gerochen hatte und hungrig gewesen war. Auch dieser Wesenszug beschäftigte ihn sehr. Er hoffte, daß O-toltol diese Angelegenheiten ausgiebig mit ihm bereden würde, damit er die Welt, in der er lebte, und die Tiere, die seine Nachbarn waren, besser verstehen konnte. Und noch wichtiger schien es ihm, sich selbst zu verstehen.

Der *Rangfar*, der ihm von O-toltol berichtet hatte, war ein wandernder Geschichtenerzähler, der die sogenannten Verwirrungen des A-sop (eines langverstorbenen, aber sehr weisen Fuchses) gegen Futter tauschte. Es existierten angeblich Hunderte dieser Verwirrungen oder Erzählungen, doch obwohl A-sac völlig gefesselt gewesen war, hatte er nur überzähliges Futter für drei Erzählungen gehabt. (Selbst dafür hatte er etwas aus Camios Vorräten stehlen müssen, und sein Vater war ziemlich wütend auf ihn gewesen, weil er die Vorräte »verschwendete«.) Die Geschichten, die A-gork ihm erzählt hatte, waren nun fest in seinem Gedächtnis verankert. Dies sind die Erzählungen, die voraussetzen, daß Menschen sprechen können:

Das Fuchsjunge und das Menschenkind

Ein Fuchsjunges kam zur gleichen Zeit wie ein Menschenkind in einen Obstgarten, und nachdem sie das Fallobst gefressen hatten, rangen sie miteinander im hohen Gras. In diesen Zeiten sagte das Fuchsjunge zu seinem Spielgefährten: Wenn wir groß sind, wirst du kommen, um mich zu jagen und zu töten. Niemals, sagte das Menschenkind, denn du bist mein Freund. Viele Jahreszeiten später trafen sie in einem Feld aufeinander, und der erwachsene Fuchs hielt sich in sicherer Entfernung. Der Mann hatte ein Gewehr, das er sofort auf den Fuchs richtete. Erkennst du mich nicht mehr? fragte der Fuchs, deinen alten Spielgefährten? Ich kann mich erinnern, daß du die Äpfel meines Vaters gestohlen hast, sagte der Mann. Aha, sagte der Fuchs, wenn dein Ziel so aufrichtig ist wie deine Worte, wird mir kein Leid geschehen, und er rannte davon, ohne getroffen zu werden.

»Die Moral dieser Geschichte«, hatte A-gork gesagt, »die du umsonst dazubekommst, ist: Vertraue niemals einem Menschen, trotz aller Kinderfreundschaften und Versprechen.«

Die Füchsin und der Jäger

An einem heißen Sommertag, als Frashoon durch lange, felsige Täler blies, trat eine Füchsin zum Trinken an einen Wildbach. In diesem Augenblick kam ein Jäger herbei und trank flußaufwärts von der Füchsin. Sie war zu durstig, um davonzulaufen, doch plötzlich schaute der Jäger hoch und fragte, warum die Füchsin das Wasser verschmutze. Er nahm sein Gewehr von der Schulter. Sie fragte: Wie ist das möglich, wenn ich von dir aus gesehen flußabwärts trinke? Sei es, wie es will, sagte der Jäger, man erzählte mir, du habest mich vor fünf Jahreszeiten hinter meinem Rücken beschimpft. Während er sprach, lud der Jäger sein Gewehr. Das ist unmöglich, sagte die Füchsin, da ich erst drei Jahreszeiten alt bin. In diesem Fall war es deine Mutter, sagte der Jäger und schoß die arme Füchsin tot.

»Die Moral dieser Geschichte ist, daß Füchse nie zu lange mit Jägern streiten sollten, trotz Ungerechtigkeit und körperlicher Bedürfnisse.«

Der Fuchs und der Bauer

Ein Bauer mit einem Gewehr hatte einen Fuchsbau entdeckt und wartete darauf, daß der Besitzer hervorkam oder in ihn zurückkehrte. Um sich die Zeit zu vertreiben, stimmte der Bauer ein Lied an, und der Fuchs, der tatsächlich zuhause war, erfand einen schlauen Plan, um dem Bauer sein Gewehr zu stehlen. Der Fuchs rief dem Bauern aus dem Bau heraus zu, wie schön doch seine Stimme sei. Wirklich? fragte der Bauer, der den Aufenthaltsort des Fuchses zu seiner Zufriedenheit erkundet hatte. Das hat mir noch niemand gesagt. Vielleicht sind Füchse musikalischer? Zweifellos, sagte der Fuchs, doch ich möchte vorschlagen, daß du, da du nun einmal eine Stimme wie ein Vogel hast, auf einen Baum kletterst und über den Abendhügeln singst, damit sich alle daran erfreuen können. Der Mann kletterte auf den Baum, und da er dazu seine Hände brauchte, ließ er das Gewehr auf dem Boden liegen. Als er einen passenden Ast erreicht hatte, schoß der Fuchs aus dem Bau hervor und verfing sich in einer Schlinge, die der Bauer ausgelegt hatte.

»Die Moral dieser Geschichte ist, daß ein Mensch ein zu verschlagenes Wesen ist, um es direkt zu überlisten. Ein Fuchs sollte still und unsichtbar bleiben und sich auf seine List verlassen.«

Diese Geschichten beeindruckten A-sac tief, und der kleine Albino wollte sofort hinausziehen und sie weitererzählen, doch er hatte A-gork versprochen, sie für sich zu behalten, da der Lebensunterhalt des *Rangfars* davon abhing, sie weiterzugeben.

»Kannst du nicht für dein Futter jagen gehen?« fragte A-sac.

»Das ist meine Achillesferse. Ich habe als junger Fuchs geschworen, niemals ein anderes Tier zu töten, so daß ich entweder meine Geschichten erzählen oder verhungern muß.«

Auch diese Behauptung beeindruckte A-sac. Für ihn war

es wie eine Offenbarung, daß ein Fuchs tatsächlich die Wahl zwischen Jagen und Nicht-Jagen hatte. Bis dahin hatte er geglaubt, der Jagdinstinkt könne nicht unterdrückt werden, egal, wie es mit den Gefühlen des Fuchses stand. Er fragte sich, ob er selbst jemals die Stärke aufbringen könnte, aufs Jagen zu verzichten.

Als er die Angelegenheit anschließend ein wenig genauer überdachte, begriff er, daß A-gorks moralischer Standpunkt eigentlich nicht besser als der anderer Füchse war, da er immer noch die Tiere fraß, die alle anderen Füchse auch fraßen. Er ließ einfach nur die anderen für sich jagen.

Doch bevor ihn der *Rangfar* verließ, fragte A-sac: »Und du glaubst, ich hätte eine Chance, O-toltols Gehilfe zu werden?«

Der *Rangfar* nickte. »Ganz bestimmt. Sie hat mich gebeten, nach einem jungen, gesunden Fuchs Ausschau zu halten, der Botschaften für sie in die Sumpfländer hinaustragen und herbeibringen kann. Nach einem, der sich nicht davor fürchtet, mit einer alten Füchsin in einem seltsamen Bau allein zu sein. Ich denke, du bist genau richtig für diese Aufgabe.«

»Warum ›jung‹?« fragte A-sac.

Der *Rangfar* schaute ihn eigenartig an und antwortete dann: »Ich nehme an, du mußt schon jung sein, um diese Naßländer zu durchqueren. Dort draußen gibt es nicht viel zu fressen. Du mußt von irgend etwas leben. Sie will keinen mageren, alten Fuchs, der auf dem letzten Loch pfeift — sie braucht einen starken Gehilfen.«

»Ich glaube, du hast recht«, entgegnete A-sac.

Als er einmal in den Sümpfen war, stellte er fest, daß sich seine Suche weitaus schwieriger gestaltete, als er geglaubt hatte. Er hatte gehofft, daß die Insel mit der Grabkammer weithin sichtbar sein würde, daß sie sich hoch über den Horizont erhob. Doch so war es nicht, und im Watt gab es keine Wege, denen man folgen konnte. Er quälte sich durch Schlammlöcher und verirrte sich hoffnungslos. Die Flut setzte langsam ein, das Wasser wirbelte durch die kleinen Flüsse, und schon bald saß er verlassen auf einem Stückchen Land, das nicht größer war als das Wurzelwerk einer stattlichen Eiche. A-sac versuchte zu schreien, doch abgesehen von dem Spott unsichtbarer Vögel, die auf den Flüssen navigierten, erhielt er keine Antwort. Er ließ sich im Salzkraut nieder, um eine unbehagliche Nacht im Freien zu verbringen.

Die Naßländer waren unheimlich und furchteinflößend für ein Fuchsjunges, das den größten Teil seines Lebens auf einem Schrottplatz inmitten des *Face* verbracht hatte. Er lauschte Melloon, der das Schilf umschlang, und der Nachthimmel selbst schien eine Stimme zu besitzen, die von der Weite der Welt um ihn herum sprach. Hunderte neuer Gerüche drangen in A-sacs Nase, von denen er viele nicht erkannte, und er konnte Gefahr nicht von Sicherheit unterscheiden. Ändern ließ es sich ohnehin nicht. Wenn dort draußen in den Flüssen ein furchtbares Schicksal seiner harrte, konnte er ihm nicht entrinnen. Er war hier gefangen, gemeinsam mit seiner überreizten Phantasie. Seine Mutter hatte ihm erzählt, daß Fuchsgeister freundliche Wesen seien, die ihm nichts tun würden, doch das hinderte ihn nicht daran, sich vor ihnen zu fürchten. Und was war mit all den anderen Geistern? Wenn es Fuchsgeister gab, dann gab es auch Hundegeister. Was wäre, wenn einer von ihnen aus dem Schlamm auftauchte, triefend von Schleim und Blut? Was wäre, wenn einer mit Augen, aus denen ein übernatürliches Feuer flammte, und einem Maul voll metallscharfer Zähne in eben diesem Moment aus dem Fluß gekrochen käme? Dann wäre er hilflos.

A-sac lag dort und zitterte, sein weißes Fell war sichtbar für alle sterblichen und unsterblichen Wesen im Umkreis von mehreren Kilometern. In der Ferne hörte er ein unregelmäßiges Donnern, das nicht vom Wind stammte. Er wußte, daß dies der Ozean war, jenseits der Salzsümpfe, doch da er diese unermeßliche Wasserweite noch nie gesehen hatte, gab es in seinem Kopf keine realen Bilder, und er verwandelte sich in ein furchterregendes Gebilde, ein Monster mit großen, weißen Kiefern. Sein schäumender Mund erstreckte sich über die ganze Küste und saugte am Rand der festen Welt, zog Schmutz und Steine mit jeder geifernden Welle in sich hinein.

Mit dem Morgen kam eine gewisse Erleichterung. Zuerst dachte er, der Ozean rolle wirklich über das Land, doch er entpuppte sich als dichter, weißer Nebel, der über ihn hinwegschwappte und ihn von Kopf bis Fuß durchnäßte. Dann ging die Sonne auf, der Dunst ebbte ab, fiel schwer auf die nun wasserlosen Flüsse und wurde davongespült.

Wieder einmal machte sich A-sac auf den Weg und kämpfte sich durch den Morast. Wenn er hungrig wurde, blieb er stehen und knabberte einige Schalentiere. Er haßte zwar den schleimigen, salzigen Geschmack der Mollusken in den Schalen, doch ihm blieb keine andere Wahl, wenn er seinen Hunger stillen wollte.

Der Durst war etwas anderes. Das Wasser war viel zu brackig, um es zu trinken. Daher stand er kurz vor dem Zusammenbruch, als er schließlich auf einen der zahlreichen verrotteten Schiffsrümpfe stieß, in dessen Höhlungen Regenwasser stand. Dankbar trank er die Flüssigkeit. Einmal trat er auf einen Makrelenhecht und verschlang den ganzen Fisch, ohne auch nur im schenkelhohen Schlick innezuhalten. Oft flogen die Möwen über seinem Kopf dahin und stürzten hinunter, wobei sie möglicherweise hofften, daß er vor Erschöpfung umfallen würde, doch er fauchte sie an, und sie flogen mit barschen Schreien davon.

Als er einmal eine Insel überquerte, strich ein Schatten über seine Seele, und er begriff, daß hier ein anderer Fuchs gestorben, daß dies ein *Sowander* war. Mit einem Schaudern verließ er den geisterfüllten, heiligen Ort. Es half ihm in seiner Unsicherheit und Verletzlichkeit nicht gerade weiter zu wissen, daß ein Fuchs oder eine Füchsin an diesem gottverlassenen Ort den Tod gefunden hatte.

Gegen Mittag fing A-sac den muffigen Geruch der Markierungen eines alten Fuchses auf, und seine Stimmung hob sich ein wenig. Die Urinmarkierungen fanden sich auf getrockneten Schlammbrocken, die man zu Grenzmalen aufgeschichtet hatte. Einige dieser Grenzmale waren zum Teil von der Flut weggeschwemmt worden, aber andere waren intakt. A-sac war allerdings enttäuscht, denn das bedeutete, daß die Geschichten über O-toltol nicht ganz der Wahrheit entsprachen. Sie mußte ihr Erdgrab erst kürzlich verlassen haben, um die Markierungsposten aufzufrischen. Doch das tat sie zweifellos nachts und kehrte unmittelbar danach ins Grab zurück. Er betrat das Gebiet in dem Gefühl, seine Mission bis jetzt erfüllt zu haben, und folgte seiner Nase bis zu dem großen Hügel, seinem Ziel.

Abgesehen von den Grenzmalen sah die Insel wie ein Buckel aus, in dessen Mitte ein unheimlich wirkender Dolmen stand, und ohne die Grasbüschel wäre sie glatt wie ein Ei gewesen. Dies war kein natürlicher Hügel.

A-sac hielt inne, bevor er das Erdgrab betrat. Der Wind zerzauste sein weißes Fell, als er seine Umgebung betrachtete. Es war ein einsamer Ort, weltabgeschieden durch die kleinen Flüsse voll dunklem Schlick und die schmalen Buchten, die die Gezeiten mit ihrer Strömung gekerbt hatten. Ringsum zeugten die düsteren Grenzmale von irgendeiner Geschichte, doch am meisten verblüffte ihn die Abwesenheit von Vögeln. Nicht ein Lebewesen bewegte sich oder war zu hören. Nur der Schlamm, der gelegentlich übelriechende Gasblasen hervorrülpste, unterbrach Melloons Seufzer.

Zunächst konnte er keine Öffnung zum Bau erkennen, und selbst als er sie gefunden hatte, fragte er sich, ob dies wirklich der Ort war, den er gesucht hatte, da er so verlassen schien. Es gab keinen Abfall, keine alten Knochen oder Schalen, keine Federn oder Häute von Säugetieren vor dem abweisenden Eingang. Wenn sie tatsächlich dort drinnen war, dann ließ O-toltol keine der üblichen Fuchsmerkmale draußen vor ihrem seltsamen Bau zurück.

Er steckte den Kopf hinein und schnüffelte. Widerliche Gerüche überfielen seine Nase. Die Finsternis drinnen war entsetzlich. Natürlich war er an die Dunkelheit gewöhnt, und seine Fuchsaugen nahmen auch im schwächsten Licht noch Umrisse wahr, doch der schwarze Innenraum dieses Hügels war reichlich furchteinflößend. Da konnte alles lauern, von Menschen bis hin zu Geistern. Er war groß genug, um einem Menschen Platz zu bieten, obwohl kein Menschengeruch in der schalen Luft lag.

Eine Zeitlang dachte er daran, kehrtzumachen. Er starrte über die Schulter hinaus auf die verschwommenen Ödländer, die hinter ihm lagen, und fragte sich, ob er seine Heimat jemals wiedersehen würde. Zum ersten Mal im Leben wollte er bei seinen Eltern sein, geborgen in ihrem Bau, wo ihr tröstender Geruch ihm ein Gefühl der Sicherheit verlieh. Die Naßländer schienen unendlich. Der Rückweg würde ebenso schlimm sein wie der Hinweg, wenn nicht sogar schlimmer, und er stand kurz davor, sich einfach hinzusetzen und zu weinen.

Dann sammelte er seine geistigen Kräfte.

»Das ist albern«, sagte er zu sich selbst. »Ich bin hergekommen, um etwas zu tun, und ich werde es tun.«

Er richtete die Schnauze auf den Eingang und rief: »Hallo! Ist da jemand?«

Stille.

Er rief noch einmal. Diesmal drang tief aus den Eingeweiden des Hügels eine Antwort.

Noch immer konnte er nicht in die scheinbar undurchdringliche Dunkelheit treten. Er wartete lange. Dann näherte sich ein Geruch und wurde stärker — der Geruch einer alten *Stoad* — und schließlich erschien im Loch ein schmaler Kopf mit kleinen, aber hellen Augen. Die Schnauze war beinahe haarlos. Der Atem, der hinausdrang, war abstoßend, und er konnte ihre abgenutzten, zerbrochenen Zähne erkennen.

»Was willst du?« fragte die alte Füchsin.

Die knirschende Stimme erschreckte ihn ein wenig. Er wich einen Schritt zurück.

»Bist du O-toltol, die mystische Füchsin?« fragte A-sac, der allen Mut zusammennahm.

»So sagt man«, war die Antwort, »obwohl ich mir niemals sicher gewesen bin.«

»Was — daß du eine Mystikerin bist?«

»Nein, daß ich eine Füchsin bin. Ich habe vergessen, was ich bin. Ist auch egal, oder nicht?« Die Worte waren scharf und sollten ihn einschüchtern.

A-sac zitterte. »Doch, aber dein Name ist O-tol-tol ...«

»Bah! Dummes Junges. Ich könnte mich selbst Gogamagog nennen, ohne daß es mich zu einem Menschen macht, oder? Dann wiederum vielleicht doch ... ich werde es irgendwann einmal versuchen.«

»Du hast es soeben getan«, A-sac wurde jetzt mutiger.

Sie kniff die Augen noch weiter zusammen, bis sie nur noch Schlitze waren.

»Schlauer, kleiner Weißpelz, was? Woher hast du das Fell? Wer war deine Mutter? Eine Möwe? Wer war dein Vater? Eine Ente? Schrei für mich, Weißling. Oder quak mal. Entweder oder.«

»Ich glaube nicht ...« setzte er ungehalten an, doch sie fuhr ihm über den Mund.

»Komm herein. Du willst dich wohl ausruhen. Hast dich wohl verlaufen, was, Weißling? Schaff diese bösen rosa Augen in meinen Bau.«

»Ich habe mich nicht verlaufen. Ich habe nach dir gesucht. Ich habe gehört, daß du einen Gehilfen brauchst. A-gork, ein *Rangfar* ...«

»Der alte Scharlatan? Dann komm herein. Wir sprechen drinnen über alles.«

Sie machte ihm Platz, und er trat ein, allerdings nicht ohne böse Vorahnungen. Die Dunkelheit war ebenso undurchdringlich wie sie schon bei Tageslicht vom Tunnelende aus gewirkt hatte.

27. Kapitel

Nachdem A-sac O-toltols Bau einmal betreten hatte, verschärften sich Tast- und Geruchssinn, und er konnte sich orientieren. Er war noch nie in einem unterirdischen Bau gewesen. In das Heim, das er mit seinen Eltern bewohnt hatte, waren durch die Zwischenräume im Schrott immer Licht und Luft gedrungen. Der finstere, umschlossene Bau der Füchsin wirkte ausgesprochen einschüchternd. A-sac legte im ersten Tunnel eine Pause ein, um das beklemmende Gefühl von feuchtriechender Erde und Stein um ihn herum loszuwerden. Selbst die Dunkelheit schien klamm und schwer. Nach einer Weile konnte er seine Umgebung trotz der Finsternis erahnen. Er brauchte nicht seine Augen, um zu wissen, an welcher Stelle des Baus er sich befand. Damit kehrte auch ein gewisses Selbstvertrauen zurück.

Der enge Tunnel, der in die Grabkammer führte, war recht kurz und mündete in einen steingesäumten Durchgang. Dieser weitete sich zu einem Vorraum, der aus soliden Steinblöcken bestand, und dann schließlich zur eigentlichen Kammer. Er fühlte sich von allen Seiten zusammengepreßt, spürte eine steinerne Last auf dem Kopf, und dies schien ihn gemeinsam mit der muffigen Atmosphäre der Kammer geistig zu ersticken. Von Decke und Wänden tropfte Wasser, und als er an einem Stein vorüberstrich, bemerkte er, daß dieser von einer weichen, dicken Algenschicht überzogen war.

Er hustete, hörte ein Echo und fuhr nervös zusammen.

»Was ist los?« schnappte O-toltol.

»Nichts«, erwiderte A-sac.

Im Bau hingen viele Gerüche. Da war ein unterschwelliger Hauch von altem Stein, der sich kalt anfühlte, und feuchten Flechten. Darüber lag der Geruch von alten Tierknochen, bei denen es sich zweifellos um die Überreste von O-toltols Jagdausflügen handelte, die wohl am Boden verstreut waren. Dann der tiefe, staubige Geruch, der aus dem Steinsarg in der Mitte der Kammer drang. Was letztlich jedoch beinahe alle anderen Gerüche überdeckte, war O-toltols eigener Gestank. Er entstieg ihrem modrigen Fell, war einfach überall, drang in A-sacs Nase und erzeugte einen unwiderstehlichen Niesreiz. Zum ersten Mal im Leben wurden ihm seine Flöhe deutlich bewußt, und er fing an, sich heftig zu kratzen. Sie nutzten seine Nervosität aus, um sich bemerkbar zu machen. Durch ihre augenblickliche Aktivität fühlte er sich nur noch niedergeschlagener.

Und da war noch ein anderer Geruch in der Grabkammer — ein Geruch, der eine Urangst weckte: ein instinktiver Ekel vor etwas Namenlosem, das dennoch in seinem Unterbewußtsein eine Warnglocke anschlug. Ein weniger empfänglicher Fuchs als A-sac hätte dieses Prickeln vielleicht nach kurzer Zeit unterdrückt, wenn er begriffen hatte, daß im Augenblick nichts Schreckliches passieren würde, doch er behielt diese Signale im Hinterkopf. Er wußte, er hatte den Boden unter den Füßen verloren.

Er war ein junger, unerfahrener Fuchsrüde — ein Jugendlicher — der weit von zuhause in einem fremden Bau stand. Er wußte, es gab viele Dinge in dieser Welt, von denen er keine Ahnung hatte, und einige dieser unbekannten Gesichter des Lebens waren unerfreulich oder sogar furchterregend. Das Bewußtsein, sich im Bau einer alten Füchsin zu befinden und eigentlich keine Angst haben zu müssen, verminderte keineswegs seine Anspannung. Ihm war, als sei es ein Verdienst, sich seiner Unschuld und Unerfahrenheit bewußt zu sein und diese unterschwelligen Stiche nicht mit

Prahlerei abzutun. Er gestattete der Wahrheit, Impulse in sein Bewußtsein zu senden.

»Nun, Weißling«, sagte O-toltol, »was hältst du von meinem Bau?«

»Nenn mich nicht *Weißling* oder sonst irgendwie«, erwiderte er mit Nachdruck. »Ich heiße A-sac.«

Der Atem der Füchsin traf ihn mitten ins Gesicht. Sie war sehr nah herangekommen, zu nah, wie er meinte. A-sac rührte sich nicht von der Stelle, da er glaubte, sie wolle ihn einschüchtern. Diesen Gefallen würde er ihr nicht tun.

»So, du heißt also A-sac? Ein kleiner Fuchsrüde vom Rand der Sümpfe. Und A-gork hat dich hergeschickt?«

»Er sagte, du brauchtest einen Gehilfen, um Botschaften zu überbringen. Ich bin ziemlich stark und werde noch stärker. Ich weiß, daß meine Färbung gegen mich spricht — ich bin weithin sichtbar — aber das sollte dich nicht weiter beunruhigen. Da draußen in den Sümpfen gibt es keine Menschen. Wenn man mich sieht und jagt, wird es im *Havnot* oder im *Face* geschehen, nicht hier.«

Ihr modriger Atem überwältigte ihn fast.

»Ist es nicht etwas zu früh für die Abwanderung?« fragte sie.

»Niemand weiß, daß ich hier bin. Meine Eltern haben mich losgeschickt, um einen eigenen Bau zu suchen. Ich soll zurückkommen, wenn ich einen gefunden habe.« Das stimmte nicht ganz: Er hatte Camio gesagt, wo er hinging. Es hätte jedoch wenig erwachsen geklungen, wenn er O-toltol erzählt hätte, daß seine Eltern wußten, wo er sich aufhielt.

»Aha ...« sagte sie mit verträumter Stimme. Sie zog sich ein wenig zurück und fügte dann hinzu: »Also — du bist zu mir gekommen. Du mußt mir meine Grobheit bei deiner Ankunft verzeihen. Ich muß vorsichtig sein. Es war eine Art ... Prüfung. Du mußt wissen, ich habe Feinde. Da sind jene, die mich eine Hexe nennen, und es gibt noch andere Namen. Sie hassen mich, weil ich anders als die übrigen

Füchse bin. Hast du etwas über mich gehört, das dich dazu brachte, mich — unsympathisch zu finden?«

»Nein. Ich habe gehört, daß du mit deinem Kräuterwissen Krankheiten heilst. Das finde ich gut. Sie sagen, du hättest auch Visionen, die helfen, Katastrophen zu verhindern. Sie sagen, dir liege das Wohl aller Füchse am Herzen und daß deine Weisheiten Füchsen Hoffnung machen, wenn sie verzweifelt sind ...«

Sie. Er hatte vorsichtshalber sie gesagt, doch in Wirklichkeit stammte sein ganzes Wissen über O-toltol nur von A-gork.

»Das ist wahr«, entgegnete sie. »Alles ist wahr. Doch wir Mystiker werden zu oft mißverstanden. Wir jagen anderen Füchsen Angst ein — du mußt gestehen, daß ich dir ein wenig Angst mache — und was sie nicht verstehen, verurteilen sie. Da bist du nun. Ich mag solch festen Glauben. Er ist vielversprechend. Ich denke, du könntest einen guten Gehilfen abgeben. Vielleicht möchtest du deinen Wert unter Beweis stellen, indem du hinausgehst und uns etwas Gutes zu fressen suchst? Hast du Geschenke für deine zukünftige Herrin mitgebracht? Hier draußen ist es nicht leicht, Futter zu finden — du hättest etwas mitbringen sollen.«

»Ich habe nichts bei mir. Aber ich werde hinausgehen ...« sagte er übereifrig. Er hatte bereits beschlossen, daß er nicht bleiben wollte. Es war ganz und gar nicht so, wie er es sich vorgestellt hatte. In seinen Tagträumen war der Bau der Füchsin ein trockener, warmer, leicht verstaubter Ort gewesen, dessen Atmosphäre von gesammeltem Wissen erfüllt war. Er hatte sie sich als alte Füchsin mit sanfter Stimme vorgestellt, die bereit war, ihn in die Geheimnisse von Leben und Tod einzuweihen. Eine gütige Füchsin, der das Wohl der Fuchswelt am Herzen lag. Er konnte nicht glauben, daß diese Hexe mit der barschen Stimme, die ein schwacher Gestank des Bösen umschwebte, ihm irgend etwas Wünschenswertes beibringen konnte.

»Hmmm«, sagte sie. »Ja, sicher würdest du das. Später.

Später. Laß uns im Moment einfach nur hier liegen und reden. Ich möchte alles über dich erfahren. Dann werden wir vielleicht ein wenig schlafen, und danach kannst du jagen. Bist du durstig?«

»Ja, ein wenig.«

»Wenn du dort drüben in die Ecke der Kammer gehst, findest du Wasser in der Steinhöhlung. Es rinnt von den Wänden und sammelt sich dort. Trink nicht alles. Lösche nur deinen Durst. Wasser ist hier draußen sehr kostbar.«

Er gehorchte und fand das Wasser. Es schmeckte abgestanden, doch er wollte nicht streiten. Jedenfalls blieb ihm keine Wahl, wenn er etwas trinken wollte. Die Kälte der Grabkammer drang in seine Knochen, und er fühlte sich sehr müde. Er begriff, daß ihn die Reise sehr angestrengt und körperlich und geistig erschöpft hatte.

Nachdem er getrunken hatte, kehrte er in die Mitte der Kammer zu dem langen Steinsarg zurück.

»Was genau ist das für ein Ort?« fragte er und spürte, wie ihre Augen auf ihm ruhten.

»Das? Das ist ein menschlicher *Sowander*. In dieser Steinkiste liegt der Körper eines menschlichen Meutenführers, aber er ist uralt ... zeitlose Jahreszeiten alt.«

»Wieso? Woher weißt du, daß die Leiche ein Meutenführer war?«

»Weil Menschen für gewöhnliche Leute keine aufwendigen Gräber wie dieses hier errichten. Sie, oder er, muß sehr bedeutend gewesen sein. Vielleicht ein Magier oder eine Priesterin? Ein Mystiker wie ich? Gibt einen angemessenen Bau ab, nicht wahr?« Ihre Stimme fiel wieder in den träumerischen Ton. »Weißt du, ich spüre die Kraft dieses Leichnams. Seine Schwingungen fließen in meinen eigenen Körper, meinen eigenen Geist. Ich habe viele seiner Geheimnisse geerbt. Ich kenne die dunklen Seiten der menschlichen Seele. Wenn du glaubst, du kennst das Böse und hast noch nicht von menschlichen Geistern gekostet, von den tiefen Wassern ihrer blutgetränkten Geschichte getrunken, dann bist du ein unwissender Narr. Diese frühen Menschen waren den Füchsen näher als die heutigen Menschen. Ihre Instinkte, ihre Sinne waren beinahe so scharf wie unsere eigenen. Sie liefen unter dem Jägermond durch die Wälder, nackt, stark — und ihre Götter waren die Sonne, die Bäume, die Steine, die Eule, der Fuchs ...«

Er starrte in die Finsternis, und der Hauch von etwas, das den Verfall überschritten hatte und aus den Rissen und Spalten der Steine drang, trieb umher. Ringsum verengte sich der behauene Stein, den das Wasser glattgeschliffen hatte, und zwängte ihn ein. Befand er sich in seinem eigenen Grab?

»Wir waren Götter?«

»Oh ja. Die Menschen haben uns angebetet, um unserer Verschlagenheit willen, unseres wilden Überlebensinstinkts, unserer Fähigkeit, uns unsichtbar zu machen.«

»Aber«, protestierte A-sac, »wir waren niemals mit den Menschen verbündet. Sie haben uns von Anbeginn an gejagt ...«

»Das stimmt, kleiner Fuchs, aber darin liegt das Geheimnis vom Erfolg der Menschen. Er studiert seine Gegner, nimmt die Züge seiner Feinde an. Nur weil wir Götter waren, hinderte sie das nicht daran, uns zu töten. Eben weil wir Fähigkeiten besitzen, die sie bewundern, werden wir zu einer bevorzugten Beute. Sie müssen uns überlisten. Sie beteten uns an, zeichneten magische Bilder von Füchsen auf Felswände, jagten uns, töteten uns, kleideten sich in unsere Häute, benutzten unsere Schädel als Totems ... verstehst du? Sie versuchten, Füchse zu werden. Wir waren nicht die einzigen Tiere, die sowohl Gott als auch Beute waren. Der Wolf, der Bär, die Wildkatze ... es gab viele davon. Der Mensch ist nicht damit zufrieden, nur Mensch zu sein. Er will alles sein, alle Geschöpfe, und trotzdem er selbst bleiben. Güte und Bosheit, Intelligenz und Unwissen des Menschen sind unergründlich tief — er ist eine Landschaft mit dunklen Quellen und wünscht, von allen zu trinken.

Ich habe viel davon aufgenommen, den Geist dessen, was in der Steinkiste liegt, aufgesogen. Manchmal halte ich mich für einen Menschen.«

Bei diesem letzten Satz erschauerte A-sac und dachte, diese Füchsin ist wahnsinnig. Doch dann zog ihm O-toltol den Boden unter den Füßen weg, indem sie sagte: »Du hältst mich wohl für wahnsinnig, doch das ist ein Vorurteil. Ich kann so sprechen, weil ich Einsichten und verbotenes Wissen besitze.«

A-sac kratzte sich und dachte niedergeschlagen an sein Zuhause. Warum war er hergekommen? Zu dieser verrückten Füchsin, die an einem lichtlosen Ort dahinfaulte und nach Grab und den widerlichen Dämpfen verdorbener Knochen stank? Bei der ersten Gelegenheit, so versprach er sich, würde er durch die Sümpfe verschwinden und niemals zurückkehren. Ein Fuchs, der sich für menschlich hielt? Eine solche Behauptung war zutiefst abstoßend.

»Bist du müde? Möchtest du schlafen?« fragte O-toltol sanft.

»Nein, noch nicht. Ich habe mich gefragt — ob du mir etwas über Kräuter beibringen würdest? Ich möchte lernen.«

»Jetzt?« schnappte sie. »Unmöglich. Ich habe im Augenblick keine da, an denen du riechen könntest.«

»Wir könnten darüber reden. Ich habe zum Beispiel gehört, daß Mutterkraut Kopfschmerzen heilen kann. Stimmt das?«

»Ja, natürlich.«

A-sac fragte: »Und wie sieht es aus? Ich habe fast mein ganzes Leben im *Face* verbracht. Ich habe keine Ahnung, wonach ich suchen soll.«

Die Füchsin schwieg einen Augenblick und sagte dann: »Es ist ein Gänseblümchen mit kleinen, grünen Blättern.«

»Wieviele Blütenblätter hat es?«

»Wieviele ...? Natürlich sechs. Sechs Blütenblätter. Jetzt ...«

»Und welche Farbe haben Bilsenkrautblüten? Das wollte ich schon immer wissen.«

»Bilsenkraut? Weiß. Die Blüten sind weiß.«

A-sac nickte nachdenklich.

»Na bitte. Ich habe schon etwas gelernt.«

Allerdings hatte er etwas gelernt. Er hatte entdeckt, daß O-toltol sehr wenig über Kräuter wußte. O-ha — und da vertraute er weit mehr auf das Wissen seiner Mutter als auf das einer mageren Füchsin aus den Sümpfen — hatte ihm eine gründliche Ausbildung zum Thema Kräuter und ihrer Verwendung zukommen lassen. Er wußte, daß Mutterkrautblüten weit mehr als sechs Blätter hatten, und daß Bilsenkraut gelb blühte, nicht weiß. Aus irgendeinem Grund belog ihn diese Füchsin.

Er stand auf und lief umher, wobei er sich durch die Dunkelheit der Grabkammer tastete.

»Was machst du?« fragte die Füchsin.

»Ach, ich taste mich umher. Ist doch in Ordnung, oder?«

»Ich — ich denke schon. Faß nichts an. In der Ecke da drüben lagern ein paar alte Knochen. Die darfst du nicht berühren.«

Das war eigenartig. Ein *ordentlicher* Fuchs? Davon hatte A-sac noch nie gehört. Er ging in die bewußte Ecke und führte seine Schnauze nah an den Haufen, ohne ihn jedoch zu berühren, so daß sie nicht wußte, was er gerade tat. Er schnüffelte. Er spürte wieder den prickelnden Alarm, der ihn beim Betreten des Baus überkommen hatte, doch nun war er viel stärker. Er berührte die Knochen leicht mit der Nase und fuhr an ihren Umrissen entlang.

Sie waren groß — zu groß für die Knochen irgendeines Vogels, den sie im Watt hätte erbeuten können. Dort lag ein Schädel, der beinahe, wenn nicht sogar ebenso groß war wie A-sacs eigener Kopf ... ein kalter Schauer durchlief ihn.

Vielleicht hatte O-toltol in der Vergangenheit mehr als einen »Gehilfen« gehabt. Vielleicht hatte sie viele gehabt — sie in Wirklichkeit ganz schnell »verbraucht«?

»Wie ist dein letzter ... Gehilfe gestorben?« fragte er.

»Ein Unfall«, entgegnete sie unwirsch. »Die Gezeiten da

draußen sind gefährlich. Wenn du bleiben willst, mußt du damit rechnen, daß so etwas passieren kann. Der Schlamm saugt Dinge in den Tod hinab. Das Wasser ertränkt sie — unberechenbare Strömungen, Springfluten nach einer Sonnen- oder Mondfinsternis. Ich habe von Zeiten gehört, in denen die ganzen Sümpfe unter Wasser standen.«

Sie deutete damit an, der junge Fuchs sei ertrunken, und daß dies im Watt eine häufige Todesursache war. Wenn ja, warum lagen dann die Knochen im Grab? Die Körper würden weggeschwemmt, von den Strömungen flußabwärts getragen oder bei Flut wieder ins Meer gespült. Ihm fiel ein, was sie zuvor gesagt hatte: *Im Sumpfland ist es nicht leicht, Futter zu finden.*

»Ich schlage vor, wir schlafen jetzt«, rief sie. »Du kannst den Platz hier drüben haben, an der Ecke der Steinkiste. Ich schlafe dort drüben an der Tür. Ich mag den Luftzug. Na los.«

Er gehorchte.

Sie bewachte die Tür, daran bestand kein Zweifel. Aber das Warum war ihm noch nicht klar. Dann schoß ihm ein furchtbarer Gedanke durch den Kopf. Er konnte einfach nur wachbleiben und auf ihren nächsten Zug warten.

Es kam ihm wie eine Jahreszeit vor. Ihm fielen die Augen zu, und die bedrängende Atmosphäre trug zu seiner Erschöpfung bei. Um sich wachzuhalten, biß er sich auf die Lippe. Der Schmerz hielt ihn davon ab, in einen Zustand zu sinken, aus dem er vielleicht nicht wieder erwachen würde. Er konnte nur den regelmäßigen Atem der Füchsin drüben am Eingang hören. Er zwang sich, gleichmäßig zu atmen, als sei er eingeschlafen.

Lange Zeit geschah nichts. Er konnte hören, wie das Wasser von Stein zu Stein tropfte, Käfer durch die Risse krabbelten und zarte Spinnen wispernd über Steinplatten huschten. Er kämpfte, um wachzubleiben, obwohl er sich verzweifelt den Schlaf herbeiwünschte. In seinem Kopf kreisten wilde Gedanken und Ideen um die Wette. Ringsum bewegten sich die schalen Luftströmungen träge, ohne ein Staubkorn aufzuwirbeln. Die Erde des Sumpflandes zog sich um ihn zusammen: Er konnte den sanften Druck der Steine spüren, die Kraft des Torfes. Seine Augenlider wogen schwer.

Nach einer Ewigkeit hörte er, wie sie sich bewegte. Sie glitt und kroch langsam über den Steinboden zu seinem Schlafplatz. Sein Herz begann zu pochen. Der ätzende Geruch seiner eigenen Angst drang ihm in die Nase. Er preßte den Hals gegen die Pfoten, um ihn zu schützen. Wenn sie versuchen sollte, ihn umzudrehen, wüßte er Bescheid.

Eine Weile lag sie vor ihm und atmete leicht. Der widerliche Luftzug stieg in seine Nase. Dann kam sie an seine Seite, schob sanft die Nase unter sein Kinn und versuchte, ihn herumzuschubsen, ohne ihn aufzuwecken. Sein Herz raste, sein Verstand drehte sich im Kreis, als er begriff, was er zu tun hatte. Aber er war ein junger Fuchs ohne Kampferfahrung, denn bislang hatte er nur zum Spaß mit seinen Geschwistern gekämpft. Beinahe verließ ihn der Mut. Dann hatte er eine Idee. Er mußte sich vorstellen, sein Gegner sei ein Kaninchen oder ein Vogel, kein anderer Fuchs. Plötzlich schnellte er herum und packte O-toltols Kehle. Sie schrie auf und schlug um sich, prügelte auf ihn ein, um ihn loszuwerden, doch er hielt fest. Die beiden rollten über den Steinboden, als sie die Hinterbeine hochzog und mit ihren Krallen an seinem Magen riß. Er lockerte seinen Griff nicht, weil er wußte, daß sie sonst in einer Sekunde über ihm sein würde. Er benutzte ebenfalls die Hinterbeine, als der Schmerz durch seinen Körper schnitt.

Halt fest, sagte er zu sich selbst. *Ich muß festhalten!*

Sie begann, zum Ausgang zu kriechen, wobei sie noch immer ein schrilles Kreischen ausstieß. Seine eigenen Krallen kratzten am Stein, während er versuchte, einen Halt zu finden. Sie schnappte nach Luft.

»Laß — mich — los«, gurgelte sie.

Er ignorierte die Bitte.

Dann wurde sie ganz still, als sei sie tot, doch er erkannte den Trick. Er nutzte ihre Reglosigkeit, um seinen Biß zu festigen und grub seine messerscharfen Kiefer mit den Zähnen tiefer in ihre Kehle, wobei er nach der Halsschlagader suchte. Ihr Atem ging jetzt in kurzen Stößen, und als er das Fleisch aufriß, ohne den Biß zu lockern, konnte er Blut riechen. Es tropfte von ihrer Schnauze auf den Boden. Sie unternahm einen letzten, verzweifelten Versuch, um wieder auf die Füße zu kommen, doch der junge Fuchs war entschlossen, sie nicht entwischen zu lassen. Er schleuderte sie mit einem Schwung herum, fegte sie über den Boden, und ihr Rücken traf die Ecke des Sarkophages. Obwohl der Stoß kaum hart genug gewesen war, um ihr Rückgrat zu brechen, mußte sie doch beträchtliche Schmerzen haben und gab den Kampf letzten Endes auf.

Als er sicher war, daß er sie erledigt hatte, schnellte er hoch und sprang auf den Deckel des Sarges. Überall war Blut: an seinem Fell, in kleinen Teichen auf dem Steinboden, am ganzen Sarg. Er wartete, falls sie noch Kraft in sich hatte, doch er konnte nur ihren gurgelnden Atem hören. Er roch, wie die Süße des Lebens aus ihrem Körper rann.

Er verharrte auf dem Sargdeckel.

Trotz der Dunkelheit konnte er ihre Augen sehen, die anklagend zu ihm hochblickten. Das war seltsam, denn ansonsten konnte er nichts von ihr sehen, und auch der Rest des Grabes war unsichtbar. Die Augen waren wie glühende Kohlen.

Die Augen fragten: Warum hast du das getan?

»Du wolltest mich töten«, beantwortete er mit lauter Stimme das Flüstern in seinem Kopf. »Ich weiß, du wolltest mich töten. Du tötest und frißt deine Artgenossen. Du, du bist eine Kannibalin. Ich glaube, du benutzt *Rangfars* wie A-gork dazu, junge Füchse anzulocken. Du hast das Blut deiner Artgenossen gekostet und gemerkt, daß es dir schmeckt. Versuch nicht, es abzustreiten. Irgendwie ist dein verdrehter Verstand süchtig nach Fuchsblut geworden.«

Das kannst du nicht wissen, sagten die Augen, du vermutest es nur. Und wenn du nicht recht hast? Du hast eine Füchsin getötet, weil du schlichtweg Angst vor diesem Ort hattest, vor diesen seltsamen Gerüchen. Die sind dir zu Kopf gestiegen. Du bist ein böser Fuchs. Du mußt das Leben in meinen Körper zurückholen.

»Ich kann dir nicht mehr helfen, selbst wenn ich es wollte. Du bist eine abscheuliche Kreatur. Diese Knochen in der Ecke — sie stammen von jungen Füchsen wie mir, oder nicht?«

Du törichtes Geschöpf. Du hast zuviel Phantasie. Diese Knochen sind alt — von Tieren, die der Fuchsklan-Jäger getötet hat, der hier begraben liegt. Sie stammen von Füchsen, die kurz nach der *Firstdark* gelebt haben. Das hat nichts mit mir zu tun. Sie sind die Überreste menschlicher Beute.

Er spürte, wie sie erschauerte und zusammenzuckte. Ihr Ende stand kurz bevor. Wieviele junge Füchse sie getötet hatte, würde A-sac niemals erfahren, doch er war sicher, absolut gewiß, daß sie ihn hatte töten wollen. Das war Rechtfertigung genug für seine Tat. Eine schreckliche Sache, das war richtig, aber er trug keine Schuld. Wenn nicht sie auf dem Boden gelegen und die letzten Atemzüge ausgehaucht hätte, dann wäre er es gewesen.

»Das mit den Knochen ist eine Lüge. Du allein trägst die Schuld«, sagte er und versuchte, sich und sie mit demselben Argument zu überzeugen.

Du wirst an den Unort kommen, sagten die Augen.

»Nein, warum denn? Ich habe nur mich selbst geschützt. Aber ich werde Sorge tragen, daß auch du nicht dort hinkommst, obwohl du es verdienst. Ich führe die letzten Riten aus.«

Vom Boden drang ein langer, ersterbender Seufzer, und dann war alles still. Er stieg von seiner sicheren Position hinunter und stieß den Körper an. Er leckte sich das Blut vom Fell und lief dann in die Ecke, in der die Knochen aufgestapelt waren. Er durchwühlte sie mit der Schnauze und fand jetzt viele kleinere Knochen, die er zuvor nicht bemerkt hatte, als er nur vorsichtig suchen konnte. Also hatte sie Vögel gefressen. Doch das bewies gar nichts, da sie wohl kaum die ganze Zeit von kleinen Füchsen gelebt haben konnte. Die größeren Knochen waren bestimmt nicht alt. Das waren frische Knochen.

»Sie hat gelogen«, rief er, und das Echo klang durch die Grabkammer. »Ich weiß, daß sie gelogen hat. Sie hat Füchse gefressen.«

Er begab sich zu der Leiche und führte rings um sie die letzten Riten aus. Dann ging er wieder zu dem Knochenhaufen und packte einen der Schädel mit den Zähnen. Er zerrte ihn durch den Vorraum, den Gang entlang und nach draußen ins Freie. Es war Nacht. Er studierte den Schädel im Mondlicht. Er stammte von einem Fuchs oder einem kleinen Hund. Er sah alt aus, roch gewiß auch alt — aber nicht *uralt.* Er war höchstens — so sagte er sich — allerhöchstens einige Jahreszeiten alt. Diese Jäger hatten vor zeitlosen Jahreszeiten gelebt — das hatte sie gesagt. So alt war er ganz gewiß nicht.

Aber egal, dachte er, passiert ist passiert. Er konnte sie nicht wieder lebendig machen. Warum hatte sie ihn auch herumgeschubst? Und warum kannte sie sich nicht mit den Kräutern aus, die er erwähnt hatte? Wenn sie natürlich gemerkte hatte, daß er sie auf die Probe stellen wollte, war sie vielleicht auch eigensinnig genug gewesen, um absichtlich und boshaft die falschen Antworten zu geben. Sie war so ein Fuchs. Aber — nein, nein, das war ...

A-sac war sehr unglücklich. Er wollte nach Hause. Er konnte sich nicht mehr vorstellen, warum er überhaupt weggegangen war. Um ein Mystiker zu werden? Wie dumm von ihm. Das war nun das letzte, was er wollte. In einem feuchten, menschlichen Grab draußen in den Sümpfen leben zu müssen, sich von Weichtieren und Fischen zu ernähren und abgestandenes Wasser zu trinken? Nein. Niemals.

Er ging zurück ins Grab und trank noch etwas Wasser. Dann stand er erneut über dem Körper der Füchsin. Hatte er sich bewegt? So hatte er doch bestimmt nicht dagelegen, als er sie verließ? Wurde er vielleicht wahnsinnig? Der Mord an einer Artgenossin hatte ihn völlig durcheinandergebracht. Dies und die Einsamkeit des Ödlandes, wo selbst die Vogelstimmen wie Ghule klangen.

Plötzlich zerrte er an ihrem Schwanz, so daß sich das Fell ablöste und zwischen seinen Zähnen hing.

»Du konntest es nicht einmal zugeben, als du gestorben bist!« kreischte er. »Nicht einmal das konntest du tun. Jetzt werde ich es niemals wissen. Du wirst mich mein ganzes Leben lang verfolgen, weil ich denke — ich denke, daß du vielleicht die Wahrheit gesagt hast, obwohl ich weiß, daß es nicht stimmt. Du ...« Ihm fiel kein Wort ein, das schrecklich genug für sie war, und eine schale Hitze erfüllte seinen Mund und erstickte ihn fast.

Am Ende hatte sie gewonnen.

28. Kapitel

Da er sie nicht mit den sterblichen Überresten eines menschlichen Jägers zurücklassen wollte, zerrte A-sac O-toltols Leiche durch den Gang hinaus ins Freie. Dort mußte er die ganzen Rituale noch einmal vollziehen und stellte fest, daß es schwierig war, den schwammigen Torf wie vorgeschrieben zu markieren. Als er fertig war, verschloß er den Eingang des Erdgrabes. Er wußte nicht genau, warum er das tat, doch es erschien ihm angemessen. Dann machte er sich auf den Weg in die Nacht, während in seinem Kopf blutige Fliegen summten.

Zunächst versuchte er, sich am festen Boden zu orientieren und die tiefen, mit saugendem Schlamm gefüllten Rinnen zu meiden, die sein Fortkommen behinderten. Er fand Krebse mit weichen Schalen, die er ganz fraß, um sich für die Reise bei Kräften zu halten. Obwohl er die ganze Nacht unterwegs war, schien das Ende der Sümpfe nicht näherzurücken. In Wirklichkeit war ihm sogar, als gelange er immer tiefer ins Watt, und als der Morgen anbrach, fand er sich tatsächlich auf einem hohen, grasbewachsenen Deich wieder.

Er roch den starken, salzigen Schaum des Ozeans und sah zu, wie sich die Wellen an den Befestigungen des Landes brachen, die den mächtigen Körper des Wassers zurückhielten. Gischt von der Farbe seines Fells schäumte am Fuß des Deiches. Hier endlich gab es etwas, das stärker als die Menschen war. Sie hatten versucht, den Ozean zu bezwingen. Als er jedoch die gewaltige Weite des donnernden Wassers betrachtete, diese Meereslandschaft, die Berge aus ihrem Körper wachsen ließ und sie unablässig aufs Land schleuderte, begriff A-sac, daß es Zeiten geben mußte, in denen das Meer durchbrach und alles verschlang, was sich ihm in den Weg stellte.

A-sac befand sich noch immer in einem halbbetäubten Zustand. Das lag teilweise am Hunger, doch entsprang es auch der Tat, die er in dieser Nacht begangen hatte. Sein Mund schmeckte nach Blut, und er konnte den Geschmack nicht wegspülen, selbst als er Salzwasser trank. In seinem Kopf schwammen Töne, und seltsame Gerüche bestürmten seine Nase. Er schien die Welt durch einen roten Nebel zu betrachten, und einige erschreckende Visionen fegten über die Grenzen seines Blickfeldes. Er wußte, daß sie nicht real waren, trotzdem ängstigten sie ihn zutiefst. Das Tageslicht hatte keine Erleichterung gebracht.

Als er nun diesen immensen Wassergiganten, der keine Grenzen kannte, vor sich sah, empfand er plötzlich eine tiefe Liebe für seinen Vorfahren, den Erstfuchs A-O. Dies war A-O, der den Saum des Himmels mit flüssigen Lippen küßte. Diese brandenden Wellen mit den weißen Schaumkronen waren A-Os geschmeidige Muskeln. Der dröhnende Donner war A-Os Stimme.

»A-O!« schrie er in den brausenden Wind. »A-O! Ich bin dein Diener! Ich bin dein Fuchs! Befiehl über mich!«

Sein Kopf war ein Wasserstrudel, ein Mahlstrom der Liebe für seinen alten Vorfahren. Und A-O donnerte aus dem sturmgepeitschten Ozean zu ihm herüber. Die Stimme war verzerrt, doch er verstand die Worte. A-sac hatte einen anderen Fuchs getötet. Einen schlechten Fuchs. A-sac war A-Os auserwählter Mörder, der seinem Gebot gehorchte und die Welt vom Bösen befreite. Ein Anfang war gemacht. A-sac hatte in seinen Träumen Befehle von A-O empfangen, und der weiße Fuchs hatte die Hexe hingerichtet. Nun lagen weitere Aufgaben vor ihm. Größere Taten.

»Was muß ich tun, A-O?« rief er. »Wie kann ich dienen?«

Und der Wind trug ihm den Namen zu. Und der Name

war bei allen Trinity-Füchsen gefürchtet. Es war der Name eines Giganten. Die Wellen wiesen A-sac an, diesen Giganten zu vernichten.

»Ich bin dein Diener, A-O«, schrie der weiße Fuchs. »Ich muß deinem Gebot gehorchen. Ich fürchte mich nicht. Du wirst mich beschützen.« Nachdem er die weißgekrönten Wellen noch eine Weile betrachtet hatte, machte er kehrt und lief den Deich in Richtung Süden entlang. Er bemerkte, daß die Luft voller Vögel war, doch ihm fehlte die geistige Kraft, sich auf etwas anderes als den nächsten Schritt seiner Pfoten zu konzentrieren. Die Gräser oben auf dem Deich bildeten eine Art endlosen Tunnel, der ihn vor der Außenwelt verbarg.

An einem Punkt hörte er irgendwo vor sich die Stimme eines Hundes und menschliches Gebell. Er versteckte sich in einer Betonhütte, die in den Deich eingelassen war und Schlitze als Fenster hatte. Dort roch es nach menschlichen Exkrementen, da man den Ort als Toilette benutzt hatte, seit er verlassen worden war, und als er wieder hinaustrat, erbrach A-sac die weichschaligen Krebse. Danach kreiste sein Kopf. Er mußte stehenbleiben und sich ausruhen, im Gras liegen und ein paar Halme kauen, um neue Kraft zu schöpfen. Die Möwen stießen hinunter und spähten aus sicherer Entfernung zu ihm hinüber, aber sie verspotteten ihn nicht wie ihre Artgenossen auf der Müllkippe. Sie liefen um ihn herum und legten die Köpfe schief, als studierten sie voller Mitgefühl die kleine Gestalt.

Als er sich besser fühlte, stand er wieder auf und setzte seinen Weg durch den Tunnel fort. Schließlich tauchte er am Nordufer des Flusses hervor, in einer Gegend, die eindeutig *Havnot* war, aber nicht wie normales Ackerland aussah. Es war ein buschiges, grasbewachsenes Gelände, in dem hier und da große Betonblöcke wie vereinzelte Mauern standen, und große Metallbleche wurden von Pfosten gehalten. Einige der Betonblöcke waren vernarbt, als sei eine gigantische Eisenfaust auf sie niedergesaust. Die Metallbleche waren durchlöchert. Das ganze Gebiet war eingezäunt, und das Tor wurde von gleichgekleideten Männern bewacht. Sie trugen flache, schwarze Hüte auf dem Kopf und hielten Gewehre. Von diesen Männern abgesehen schien das weite Gelände verlassen.

A-sac brauchte unbedingt Schlaf und beschloß, hinter eines der Metallbleche zu schlüpfen und sich, so vor Melloon geschützt, einmal richtig auszuruhen. Er fand eine bequeme Stelle und schlief bald ein.

Ein Geräusch weckte ihn auf, als würde die Welt explodieren, und sein Kopf dröhnte in schrecklichem Einklang mit dem vibrierenden Metallblech. Direkt über seinem Kopf war ein neues Loch mit ausgezacktem Rand in der Stahlplatte aufgetaucht. Es war beinahe rund.

Erschüttert taumelte er davon, sein Kopf klingelte noch immer, und er konnte sich kaum orientieren. Wenig später ertönte eine zweite, entferntere Explosion, und wieder schepperte das Metallblech, jedoch nicht so laut. Ein neues Loch wurde sichtbar. Irgendwo aus dem *Havnot*, auf dem Rücken Melloons, trieb der scharfe Geruch herbei, der normalerweise in Verbindung mit Gewehrfeuer auftrat. Ein Geruch, der sich tief in das allgemeine Bewußtsein aller Füchse eingegraben hat. Obwohl A-sac ihn noch nicht kannte, wußte er instinktiv, daß dies der Geruch war, vor dem ihn sein Vater gewarnt hatte. Er wußte, daß es in diesem Gebiet Menschen gab, denen man unbedingt aus dem Weg gehen mußte. Nach der Dichte des Gewehrgeruchs zu urteilen, mußte es wohl eine sehr große Waffe sein. A-sac hätte seinen Kopf durch das Loch im Metallblech stecken können, ohne die Ränder zu berühren. Wen um Himmels willen würden sie mit einem solch ungeheuren Gewehr jagen? Gab es auf dieser Welt Lebewesen, deren Haut so dick wie Metall war? Wenn ja, dann mußten sie groß wie Häuser sein.

Er ging zu dem Zaun, der sich um das ganze Gelände zog, und gerade als er ein Loch darin gefunden hatte, donnerte das gigantische Gewehr von neuem los. Die Erde bebte, und der Maschendrahtzaun klapperte. A-sac glitt durch das Loch, rutschte unter abgerolltem Stacheldraht hindurch und fand sich auf einer Straße wieder. Eine Zeitlang lief er über den Asphalt, doch als ein Fahrzeug an ihm vorüberpfiff und ihn nur um Haaresbreite verfehlte, sprang er in den Straßengraben.

Er hatte keine Ahnung, wohin er lief, vermutete jedoch, daß er ins *Face* kommen würde, da er sich nach Westen bewegte. Er befand sich noch immer auf der falschen Seite des Flusses, aber das war weniger wichtig als vor dem donnernden Gewehrfeuer zu fliehen.

Südlich der Straße lag der Fluß und im Norden die Sümpfe. Die Straße wand sich über festes Uferland im Schlamm, in dessen Mitte sich eine Furt befand.

Die Flut setzte ein, und A-sac wußte, daß er den Fluß bald überqueren mußte, wenn er nicht die Brücke benutzen oder zwölf Stunden auf die Ebbe warten wollte. Er vermutete, daß die Brücke weit entfernt war und es nur wenig versteckte Schlafplätze gab. Er fühlte sich abgerissen und müde, sein Kopf summte noch immer, und sein Magen war aufgewühlt. Er hatte nur noch einen Gedanken im Kopf: den gigantischen Hund zu vernichten. Danach konnte er zu seinen Eltern auf den Schrottplatz zurückkehren.

Er lief über das Uferland, planschte durchs kalte Wasser und stieg an der anderen Seite wieder hinauf. Die Straße zog sich um eine Öffnung im Deich, aber A-sac achtete nicht darauf, während er am Flußufer entlanglief. Die Flut hielt mit ihm Schritt, wirbelte heran, füllte zunächst die tieferen Schlammlöcher und wurde dann ruhiger, bewegte und hob sich aber ständig.

An einem bestimmten Punkt wandte er sich ins Landesinnere und überquerte einen schmalen Streifen *Havnot* am Stadtrand. Genau dort geriet ein Kaninchen in Panik, rannte durch die Getreidestoppeln und A-sac jagte hinterher. Trotz seiner großen Erschöpfung überholte der Fuchs das Kaninchen und stillte bald seinen Hunger. Danach fühlten sich seine Beine kräftiger an, und er konnte die Reise ohne die ständige Angst vor einem Zusammenbruch fortsetzen.

Vor dem *Face* wuchs eine lange Reihe von Eßkastanienbäumen, und A-sac erkletterte einen von ihnen. Dies verwirrte ein Eichhörnchen, das von Ast zu Ast sprang und dabei quiekte: *»Posso fare qualcosa per Lei? Posso fare qualcosa per Lei? Torni fra un giorno, eh?«*

A-sac schenkte dem grauen Eichhörnchen keine Beachtung, sondern streckte sich auf einem kräftigen Ast aus, bis sich die Kaninchenmahlzeit in seinem Magen ein wenig gesetzt hatte.

Als er sich gerade wieder auf den Weg machen wollte, kamen einige Kinder, um am Fuß des Baumes zu spielen. Das Eichhörnchen konnte von einer Kastanie zur anderen springen, da sich die oberen Zweige beinahe berührten, aber A-sac saß in der Falle, bis die Kinder fort waren. Dann stieg er hinunter und betrat durch eine Gasse das *Face.* Er fand sich in einer ruhigen Wohngegend wieder, in der erst ein oder zwei Häuser bewohnt waren, während die anderen kurz vor der Fertigstellung standen. Die Straße war noch mit Baustellenschlamm bedeckt, und leere Zementsäcke lagen im Rinnstein. Die Vorgärten der Häuser — selbst der bewohnten — sahen aus wie schlecht gepflügte Felder.

In der Hoffnung, einen vertrauten Orientierungspunkt zu finden, folgte A-sac der halbmondförmigen Anlage bis zu einer besseren Straße. Er hielt sich nah bei den Gebäuden, wie es ihn seine Mutter gelehrt hatte, und versuchte, mit seiner Umgebung zu verschmelzen. Schließlich erreichte er das Zentrum der neuen Stadt, das zwar noch nicht völlig bewohnt, aber doch belebter war als die Außenbezirke. Mehr als die Hälfte der Geschäfte am Platz in der Mitte war inzwischen vermietet, und einige Menschen eilten durch die Straßen.

A-sac stahl sich in eine unbekannte Gasse. Erst als er das Ende erreichte, bemerkte er, daß es von einer hohen Mauer versperrt wurde — er befand sich in einer Sackgasse. Er machte kehrt, um sich wieder in die belebten Straßen zu wagen, und mußte feststellen, daß auch das andere Ende blockiert war. Diesmal von einem lebendigen Hindernis: einem ungeheuren Hund.

Die monströse Kreatur rückte näher, duckte sich und entblößte ihre Fänge.

Eine Stimme in A-sacs Kopf schrie: *»Das ist er!«*

Er wartete, und als sich die gigantische Bestie in Angriffsnähe befand, sagte der kleine Fuchs: »Ich habe nach dir gesucht.«

Der Hund hielt verwirrt inne.

A-sac sprang dem Feind an die Kehle. Sein Angriff war so heftig, daß er seinen Gegner völlig unvorbereitet traf.

Da sie seit einigen Tagen nichts gehört hatten, beschloß Camio, die Gegend zu erkunden. Mitz und O-ha schliefen noch. Er verließ leise den Bau und grub sich durch das ausgeklügelte Tunnelsystem, das die Füchse unter dem Schrottberg entdeckt hatten. Hier und da klafften Öffnungen wie Höhlen, doch meist waren die Gänge schmal genug, um nur Tiere hindurchzulassen, die nicht größer als ein Fuchs oder eine Katze waren. Als er den Rand des Haufens erreicht hatte, wartete und lauschte Camio ausgiebig, schnüffelte, bis er ganz sicher war, daß in der direkten Umgebung des Schrottplatzes keine Gefahren lauerten. Einige Tauben flatterten über die umliegenden Hausdächer, und natürlich saßen überall keifende, streitende Spatzen, doch ansonsten regte sich nichts. Nur wenige Menschen waren jetzt am frühen Morgen unterwegs, die meisten von ihnen lagen noch im Bett.

Vorsichtig ging er ins *Face* und stellte fest, daß auch auffallend wenige Tiere unterwegs waren. Das hätte bedeuten können, daß Sabre zwar von seinen Eigentümern eingefangen worden war, aber so ruhig und unauffällig, daß es niemand bemerkt hatte. Oder aber er konnte auch noch dort draußen sein, und alle anderen Tiere versteckten sich vor ihm. Ein paar Katzen liefen umher, doch es schien sinnlos, sie zu fragen. Selbst wenn sie die Fuchssprache kannten, würden sie ihm nicht unbedingt die Wahrheit sagen. Sie gaben nur zu gerne Rätsel auf, indem sie ausufernd oder zweideutig antworteten und es dem Zuhörer überließen, ihre Worte zu deuten.

Camio versuchte es mit einem Hund, einem nervösen Terrier, der kleiner war als er selbst, und erhielt nur die Antwort: »O Schrecken! O Schrecken!« Dann rannte der Hund davon, und Camio war noch verwirrter als zuvor. Er vermutete, daß der Ridgeback kleineren Hunden ebenso Furcht einflößte wie Füchsen, und seine Frage hatte an die Angst im Herzen des Terriers gerührt.

Jemand hatte einen schwarzen Müllsack vor der Tür liegenlassen, den Camio aufriß und darin einige Essensreste aufstöberte. Wenn er sich hier draußen ernähren konnte, dann gab es auch genug für die beiden auf dem Schrottplatz. Als die Sonne die Himmelsmauer erkletterte und die Straßen sich bevölkerten, spürte Camio, daß es an der Zeit war, in den Bau zurückzukehren oder die Gegend auf eine andere Weise zu durchkämmen. Er kauerte sich neben einem Rosenstrauch in einem Garten nieder, als er ein ziemlich vertrautes Geräusch wahrnahm: das Klingeln einer Glocke, das von einem barschen Gebell begleitet wurde. Ein Fahrzeug fuhr langsam die Straße entlang – ein offener Lastwagen mit altem Kram auf der Ladefläche.

Camio wartete, bis der Lastwagen seitlich zum Garten stand, in dem er sich verbarg, rannte hinaus und sprang auf die Ladefläche. Dort verkroch er sich unter einigen alten Mänteln. Viele Gerüche stiegen aus dem Krempel auf, die seinen eigenen Duft überdecken würden, so daß er sicher durch die Straßen fahren konnte. Allerdings hieß das auch, daß er seine Nase nicht gebrauchen konnte und sich auf seine schlechten Augen verlassen mußte, um die Straßen nach Spuren des Ridgebacks abzusuchen.

Von Zeit zu Zeit hielt der Wagen an, und etwas wurde hinten auf die Ladefläche geworfen. Der dunkelhäutige Mensch, der den Lastwagen fuhr, ließ nur dann die Klappe fallen und räumte den Müll beiseite, wenn ihm jemand ein großes Teil gegeben hatte. Inzwischen hatte Camio bereits einige Straßen abgefahren und festgestellt, daß es keinen Sinn hatte. Er kletterte aus dem Lumpenhaufen und sprang hinunter. Ein menschlicher Mund klappte auf, ein Gebell ertönte, doch Camio wußte, daß ihn der Mann nicht angreifen würde. Er trottete durch eine Gasse davon.

Nach weiteren fruchtlosen Wanderungen machte sich Camio auf den Rückweg zum Bau. Er war natürlich noch immer sehr vorsichtig, und als er sich seinem Heim näherte, entdeckte er eine Gestalt am Ende einer Straße. Er erkannte augenblicklich den Geruch. Es war Mitz. Er lief zu ihr hinüber.

»Was machst du hier draußen?« rief er.

»Ich habe mir Sorgen um dich gemacht. Ich bin aufgewacht und O-ha war auch weg. Ich fühlte mich so allein.«

»Deine Mutter ist wahrscheinlich noch auf dem Schrottplatz und sucht nach einem Vorratslager. Komm, wir gehen zurück. Dieser Hund ...« plötzlich, als hätten seine Worte den Feind herbeigerufen, nahm er einen Hauch wahr. Er sah, wie Mitz erstarrte und wußte, daß auch sie es gerochen hatte.

»Er ist hier irgendwo«, flüsterte sie.

Die Füchse glitten von der Straße in die Schatten. Zwei Straßen führten zum am Schrottplatz. Camio führte Mitz hinter einem alten Zaun entlang und vorbei an einigen Gemüsegärten. Sie drangen durch das Gras bis zu einem Loch im Zaun vor, ungefähr dreißig Meter von der Stelle, an der sie sich getroffen hatten. Camio spähte durch die Öffnung und schnüffelte. Er witterte noch immer den leisen Hauch des Ridgebacks.

»Wir gehen lieber aufs Ganze«, sagte er zu Mitz. »Du zuerst. Lauf zu der kleinen Straße dort drüben und dann weiter bis zum Schrottplatz. Du mußt an zwei Ecken vorbei.

Schau *nicht* in die Seitenstraßen. Mach dir keine Sorgen um das, was hinter den Ecken ist. Renn einfach um dein Leben. Ich bin direkt hinter dir.«

Sie gehorchte und sauste über die breite Straße. Camio kam gleich hinter ihr. Ohne Zwischenfall erreichten sie die erste Straßenecke. An der zweiten merkten sie, daß er hinter ihnen war.

Ein Auto bog um die Ecke und fuhr zwischen den Füchsen hindurch.

Überfahr den Hund, flehte Camio. *Bitte überfahr den Hund!* Doch seine Gebete wurden nicht erhört, denn einen Moment später erklang direkt hinter ihm ein Schrei.

»Ich kenne euch Füchse. Ich kenne euch beide.« Ein starker Körpergeruch hing in der Luft. »Ihr seid tot! Ich reiße euch die Eingeweide heraus und zwar einzeln — reiße euren Bauch auf und hole den Inhalt raus.«

»Lauf weiter!« brüllte Camio.

Der Hund versuchte, ihnen Angst einzujagen. Ein verängstigtes Tier bleibt häufig wie angewurzelt stehen. Camios Körper prickelte vor Angst. Er konnte den heißen Atem der Bestie beinahe an seinem Hinterteil spüren. Sein Kopf dröhnte bei der schrecklichen Vorstellung, Glied für Glied zerrissen zu werden.

»Du — weißt — du bist tot, Fuchs. Du kannst — meine Zähne an deiner Kehle — spüren. Blut spritzt — über den Boden. Deine Luftröhre gurgelt, keucht — keucht nach — dem *letzten* Atemzug ...«

Schritte auf der Straße. Ein älterer Mensch stand da wie eine Salzsäule, Einkaufstasche in der Hand, mit offenem Mund. Zwei menschliche Kinder auf Rollbrettern bemerkten das Drama überhaupt nicht und konzentrierten sich nur auf ihr Spiel. Mitz rannte eins von ihnen fast über den Haufen, als sie zwischen ihnen hindurchsauste. Gezeter erklang hinter den Füchsen.

Nichts von alledem hatte den Ridgeback stoppen können.

»Das — war's — Fuchs. Zeit. Zeit zu sterben.«

Der Hund hatte recht. Noch wenige Schritte, und er würde einen von ihnen haben. Für Camio stand fest, daß sie den Schrottplatz nicht rechtzeitig erreichen konnten. Einer von ihnen mußte dran glauben. Er fragte sich, ob er sich umdrehen und dem Hund jetzt gegenübertreten sollte, doch wie immer glühte in seiner Brust ein kleiner Hoffnungsfunke, daß noch etwas passieren könnte, daß etwas ...

Plötzlich zuckte ein bräunlich-weißer Blitz hinter dem rennenden Fuchs auf. Aus dem Augenwinkel erkannte er einen ungeheuren behaarten Berg; seine Nase erwischte den Geruch eines fremden Hundes; seine Ohren fingen zweifache schwere Atemzüge auf. Was war das?

Camio hörte den wütenden Schrei: »Aus dem Weg! Aus dem Weg, du blöder ...«

Die Füchse liefen weiter, doch kurz vor dem Schrottplatz warf Camio einen Blick nach hinten. Was er sah, ließ ihn abrupt innehalten. Auch Mitz war stehengeblieben, um Luft zu holen. Die Nerven der beiden Füchse waren angespannt, die Muskeln glichen sprungbereiten Federn, die augenblicklich losschnellen und in einem Satz in den Abfall und die Sicherheit des Tunnellabyrinths sausen konnten.

Mitten auf der Straße stand ein anderer gigantischer Hund und versperrte dem Ridgeback den Weg. Der zweite Hund war ein wenig kleiner als der vom Unort, wirkte aber massiger.

»Es ist Betsy«, rief Mitz aufgeregt. »Du weißt schon, der Hund, von dem ich dir erzählt habe. Und da ist der Mann!«

»Du blöde Hündin!« kreischte der Ridgeback und richtete zornig die Rückenhaare auf. »Sie hauen ab. Was bist du bloß? Eine Fuchsfreundin? Ein fuchsliebende Hündin?«

Der Mensch trat auf die Straße. Er bewegte sich auf den Ridgeback zu, der Betsy noch immer anbrüllte. Die Bernhardinerhündin blieb, wo sie war, sperrig und unbeweglich. Die Füchse hörten sie sagen: »Ich warte auf eine Beleidigung. Ich bin eine Hündin, obwohl ich vermute, daß du zu wenige von uns gesehen hast, um uns zu erkennen. Hast noch nie eine Gefährtin gehabt, was? Kann mir auch nicht vorstellen, daß eine von uns dich will.«

»Das war's«, fauchte Sabre, »eine frustrierte, läufige Hündin. Ich reiße dir die Eingeweide ...«

Betsy schaute zu Camio und Mitz hinüber und drehte sich dann mit einem Kopfnicken um.

»Verstehe. Tut mir leid, das zu hören.«

»Es wird dir leid tun. Wird dir leid tun.«

Inzwischen näherte sich der Mann dem Ridgeback. Er hielt mit beiden Händen einen Stock vor sich gestreckt, und zwar waagerecht, als wolle er dem Hund die Mitte zum Biß darbieten. Camio kannte diese Art und Weise einen Hund fernzuhalten noch von zu Hause. Sie funktionierte immer. Menschen, die das Verhalten der Tiere kannten, wußten, daß es bei Hunden sinnlos war, einen Stock als Schläger zu benutzen. Hunde können ihm ausweichen und sich ducken. Sie stürzen sich auf den Körperteil ihres Opfers, der ihnen am nächsten ist, in diesem Fall also auf den ausgestreckten Stock. Sie betrachten ihr Gegenüber als Ganzes, das nicht aus einzelnen Gliedern besteht, und für sie ist der Stock ebenso ein Teil des Menschen wie ein Arm oder ein Bein. Während er den Stock angreift, glaubt der Hund, er beiße den Menschen.

Sabre sprang vor, packte die dicke Stange mit seinen festen Kiefern und zerrte daran. Zerkaute Holzstücke fielen zu Boden.

Der Mann bellte – ein festes, klares Gebell. Camio konnte die Zuversicht und völlige Furchtlosigkeit in seiner Stimme hören. Die Worten waren strenger Befehl und Warnung zugleich. Der Befehl wurde wiederholt. Sabre ließ den Stock los.

Zweifellos wurde ihm allmählich bewußt, welches Verbrechen er begangen hatte: Wäre der Mensch ernsthaft verletzt worden, dann hätte das für ihn vielleicht die einfache Fahrt zum Mann im weißen Kittel bedeutet. Darauf stand das Todesurteil.

Der Ridgeback rannte davon.

Betsy kratzte sich mit dem Bein hinter dem Ohr, für Camio ein sicheres Zeichen ihrer Angst. In dieser Hinsicht waren Hunde genau wie Füchse. Ihre Nervosität zeigte sich nachträglich in einer beiläufigen Handlung wie dem Flöhekratzen. Er wollte hingehen und der Hündin danken, weil sie ihnen bei der Flucht geholfen hatte, doch das wäre unnatürlich gewesen. So stupste er Mitz in Richtung Schrott und folgte ihr dann.

Sie sagte: »Gute, alte Betsy. Hast du das gesehen? Diese Hündin hat wirklich Mut.«

»Sie ist sehr tapfer«, stimmte Camio zu.

»Sie sind *mir* gefolgt«, erwiderte Mitz voller Stolz. »Sie haben mich durch mein Halsband gefunden. Weißt du jetzt, warum du es nicht abnagen solltest?«

»Allerdings«, entgegnete Camio ernst.

O-ha erwartete sie im Bau, wahnsinnig vor Sorge um ihre vermißte Tochter. Sie schalt Mitz aus, und danach erzählten sie ihre Geschichte.

Später trafen Berichte über einen anderen Fuchs ein, der vor wenigen Stunden im *Face* getötet worden war, doch die Informanten waren nicht sicher, ob der große Hund dafür verantwortlich war oder ob es sich nur um einen weiteren Verkehrsunfall handelte. Es stimmte, daß mehr Füchse im Straßenverkehr ums Leben kamen als von Hunden getötet wurden, doch irgendwie war der Gedanke an eine gigantische Bestie, die sie in ihrem eigenen Revier jagte, weitaus furchterregender. Scheinbar war man nirgendwo sicher, nicht einmal in seinem eigenen Bau. Und während der Hund frei herumlief, konnte man weder richtig jagen noch menschliche Essensreste hinter den Restaurants suchen. Draußen in den Straßen war es zu *jeder* Tages- und Nachtzeit zu gefährlich. Also benutzte man die Vorratslager in der Nähe des Baus und markierte sie, wenn sie leer waren. Die Vorräte gingen langsam zur Neige.

»Wir geben ihnen noch einen Tag, um ihn zu fangen«, sagte Camio, »und dann muß ich wieder hinaus, um zu jagen. Ich werde schon ganz krank hier drinnen. Heute haben wir ein schlimmes Erlebnis gehabt, aber wir müssen lernen, wieder zu leben und der Gefahr eher entfliehen als uns hier vor ihr zu verbergen.«

O-ha erwiderte: »Hast du denn heute nichts gelernt?«

»Doch«, sagte er, »heute habe ich gelernt, vorsichtiger zu sein. Heute bin ich gelaufen, als ich hätte schleichen sollen, über die Hausdächer, unter den Zäunen hindurch. In Zukunft werde ich vorsichtiger sein.«

Mitz sagte gar nichts.

Später am Tag hatte sie ein seltsames Erlebnis, das sie jedoch aufgrund der Erzählungen ihrer Mutter verstand. Ein Fuchs kam zum Bau, blieb draußen stehen und verweilte dort, wartete. Zuerst dachte Mitz daran, ihre schlafende Mutter zu wecken, doch dann überlegte sie es sich anders. O-ha hätte gewollt, daß sie mit dem Fuchsgeist ging. Mitz wußte, daß ihr Bruder tot war und das Geschöpf mit der reinen, weißen Flamme über dem Kopf sie zu der Leiche führen wollte. Sie wußte auch, daß ihre Mutter für ihr Junges die letzten Riten wünschte und sogar sterben würde, um das zu ermöglichen.

Die Straßen wurden noch immer von einem Killer bewacht. Die Jagd nach Futter war eine lebenswichtige Aufgabe, und Mitz erkannte ihre Notwendigkeit. Sich darum zu kümmern, daß die Toten in Frieden an ihr Ziel geschickt wurden, war in ihren Augen ein Luxus, auf den man in Zeiten der Not verzichten konnte.

Sie wollte ihre Eltern jetzt nicht verlieren. Sie waren alles, was ihr geblieben war, insbesondere seit dieses unwirklich scheinende Wesen da draußen ihr eine Botschaft überbracht hatte, die keiner Worte bedurfte.

Der Fuchsgeist blieb eine Weile dort, und während seine Gestalt sich langsam auflöste, trieben ihre Stücke wie der Rauch eines klammen Feuers an einem windstillen Tag davon. Nach einer Weile, bevor Camio oder O-ha erwachten, hingen nur noch Nebelfädchen in der Luft. Dann waren auch sie verschwunden.

Mitz schlief ein. Sie träumte Fuchsträume von ihrer Kindheit, die jetzt so lange vergangen schien. Sie träumte von ihren Geschwistern, damals noch Rivalen, doch jetzt ...

Mitz erwachte, als ein Instinkt ihr sagte, daß sie in der Nähe ein Geräusch im Metallschrott gehört hatte. Sie lauschte angestrengt. Da man nicht darauf vertrauen konnte, daß der Wind in den Abfalltunneln einen Geruch herantrug, wartete sie mit klopfendem Herzen ab. Im Dämmerlicht konnte sie das Auge ihrer Mutter sehen. Ihr Vater hatte sich von seinem Schlafplatz erhoben, streckte den Kopf in die Luft, legte ihn schief, prüfte die Luft mit der Nase auf genauere Informationen.

»Ist er es?« flüsterte Mitz. »Ja?«

Von keinem kam eine Antwort, nur O-has Augen, die sich leicht verengten, sandten eine Warnung. Mitz wußte, daß sie schweigen sollte.

Sie wartete, leckte sich die Lippen, fragte sich, ob die Gefahr wohl groß sei und aus welcher Richtung sie kommen würde. Sie haßte Überraschungsangriffe. Sie haßte es, wenn Hunde aus dem Nichts mit schnappenden Kiefern und glühenden Augen auftauchten, wie Sabre es an jenem Tag getan hatte, als sie und A-cam auf der Mauer des Herrenhauses waren. Würde so etwas noch einmal geschehen?

Mitz erhob sich halb, schaute sich nervös nach einem Schlupfwinkel um und erhielt wieder einen Blick von O-ha.

Sie nahm wieder ihre alte Position ein.

Dann witterte sie den Geruch. Er trieb durch den Haupttunnel in den Bau. Sie konnte draußen am Schrott scharrende Geräusche hören, wo ein Tier so leise wie möglich durch die metallenen Gänge glitt. Sie witterte den Geruch und fragte sich, ob auch ihre Eltern ihn aufgenommen hatten. Mitz sah ihre Mutter an, und O-has Augen sagten ihr, daß auch sie den Geruch bemerkt hatte.

Camio saß sprungbereit am Ausgang.

SECHSTER TEIL

Die Zeit der Abwanderung

29. Kapitel

Im Kofferrraum des Autos war es dunkel. Obwohl er auf etwas Weichem lag, fühlte sich A-cam völlig durchgerüttelt und litt große Schmerzen in seinem Schwanzstummel. Er blutete noch immer. Niedergeschlagen überdachte er seine Lage. Er war gefangen, verblutete wahrscheinlich, und er war allein. Das war ausgesprochen beunruhigend für einen jungen Fuchs, dem die Welt vor kurzem noch als strahlend und vielversprechend erschienen war, doch er war fest entschlossen, sich nicht unterkriegen zu lassen. Camio hatte ihn stets gelehrt, mit letzter Kraft zu kämpfen, und O-ha besaß mehr Mumm als ein Dutzend anderer Tiere. Seinen Eltern würde es nicht gefallen, wenn er sein Schicksal bewinselte und nichts dagegen unternahm.

Er beschloß, sich den Weg aus dem Kofferraum freizukauen und fing mit der Stoffbespannung an.

Er erzielte gerade erste Fortschritte, als die Bewegung plötzlich aufhörte und nach einigen hämmernden Schlägen, bei denen das Auto hin- und herschaukelte, die Gefängnistür aufflog. Der Mann mit den dicken Handschuhen griff hinein und packte ihn, wobei A-cam erneut versuchte, den Angreifer zu beißen.

Danach wurde er durch eine Tür in einen Raum getragen, in dem viele Menschen saßen und andere Tiere auf dem Arm hielten, zumeist Hunde und Katzen. Die Hölle brach los. Menschen bellten mit schriller Stimme; Hunde brüllten und zerrten an ihren Leinen; Katzen schrien und spuckten, während ihnen das Fell zu Berge stand. Ein kleiner Terrier besaß die mächtigste Stimme und brüllte: »Laßt mich zu ihm! Das ist ein Fuchs. Laßt mich nur ...« Der Rest wurde von einem erschreckten Hundebesitzer abgewürgt, der an der Leine riß. Ein weißes Kaninchen mit hervorquellenden Augen war in seiner Kiste zusammengeschrumpft und versuchte, sich im Sperrholz zu verkriechen. Ein älterer Wellensittich fiel von seiner Stange und blieb regungslos auf dem Sandpapier liegen, wobei er entweder eine Herzattacke markierte oder tatsächlich vor Angst gestorben war. Ein Boxer, dessen Besitzer ihm sofort das Gesicht zur Wand gedreht und es dort festgehalten hatte, schrie: »Was ist los? Ich kann nichts sehen. Wo ist er?« A-sac wurde eilig zur Hinterseite des Gebäudes getragen. Dann öffnete sich eine andere Tür, und er befand sich mit einem weiteren Menschen in einem Raum: einer Frau, die einen weißen Kittel trug. Ohne seine Würde zu respektieren streckte man ihn auf einem Tisch aus. Dann wurde sein Hinterteil in Augenschein genommen, und man stach irgend etwas hinein.

»Laßt mich in Frieden verbluten«, schrie er.

Sie knurrten mit seltsam sympathischer Stimme eine Antwort. Die Gerüche im Raum waren entsetzlich. A-sac hatte noch nie in seinem Leben etwas so Scharfes und Unangenehmes gewittert. A-cam fragte sich allmählich, ob er nicht vielleicht schon tot und am Unort sei. Er zitterte von der Nase bis zum Schwanz – oder dem, was einmal sein Schwanz gewesen war. Zu seiner Bestürzung fuhren sie mit den Händen durch sein Fell, wobei ihr Knurren noch sanfter und ungefährlicher klang. Sicher wollten sie ihn einlullen, bis er gefügig war und sie ihm das Licht ausblasen konnten. Ihm fiel keine andere Erklärung für ihr bizarres Verhalten ein.

Man bedeckte seine Wunde mit einem weißen Flaum, der ein stechendes Gefühl erzeugte. Während der ganzen Zeit erklangen die beruhigenden Töne seiner Wärter. Schließlich wurde eine süßriechende Paste auf die Verletzung geschmiert, während die beiden Menschen einander anbellten.

Kurze Zeit später fand er sich im Kofferraum des Wagens wieder. Die Bewegung setzte ein. Diesmal dauerte die Reise viel länger. Der Schmerz in seinem Hinterteil war etwas betäubt, und er konnte schlafen. Als er erwachte, bewegte sich das Fahrzeug noch immer, und ihm war übel. Er urinierte in aller Ruhe auf die Unterlage und konzentrierte sich dann auf die Übelkeit. Nachdem er sich übergeben hatte, ging es ihm viel besser. Danach konnte er noch ein wenig an der Stoffbespannung kauen.

Das Auto hielt an, der Kofferraum flog wieder auf. Das Tageslicht schmerzte in seinen Augen, doch er setzte sich auf und schnupperte. Landgerüche stiegen in seine Nase und verdrängten Öl und Benzin. Der Mensch taumelte nach hinten und hielt sich die Nase zu. Dann kam er zurück, hob A-cam behutsam heraus und setzte ihn ins Gras. Er holte die Decke und die Überreste der Stoffbespannung aus dem Kofferraum und warf sie in den Straßengraben. Als A-cam davonschwankte, wurde die Autotür zugeschlagen, und der Wagen dröhnte davon.

Nun war er wieder allein.

Noch unsicher auf den Füßen machte sich der kleine Fuchs auf den Weg durch einen *Havnot* zu einem Gehölz, das am Ende einer Pferdeweide lag. Dort ließ er sich ins Herbstlaub fallen, um Kraft zu schöpfen, und weitere Blätter segelten auf ihn hinab. Währenddessen kaute er Gras.

Die Nacht brach herein, und die Blätter bedeckten seinen Körper. Er konnte Kastanien riechen und mußte nur ein wenig schnüffeln, bis er welche gefunden hatte. Er knackte sie und schlang sie hinunter. Sie schmeckten gut. Er taumelte auf die Füße, suchte den Boden ab und fand noch mehr davon. Bald war der schlimmste Hunger gestillt.

A-cam untersuchte so gut es ging seinen Schwanzstummel. Er leckte an der Salbe, die die Frau in Weiß aufgetragen hatte. Sie schmeckte gut, und der Schmerz war erträglich. Er würde überleben. Als er versuchte, herumzulaufen, stellte er fest, daß sein Gleichgewichtssinn gestört war. Offensichtlich besaß sein Schwanz eine Funktion, die er erst erkannte, nachdem er ihn verloren hatte. Eine Zeitlang kam er über ein schiefes Taumeln nicht hinaus. Er hoffte, daß es nicht allzu lange dauern würde, bis er sich angepaßt hatte.

Nun mußte er Wasser finden. Er schnüffelte und folgte seiner Nase um das Wäldchen herum, wobei er Pfützen ausleckte, die in Wurzellöchern und den Vertiefungen verkrüppelter Bäume standen. Das Gehölz war eines jener verwilderten, laubwechselnden Überbleibsel der Waldländer, von denen Füchse oft sprachen, die sie aber selten gesehen hatten. Es war ein wunderbar feuchter und klammriechender Ort mit verrotteten Baumstämmen, Ameisenkugeln und Tausenden von Holzläusen. Es gab Baumpilze, die so tief wuchsen, daß man sie vom Boden aus erreichen konnte, und eßbare Blätterpilze am Fuß der Bäume. Tauben lärmten in den Baumwipfeln, als er unter einem Ast hindurchlief, der Vögeln als Schlafplatz diente. Doch davon abgesehen war es ein stiller Ort — nicht schweigsam wie die neuen Nadelwälder — sondern ruhig, weich, bemoost, mit einem schwammigen Humus als Boden und vielen kleinen Löchern, deren Inhalt interessante Mahlzeiten versprach.

Er hatte nicht die geringste Ahnung, wo er sich befand. Obwohl die Menschen freundlich gewesen waren (das erkannte er jetzt), hatten sie ihn weit fort von zu Hause ausgesetzt. Zweifellos mit den besten Absichten. Sie hatten ein wildes Tier gefunden und natürlich angenommen, es sei aus der Wildnis gekommen. Daher hatten sie es dorthin gebracht, weil sie nicht wußten, daß er ein gebürtiger Stadtfuchs war.

Wo also sollte er von hier aus hinlaufen?

Zuerst mußte er sich ausruhen und daran gewöhnen, daß er keinen Schwanz mehr hatte.

Er verbrachte den ganzen nächsten Tag im Wald. Die Besitzer der Pferde kamen und nahmen sie während des Tages mit (so daß A-cam in aller Ruhe ihre Tränke benutzen konnte), und am Abend brachten sie sie wieder zurück. Eine

Gruppe Spaziergänger lief durch das Wäldchen. Sie erspähten ihn, als er zwischen den Blättern lag, und blieben stehen, um miteinander zu zwitschern und auf ihn zu zeigen, als sähe er sie nicht. Dann schlichen sie auf Zehenspitzen davon.

Der Abend kam, und er war wieder unterwegs. Er nahm einen Schluck am Trog, während die Pferde am anderen Ende ihrer Weide mampften, und machte sich dann auf den Weg. Am Waldrand schwirrte ein Rebhuhn aus seiner Deckung, dessen Flügel beinahe rotierten. A-cam war zu langsam, um den Vogel zu fangen. Am Fuß des bewaldeten Hügels lag jedoch ein Bauernhof. Er kroch unter einem Zaun hindurch und entdeckte eine Ecke, in der Hühner umherliefen. Die Hennen stoben bei seinem Anblick auseinander. Als er sie gerade jagen wollte und überlegte, welche am fettesten war, fand er einige Eier im Gras. Er fühlte sich noch immer schwach und gab sich mit den Eiern zufrieden. Das war auch gut so, denn kurz darauf kam ein Mensch aus dem Haus, und A-cam konnte gerade noch unter dem Zaun durchschlüpfen, bevor ein Hund freigelassen wurde.

Er lief querfeldein davon und stolperte häufig, da es ihm an Gleichgewicht mangelte. Außerdem war ihm schwindlig. Schließlich stieß er auf einen Fluß. Er trank und fraß ein wenig Brunnenkresse. Ihm wurde klar, daß er ein *Rangfar* geworden war, und er fragte sich, ob so etwas schon vielen Füchsen zugestoßen war. Vielleicht hatten sich nur wenige von ihnen bewußt für die Straße entschieden, doch als sie einmal soweit waren, hatten sie möglicherweise Gefallen am Reisen gefunden und konnten nicht mehr davon lassen. Er begriff, was so anziehend daran war. Jede Stunde gestattete einen anderen Blick auf die Landschaft. Es gab gepflügte und unbestellte Äcker, Stoppelfelder, Dickichte und Wälder, geschwungenes Weideland und hügelige Hänge. Das alles war aufregend. Ihm kam es vor, als sähe er etwas vom Leben: Die Welt hatte sich vor ihm geöffnet. Bis jetzt war er außer dem Bauern keinem Menschen begegnet. Anscheinend konnte er laufen und laufen, ohne *Hav* oder *Havnot* zu verlassen, die beide schöner als das *Face* waren, obwohl es sich dort leichter leben ließ.

Einmal nahm er den Geruch eines anderen Fuchsrüden wahr und blieb stehen, um den Wind zu beschnuppern, während er sich fragte, wo er sich wohl verstecken mochte. Eine Stimme, die aus einem Brombeergestrüpp drang, sagte: »Geh weiter.« Sie klang lässig, aber entschieden, und ihm wurde bewußt, daß er wahrscheinlich fremde, bereits markierte Reviere betrat, in denen einheimische Füchse althergebrachte Jagdrechte besaßen. Sie hatten nichts dagegen, wenn er hindurchlief, solange er schnell wieder verschwand. Wenn er sich konzentrierte, konnte er natürlich ihre Markierungen rund um das Gebiet wahrnehmen, und von einer gelegentlich geschnappten Feld- oder Spitzmaus abgesehen würde man ihm nicht gestatten, hier zu jagen.

An diesem Morgen kam er zu einer Anhöhe, hinter der ein ständiges Rumpeln erklang, gleich tiefem Donnergrollen, das von einem Erdwall gedämpft wurde. Er stieg die Böschung hoch und schaute erstaunt auf eine Straße hinunter, die voller schneller Fahrzeuge war; eigentlich waren es zwei Straßen, die parallel verliefen und jeweils aus drei Fahrspuren bestanden.

Das gefiel ihm nicht. Er konnte die Krähen sehen, die sich am *Gubbins* erfreuten. Es schien jedoch ein äußerst gefährliches Unternehmen zu sein, hinauszuschießen und die Überreste irgendeines Lebewesens zu erhaschen, das nicht akzeptiert hatte, daß seine alte Straße durch einen unpassierbaren Verkehrsstrom vernichtet worden war. Manche Tiere waren einfach zu eigensinnig, um ihre Gewohnheiten zu ändern. Wenn ihr alter Weg dort entlang führte, dann würden sie dort entlang gehen, selbst wenn ihnen augenblicklicher Tod drohte.

Die Vögel, die kein *Gubbins* fraßen, suchten Würmer im kurzen Gras am Straßenrand, von wo aus die Turmfalken wandernde Säugetiere beobachten konnten. Ein paarmal sah

A-cam, wie ein Turmfalke herabstieß und mit Beute in den Krallen wieder aufstieg.

Er kehrte dem Wahnsinn auf Rädern den Rücken und lief eine Weile den gleichen Weg zurück, um sich dann nach Süden zu wenden.

Er verbrachte den Tag an einem großen See, der zu ebenmäßig aussah, um natürlich zu sein. Obwohl es keine offenkundigen Anzeichen von künstlich angelegten Ufern gab, ragten blattlose Bäume aus dem Wasser wie Knochenhände, die nach den Wolken greifen. Ein unheimlicher See, zu still, zu leblos. Das stehende Wasser wirkte nicht so sehr ruhig und friedlich, sondern irgendwie tot. A-cam dachte an den Unort. Man hatte ihm erzählt, daß dort eine ähnlich reglose Atmosphäre herrsche, in der die Bäume und Gräser wie Stein und das Wasser dunkel und ohne Gezeiten, Strömungen oder Strudel waren. Nur die blinden Nebel, die an Inseln aus schwarzem Schlamm vorüberzogen, waren in Bewegung.

Er trank von dem Wasser, doch es schmeckte staubig und machte ihn nur noch durstiger.

Als die Nacht hereinbrach, setzte er seine Reise fort.

Er fand eine Straße und wanderte am Rand entlang, wobei er den Autos, die gelegentlich vorüberblitzten und die Dunkelheit kurz mit ihren Lichtern durchstachen, keine Beachtung schenkte. Als er schließlich in ein Dorf kam, lief er hindurch, ohne auf andere Füchse oder Hunde zu stoßen. Ein Instinkt sagte ihm, daß die Richtung stimmte. Wenn er fühlte, daß sein Zuhause nicht mehr weit entfernt war, würde er einen Fuchs suchen und ihn nach dem Weg fragen, obwohl er keine Ahnung hatte, wonach er fragen sollte. Er hoffte, daß der Zuhörer bei der Nennung der Namen von Camio, O-ha und anderen sagen würde: »Oh ja, nur über den nächsten Hügel, dann bist du in den Sümpfen. Wenn du sie einmal hinter dir hast, weißt du, wo du bist.«

Als die Sonne ihre Strahlen übers Land schickte, erreichte er ein Cottage am Wegrand, in dessen Garten ein kleiner

Schuppen stand. Das Dach des Schuppens sah warm und einladend aus. Er sprang auf die Mauer und dann hoch auf den Schuppen. Dort schlief er in der warmen Herbstsonne ein, während Melloon sanft durch sein Fell strich.

Regenfluten rissen ihn abrupt aus dem Schlaf. Es war um die Mittagszeit. A-cam schüttelte sich und kletterte vom Schuppen hinunter, zurück an den Straßenrand. Ein tiefer Graben zog sich an der Straße entlang. Er glitt hinein. Gelegentlich schnappte er sich ein paar Käfer und was ihm ansonsten noch über den Weg lief. Mit der Nässe kam die Kälte, und er zitterte ständig, während er weiterlief. Er bekam Fieber und fühlte sich schwindlig. Irgendwann mußte er stehenbleiben, um sich auszuruhen, und er legte sich unter den Weißdornstrauch jenseits des Grabens. Er versuchte zu schlafen.

Vielleicht verdeckte der Regen den Geruch und die Geräusche des Mannes, denn A-cam bemerkte die Anwesenheit des Menschen erst, als ihn Hände ergriffen und hochhoben. Er wand sich und biß in die Finger, woraufhin der Mann laut bellte und ihn fallen ließ. A-cam trottete bedrückt davon, schaute einmal zurück und sah, wie sich der Mann mit verwirrtem Gesicht die Finger leckte. Dann trübte sich sein Blick, als der Mensch ruhig stehenblieb und mit seiner Umgebung verschmolz.

Wenig später fiel A-cam ein, daß der Mann wahrscheinlich einen Spaziergang gemacht hatte, und als er einen Fuchs im strömenden Regen am Boden liegen sah, hatte er ihn für tot gehalten.

Der Regen wurde zu einer Flut und hinderte A-cam am Vorwärtskommen, da das Wasser vom Boden hochspritzte, ihm ständig ins Gesicht sprühte und in Augen und Nase drang. Er watete durch tiefe Pfützen, und an seinen Pfoten buk durchweichter Lehm. Die einzigen erkennbaren Gerüche stammten von muffiger, zerwühlter Erde und nassem Gras. Er konnte nicht weiter als bis zu seiner Nasenspitze sehen.

A-cam beschloß, die Straße zu verlassen und in die Wälder zu gehen, wo der Regen in dicken Tropfen fiel und sofort versickerte. Er fand einen Wald mitten in einem *Havnot* und verbrachte dort den Rest des Tages.

Als er in dieser Nacht erwachte, stellte er fest, daß der Regen aufgehört hatte. Die süßen Herbstgerüche waren wieder da. In der Nähe duftete es nach verfaulenden Holzäpfeln, und er machte sich auf die Suche, doch Fuchsgeruch überlagerte alles andere. Nicht der Geruch von ein oder zwei Füchsen, sondern von Hunderten, vielleicht Tausenden. Das war sowohl beunruhigend als auch verwirrend. Er konnte sich nicht vorstellen, warum sich so viele seiner Artgenossen an einem Ort hätten versammeln sollen. Gab es irgendein Treffen? Wenn ja, dann hatte es so etwas noch nie gegeben. Füchse brüsteten sich mit der Tatsache, daß sie keine Herden- oder Meutentiere waren. Sie mochten in kleinen Vierer- oder Fünfergruppen leben, doch diese sammelten sich nie an einer Stelle. Es war zu gefährlich. Sie waren nicht nur aufgrund ihrer Anzahl verletzlich, auch die Menschen würden beunruhigt sein. Sie würden sich fragen, was es bedeutete, wenn all diese Füchse, die sich niemals in großer Zahl versammelten, an einem Platz zusammenkamen. Sie würden einander die schlimmsten Gründe für ein derart unnatürliches Phänomen nennen und damit genauso umgehen wie mit allen Dingen, die sie nicht verstanden. Sie würden sich ebenfalls zusammenrotten, ausgiebig bellen, mit Geländewagen durch die Felder donnern und die Füchse mit Gewehren niedermähen.

A-cam fraß von den Holzäpfeln und lief anscheinend zum Waldrand. Er schaute den Abhang hinunter. Am Fuß lag ein großes Stück Land, das von einem hohen Maschendrahtzaun umgeben war. Dahinter standen einige langgestreckte Holzhütten. Sie sahen seltsam finster aus — und A-cam spürte einen kalten Schauer der Erkenntnis. Der Ort da unten stank nach dem Bösen.

Von dort kam der Fuchsgeruch.

Was also war das für ein Ort? Ein Zoo wie der, von dem ihm sein Vater erzählt hatte? Aber Zoos waren nicht voller Füchse. Die Vorstellung von einem Zoo bedeutete viele verschiedene Tiere, zu denen die Menschen kommen konnten, um sie anzuglotzen. Beim Anblick von tausend Füchsen würden sie sich langweilen. Vielleicht war es eine Art Gefängnis, wo man Füchse hinbrachte, bevor sie getötet wurden. Doch das erschien äußerst unwahrscheinlich. Menschen schossen oder hetzten Füchse lieber mit Hunden in ihrem eigenen Lebensraum zu Tode. Diese Art des Jagens und Tötens schien ihnen mehr Spaß zu bereiten. Vielleicht war es ein Heim für Füchse, das freundliche Menschen angelegt hatten, die nicht wußten, daß wilde Tiere im Gegensatz zu ihnen nicht in Hütten leben. Das war wohl am allerunwahrscheinlichsten.

A-cam gab seine Überlegungen auf und wollte gerade kehrtmachen und die entgegengesetzte Richtung einschlagen, als er eine Lichterkette sah, die sich in der Ferne bewegte. Nach einer Weile erkannte er einen Zug, der auf Gleisen entlangfuhr, und wurde ganz aufgeregt. Er wußte, daß ganz in der Nähe seines Zuhauses eine Bahnlinie entlangführte, und obwohl er von seinem Vater gehört hatte, daß es mehr als eine dieser stählernen Straßen gab, hielt er es für durchaus möglich, daß dies der Weg nach Hause war. Schließlich konnte ihn das Auto nicht so weit von seinem eigenen *Face* entfernt haben. Der Mensch, der ihm geholfen hatte, wollte ihn doch wohl so schnell wie möglich loswerden, und das hatte er zweifellos auch bei der ersten Gelegenheit im offenen Gelände getan.

Also war dies der erste Wegweiser, der ihn wieder zu seinen Eltern führen konnte.

Um die Bahnlinie zu erreichen, mußte er allerdings das eingezäunte Stück *Havnot* durchqueren, und das war kein tröstlicher Gedanke. Er wollte nicht zusammen mit all den anderen Insassen, die aus irgendwelchen Gründen dort festgehalten wurden, in einer dieser Hütten enden.

Er beschloß, den Tag im Wald zu verbringen und erst bei Einbruch der Nacht den Zaun zu untersuchen. Er würde einen Weg finden, daran bestand kein Zweifel. Wenn es sein muß, geht ein Fuchs auch durch ein Nadelöhr.

30. Kapitel

A-cams Fieber stieg während der Nacht stetig an, und beim Morgengrauen fühlte er sich nicht mehr in der Lage, zum Zaun hinunterzulaufen. Seine Nase war trocken, er fühlte sich überhitzt und lethargisch. Außerdem war bei Sonnenaufgang eine Gruppe von fahrendem Volk eingetroffen. Ihr Wohnwagenlager befand sich zwischen ihm und seinem Ziel. Er beobachtete mit zusammengekniffenen Augen, wie Spürhunde um das Lager streunten und an allem schnüffelten, das ihnen vor die Pfoten kam. Diese Tiere waren für Füchse sehr gefährlich: Sie besaßen die Wildheit eines Schäferhundes und die Schnelligkeit eines Windhundes. Es waren schlanke, Whippet-ähnliche Kreuzungen, die man zur Hasen- und Kaninchenjagd abrichtete, doch sie würden zweifellos auch einem hervorbrechenden Fuchs folgen. A-cam hoffte, daß die Reisenden nicht lange bleiben würden.

Während des Tages beobachtete er, was dort unten geschah. Ein stetiges Kommen und Gehen; Menschen trugen Wasser hin und her, Kindern rannten und schrien beim Spielen; zischende, rappelnde alte Autos, die von Rost bedeckt waren und deren Türen offen in den Angeln hingen, kamen an und fuhren davon; Spürhunde zwickten einander, um an Futterbrocken zu gelangen; knorrige, dunkle Männer hämmerten auf altem Metall herum; dunkle Frauen hängten nasse, graue Wäsche auf Leinen; ein Dutzend Radios plärrte mit voller Lautstärke auf verschiedenen Sendern. Dann kamen die Männer mit den flachen Hüten in ihrem schwarzweißen Auto. Die harten, staubbedeckten Gestalten bellten die Weichwangigen mit den Hüten an, die dastanden, die Hände auf die Hüften gestützt, und überall hinschauten, außer in die blitzenden Augen direkt vor ihnen. Schließlich fuhr das schwarzweiße Auto davon, und das Lager ging wieder zu seinem gewohnten Treiben über.

An diesem Abend gab es Musik, was A-cam sehr gefiel. Er lauschte den klagenden, tanzenden Tönen, die aus dem saitenbespannten Gerät drangen, das sich ein Reisender unters Kinn geklemmt hatte. Wenn Vögel solche Töne anschlugen, wollten sie meistens andere von ihrem Territorium vertreiben. A-cam fragte sich, ob diese Menschen denen mit den flachen Hüten Signale sandten, die ihnen befahlen, bleibt hier weg, das ist unser Jagdrevier.

Das Licht eines offenen Lagerfeuers erhellte die Gesichter der Kinder und die wirbelnden Kleider der Frauen, wenn sie sich hinsetzten oder durchs Lager gingen. Später überdeckte der Geruch von gekochtem Essen den Männerschweiß und Dieselgestank. A-cam lief das Wasser im Mund zusammen, während sich sein Magen zusammenzog. Das Fieber ließ nach, und er fühlte sich kräftig genug, um auf die Füße zu kommen. Seine Nase war wieder feucht und empfindsam, ein nützliches Werkzeug. Ohne sie wäre er wie ein blinder Falke.

Er lief um das Wäldchen und suchte nach Stellen, an denen er nach Würmern und Käfern graben konnte. Es gab auch Pilze, Holzäpfel und Schlehen. A-cam fraß sich satt und legte sich danach wieder schlafen.

Am Morgen waren die Reisenden weitergezogen. Sie hatten ein Meer von Abfall zurückgelassen. Papier hing im Maschendrahtzaun, der Boden war mit Büchsen, Flaschen und Plastikpackungen bedeckt. Es sah aus, als könnten diese Menschen mit ihren heißen, schmalen Augen und bösen Jagdhunden den Müll aus dem Gras heraufbeschwören, denn sie allein konnten doch wohl kaum an nur einem Tag einen solchen Abfallberg produziert haben.

A-cam lief den Hügel hinunter und untersuchte den Zaun. Als er daran entlanglief, stieß er auf eine Stelle, an der er graben und sich unter dem Zaun hindurchwühlen konnte. Auf der anderen Seite wurde er aufmerksamer. Möglicherweise gab es hier Wachhunde. Es hing alles davon ab, was sich in den Hütten befand. Camio hatte ihnen von Wachhunden erzählt, meistens Schäferhunden oder Dobermännern, die hinter Maschendrahtzäunen frei herumliefen.

»Haltet eure Sinne beisammen«, hatte Camio gesagt, »und das zu jeder Zeit, besonders, wenn eine Holztafel am Zaun oder an einem Pfosten hängt. Man nimmt an, daß dies warnende Totems sind, die gut bewachtes Land anzeigen. Diese menschlichen »Markierungspfosten« zielen nicht wie unsere auf Geruch oder Duft, sondern auf die Augen. Sie schauen sie an und erkennen, daß das Gebiet hinter dem Zaun bewacht wird. Da wir nicht wissen, worauf wir bei diesen Totems achten müssen und unsere Sehkraft ohnehin nicht so gut wie die der Menschen ist, müssen wir an solchen Orten generell wachsam sein.«

A-cam hatte in der Tat zwei Tafeln gesehen, die am Zaun angebracht waren, doch als er sie eine Weile angeschaut hatte, verschwammen sie. Er fragte sich, was die Menschen sehen mochten, wenn sie so etwas vor Augen hatten. Sicherlich mehr als Füchse. Auf den Tafeln gab es Kratzspuren, die den rituellen Markierungen glichen, die Füchse manchmal in den Staub zeichneten.

Er trabte schnell über das ebene, freie Gelände bis zur ersten Hütte. Da sich die Behausungen ein Stück über der Erde befanden, wollte er darunter hindurchlaufen, bis zur anderen Seite, von einer Hütte zur nächsten. Er würde nicht rennen. Seine Eltern hatten ihm beigebracht, nur im alleräußersten Notfall zu rennen. Rennende Tiere wie die Hirsche zogen durch ihre schnelle Bewegung nur die Aufmerksamkeit auf sich. Im Wald war das nicht weiter schlimm. Hirsche konnten ihre Verfolger abschütteln. Füchse jedoch waren nicht so gut zu Fuß. Selbst bei Höchstgeschwindigkeit hatte ein Fuchs gegen einen Windhund, Spürhund und viele andere Hunderassen keine Chance.

Als er sich erst einmal unter den Hütten befand, stand für ihn fest, daß dort drinnen Füchse saßen. Ihn überlief ein kalter Schauer, denn ihm war, als gehe er an nahezu tausend *Sowandern* vorüber. Viele Füchse waren an diesem Ort gestorben. Die Luft war von einem Schrecken erfüllt, den Hoffnungslosigkeit und Verzweiflung mühsam verdrängt hatten. An solchen Orten schleppten sich Tiere so sicher in den Tod wie morgen auf heute folgt.

Die Gerüche überwältigten ihn. Unter der dritten Hütte fand er ein kleines Astloch, und da er neugierig auf die Insassen dieses finsteren, abschreckenden Ortes war, flüsterte er: »Wer ist da? Kann mich jemand hören?« Dann legte er sein Ohr an das Loch, aus dem schmutziges Stroh ragte.

Von oben hörte er Atmen und Scharren. Dann fragte eine zitternde, wohl weibliche Stimme: »Ist — ist das ein Fuchsgeist?«

»Nein«, erwiderte er, »ich bin ein lebendiger Fuchs. Ich kam nur gerade vorbei. Wer bist du? Wie heißt du?«

»O-sollo«, war die Antwort. Dann: »Was machst du da draußen? Bist du geflohen? Wie bist du herausgekommen?«

»Ich bin nicht herausgekommen — ich war niemals drin. Was ist das für ein Ort?«

Langes Schweigen, darauf dann: »Dies ist ein Ort, an dem sie Füchse halten.« Die Stimme klang verwirrt, als ob sich die Sprecherin ihrer Antwort selbst nicht ganz sicher wäre.

»Wozu?«

»Wozu? Das könnten dir die ›Verschwundenen‹ wohl besser sagen als ich, nur werden sie höchstwahrscheinlich nicht wiederkommen.«

Die »Verschwundenen«? Was bedeutete das? Er wollte gerade weitergehen, als die Stimme sagte: »Hör mal, kannst du uns nicht bei der Flucht helfen? Meine Schwester und ich sitzen in einem Käfig direkt über dir. Nur dieser Holzboden liegt zwischen uns und der Freiheit.«

A-cam hielt inne. Er wußte, daß er sich in großer Gefahr befand. Wenn Füchse in langen, dunklen Hütten in Käfigen gehalten wurden, hieß dies, daß die Menschen große Anstrengungen auf sich nahmen, um sie dort zu behalten. Was bedeutete das alles? Er saß in der Klemme. Sein Instinkt befahl ihm, sich so schnell wie möglich davonzumachen, doch die Stimme über ihm erweckte etwas, das er bei längerem Nachdenken vielleicht erkannt hätte.

Dann erinnerte er sich an etwas, das ihm sein Vater gesagt hatte: Es gab Orte, die man Fuchsfarmen nannte, an denen Füchse gezüchtet und dann weggebracht wurden ... niemand wußte, was mit ihnen geschah, aber man konnte es leicht erraten. Füchse sind nicht dumm. Sie hatten gesehen, wie man ihre Häute als Kleidung benutzte: Sie waren um Damen gewickelt, die nach einer Überdosis Veilchen rochen. Die »Verschwundenen« — wurden fortgebracht, getötet und abgezogen.

Er betrachtete die Bretter über seinem Kopf. Sie sahen gewaltig aus. Er sollte einfach zur nächsten Hütte laufen und von da aus weiter zur Bahnlinie.

»O-sollo«, sagte er, »ich würde dir gerne helfen, aber ich weiß nicht wie.«

»Ein Brett ist verfault», flüsterte sie. »Wir haben darauf uriniert, seitdem wir hier sind — immer auf dieselbe Stelle. Wenn du von deiner Seite aus kauen könntest ...«

Er schnüffelte herum und fand das riechende Brett. Er stupste die Nase dagegen. Das Holz war weich. Die beiden Füchsinnen mußte mehrmals am Tag und eine ganze Jahreszeit lang darauf gepinkelt haben, um es in diesen Zustand zu versetzen. Doch wie sollte er seine Zähne hindurchbekommen? Die Bretter waren flach. Er konnte nirgends einen Halt finden.

Dann kam ihm ein recht ungewöhnlicher Gedanke. So eine Idee hatte ein Fuchsrüde nur einmal, selbst wenn seine Eltern so klug waren wie A-cams. Sie wurde aus einer Notlage heraus geboren. Der Druck, der auf ihm lastete, hatte etwas aus den Tiefen seines Fuchsgehirns hervorgeholt, das menschlicher Erfindungsgabe durchaus gleichkam. Jetzt blieb nur abzuwarten, ob er Erfolg haben würde.

»Ich habe eine Idee«, sagte er stolz. »Laß mir ein bißchen Zeit.«

»Du wirst es nicht bereuen«, flüsterte sie zurück. »Ich bin eine Füchsin von seltener Schönheit.« Dann fügte sie bescheiden hinzu: »Das sind wir hier alle. Selten erscheine ich nur in Gesellschaft gewöhnlicher Füchse. Aber du bekommst ... du bekommst eine Gefährtin, die du sehr schätzen wirst ... wenn du möchtest.«

Er drehte sich um und fing an, mit den Hinterbeinen zu graben, bis er genügend Erde unter dem weichen Brett aufgetürmt hatte. Als sie hoch genug lag, zwängte er seinen Körper zwischen Hügel und Brett und bog dann den Rücken nach oben, wobei er sich mit allen vier Pfoten abstützte. Zu seiner übergroßen Freude bewegte sich das Brett und bog sich hoch. Es war tatsächlich verfault. Das Holz glich durchweichter Pappe.

»In Ordnung«, rief eine Stimme über ihm. »Jetzt kommen wir dran.«

Oben rissen die beiden Füchsinnen an dem modrigen Holz und brachen große Stücke heraus, bis das Loch halb so groß wie ein menschlicher Kopf war. Währenddessen glitt A-cam zur Ecke der Hütte und beschnupperte Melloon. Da draußen waren weder gefährliche Gerüche noch Bewegungen zu entdecken. Er kam zurück, als sich die zweite Füchsin durch das Loch zwängte.

Als beide sicher draußen standen, sagte A-cam: »Wir müssen zur Eisenbahn. Da ist *Gerflan*, und sie werden uns nur schwer folgen können. Außerdem brauche ich sie, um nach Hause zu kommen. Wer von euch ist O-sollo?« fragte er, während er die Zwillinge anstarrte.

»Ich«, sagte die mit den dunkleren Augen. »Das ist O-fall.«

»Gut. Auf geht's. Bewegt euch von Hütte zu Hütte, bis wir

zur letzten kommen. Dann gehe ich hin, grabe uns ein Loch unter dem Zaun durch, und wir sind frei.«

»Frei«, seufzte O-fall und äußerte sich damit zum ersten Mal.

Sie gehorchten ihm und glitten von Hütte zu Hütte, doch als sie die letzte erreichten, erscholl Gebell. Die Füchse, die bis jetzt in sanfter, trauriger Stille in den Hütten gelegen und nur auf die nächste Mahlzeit gewartet hatten, nahmen den Schrei des Menschen auf und riefen sich gegenseitig etwas zu.

»Was ist los? Was gibts?« und »Jemand ist entflohen! Jemand ist draußen! Hund verdammt, warum nicht ich? Warum immer jemand anders?«

Der Lärm war entsetzlich. A-cam begriff, daß die Menschen sie entdeckt hatten, und sein Herz begann ein wenig zu hämmern. Was tun? Bleiben, wo sie waren? Er fragte die beiden anderen.

»Nein«, sagte O-fall entschieden. »Zuerst suchen sie das Gelände ab. Bald ist eine ganze Wagenladung von ihnen hier, und sie fangen innerhalb der Umzäunung mit der Suche an. Wir müssen hier raus.«

»Werden sie mit Hunden suchen?« fragte A-cam.

»Und diese wunderschönen Felle ruinieren?» ergänzte O-sollo. »Das ist unser einziger Vorteil. Wir sind wertvoll. Keine Hunde.«

A-cam stieß einen Seufzer der Erleichterung aus.

»Gut. Sehr gut. Jetzt zu dem Zaun ...«

Ohne zu überlegen trottete er darauf zu und fand eine weiche Stelle im Boden. Er grub wie ein Wahnsinniger und rief dann den beiden Füchsinnen zu: »Kommt her!« In diesem Moment sah er einen Mann, der hinter den Hütten hervorrannte. In der Hand hielt er ein Gewehr.

»Kommt schon, kommt schon!«

O-sollo war durch, und O-fall hatte gerade ihren Kopf auf der anderen Seite, als die erste Kugel dicht über ihr gegen den Zaun schwirrte.

»Mach weiter», brüllte A-cam.

Wie ein Blitz war sie hindurch. Dann krabbelte A-cam unter dem Stacheldraht entlang. Ein weiterer Schuß wirbelte direkt vor seiner Nase etwas Erde hoch. Die beiden Füchsinnen rannte schon ins Gebüsch hinter dem Zaun. Er folgte ihnen im Zickzack und hörte den letzten Schuß, wußte aber nicht, wo er eingeschlagen war.

Vielleicht hat er mich getroffen, dachte A-cam, und ich spüre es erst, wenn ich stehenbleibe.

Er kroch unter einen Busch und wartete, bis er wieder zu Atem gekommen war, dann rief er: »Mit euch beiden alles in Ordnung?«

»Ja«, entgegnete O-sollo.

»Dann gehts weiter. Rennt zur Eisenbahn, über die Gleise und auf der anderen Seite den Bahndamm hinunter.«

Die drei glitten flink durch die Büsche und tarnten so ihre Bewegungen. Schließlich trabten sie den Bahndamm hinauf und auf der anderen Seite wieder hinunter. A-cam ließ sie noch eine Weile weiterlaufen, bevor sie Halt machen und sich ausruhen durften. Sie ließen sich neben der Bahnlinie nieder, um Atem zu schöpfen.

Plötzlich stieß O-sollo einen Schrei aus.

»Was ist los?« fragte A-cam beunruhigt. »Bist du getroffen?«

»Nein«, schrie sie, »aber du.«

»Ich?« fragte er und unterzog sich einer hastigen Untersuchung. »Wo? Ich kann nicht sehen, wo ich getroffen bin. Sags mir.«

Doch O-sollo schien so außer sich zu sein, daß sie nicht antworten konnte.

Statt dessen sagte O-fall mit einer weitaus ruhigeren, weicheren Stimme: »Oh, Gott. Es ist dein Schwanz. Der Mann hat dir den Schwanz abgeschossen.«

Erleichtert sank A-cam zu Boden.

»Ach das. Mach dir darüber mal keine Sorgen. Ich habe meinen Schwanz vor ein paar Tagen im Kampf gegen einen

Hund verloren, der so groß war wie eure Hütten. Das ist wirklich nicht übertrieben. Warum starrst du mich so an, O-sollo?«

»Du hast deinen Schwanz verloren«, sagte sie betrübt.

»Wenn du ihn nicht willst, nehme ich ihn«, warf O-fall rasch ein.

»Sei nicht dumm«, erwiderte ihre Schwester, »natürlich will ich ihn. Er ist mein Retter. Ich finde es nur traurig, sonst nichts. Wir können sowieso alle zusammen in einem Bau leben, oder nicht?«

»Ich wollte schon immer in einem Bau leben«, seufzte O-fall. »Davon haben sie in dem Gefängnis erzählt, doch keiner von uns hat jemals einen gesehen. Weißt du, wir wurden dort geboren und wären auch dort gestorben. Wie ... wie sieht ein Bau denn aus?«

»Wie er aussieht?« A-cam kratzte sein Hinterteil an einem Strauch. »Ich nehme an, das könnt ihr euch selbst aussuchen. Hängt davon ab, wo er liegt. Der einzige, den ich kenne — der Aufzuchtbau meiner Eltern — war ein altes Autowrack mitten auf einem Schrottplatz. Traditionell gräbt man Baue wohl in die Erde, unter irgendeiner Baumwurzel. Aber ich habe auch schon von Füchsen gehört, die unter den Bodenbrettern von Häusern leben.«

»Keine Bretter«, sagte O-sollo entschieden. »Nie wieder.«

»Ich hätte gern einen traditionellen Bau«, sinnierte O-fall.

»Und du?« fragte A-cam O-sollo.

»Ich auch.«

»In diesem Fall graben wir uns selbst einen Bau, sobald wir einen geeigneten Platz finden.«

Sie liefen noch einige Kilometer am Bahndamm entlang und erreichten dann einen Wald, der sich bis zu den Gleisen erstreckte. A-cam schnüffelte lange Zeit herum und suchte nach fremden Fuchsmarkierungen. Als er keine finden konnte, entschied er, daß sie dort ihr Heim aufschlagen würden. Die drei Füchse waren inzwischen erschöpft und gingen in den Wald, um sich einen Schlafplatz für die Nacht zu suchen. Obwohl die beiden Füchsinnen noch nie gejagt hatten, waren sie gern bereit, von A-cam zu lernen. Zunächst erzählte er ihnen davon, erklärte, daß er selbst kein Experte sei, jedenfalls noch nicht — anders als seine Mutter, die selbst aufgrund der spärlichsten Anhaltspunkte einfach alles aufspüren und erlegen konnte, sobald sie es entdeckte. Er würde ihnen das weitergeben, was er von ihr gelernt hatte. Außerdem gedachte er, sie über Beeren, Wurzeln, Würmer, Pflanzen, Spinnen, Insekten, Käfer, Libellen, Holzläuse, Pilze und alle eßbaren Dinge zu unterrichten, genau wie seine Mutter es getan hatte.

»Hast du nichts von deinem Vater gelernt?« fragte O-fall.

»Camio? Doch, über das Leben in der Stadt. Er war kein so guter Jäger wie O-ha, dafür aber ein besserer Unratsammler. Er hat mir einmal erzählt, wie er im Vorbeilaufen einem Mann das Essen aus der Hand geschnappt hat — so etwas kann er sehr gut. Er erzählt auch interessante Geschichten.«

»Das merkt man«, erwiderte O-fall trocken.

A-cam warf ihr einen Blick zu.

»Mein Vater lebt noch, nachdem man ihn aus seinem Heimatrevier, das weit von hier entfernt ist, weggeholt und in einen Zoo gebracht hat, der ungefähr so aussieht wie eure Fuchsfarm. Er ist geflohen, obwohl Schäferhunde den Zoo bewachten, und überlebte an einem fremden Ort — allein. Er ist ein wunderbarer Fuchs.«

»Tut mir leid«, flüsterte O-fall, warf ihrer Schwester aber einen bedeutsamen Blick zu, den O-sollo ignorierte.

»So«, sagte O-sollo, »Camio und O-ha sind deine Eltern? Das scheinen gute Füchse zu sein. Wir nun sind auf uns selbst gestellt. Ich glaube, wir sind ein paar Jahreszeiten älter als du, A-cam, aber da wir seit unserer Geburt eingesperrt waren, werden wir dir wohl eine Weile zur Last fallen. Wahrscheinlich mußt du uns alle ernähren. Aber wir lernen schnell, mach dir keine Sorgen. Ich möchte nicht davon abhängig sein, daß mir ein Fuchsrüde Futter besorgt, selbst wenn er mein Gefährte ist ...«

»Dein Gefährte«, sagte A-cam, als es ihm wieder einfiel. Das klang schön. Wie stolz seine Eltern auf ihn wären. Er hatte selbst eine Gefährtin gefunden — eine sehr hübsche Gefährtin. Von seltener Schönheit, wenn man sie ohne die anderen tausend seltenen Schönheiten betrachtete.

»Zumindest«, sagte O-fall schläfrig, »werden wir nie zu den ›Verschwundenen‹ gehören.»

A-cam lag noch lange wach, nachdem die Füchsinnen eingeschlafen waren, und dachte über das nach, was er ihnen erzählt hatte. Er hatte ein wenig geprahlt und war auch nicht so selbstsicher, wie er vorgab. Ja, O-ha hatte ihm viel beigebracht über das Leben auf dem Land, und er war zugegebenermaßen ein guter Schüler gewesen. Er hatte alle Beschreibungen von eßbaren Früchten, Nüssen, Pilzen, Wurzeln und Blättern im Gedächtnis behalten und konnte sie problemlos wieder hervorholen. Aber das war nur Theorie, und bis jetzt hatte er wirklich Glück gehabt. Holzäpfel, Schlehen, Eicheln und Kastanien waren leicht erkennbar, und die beiden Pilzarten, die er gefressen hatte — Pfifferling und Grauer Scheidenstreifling — konnte er ohne weiteres identifizieren. Wie würde es aber sein, wenn das Futter mitten im Winter spärlich wurde und sie nehmen mußten, was sich gerade fand? Im Herbst gab es eine reiche Auswahl, und unbekannte Nahrung konnte man ignorieren. Doch es würden Zeiten kommen, in denen man nur zwei Alternativen hatte: fressen oder hungern. Dann mußten sie Bescheid wissen.

Und wenn er sich nun als schlechter Jäger erwies, der keine Kaninchen oder Vögel fangen konnte? Und wenn sie alle drei unfähig waren, auf dem Land zu leben?

Diese Fragen wirbelten durch seinen Kopf, während er schlaflos dalag. Er beschloß, im Umkreis erst einmal einige Vorratslager anzulegen. Danach wollte er die Füchsinnen verlassen, um seine Eltern ein letztes Mal zu besuchen. Sie würden ihm weiterhelfen können.

A-cam machte sich auf den Weg und folgte der Bahnlinie. Er hatte es nicht immer leicht, wurde aber mit den Schwierigkeiten fertig wie ein erwachsener Fuchs. Er war jetzt ausgewachsen, trug Verantwortung und nahm sich selber ernst. Er lernte die Zeiten kennen, zu denen Züge zu erwarten waren, und wenn die Wahrscheinlichkeit bestand, daß einer vorbeikommen würde, verließ er die Bahnlinie und versteckte sich im Gras an der Böschung. Er begegnete anderen Füchsen, respektierte jedoch ihre Reviere und wurde selbst respektiert. Er traf auch ein oder zwei Hunde, doch nun zählte er zu den gerissensten Geschöpfen der Tierwelt und machte von seinen Fähigkeiten Gebrauch. Er war kein Feigling, ging allerdings auch keine sinnlosen Risiken ein. Nur Narren blieben und kämpften, wenn es eine Fluchtmöglichkeit gab. Nur Idioten benutzten nicht ihre Verschlagenheit, wenn sie doch eine ihrer größten Fähigkeiten war. A-cam war der Fuchs: listig, verstohlen, verschlagen, verschwiegen. Er glitt wie ein schmaler, unauffälliger Schatten in die Gefahr hinein und wieder hinaus, und seine Feinde nahmen ihn — wenn überhaupt — nur aus dem Augenwinkel wahr. Er mied sichtbare, offene Gegenden und bevorzugte statt dessen Winkel, Schlupflöcher, schattendurchzogene Schwarzdorndickichte, tiefe Gräben und Senken. Er lernte, sich vorwärtszubewegen, ohne die Vögel aufzuschrecken, hatte einen leichten Schlaf, konnte jederzeit aufspringen und die Gegend verlassen, so daß sich ein Verfolger nur noch über einen sekundenlangen, roten Blitz wundern konnte, der bereits wieder verschwunden war.

Als A-cam die Stadt erreichte, spürte er eine seltsame Atmosphäre. Gefahr lag in der Luft. Statt sie näher zu erforschen, wollte er nur seine Eltern sehen, und damit hatte es sich dann.

Er erreichte ohne Zwischenfälle den Schrottplatz und betrat einen der Tunnel. Allerdings hatte der Müllberg seine Form geändert, seit er zum letzten Mal dort gewesen war, da die Menschen Schrott wegnahmen oder neuen herbrachten. Es fiel ihm nicht ganz leicht, den Hauptweg zu finden, doch als er ihn einmal entdeckt hatte, lief er geradewegs in den Bau. Sein Herz klopfte ganz schnell in der Vorfreude, seine Familie wiederzusehen. Während der Reise hatte er nicht über die Begegnung nachgedacht. Jetzt stand sie kurz bevor, und er war ganz außer sich. Es war schwer, eine solche Freude zu unterdrücken. Er nahm die letzten Meter im Laufschritt und rannte Camio beinahe über den Haufen.

Camio hatte am Eingang gesessen, und nun kugelten sie in stürmischer Freude übereinander.

»Ich bin zuhause! Ich bin zuhause!» schrie A-cam, und seine Mutter und seine Schwester sprangen auf ihn, kniffen und leckten ihn, und als sie schließlich bereit waren, ihn loszulassen, war sein Fell ganz feucht. Er schüttelte sich und barst dabei noch immer vor Stolz und Freude.

O-ha stöhnte, als sie den Stumpf sah, der von seinem Schwanz übriggeblieben war, doch A-cam zuckte nur die Achseln.

Dann fragte er: »Wo ist A-sac?«

Camio erwiderte: »Noch — noch immer irgendwo da draußen, auf der Suche nach einem Bau.«

»Oh«, sagte A-cam, der die unterschwellige Besorgnis in Camios Stimme spürte, und da er seine Heimkehr nicht verderben wollte, sagte er zunächst nichts mehr.

»Mitz!« rief er dann, als er ihr Halsband entdeckte.

Sie wußte, was er fragen würde, und sagte: »Später, erzähl zuerst deine Geschichte.«

Er berichtete ihnen von seinen Abenteuern und bat als erstes darum, daß sie ihn von nun an A-salla nennen sollten, da er eine Gefährtin von seltener Schönheit hatte, deren Name O-sollo war.

Siebter Teil

Der Palast der Winde

31. Kapitel

»Eine Füchsin von seltener Schönheit?« wiederholte O-ha, als sich A-cam dem Ende seiner Erzählung näherte. Sie sah ihren Sohn fragend an. Er schien zu ihrer großen Freude auch ohne Schwanz seinen Weg gefunden zu haben.

»Na ja, nicht schöner als du ... oder Mitz ...« stammelte A-cam mit versuchter Diplomatie.

»Jetzt machst du es kaputt«, sagte Mitz. »Du solltest nicht so darauf bedacht sein, es allen recht zu machen. Ich stelle mir eine Füchsin mit einem weichen, samtigen Fell vor, das in der Sonne glänzt — zart gebaut, mit hocherhobenem, stolzem Kopf und tiefbraunen Augen ... eine Füchsin, die jeden Jägermond in den Schatten stellen würde.«

»Ja, ja, genauso sieht sie aus«, sagte A-cam aufgeregt.

»Dann zerstör mir doch nicht mein Bild. Ich werde dich immer als dieses mutige Geschöpf sehen, das eine Füchsin von seltener Schönheit dem sicheren Tod entreißt.«

Camio unterbrach sie.

»Du hast uns gerade davon erzählt, daß du den Unterricht deiner Mutter nicht in die Praxis umsetzen konntest.«

A-cam sah seinen Vater mit verletztem Ausdruck an.

»Nein, Camio. Ich habe gesagt, ich dachte, wir würden es vielleicht nicht schaffen. Im Nachhinein ging es dann ganz gut. Natürlich müssen wir mit Ransheen fertigwerden — der kargen Zeit — aber ich weiß inzwischen, daß wir es schaffen werden. Wir haben in kurzer Zeit furchtbar viel gelernt. Auch wenn ich nicht so gut jage wie die beiden anderen — O-fall ist am besten — erwische ich die meisten Tiere doch. O-fall wird wohl ohnehin nicht mehr lange bei uns sein. Ein Fuchsrüde in der Umgebung interessiert sich für sie.«

»Darüber hatte ich mich auch schon gewundert«, sagte Camio. »Ich meine, zwei Gefährtinnen. Weißt du, das funktioniert einfach nicht. Füchse können in einer kleinen Gruppe zusammenleben, aber man muß schon wissen, wer zu wem gehört.«

»Jetzt werde nicht langweilig, Camio«, entgegnete Mitz. »A-cam weiß, was er tut. Er ist doch schließlich dein Junges.«

A-cam antwortete: »Ich hatte nie die Absicht, zwei Gefährtinnen zu nehmen. So läuft das auch nicht. O-fall bleibt bei uns, weil sie im Augenblick nirgendwo hingehen könnte. Wir überleben schon, mach dir da mal keine Sorgen.«

»Das werdet ihr ganz bestimmt«, sagte O-ha. »Ich bin sehr stolz auf dich.«

A-cam nickte und schaute zu Boden. Dann schrie er: »Schwester! Was ist mit dem Halsband, das du da trägst? Hat man dich gefangen? Wozu ist es gut? Du siehst wie ein Hund damit aus.«

»Das wäre jetzt nicht nötig gewesen, vielen Dank. Auch ich habe ein Abenteuer erlebt, genau wie du — na ja, eigentlich ein ganz anderes. Ich wurde von einem Menschen gefangen und in ein Haus gebracht, in dem ich eine freundliche Hündin namens Betsy kennenlernte und mich mit einem Otter unterhielt. Dann legte man mir dieses Halsband an. Der Mann, der mich gefangen hatte, kann mich damit aufspüren, wo immer ich auch hingehe.«

»Macht dir das nichts aus?« fragte der Fuchsrüde mit großen Augen.

»Eigentlich nicht. Der Mensch will mir nichts Böses tun, und es ist sehr nützlich, daß man jederzeit aufgespürt werden kann, besonders, wenn der Killerhund frei herumläuft. Einmal hat man uns schon gerettet!«

»Ja, ich habe Gerüchte über Sabre gehört, als ich durchs *Face* kam. Ich muß zugeben, das hat mir Beine gemacht. Ich habe schon meinen Schwanz an diese Bestie verloren und möchte ihr das andere Ende nicht auch noch überlassen. Kann man nichts dagegen unternehmen?«

Camio erwiderte: »Sie werden ihn bald einfangen. Er kann nicht überleben, ohne Mülleimer zu plündern, und er ist kein geschmeidiger Fuchs, der so etwas in aller Stille tun kann. Er wird vermutlich furchtbaren Lärm dabei schlagen, und außerdem ist er nicht gerade unsichtbar. Sie werden ihn bald erwischen.«

»Hoffentlich«, sagte A-cam. »Ich gehe zurück zu meiner Gefährtin. Ich muß zur Bahnlinie laufen und mich daran orientieren, damit ich meinen Bau wiederfinde. Ihr drei müßt einmal kommen und mich besuchen.«

Sie nickten und wußten dabei, daß es nie dazu kommen würde. Sie alle führten ihr eigenes, geschäftiges Leben. Es war gut, daß A-cam zum Aufzuchtbau zurückgekehrt war, um seinen Eltern zu berichten, daß er eine Gefährtin gefunden und ein eigenes Heim gegründet hatte, doch Füchse sind keine Menschen und besuchen sich nicht.

Möglicherweise würden sie einander einmal zufällig begegnen — alles ist möglich — doch es schien zweifelhaft, daß sie eine gefährliche Reise unternehmen und sich so weit von ihren eigenen Revieren entfernen würden, nur um ihren Sohn zu sehen. A-cam hatte den Bau verlassen. Er war jetzt ein Fuchs mit eigenen Verpflichtungen. Bald würde er seine eigenen Jungen ernähren müssen.

Sie tauschten noch eine Zeitlang Neuigkeiten aus. Plötzlich erklang Gebell außerhalb des Schrottplatzes. Menschen regten sich über irgend etwas auf. Jagdgeräusche drangen zu ihnen hinein: das Keuchen eines Tieres, rennende Füße.

Die Menschen auf dem Schrottplatz bellten.

O-ha fing den Geruch als erste auf.

»Sabre! Er ist hier!« flüsterte sie.

Die beiden Jungen kauerten sich instinktiv zusammen

und zogen sich in eine Ecke des Baus zurück. Camio sträubte das Fell und entblößte die Zähne.

Dann hörten sie, wie sich ein Tier durch den Tunnel zwängte, der zu ihrem Bau führte. Anfangs war der Tunnel breiter und verjüngte sich dann zur Mitte des Schrotthaufens hin, wo das Autowrack lag.

»Ich kann euch da drinnen riechen!« rief der Hund. »Eins, zwei, drei, vier — ich kann euch riechen. Diesmal! Diesmal!«

O-ha erstarrte beim Klang der Stimme. Ihr Magen hob sich. Sie war krank, krank von der Flucht vor diesem abartigen Hund, der sie niemals in Ruhe lassen würde. Sie verspürte Angst, doch ebenso auch einen bitteren Haß auf ihn, der sie oder ihre Familie immer verfolgen, sie niemals ihr Leben leben lassen würde. Wäre sie nur größer und kräftiger!

Um das Auto herum bewegte sich der Metallschrott. Der Hund schien fest entschlossen zu sein, die Füchse zu erwischen, bevor ihn die Männer fingen. Als er sich durch die aufgetürmten Stapel zwängte, fielen Metallteile klappernd zu Boden. Sie konnten hören, wie er sich abmühte, sich krümmte und vorwärtsschob, immer näher auf sie zu.

Auf halbem Weg hielt er inne, und dann drang wieder die Stimme des Ridgebacks zu ihnen herüber.

»Ich kann dich riechen, Füchsin. Diesmal habe ich dich — euch alle. Keine Bernhardiner-Hündinnen mehr, die euch beschützen können. Keine guten Menschen. Nur wir. Meine Zähne lechzen danach, in deinem Schädel zu versinken. Ich werde ihn zerquetschen wie einen faulen Apfel. Ich verteile dein Gehirn von hier bis Trinity Wood.«

Die Füchse sagten nichts. Es gab keinen anderen Weg aus dem Bau. Die beiden Erwachsenen bezogen am Eingang zum Bau Stellung.

O-has ganzer Körper war gespannte Erwartung. Sie konnte den wilden Schrecken ihrer Jungen spüren und versuchte, äußerlich ruhig zu bleiben. Camio kratzte sich. Seine Augen waren leer und ausdruckslos. A-O sei Dank für einen Fuchsrüden, der nicht in Panik geriet! Oh O-A, dachte sie, warum? Warum werden wir von dieser Bestie heimgesucht? Werden wir alle nacheinander zwischen den blutigen Kiefern dieses Hundes sterben? Das *Face* war bereits an vielen Stellen von seinen Morden gezeichnet.

Jetzt drangen weitere Laute von Sabre herüber, er grunzte und fluchte, während er seinen massigen Körper weiter in den schmalen Gang, der sich durch den Schrott zog, hineinschob. Der ganze Haufen bewegte sich wie bei einem Erdbeben, Herde schabten an rostigen Bettrahmen entlang, leere Öldosen rollten über den Schrottberg, Kühlschränke knirschten und schlitterten umher. Sabres ungeheure Stärke hätte die Füchse faszinieren können, wären sie nicht sein Ziel gewesen. Selbst das Wrack, in dem sie warteten, bewegte sich ein wenig, als sich der Hund seinem Ziel entgegendrängte.

»Mein Kopf«, keuchte er mühsam, »mein Kopf schwimmt vom süßen Blutgeruch. Ich bin nah — ich bin so nah. Ich habe das Blut schon in der Nase — süß, süßer als das süßeste Blut eines kleinen Hirsches. Fuchsblut. Fuchsblut trinken. Das Gehirn aus einem zerquetschten Schädel saugen. Ihr werdet hin- und herzucken. Ihr werdet ...«

Einmal, als er in Sichtweite der Füchse kam, wurde er so aufgeregt, daß sich sein dickes Lederhalsband bei dem wahnsinnigen Versuch, sie zu packen, in einer Metallverschalung verfing. Trotzdem zerrte er daran und zog das schwere Metallstück dabei halb mit sich. Schließlich durchtrennte es das Halsband, ließ ihn los und riß dabei eine Wunde in seinen Hals. Blut rann an seinem rechten Bein hinunter, doch er ließ keine Sekunde von seinen Bemühungen ab.

Jetzt konnten sie seine Augen sehen, die triumphierend aufloderten. Wahnsinnige Augen. Die Kiefer klafften weit und enthüllten den roten, höhlenartigen Rachen. Schaum stand auf seinen Lippen. Die Adern an seinen Hals traten wie dicke Seile hervor, als er sich Zentimeter um Zentimeter weiterkämpfte, näher zu den kleinen Füchsen.

»Üppiger — Geruch — des — Todes ...« grunzte er, während sich seine Nasenlöcher weiteten und die rotgeäderten Augen zu Schlitzen verengten.

Die wahnsinnige Bestie war kurz vor dem Eingang. Im Hintergrund des Baus versuchten die beiden verschreckten Jungfüchse, sich durch ein Loch in der Rückwand zu quetschen, das kaum groß genug für ein Kätzchen war.

Jetzt waren Männer oben auf dem Schrotthaufen, die gruben, um den Hund zu erwischen und dabei wohl kaum vermuteten, daß er hinter einer Fuchsfamilie her war.

Sabre machte einen letzten Vorstoß und fand sich eine Nasenlänge von Camio und O-ha entfernt.

Die letzte Bewegung hatte ein Knäuel Stacheldraht, das oben auf dem Schrotthaufen gelegen hatte, aus dem Gleichgewicht gebracht. Es fiel auf den Hund, der seinen ganzen Körper ausstreckte, um die Füchse zu ergreifen. Er versuchte weiterhin, die letzten Zentimeter, die ihn noch von den Füchsen trennten, zu überwinden, und seine verhaßten Feinde lockten ihn nur noch tiefer in den verworrenen Stacheldraht. Seine Vorderbeine verfingen sich in dem Durcheinander und wurden von den Stacheln aufgerissen. Sein Kopf und seine Kehle wurden von zwei Drähten aufgeschlitzt, die sich scherengleich schlossen, sobald er sich vorwärtsbewegte.

Er stieß ein frustriertes Gebell aus.

»Ich — werde — euch ...«

Mit übergroßer Anstrengung warf er sich nach vorn, wobei das Dach aus Schrott auf ihn niederstürzte. Metall regnete herab. Der ganze Schrotthaufen hob sich und schwankte, ging wie ein Felssturz nieder, wie ein Erdrutsch aus gezackten, verbeulten Gegenständen, die sich verschoben, hin und her rollten, verkeilten. Über dem Bau entstand eine Öffnung, durch die der blaue Himmel sichtbar wurde. Eine Emailleschüssel rollte über die Federn rostiger Bettrahmen. Ein Eimer prallte vom Kopf des Hundes ab. Alles bewegte, verdrehte, verwickelte sich. Es gab nichts Festes mehr. Die

Welt bestand aus losen Metallstücken, die sich verschoben und zusammenbrachen.

»Noch — einmal ...«

Das Loch im Schrott weitete sich. Die vier Füchse schlüpften nacheinander durch diesen Ausgang und gingen dabei den Männern aus dem Weg, die auf dem schwankenden Schrott balancierten und versuchten, sich auf den Beinen zu halten.

Die Füchse glitten an Hindernissen vorüber und entwischten, während die gedämpften Worte des Hundes in ihren Ohren klangen:

»Ich — kriege ...!«

Als sie zur Straße rannten, winkte ihnen ein Mann mit Fell im Gesicht und einem Kasten auf dem Rücken zu und stieß ermutigende Rufe aus. Als ihnen einer der Männer vom Herrenhaus folgen wollte, versperrte ihm Betsys Herr den Weg, bis die Füchse entwischt waren.

Sie trafen sich am Stadtrand.

»Nun«, sagte O-ha, »das war das — bis er wieder herauskommt. Ich habe ihn so satt. Wir werden ihn doch wohl eines Tages los?«

Sie sagte dies in dem Bewußtsein ihrer Träume von Kämpfen mit der Bestie, die immer häufiger und intensiver wurden. Es waren dunkle, verblüffende Träume mit wirren Hetzjagden, die keinerlei Ähnlichkeit mit dem letzten Zwischenfall hatten. Scheinbar wollten ihr diese Träume sagen, daß sie laufen und nicht zurückschauen sollte. Und immer waren da die verwirrenden, schwarzen Stäbe.

»Nun«, sagte A-cam zu seinen Eltern. »Ich werde mich dann mal auf den Weg machen.«

Sie verabschiedeten sich sehr förmlich und ohne große Gefühlsbezeugungen voneinander, wie Füchse es immer tun. Doch innerlich war O-ha vom Sturm der Gefühle hingerissen. Sie wußte, daß sie ihr Junges nicht wiedersehen würde, und das machte sie traurig. Ihr war, als habe sich ein Stück von ihr gelöst und treibe nun davon. Auch Camio würde trotz seines ernsthaften Gesichtes etwas ähnliches empfinden.

A-cam lief davon, und Camio schlug vor, einen provisorischen Bau zu suchen, bis sie sich dauerhaft am Bahndamm niederlassen würden.

Mitz sagte zu ihrer Mutter: »Wenn es euch beiden nichts ausmacht, suche ich mir noch keinen Bau. Ich bleibe noch eine Weile bei euch. Es ist nicht so, als ob ich nicht von zu Hause weggehen möchte, aber ich will ein Jahr ohne Junge verbringen. Wenn ich mit einem Fuchsrüden einen Bau beziehe, weiß ich genau, daß ich der Versuchung, Junge zu haben, nicht widerstehen kann, obwohl ich es noch nicht möchte. Auch wenn ich es noch nie erlebt habe, wird in der Paarungszeit trotz aller Vorsätze etwas in mir die Oberhand gewinnen, und ich werden sagen, was solls, was macht das schon ...«

»So ähnlich ist es«, antwortete O-ha. »Das ist eine jener Zeiten, in denen der Körper den Verstand regiert.«

»Dachte ich mir schon«, erwiderte Mitz. »Nun ja, ich werde meinem Körper gar nicht erst die Chance dazu geben. Wenn ich auf einen Gefährten verzichte, fällt auch die Versuchung weg, seinem Charme und seinen Gefühlen zu erliegen. Ich kann warten. Es werden noch andere Jahreszeiten kommen. Wie ist es, O-ha?«

»Was?«

»Sich mit Camio zu paaren. Oder mit dem ersten, wie hieß er doch gleich, A-ho?«

»Ich möchte nicht über Camio sprechen, das wäre nicht richtig, aber es macht mir nichts aus, dir von A-ho zu erzählen. Er war ein hübscher Fuchs. Äußerlich unterschied er sich von deinem Vater — kleiner und nicht so dunkel — doch vom Wesen her war er ihm ähnlich: verwegen, humorvoll und ein bißchen verträumt. Er war fast noch ein Junges, als ich ihn kennenlernte, und wir wurden zusammen erwachsen, lernten gemeinsam, genau wie A-cam — nein, A-salla — und O-sollo ...«

»Du hast mir noch immer nicht gesagt, wie das mit der — Paarung ist.«

»Ich erzähle dir davon, aber du hast eine vorgefaßte Meinung darüber, wie es wirklich ist. Die Paarung ist mehr als die körperliche Vereinigung zweier Füchse — viel mehr. Ihr müßt euch vor allem mögen, und dann ist da die Verbindung der Geister ... nein, ich habe mich geirrt, ich kann es nicht erklären. Du mußt abwarten und es selbst herausfinden.«

Mitz nickte.

»Wenn es stimmt, was du mir gesagt hast, reicht es also nicht, einfach nur einen Fuchsrüden zu finden.«

»Nein, es gibt noch andere Überlegungen.«

»Aber A-cam hat O-sollo einfach gefunden.«

»Er hatte Glück.«

Mitz sagte: »Aber meistens finden Füchse doch einen Gefährten und ziehen zusammen. Sie verbringen nicht ihr ganzes Leben mit der Auswahl, oder?«

O-ha mußte gestehen, daß dies stimmte, doch sie wünschte sich, daß ihre Tochter in Ruhe nachdachte, bevor sie in das nächste Loch eilte und Junge bekam. Natürlich hatte Mitz das auch gar nicht vor, denn sie hatte soeben erklärt, daß sie zumindest noch einige Jahreszeiten bei O-ha und Camio bleiben wollte. Warum also die Sorge?

Nichts. Es gibt nichts, über das ich mir Sorgen machen müßte.

Melloon erlosch, und Ransheen schärfte die Zähne, um das Land zu verwüsten. Die Tiere, die den Winter schlafend verbringen wollten wie der Igel, richteten sich auf die Überwinterung ein. Dies ist ein gefährlicher Zustand. Das Tier ist verletzlich, und seine Körperfunktionen sind so verlangsamt, daß sie manchmal völlig ausbleiben. Tiere im Winterschlaf sind dem Tod so nah, daß sie über den Rand schauen und sehen können, was auf der anderen Seite ist. Camio pflegte zu sagen: Wenn du etwas über den Tod wissen willst, dann frage einen Igel.

Die meisten Pflanzen folgten dem Beispiel der Tiere, alle außer Hirtentäschel, Kreuzkraut, Sandkraut und ähnlichen, die den Winter als Einzelkämpfer durchfochten. Die Frösche begruben sich selbst im Schlamm, änderten ihre Atemgewohnheiten und nahmen Sauerstoff aus dem Wasser auf, da sie während des Winterschlafes nur sehr wenig davon brauchten. Die Eulen schärften Klauen und Schnäbel und bereiteten sich wie die meisten Fleischfresser auf eine schwere Zeit vor.

A-sac kehrte niemals zurück, und O-ha und Camio begriffen schließlich, daß er nicht mehr nach Hause kommen würde. Camio sagte, der weiße Fuchs habe wahrscheinlich eine Füchsin gefunden und sich mit ihr niedergelassen. O-ha stimmte ihm zu und bemerkte, daß es viele Weibchen gab, die gern einen Mystiker zum Gefährten hätten.

Sie zogen mit Mitz in einen Bau neben der Bahnabzweigung, die die Stadt mit dem Umland verbinden sollte. Zuerst waren einige Menschen in der Nähe, die an den Schienen arbeiteten, doch sie hatten keine Zeit, sich mit Füchsen zu befassen oder erfreuten sich sogar ebenso wie die Bauarbeiter im *Face* an ihrem Anblick. Mitz freundete sich mit einer benachbarten Gruppe junger Füchse an, und Camio sagte, es würde nicht mehr lange dauern, bis sie mit ihnen zusammenzog. Mitz bestritt es, doch die Anzeichen waren offensichtlich. Die Frost knirschte durchs Land, überzog Baumstümpfe mit weißen Kristallen und verwandelte sie in Grabsteine. Brombeersträucher wurden zu dicken Drahtgeflechten mit metallenen Haken, die sich im Fell verfingen. Nachts kroch das Eis durch die Welt, dünne Schichten wuchsen zu dickeren Klumpen, und das Wasser wurde knapp.

Die Stadt breitete sich weiter aus, und man konnte leichter Futter in den Mülleimern der Häuser und Restaurants finden. Füchse und Turmfalken lebten gut, und wenn sie sich nicht von dem Abfall selbst ernährten, fingen sie die Ratten und Mäuse, die aus dem Nichts auftauchten, um mit den

Menschen zusammenzuleben. Natürlich bemerkte der Mensch nicht, daß die Nager eingetroffen waren, da sie im Untergrund blieben, aber die Füchse wußten Bescheid. Genau wie die Turmfalken. Tatsächlich nahm der außergewöhnliche Mensch nicht einmal die Falken und Füchse wahr, geschweige denn Mäuse und Ratten.

O-ha fühlte sich am Bahndamm eher zu Hause als auf dem Schrottplatz. Für sie war ein Bau einfach ein Bau — und er sollte aus Erde bestehen. Tief im Inneren war sie noch immer eine Landfüchsin (eine Bäuerin, wie Camio sie spaßeshalber rief) und mochte die Stadt nicht, sondern mißtraute ihr. Der *Gerflan*, in dem sie lebten, diente als Kompromiß: Er war ein Mittelding zwischen *Face* und *Hav*. Sie fraß nicht gerne die Würmer aus dem Rinnstein der Straßen, sondern grub sie lieber selbst aus. Direkt aus der Erde schmeckten sie irgendwie anders. Auch Larven und Schnecken fraßen sich angenehmer von einem Blatt als von einer Mauer.

Sie fragte sich, wie es sein würde, wenn die Strecke erst einmal von Zügen befahren wurde. Camio hatte ihr erzählt, daß man sich an die Vibrationen und Geräusche gewöhnte, doch wieviel wußte er wirklich, und was glaubte er nur zu wissen? Da war ein Unterschied. Camio gab häufig etwas wieder, das ihm andere Füchse erzählt hatten, so, als habe er es selbst erlebt.

»Ich habe einen Blick in die neuen Abwasserkanäle geworfen, sie sind ziemlich breit«, hörte sie einen Fuchs zu Camio sagen. Später bekam sie mit, wie Camio die Kanäle in denselben Worten Mitz gegenüber erwähnte. Als sie ihn darauf ansprach und sagte: »Du hast die neuen Kanäle nicht selbst gesehen. Du bist nicht einmal in der Nähe gewesen«, erwiderte er: »Ach, es ist zu kompliziert erst zu erklären, daß Soundso es Wieheißtergleich gesagt hat, der es ihm weitererzählt hat, der ihr dann wiederum davon berichtete — es ist viel einfacher zu wiederholen, was man gehört hat.«

»Aber das ist unehrlich«, sagte sie.

»Ach, tatsächlich?« antwortete er ungerührt.

Und dennoch dachte O-ha mehr an Camio als an jeden anderen lebenden Fuchs. Diese kleinen Ungenauigkeiten richteten ja keinen Schaden an. In Wirklichkeit waren sie ziemlich unbedeutend.

Aus ihrem Loch im hohen Gras oben auf dem Bahndamm beobachtete sie, wie die glänzenden Stahlschienen verlegt wurden. Sie sahen wundervoll aus. O-ha bewunderte ihre klaren, geraden Linien und stellte fest, daß ein Stahlband sehr schön sein konnte. Es sah kalt, hart und tüchtig aus, so, wie ein Fuchs sein sollte. Die Seele eines lebenden Fuchses sollte nach einer Stahlschiene geformt werden. Sie sollte glänzen, aber unverletzlich sein und nur kraftvolle, fähige Härte aufweisen. So dachte der asketische Fuchs in ihr. O-ha erfreute sich am kargen Leben in einem schmucklosen Loch im Boden, das nur aus Erde bestand. Tief im Inneren war sie jedoch ein warmes Geschöpf und verwechselte ihre Ablehnung materieller Annehmlichkeiten mit dem Wunsch nach einem strengen Geist. Sie dachte, es sei ein und dasselbe. Camio sagte oft zu ihr, daß sie ein liebevolles Geschöpf sei, und nur weil sie keine weichen Betten mochte, habe sie noch lange keine harte Seele. Das betrübte O-ha. Etwas tief in ihrem Inneren, das vielleicht von ihren Eltern stammte, sagte ihr, es sei falsch, empfindsam zu sein.

Im folgenden Monat trieben starke, dunkle, namenlose Winde schwere Wolken übers Land. Schatten fegten über die Ödländer und das *Face.* Die Paarungszeit nahte heran, doch ein plötzlicher Schneefall hielt Camio am anderen Ende der Stadt fest. Er kämpfte sich verzweifelt durch die Schneeverwehungen nach Hause, erreichte aber erst nach drei Tagen seinen Bau im *Gerflan.* Inzwischen ließ O-has Begehren nach. Sie war gereizt, weil Camio nicht da gewesen war, und als sie schließlich eingesehen hatte, daß es nicht sein Fehler war und die Paarung stattfand, war die Brunst vorüber. Sie würden keine Jungen haben. Mitz gestand ohne zu zögern ein, daß sie diese Tatsache begrüßte. Sie hätte es mißbilligt, wenn O-ha einen Wurf nach dem anderen gehabt hätte.

Die Männer beendeten die Arbeit an der Bahnlinie, die nun von Zügen befahren wurde. Zuerst dachte O-ha, sie würde sich niemals an den Lärm gewöhnen, doch allmählich schienen die Züge leiser zu werden, bis sie sich schließlich konzentrieren mußte, um sie überhaupt zu bemerken. Nachts lag sie neben Camio und schaute auf die erleuchteten Züge hinunter. Sie fragte sich, was wohl die Fuchsgeister der *Firstdark* von diesen modernen Zeiten halten mochten, in denen Menschen in Glaskästen hin und her eilten. Sie hielt die Fuchsgeister für ziemlich konservativ und unwillig gegenüber Veränderungen. Doch schließlich hatten sie die Erde gekannt, als sie noch jung war. Als es keine Maschinen gab und die Menschen nackt durch die Wälder liefen, um Tiere mit Stöcken und Steinen anstelle von Gewehren zu töten. Die Fuchsgeister hatten viele Veränderungen gesehen und würden wahrscheinlich noch mehr erleben. Zweifellos würden sie das Ende der Welt mitansehen, wenn es einmal kam.

Die Fuchsmythologie besagte, daß eines Tages alle Wasser erstehen und sich wieder zu A-Os uralter Fuchsgestalt formen würden, die aussah wie ein gewöhnlicher Fuchs, aber tausendmal größer war, und deren Augen ein so strenges Mitgefühl ausstrahlten, daß kein Mensch direkt hineinschauen konnte. Dann würde A-O die Sonne verschlingen, den Mond und die Erde, in genau dieser Reihenfolge. Auf diese Weise würden die Geister aller toten Füchse wieder Teil von A-O werden.

So meditierte O-ha in ihren Tagträumen über die Unsterblichkeit. Nur wenn sie schlief, kamen die Alpträume von schwarzen Stäben, die über ein glänzendes Schneefeld fielen, die Jagd, und dann ... schließlich fiel der Schatten ihres Verfolgers über den Weg. Sie hatte diesen Schatten vor Jahreszeiten gesehen, als A-ho noch am Leben war. Sie war mitten in einer Ransheennacht zum Ententeich beim Bauernhof gegangen und hatte den gefrorenen Teich überquert, um zu dem Verschlag zu gelangen. Unterwegs jedoch hatte sie hinuntergeschaut und einen dunklen Schatten unter dem Eis gesehen. Jetzt, in ihrem Traum, blickte sie hoch, um die Gestalt zu sehen, die den Schatten warf – oder warf der Schatten die Gestalt? Sie war verwirrt. War das Ding über ihrem Kopf oder unter ihren Füßen?

Sie erwachte und winselte mitleiderregend in ihrer Qual.

32. Kapitel

Es war Ransheen, und die Welt wurde zu Knochen. Der Himmel war auf das Land herabgesunken. Formen waren nicht mehr erkennbar, nicht einmal im offenen Gelände, und Gerüche und Geräusche wurden von den Schneestürmen nach oben ins Grau gefegt. Lebewesen waren zu Statuen gefroren, auf ihrem Weg erstarrt, mit Kieselsteinaugen.

Für die Tiere im *Face* war das Leben hart geworden, da heftige Schneefälle die Stadt lahmgelegt hatten. Die Restaurants waren vorübergehend geschlossen. Es gab keine Müllabfuhr. Nur wenige Menschen trauten sich überhaupt auf die Straße. Die Füchse, die sich von Essensresten ernährten, hatten ihre Nahrungsquellen verloren. Der Hunger drang in die Heime und nistete sich dort ein. O-ha, Camio und Mitz wurden dünn und ausgezehrt. Ihre Bäuche zogen sich unter dem Fell zusammen, und in den eingesunkenen Augen brannte ein trübes Feuer. In ihrer Verzweiflung fraßen sie Schnee, um die schmerzenden Hohlräume zu füllen. Jeder Fetzen, der auch nur annähernd nach Futter aussah, wurde hastig verschlungen. Camio fraß ein undefinierbares Stück Abfall, das ihm nicht bekam. Er lag todkrank auf dem Boden ihres Baus, während Ransheen mit feinen, scharfen Zähnen die bloßen Knochen des Landes benagte.

An solch einem Tag beschloß O-ha, das Bauernhaus am Rand des *Face* zu überfallen und irgend etwas Eßbares zu rauben. Bei diesem Wetter vergaßen die Bauern manchmal, den Hühnerstall oder das Scheunentor, hinter dem die Gemüsevorräte lagerten, zu verschließen. Die drei Füchse waren so hungrig, daß O-ha die Reise einfach riskieren mußte, selbst unter solch schrecklichen Bedingungen. Camio war dem Unternehmen nicht gewachsen, also würde sie allein dem Schneesturm trotzen. Die Stadtmenschen blieben in ihren Häusern und kamen nur heraus, um ihre eigenen Vorräte aufzufüllen. Noch immer gab es keine Essensreste in den Straßen.

Camio versuchte auf seinem Krankenbett, ihr das Vorhaben auszureden.

»Warum wartest du nicht noch ein bißchen? Vielleicht legt sich der Schneesturm bald.«

»Vielleicht auch nicht«, entgegnete sie eindringlich. »Es hat keinen Zweck — ich gehe, basta. Wenn wir nichts zu essen bekommen, sterben wir sowieso.«

»Es ist eine schlimme Zeit«, war seine einzige Erwiderung.

»Mitz wird sich um dich kümmern«, sagte O-ha. »Sie ist jetzt draußen und holt dir Eis zum Ablecken. Du brauchst Wasser. Ich wünschte, wir könnten etwas Gras für dich finden, aber es liegt tief unter dem Schnee begraben. Doch vielleicht setzt bald der Tau ein ...«

»Ich komme schon klar. Mach dir um mich keine Sorgen.« Er sah nicht gut aus. Er lag ausgestreckt auf der Seite, keuchte, und seine Rippen stachen wie kleine Drahtringe durch sein zerlumptes Fell. O-ha hatte Angst, ihn zu liebkosen, weil sich die Haut so straff spannte, als könne sie beim leichtesten Druck aufplatzen.

Dann kam Mitz mit einem Eisstück im Mund herein. Sie ließ es vor Camio fallen und legte sich dann neben ihn. Sie schien Mühe zu haben, den Kopf hochzuhalten.

»Da«, sagte sie atemlos. »Das reinste Eisstück, das du je gesehen hast. Draußen im Licht kann man hindurchsehen — und es funkelt. Wo gehst du hin, O-ha?«

O-ha hatte sich auf den Eingang zubewegt und murmelte ihre Gebete.

»Nach draußen. Ich muß Futter suchen. Du kümmerst dich um Camio. Es dauert nicht lange.«

Mitz dachte wohl, sie würde in der näheren Umgebung suchen, und so verließ O-ha eilig den Bau, bevor die junge Füchsin entdeckte, daß ihre Mutter die lange Reise zum Bauernhof unternahm. In diesem Fall hätte sie darauf bestanden, mit ihr zu kommen.

O-ha kämpfte sich durch den schulterhohen Schnee und pflügte sich mühsam voran. Der Schnee drang ihr in Mund und Nase. Es war sehr anstrengend, doch sie war fest entschlossen, die Stelle zu erreichen, an der die Straßen in Richtung Trinity Park anstiegen, und sich dann erst auszuruhen.

Zunächst war der Schnee in weichen Flocken gefallen und hatte die gefrorene Schicht bedeckt, die unter den Pfoten knirschte. Die Luft war still gewesen, gleichsam tot. Dann wissen alle Tiere bereits bevor sie ihr Heim verlassen, daß Schnee gefallen ist. Einen Tag lang sah die Welt rein aus. Danach folgten drei Tage mit neuem Schneefall. Er ritt auf dem Rücken des zornigen Ransheen und trieb in kleinen, harten, kieselartigen Flocken dahin. Dies war der Schneesturm, der noch immer wütete, als O-ha gegen die Verwehungen ankämpfte, während ihre Augen im peitschenden Eiswind brannten.

O-has Beine wurden bald müde, doch sie zwang sich vorwärts. Wenn sie in tiefere Verwehungen fiel, grub sie sich hindurch. In ihrem Magen saß ein furchtbarer Schmerz, den auch Camio und Mitz empfanden. Doch ihr Kopf war leicht und nicht ganz Teil ihres Körpers. Sie zwang sich, an andere Dinge als ihre eigene Qual, ihre eigene Lage, zu denken.

Mitz! Letztendlich hatte sie nachgegeben und war dazu übergegangen, die Vorsilbe wegzulassen und ihre Tochter Mitz zu rufen. Wie soll sie jemals einen Gefährten finden? dachte O-ha. Sie wird einem Fuchsrüden begegnen, ihren Namen nennen und er wird denken ... nun, es gab keinen Grund darüber nachzugrübeln, was er wohl denken mochte. Die Füchsin war jetzt erwachsen. O-ha konnte nichts daran ändern. Zumindest war das Halsband verschwunden. Mitz hatte es verloren, da sie abgenommen und durch die mangelnde Ernährung ein schmales Gesicht bekommen hatte. Dieses Halsband allein hätte schon genügt, um jeden Fuchsrüden abzuschrecken.

Sie zwang sich zu diesen Überlegungen, um sich von Hunger und Erschöpfung abzulenken. In ihrem Gedächtnis saßen Bilder von toten Füchsen im Schnee, von steifgefrorenen Körpern. Auch sie hatten sich auf Futtersuche begeben, hatten ihre letzten Kraftreserven verbraucht, waren hingefallen und nie wieder aufgestanden. Nun, wenn es so sein sollte, war es nicht schlechter als jeder andere Tod. Sie hatte ein gutes Leben hinter sich — auch mit tragischen Erlebnissen, das gab sie zu, doch welche Füchsin durchlebt schon so viele Jahreszeiten ohne irgendeine Tragödie?

Sie befand sich jetzt in einem Schneetunnel, lief ihn bis zum Ende entlang und tauchte am Fuß des Abhanges, der nach Trinity führte, wieder auf. So weit, so gut. Es waren nicht viele Leute unterwegs, also hatte sie ein Problem weniger. Außerdem verließen sich Menschen immer auf ihre Augen, und die Sicht war so schlecht, daß sie schon auf O-ha hätten treten müssen, um sie zu bemerken.

Sie begann, die glitschige Straße zu erklettern, doch ihre Pfoten rutschten auf der durch das Gewicht der Autos entstandenen Eisschicht ab. Ihr Magen zog sich ein paarmal zusammen, als sei er angeleint und jemand zerre am anderen Ende. Sie unterdrückte den Schmerz und setzte den langsamen Aufstieg fort. Der Schneesturm wurde stärker, und Ransheen drohte, O-ha wie einen Lumpen den Hang hinabzuwehen. Hagelgeschosse trafen ihre rechte Flanke, und sie schloß ein Auge. Falls Gerüche in der Luft lagen, konnte O-ha sie nicht wittern, und alle Geräusche verloren sich im Geheul der Todesfeen. All dies bedeutete Gefahr für ein wildlebendes Tier.

Sie kam an die Tore des Parks und ließ sich erschöpft niederfallen. Er wäre einfach, so einfach gewesen, diesen letzten warmen Funken in ihr verlöschen zu lassen. Nur zu schlafen, wo sie gerade lag, und nie mehr aufzuwachen. So eine Versuchung ... Doch andere verließen sich auf sie. Vielleicht wollten die noch nicht ins *vollkommene Hier?* Sie mußte sich wieder hochkämpfen und weiterlaufen. Sie durfte nur an den Bauernhof denken.

O-ha trat in den Wald. Zwischen den Bäumen konnte sie sich etwas leichter fortbewegen. Das Waldland hielt den Schneesturm zurück. Einige Menschen waren unterwegs, zu zweit oder mit Hunden, deshalb mied sie die Hauptwege. Sie kam an einer kleinen Vertiefung neben einem Baum vorüber. Gars Bau. Doch obwohl sie den Dachs lange nicht gesehen hatte, konnte sie ihn jetzt nicht besuchen. Selbst im Wald lag der Schnee mehr als hüfthoch und hinderte sie am Vorwärtskommen.

Im Sommer, wenn Frashoon zurückkehrte, so versprach sie sich, würde sie Gar besuchen.

Vor ihr klaffte ein Loch im Schnee. Kurz darauf nahm sie den Geruch von Hermelin wahr und spürte es auf. Das Tier lag still da, weiß auf weiß, und hatte dem Winter sein Leben überlassen. Vermutlich hatte es verzweifelt nach Kaninchen gesucht, die klugerweise woanders starben, in der relativen Wärme ihrer Höhlen, in Gesellschaft. Das kleine Hermelin gab eine schnelle Mahlzeit ab und verlieh ihr die Energie, die sie für den langen Weg zum Rand des *Face* und dem Bauernhof am anderen Ende benötigte. Sie fühlte sich schuldig, doch das Futter war wenig genug für einen gewesen, geschweige denn für drei. O-ha mußte neue Kraft schöpfen.

Als sie gerade ihre Mahlzeit beendet hatte, verzog sich der Schneesturm, und der Himmel klarte auf. Die Wirkung war so verblüffend, daß zwei gebückte, dickvermummte Menschen, die ihre Hunde ausführten, aus ihren Kragen auftauchten und nach oben starrten. Auch O-ha war erstaunt, wie schnell das Blau das Grau verdrängte. Es sah aus, als bedeckten Laken den Himmel und jemand habe an einem gezupft, um den andersfarbigen Hintergrund zu enthüllen.

Wenig später kam die Sonne heraus, und die Schatten der Bäume fielen gleich schwarzen Stäben über den funkelnden Schnee.

Ein vertrauter Anblick: schwarze Stäbe auf Weiß.

Ein Schauer überlief sie, der nichts mit der Kälte zu tun hatte.

O-has Augen nahmen das seltsam gleichförmige Muster der Schatten auf: Sie spielten in ihrem Gedächtnis wie eine Melodie. Sie war hypnotisiert. Der Anblick war sehr vertraut. Die Bäume, der klare Tag, die weiße Welt und die schwarzen Schatten, die aussahen wie Stäbe ... Etwas zuckte durch ihre Erinnerung, eine dunkle Gestalt, die zwischen den Stäben tanzte, im Sonnenlicht, im Schatten, die furchtsam dahinlief wie in einem Traum. Immer und immer wieder erklang die Melodie, und sie erkannte die Gestalt. Sie kannte sie so gut, weil sie sie Nacht für Nacht im unruhigen Schlaf gesehen hatte ... sie lief wie im Traum, und sie war es und sie war der Traum.

Sie schaute sich schnell um, als ein Geruch vom Park zu ihr herüberdrang. Da standen zwei Silhouetten: ein Mann in dickem Mantel und Hut und ein Hund. Der Hund groß und rot im Sonnenlicht. Sein knochiger Schädel voll brutaler Kraft.

Das Bild verschwamm, als sie sich nicht mehr auf die unbewegliche Szenerie konzentrieren konnte. Doch der eine Blick in Verbindung mit dem Geruch hatte genügt. O-ha kannte das Paar. *Sabre und sein Herr!*

Hatte er sie gesehen? Sie wartete mit klopfendem Herzen, kauerte sich in den Schnee und war sich dabei bewußt, daß ihr rotes Fell von der Winterlandschaft abstach. Die Gestalten befanden sich im Gegenwind, doch wenn der Mann nur einigermaßen scharfe Augen hatte, würde er sie sehen. O-ha wußte nicht, ob er Sabre ermutigen würde, sie zu jagen, doch konnte er den Hund zurückhalten, wenn dieser feststellte, daß sein Herr die Aufmerksamkeit auf ein entferntes Objekt gerichtet hatte?

Dann änderte der Wind die Richtung, und obwohl er nicht direkt zu O-has Feind hinüberwehte, wirbelte er durch die Bäume und nahm ihren Geruch mit. Ransheen, dachte sie, du Verräter!

Sie schaute wieder zu dem Mann mit dem Hund hinüber. Der Kopf des Hundes schnellte hoch und zuckte. Er reichte dem Mann beinahe bis zur Brust und schwenkte den Kopf hin und her, während er die Gegend absuchte. Dann hielt er inne.

»Fuchs!«

Sie hörte Sabres Ruf, der vom Schnee gedämpft wurde. Meinte er sie? Hatte er sie gesehen? Vielleicht war da noch ein anderer Fuchs? Besser einfrieren, sich nicht bewegen, nur vorsichtshalber, um sicherzugehen.

Sabre zerrte an der Leine. Der Mann zog den Kopf des Hundes nach hinten und knurrte ihn an. Der Hund riß seinen Herrn mühsam in Richtung Waldrand und kam genau auf O-has Versteck zu. Er hatte sie gesehen.

Sie schoß hervor und rannte durch den bauchhohen Schnee. Der Hund, der sich seiner Beute nun sicher war, setzte sich ebenfalls in Bewegung. Er fegte den Mann von den Füßen, der ein Stück mitgeschleift wurde und dabei eine Furche in den Schnee zog. Dann ließ er los und stieß mit aufgerissenem, rotem Mund einen wütenden Schrei aus. Sein Hut flog davon, quer über die Felder.

O-ha wußte, daß sie sich in einer verzweifelten Lage befand. Sie hatte Angst, das stimmte, war aber nicht völlig verschreckt, wie sie es in ihrem Traum gewesen war. Sie hatte eine Aufgabe und die hieß Entkommen. Sie sprang durch den Schnee wie bei einem Hürdenlauf. Alles ging sehr langsam.

Der Schnee zog sie hinab. Sie spürte, wie der langbeinige Hund hinter ihr aufholte, da er nicht von den hohen Verwehungen behindert wurde. Sollte ihn etwas hindern, würde er sich einfach hindurchkämpfen. Sabre war gut genährt und ungeheuer stark.

Als sie die Straße erreicht hatte, rannte sie los, schlitterte über den hartgepreßten Schnee. Ein langsames Fahrzeug kam ihr entgegen, das sich inmitten einer Dampfwolke zwischen den aufgetürmten Schneewänden vorwärtsschob. Sie wich nicht aus. Der Fahrer entdeckte sie in letzter Sekunde, scherte instinktiv zur Seite und begrub die Motorhaube seines Autos in einer Schneewehe.

Sie rannte weiter, und ein gelegentlicher Blick über die Schulter zeigte ihr, daß der Hund aufholte.

Er stieß die traditionellen Schmährufe aus, die Hunde bei der Jagd so lieben.

»Magere Füchsin! Ich werde dir jeden Knochen brechen, das Mark aussaugen und in dein Gesicht spucken. Du wirst lange genug leben, um zu spüren, wie ich deinen Schädel zerbreche. Ich werde dein Blut und dein Hirn im Schnee verteilen.«

Ein junger Mensch bog gebückt um eine Ecke, um sich vor dem Wind zu schützen, und Sabre prallte so hart gegen ihn, daß der Junge auf die Straße flog. Er schlitterte über das Eis und war zu schockiert, um zu schreien. Seine Schulter schlug hart gegen den Bordstein.

Auch der Hund verlor auf der glatten Oberfläche den Halt, fing sich jedoch bald wieder und setzte die Hetzjagd fort, ohne die Schreie des Menschen, den er verletzt hatte, zu beachten.

Die Straße war zuende, und der Weg zum Bauernhof kam in Sicht. O-ha hatte keine Ahnung, warum sie dort hinlief. Es schien ihr einfach richtig. So hatte es sich in ihrem Traum abgespielt. Sie wußte, daß sie sich bald Auge in Auge gegenüberstehen würden.

Wahrscheinlich würde Sabre sie fangen, bevor sie das Tor erreicht hatte. Er war nur noch Zentimeter von ihr entfernt, seine Zähne schnappten nach ihren Hinterbeinen, um sie niederzureißen.

Sie sprang zur Seite, fiel hin und rollte auf den Rücken. Der Hund verfolgte ihre Bewegungen, und seine wilden Kiefer zielten auf ihren ungeschützten Bauch. Sie wartete auf den Schmerz des Angriffs.

»Gaggaaah!« Der Hund wurde kurz vor seinem Ziel hochgerissen. Sie sah, wie seine Beine unter ihm nachgaben, als hätte es ihn mitten im Angriff erwischt. Er prallte heftig auf den Rücken. In Sekundenschnelle war O-ha auf den Beinen und rannte weiter. War er wirklich erschossen worden? Sie hatte nichts gehört.

Nein. Ein schneller Blick sagte ihr, daß er wieder aufgestanden war. Seine flatternde Leine hatte sich an einem Zaunpfahl verfangen und ihn von den Beinen gerissen, doch jetzt stand er aufrecht und bemühte sich, vorwärtszukommen. Der Pfahl zerbrach an einer Stelle, die zweifellos verrottet war. Sabre zerrte ihn einige Meter mit sich, bevor sich die Leine löste.

O-ha hatte ungefähr zwanzig Meter Vorsprung gewonnen, doch sie wußte, daß der Hund diesen Abstand bald aufholen würde. Um den Bauernhof herum war der Schnee geräumt worden, und nicht nur sie, sondern auch Sabre konnte nun besser laufen.

»Dachtest schon, du hättest es geschafft, was?« rief er. »Dein Todestag ist gekommen. Du kannst nicht mehr fliehen. Nichts wird mich jetzt noch davon abhalten, dich zu töten. Keine Mauern, keine Menschen, gar nichts. Ich werde töten. Ich töte alles und jeden, der sich mir in den Weg stellt.«

Sie hetzte die lange Auffahrt zum Bauernhaus entlang, am weißgetünchten Gebäude vorbei, ihr Atem ging stoßweise. Die Spatzen im Schnee stoben mit Angstgeschrei auseinander, als sie zwischen ihnen hindurchsauste. Sabre war wieder sehr nah. Ein schneller Blick verriet ihr, daß er sie in wenigen Sekunden erreicht haben würde. Auch er atmete schwer, und beim Ausatmen trieben Dampfwolken um seinen Kopf. Sie konnte ihn jetzt wittern, sein Geruch hing schwer in ihrer Nase. Die mächtigen Pfoten trommelten auf dem hartgepreßten Schnee, direkt hinter ihr.

Sie rannte zwischen der Scheune und dem Haus hindurch, um wieder auf die offenen Felder zu gelangen. Wenn sie gepflügt waren und brach lagen, um auf die Frühjahrsaussaat zu warten, würden die harten Furchen den Hund vielleicht aufhalten. Gäbe es da draußen nur einen Baum statt der niedrigen Hecken!

Etwas schnappte nach ihren Fersen. Sie drehte sich mitten im Lauf halb nach hinten, um ebenfalls zu beißen. Der Tod war nur eine Sekunde entfernt. Er hatte sie beinahe erreicht. Noch ein Meter ...

Etwas blitzte zwischen ihr und dem Hund auf. Sabre taumelte und prallte auf den Rücken. Er war über eine gespannte Kette gestolpert. Aus tiefen Schnitten in den Vorderbeinen des mächtigen Hundes schoß Blut. Er stieß eine Verwünschung aus. Am anderen Ende der Kette lag Breaker, der alte Fuchshund. Er schrie O-ha etwas zu und stürzte sich dann auf den Ridgeback.

Er hatte keine Chance. Trotz des Schmerzes war Sabre schon wieder auf den Beinen. Es gab einen kurzen Kampf, durch den O-ha noch einige Meter gutmachen konnte, bevor Breaker zur Seite flog. Der Fuchshund prallte gegen seine Hütte und blieb reglos liegen. Eines seiner Beine war in einem scharfen Winkel verdreht.

»Blöder Verräter!« kreischte der Ridgeback.

Sabre folgte sofort wieder O-has Fährte.

Der Hund hinkte nun, obwohl er durch seine Wunden nicht langsamer zu werden schien. Sein ganzes Verhalten drückte Entschlossenheit aus.

»Diesmal nicht«, keuchte er. »Diesmal nicht, Fuchs, ich werde dir an die Kehle gehen. Ich schmecke sie schon — ich schmecke sie ...«

Sie rannte hinter der Scheune entlang und suchte nach einem Schuppen, auf den sie klettern konnte. Sie fand nichts Passendes. Alle Gebäude waren zu hoch. Sie rannte in die

Scheune hinein, zwischen den Maschinen hindurch, wobei sie hoffte, daß sich Sabre irgendwo aufspießen würde. Doch er hielt sich bei der Tür und holte Atem, weil er wußte, daß dies der einzige Ausgang war.

»Ich habe dich, Fuchs — die Füchsin, die mir soviel Ärger gemacht hat, diese ganzen Jahreszeiten hindurch ...«

Sie kauerte sich hinter einen Traktor.

»Und du ...« sie keuchte nach Luft, »du hast mich und meine Familie nie in Ruhe gelassen. Du hast meinen ersten Wurf getötet. Du hast mein Junges verletzt ...«

»Ach ja?«

»Allerdings. Du hast ihm den Schwanz abgebissen.«

»Ich habe noch mehr getan, Füchsin. Ehre, wem Ehre gebührt. Man sagte mir, der Weiße wäre auch deiner gewesen ...«

»A-sac?« Ihr Herz setzte aus.

»Ich habe ihm den Hals gebrochen. Knackte wie ein Zweig.«

»Du — du lügst. Der Fuchsgeist ist nie gekommen.«

»Ich weiß nichts über Geister, aber ich weiß, daß ich deinen weißen Abkömmling getötet habe. Hat es mir schwer gemacht. Man hätte denken können, er sei von Dämonen besessen, so wie er gekämpft hat. Sagte, er hätte nach mir gesucht. Fiel mich an wie ein Wahnsinniger. Habe noch immer eine Narbe am Hals. Sagte, ein Gott habe ihn erwählt, und er sei auf einer heiligen Mission, um das Böse zu vernichten.«

Ja, das klang nach A-sac.

»Und jetzt wirst du mich töten.«

Statt einer Antwort kam der Hund näher. Sie wartete, bis er beinahe den Traktor erreicht hatte und schoß dann an der anderen Seite hinaus. Seine Kiefer klackten zusammen, packten ihr Ohr und hielten sie fest.

O-ha warf sich herum, wand und drehte sich und versuchte, dem Hund das Ohr zu entreißen. Sie schlug mit den Hinterbeinen nach seinen Augen und zog tiefe Furchen in seine Schnauze. Doch er hielt sie fest. Sie konnte spüren, wie er versuchte, ihre rasenden Bewegungen zu bezwingen, um ihren Kopf fester zu packen. Wenn sich diese Kiefer um ihren Schädel schlossen, würden sie ihn auf der Stelle zerbrechen, wie Sabre es schon so oft versprochen hatte. Ihr Blut mischte sich mit seinem.

Schließlich riß ihr Ohr vom Kopf, und sie rannte wieder los, hinaus in Freie. Jetzt hatte sie jegliche Kraft verloren. Der Hund war trotz seiner wunden Beine und des zerkratzten Gesichts noch immer dicht hinter ihr. Nichts konnte ihn zurückhalten.

Sie rannte über den Hof zum Teich hinüber. Vielleicht konnte sie die Eisenbahnlinie erreichen, ihn auf die Gleise locken, wenn ein Zug kam, und der würde ihn dann zermalmen. Es war ein törichter Plan, und tief in ihrem Herzen wußte sie, wie sinnlos er war, doch welche Hoffnung blieb ihr noch? Der wilde Ridgeback würde sie einholen, lange bevor sie die Bahnlinie erreicht hatten, und seine brutale Stärke würde die letzten Überreste von Energie ersticken, die ihre Beine noch vorwärtstrieben.

Sie wurde langsamer, und der Ridgeback würde bald über ihr sein. Er schlitterte mehrmals an den Stellen, wo der Traktor den Schlamm aufgewühlt hatte, der dann unter dem Schnee gefroren war. Für den Hund waren das allerdings nur geringe Hindernisse. Er wußte, er hatte sie. Sie taumelte, von ihrem verletzten Kopf tropfte Blut.

Als sie an den Teich kam, schwankte sie nur noch dahin. Der Nebel des bevorstehenden Todes hatte sich über ihre Augen gesenkt. Sie fühlte sich von Kopf bis Schwanz taub. Kein Hungerschmerz, keine grausame Angst, kein gequältes Herz — nur ein leichtes Bedauern, daß sie Camio enttäuscht hatte. Wenn sie nicht mit Futter in den Bau zurückkehrte, würde er sicherlich ebenfalls sterben. Sabre war es gelungen, sie beide zu vernichten, wie er es immer prophezeit hatte.

Sie taumelte aufs Eis und merkte dabei, daß sie sich so unsicher bewegte wie eine vergiftete Ratte. Sabre folgte ihr, denn er war sich seiner Beute sicher.

Dies war der letzte Kampf.

Der Ridgeback schrie: »Endlich ...«

Dann hörte sie ein Knacken. Das Eis gab nach.

Sie drehte sich instinktiv um und sah, wie er einbrach. Der riesenhafte Hund verschwand in einem gezackten Loch, das schwarze Wasser zog ihn hinunter. Für kurze Zeit sah man nur einen Wirbel. Dann tauchte sein Kopf auf, und seine Vorderbeine klammerten sich an die Eiskante. Sie kratzten und scharrten, um einen Halt zu finden. Eine weitere Eisplatte brach ab, und die Beine des dämonischen Hund droschen nach vorn, während er den Kopf noch über Wasser hielt. Die Kälte mußte seine Muskeln gelähmt haben. Seine Augen blickten entschlossen, als er noch einmal mit den Vorderpfoten nach der Eiskante griff.

Plötzlich kam O-ha wieder zu sich. Sabre kam näher! Seine Vorderbeine schlugen einen Weg durch das gefrorene Wasser, brachen einen Kanal ins Eis. Sie fing an zu laufen, doch ihre Bewegungen waren unkontrolliert, und ihre Krallen schlitterten über die glatte Fläche. Sie fiel ein paarmal hin. Ihr Herz brach fast. Sie kam wieder auf die Füße und verlor erneut den Halt. Sie rutschte und scharrte auf dem Eis, während sie sich in ihrer wahnsinnigen Sehnsucht zu fliehen vorwärtsmühte, ohne Ziel, immer auf der Stelle.

»Fuchs ...« grunzte der Hund mit starrem Gesicht.

Mit einem schnappenden Geräusch brach und splitterte das Eis unter dem Gewicht des Hundes. Seine Augen waren glasig auf sie gerichtet. Die Kiefer klafften auf, bereit, erneut zuzuschnappen. Sein ganzer Körper wirkte steif, als wäre das Blut in seinen Adern schon zu rotem Eis gefroren. Der großknochige Kopf bewegte sich langsam auf sie zu, entschlossen. Die Vorderbeine zerbrachen die Eisschicht.

Noch immer fanden ihre Krallen keinen Halt. Sie schlitterte und rutschte, ihre Beine zuckten nutzlos unter ihrem Körper.

Er war so nah, daß sie seinen Atem auf ihrem Körper spürte.

»Jetzt!«

Sie fühlte die Zähne in ihrem Rücken, die nach ihrem Hinterteil schnappten. Sie besaß nur noch einen letzten Funken Kraft. Sie wandte den Kopf und sah den Triumph in seinen Augen, ein letztes, inneres Glühen, als Sabre in das tödliche Wasser hinabsank. Er zog sie mit sich, wollte, daß sie gemeinsam untergingen.

Eines ihrer Beine tauchte ins Wasser und gefror. Sie wurde zornig.

»NEIN!« schrie sie.

Sie kämpfte sich aus den verbissenen Kiefern frei, die jetzt hart gefroren waren, und ließ dabei einen Teil ihres Fells zurück. Sabres Körper versank allein.

O-ha lag keuchend am Rand des Lochs. Selbst zuletzt, als sein Kopf unterging, waren Sabres von kaltem Haß erfüllte Augen noch immer auf sie gerichtet.

Sie wartete lange und wagte kaum zu glauben, was geschehen war. Ihr Herz klopfte noch immer heftig. Ihre Beine waren angespannt, bereit zur Flucht, falls der Hund mit Donnerknall aus dem schwarzen Loch auftauchen und sie teufelsgleich angreifen sollte.

Nichts geschah.

Als sie schließlich genug Kraft und Mut gesammelt hatte, um die Sache zu untersuchen, wagte sie sich an das Loch heran. Sein Körper trieb einige Meter vom Loch entfernt sanft unter dem Eis. Sie konnte noch immer die Augen sehen, die toten Augen, die zu ihr hinaufstarrten. Sie hatten jetzt den Haß verloren. Dann drehte sich der Körper langsam um, und sie erwischte einen letzten Blick auf den schwarzen Haarkamm, der sich über seinen Rücken zog, bevor er versank und nicht mehr zu sehen war.

Sie ging zurück, um die Scheune herum, dorthin, wo Breaker lag. Er hob den Kopf.

»Er ist tot«, sagte sie schlicht.

Breaker hustete. »Ich glaube, ich auch.«

»Danke — Breaker.«

»Wie ist er gestorben? Hast du ihm die Kehle aufgerissen?«

»Ich? Nein, er ist im Eis eingebrochen. Er ist ertrunken.«

Breaker hustete erneut und sagte dann: »Geschieht ihm recht. Arrogantes Schwein. Du solltest besser machen, daß du fortkommst, Füchsin ...«

»Aber du blutest.«

Aus seiner linken Flanke rann Blut.

»Bald wird jemand aus dem Bauernhaus kommen. Sie finden mich und bringen mich zum Tierarzt ...«

Die Wunde sah tödlich aus.

»Lebwohl, Breaker. Wir waren einmal Feinde ...«

»Das sind wir noch immer«, keuchte er. »Ich habe nur einen Gefallen zurückgezahlt. Und jetzt verschwinde von hier, du roter Teufel, bevor ich dir das Rückgrat breche.«

»Oh Breaker, du stolzer, alter Hund. Weißt du nicht, daß du der Freund eben jener Tiere geworden bist, die du angeblich so haßt? So etwas kommt schon mal vor. Du kannst nichts dafür, daß dich ein Fuchs mag oder daß du einer Füchsin das Leben gerettet hast, die dir ewigen Dank schuldet.«

»Du hast recht«, murmelte er, »ich bin alt. Sechsundfünfzig Jahreszeiten sind vorübergegangen. Sechsundfünfzig. Und jetzt bin ich müde. Ich möchte die Augen schließen und in Frieden sterben.«

Das tat er. Er schloß die Augen. Und war tot.

Sie verließ ihn, als sich der Schnee rotfärbte, und lief hinaus auf die Felder. Dort fand sie einige verfaulte Rüben. Sie fraß sich satt, nahm eine zwischen die Zähne und trug sie den langen Weg zum Bau zurück. Als sie ankam, stellte sie fest, daß Mitz während des Sonnenscheins, der auf den Sturm folgte, draußen gewesen war. Eine Küchentür hatte offen gestanden, und sie war hineingelaufen und hatte etwas Speck erwischt. Mitz konnte das sehr gut, besser als ihre

Mutter. Sie war in Häusern gewesen, kannte die Angst und konnte im Notfall damit fertigwerden.

Camio sah aus, als sei er schon auf dem Weg der Besserung. Er hustete. »Du hast eine Rübe mitgebracht — gut gemacht«, sagte er. »Irgendwelche Schwierigkeiten da draußen?«

»Nein«, log sie und kuschelte sich an seinen warmen, pelzigen Körper. »Es ist eine weiße, friedvolle Welt da draußen, und kaum jemand ist unterwegs.«

Mitz schrie: »O-ha! Dein Ohr!«

Camio drehte sich um und schaute sie an.

»Ach das? Nur ein Streit mit einem Hermelin.«

»Aber dein Ohr ...«

»Sei still, Mitz«, sagte O-ha. »Camio geht es nicht gut.«

Mitz gehorchte.

Der Sturm war der schlimmste des ganzen Winters. Als er sich erschöpft hatte, waren sie auf dem Weg zu Scresheen. Diesmal gab es keine Jungen, auf die sie sich hätten freuen können. O-ha hatte nun Zeit, den Wechsel der Jahreszeiten zu betrachten, ohne mit ihren Jungen beschäftigt zu sein. Es war eine gute Zeit.

33. Kapitel

O-has Wunden verheilten. Sie war schon zu alt, um von anderen Füchsen einen dummen Spitznamen wie »Ein-Ohr« zu erhalten, doch sie legte nun den Kopf auf die Seite, um der Welt zu lauschen. Camio, der sich wieder ganz erholt hatte, sagte, es mache sie liebenswert.

In diesem Winter waren beide Füchse gealtert. O-ha und Camio entdeckten an sich kleine Schwächen, die sie früher nicht gekannt hatten. Nichts Ernsthaftes. Nichts, das ihre Jagdfähigkeiten beeinträchtigt oder sie traurig gemacht hätte. Doch sie begriffen, daß ihre Jugend entschwunden war. Man betrachtete sie nicht länger als junges Paar. Sie waren reife Füchse, die alle Tricks, die alten und neuen Zeiten kannten.

Camio erfuhr von Sabres Tod, erwähnte ihn O-ha gegenüber jedoch nicht. Er vermutete, daß sie die Bestie für immer vergessen wollte. Sie führten lange Gespräche über die Vergangenheit, erinnerten sich dabei jedoch nur an die guten Zeiten, die sie gemeinsam erlebt hatten, und weniger an die Schrecken. Davon gab es noch immer genug, selbst als der gigantische Hund im Unort entschwunden war.

Jahreszeit glitt in Jahreszeit, und die Stadt breitete sich aus. O-ha und Camio hatten noch zwei Würfe: Einige der Jungen überlebten, andere nicht. Die Überlebenden wurden erwachsen, hatten ihre eigenen Würfe, die abwanderten und das Blut des Stammpaares in neue Gegenden trugen.

O-ha und Camio blieben am Bahndamm und wechselten

in angemessenen Abständen den Bau. Die Tage der Unruhe hatte das alte Paar hinter sich gelassen, und sie fanden jene seltene, goldene Zufriedenheit. Sie hegten auch ihre traurigen Erinnerungen.

Mitz lebte in der Nähe, und sie trafen sich gelegentlich. Sie hatte ihre eigenen Jungen, die das ältere Paar zwar an den Markierungen erkannte, die es aber nie gesehen hatte. Es waren Stadtfüchse, und ihre Erziehung war der Umgebung angepaßt worden.

Die Kenntnis der alten Straßen und Wasserlöcher, die O-ha von vielen Generationen geerbt hatte, bedeutete den neuen Füchsen nichts mehr: Die Landschaft hatte ihr Gesicht verändert, und sie waren Füchse des *Face*. Es gab neue Landkarten in den Köpfen der neuen Füchse, die Welt war eine andere geworden — nicht schlechter als damals in O-has Kindheit — einfach nur anders. Natürlich gefielen ihr die Veränderungen nicht besonders, da sie schöne Bilder im Gedächtnis trug aus den Zeiten, in denen sie selbst ein Junges gewesen war, die Schmetterlinge im *Hav* gejagt und sich mit ihren Brüdern und Schwestern im hohen Gras an den Abhängen unterhalb von Trinity Wood gebalgt hatte.

A-salla sandte von Zeit zu Zeit seine Neuigkeiten, und der Absender war stets leicht zu identifizieren. Man mußte nur fragen: »War etwas ungewöhnlich an diesem Fuchs?« und die Antwort »Ja, er hatte keinen Schwanz« abwarten.

Es war Ransheen, und die kalten, harten Straßen waren mit Schnee und Eis bedeckt. O-ha erinnerte sich an ihre erste Begegnung mit dem Schnee. Damals war sie mit A-ho zusammengewesen, hatte gerade das Ritual des Aus-dem-Bau-Tretens zur Hälfte absolviert und die Nase hinausgestreckt, als etwas Flockiges, Kaltes auf ihrer Nasenspitze gelandet war. Mit einem Ruck hatte sie den Kopf zurückgezogen und einen Wassertropfen an der Stelle gefunden, wo die weiße Spinne gesessen hatte. Dann waren ihr die Erzählungen ihrer Mutter über das Winterweiß eingefallen, und sie hatte allen Mut zusammengenommen und war hinausgegangen.

Die Veränderung der Welt hatte sie verblüfft. Die ganze Landschaft war mit einem blendenden, weichen Pelz bedeckt. Jeder ihrer Schritte war ein Abenteuer gewesen, und alle Wege lagen unter dem Albinofell verborgen, das vom Himmel gefallen war.

Doch jetzt wohnte dem Schnee kein Zauber mehr inne. Er war nur ein Hindernis, da er gleichermaßen den *Gubbins* auf den Straßen und das Futter bedeckte, das die Menschen am Abend zuvor weggeworfen hatten.

»Hat es da, wo du hergekommen bist, geschneit?« fragte sie Camio, als sie sich daran machte, den Bau zu verlassen. Ein Zug donnerte unter ihnen vorüber und ließ die Erde leicht erzittern. Sie hatte sich so sehr an die riesigen Metallschlangen gewöhnt, daß sie ihr richtig fehlen würden. Der regelmäßige Verkehr der Züge verlieh ihr ein Gefühl der Sicherheit und des Trostes. Irgendwie klang der Lärm auch beruhigend, als funktioniere die Welt noch, wie sie sollte.

»Schnee? Wenn es welchen gab, kann ich mich nicht mehr daran erinnern. Aber es ist auch zeitlose Jahreszeiten her, daß ich in jenem Land war. Die Dinge verschwimmen ein wenig. Ich glaube, mein Leben hat erst begonnen, als ich dich getroffen habe.«

Sie wußte nicht, ob er das sagte, um ihr eine Freude zu machen, doch es gefiel ihr. Sie wußte, daß sie ihm sehr viel bedeutete, daß sie seine Füchsin war, doch war ihr auch bewußt, daß er Erinnerungen an eine andere Füchsin hatte, wie sie an A-ho. Gut, wenn es warme Gedanken waren, doch die Tatsache, daß er diese Erinnerungen nicht mit ihr teilte, zeigte nur, daß er ein liebevoller, alter Fuchsrüde war, der ihr nichtssagende Vergleiche ersparen wollte.

»Ich glaube, ich gehe gleich hinaus«, sagte sie.

Sie fühlte sich eigenartig. Ein bißchen müde. Plötzlich verspürte sie den Drang, zum Trinity Park hinaufzugehen und nachzuschauen, ob Gar sich noch dort aufhielt. Sie hätte Gar gern ein letztes Mal gesehen, bevor einer von ihnen ... bevor etwas geschah. Nur eine kleine Müdigkeit in ihren

Knochen, das war alles. Das würde sich legen, wenn sie erst unterwegs war.

»Ich könnte ganz nach oben in die Stadt gehen«, sagte sie. »Ich möchte die Bäume sehen.«

»Wie du willst. Ich ruhe mich noch ein wenig aus. Meinem Bein geht es heute schlechter.« Seine Pfote hatte sich vor einigen Jahreszeiten in einem Rohr verklemmt, und beim Hinausziehen hatte er sich einen Knochen verrenkt. Er hatte sich wieder gerichtet, doch einige gerissene Sehnen waren nie wieder völlig verheilt.

O-ha führte die Rituale aus und lief dann flink den Damm hinauf, unter dem Zaun hindurch und auf den Weg. Ransheen wirbelte den lockeren Schnee durch die Luft. Es war bitterkalt. Unter dem Schnee lag eine Eisschicht. Die meisten Menschen blieben in den Häusern, und die Straßen waren beinahe verlassen. Ein Hund trabte auf der anderen Seite vorüber, warf ihr aber nur einen flüchtigen Blick zu. Die meisten Stadthunde hatten sich inzwischen an Füchse gewöhnt — nur leicht erregbare Rassen wie Setter und Boxer machten sich noch die Mühe, sie zu jagen. Natürlich erwischten sie sie nie. Im *Face* gab es viele Verstecke, Zäune und Mauern, die ein Fuchs überspringen konnte, vor denen Hunde aber haltmachen mußten. Sie hätten ohnehin nichts mit ihr anfangen können, selbst wenn sie sie gefangen hätten. O-ha hatte mehr als einem Hund ein angebissenes Ohr oder eine blutige Nase verschafft. Die schrecklichen Tage der Hundemeuten und donnernden Hufe waren vorüber.

Als sie die Straße entlanglief und sich nah bei den Backsteinmauern hielt, kam die Sonne heraus, und die Eiszapfen an den Hausgiebeln glitzerten im Frostfeuer —

— und dann,

ganz seltsam

begannen sie

zu

klingeln.

Sie blieb stehen und lauschte, als der Klang die Rinnsteine entlangschwebte, lauter wurde, bis das ganze *Face* in dieser Musik lebte. Es war, als glitten Ransheens Finger an den Reihen der Eiszapfen entlang und ließen die einzelnen Töne für O-ha erklingen. Sie fragte sich, was das wohl bedeuten mochte.

Dann,
ebenso plötzlich,
verstummte
die Musik.

Sie stand vor einem Schaufenster, das nur einen hellen Schimmer bildete, und wunderte sich über das Geschehene. Sie wäre nicht überraschter gewesen, wenn sich die Welt plötzlich zur Seite geneigt hätte und umgekippt wäre. Der Hund, an dem sie vorbeigekommen war, lief um eine Ecke, ohne innezuhalten. Er hatte das Phänomen eindeutig nicht gehört. Daher, so schloß sie, mußte es ein mystisches Erlebnis sein, das vielleicht nur ihr etwas bedeutete.

Ein Turmfalke stieß von einem Gebäude herab und flog knapp über dem Boden an ihr vorbei. Dann stieg er wieder der Sonne entgegen, schraubte sich aufwärts und war verschwunden.

Sie überquerte einen leeren Platz mit Kopfsteinpflaster. Ein Taubenschwarm stieg vor ihr auf und zerstreute sich. Seltsamerweise waren keine Menschen unterwegs.

Die Müdigkeit, die sie an diesem Morgen beim Aufwachen gespürt hatte, nahm zu, bis ihr die Augen zufielen und ihre Schritte unsicher wurden. Jetzt saß ein Schmerz in ihrer Brust, ein dumpfer Druck, der nah und fern zugleich schien. Sie versuchte, den Schmerz mit dem Verstand zu begreifen, doch er war nicht faßbar. Sie dachte, er würde ihr etwas mitteilen, wenn sie ihn nur packen könnte.

Die Spatzen, die normalerweise die Gehwege bevölkerten, verschwanden plötzlich. Sie schaute sich beunruhigt um und sah, daß sie weggeflogen waren. Jetzt gab es keinen Lärm und kein Geräusch mehr. Selbst Ransheens Geschrei in den Ecken verstummte. Über allem schwebte eine tödliche Stille, ein Schweigen, das ihren Ohren wehtat. Die Straße vor ihr hatte sich zu einer Allee mit schneebedeckten Bäumen und hohen Häusern zu beiden Seiten geweitet. Sie schien sich weit hinten zu neigen und dann wieder anzusteigen, bis sie in den grauen Wolken verschwand. Ihr war furchtbar kalt.

Sie blieb stehen und legte sich der Länge nach in den Schnee. Er schmolz unter ihr, und wie durch ein Wunder breitete sich der Tau aus, zog sich von ihrem Körper in alle Richtungen. Als der Schnee aus dem *Face* verschwand, kehrte auch die Wärme in ihren Körper zurück und der Schmerz erlosch. Bald schien die Welt von Sommer erfüllt, und sie sah nicht ein, warum sie sich bewegen sollte.

Sie wartete geduldig.

Sie wartete, und die Zeit verging, ohne zu vergehen. Sie wartete Augenblicke hindurch, die nicht mehr aufeinander folgten, sondern einander überlagerten. Sie wartete eine lange Zeit, die gar keine Zeit war.

Während sie dort in ihrer Wärme lag, schmolzen die Straßen wie zuvor schon der Schnee, und die Häuser lösten sich in Nichts auf. Schwarzdorndickichte schossen um sie herum aus dem Boden. Das Land wurde üppig und verströmte einen süßen Duft.

Sie befand sich am Eingang eines weiten Tales, das sie noch nie zuvor gesehen hatte, doch es schien ihr trotzdem vertraut. In der Ferne entstand Bewegung. Ein Fuchs kam durch den Adlerfarn, ein Fuchs mit einer reinen, weißen Flamme über dem Kopf. Er ging langsam auf sie zu. Als der Fuchsgeist sie erreicht hatte, bedeutete er ihr aufzustehen und ihm ins Tal zu folgen.

»Was ist los?« fragte sie. »Wer ist es? Ist Camio gestorben? Führst du mich zu ihm hin, damit ich ihn zu dir schicken kann?«

»Ich bin nicht der Fuchs, der die Lebenden zu den Toten führt. Ich bin der Fuchs, der die Toten ins *vollkommene Da* geleitet.« Dann hielt er inne. »Dein lebender Gefährte ist hier gewesen. Er hat dich im Schnee gefunden. Er hat getan, was du dir gewünscht hättest.«

»Oh«, sagte sie, als sie begriff, was geschehen war. »Er hat die letzten Riten ausgeführt.«

»Ja.«

Sie folgte dem Fuchsgeist in das langgestreckte Tal und dachte bei sich, das *vollkommene Da?* Aber natürlich, sie war hinübergegangen!

»Hätte es einen Unterschied gemacht«, fragte sie mit einem Blick in die leeren Augen ihres Führers, »wenn niemand meine Leiche gefunden hätte?«

»Du hättest vielleicht länger warten müssen, das ist alles. Ich hätte dich suchen müssen in den zeitlosen Öden zwischen Leben und Tod, aber schließlich hätte ich dich doch gefunden.«

O-ha war eher überrascht als verärgert.

»Also sind die ganzen Rituale — eigentlich nutzlos?«

Der Fuchsgeist erwiderte: »Dir haben sie genützt.«

Das konnte sie akzeptieren.

»Es ist wahr. Ich habe sie einmal gebraucht.«

Schließlich kamen sie nach Trinity Wood mit all seinen alten Gerüchen und Geräuschen, all seinen alten Straßen und Wegen, seinen Tränken und Wasserlöchern. Am Ende des Tales stand eine hohe, breite Form aus hohlen Baumstämmen, die wie poliertes Rotholz glänzte.

Sie sah wunderbar aus. Umfang und Höhe der Stämme waren unterschiedlich und bildeten zusammen eine konkave Mauer, die die gesamte Breite des Tales einnahm. In jedem Stamm befand sich eine Reihe von Löchern verschiedener Größe, und aus diesen Öffnungen drangen die Töne vieler Winde und Brisen. Jetzt erklangen die gigantischen Pfeifen.

»Der Palast der Winde«, erklärte der Fuchsgeist.

»Da also ist *Heff* — und so nah bei meinem Revier. Es ist sehr schön. Warum habe ich es nie zuvor gesehen?«

»Weil du nicht danach gesucht hast.«

In diesem Augenblick trat Gar zwischen den Bäumen hervor und kam gemächlich auf sie zu. Sie stieß einen kleinen Freudenschrei aus.

»Ich wollte dich besuchen«, sagte sie, »und da bist du schon.«

»Oh ja. Hier bin ich, hier bin ich«, brummte er.

»Aber warum bist du hier?« fragte sie verwirrt. »Hier bei den Füchsen?«

»Ich bin hier und bin noch woanders«, erwiderte er. »Du bist hier, und auch du bist noch woanders. An welchem Ort muß die Seele bleiben? An keinem Ort. Sie ist überall. Ich wußte es immer schon. Ich sprach über diese Sache. Hier bist du, und hier bin ich. So, und andere ...«

Und die anderen kamen aus dem Dickicht auf sie zu, und unter ihnen war der, auf dessen Anblick sie am meisten gehofft hatte.

Camio ging traurig in den Bau zurück, nachdem er die Riten über dem toten Körper seiner O-ha ausgeführt hatte. Stets war er ein Skeptiker gewesen, was das Leben nach dem Tod anging, doch jetzt hatte er ein Wesen mit einer Flamme über dem Kopf gesehen, und die Dinge waren nicht mehr wie früher. Noch wichtiger war, daß er nicht glauben konnte, O-ha niemals wiederzusehen. Ihr Duft hing noch in seiner Nase, und er wußte, daß er für den Rest seines Lebens dortbleiben würde. Sie hatten soviel gemeinsam erlebt. Sie teilten eine Geschichte, die vor so vielen Jahreszeiten begonnen hatte. Das konnte doch wohl nicht durch etwas so Endgültiges wie *Nicht-Leben* ausgelöscht werden? Das Fleisch war erkaltet und stumm, doch das andere existierte noch irgendwo.

Vielleicht also konnte er glauben, daß sie sich an dem Ort befand, den man das *vollkommene Hier* nannte? Wenn dem so war, würde A-ho, ihr früherer Gefährte, dort sein, um sie zu begrüßen. Camio fragte sich, ob er wohl eifersüchtig sein sollte, konnte sich aber nur darüber freuen, daß sie im Tal des Todes nicht allein sein würde. Er und A-ho würden sich vielleicht sogar mögen. Camio konnte sich nicht vorstellen, daß solche notwendigen, aber irdischen Gefühle wie Eifersucht im reinen Geist überlebten.

Später am Tag suchte er den Bau seiner Tochter, der weiter entfernt am Bahndamm lag, auf und rief sie von draußen, damit die anderen Bewohner nicht dachten, er dringe ins Familienheim ein.

Mitz kam heraus und fragte: »Camio?«

»Ich dachte, du solltest es wissen — deine Mutter ist tot.«

Mitz stand eine Weile da und nickte dann.

»Du gehst besser heim, Camio. Aus dem Schnee. Es ist ein sehr kalter Tag.«

»Das war mir nicht aufgefallen«, sagte er. »Du hast wohl recht.«

Er wollte gerade weggehen, als sie ihn rief: »Vater!«

Er drehte sich um. Füchse sprechen einander selten mit Titeln an, und Mitz hatte ihn Camio genannt, solange sie sein Junges gewesen war.

»Ja?«

»Weißt du, ich werde sie auch vermissen. Du bist nicht der einzige, der so empfindet. Sie ist an einen guten Ort gegangen.«

»Das hoffe ich«, antwortete er. »Das sage ich mir auch die ganze Zeit.«

Dann ging er davon. Sie war ihrer Mutter zu ähnlich, und es tat weh, sie anzusehen. Als er den Bahndamm entlanglief, fragte er sich, womit er nun die Zeit verbringen sollte. Er schaute zum weißwirbelnden Himmel hinauf und fand keine Antwort.

Als er den Bau betrat — ihren gemeinsamen Bau — wunderte er sich, wie groß und leer er wirkte. Das war seltsam. Als sie noch am Leben gewesen war, konnte man sich kaum bewegen, ohne einander zu berühren. Jetzt warf jeder Laut in der Stille ein Echo zurück. Er würde umziehen und sich ein neues Heim suchen müssen. Etwas Kleineres, wo er seine Erinnerungen sicher bewahren konnte.

Mitz hatte natürlich unrecht. Er war mit seinen Gefühlen allein. Mitz vermißte eine Mutter, doch für seine Tochter würden sich die Jahreszeiten weiterdrehen.

Was Camio betraf, hatte O-ha die Jahreszeiten mitgenommen.

Kleines Wörterbuch der Tiersprachen

Sofern nicht anders angegeben, handelt es sich um Begriffe aus der Fuchssprache.

Agarth	Groff in der amerikanischen Fuchsmythologie. Siehe auch Groff
Canidae	Die Hundesprache
Caniden	Die Familie der hundeartigen Raubtiere
Cambrioleur	Einbrecher (in der Katzensprache)
Cle-am	Der lange heiße Wind, der die Welt geformt hat
Corvidae	Die Familie und Sprache der Rabenvögel (Elstern, Dohlen, Krähen, Raben etc.)
Equidae	Die Pferdesprache
Face	von Menschen bebautes, asphaltiertes Land
Firstdark	Epoche der Fuchsmythologie, die Zeit vor der Ankunft der Menschen
Frashoon	Der Sommerwind
Fruma-ac-Geolca	Die ersten beiden Dachse der Welt, Stammeltern aller lebenden Dachse
Gaers	Das Gras (in der Dachssprache)
Gerflan	Land, das für die meisten Menschen verboten ist (z.B. neben Eisenbahnlinien)
Ghul	Dämon der orient. Sage, der Leichen frißt und Gräber plündert
Gog(a)magog	(auch Gog und Magog) 1. verschiedene Völker und Länder im alten Testament; 2. Na-

	tionen, die unter der Herrschaft Satans stehen; 3. der mittelalterlichen Legende zufolge Gegner Alexanders des Großen, die nördlich des Kaukasus lebten; 4. Volk von Giganten, das Britannien vor der Ankunft der Römer bevölkerte
Groff	In der Fuchsmythologie ein von Menschen gesandter Gigant, der die Erde für ihr Kommen vorbereiten sollte
Gubbins	Von Menschen getötete und zurückgelassene Tiere
Hagolian	Hagel (in der Dachssprache)
Halga Gast	Firstdark (in der Dachssprache)
halig	Heilig, überirdisch (in der Dachssprache)
Hav	Offenes Weideland
Havnot	Ackerland
Heff	Mythisches Land der Füchse, Heimat der Winde
Jägermond	Der Vollmond nach dem Herbstvollmond
Kuckucksspeichel	Das schaumige Sekret der Nymphen der Schaumzikaden
Losung	Exkremente des Otters (besonders die des Fischotters)
Matthew Hopkins	Hexenriecher, der im England des 17. Jahrhunderts zahlreiche Männer und Frauen der Folter und anschließenden Hinrichtung zuführte, verlieh sich selbst den Titel »Witch Finder Generall«, verfaßte das Werk *The Discovery of Witches*
Melloon	Der Herbstwind
Mustelidae	Die Sprache und Familie der marderartigen Raubtiere, zu der auch die Dachse gehören

Nagas	Die Schlange
Onmedlan	Durcheinander, Tumult (in der Dachssprache)
Ord	An ein festes Gebiet gebundener Fuchs
Peau-Rouge	Rothaut (in der Katzensprache)
Pissenlit	Löwenzahn (in der Katzensprache)
Posso fare qualcosa per Lei?	Kann ich etwas für Sie tun? (in der Sprache der Eichhörnchen)
Rangfar	Umherziehender Wanderfuchs
Ransheen	Der Winterwind
Ranz-san	Selbstmord eines Fuchses durch Aufreißen des Magens
Sauvage	Wilder (in der Katzensprache)
Scresheen	Die Märzwinde
Sowander	Heiliger Ort, an dem Fuchsblut von Menschen vergossen wurde
der/die Stoad	Ältere Fuchsrüde und Füchsinnen, denen Respekt gebührt
Switter	Die Frühlingsbrisen
Torni fra un giorno?	Kommst du nach einem Tag zurück? (in der Sprache der Eichhörnchen)
Unort	Die Hölle in der Mythologie der Füchse
Whippet	Kleiner englischer Windhund
Wod	Seltsam (in der Dachssprache)